U0888831

向全国优秀基层党组织书记致敬

# 最美的奋斗

上册

杨　勇◎著

河北出版传媒集团
花山文艺出版社
河北·石家庄

图书在版编目（CIP）数据

最美的奋斗：上下册 / 杨勇著. —石家庄:花山文艺出版社，2021.7

ISBN 978-7-5511-5904-3

Ⅰ.①最… Ⅱ.①杨… Ⅲ.①长篇小说—中国—当代 Ⅳ.①I247.5

中国版本图书馆CIP数据核字（2021）第111566号

书　　名：最美的奋斗（上下册）

Zuimei De Fendou

著　　者：杨　勇

封面题字：俞胜利

内文插图：杨　帆

责任编辑：贺　进　林艳辉

特约编辑：白雪玉

责任校对：李　伟

封面设计：卜小平　王　婧

美术编辑：王爱芹

出版发行：花山文艺出版社（邮政编码：050061）

（河北省石家庄市友谊北大街330号）

销售热线：0311-88643221

传　　真：0311-88643234

印　　刷：石家庄众旺彩印有限公司

经　　销：新华书店

开　　本：700mm×1000mm　1/16

印　　张：44.75

字　　数：570千字

版　　次：2021年7月第1版

2021年7月第1次印刷

书　　号：ISBN 978-7-5511-5904-3

定　　价：120.00元（上下册）

（版权所有　翻印必究·印装有误　负责调换）

# 引　子

我和我的祖国　一刻也不能分割
无论我走到哪里　都流出一首赞歌
我歌唱每一座高山　我歌唱每一条河
袅袅炊烟小小村落　路上一道辙
你用你那母亲的脉搏和我诉说
…………

2021年的春天，告别采访对象范振喜，离开周台子村的时候，我耳畔再一次想起这首歌曲《我和我的祖国》。随着优美的旋律，不由回想起两年前……

壮阔七十载，奋进新时代。2019年10月1日上午，庆祝中华人民共和国成立70周年大会在北京天安门广场隆重举行，二十余万军民以盛大的阅兵仪式和群众游行欢庆共和国70华诞……

这天上午，我们全家人早早就围坐在电视机前，收看央视一套直播的共和国70华诞庆典。

庆典的花车驶过天安门，参加庆典和观礼的优秀基层党建代表范振喜、傅雪莲、李健等人激动地向大家挥手致意……

那时我就暗暗下了决心，范振喜、傅雪莲、李健……他们的故事注定要走进我的笔下。

是的，现在已经是2021年的春天了，我们即将迎来中国共产党成立100周年。

走在新时代最好的时光里，重温他们的走过风雨兼程的路，让我们迎着新时代继续奋斗……

# 第一章

这一天，是一个不能再普通的日子，但对于范振喜和周台子大队全体社员，这又是一个注定不可能普通的日子。

天气异常的冷，到了零下二十七摄氏度。几天前下了一场大雪，那雪下得足有尺半厚，把金山岭长城脚下、滦河之畔的周台子村变成了银雕玉砌的雪世界。

说到这周台子，村口立了一块石碑，赫然雕刻着：

> 清初，山东一周姓携家带口闯关东逃荒至此，择滦河水岸边一处高台之上搭建窝铺始居，遂取村名为周家窝铺，其他旁姓亦渐来此地居。多年后因难于生计，周氏一族往东北继续逃荒，仅余三两户周姓人家，村人因嫌“窝铺”二字甚有穷气，村名遂取地势高台之上改名周台子至今。

那时候，改了村名的周台子也没富裕起来。村庄里几乎见不到瓦房，农户的草房房顶上的雪在出了太阳之后开始悄悄融化，房檐下垂着长长的冰溜子，玩雪的娃娃们小脸冻得通红，有的还流下了老长的鼻涕，不时用棉袄袖子抹一下，搞得成了小花脸也全然不顾，依旧兴奋地跳跃在雪地上打雪仗，显得既淘气又可爱。偶有起得晚的几家农户在做早饭，白雪覆盖中的村庄便升起几缕炊烟袅袅……

这一天，是1976年11月24日。紫塞市金山岭县张百湾公社周台子大队街上，人们敲锣打鼓扭起了大秧歌，笑容洋溢在大伙儿的脸上，每个人随着鼓点扭得非常卖力气，仿佛要释放出压抑已久的所有的喜悦。而村街和小卖部的墙上，依稀可见那些“文革”时期的标语，历经风雨，早已斑驳不堪。

欢欣的锣鼓既是对告别那个十年特殊时期的庆祝，也是在给18岁的青年范振喜送行。他是积极响应号召去参军的。

此时，胸前戴着大红花的范振喜，被母亲紧握着手，范母说：“老三啊，到了部队要经常写信，好让你爸和我放心。”父亲范芝也抓紧时间插话说：“到了部队要好好干，不能给周台子村丢脸。”

二哥范振礼劝两位老人少说几句，说范振喜长大了，知道怎么做。哑巴大哥也在一旁比画着哇啦啦地说话。老邻居佟大娘挤进人群，把印着“抗美援朝”的搪瓷缸送给范振喜，说这是佟大爷过去参加抗美援朝时部队发的，让范振喜到部队上用。乡亲们有的送吃的，有的拉着范振喜说个没完没了，这可急坏了一旁的公社武装部部长，他担心再这样耽搁下去，很可能会误了去县里集中出发的时间，再加上雪天路滑，这可耽误不得，于是劝乡亲们就此打住，让范振喜抓紧时间上马车。

在人群外站着一直不说话的刘海英，手里攥着一只口琴，她想要把它送给范振喜，但一直没有机会，只能眼巴巴地看着他被人群围着。直到范振喜被公社武装部部长拉着走出人群，她才找到机会，于是赶紧挤过去，塞给他，红着脸低声说：“你要去部队了，就送你这只口琴吧！希望你看到它时能想起我。”

刘海英与范振喜是高中同学，彼此爱慕。可在上学期间，谁都没有主动捅破这层窗户纸。今天，范振喜马上要走了，刘海英心急如焚，她知道如果再不有所表示，怕以后再没有机会。范振喜正要说话，刘海英却突然害羞地转身跑开了。范振喜欲言又止，公社武装部部长拉着他就上了马车。

赶马车的车把式范贺是范振喜的二叔，他扬鞭吆喝一声，马车向前驶去。范振喜只好回头默默地看着刘海英，两个人相距越来越远。车轮在雪地上留下深深的两道辙……

日子一天天过去。没当过兵往往羡慕当兵的，当过兵的更难忘那英姿勃发的青春岁月。风吹日晒雪打雨淋，部队的熔炉锻造铁血男儿。几年过去，曾经青涩的毛头小伙子范振喜，当上了副班长，人也变得更加成熟稳重了。

这天，范振喜拉练所在的营房内宁静寂然，一轮皎洁明月，透过窗户白亮亮地照在三营九连二班宿舍的墙壁上，窗外树枝摇动便出现光影斑驳，忽明忽暗。此时，范振喜正与全班九名战士一起睡在被月光映照下的大通铺上。

突然，从练兵操场东头传来喊声："着火了！军械库着火了——"

正在熟睡的几个人呼啦一下子全都从睡梦中惊醒，坐了起来。老班长喊："快去救火！"短促的四个字，就是战斗号角！范振喜麻利地穿衣下地，穿鞋出屋。等跑到屋外，喊声还在继续着："军械库着火了，快去救火啊——"

老班长又喊："目标——军械库！"范振喜出了屋，带头向那个方向跑去。此时，从军械库内冒出的烟火正顺着通气孔向外喷发着。

房门已经大开，很多救火的战士们仓促地来回奔跑着，快速向外抢运物资。范振喜满脸焦黑地夹在人群中。不久，军械库外堆起了山一样的物资，参加抢救的战士们陆续站在了外面。

连长跑过来问："老班长，枪支弹药都抢运出来了吗？"老班长说："抢出来了。"连长松了一口气，对老班长说："查一下人数，千万别有人员伤亡，然后抓紧撤离！"老班长说声"是"，便让战士们站成一排清点人数。

老班长数了一遍后，发现队列中没有范振喜，于是大喊："范振喜，范振喜——"

话音刚落，范振喜抱着木箱子答应着"到"朝队列跑过来。

老班长一见忙说："赶紧放下箱子，入列集合！"范振喜说："不行，里面还有一个箱子，像装弹药的！"众人不约而同看向仓库，那里的火势越来越大，已经燃着了房顶，所有缝隙中浓烟滚滚而出，仓库随时有崩塌的危险。

连长担心地大喊："把人员带远点儿，抓紧撤离，不能再进去了！"范振喜却说："我知道在哪儿，很快就出来。"不等连长制止飞跑着再次冲进火海。老班长急得在后面喊："范振喜，你不要命了，给我回来！"范振喜没有回声，也没有止步，身影消失在火海中。

战友们瞪红了眼睛盯着火势蔓延开来的仓库门口，却久久不见范振喜出来。众人这个急啊！老班长向连长请示说："连长，范振喜危险，我进去看看。"连长咬着牙说："没我命令，谁都不许进去！"

正在这时，就听"轰隆"一声，军械库上面的又一块屋顶塌陷了。有人失声痛哭，大声说："完了，这下范振喜出不来了。"老班长带头喊："范振喜，范振喜——"喊声惊破了夜空。

他们声嘶力竭地喊着，但心里已经意识到，范振喜很可能牺牲了。连长不让人进去，是担心进去的人越多，损失会更大。为了减少损失，他只能狠下心，阻止住战士们。

就在众人绝望之际，却见一个人影，扛着一个大木箱，吃力地从着火的仓库门口跑出。老班长认出是范振喜，大喊着："范振喜出来了！"他迅速迎过去，其他几名战士也赶过去支援。

范振喜在战友们的帮助下，扛着装满手榴弹的弹药箱跑到空地。他刚把箱子放下，身后便传来"轰隆、轰隆"的房屋倒塌声，一时间，整个军械库的屋顶全部塌陷，大火伴随着气浪一拥而出。

也就是说，范振喜哪怕再慢上几秒钟，他会被埋在火海里。如果范振喜不把这箱手榴弹抢救出来，爆炸的结果，会危及附近的人员和军事设施。事后，范振喜的勇敢行为受到表彰，个人和所在的班荣记三等功。过了不久，由于他的突出表现，部队打算给他破格转志愿兵。

父母在信中得知这个消息别提有多高兴，认为范振喜给范家争了光，逢人便说。第四生产队的耿洪山与范振喜的父亲范芝向来不和，听了不以为然，还说些风凉话。

然而，就在这一天，团部接到上级通知，全团战士立刻冒雨集合在操场上，团长流着眼泪宣布了他们这个团被精简整编的消息。

范振喜心里别提多难受，他独自一人在河边坐了一整天。老班长找到他说："振喜，铁打的营盘流水的兵。好男儿志在四方。在哪里都能干出一番事业来！"其实老班长说的这些话，范振喜都明白，但在心里却有一道过不去的坎，他爱这身绿军装，也觉得自己没转成志愿兵回去没法向父母交代。

老兵离队的这一天，送行的军车驶出营区时，传来"送战友，踏征程，默默无语两眼泪，耳边响起驼铃声……"的歌声，范振喜与战友们都哭了。汽车开出很远，可他们还是唱了一遍又一遍……

1980年夏天，退伍兵范振喜回了老家周台子大队。下了班车，一块半人高的玉米地里正在上演着集体劳动的场景。

耿洪山带着第四生产队二十多名社员在地里锄草，众人一边干活一边说笑。耿洪山是第四生产队队长，当他看见范芝与李山一边干活一边说话，心里非常有气。其实，大家都这样干，也没什么不可，但他唯独看不得范芝与李山俩人在一起，觉得他俩凑在一块儿准没好事。范芝私下里干木匠活，偷着出外挣钱；而李山经常请假，带着俩个儿子出外讨饭，是周台子大队出了名的讨饭专业户。他觉得这两人给第四生产队丢了脸。

耿洪山悄无声息地过来了，突然问："你们俩说得这么热闹，说啥呢！莫不是李山又想出去给周台子大队丢脸，范芝也想出去挣外快？"

范芝见是耿洪山，没好气地说："挣钱咋了？凭的是力气，又不偷不抢。"

李山也说："生产队有多余粮食给我吗？不讨饭，一家人就得饿死！"

耿洪山见两个人都不好对付，也来气了，说："今天先不说你们别的，回头看看你俩干的活儿，那叫啥玩意儿，锄得不干净，回头重来。"耿洪山是故意找碴儿，想要拿生产队长身份压压他们俩。

范芝回头看看自己锄过的地，又用眼睛扫了扫其他人锄的，觉得自己干的要比别人好得多。但他知道这是耿洪山故意在找碴儿吵架，便啥也不说，拿起锄头往回走，李山站着没动。

耿洪山朝着李山大声嚷："李山你想啥呢？想被扣工分啊！"李山一声不吭，扛起锄头去追范芝。

围过来看热闹的社员被李山滑稽的表情逗乐了，顿时一片哄笑声。耿洪山顿觉无趣，气得想骂，张了张嘴却没出声。他担心万一李山回身和他对着骂，会降低他的威信，于是把怒气转向看热闹的人，大声斥责说："看什么看，赶紧去干活儿去。"

一条林荫土路上，行驶着一辆马车。拉车的枣红马有节奏地扬起四蹄，悠然地向前走着。车把式范贺似睡非睡，一条腿盘住车沿，另一条腿则耷拉着垂向地面，身体随着马车的晃动一摇一摆。

这时，树丛中蹦出一只野兔，一跳三跃，横着冲向土路，枣红马受到惊吓，头向上昂起，嘶叫一声，顿时向前狂奔，差点儿将范贺甩下来……

范贺本能地抓住刹车柄奋力向后拉，嘴里大声吆喝："吁，吁——”但这匹马已失去了控制，什么都听不进去，尽管刹车收紧了车轮，但它还是拼命向前用力。只听“咔嚓”一声刹车断了，车轮彻底松开禁锢，马车随着枣红马一路狂飙。

野兔是被李山的大儿子长富和二儿子长贵从树林里赶出来的，长富穿着一双旧胶鞋，长贵穿着一双快要烂掉的鞋子。他们俩上午放学了便到林子里拿着弹弓打鸟，巧遇这只野兔。于是哥儿俩不顾一切地追赶，想要抓住它，谁知野兔耐力超强，不但躲过了哥儿俩的猎杀，还逃出了树林，惊了马车。当他俩看到狂飙的马车后，意识到惹了大祸，就悄悄地跑回了家。

刚从河里洗完手，翻上土坎，重新走上河边土路的范振喜，看见远处跑过来一辆马车。在他的身后，是几米高的土坎，下面是湍急的滦河。马车的方向便是这里。范振喜有些纳闷，心想这是谁啊，赶的什么车，如果跑到这，非出事不可！正在他发怔之际，就听马车上有人喊：“快闪开，马惊了——”

范贺看见前面有人，大声提醒：“快闪开，马惊了——”

然而，在他喊过之后，那人不但不躲闪，反而迎着马车冲了过来。范贺更急了，大喊：“不要命了，快闪开！”范振喜不为所动，照直迎向车头。范贺傻了，他除了喊叫外没有其他办法，只能由着马车撞向车前的人。瞬时间，人和马缠在一起。范贺一闭眼，心想完了，要出大事儿了，恐怕还要白搭上一条人命！

就在马车冲向范振喜的一刹那，范振喜突然将身体向旁一闪，伸出一只手，一把抓住了马笼头，随后两手同时用力，狠命地向一侧猛拽。两下里挣扎的结果，范振喜终于将马头改变了方向。随后马车转向平坦地面，慢慢停下。这时的范振喜，已经被枣红马向前拖了十多米远。

惊魂未定的范贺两腿发软地从车上下来，蹲在地上，嘴里喃喃地说：“小伙子，今天多亏了你，保住了生产队的财产……”此时的范贺没认出范振喜，可范振喜已经认出了范贺。

范振喜一边安慰着受惊的马，一边对范贺说："二叔，是我。"

范振喜把马从车上解下，牵到一棵树旁拴好，然后走过来。范贺打量范振喜，觉得他身上的绿军装有些异样，不见了领章。随后问不年不节的怎么这时回来探亲。范贺是范振喜的亲二叔，两个人说话自然是直来直去。范振喜告诉范贺说自己退伍了。范贺又问范振喜转没转志愿兵。范振喜说没有。范贺立时不说话了。

范振喜又问："二叔，我爸妈身体好吧？"范贺敷衍着说："好，好。"其实他正在想，如果哥哥范芝知道范振喜没转成志愿兵，就这么空手回来，在全大队社员面前脸往哪搁呢！

这时，村庄方向传来一声炸响。范振喜警惕地抬头看。范贺说："甭看了，那是后山开矿放炮弄出的响。"范振喜惊喜地问："咱大队有矿了？"范贺说："不是咱大队的，是市属企业，咱们大队有他们几个采矿点。"

其实不然，那声炸响并非采矿放炮声，而是老书记家的房子被人炸了！

范振喜与范贺分手后，步行走了将近一里路，这才进了家门。哑巴大哥范振仁正在院里干活，看见范振喜进院，先是惊诧，继而跑过来帮他拿东西，张大嘴呜哩哇啦地向屋里喊。正在屋里做针线活的范母，听见喊声，抬头向外看，认出范振喜后，赶忙撂下针线，匆忙出屋。

院子里，母子相对，范振喜上前叫了声妈。范母答应一声，便直直地盯着范振喜看，眼睛里闪着泪花。这是范振喜自参军后第一次回家。几年没看到儿子的范母，内心的激动不言而喻。

范芝收工回来，一进院，范振喜赶紧迎出屋，高兴地说："爸，收工了。"范芝抬眼看看范振喜，没有说话，掀开外屋门帘自顾自地走进屋内，把范振喜晾在院子里。范母从里屋看见，埋怨范芝不该这么对待范振喜。范芝没好气地说："他不争气，还想让我夸夸他吗？”两个人在屋里说的话，范振喜听得一清二楚，他心里也不舒服，就一转身出了院子。

原来，范贺与范振喜分开后，赶车去地里送化肥，偷偷地把正在锄地的范芝叫出来，向他说了范振喜退伍的事。范芝听说范振喜没转成志愿兵，脸红一阵白一阵，咬着牙啥也没说。范贺担心范芝回家跟范振喜闹，临走时一再叮嘱，说事情已经这样了，回去别埋怨范振喜。

范芝就忍着气，一直熬到生产队收工，回家见到范振喜，鼻子不是鼻子脸不是脸地给范振喜来了个下马威。他没有想到部队裁军的客观事实，只一门心思认为，是范振喜没转成志愿兵，让全家人在周台子丢了脸，所以才发这样大的火。

滦河水静静地流淌。范振喜来到河边，终于感觉安静下来了，心情也平和了许多。为了排解心中苦闷，他便掏出口琴吹了起来。悠扬的口琴声引来了正在河边洗衣服的金彩霞、耿东梅和本大队的另外几个姑娘，她们争先翘首偷看年轻的帅小伙。她们从绿军装上认出了范振喜，姑娘们争着抢着跑过来向范振喜问这问那。有人提起他转志愿兵的事，范振喜红着脸告诉他们自己退伍了，姑娘们感到惋惜。

唯独金彩霞鼓励他，说志愿兵也没什么了不起，不转就不转了，以后有很多好事等着呢！范振喜感激地看向金彩霞。两个人目光相对，他赶紧低下头，避过金彩霞含情的眼光。此时他心里想着的只有刘海英，容不下第二个人。

第二天一大早，大队长张德方召集各生产队长和大队委员开会。那时候村部不叫村部，叫大队部。与会人员陆陆续续走进大队部。除了耿洪山身上的衣服还有点儿像样外，其他的人，衣服上都摞着补丁，补丁与原底差别太大，有的甚至用的是白花布，看上去简直有点儿百家衣的样子。第三生产队长的裤子几处都破了，还没来得及补，碎布条就随着主人走路带出的风随意摇摆。

众人进了大队部后，有的坐在炕沿边，有的蹲在地上。他们没办法不这样，因为这间屋子只有一张桌子还是三条腿的，唯一的一把椅子也是三条腿，那是老书记的座椅，另一条腿用破砖头支着。今天老书记没来，上面坐着的人是张德方。支委们则围着桌子坐在用板子搭的长条凳上，即使有点儿挤，也没人愿意离开，否则就好像显示不出大队委员身价。

耿洪山坐到炕沿边上，一边从烟袋里掏烟叶子卷烟，一边拿眼睛看屋里的人。张德方愁眉苦脸地盯着桌子上的东西不说话，其他支委也不吱声。桌子上摆着一部没有摇把的破电话，还有比昨天多了的几样东西——周台子大队的红印章、红印台、保险柜钥匙，还有老书记时刻不离身的笔记本。耿洪山心里纳闷，问："老书记没来，怎么他的东西却在这？"

张德方终于开口说话，一张嘴便是连着说了几个不像话，说得众人摸不着头脑。张德方接着说："有意见可以提，咋能拿炸药炸人家的房子！"

众人一听，这事大了，敢拿炸药炸房子，那是犯法，得有多大仇，这不就是要杀人放火嘛！于是齐声问，谁家的房子被炸了，抓到炸房子的人了吗？当听说挨炸的又是老书记的房子，众人顿时间泄了气，没人再言语。

过了一会儿，耿洪山叹气说："唉，这人怎么总和老书记过不去，这已经不是头一回了。"他的话引得众人议论。张德方接着说："老书记刚才来过了，说这个大队书记他坚决不干了。"他指着桌上的印章说，"老书记把这些东西留下，已经去了凌源的姑爷子家，说这辈子再也不回周台子了。"

张德方环顾一圈众人，叹了口气又说："大伙先议议，我们怎么办，周台子书记谁来当？"

众人异口同声地说："你当！"

张德方连连摇头，忙说："我？不行不行，我这人见识短，我怕耽误了周台子，我不当。你们再议论议论别的人选！"

众人议论半天，也没说出个所以然来。张德方又看了一圈开会的人，迟疑着说："这事，我已经向公社汇报了，公社吕书记说让我先兼着，然后抓紧物色新大队书记。"

他一说完，众人松了一口气。

上午，范振喜来看邻居佟大娘。发现她家院墙比自己当兵走时更破了，屋内墙壁更黑了，旧炕席已有几处破了洞，经由几块旧布补上后，总算没露出下面的黄土坯。当他问佟大娘吃晚饭了没有，佟大娘支吾着说吃了。范振喜去外屋锅里看时，发现锅是凉的，里面还有几个野菜合成的饼子。

佟大娘其实没有吃晚饭，她是在省粮食。范振喜与佟大娘交谈中了解到，佟大娘这几年由于生产队穷，常常是吃了上顿没下顿，便偷偷去山上摘野菜和着粮食一起吃。

范振喜心里很难过，觉得大队和生产队没有照顾好这样一位在解放战争和革命建设中做过贡献的老人，而且她丈夫还是抗美援朝英雄。然而，佟大娘对这样的生活却很乐观，她说自己是名共产党员，不能搞特殊化。相信以后的日子会好的。范振喜忧心忡忡地告别佟大娘，去了大队部。

范振喜在部队时就入了党，现在退伍了，需要把组织关系交给大队党支部。于是，他带着组织关系来到大队部，刚一进门，正好看见大队会计闫江华、民兵连长杨树林，还有妇女主任丛艳君在与大队长张德方谈工作。

闫江华大声说："二队把上个月的记工表弄丢了，胡乱报一通，他们想虚报冒领工分，这账我没法算。"

丛艳君气鼓鼓地说："三队更不像话，你让他们出几个人去垒大坝，他们要加工分不说，还硬是要提高补助粮。"

杨树林也加进来说："四队也不像话，我跟他们说，大队要求他们小队把靠近河套那块地好好平一平，来春搞块试验田，可人家耿洪山根本就不理那茬儿。说什么，地里活多，人手不够，非要等到秋收后再干。要不公社吕书记批评咱们周台子一穷二乱人心散呢……"

张德方不等三人说完，气得发火说："我知道你们几个没拿我这大队长当回事，办点儿事总是拖拖拉拉，不是这不行，就是那不对。不管下面社员怎么说，反正你们几个没把这些事办好！"三人见张德方不但不给他们撑腰，还把气撒到自己身上，顿时也来了气，一个个口口声声地说这工作没法干。

范振喜想走，但又觉着不合适，站大门口故意大声说："大队长，我来报到了。"

张德方看到进来的人是范振喜，有些诧异，问："这不是振喜吗，啥时候回来的？"

范振喜向张德方说了自己退伍的事，又把组织介绍信交给他说："大队长同志，从今往后，我就是咱周台子大队的一名共产党员。大队长有什么工作需要我做的，尽管吩咐。"

范振喜走后，几人把话题转到范振喜身上。杨树林说："可惜了，白当三年兵，也没转正，还得回来种地。"闫江华说："要是那样，不如当初别去，哎哎，杨树林你别说了，大队长也是退伍兵啊。"

张德方不同意他们的说法，他说："退伍怎么了，我不也是退伍兵吗？哎，我说，你们没觉得范振喜跟当初参军走时不一样吗？"几人问怎么不一样。张德方说："稳健、成熟，这是部队给咱们周台子培养的好苗子。"

闫江华忽然醒悟过来："大队长说得对，范振喜在部队立过功，受过奖，年年都是优秀士兵，说明他在部队干得肯定不错……"

范振喜退伍后，一直保持早晨跑步习惯。这天一大清早，他从后山跑步回来，看到李山的两个儿子站在街上吵架。老大长富光着脚，硬生生从长贵脚上扒下鞋穿在自己脚上，丢下长贵跑了，长贵便光脚站在街上哭。范振喜过来问是怎么回事。长贵说，他和哥哥长富只有一双胶鞋，说好了俩人轮着穿。今天轮到他穿了，可长富不讲理，硬是把胶鞋抢走了。

范振喜把长贵领到家，拿出自己从部队带回来的新胶鞋送给他。长贵高兴地拿着新胶鞋跑回家。

李山刚从范芝家借粮回来，正忙着和面，向锅里贴玉米面饼子。李山的妻子在生小儿子长贵时难产死了，从那以后就由李山独自带着两个儿子生活，既当爹又当妈，日子过得很艰难。这次又是范母把不多的口粮借出一部分给他，不然的话，李山连今天的早饭都没得做。

李山正往灶膛里添柴，看见小儿子长贵拿着一双新胶鞋进屋。问他鞋是哪来的。长贵说是范振喜给的。李山感触地说："范家一家子都是好人，可是这双鞋太金贵了啊。"又嘱咐长贵说，"以后长大了，要好好报答人家。"李山还没吃完早饭，外面传来上工哨声。他顾不得收拾桌上的残羹剩饭，便下地穿鞋准备出工。

小儿子长贵抢先跳下炕，拿走李山的破布鞋，非让他换上新胶鞋不可。李山来到外面窗台下，脱下新鞋塞进鸡窝，重新换上那双透了前后帮的布鞋出了院子。

李山纳闷，为什么长贵只与范振喜交往了一次，突然就懂事了呢！随后自言自语地说："真是跟什么人学什么人！以后得让这两儿子多跟范振喜接触。"

范振喜的家，一到晚上便聚集起年轻人。有二叔范贺的儿子范振信、第四生产队长耿洪山的儿子耿东云、闺女耿东梅和邻居寡妇家的女儿金彩霞等。他们当中，很多人高中毕业就猫在这里刨土坷垃种地，有的是上到初中或者小学就不再念书，甚至有人连县城都没去过几次。每天，他们守着范家昏暗的煤油灯，听范振喜讲周台子外面的新鲜事儿。

这一晚，金彩霞和耿东梅来得最早。金彩霞家住范家隔壁，与范振喜是高中同学。范振喜参军到部队后，她曾几次都想把写好的追求范振喜的信寄去，因为害怕被他拒绝，所以一直没有寄出。

耿东梅是耿洪山小女儿，比范振喜小三岁，自小就崇拜范家这个小哥哥，总觉得他比自己亲哥耿东云好。

聚在范家的年轻人们看书说话，热闹非常。范振喜把从部队带回来的《金光大道》《艳阳天》《创业史》等小说拿给众人看，又和他们探讨书里面主人公的感情世界。耿东梅看见了那只口琴夹在张开的书本里，知道那是刘海英送给的，随后提出让范振喜吹一曲，又让他公开与刘海英的恋人关系。金彩霞意识到这是耿东梅故意给自己难看，无意间把不高兴表露在脸上。耿东梅看了心里暗喜，她是想要让金彩霞退出对范振喜的爱情追逐。

吹了一首曲子，让范振喜久久不能入睡，他是想刘海英了。范振喜与刘海英一直有书信往来，二人在书信中早已背着父母确定了关系。他辗转一夜后，天刚放亮便起身去了下台子自然村，刘海英家住那里。

刘海英出屋到院子里抱柴准备做早饭，看到站在院外向里张望的范振喜，开始有些吃惊，她想不到范振喜会出现在自己家。范振喜告诉刘海英，他一早过来，就是要告诉她自己退伍的事。两个人在院里说的话，全被屋里的刘父、刘母听了个一清二楚。

刘家与范家虽同属于一个大队，但不是一个生产小队。一个是周台子，一个是下台子。两个自然村隔着十几里地，人们平时很少见面，因为大队部设在了周台子，所以周台子自然村属于行政村的范畴。范振喜高中一毕业就参了军，所以刘父、刘母几乎不认识他。但俩人搞对象的事，刘海英露过口风，刘父也知道范振喜要转志愿兵的事，所以明里暗里并不反对。

当刘父听说范振喜没有转成志愿兵，便突然出屋对范振喜说：“英子已经有对象了，你再找别的姑娘吧。”范振喜愣了。

刘海英觉得父亲的行为十分唐突，刚要开口说话就被刘父拉进屋里。刘海英回头给范振喜使眼色，又摇头。范振喜明白了，刘父是在故意阻挠二人。

刘父出了屋，接着对范振喜说：“老三啊，我们家就海英一个闺女，不能看着她一辈子都受穷，必须得找一个好人家。”范振喜对刘父说：“刘叔，你们放心，我会给英子幸福的。”

刘父不相信地说：“没听人说吗？一穷二乱人心散、有女不嫁周台子，咱周台子啊太穷了！既然你转不成志愿兵，就得回周台子受穷，你就趁早断了这念头吧！”

范振喜感觉受了侮辱，赌气离开刘家。一路上，脑子想的几乎都是周台子人过苦日子的情景。全大队的人为什么就看不起周台子，交完公粮之后年年靠“救济粮”过日子，归根结底就是一个穷字啊！

太阳在东山顶上冒出几米多高，第四生产队还没上工。站在街上等着向第四生产队传达任务的张德方实在看不下去，便替生产队长耿洪山吹响了上工的哨子。第四生产队的社员们，这才一个个懒洋洋地拿着工具走出家门。

耿洪山一边走着，一边大声喊叫：“这谁啊，谁在乱吹哨子？眼里还有没有我这生产队长！”当他看到是张德方时，立即闭嘴，趋步上前恭维地打招呼：“啊，是大队长啊！这么早。”

张德方冷着脸说：“还早，太阳快把屁股烧着了。”接着又说，“今天，公社领导要来你们四队检查，你们看着办吧！如果砸了锅，今年的救济粮，你们就别领了。”张德方走后，耿洪山开始查点上工人员，当他发现范振喜不在，便把气撒到范芝身上，责问道：“范芝，范振喜怎么不来上工？”范芝说：“一大早就出去了，误不了出工就能回来。”

耿洪山抓住了把柄，说：“误不了出工？你看看几点了，还误不了？”范芝张嘴要说话，耿洪山故意不让他说，接着说，“当过兵，怎么了？就这素质？无组织无纪律，不上工也不请假！”

范母听不下去了，上前与耿洪山理论，把范振喜在生产队干的脏活、累活一件件数给耿洪山听。这时，范振喜气喘吁吁地赶来，悄悄站在人群后面。耿洪山看见，大声说：“范振喜，你出工晚了，罚你今天起清理马圈的粪。”

张德方陪着公社吕书记和几名检查组成员，连着看了几块四生产队的玉米地。吕书记走近一棵玉米秧扒开看，不高兴地说：“你们大队怎么管的，这地长成这样，能有好收成吗？”张德方赶紧上前说：“这块地是差了点儿，别的地可能好些。”

吕书记说：“不用看了，你们周台子是咱全公社最差的，等着明年挨饿吧！”张德方趁机向吕书记提出给周台子大队配备新书记的想法。吕书记说：“配新书记可以，但人选还得从周台子里找。你为什么不想当这个书记？”

张德方说自己见识短，干不了。总之不管吕书记怎么劝，张德方也不同意。吕书记知道，也许是老书记家房子被炸的事儿，让大家心有余悸。至于为什么被炸？张德方说，说来归去，恐怕就是这几年老书记得罪人了，再有一个就是周台子大队有人恨穷，就把气冲着老书记撒。案子一直没有破。

吕书记只好问张德方是否有意向候选人。张德方想了想说：“我觉得范振喜不错。”吕书记说：“那得先考察考察。”张德方送走吕书记，有种如释重负的感觉，高兴地向庄里走，一路哼哼着小曲儿来到第四生产队队部。

马圈就在四队部旁。张德方看见范振喜上身穿着印有红字的白背心，正抡圆了铁锹在圈里向外起粪。他走进马圈，主动与范振喜说话。

其实张德方也是退伍兵，比范振喜早了几年，话题自然免不了部队上的事。后来张德方把话题转到周台子大队，发着感慨说周台子人心散不好管理，又说周台子穷，缺少一个好的带头人。范振喜问起生产上的事。张德方显得有些为难说："现在有很多社员，光打自己小算盘，不好好干活，出工不出力，只想着靠救济。"

范振喜沉默一会儿后说："安徽凤阳的小岗村1978年就开始家庭联产承包土地，他们不但吃饱了，还有余粮卖给国家。经过几年实践，这办法不错，许多地方都开始学，咱们周台子也可以试试，不能再干好干坏一个样，要打破大锅饭！"

张德方犹豫着说："这事我早听说了，可上边没有具体政策，咱不敢搞，还是等等再说吧！"

范振喜有些着急地说："小岗村已经用实践证明，土地包产到户对提高我们生产的积极性，增加粮食生产非常有效，既然是好办法，就不能再等了。"

张德方盯着范振喜，看了一会儿说："主意是你想的，那你带着大伙试试看！再说了，我还是那句话，政策没有到周台子大队，咱不能蛮干！那是会犯错误的。"

范振喜笑着说："我只是一个普通社员，又不是大队干部，带领谁啊！你可别逗了。"张德方觉得范振喜入了自己的"套"，继续鼓励说："正好咱大队没有书记，不妨你来参加竞选。"

范振喜忙摇头说："我可不行，没那资格不说，也没那能力。"张德方肯定地说："你能行，能当好这个书记。"

几天后，二哥范振礼托人在公社木材加工厂给范振喜安排了工作。二哥范振礼是个能人，过去常常偷着挖药材卖钱，又把自己买来的二手"永久"牌自行车借给范振喜骑着上下班用。

范振喜去大队部开介绍信，向张德方说了自己要去木材加工厂上班的事。张德方对此非常不满意，提醒范振喜说："我们都是共产党员，不能光想着自己过好日子，还应该想想大伙。”范振喜红着脸一声不语。张德方改口说：“我也知道你的难处，没工作，人家不把姑娘嫁给你。”

这天在木材加工厂，范振喜还没有下班，刘海英便在厂子门口等着他。范振喜骑车载着刘海英来到村庄外的滦河边。刘海英告诉范振喜，说刘父已经同意他们俩的婚事。范振喜高兴地拿出口琴吹曲子。他想把张德方劝他竞选大队书记的事跟刘海英说，但一想，反正自己也没打算去，便把到嘴边的话又吞了回去。就这样，刘家一家人和范家都觉得范振喜一直在木材加工厂工作下去，是件好事。

范芝收工回来不见范振喜在家，便问范母范振喜回来没有。范母告诉他，说范振喜一回来就去后院帮佟大娘挑水、收拾院子。两个人说着说着聊到佟大娘身上，都觉得老人这辈子不容易，丈夫去世，女儿没了，只剩下她一个孤寡老人，范振喜主动照顾她，是应该的。

范芝还嘱咐范母以后要多关心佟大娘。范母笑着说：“这些年，只要做好吃的，哪一顿少了佟大娘？”范芝认可，拿范母打趣说：“我早年娶你，就是看你心眼儿好。”范母说：“去你的，老了还没正经呢。”两个人一起笑。

范振喜从佟大娘家出来时，天有些黑了。他一出院子，在院门口碰到了金彩霞。其实，在范振喜挑水时，金彩霞就在自家的院墙里探过墙头观察着范振喜的一举一动。此时见范振喜从佟大娘家出来，她也赶紧走出家门，装作俩人偶遇的样子。

金彩霞向范振喜打听木材加工厂工作情况，范振喜说挺好，说完就想绕开挡路的金彩霞。因为他不敢与金彩霞单独相处，怕人说闲话。

可金彩霞硬是缠着他说话。耿东云路过此地，无视范振喜存在般地对金彩霞说自己手里有一张自行车票，问她要不要。金彩霞态度冷淡地说不要，说自己有票也没钱买。耿东云说：“那没关系，我买回来你先骑着。”金彩霞不高兴了，大声说：“我跟你啥关系，凭啥要你买的自行车。”金彩霞有意在向范振喜表明她跟耿东云没关系。

那年月在这里的农村市场上最难搞的就是“四大件”，这四件家庭物品分别是收音机、自行车、缝纫机及手表。如果谁家娶媳妇、嫁姑娘，屋里能摆上“四大件”，那是非常光彩的事。自行车就是其中一件。如果没有购销计划供应指标，又没有特殊关系，那就别想了。像金彩霞这样的家庭，即使有钱没有票也别想买到。所以，耿东云才拿自行车票来讨好。

耿东云是生产队长耿洪山的大儿子，民办教师，工分一年三百六，大队干部待遇，地位和经济收入要比金彩霞强很多。今晚，当着范振喜的面被金彩霞数落，让他面子很难看，回家很久还愤愤不平。

父亲耿洪山发现耿东云情绪不对，问是怎么回事。耿东云说他想娶金彩霞为妻。耿洪山说金家孤女寡母，没钱又没势，娶这样的女人没什么好处，等他调到公社，会有许多女干部追他。耿东云说他谁都不要，非金彩霞不娶。还说金彩霞对范振喜好，不理自己，他非要与范振喜争一争不可。

耿洪山也觉得儿子受了气，更不想在这事上败给范家，于是安慰耿东云说：“你先好好教书，别把调公社的事弄黄了，金彩霞的事我来想办法。”

不只是耿东云惦记着金彩霞，还有一个人也在注视着事态发展。这个人叫刘震，是张百湾公社国营煤矿工人。听说耿东云被金彩霞拒绝，范振喜又有自己的恋人刘海英，他觉得机会来了，向单位请了假来看金彩霞。

刘震提着从县城买的点心来到金家，金彩霞母亲问他来为何事，刘震吞吞吐吐半天才说他想与金彩霞搞对象。金母对刘震的家庭不怎么感兴趣，但想到刘震是工人，将来的日子会过好的，于是对刘震说，这事要由金彩霞自己做主，她说了不算，还嘱咐刘震，得找个介绍人出面才行。

刘震明白了，既然金母同意，金彩霞也不会有太大问题，于是便去找杨树林的媳妇宋小好，想让她来当这介绍人。

傍晚，金彩霞收工回到家，金母说了刘震来求婚的事，并说金彩霞老大不小了，早该找个人嫁了。金彩霞对金母说她已经有心上人，不用金母操心。金母问那人是谁、家住哪？金彩霞闷头不语，只管低头阅读从范振喜那里借来的小说《金光大道》。金母无奈，商量着说："我想看看你说的这个人，什么时候领回家来？"金彩霞一时怔住，若有所思。

张德方这天从公社回来，就主持召开了周台子大队部会议。他把公社吕书记的指示向与会人员传达，最后说："吕书记的意思，周台子大队书记人选，还是先由党员大会讨论推荐，等有了人选之后，他要亲自来周台子主持大队书记的选举工作。"

众人一听都很高兴，随后开始讨论。有的推荐四队队长耿洪山，还有的推荐杨树林，杨树林连连摆手说不干，有的人则一言不发，讨论半天也没有统一意见。张德方觉得这不是办法，打断众人说："我觉得，这次周台子大队书记人选还是要从年轻社员中的党员中考虑。"他话一出口，众委员们纷纷点头。

民兵连长杨树林说："我认为大队长说得在理，周台子大队这么多年都搞不好，就是因为书记太老了，什么都老一套，跟不上新形势。"妇女主任丛艳君说："好是好，可咱们大队哪有这样的年轻人。"

会计闫江华直言不讳地说："大队长甭兜圈子，既然你有这想法，肯定有人选，说出来我们听听。"

张德方嘿嘿一笑说："我掂量了好久，也与吕书记商量过，范振喜是最合适的人选。”众人怔住。过了一会儿，闫江华说：“范振喜是不错人选，可人家在木材加工厂上班，哪肯回来收拾这烂摊子呢？”

张德方说：“这个你们甭管，就说同意不同意，只要支委会认为他合适，到时候咱就选他。”

几人听了，也感觉没有其他更合适的人选了，也就纷纷表示赞成了。

# 第 二 章

周台子大队研究确定范振喜为新大队书记候选人的事捂得很严，到了快选举这一天，范振喜还蒙在鼓里。真不知道夸下海口的张德方是怎么想的。

范振喜来木材加工厂工作不久，刘厂长见他写写算算的还行，就让他当了会计。眼看年终结算时间到了，正是他最忙的时候。范振喜一个人在会计室工作，桌上摊开着两个大账本，算盘珠子在手指间上蹿下跳，噼里啪啦的撞击声清脆入耳。

这时，办公室的小王喊："范会计——有人找……"范振喜出屋，是大队长张德方来了。张德方说是来公社办事，顺便来看看他，二人聊起家常，张德方故作轻描淡写地说明天下午大队部要开党员大会，说范振喜有空就回去开会，没空呢就甭回去了。说完起身告辞了。

范振喜心想，自己退伍回来刚把组织关系转入周台子大队还不到半个月，这个会他可不能不参加。其实，张德方了解他的性格，这个党员会范振喜不可能不去参加。果然，范振喜向厂长请了假，次日上午急急忙忙地赶到大队部来开会。

周台子大队部坐落在村庄北面的一个院子里，有三间上房，是20世纪50年代末盖的，算来也有三十年的历史，石头墙、草房顶。

后来房顶重新铺了一遍，换成了窑烧青瓦，从那以后就一直没翻修过。本来是一间大屋，因为有两道土坯墙隔着，遂变成了三小间。

会场设在院内，因为没有现成的椅子和凳子，参加会议的人员有的人拿着小板凳、小马扎，有的找些石头破砖垫在屁股下，还有些人连石头都懒得找，干脆盘腿坐在冰凉的地面上。

会场已准备好，就等着开会。张德方陪着公社吕书记坐在主席台上。范振喜来得晚，进入会场后想找个位置坐下，可院子里已经坐满了人，很难找到空地。佟大娘在墙角处喊他，范振喜便挤向佟大娘。佟大娘指着旁边空着的一个小凳说："坐这吧！给你留的。"范振喜刚说完谢谢大娘，张德方便在台上宣布说，周台子大队的新大队书记选举，现在开始！

候选人一共有三人，一个是第六生产队长李如云，一个是第四生产队长耿洪山，再一个就是范振喜。当范振喜看到自己名字出现在候选人名单时，吃了一惊。心想这个张德方怎么还把这事当真了。吕书记主持会议并讲了话，张德方让杨树林和丛艳君开始发选票，采取了现场划票、计票的选举程序。

范振喜也填了票，但他没写自己，也没填耿洪山，而是填了李如云的票。他觉得耿洪山这人私心重，责任心不强，比不上李如云，所以他投了李如云的票。当所有人投完票后，闫江华开始唱票，杨树林一票票地往黑板上写。没多大一会儿，几乎所有的票都记在了范振喜名下。

范振喜慌了，他明白如果投票过半数，那么周台子大队书记的人选非他莫属，可他还没有当大队书记的思想准备。

选举的结果，除了范振喜，还有耿洪山那一票没选他外，范振喜得了三十三票。投完这轮票，党员支委又进行了投票，范振喜被选举为周台子新大队书记。在场的所有党员一起鼓掌祝贺。张德方请新大队书记范振喜讲几句，吕书记也乐呵呵地看着他，带头鼓掌欢迎他发言。

范振喜涨红了脸，木然地站起来。就在掌声中，就在大家以为他会站起来发言的时候，没承想他却转身跑出了大队部。现场顿时出现了尴尬。

吕书记不明所以地问这是怎么回事。张德方不敢说范振喜不想当这大队书记，含糊地对吕书记说，范振喜肯定有急事，我去找他。

佟大娘也没想到范振喜会来这一手，站起身，拿着小板凳就去追。

范振喜离开大队部后，没敢回家，直接跑到后山，坐在一块大石上看着周台子村庄发呆。他想着这事太突然，弄不明白这些党员怎么就选举自己当书记呢！他刚从部队回来，要经验没经验、要资历没资历，而且他听父亲范芝说过，这几年周台子大队书记换了好几个人。实在没人选了，便把过去的一位老书记请来接着干，也尽心尽力了，但是就是因为发展不起来得罪了人，家里就被人炸了两次，因此这才撂的挑子。

而他范振喜，尽管想带领乡亲们致富，可是万一当了这书记后干不好也被人赶下台，今后在周台子怎么做人？他犹豫不决。

范振礼从山上采药回来，看见范振喜一个人坐在大石头上发呆，便朝他走过来，问："振喜，你不在木材加工厂上班，跑这坐着干啥？"

范振喜见是二哥，便把大队选举大队书记的事学了一遍。范振礼一听就急了，大声嚷嚷这是张德方的圈套，让范振喜先别回家，免得被他们纠缠，自己去找张德方。说完，范振礼匆匆下山。

范振礼走后没多久，张德方便找到了这里。一见范振喜，劈头盖脸便是一顿猛训。张德方说："振喜，你也当过兵。你知道你这行为是啥吗？这叫逃兵，在战场上非枪毙你不可！当了这么多年的兵，怎么一点儿担当精神都没有。难道你怕了？怕吃苦怕担责任不成。既然全大队党员选你，那是相信你，相信你能带着大伙把周台子搞好，不再让乡亲们挨饿。你是觉得自己年轻，怕干不好。怕什么，你是大家伙选出来的，说明人家相信你！群众眼睛不瞎，知道谁行谁不行。周台子大队书记这活儿，就得你来干啊……”

他见范振喜还是不说话，又说：“振喜，你要记住你是名党员，还曾经在部队锻炼过，就要担起这个责任。军人连死都不怕，还怕这点儿困难吗？”范振喜任凭他怎么说，就是不吭声。是啊，现在当周台子大队的书记，太难了，自己要是不考虑清楚，又怎么能挑起这重担呢？

佟大娘心里十分着急，她不管下面的会如何开，觉得必须要找回范振喜。她去了范振喜家，范母说他没回来，问找他干啥，佟大娘没说。

佟大娘从范家出来，在院门口碰到金彩霞。金彩霞问她忙着找范振喜干啥。佟大娘说有急事，问金彩霞哪里能找到范振喜。金彩霞知道范振喜经常到后山那块大石上坐，便猜想着他很可能去了那儿。

佟大娘见到范振喜说：“振喜啊，别忘了你是党员，到什么时候都要吃苦在前，别怕困难，只要想办法都能过得去……”

刚才，金彩霞和佟大娘来时，老远就听到张德方在发火，这时又听佟大娘絮叨个没完，心里有点儿可怜范振喜，说：“佟大娘，振喜既然不想当书记，干吗这么批评人家，放谁身上受得了？”而此时，范振喜竟然还是一语不发，无论谁说什么，他都不回言反驳，一直保持沉默。金彩霞心疼范振喜，又见佟大娘和他僵持不下，就上前解围说：“大娘，山上凉，别让冷风吹坏身子，咱下山吧！”

范振喜看着失望的佟大娘在金彩霞搀扶下，一步一滑地下了山，觉得心里很不是滋味。张德方临走时对范振喜说：“我给你三天时间，你好好想想，你从小到大喝的是周台子的水，吃的是周台子土地生产的粮食，跟你一起生活的是周台子的老百姓，如果你觉得你不是周台子人，那这书记你就甭当。”说完也赌气走了。

范振喜在山上坐了很久，天快黑时才回家。这一夜，他几乎整晚都睡不着，他要好好想想，这周台子大队书记能不能当？

第二天，范振礼终于找到了张德方，两个人没说几句便吵了起来。范振礼说他坚决不让范振喜当周台子大队书记。张德方则说：“如果范振喜还有党员觉悟，我相信他会担起这个重任。任何人也别想左右范振喜。”

范振礼生气地说：“走着瞧，不信范振喜敢不听我这当二哥的话。”

对此，范家开了家庭成员会。范芝作为一家之长，在征求完全家人意见后对范振喜说：“这个大队书记不能当，老书记是多精明的人，都被逼得下了台，你才回来几天，大队的啥情况都没摸清楚，就当这书记？下场不会比老书记好！那是玩命呢。”范母担心地说：“干好了还行，万一干不好，连媳妇都难找。”二哥范振礼、二嫂柳玉也在一旁连劝带诉苦，就连哑巴大哥，也比画说周台子大队书记不好干，都不同意他当。

刘海英听到消息后，连夜赶到上台子，把刘父的意见学给范振喜听。刘父说，只要范振喜在厂子里好好上班，不回周台子大队当书记，他就同意这门婚事，择日就可以找媒人上门提亲。

这两件事给了范振喜很大压力，他不能不重视。然而，很快发生的第三件事却让范振喜在思想上来了个大反转，义无反顾地决定要当这个书记。

那天，范振喜刚从厂子回来，还没进家门，就被李山家的二儿子长贵截住，说佟大娘有急事找他。范振喜进了佟大娘家，问啥事？佟大娘说有事跟他商量，随后佟大娘向范振喜讲了丈夫和儿子的牺牲经过。

这些事范振喜从没听说过，他只知道佟大娘有个女儿，早年也没了，她现在是孤寡老人、老党员，至于她家里人的事，佟大娘从没向人说过，范振喜也不知道。他听了后很受感动，很是敬佩佟大娘。接着佟大娘又跟范振喜谈到村里选举的事，劝说范振喜别凉了周台子人的心。范振喜沉默了。

看着范振喜的头发已经很长了，佟大娘拿出剪头的推子。当年，范振喜参军出发的前一天下午，就是佟大娘给他理的发。

坐在院子里，佟大娘给他围上围裙，认真地给范振喜理发，一些被剪掉的头发掉落在地上。佟大娘说："振喜啊，我知道你现在心里在打鼓。大娘不敢说识文断字，过去呢也念过私塾，我记得有那么几句话，'居庙堂之高则忧其民，处江湖之远则忧其君。是进亦忧，退亦忧。然则何时而乐耶？其必曰：先天下之忧而忧，后天下之乐而乐'……"

被剪断的头发不断掉落地上。范振喜认真地听着，对名篇《岳阳楼记》中的名句，他是不陌生的，上高中的时候就学过。

时下，佟大娘讲了出来，听得他不由一震。是啊，是进亦忧退亦忧。然则何时而乐耶？其必曰：先天下之忧而忧，后天下之乐而乐……周台子大队的党员和社员们如此高看自己，还不是想要改变村里的落后面貌，还不是想过上好日子吗？还不是觉得自己是个人才吗？姑且说自己有没有这个本事，那自己这个兵难道白当了吗？现在自己怕的是什么呢？难道就真的干不好？为什么干不好？为什么不去努力试一试呢？

正在这时，听到外面有人喊："救人呢——长贵跳河了……"

头发还没剪完，范振喜就系着围裙跑向河边。他还没赶到河边，长贵已经站在了桥中央的木栏外。只见李山喊着，求小儿子长贵不要跳河。耿洪山和四队的社员们都赶了来。杨树林和两名戴着红袖标的民兵想上前，又担心激怒长贵，欲进欲停地难在了那里。

杨树林说："长贵，你先下来，这事好商量。我们不抓你了行不？"长贵说："我不去派出所。"杨树林赶紧说："好，咱不去。你下来，咱回家。”长贵听了，犹豫起来。

耿洪山突然发话说：“小兔崽子，偷了生产队的粮食你还有理了呢！你拿跳河来要挟谁？”长贵说：“我没偷，我和我哥打了借条，上秋分粮就还。”耿洪山斥责说：“谁同意你借了，我没同意。你就是偷！”长贵还想辩解，但耿洪山不给他机会，蛮横地说：“我今天就在这看着，有本事你就跳。”

长贵沉默一会儿后，似乎有了决定，转向李山说：“爸，咱们家穷，连饭都吃不饱，活着还有啥劲，我不拖累你们了……”说完，纵身跳入河水中。霎时间，长贵被滔滔的滦河水吞噬掉。围观的人傻了，不知如何是好。

长富急得大喊：“我弟跳河了，谁去救救他啊？”

守着滦河，庄里人也有人会水，但那都是夏天去河湾平缓处洗澡时瞎扑腾，无非是狗刨之类的把戏。面对桥下的湍急水流，没人敢跳下去。他们知道，自己下去不但救不了长贵，还得搭上条性命。于是众人惶恐地大喊大叫，眼睁睁看着长贵被水卷走。李山和长富边哭边喊，长富大骂耿洪山，说长贵要是死了，他就跟耿洪山拼命。长贵真的跳河了！耿洪山也傻了，他无非是想吓唬吓唬长贵，谁承想这孩子真就跳了。

杨树林更急，人是他抓的，也是从他手里逃的，这要是出了人命，这个责任他可担不起。

危急关头，范振喜赶到，眼见河水把人冲走，他连衣服也顾不得脱，奋身从桥上跳下，拼命游向从水中浮出又被大水冲走的长贵。范振喜游出大约一百米后，才在水中抓住长贵，把他托出水面救上岸，又开始用从部队学的人工呼吸开始施救。

长贵吐出了几大口喝下去的河水后，渐渐清醒过来。范振喜一边拧着衣服上的水，一边问急忙跑过来的长富，长贵为什么跳水？

原来两天前，李山家就断了粮。李山打扫完箱子底后，仅找出够一家人吃一顿的粮食。然后，李山就顿顿给这兄弟俩煮玉米秸秆水喝。哥儿俩实在饿得受不了，就商量着到生产队偷种粮，怕被人发现，就把偷到的粮食用衣服包着回了家，背着李山偷偷煮着吃了。

没想到这事还是被人发现，报告给耿洪山。耿洪山随后跑到大队，说李山偷公粮，故意破坏生产。杨树林便以民兵连长身份，带着两个民兵去抓李山，弄清楚后，就把长贵和长富抓了起来，关在大队部。长贵胆小，害怕被送到派出所，便借着上厕所机会逃跑了。

杨树林带着民兵追，一直追到桥上。看到长贵要跳河，杨树林便劝，长贵正犹豫着，耿洪山赶了来。经过耿洪山这么一激，长贵才跳的河。

大儿子长富越说越激动，发着牢骚说："在周台子，不如出去要饭。要饭能有的吃，赶上好人家，还能吃一顿白面馒头。"他埋怨李山，如果早点儿出去要饭，长贵也不至于出事！发着狠说，如果李山不去要饭，他就带着长贵走，不能在周台子等着饿死。

长富的一番诉苦，深深触动了范振喜。范振喜安慰长贵说："你放心，周台子会好起来的，不但有饭吃，还能过上好日子。"

长贵不相信地说："谁都这么说，学校老师也这么说，可好日子谁看到了。我打小就吃不饱，长大了还是吃不饱。我不信。"范振喜沉默不语。

说着，他忽然想到范振喜当大队书记的事，问："振喜哥，我听说你选上书记都不干，你真有眼光，那书记当着没劲！别听他们的，在厂子上班多好，每月都有工资，能吃上饱饭！"

长贵的话，让范振喜觉得自己像一个逃兵，没有勇气不敢担责任，他对长贵说："长贵，回家吧，相信我，周台子一定会好起来的。"

范振喜意识到长贵的自杀是因为周台子村穷，老百姓穷得连饭都吃不上，如果他们不饿肚子，又怎么能去生产队偷粮呢？归根结底还是"穷"在作怪！

范振喜从河边回家后，佟大娘正拿着那把推子站在他家的院子里，范振喜什么也不说，蹲在地上就让佟大娘继续理发……

次日一大早，范振喜便来到大队部，推开虚掩的门，默默收拾屋子卫生。他找来木桩，先把三条腿的桌子腿捆绑好，又把缺腿的椅子用钉子钉牢，然后开始扫地，一件件地布置屋内环境。张德方进来，看见范振喜先是一愣，继而明白过来，上前说："别干了，别干了，我来吧！"

范振喜停下，严肃地对张德方说："把委员们叫来，一会儿开个支委会！"张德方激动地说："对，对，开个支委会。"

支委们很快都来了。范振喜走到黑板前，拿起粉笔在自己名字前面写出"周台子"三个大字，他转身举起右拳头说："大伙都在，既然全村党员已经选举我了，冲着这份沉甸甸的信任，我范振喜承诺，周台子的大队书记我当！不干则已，干就干好，我一定和大家一起好好干，一定让乡亲们都过上好日子！不带富周台子老百姓，我就一头扎进滦河水里喂王八！"

他身后，当时选举的黑板上还写着划票的结果，"范振喜"三个字赫然在目。

范振喜上任后的第一个支委会，委员们发言热烈，感情真挚，围绕着周台子大队粮食丰产丰收出主意想办法，充分体现出新班子的凝聚力和战斗力。

当天的会议开到很晚，研究了许多事项，急于出台的则是周台子村的《村规民约》。范振喜想，要想把村子建设好，首先就要提高社员的思想认识和文明素质，这十条村规民约正好对症下药：第一，不许出外讨饭。第二，不许打架斗殴。第三，不许干活偷懒……

社员们看到大队部有了新变化。破了洞的窗户被纸糊上，露了石头的内墙用新泥重新抹平，桌椅板凳搭成了一个长方形会议桌，上面还盖上了花桌布，北墙挂上了毛主席像，两旁还贴上了标语口号，东墙新开出一块党员活动园地，上面写着入党誓词。

三间破旧房屋顿时鲜活起来。有人以为大队还有公费，不然，怎么置办得起呢？其实不然，就目前而言，周台子大队还欠着三万元外债，账面上一分钱没有。桌子是从村小学仓库借来的破旧桌椅，花布是丛艳君从家里拿来的新被面，办公纸张是从供销社赊来的，这一切看上去简简单单，但要好好干的扎实劲已经充分表露出来。

大队部办公室有了新模样，张德方也是出了血本——把家里一把祖上传下来的太师椅也搬来了，要给范振喜坐。

范振喜说："这我可不敢坐，这老古董扎屁股啊！"张德方说："振喜，你退伍回来，是我提议请你来当大队书记的，害得你丢了公社木材加工厂的工作。这把椅子可不一般啊，是我太爷爷传下来的，你也知道，我们家过去成分高。振喜，这把椅子就你坐，你得给周台子全村老百姓坐稳了、坐住了，更别忘了你的承诺啊！"

范振喜听得愣住了，注视着张德方。范振喜说："德方哥，你比我大，退伍比我早三年，但我没想到你胸怀更大，本来这书记应该你来当的。"

张德方说："振喜，我知道你也不是不想当，看着周台子穷成这样，你心里也不是滋味。其实别看你比我小，但我觉得你有见识，也有胆识，就冲你在部队敢在火海里抢出弹药来，就比我有出息！好兄弟，你就带着大家好好干吧。"

说着话，闫江华和杨树林把那把三条腿的椅子抬了出去，张德方搬起太师椅端端正正摆放到范振喜的桌前。范振喜背过身面对入党誓词，感动流泪。

第二天一大早，张德方、闫江华、哑巴大哥在大队部院子里竖起了一面国旗。太阳升起来的时候，范振喜带领村两委班子成员和党员举行了升旗仪式，国旗迎风招展，飘扬在小山村的上空。

大队部院子里响起了国歌声。周台子大队的三十五名党员一个不少地全都站在国旗下，一起向冉冉升起的国旗行注目礼，并伴随大喇叭里播放出的音乐，同声歌唱国歌。前来看热闹的社员被感动了，也跟着哼唱起来。很快，大队部院内挤满了人。

就在这一天，范振喜当着全体党员和社员的面说：“我向大家伙做一个保证，就是我的承诺吧，那就是一年之内让全大队社员吃饱，三年之内让大家都有零花钱！”

人群中的范振礼见振喜已经当上了大队书记，又如此承诺，不禁有些不悦，为能不能实现这个目标替他暗暗担心。

范振喜当了大队书记之后，又回了一趟公社木材加工厂。刘厂长要送给他一件礼物，范振喜跟刘厂长要了那个心爱的小珠算盘。在后来的日子里，这个小珠算盘成了范振喜随身携带的工具，用算账的方式给大家做思想工作成了他一个拿手的好办法。

这天上午，第四生产队的场院在分粮。前来分粮的社员们，拿着口袋、簸箕等家伙什，男男女女排着长队站在场院里。场院上，堆着几堆玉米，分出一二三级，旁边放着一杆铁秤。耿洪山让社员们

站好，拿着一个本子，念着谁家有几口人，享受几等，分多少粮。

当念到范芝家分的是三等粮时。范芝不干了，范芝说："我家振喜回来了，也算是社员，为什么给三等粮。"耿洪山说："是社员不假，可大队分粮有规定，都是按'人三劳七'，范振喜既然不在生产队干活，就不能算劳动力，所以只能按三。你家不是三等粮，还是一等啊？"刘大懒插进来说："范振喜是大队书记，挣满工分，就不能是三等。"

耿洪山瞪了他一眼："我刚才说了，挣多少工分我不管，反正不在生产队干活，不算劳动力就得按'人三劳七'分。"转向众人问，"你们说是不是。"没人应声。耿洪山有些生气："真不知好歹。这粮食又不是我独吃，你们人人有份，我这是为你们着想。"李山小声说："哼，你有那份好心？"耿洪山似乎听见了，大声嚷嚷："李山你说啥呢？大点儿声！"

李山不说话。刘大懒故意捣乱，假意解释说："他说你心眼儿好，只想别人，不顾自个儿。"引来众人哄笑。人们知道，耿洪山可不是这样的人。耿洪山意识到是在挖苦他，随后把火气撒到刘大懒身上，大声说："刘大懒，三等粮。"刘大懒愣住了，疑问道："我天天在地里干活，怎么也不算劳力了？"

晚上，范振喜一家人吃晚饭。范芝刚吃两口，赌气摔下筷子不吃了。范振喜问怎么回事。范母便把白天分粮的事向他学说一遍。范振喜听了后对两个老人说："三等就三等，无非是杂质多些，明天我抽空簸簸。"

范芝转向范振喜，生气地说："这些年你当兵，咱家吃三等粮。你在木材加工厂，咱家还是三等。这些我不说，谁让你没在生产队干活呢！可你都当大队书记了，还吃三等，那耿洪山，明显是没看得起你这大队书记。"范振喜笑着说："看不起就看不起，谁让咱大队穷呢！"

范芝觉得范振喜说这话窝囊，赌气下地，不小心把桌上的煤油灯碰倒。油灯一灭，顿时屋子黑了起来。范振喜找来火柴重新把灯点着。

煤油灯再次亮起，幽幽的光线照着三个人的脸。范振喜一本正经地说："爸，要想让人家看得起，不是靠摆官架子，得看能不能为村里做点儿实事。现在，全公社就周台子大队还没通电，别的村早就点上电灯了。你说，社员们能没意见吗？"范芝回应说："你才当几天书记，这能怪你吗？"范振喜说："以前是以前，但现在我是大队书记，没有通电，就是我的责任。"

吃过晚饭，范振喜去找张德方，两个人来到大队部，守着一盏马灯商量起周台子村通电的事。张德方说："前几年老书记也曾张罗过，但周台子穷，拿不出这笔钱。没钱，人家电力局不给通电，这事就一直拖着没办成。"

范振喜说，没钱也得想办法。张德方说："没钱买不来材料，又求不来电力局的人，怎么安？"范振喜说这事我来想办法。随后向张德方提出他想把周台子土地承包给各家各户的事。

张德方担心地说："振喜，你刚当上书记，步子不能太大，整个公社都没人搞，咱也不能带这个头。老百姓都知道出头的椽子先烂，我可不想在这节骨眼儿上看着你犯错误。"范振喜说："我已经想好了，椽子就是先烂也要先出头，而且查了资料，家庭联产承包土地终究会成为大趋势，方向错不了。明天我们开个支委会研究一下。"张德方见劝不住范振喜，只好作罢。

支委会上，范振喜向支委们介绍了小岗村实行土地承包后的成果，又谈了周台子村分包土地的办法。除了张德方外，其他三名委员都持怀疑态度，对范振喜提出的意见不置可否。

直到范振喜打开笔记本，把记下的文件精神和小岗村人的现实生活情况说了一通之后，委员们这才信服，渐渐的情绪高涨。

接连几天，他们制定出了周台子大队土地家庭联产承包方案。

刘海英父亲得知范振喜辞了木材加工厂的工作，十分生气，对刘母说："既然范振喜回了周台子，那就跟周台子人一样，一辈子都得受穷。"刘母说："他是大队书记，总要比别人好点儿吧！"

刘父哼一声说："当书记怎么了，有人给他发工资吗？就那点工分，换不来钱，还是穷。"刘母不吱声了。刘父叹气，自言自语地说："早知这样，就别让海英跟他搞对象。"过了一会儿又说，"没啥，反正没结婚。"

刘母感觉刘父想要干什么，提醒说："你可别胡来，这是海英一辈子的事，得由她自己做主。"刘父不以为然地说："小孩家，懂什么，我不能看着她往火坑跳！"

没过几天，下台子的一个媒婆拿着一张男人照片来到刘海英家，对刘父说："去年在镇上赶集啊，镇上的那家人不错，虽然年纪大点儿，但有钱啊，相中海英了，愿意出三百块钱彩礼。只要你们没意见，他过几天就来定亲。"听说有这么多财礼，刘父当然同意。可刘母担心，问那人干什么工作、长什么样、身体好不好，问了一大堆。

媒婆说得天花乱坠，把刘父、刘母全哄住了。没想到刘海英却坚决不同意，她说，自己非范振喜不嫁，穷就过穷日子一辈子不后悔。刘父生气，狠狠地骂了刘海英。刘海英哭着把自己关在屋里，两天不出来也不吃不喝，跟父母较上了劲。

这一天，耿东云来大队部请假，说要参加县里组织的干部考试，让大队开个证明。张德方一听就火了，说你走了，那些学生怎么办？别光想着自己，得为周台子想想。在场的杨树林和闫江华也说，周台子对你不错，年年都比别人多挣一百多工分，还想怎样。

没想到耿东云来了脾气，说他凭什么就得一辈子窝在周台子。几人一听这话全都来了气。杨树林气愤地说，有本事就别在周台子住。

范振喜劝住几人说："耿东云有志气，如果能考上干部，将来发展好了，还可以多为周台子做贡献，这是件好事。"随后让闫江华给耿东云开了证明。

家庭联产承包土地方案出台后，周台子大队召开支部扩大会议，九个生产队长参加了这个会。除了耿洪山，其他几个生产队长都赞成，他们说早该这么干了，不这么干就治不了那几个懒汉，周台子也没有出路。耿洪山开始闷头不吭声，见众人都表态，实在忍不住，便把自己的真实想法露了出来："土地都包出去了，还要我们这些队长干啥？"

"对啊！我们队长还有权力吗？谁还听咱们的？"耿洪山这么一起头，其他几名生产队长也缓过味来，意识到权力受到了冲击。

范振喜耐心地做着解释："你们都是共产党员，不要事事想自己的个人利益，作为生产队长，你们手中的权力是社员给的，是为社员服务的，不是用来摆谱的。"几名队长听了后哑口无言，全都低下头。唯独耿洪山有些不服气，直视范振喜说："大道理谁不会说，我不相信你当这大队书记，就不是为了这顶官帽？"

张德方火了，大声嚷道："洪山，你想错了，范书记当这书记不是为了自己捞权，是为了让周台子早日富起来。人家放着每月几十块钱工资不挣，跟着我们挣一天二毛钱的工分，你说，他图什么？再说，人家这书记是全大队党员选的，不是他争来的。周台子老百姓信任他、相信他。"

其他几名支委你一言我一语，对耿洪山一通批评。耿洪山无言以对，转而说："好好，都按大队说的办。如果土地分不下去怎么办？"

范振喜告诉他，大队委员们进行了具体分工，有工作小组进行具体指导，遇到解决不了的问题随时可以找大队，但绝不能假公济私，要一碗水端平，在分地过程中，如果谁敢谋取私利，大队就处理谁。

周台子大队家庭联产承包责任制改革在悄悄地进行着，瞒过了公社、瞒过了县里，全大队上下摆明了一条心。不是范振喜胆大妄为，是因他对上级有顾虑，担心报上去之后，一层层地批复、一层层地下指示，最后什么结果无法预料，很可能无法实施。

而且如果耽误了春种，就会影响一年收成。所以他宁肯冒被撤职的危险，也决定这么干。范振喜对大队委员们说："出了事，我范振喜一人兜着，你们放心大胆地干。只要周台子老百姓有粮食吃，不再挨饿、不再出去讨饭，我不怕给处分。"

分包土地之难，不在于能不能把土地分下去，而在于如何划分土地等级。在等级确定后，还得把不同等级的土地糅在一起，对各家各户进行均衡分配，做到人人满意公平合理，否则必然会出现告状、闹意见的场面。那样的话，周台子分包土地工作就无法在秘密中进行。

因此，在分地这几天中，范振喜带着工作组挨个生产队检查，挨家挨户询问，有问题现场解决，一个死角都不留。

仅半个月时间，九个生产队的分包土地工作全部完成，没有向外走漏一点儿消息。土地分到各家各户后，冻土还没有化透，周台子便出现了拾粪、积肥、送粪，乃至全家老少在承包地里忙活的情景。他们每天天刚放亮，就扛着铁锹去地里干活，天黑了，还不肯回家吃饭。

范振喜和大队委员们把全部精力都放在了春耕上，每天都要巡视一遍。张德方高兴地对范振喜说："土地包下去就是好，社员们有了积极性，再也用不着咱们去催着上工了。"

第四生产队分包土地不久，有人到大队部告状，说耿洪山有私心，分地不公。范振喜便带着大队工作组到四生产队蹲点。这一调查才发现，问题一大堆。范振喜感到问题很严重，如果这些意见传到公社，就可能引来公社的调查组，那样一来，周台子大队分地的事便瞒不住了，还有可能使分包土地的事停下来，重新回到老路上去。真要那样，周台子大队增加粮食生产的想法就全都落空。范振喜觉得，四队的问题必须解决，不能影响全大队。

范振喜亲自组织召开第四生产队的队委会，还把李山、范贺、范芝、佟大娘等一些老人们找了来，一起研究四生产队存在的问题。

耿洪山觉得范振喜是小题大做，赌气地把第四生产队的名册、账本扔给范振喜，说："既然你不相信我，你们自己研究吧，我还有事儿呢！"说完，扔下开会的人们独自走了。

李山生气地说："没有刘屠夫，还不吃去毛猪了？"众人都很生气。

范振喜稳住众人说："我们好好议议，只要有合理的分配方案，我相信社员们会接受的。"

经过研究讨论，第四生产队终于有了新方案。范振喜又找到耿洪山，好说歹说，耿洪山也就不反对了。就按着三个等级：产量五百斤以上的为一等；三百斤到五百斤的为二等；三百斤以下的为三等进行分配，四生产队的分地工作再次恢复正常。这个方案很快推广到周台子全大队。

没过几天，懒汉刘大懒来到大队部，说范振喜分地不公，把好地给自己家了，要求重新分地。怎么解释刘大懒也不听，气得张德方抬手要打他。范振喜说："既然刘大懒有意见，那就去实地看看。"大队委员们跟着范振喜和刘大懒去了范家新分的地。

范家承包地大多在山坡上，只有一块是河滩地，那也是按着标准分的，没有一点儿特殊化。但刘大懒说这块地比他家分的那块好，硬是要拿他家的一块山坡地来换这块河滩地。谁都知道平地在河滩上，又靠近水源，只要耐心种，定会长出好庄稼。而山坡地则不同，特别是那些混着碎石的山坡地，别说浇水，光是那差的土质，怎么摆弄也是贫瘠，没人愿意要。刘大懒这块山坡地并不是分给他家的全部土地，而是整块地不够用作的补地，其他社员家也是这样搭配着分的，而且是抽签决定的。

现在，刘大懒要拿这样的地跟范家换，明显是耍赖。范芝当时就火了，骂刘大懒不要脸。范振喜劝住范芝，答应了刘大懒换地要求。这件事的发生，没人想到其实是耿洪山给侄子出的主意，他是故意要整范振喜。

范芝对自己家的地被人换走一事非常恼火，决定开个家庭会让范振喜辞掉大队书记。当天傍晚，范芝把全家人叫到一起，说了自己想法。范振礼支持范芝，劝范振喜说："这大队书记没啥好当的，当来当去，连家都照顾不好，不如还回到木材加工厂上班。"哑巴大哥范振仁也哇啦哇啦地比画着说回厂子上班好。

范母却支持范振喜说："我看老三你做得没错，你是书记，咱家吃点儿亏也没啥……"范芝说范母头发长见识短，两个人发生争执。二嫂柳玉几次想说话，欲言又止。

范振喜劝住两位老人说："现在周台子人穷，饿怕了，把打粮食看得比命还重。将来咱不光是要种地，还要干点儿别的。到了那时候家家有了钱，谁还在乎这么一块地呢！"二嫂柳玉带着挖苦的语气说："那敢情好，真要有那一天，二嫂天天给你包饺子吃。"

土地分包下去后，还有一个问题需要范振喜着手解决，那就是架线拉电问题。范振喜与张德方几次去公社找吕书记要求帮助解决，但都没办成。范振喜也理解吕书记的难处，对张德方说："活人不能让尿憋死，走，我们自己去电力局。"

范振喜终于打听到电力局的李局长也在自己所在的部队当过兵。他打了无数个电话，终于联系到了老团长，说明周台子大队亟须帮助架设电路。事情也很巧，老团长还就真帮了这个忙。

范振喜和张德方背着一袋子土特产，来到了电力局。门卫告诉他们说局长下乡了，晚上才能回来。两个人从早上等到下午，也不见电力局局长的影子，饿了就吃随身带的玉米面饽饽，再喝两口军用水壶里的冷水，一直熬到晚上下班也没等来。人家单位大门要上锁，他们俩被撵到外面。

傍晚，局长坐着电力工程车回来，看见两个人影蹲在大门口，还以为是前来告状的，一问才知道是周台子大队的书记和队长。两个人被叫到局长办公室，一问原委，李局长为难地说:“今年，县里的指标没有周台子，这电拉不成。”范振喜向局长摆了一大堆周台子大队的困难。李局长摊着手说：“你们的困难我知道，老团长给我打了电话，公社吕书记也找我说过了。”

范振喜一喜，看来吕书记还真够意思。但是李局长又说：“全县像你们大队这样的也不在少数，照顾不过来啊！按理是应该支持你们发展，但是资金不充裕我也没办法啊。”范振喜恳求说：“钱我们自己出一部分，两成行不行？我们还能出劳力。”李局长质疑地问：“你们有钱？”

范振喜尴尬地笑笑说：“我们现在没钱，先欠着，等秋收卖了粮食就有一点儿钱了。”李局长想了想说：“这倒也是个办法，没电浇不上水，庄稼地自然收成不好。”

范振喜看到了希望，不失时机地说：“如果能给周台子拉上电，您李局长就是我们周台子的大恩人。您放心，只要拉上电，秋后我就是砸锅卖铁也一定要还上这钱。”李局长盯着范振喜看了一会儿说：“好吧，振喜同志，我也是当兵的出身，就冲你这小伙子实在劲，这事我们研究一下。”

几天后，李局长亲自带着工人来给周台子架线。为了减少开支，范振喜发动全大队党员带头出义务工帮忙。工地上，彩旗飘飘，一时间大家干得热火朝天。党员们分成几个小组，有的负责挖坑、有的运木桩、有的运材料，所有体力活党员们全包了。电力局的工人只管技术，负责指挥。仅用五天时间，电线便通到了周台子的各家各户。

通电前那一刻，几乎全大队的人都站在村街上，有的盯着电线杆上的灯泡，有的在家看着电灯等着来电，都在盼望这一激动人心时刻的到来。这时，老柳树上的大喇叭里传出范振喜的声音：“现在我宣布——合闸通电！”

话音一落，各家各户亮起了灯光，顿时间，夜色中的周台子冲出黑暗，呈现出一片灯火通明。社员们一阵欢呼。站在人群外的佟大娘抹了一把泪，高兴地说：“我这辈子算是没白活，总算有电灯照亮了。”

周台子人口多但只有两盘碾子。一到年节，家家都要抢着用。有的天黑时放上一把笤帚疙瘩就算自家占上了，不管别人第二天来得多早也不能动，因此社员时常为了争碾盘而打架。

范振喜想给村里建个电磨坊。以前没电时这个事想也白想，现在有电了，电动磨面机自然有了用武之地。可是买磨面机的钱去哪里找？大队部没钱不说，光是天天打发上门要账的就让范振喜头疼。旧账都还不上，谁还敢赊账给周台子买磨面机。

范振喜买磨面机的想法一天天在膨胀，实在没法了，便回家跟母亲商量要借用他的退伍费。范母一听就急了，说那钱谁都不能动，那是留着给他娶媳妇的。范振喜笑着劝母亲说：“先借给大队买磨面机，等有钱了一定还。”范母说：“大队穷了十几年，就没见他们有过钱。我不相信。”

范振喜说：“现在不同了，你儿子当书记，你还信不过？”范母被范振喜缠得没法，只好把钱借给他，范振喜用这笔钱买了一台磨面机。

说实话，要给电力局的钱，光靠交公粮返回来的钱是远远不够的，八十年代交公粮给公社粮站，按当时价格折算成钱给生产队，生产队按工分比例发给社员。粮食多的生产队除分给社员外还有余存，这部分钱由生产队支配，再说也得给社员们留下点儿，不能全收上来。因此，这台磨面机也就成了慢慢攒钱还债的工具。

这天，正修理磨面机的范振喜，搞得成了个三花脸。刘海英急着来找范振喜，说刘父要把她嫁到城里。范振喜一听就急了，说等修好磨面机，晚上他去跟刘父说。修好了磨面机，范振喜骑着自行车到供销社买了两瓶酒和一包点心就赶往下台子。

晚上，刘父正在与刘母合计要多少彩礼，什么时候去城里谈定亲的事。范振喜拎着东西来了。

范振喜进屋后，对刘父说，让他给自己一点儿时间，如果在一年内周台子老百姓吃不饱饭，三年内不能富起来，他就主动断了与刘海英往来，要是不把周台子搞好，我也没脸再过来登门求婚。

刘海英知道范振喜说的是气话，可是万一做不到怎么办！范振喜说大丈夫一言九鼎，说出的话如泼出的水，说了就得算数。

刘父心想，范振喜说的也是一种解决办法，如果到那时候，范振喜做不到的话，他就可以随意安排刘海英的婚事，范振喜也不能干涉，也用不着得罪这个年轻大队书记，于是便答应下来，但是三年时间太长了，只要两年看到周台子大队的新变化，就同意暂时不再给刘海英找对象。

临走，刘父说什么也不要范振喜的酒和点心。范振喜只好忐忑地拎着东西出了屋。他身后，刘海英含泪要出来送他，被刘父拦下了。

转眼春暖花开，公社部署了交公粮任务。会上，吕书记不点名地批评了周台子大队，说他们劳动不积极，懒汉思想严重。

散会后，范振喜和张德方主动来找吕书记。吕书记以为俩人对他会上说的不服气来找后账。不等俩人开口便说："怎么，会上点的还不够明白，来我这找理了。"范振喜说不是，说周台子大队以前做的是不够好，但希望吕书记能给点儿面子，给他们改正机会。

吕书记说："要好听的，不想挨批评？你们大队领导干部就是这样当的？如果想让我表扬，那就年底拿出成绩来。"接着，吕书记又把去年周台子大队交公粮弄虚作假的事强调一遍，"今年你们要是还那样干，我不仅撤了你们俩，还要给你们党内处分。"

张德方感到有点儿意外，他不明白吕书记怎么知道的这件事。那是他们去年偷了巧，交公粮时把好粮食上面放点儿，中间放点儿好的底下再放点儿好的。收购站例行检查，一般都照这几个部位用铁签去扎，抽出的粮食自然是好粮。这样一来，他们就用一半的劣质粮蒙混过了关，就偷偷给社员留下了点儿好口粮。想到这，张德方再也不敢辩解，因为毕竟是有错在先，于是他只能主动承认错误。

吕书记说:“这件事你们也别瞎猜，不是谁告的状，是人家粮站发现后找到我这。实在没辙了，公社动用储备粮帮你们补交上了！是我好说歹说才把这事压下去，如果报到县里，非拿你们做反面典型不可。这是什么性质，张德方你知道吗？！”

张德方窘得不敢说话。范振喜赶紧接过话来说：“吕书记，您也知道，周台子大队山地多平地少、土质差，以前又没电浇水，所以产量低影响了交公粮。但您放心，今年不会有差，今年我们将功赎罪。”吕书记怀疑地看向范振喜：“怎么，今年就有保证了？”

张德方怕范振喜说漏了嘴，给他使眼色。范振喜诡谲地一笑：“您在会上把我们批的都没脸了，还敢不好好种地啊！”吕书记说：“德方啊，去年交公粮作弊的事不算完，公社党委已经研究了，给予你党内记过处分。振喜，你也别说轻巧话，今年你们不仅要保质保量上缴公粮，还要把公社去年替你们交的补上，一斤一两都不能少！”张德方也不敢说什么，只是说我错了，我接受教育，我接受处分。

范振喜一边与吕书记说话，一边看向桌上的一部电话机子，那上面没有插线，而且是旧的，于是心里琢磨着可能是不用了的。

他拿起那部旧电话机子，对吕书记说：“吕书记，有几次我跟您汇报工作，说着说着电话就断了，后来您还挺生气，您说是有这回事吧？”吕书记说：“对，是有过。”范振喜继续说：“我跟您直说吧！就是因为我们那电话不行了，连摇把子都没了，更别说是好好通话了。”

吕书记顿时明白范振喜另有所指，笑着说：“你小子就别跟我绕圈子了，是不是想拿走？”范振喜不好意思地笑着说：“是有那意思，我们电话坏了，又没钱买新的！”吕书记有点儿犯了难：“这部电话修修还能用，可我答应给兽医站了。”

范振喜说：“兽医站的老刘啊！好说，好说，我俩关系好，就说给我了，他不会有意见。”说着抱起电话机，生怕别人抢走似的，转向张德方说，“吕书记还忙着呢！我们别在这打扰了。”

张德方顿时明白过来，附和着说：“对对……”两个人急急地向外走。吕书记把俩人喊住：“你就这么抱着它出门，别人还以为是你偷的，来来，我给你找个袋子。”

范振喜抱着装旧电话机的布袋子和张德方出了公社大门，相对哈哈大笑。

张德方说：“振喜，我算服你了。这旧电话机子是老刘想要的，那兽医站的老刘是出了名的鬼难缠，这回电话机子被你拿走了，他指定得闹，吕书记恐怕是要作瘪子喽……”

范振喜只是笑，抱着旧电话机子就像得了一件大宝贝似的开心。

# 第 三 章

回周台子大队的路上，范振喜想起吕书记在会上说的话，意识到周台子大队党支部一班人思想意识不强，对国家的政策法规存在模糊认识，竟然敢在交公粮这么重要的工作上弄虚作假，显然党员的政治思想出了问题，最主要的还是大队部领导的问题，于是他想到了张德方。

张德方比范振喜大六岁，也是名退伍军人，从部队回来就在大队工作，有三年大队长经历。范振喜只是一名刚上任的新书记，而且还是张德方推荐出来的，如果在党员会上批评这件事，他能服气吗？张德方见范振喜半天不说话，开口问："振喜，想什么呢？半天不见你说话。"范振喜鼓了鼓勇气说："咱俩谈谈心吧！"张德方说："好啊，我正好也想和你唠唠。"

范振喜说："按年龄你是哥哥，从当兵这层关系论，你比我早几年，我应该叫你班长才对。"张德方说："没错，这样好，这样显得咱俩就更亲近，可以无话不说。"范振喜接着说："今天，我想说你几句。"

张德方怔住。范振喜说："党支部是党的最基层组织，是为党服务的，也就是说，需要群众做什么，首先我们党支部得考虑清楚、弄明白，这样才能带领群众朝着正确方向努力。""对呀，说得没错。”张德方回应说。

范振喜说：“就说去年交公粮这件事吧！我觉得村委会存在着严重的本位主义思想问题。”张德方说：“就那事啊，吕书记刚才不是批评了吗？改了就得了，还总提干什么？”

范振喜说：“这不是件小事，是思想认识问题，如果不能从根子上解决，以后可能在其他问题上还会出现。”张德方不相信地问：“有那么严重吗？”范振喜肯定地说：“有。既然我们发现了，就应该立即着手党支部的政治思想建设，党支部一班人要先带个好头，以后绝对不允许有弄虚作假行为，绝不能做给周台子抹黑的事，那样我们对不起党，也对不起乡亲们。”

两个人一路走着，一路说着。张德方听得心服口服，心里暗忖着，要解决周台子常年积累下的问题，必须有这样一名敢想敢说敢做的大队书记。当老好人，只能让周台子越来越穷、越陷越深。

不知不觉间俩人回到了周台子，过了滦河上的木桥就进了庄。张德方没有马上走，郑重地对范振喜说：“振喜，你说得对，周台子这些年病得很重，需要你这样的人来整治。你就放开手干吧！只要我张德方不离开大队，就永远都是你的助手。”范振喜很感动，他的顾虑彻底打消了。

这时已经到了下午三四点钟。按农村人习惯，只要农活不忙，几乎家家户户都吃两顿饭，这也是为了节省粮食。范母早已经把下午饭做好，等着范振喜回来。

哑巴大哥跑出家，到村口张望了两三次都没见范振喜身影，这回终于看见范振喜，哇哇啦啦地跑过来，比画着告诉范振喜范母做好了饭，让他赶紧回家吃饭。范振喜看看手中的袋子，本来想着先把电话放到大队部再回家，一看哑巴大哥着急的样子，又改变了主意，随着哑巴大哥范振仁向家走。

迎面碰到耿东梅，范振喜便把公社办公室马主任让耿东云明天去公社面试的事说给耿东梅听，让她告诉耿东云。耿东梅嘴上答应着，却反而问范振喜这几天为什么不搭理她。

范振喜不解其意，耿东梅生气地离开。耿东梅回家之后，因为生范振喜的气，就把通知耿东云去公社面试的事儿给忘了。

第二天上午，范振喜在大队部装好电话，准备试一试。杨树林和闫江华进屋。两个人看到新换的电话，诧异地问哪来的？范振喜开玩笑说是从公社吕书记那偷来的。杨树林拿起电话说："我得先过过瘾。"

可他拿起电话，半天想不出打给谁。闫江华一旁鼓动着说："没人打，就打给你媳妇。"杨树林说："我倒是想打，可我家没接收机。"引来众人大笑。

范振喜说："你们就瞧好吧，总有一天，周台子一定会实现家家楼上楼下电灯电话！"众人听了，就都不笑了。大家不由感慨，那可是好日子，可是穷得底儿掉的周台子什么时候能实现呢？大家不约而同地看向了范振喜。

范振喜说："樱桃好吃树难栽，幸福不会从天降。周台子要想过上好日子，就看你们的了！"

正说着，耿东云怒气冲冲地来了，进屋就质问范振喜是什么意思？这一问，搞得范振喜也蒙了。原来，公社招录干部的面试结束了，也录用了新的干部，耿东云因为没有参加上面试被公社认为是他自己放弃了。耿东云得知后，认为是范振喜嫉妒自己，故意没通知他去面试。

所以，现在无论范振喜怎么解释，告诉昨天下午他从公社回来就把面试通知告诉耿东梅了，可是耿东云就是不信，坚持认为范振喜从中作梗。

范振喜对耿东云这还没解释清楚，耿洪山闻讯也赶来了，竟然要动手打范振喜，大伙儿好说歹说才把这爷儿俩劝走。毕竟是耿东云由大队小学教师转为公社干部的好机会就这样失去了，范振喜也感觉有些对不住耿东云，懊悔当时自己没有亲自通知他。

耿洪山不认为自己的女儿没把通知转述到，反而觉得范振喜是故意阻挡耿东云进步了，为此他和范振喜的父亲范芝也闹得很不愉快。

后来，也是合着耿东云走运，过了一段日子，范振喜得知公社的秘书调走了，他买了两瓶老酒送给吕书记，推荐耿东云去公社当秘书。

吕书记说什么也不要酒，但是还是接受了范振喜的推荐，次日派公社办公室马主任到周台子小学考察了耿东云，很快将他调到了公社工作。

而耿家父子对此只是认为耿东云有出息，早就忘了范振喜的推荐。耿东云和范振喜也一度闹得别别扭扭。耿东云当了公社秘书后，耿洪山却又放出话来说，看范振喜还敢欺负我不！

小小的山村就是这样，张家长李家短的，啼笑皆非的大事小情、恩恩怨怨总是没完没了……

周台子大队土地承包之前，生产劳动吃大锅饭，有的党员没有党员的样子，工作不积极，思想落后，不能自觉维护党的利益，做的还不如普通群众。而分地到各户后，个别党员只顾自身发家致富，没有服务群众的思想意识，不能与大队党支部步调一致，还有些党员，包括个别大队干部和生产队干部，假公济私严重，打着公家旗号大吃大喝。

范振喜决定召开一次党员大会，整治这种现象。会上，范振喜阐述了自己的想法，提出了“六不准”让众人讨论，即：不准在外面吃喝、不准去商店赊账、不准去社员家蹭饭、不准赌博、不准占用公家物品、不准弄虚作假。

范振喜说完，会场里有人开始议论。最先说话的是耿洪山。耿洪山说：“当干部当党员，不就是图点儿好处嘛！这不让那不让，还不如不当。”他满不在乎地转向与他交头接耳的几个人说，“你们说是不是？”

耿洪山说完话，那些人并没有赞成的表现，全都冷眼看着范振喜，想听听这个新书记说什么。

范振喜没有理会耿洪山，问大家还有什么意见要说吗？半天没人说话。范振喜说：“党章规定，入党自愿退党自由，如果有哪一位觉得当党员亏了，可以不当，可以写申请书退党。”耿洪山不再吭声。

范振喜接着说：“洪山叔，我这话说得有点儿直接，您别生气。在座的各位党员，大道理我不多说，今天，我以周台子大队书记的身份强调三点：第一，身为一名党员，必须与党中央保持高度一致，在政治上、思想上不能有歪理，不能说三道四，不能说有背党的宗旨的不当言论。第二，做任何事情之前，先要考虑下自己的党员责任，如果做得不好，还不如一名普通群众，那你就干脆主动退党，党员队伍需要的是群众的带头人，而不是绊脚石。第三，党员不能有私心，党员不是做官老爷，无论是在大队，还是在生产队，只要你是党员，就必须有为大家利益而舍弃个人利益的思想准备。”

这次党员大会开到很晚，到了天黑时才结束。很快，党员大会的会议内容在社员们中间传开了。他们觉得，这是周台子大队扭转不正之风的开始，未来的周台子，一定会越来越好。

佟大娘作为老党员也参加了这次会议。耿洪山发难时，她心里一惊，担心范振喜面子上下不了台。可等到范振喜说完，她那颗悬着的心才落了肚，心中窃喜周台子选对了人。如果没有一名刚正不阿的大队书记，怎么能管好周台子这支散漫惯了的党员队伍？因此，她认为这次党员大会开得非常好。

耿洪山回到家，女儿耿东梅把饭递到手里他也不吃，口口声声说让范振喜气饱了。耿东梅赌气说：“看看你们这些党员，这些年都干啥了，光顾自己，哪管大队的事，再不整顿更散了。”耿洪山气鼓鼓地说：“你爹我在外面受了范振喜的气，回家还要受你的，你站在哪一边？”耿东梅并没有妥协：“当然站在对的一边，谁做得对，我就向着谁。”

耿洪山盯着耿东梅问：“这么说，你爹我错了？”耿东梅说：“就冲你现在这态度，我认为你还在错下去……”耿洪山：“哎，你这孩子，你这没良心的孩子，这些年白养活你了，竟然向着外人。”

耿东云闻声进屋，看见屋里气氛紧张，不解地问：“怎么了，谁惹爸生气了？”耿东梅趁机出屋，到了外屋，又嚷了一句：“没人惹他生气，是他自个儿气自个儿。”

耿洪山转身对耿东云说：“越来越不像话，竟然向着范振喜说话。”耿东云也只好息事宁人，安慰父亲说：“好了好了，东梅不懂事，爸你别跟她一般见识。”

傍晚，村民们像往常一样，吃过晚饭，便拿着自家小板凳来到村街大树下乘凉。其实天不热，说是乘凉，更多的是在这里聊聊天，说一说从别处听来的街谈巷议、家长里短。耿东梅从家里出来时，金彩霞、宋小好、金母，还有刘大懒等一些社员已经坐在这里了，他们正议论今天党员大会上耿洪山被范振喜批评的情况。

刘大懒解气地说：“就得让范振喜整整他，谁让他老是欺负我。”李山说：“别瞎说，人家范振喜也没整他，人家是在整顿党员队伍。”刘大懒不服地说：“甭管整啥，只要整耿洪山我就高兴。”有人提醒说：“小点儿声，耿东梅来了。”耿东梅走近，宋小好故意岔开话题，说金彩霞的衣服好看，问她哪买的。

这时，刘震也从家里出来，看到人群里的金彩霞，便挤到近前，悄悄递给她几块糖。金彩霞不要。耿东梅伸手说：“给我，我要。”刘震想要收回，被耿东梅一把抢过来，站起来嚷着说：“发喜糖了啊！”有人问:“谁的喜糖，是你的吗？”耿东梅瞪了那人一眼：“去，别瞎说，这是人家刘震和金彩霞的喜糖。”

金彩霞被臊得脸发红，大声地说："耿东梅，你瞎说！"耿东梅满不在乎，也不理金彩霞，转向众人："大家说，刘震这人好不好，他和金彩霞，是不是天生的一对、地配的一双。"不少人起哄，跟着叫好。金彩霞见自己说不过耿东梅，赌气起身走出人群。耿东梅转向不明所以的刘震说，"你傻愣着干啥，还不去追。"

刘震猛然醒悟过来，跑着去追金彩霞。众人又是一阵哄笑。宋小好笑着说耿东梅："你这丫头啊！就是心眼子多。"耿东梅的心事像是被人捅破，顿时不好意思地红了脸，说："二嫂，你说啥呢？"宋小好哈哈笑着说："两个姑娘啊，都动了春心。"有人不解，问她怎么回事。

宋小好接着说："周台子这回可有好戏看了，这个追那个那个追这个，三个追一个，范家的老三艳福不浅啊！竟然让三个姑娘对他有了心思。"

众人都知道，宋小好说的范家老三指的就是范振喜。还有人不明白，让宋小好说得再清楚一点儿。耿东梅不好意思地走了。宋小好抬起屁股，拿着小板凳嚷嚷着困了，要回家睡觉。

刘震跟着金彩霞一直到了金家大门口。金彩霞回身看到刘震跟了来，停下对他说："你来干什么？"刘震说："天黑，我送送你。"金彩霞说："刘震，我们俩不合适，你去找别的姑娘吧！"

刘震说："怎么不合适，我有工作，条件也不差，周台子谁还比我强？"金彩霞不屑地说："比你强的多了。"刘震不依不饶地问："那你说，谁还比我强？"金彩霞鼓起勇气说："范振喜就比你强。"

听到这话，刘震无语，怔怔地看着金彩霞进院关门。

范振喜给周台子带来的新变化，改变了刘海英父亲对他的看法，态度也一天天地好起来。刘海英家属于周台子大队第一生产队，他们家的承包地离水渠远，浇上一次水要绕过好几个人家的地。这样一来，到了缺水时能不能及时浇上地还是个未知数。刘父为此地发愁，不想要这块地，但队里是按程序走的，没什么错，他也说不出啥，只能是憋在心里苦闷。

一天，刘父向刘母唠叨，说刘家只有刘海英一个女儿，哪一天嫁出去，家里就剩下老两口，万一干不动了，地里的活计可怎么办！刘母猜到了刘父想的是啥，便说你若是不想要那块儿地，不如找找范振喜，让他跟队里说说，给咱换一块儿。

刘父说哪好意思啊，当初我是跟他说好了的，期限还没到，怎么能现在就承认他是咱老刘家的姑爷子？刘母说现在正是火候，范振喜为了英子想巴结你还来不及呢。如果你这时候张嘴，他准得一百个乐意。两个人商量好了，便让刘海英去说。

刘海英一听就反对，说刘父、刘母这是要挟，故意给范振喜出难题，又把四队换地的事说了一遍，说如果范振喜这样做了，将来在大队还能站直腰杆吗？刘父感叹地说刘海英还没出嫁呢就不向着咱家里人说话了，是胳膊肘往外拐。随后说你不去我去找他说个明白。看着刘海英不情愿的样子，刘母又担心爷儿俩之间生气，也就劝住了刘父。

随着生产资料分配的开始，另一个牵扯人心的事又出现了，那就是农具的分配问题。分田是由大队统一组织完成的，总算没出大问题。可农具的分发，则由各小队根据实际情况自行解决。也就是说，财产权归生产队，但管理和使用权给了农户。谁不想要好用的家伙什儿？因此，社员们都很关心这件事，也是茶余饭后议论的重要话题。

第四生产队分农具这一天，场院里挤满了人，男男女女老老少少都眼巴巴地看着堆在场院中间的铁锹、镐头、铁犁等一堆农具，希望自己家能分到有用的家伙什儿。可耿洪山至今还没有从分包土地的不快中解脱出来，只想着早点把农具发下去，至于合不合适，趁不趁手，跟他没关系。

因此，他把各种农具贴上数字，让社员到会计那里抽签，用抽到的号与农具上的数字对号，抓到啥算啥，全凭运气好坏，由此，分配的不合理性非常明显。有的家庭只分到几把铁锹，也有的人分到了马，有的人则分到了没有附件的马车，还有的只分到一架铁犁。一时间场院上乱起来，人们议论纷纷，说光是这样的农具没法干活。耿洪山说他不管，爱要不要，不想要就退还给小队。众人气得没法，三五成群地议论着，久久不肯离去。

范振喜回家吃晚饭，却见锅灶都是冷的。进了里屋，看见范母和范父俩人坐在炕沿上发愁。范振喜问出了什么事？

范芝生气地说，队里分农具，他家只分到几把锄头和铁镐，没法干地里的活，他发着牢骚。范振喜从范芝的叙述中，感觉到四队在分配农具上存在很大问题。于是安慰范芝让他别着急，还让他告诉四队的其他人也都不要急，大队会出面解决这些问题。

一大早，李山便带着两个儿子在地里干活。大儿子长富和小儿子长贵每人一根绳子拉铧犁走在前面。李山扶着铧犁在后面跟。三人显得很吃力，犁出的垄沟也是歪歪斜斜。眼看着大半晌过去了，只犁出了一小半地。大儿子长富累了，扔下绳子说什么也不干了。

李山着急，大声教训长富，说地分给咱们家了，以后再也甭指着别人给你分粮，庄稼长不好饿死活该。长富不服，说没好农具这活怎么干，我是人不是牲口。还埋怨李山老实，总被人欺负，分了半天就分到一个破犁，还不如在生产队那时候呢！想用啥就拿啥，还不用操心。李山骂长富没长进，说他懒。长贵看不下去了，一个人去拉犁，但他如何拉得动，一个人吭哧吭哧使着蛮劲拉……长富看了有些心疼他，只好又跑过来一起拉犁。

范振喜来到四队蹲点，找社员们聊天。半天下来，他所掌握的情况基本与李山家一致，于是回到大队部跟张德方商量解决办法。张德方为难地说："都分下去了，总不能再收回来重新分吧！再怎么分，一个生产队就那几件破工具，也是缺这少那。"

范振喜说："收回来重分，这不是好办法，弄不好还会起更大的乱子。"想了想，继续对张德方说，"我的想法是，让社员们组成互助组，把几个家庭联合起来，一起进行劳动。"

张德方犹豫地说："这不又回去了吗？生产队那会儿就在一起干活。"范振喜说："不一样，现在土地承包给了各家，他们有积极性、有自主权。只不过是让他们有困难时互相搭把手。比如在使用农具时，互助组内可以做到有无互补，家家各取所需。"

不久，新型的互助劳动在周台子大队全面展开，那些分到各家各户的土地上，不再是一个家庭的独立劳动，几个家庭人员合在一起，他们共同翻地、种植，热闹而紧张的劳动场面再次出现。

在李山家的一块承包地上，范贺正牵着马，李山扶着犁，李山的两个儿子跟在后面撒种子、施肥料，人人脸上洋溢着笑容。

农村人有忙也有闲。春种时，忙着收拾土地，播下种子，浇水施肥，等这一切都忙得差不多了，也就有了空闲时间。这时候，人们就要把注意力转到家长里短的生活上。

这天，范母对范父说："振喜老大不小了，他的婚事也该办了。"范芝为难道："这孩子，一天到晚地只忙工作，搞对象的事从不跟我们唠。"范母不高兴地说："那还唠什么，娶媳妇、嫁闺女本来就是父母的事，你不张罗，还让孩子张口吗？"范芝说："那倒也是，可是，咱们给振喜说谁家的闺女呢？"

其实，范芝很清楚范振喜与刘海英搞对象的事，但他心里更喜欢的人是金彩霞。两家是邻居，从小看着金彩霞长大，范芝就觉得这姑娘不错，又勤快，又懂事。而对刘海英，总共也没见过两次面，只是听范振喜说过，还不知刘海英是啥样子。因此，打心眼里他是想让范振喜把金彩霞娶回家。

范母听出了范芝的话中之意，嘱咐范芝说："你可不能胡来，这是三儿的一辈子大事，娶谁不娶谁得他自己做主。"范芝说："既然这样，那就开个家庭会，商量好了再说。"

于是，范家开了一次会，征求范振喜的结果自然是娶刘海英。范振喜说，他与刘海英谈了五年恋爱，两个人情投意合，而且刘父刘母也同意他俩的婚事。范父不说话了。范母说，按着礼节，得找个介绍人上门去说亲。二嫂柳玉提出请大队民兵连长的媳妇宋小好来当这媒人。她牵线说媒的为人热情，会说话。随后全家人统一意见，由柳玉出面去请宋小好当媒人。

三天后，范振礼、柳玉陪着宋小好去了刘海英家。此时刘父正在闹病，其实也不是什么大病，只是被那块不想要的地搅得睡不好吃不下，一来二去便总感觉头疼。三个人进屋后，看见刘父头上顶块热毛巾在炕上躺着。

刘父硬撑着坐起来。宋小好很会说话，一番嘘寒问暖就套出了刘父的病根，随后一拍大腿说，这还不好办，以后你有了大队书记这姑爷，在周台子还不是你说了算，一块破地至于愁成这样。刘父一想也是，姑爷当着大队书记，看谁还敢小瞧他这老泰山。婚事顺利谈妥，而且还商定了结婚日子。

正说着，一个叫顾营杰的人上门来要账。刘父碍于脸面，把那人单独领到西间屋，小声央求顾营杰说秋后还钱。可顾营杰不干，大声嚷嚷着说："现在家家都需要钱，我是等不了了，今天说什么你也得把钱还上。"

范振礼听见，走进来问刘父欠了多少钱，刘父说前年抓小猪欠了二百块，说好了先赊账，两年后还，因为没钱就欠到现在。范振礼给柳玉使眼色，两个人出了屋。范振礼问柳玉身上有钱吗？柳玉说正好有二百块钱。范振礼要过来，帮着刘父还了债。刘父感到不好意思，说以后有钱再还给范振礼。

范振礼客气地说都是亲戚了，互相帮助是应该的。刘父很感动，事后对刘母说："这家人不错，哥儿几个都是过日子好手。有他们帮着，咱刘家也不会受人欺负。"刘母担心地说："我听说他们家老大是哑巴！将来会不会拖累振喜呢？"刘父说："这我知道，虽然人不会说话，但脑子不傻，干活是把好手，不会吃闲饭的。”

玉米秧在一天天地向上长，社员们的心也被提着一点点地往上升。庄稼就是农民的命根子，生活的好坏全靠这些承包地，他们能不关心嘛！范振喜几次在支委会上强调，今年是周台子打翻身仗的第一场战役，只许赢不能输，并要求支部委员们按片进行分包下到各生产队，每天都要对庄稼地进行督导检查，发现问题及时解决。

范振喜与张德方连着查看了几个生产队的地，发现一个共同问题，叶子发黄，后劲不足，长势停止了。老庄稼把式一看就知道是缺少肥料所致。范振喜对张德方说：“发动社员捡粪，把队里的马圈、各家各户的猪圈全部再清理一遍，多集些粪，马上给地施肥。”

张德方叹气地说：“这些都做了，只要能想到的，能搜集到的农家肥都搜遍了，就差把黄土也当肥料使了。”范振喜问：“除了这些就没有别的办法了吗？”张德方说，只有化肥能解决这种病，可社员们没钱买。范振喜说：“社员没钱，大队想办法，不能眼瞅着庄稼地被毁。”

范振喜把支委们召集在一起，让大家想办法。会计闫江华说：“大队现在是一分钱没有，欠着那三万元还无着落呢，没办法帮社员买化肥。”杨树林说：“不行就提前收‘三提五统’，让社员们交钱。”范振喜反对道：“绝对不行，本来社员就没钱买化肥，那样，岂不是给社员雪上加霜。”

这也不行，那也不行，一时之间众人没了办法。范振喜告诉闫江华，先让各生产队统计出需要化肥数量，然后我们想办法。

耿洪山听说范家向刘家提了亲，不久就要结婚的消息后，也去找宋小好，让她帮儿子耿东云去向金彩霞提亲。宋小好有些为难，因为她知道刘震正在追金彩霞，而且金彩霞又喜欢范振喜，因此对耿洪山的相求不敢应承，她是怕金彩霞不同意。

耿洪山说："我儿子已经在公社当了干部，在咱们周台子，哪个年轻人能跟他比。"宋小好说："听说刘震也向金家下了礼，而且金母也答应了。"耿洪山更急了，说："我不管这个，刘震一个孤儿，没家没业的，能跟我们老耿家比吗？你只管去提，金家要是不同意，我自会出面。"宋小好见耿洪山铁了心要说这门亲事，自己难以拒绝，否则她便得罪了这个生产队长。

宋小好来到金家，把耿东云看中金彩霞，耿家想要与金家结亲的事说了一遍。金母说："耿家的日子确实过得不错，耿东云也挺有出息，是个好孩子，就怕彩霞不同意。"金彩霞的心思金母明白，宋小好也清楚，都知道金彩霞心里装的是范振喜，可范振喜已经与刘海英订了婚，金彩霞还有指望吗？宋小好借着这个理由，终于说服了金母。金母说："我没啥意见，还是让金彩霞自己拿主意吧！"

金彩霞回到家后，金母把宋小好提亲的事一说，金彩霞一百个不乐意。金母也生了气，说金彩霞是剃头挑子一头热，人家范振喜已经和刘海英订了婚，你这样执迷不悟没有好结果。但金彩霞坚持说，只要范振喜与刘海英一天不结婚，她就有争取的机会。金母无奈，只好去找宋小好推掉这门亲事。

一听这话，宋小好一点儿没有耽搁，放下手里的活，急忙跑到耿洪山家，对耿洪山说，这个媒她做不了。耿洪山认为是宋小好不诚心管这事，顿时拉下脸子。宋小好为了不得罪耿洪山，只能实话实说："我实话告诉你吧！人家金彩霞心里想的是范振喜，不是你家耿东云。"

耿洪山一听就火了，大声说："在周台子，还没人敢看不起我们老耿家。耿东云有班上，你金彩霞算啥，还挑三拣四的，想嫁范振喜，那可能吗？"

耿洪山回到家一头扎在炕上生闷气。耿东云问他是不是病了，耿洪山闭着眼睛装睡。耿东云看出耿洪山是在生气，转向耿东梅说："谁又惹咱爸了？"耿东梅没好气地说："还不是你。"耿东云不解:"我怎么了？"

听说范振喜和刘海英要结婚，耿东梅心里也是打碎了五味瓶，叹了口气："范振喜要结婚了，爸为这生气。"耿东云不以为然："嗨，就为这啊！他结他的，跟我有什么关系？"

装睡的耿洪山忽地坐起来，大声嚷着："什么，跟你没关系。你跟范振喜年龄一般大，人家要娶妻生子了，你呢？连个对象都还没着落，也不怕人笑话！"耿东云笑着安慰耿洪山说："爸，好饭不怕晚，你着什么急。"

耿洪山见耿东云还是无所谓的态度，火气更大了，大声说："连金彩霞都不愿嫁你，再过几年，周台子还有好姑娘吗？"听耿洪山这样说，耿东梅生气了："爸，照你这么说，你女儿也不是好姑娘了？"耿洪山自知口误，不好意思说下去，一头倒在炕上，继续装睡。

耿东云从耿洪山嘴里得知了金彩霞的态度，顿时感到有种被侮辱的感觉，红着脸说："爸，你放心，五一节那天我也结婚。"

耿洪山不相信地问："别骗你爸了，连对象都没有，跟谁结婚？"耿东云咬了咬牙，下狠心地说："公社上的，叫武月，我努努力，一准儿能让她答应。"耿洪山忽地坐起来，高兴地看着耿东云："公社干部？好！我就说嘛，我儿子是干部，会给我争脸的！"

耿东云说的人叫武月，也是新分到公社的女干部。自从耿东云来公社上班后，接触的人越来越多，不管是来自县上的和乡下的，见了面，口口声声耿秘书耿秘书地叫着，使得他产生一种优越感。

武月年轻俏丽的身影，每天都要在他眼前晃个无数次，他不由自主地拿武月与金彩霞比。耿东云就感觉着金彩霞与武月有差距，和自己也不般配，他的对象应该是武月。如果不是当初追求金彩霞时的初恋情结纠缠着他，他早就有了追求武月的想法。今天，经耿洪山这么一说，让他下定了决心，从此以后不再去想金彩霞。

同样心里不舒服的还有金彩霞。这一天傍晚，金彩霞在自家院墙内看见范振喜从外面回来，便走出院门，截住范振喜，大着胆子问：“范振喜，你，真的要跟刘海英结婚吗？”猛然之下，范振喜一时没明白过来她这话是什么意思，说：“是，五一结婚。”

金彩霞低头不语了。范振喜见她局促的样子，关心地问：“怎么了，你有什么事吗？”金彩霞红着脸，抬起头说：“这么些年，你心里从没想过我？”

范振喜顿时明白金彩霞想要说啥，于是安慰着说：“我们两家是邻居，打小我就拿你当妹妹看。现在你是我妹妹，将来也是。”金彩霞又不说话了，脚尖在地上划拉着。范振喜说：“如果没别的事，我要回去吃饭了。”

金彩霞还是没有让开的意思，抬起头直视范振喜说：“你能抱抱我吗？”这话可把范振喜吓一跳。这是在农村，如果没有婚姻关系的男女出现这一幕，定会被村人认为有不正当关系，随之而来的，必是淹死人的唾沫星子。范振喜害怕地向后退着，连声说：“不，不。”金彩霞反而向前逼近了一步。

正在这时，范母走出院门，看见相对站着说话的范振喜和金彩霞，仿佛明白了什么，故意大声喊：“振喜，怎么还不回家吃饭？”

范振喜这才借机会溜走了。

经过统计，全大队需要的化肥数量超出预期估算，大笔资金无从着落。范振喜召集支委们开会想办法，众人除了叹气，拿不出具体对策。

范振喜再次想到自己的退伍费，回家问范母还剩多少。范母说：“上次借给你买磨面机的钱还没还，哪还有了。”范振喜缠着范母，把剩下的最后一部分也要了出来，但还远远不够买化肥的资金。范振喜为难了。范芝出主意说：“不行就去你二哥那看看，兴许他能给你凑点儿。”

范振礼去年在后山包了大队的小铁矿，虽说规模不大，但收入颇丰。范振喜去了后，范振礼不顾媳妇柳玉的反对，挤出五百元钱给了范振喜。范振喜拿着这五百元钱，带上张德方，让范贺赶着马车，三人去供销社购买化肥。

三人到了供销社后，看见其他大队的人都在门前排队买化肥。车挨车，人挤人。范振喜好不容易排到跟前，收费的工作人员却说要全款。按着需要的化肥数折算，手里的钱连三分之一的化肥都买不到。

范振喜缠着工作人员解释，人家不听，赶着往外撵："有钱就买，没钱边上去。"范振喜又被挤出队伍。出来后，范振喜不甘心，便带着张德方去找负责人。负责人也是这个说法："概不赊欠。"

实在没办法了，三人蹲在路旁，眼睁睁看着别人将一袋袋化肥买走。范贺出主意说："不如给负责人送点儿礼。"范振喜不肯："买化肥钱都不够，哪来钱送礼。"范贺想出一个对策，假装去厕所，然后背着范振喜偷偷跑到商店，花了两块钱，买了两瓶白酒，又偷偷地去给负责人送礼，没想到人家不要，他只好带着白酒回来。

范振喜看见酒，问范贺哪来的。范贺瞒不住，只能实话实说。范振喜在感谢二叔的同时，忽然有了主意，让张德方提上酒跟他去木材加工厂。两个人直接到了刘厂长办公室。刘厂长听范振喜说是特意来看他的很高兴，热情地让俩人坐下说话。

范振喜耐不住了，站起来说："刘长厂，我，有事想求您帮忙。"刘厂长大方地说："说吧，啥事？只要我能帮上忙。"范振喜说："大队来买化肥，钱不够，想找您借一些。"

一提钱的事，刘厂长为难了，因为木材加工厂的大小收入都要经过公社领导批，他做不了主。刘厂长为难地说："要说别的事好办，钱的事，我还真做不了主。"范振喜从刘厂长的话里听出他们有钱，只是程序上有些麻烦，于是追着问："那您说，谁说了算。"刘长厂说："当然是吕书记。"

范振喜笑了："吕书记，那我去找他。"范振喜相信吕书记知道周台子大队有困难，不会看着不管，所以他有信心。可是刘厂长却说："吕书记不在家，去县里了，得两天后才回来。"范振喜顿时又蔫了："两天，两天后化肥早没了，有钱也没用。"刘厂长出主意说："不如这样，我去跟供销社主任说，由我来做担保，秋后你们把化肥款及时还上。"

由刘厂长做担保，范振喜从供销社买到了化肥。当他们把这些化肥分到各生产队后，四队却有人跑到大队告状。范振喜要亲自去处理，被张德方拦住，他说："你是四队的你别去，无论你怎么处理，都会有人说你不公，还是我去吧。"

张德方来到四队调查。社员们反映说："耿洪山分配不公，跟他关系好的，有亲戚的，他就多分，不待见的，就少给。"刘大懒分得最少，所以吵得最欢。李山也是强烈地要求重分。

随后张德方亲自主持四队的化肥重新进行分配。张德方处理完四队化肥风波后，对范振喜说："耿洪山小肚鸡肠，不适合再当队长，早应该换人。"

范振喜对九个生产队长的情况已经摸了底，他知道，如果生产队没有一名好队长，小队的工作就上不去，也会影响整个大队。于是他同意了张德方提议，召开大队党支委会议，对全大队的九个生产队长进行民主选举，然后由大队把关。选举的结果，耿洪山落选了。

耿洪山岂肯罢休？他心怀不满，决定要报复一下范振喜。

果不其然，周台子大队很快出事了。县委组织部何副部长打电话给吕书记，说有人写举报信，举报周台子大队擅自分田到户，让他好好查一查。

吕书记当即说："这不可能，没有政策，他们怎么敢分地。周台子的人就喜欢告状，捕风捉影。"何部长说："你还是查一查吧！举报的人说有证据。"吕书记放下电话后琢磨，组织部说的也不是没有可能。最近他就听人说过，说周台子大队社员天没亮就下地，黑了还不收工。这些人一向懒惯了，怎么就突然积极了呢？不行，我得去看看。

吕书记带了一名农业技术员，骑自行车去了周台子。他没有去大队部，而是直接去地里。看到地里庄稼长势喜人，遇到的社员也都在忙碌，几乎见不到闲着的人，连田地的边边角角都种上了瓜苗和秧苗，很难见到荒地。

吕书记高兴地说："变了，变了，周台子真的是变了。"两个人一边看，一边走，远远地看到范振喜在一块地里和几个社员一起干活。吕书记对技术员说："看见没有，人家范振喜在参加集体劳动呢！"

其实，吕书记已经猜测出周台子人积极性为什么提高，也想到了热情高涨的由来。不仅是因为这个大队有个好大队书记，而且还有提高积极性的好办法。在心里暗忖着，组织部何部长说的可能是对的，周台子在搞分包到户。此时，吕书记有些着急，他怕范振喜犯错。如果县里因为这件事把他的大队书记给撤了，周台子就得走老路，社员们还得受穷。

吕书记没有惊动范振喜，悄悄地回到公社，打电话给何部长说："请组织放心，公社没发现周台子村违反政策的事。"在吕书记的保护下，这事就算过去了。

"交够国家的，留足集体的，剩下都是自己的。"这年秋收过后，周台子大队获得了大丰收，除了交够国家公粮外，家家都有了余粮。化肥钱也到了还款日期。大队一动员，九个生产队很快便把年初购买化肥欠款交给大队，及时还给了供销社，欠电力局的钱也交上了。

1982年春天，中央一号文件中肯定了小岗村分田到户的做法。这就意味着，中央决定彻底打破大锅饭，加大力度支持农村改革。

这真是一个生机盎然的春天。吕书记亲自把文件交到范振喜手中，鼓励他要好好干。吕书记说：“振喜，你的做法是对的，是符合中央政策的，你为咱全公社带了个好头。”全公社开展了“外学小岗村、内学周台子”活动，大力推动农村土地改革，随之分田到户工作在各个大队中展开。

公社会议上，吕书记让范振喜发言，范振喜说：“以前是吃粮靠返销、用钱靠救济、生产靠贷款，现在是交够国家的，留足集体的，剩下都是自己的，把农民的责、权、利紧密结合起来，老百姓的积极性也被调动起来了。分田到户发挥了重要作用。”

周台子村开始大张旗鼓地宣传农村政策。街上到处是红色标语、口号，街中心的大喇叭里，轮番广播中央一号文件，指出包产到户、包干到户或大包干都是社会主义生产责任制……农田里、村里的人们听了广播，露出了笑容。耿洪山听了广播，不由得感叹时代变了。

刘震来到大队部，说现在政策宽松了，他要去外地打工，让闫江华给开个证明。闫江华不敢开，说得由范书记做主。范振喜鼓励刘震说：“农村要发展多种经济，农民也要学会农、工、商结合，走出去见见世面，但是不要把地荒了。”刘震拿到介绍信后试探着问范振喜，问他为什么不娶金彩霞。

范振喜笑着对他说：“我一直拿金彩霞当妹妹，从没想过要和她结婚。”这下刘震放心了，欢快地跑出大队部。

农闲时节，农村人没事干，不是喝酒就是串门聊天，东家长西家短说来说去常常引发出各种矛盾。一次支委会上，范振喜说：“我们要丰富农村业余文化生活，不能光在嘴头上，要有行动。”张德方说：“干脆，包几场电影。”也有人说：“再组织几场秧歌。”

范振喜说：“这些好是好，但这不是长久办法，我们村有很好的文化功底。比如李山会拉二胡，耿东梅唱歌好听，还有一些年轻人会扭秧歌、跳舞，不如我们组建一支宣传队。”众人听了，都说这主意好。随后推举出由李山来当这宣传队长。耿洪山知道后撇嘴说："竟瞎胡闹，收成刚好点儿就不知道姓啥了。看着吧！以后有热闹瞧。"

这一天晚上，周台子大队举行了文艺会演。街心大柳树下的一处空地上搭起了戏台子。丛艳君作为主要负责人四处张罗着。各个生产队都有节目，但还是由大队宣传队唱主角。宣布开始后，整个会场热闹起来。

李山拉二胡，耿东梅独唱，金彩霞诗朗诵，一个个节目相继而出。张德方提议让范书记表演一个。范振喜拗不过，上台吹了一段口琴。刘海英一家人全来了，刘海英望着台上范振喜用手打着节拍。金彩霞看到了刘海英那个高兴劲，心里很不是滋味。

夏秋时节，周台子村街上，来了一名赶着毛驴车的外地中年男人。他把毛驴车赶到大树旁停下，开口吆喝："卖大米喽，好吃的大米。"一会儿工夫，引来许多人围观，有人看热闹，有人问价钱。宋小好和金母也围上前看。

宋小好试着捏了几粒米到嘴里，咂巴一会儿说："这大米不错，给我称二斤。"卖米人给她称大米。宋小好对金母说："你也买两斤吧！"金母犹豫了好一会儿后，也称了二斤。随后，有不少社员们上前买大米。

懒汉刘大懒趁人不注意，偷偷地将大米往衣兜里装，被卖米人看见，那个人吵嚷着说刘大懒偷大米。刘大懒捂住衣兜死不承认："谁偷你大米了。"卖米人说："好，你说没偷是吧！"伸手去翻刘大懒上衣口袋，从里面翻出大米指给众人看，"没偷，这是哪来的？"

刘大懒恼羞成怒打了那人一拳。卖米人还手，两个人撕打起来，被围观的人拉开。卖米人大声吵吵说周台子人是土匪，扭着刘大懒要去村里找干部。

范振喜正好过来，弄明白原委后训斥刘大懒，说他给周台子人丢脸，并让他赔钱。刘大懒气得脸红脖子粗，硬扛着说：“我没钱，有钱谁还拿他的大米。”

范振喜把卖米人拉到一旁，问他是哪的人。卖米人怀疑范振喜来拉偏架，横着说周台子人不讲理。范振喜自报家门，说我是大队书记，社员们有做得不对的地方，还请多多担待，随后，把刘大懒撒在地上的大米估算出钱数，掏钱赔给了那人。

卖米人觉得范振喜处事公道，这才告诉他是张三营的。张三营在周台子北边，不到一百公里。范振喜想既然张三营能生产稻谷，周台子为什么不能！

送走卖米人，范振喜回到大队部跟张德方商量。张德方听了范振喜要在周台子种稻谷的想法后，连连摇头，说：“不可能，那不可能。周台子从来没人能过！咱们的祖辈在这住了几十代，就没人提过这事。”

范振喜觉得，如果没有充足证据，就无法说服支部一班人，此时与张德方争辩也没有意义。他想起范贺曾经提过十几年前公社发动大家试种过，但没有成功。于是，范振喜决定再去找范贺问问过去种水稻的细节。

# 第四章

杨树林回到大队部，一进屋就发牢骚，说自己那两个儿子挑食，竟然连玉米面都嫌弃。闫江华也附和着说他家孩子也这样，去了一趟他二姨家，回来就说他们那比咱们这好，有大米吃。丛艳君问孩子他二姨是哪的。闫江华说是张三营。范振喜看向张德方："老张，听见没，张三营能种水稻，这消息一点儿不假。"

张德方转向闫江华问："你见过？"闫江华不以为然："何止是见过，还吃过。就去年夏天，我们一家子去的。真馋人！"闫江华一副嘴馋的表情。

张德方假装生气："这么好的事，为什么回来不汇报？"闫江华被问愣了："汇报，汇什么报，是我不请假，还是吃人家大米不对？"一句话把大家逗乐了。

范振喜停住笑，对众人说："今天人齐了，我们现在就开一次支委会。张三营离我们也就百十来里地，流的是同一条滦河水，他们能种水稻，我们为什么不能。既然有这个想法，现在咱们就定下来，去看一看学一学。"

事有凑巧，想什么就来什么。范振喜和张德方去公社开会，听公社的一名干部说，吕书记的一名老同学在市农科所搞水稻研究，想让吕书记在咱们公社找块试验田，被吕书记拒绝了。

说者无意，听者有心。范振喜找到吕书记说：“周台子大队愿意出地出人搞试验田。”吕书记一口否决说：“咱们这地方偏冷，不适合种水稻，还是种玉米踏实。”范振喜说：“一九五八年，周台子种过水稻。”

吕书记立即反驳说：“种是种过，可结果怎么样，工夫也白搭了，当时公社领导还挨了处分。”又忧心地劝范振喜说，“你们刚过了个丰收年，底子还薄，经不起折腾，还是老老实实种你的庄稼，其他的，什么都别想。”

范振喜上前给吕书记倒了一杯水，接着说：“我们又不是大搞，就进行个实验。如果成功了，再扩大面积种植，如果不行，不是还长了经验嘛！”

张德方站在旁边插不上嘴，想张嘴帮范振喜说话，但一看吕书记冷着脸，赶紧又把嘴闭上。

吕书记转向张德方：“德方，你在大队干了好几年，说说，周台子能不能种水稻？”张德方迟疑着说：“这个，这个，现在肚子是吃饱了，可孩子们挑食，就想吃大米、白面。过好日子，还是应该吃得好点儿。”

吕书记笑了，说：“张德方说的话糙理不糙。既然这样，你们回去开个会，统一下思想，如果真想干，就腾出一块地，搞它个试验田。”

清早，周台子村笼罩在雨雾中。范振喜和张德方俩人穿着雨衣，出现在清冷的滦河岸旁。滦河古称“濡水”，发源于河北省丰宁县小梁山南麓大古道沟，滦河水系主要分布于坝上高原、燕山山地与河北平原。

周台子村的河水是滦河上游段。看着这条滚滚而下的河水，张德方发着感慨：“可惜了这么好的水，一直没用处。”范振喜说：“是啊，但我们想到了，用它来浇灌水稻，总算有了用武之地。”张德方担心地说："不知道能不能行。"范振喜信心十足地说："世上从来就不缺少第一个吃螃蟹的人，关键看你有没有胆量，不试怎么知道。"张德方感叹："振喜，跟着你干，我胆子好像也大了。"

党支部一班人统一意见后，又召开社员大会听取社员意见。村里人听说有大米吃，全都举手赞成。范振喜把情况汇报给吕书记。吕书记说："既然你们周台子想这么干，那我就支持你们。"随后主动和市农科所联系。没过几天，农科所派人来周台子考察。

"逝者如斯夫，不舍昼夜。"前来考察的技术员，面对滔滔滦河水说出这句后，转向范振喜和张德方，"你们这儿的水资源真是不错。"张德方赶紧附和说："那是，您看，真是清凌凌的水蓝莹莹的天啊，多好多好啊……"

技术员微笑着，但他接下来的话，让俩人大失所望。技术员说："滦河水质是不错，可惜，地不行，水利设施也不行。"不等俩人说话，他接着说，"你们吕书记说，你们这什么都是现成的，只要项目一落地，就可以开展实验，可现在一看，根本不是那么回事。这当领导的怎么也诓人呢？"

范振喜明白了，技术员是吕书记诓来的。既然来了，怎么能空手让他走呢！更主要的，他不能让吕书记给人留下这个坏印象，更不能让周台子失去种水稻的机会。于是，范振喜对技术员讲述了周台子人的过去和现在，以及党支部带领社员致富的决心。

范振喜说："我们这届支委会不图别的，就是想让周台子人生活得好一点儿。以前，这里的人们把填饱肚子当作知足，啃玉米面、吃高粱米算是幸福。可时代不同了，现在的政策多好，为什么不抓住机遇，追求更高目标，来改善我们的生活条件。我们这一代人吃苦罢了，但绝不能让我们的子子孙孙再过苦日子。"

技术员沉默了，过了一会儿，他说："我不是不同情你们，但水稻种植条件很苛刻，如果在水利设施不成熟情况下硬要种水稻，吃亏的是你们。"

感觉到技术员态度有了松动，范振喜抓紧表态说："这您放心，只要您给出准备时间，说出种植水稻需要的条件。我们一定能办到，绝不辜负科研所领导的信任，一定让水稻试验田在周台子扎根落户。如果到时，还不符合条件，我们也不后悔。"

说完，范振喜向技术员立正敬礼："我以大队书记的名誉，向您保证。"技术员严肃地说："既然你们有决心，那我回去跟领导说，试验田在你们这搞。不过，到时你们拿不出像样的东西来，也别怪我心狠。"

如何完成技术员说的那些条件，范振喜他们却无从下手。党支部班子聚在一起商讨。但他们都是门外汉，开了半天会，也没商量出个结果。随后，范振喜和张德方俩人去找村里老人，询问过去种植水稻时，水渠是怎么修的，土地如何规整等等。范芝、范贺、李山等几位老人都说不清了。其实是当时公社一位领导搞的试种水稻，被叫停了，此后没人再敢张罗这件事。

张德方说："过去的事咱不提，要我说没什么难的，修条水渠引水进地，再把地平了，这不就行了吗？"范振喜不同意，他说：

“咱们搞的是科研项目，来不得半点儿马虎，一定要认真到底。”说着他突然有了主意，对张德方说，“走，去张三营。”

次日一早，范振喜便和闫江华俩人出发了。为了赶时间，他们决定不坐班车，每人一匹马，干粮带足，水壶装满，翻山越岭，抄近路直奔张三营。一连走了一整天，天快黑时他们才到张三营公社地界。老远看见“张三营”路标。闫江华高兴地喊：“范书记，快到了，前面那村子就是我表哥家。”

张三营村与周台子很相似，在两山夹一沟之间有一块平坦的盆地。一条宽大的河流穿心而过。在河的两边是一片片的稻池。范振喜骑马向稻池地奔驰而去。闫江华在后面喊：“先到我表哥家吃了饭再去吧！”范振喜头也不回地说：“你先去，我到地里看看。”

范振喜一个人在田埂上兴奋不已地跑来跑去，拿出纸，在上面画草图，恨不能把看到的全都记在上面。心里想，这要是有架相机就好了，把他们全拍下来。只可惜，周台子人穷得连饭都吃不上，哪有那玩意儿。

没过一会儿，闫江华带着表哥和张三营大队的大队书记赶来。范振喜很感动，上前与大队书记握手，连着说谢谢。

就此，范振喜每日里和闫江华的亲戚一起出去看稻田和水坝，帮助人家义务干活。范振喜细心地把水坝一一画了下来，认真向社员学习水稻种植技术，记下了社员讲的一些细节。

晚饭时，范振喜看到桌上放着满满一大盆白米饭。表哥全家人吃得很随意，范振喜忍不住问：“你们，平时也吃这个？”陪着吃饭的大队书记说：“是啊！大米有的是。每年还有富余，拿到外面卖了，换俩零花钱。”

想到周台子人的贫困生活，范振喜感到自愧不如。想吃细粮，那也得等到过年，如果能连着吃上两三顿饺子，几次白米饭，就算是不错的日子。穷的人家，只能是大年初一吃一顿饺子。平时家里来亲戚时，为了撑面子，就去别处借点儿细粮，那也只能让亲戚吃，大人孩子在一旁看着。看着盆里的细粮被亲戚横扫而光，哭的心都有。

吃着饭，大队书记告诉范振喜说："大队还有详细图纸和种植技术，你们走时带上。"一听这话，范振喜更高兴了。

范振喜和闫江华回到周台子。一进大队部，范振喜就张罗着要开支委会。张德方说："你刚到家，怎么也得休息一晚上，有事明天再说。"范振喜一边往桌上放带回来的资料，一边说："用不着，时间不等人，多耽搁一天，就有失去机会的风险，马上开支委会。"

这次支委会开到很晚才结束，终于研究出水稻种植方案和稻田地分配办法：新修稻田归集体所有，被改造的稻田仍归个人所有。归集体部分，一部分留做大队资产，一部分补给劳动力。但党员干部必须出够一定义务工后，才有资格得到补偿。范振喜半夜回到家时，范母感到很意外，埋怨他不应该晚上回来，走夜路危险！

没过几天，周台子大队建设稻田地项目正式开工。村街上贴着鼓励人们辛勤劳动的标语、口号，宣传橱窗表扬着好人好事。沸腾的工地上，各个劳动小组打着红色条幅。马车、人力车载着石头、泥土穿行其中。人们拿着铁锹、镐头在热火朝天地劳动着，全村老少齐上阵。他们还组建了党员突击队、妇女后勤保障队，突击队员们主动承担了最脏最累的活计，在各组间起到了串联和带头作用。

就这样，周台子人冒着寒冷，穿着破旧、单薄的寒衣，啃着玉米面饼子，踩着露了脚指头的黄胶鞋，每天在还没有化透的坚硬土地上来回往返，拼命劳作。

开春后，这里发生了大变化。滦河北岸，一道分流河坝将河水引出，沿着渠道流向大片稻田。这时的河滩荒地，早已被修平，打成格子，像一张大网罩在大地上。河水漫流进池子后，开始滋润着田地。范振喜和张德方等人随着水流移动，他们想看一看灌溉的效果。看到每一个稻池都盛满水后，范振喜兴奋地对身边的人说："可以了，可以请市农科所的同志来验收了。"

三个月期限一到，市农科所技术员如期而至，验收完周台子村的稻田、水利设施后，他向范振喜说了实话："没想到你们能做得这样好。本来我已经选好了试验地点。当时没跟你们实说，是不想打击你们的积极性，怕凉了你们的心。我觉得三个月时间，你们无论如何也搞不出我说的试验田，好让你们知难而退。真没想到，你们干成了。就冲周台子人这种拼劲、党支部的认真劲，我哪也不去了，稻田试验就在周台子搞！"

范振喜和张德方听了，高兴地露出了笑容。

市属国营企业大台子铁矿在周台子后山的几个矿点停工后，把矿点的所有权又还给周台子大队。社员刘三得到消息后来找范振礼。

范振礼动了心，两个人来大队部找范振喜商量。范振喜不在，便向张德方说他们俩想承包这矿点，并按期向村里交管理费。

张德方觉得这是件好事，村里不用出一分钱，还能每年有收入，何乐而不为，当场答应下来，又与俩人签了合同。随后，又有几个人来找张德方，张德方又与他们签订了合同。就这样，那家铁矿公司放弃的几个小铁矿点全都被人承包走了。

眼看婚期就要到了，范家紧锣密鼓地张罗范振喜的婚事。耿洪山急了，催促耿东云也要把他的婚事定下来，说再不抓紧，就落在了范家后头。耿东云为难地向女朋友武月说了父亲的打算，没想到武月痛快地答应了。于是，耿家的婚期也定在同一天。

因为耿洪山高兴，逢人便说儿媳长得漂亮，又吃公家饭，比金彩霞强多了，庆幸没有与金家定亲。闲话传到金彩霞耳朵里，她却不以为然，觉得耿东云结婚跟自己没关系。可范振喜结婚，对她的破坏力极强。

到了结婚这一天，村里人既要去耿家又要去范家喝喜酒，也就闹出了很多笑话。耿洪山因为儿子耿东云现在是公社干部，娶的儿媳妇也是干部，人前人后就更加显摆了。

范家门口贴上了大红喜字和对联，以示婚庆。院里摆上了酒席，张德方主持婚礼。佟大娘和村里的老人们坐在桌前喝喜酒。人们说着笑着，给范振喜和刘海英送去祝福。年轻人这一桌上，从不喝酒的金彩霞主动与人碰杯，很快显示出醉意。一旁的刘震看在眼里，却不敢上前去劝。金母过来劝金彩霞不要再喝了，金彩霞不让金母管。刘震对金母说有他呢，让金母放心。

与此同时，耿家也在举行婚礼。范母对金彩霞说，范家的份子钱随了，不能得罪耿家的人，让她一会儿过去照照面。金彩霞不愿意说："管他呢！他耿东云结婚，跟我有什么关系……"她显然开始说醉话了。一旁的宋小好搭话说："要是听我的多好，今天兴许就是你的喜庆日子。"

金彩霞说："喜庆，喜庆，范振喜喜庆我就喜庆。"金母怕人听到，赶紧对宋小好说："这丫头喝醉了，帮我把她搀回去吧！"宋小好看了眼坐在一旁的刘震，顿时有了主意，说刘震："你光看着干吗？还不过来帮忙。"随后宋小好、刘震帮着金母把金彩霞送回家。

送走宋小好和刘震后，金彩霞突然换了个人般地大哭起来。金母埋怨金彩霞不知好歹，她也不辩白，只管委屈地哭，招惹得金母也跟着哭。金彩霞哭够后，默默地躺在炕上不出声。金母让她吃晚饭，她也不说一句话，跟丢魂儿一样。金母心疼地劝她："人家范振喜已经结婚了，你不要再做妄想。"一连几天，金彩霞连门都没出。

范振喜结婚的第二天。范家人刚吃完早饭，范振喜把碗一放，说有事要去大队部。范母截住说："不管有什么事，也给我在家待够三天再出门。"范振喜说有急事，三天就误事了。但范母说什么也不让步，说这是老规矩，有讲究不能破。刘海英帮着范振喜说话，说大队部离家不远，办完事就回来，跟在家里一样。

范振喜去了大队部后，范母对刘海英说："振喜自从当了大队书记，拿家就当旅馆似的，想回来就回来想走就走。以前就那样了，现在刚成家，可不能整天不着家，时间长了让人笑话。”又嘱咐刘海英以后要多管着点儿。刘海英笑了，心说就范振喜这干事业的劲头，谁也拦不住他。

范振喜进了大队部后，一声不吭地拉开办公桌抽屉在找什么东西。桌子上放着几本《红旗》和《共产党员》杂志。有两本杂志是掀开的，上面的文章题目已被范振喜用红笔圈了起来，重点字句下，画着一道道红线，显然是他要重点记住的内容。

这时，张德方从外面进来，看见范振喜后，有些吃惊地问：“找什么呢？”范振喜一边找东西，头也不抬地说：“我那份材料不见了，我记得昨天，我放在这儿的。”张德方问：“是不是《关于完善周台子村党支部建设思路》。”范振喜说：“对，对，就是它。”张德方说：“在我这，我正看着呢！”

一听这话，范振喜走过来，对张德方说：“你提前看了正好，我找它也是要给你看！”张德方说：“就这事啊！刚结婚不在家好好陪新娘子，跑来就为这事。行，我知道了，回头看完跟你商量。你先回家。”

范振喜说：“正好现在有时间，不如咱俩就商量商量，今年要好好抓一抓党支部建设。”张德方见劝不动范振喜，只好把材料拿出来，两个人谈到很晚，最后定下了措施和目标。

越过东山顶的太阳照到范家院子时，宋小好吵吵着进了院门。看见院子里停放着自行车，车子上挂着红纸包的物品，一副有人要出门的样子，立即猜到了是新郎要带着新娘回门。范母从玻璃窗户上看到宋小好，赶紧从屋里迎出来。

宋小好说：“我惦记着小两口回门的事，不知道准备得啥样，过来看看。”范母告诉宋小好，东西准备好了，四瓶酒和四包点心。

看到范振喜、刘海英和范家的人从屋里出来。宋小好对范振喜说："这回门也叫'归宁'，从今天起，见到你老岳父岳母，得改口了，可不能再叫叔叔婶子，得叫爸妈了。"宋小好一番入情入理的话，逗得范家人开心地笑。

范振喜骑自行车载着刘海英刚走到村街中心的大树下，便被护林员史小冬从后面大声喊住了，气喘吁吁地跑过来说："范书记，不好了！后山的树被人偷了……"

范振喜一听就急了，赶紧停下车，让刘海英先回家，他要到后山看看。刘海英不高兴，说回门哪有一个人回的。范振喜安慰说："你先跟爸妈解释一下，用不了多大一会儿我准到。"刘海英听见范振喜叫爸妈，心里喜滋滋的，嘱咐他早点儿来。范振喜把自行车给了刘海英，带着史小冬越过山梁直奔后山。

后山，在多年无秩序的开采中有很多山体被破坏，裸露出的土石层斑斑点点，像是表皮长满了疥疮，树林在乱砍滥伐中日渐萎缩。范振喜担任周台子大队书记后，特意在《村规民约》中着重强调这一点，不准乱砍滥伐。然而，还有个别社员暗地里偷树。

范振喜来到林地后，发现树木已被人偷走，留下了白茬儿树根和散落在地上的树枝、树叶，树林一片狼藉。范振喜顿时就火了，质问护林员史小冬失职。史小冬唯唯诺诺说不出话来。

范振喜说："找，一定要找到树，我倒要看看到底是谁干的。"

两个人沿着踪迹，在一条山沟里发现了被盗走的树。树干已被人处理干净，被杂草覆盖着，显然是在隐藏。周围没有人，静悄悄的。范振喜意识到偷树的人在等待时机。于是便和史小冬躲在暗处隐藏着。

过了很长时间也不见有人来取树。史小冬说："范书记，你还有事，你先回去吧！我在这守着。"范振喜看看天还早，想到偷树的人不可能在白天往村里运树木，便嘱咐史小冬千万不要离开，一定看住这些木头，他天黑前一定回来，随后跑着去了刘家。

回门是件大事。刘家特意摆了两桌酒席，把亲戚们都请了来。众人坐在桌前，只等着新郎一到便开席。可左等右等不见范振喜的影子。刘母着急，一趟趟出院门向街上张望。范振喜满头大汗进屋，发现刘父不高兴，忐忑不安地做着解释。刘父却冷着脸说："回门是大事，怎么让英子一个人回来？"

范振喜连说对不起。刘母上前解围说："振喜公事多，耽误一会儿没啥了不起。"刘海英递给范振喜一条毛巾，让他擦擦头上的汗。但刘父还是不饶，想要在亲戚面前摆摆谱，继续说："在座的都是亲戚，还有长辈，哪能让长辈等你一个晚辈，以后不许这样。"

一听这话，范振喜知道刘父不再计较，端起酒杯，先向刘父、刘母叫了爸妈，然后又挨个认了亲，叔叔、婶子，舅舅、舅妈，哥哥、嫂子地叫了一圈。众人满意，都说刘家找了个好女婿。

这顿饭，刘父酒没少喝，话也说了不老少，但他还是觉得没有说到正题上。于是，送走客人，又单独地教训起范振喜来，他说："从今天起，你就是有家的人，将来得顾家顾媳妇，不能总是在外面跑。公家毕竟是公家，那不是你自己的家。"

范振喜知道刘父酒后爱唠叨，所以也没把这话当回事。可一旁的刘母不爱听了，搭话说："你说得不对。振喜是大队书记，大队上的事，他能不上心吗？"刘父辩白说："我不是说不让他上心，我是让他把心思多往家里放，别总是一天到晚地扎在大队不回家。"

刘父所说的话一点儿不出格。自从范振喜当了大队书记后，除了吃饭睡觉回家外，几乎每天都扎在大队部。所以刘父不理解，为什么一个人为了公家的事能到这份儿上，连家都不要？以前，范振喜没跟刘海英结婚，他想管但这话说不出口。今天不同了，他是以长辈的身份在管，范振喜必须得听。

眼看天快黑了，范振喜心里着急，因他一直惦记着晚上抓偷树贼的事，表面上是在听刘父训导，心思却在后山上。于是瞅准时机对刘父说："爸，您忙一天了，也累了，早点儿休息吧！"他这一说，刘父感到还真有些乏，便说："嗯，你们也早点儿歇着。"范振喜又说："大队还有点儿事，我先回去处理一下。"

刘父一时怔住："什么，你今天要回去？"范振喜说："有人在后山上偷树，我去处理一下。"刘父更急了，大声说："你想把英子一个人留在家。"

范振喜不想让刘父误会，继续解释说："我先去后山，处理完事我立马回来，不回家。"刘父这才答应。按照农村礼仪，新娘回门，怎么也得住一晚，否则旁人会说闲话。

天将要黑时，范振喜骑自行车赶到了史小冬蹲点的地方，把刘海英准备好的饭菜交给史小冬说："饿坏了吧？这是你弟妹给你准备的，快吃了。"史小冬接过食物大口地吃起来，呜啦啦地说："谢谢新娘子，我真是饿坏了。"

这时，远处传来木轮车轧路面的咯吱咯吱声。范振喜示意史小冬别说话，两个人猫起来，专等着偷树人走近。范振喜小声告诉史小冬说："只许抓，不许打。"史小冬不解，偷树的人太可恶，抓住了，为什么不狠狠揍他一顿。

范振喜借着微弱光线，认出过来的俩人是懒汉刘大懒和他的堂弟范振信。这俩人来到隐藏树木地点后，四下看看无人，便开始装车。史小冬想要冲上去抓人，被范振喜按住。等刘大懒和范振信装好车，准备走时，范振喜突然站出来说："你们俩准备把木头运哪去？"

突如其来的声音，把刘大懒和范振信吓一跳。他们俩知道被人发现了，丢下车就跑。这时，史小冬却突然站在沟口处，堵住了俩人的退路。范振喜又喊："刘大懒、范振信，你们俩跑不了了，跟我回大队部。"

刘大懒和范振信被押回大队部后，范振信一口一个三哥地叫着，向他求情说："三哥，我要娶媳妇，没新房人家不嫁。我这不是没法嘛！实在是没钱买木头，才来偷树。你放了我，我念你一辈子好。”刘大懒也说：“我是帮忙的，这事儿跟我没关系，要抓人要罚钱，你罚范振信好了。”

大队委员们已经被召集来，等在会议室里。范振信的父亲，也就是范振喜的二叔范贺，听说儿子被抓，也赶了过来，见范振喜不放人，便守在门口不离开，防止范振喜把儿子送交派出所。

过了一会儿，张德方进来劝范振喜说：“偷树的事，以前也没少发生过，都一个村子住着，我看罚点儿钱算了。”范振喜严肃地说：“咱们有社员公约，一切都按公约来，先开会讨论后再做决定。”

会上，范振喜说：“多少年来，周台子人上山偷树的陋习一直没能改掉，没柴烧了去砍，打家具去砍，盖房子也去砍，偷集体财产跟家常便饭一样。我知道我们还很穷，需要办的东西还很多，但那些树林是集体的、是大家伙的。不能光为了自己的一点儿私利就什么都不顾。再者说，这些树林还起着护山固沙的作用，一旦没了树，山洪就有可能造成泥石流，冲毁了山地，还拿什么种庄稼，到那时受害的还是我们自己。”

闫江华说：“范书记说得对，这些树是集体财产，不能谁想要，谁就随便去砍。”杨树林说：“对偷树的人就要狠狠治一治，不刹住这股歪风，周台子就没得好。”委员们开始重视这个问题。

丛艳君说：“我觉得书记说得对，要建章立制，得有一项长久办法。光是今天罚一个，明天罚一个，抓住了，他就认，抓不住，算是得了便宜。”于是，会议通过了对范振信和刘大懒的处罚决定。所偷树木全部没收，每人罚款一百元，并公开在全村大喇叭念书面检查。鉴于刘大懒是在给范振信帮忙，对他的罚款由范振信上缴。范振信哭丧着脸说：“好三哥了，我没钱。你是我三哥，你就说句话，饶了我吧……”

一直蹲在门外的范贺走进来说：“振信，这房子不盖了，交罚款。”范振信不乐意，阻止说：“把盖房子的钱交了，拿什么盖房，你儿子我还娶媳妇不？！”范贺大声呵斥道：“还有脸说娶媳妇，你爸的脸早被你丢光了！”

范振喜看着二叔训斥范振信，心里也不是滋味，对范贺说：“二叔，这件事，还请您别怪我。”范贺说：“唉，老三啊，这么处理公正，我赞同。可是，你让我这个二叔的脸面掉在地上摔个稀碎啊……”

范振喜愣了半晌，看着范贺生气地离开大队部，才缓过神来。张德方走过来说，要不这次甭处理了。范振喜说：“做工作就不能怕得罪人，即便他是我二叔，公是公私是私，我问心无愧，二叔从小就疼我，他不会怪我的。”

张德方说：“哎呀，你们两口子今天不是回门吗？你快回英子家住吧。”范振喜看了眼墙上的钟表，已经是十二点多了。范振喜说：“这折腾了大半夜，这会儿英子她们也早就睡了，我就不去了，回家呢，我爹妈肯定得训我，我干脆就在大队部住了，明天一大早去接英子。”张德方也只好先回家了。

深夜，英子家西屋还亮着灯，英子抱着个枕头还在等范振喜。第二天一大早，范振喜来接英子。英子正在大门口翘首以盼，终于见到范振喜来了。

范振喜忙给英子道歉。英子说：“你就别跟我道歉了，这咋跟唱戏似的，昨天这一出一出的，进了屋你可得给爹妈说点儿好听的啊。”范振喜感激地笑了。他进屋就给两位老人道歉，刘父虽然还生着气，但觉得也是为了公事，也就没再说什么。刘母已经做了面条，给范振喜和英子盛好端过来，范振喜忙谦让刘父先吃。

刘母说：“姑爷子你就别谦让了，咱村有讲究，你们昨天回门回来，今天英子还要和你回范家，这吃面条就是我们做爹妈的祝愿你们两口子顺顺溜溜、和和美美的，你俩先吃。”范振喜和英子很感动，忙端起面条开吃。

刘父看二人吃完了，看看刘母也坐过来。刘父说：“振喜啊，昨晚这事儿我就不说了，但是打今天往后你记着，我闺女既然已经嫁给你们老范家了，今后你可别欺负英子。”范振喜忙点头。

刘海英说：“爹妈你们放心吧，振喜知道疼我。”刘母说：“姑爷子，按照咱们村的规矩，英子你们俩得给爹妈盛面端上来。”英子赶紧盛好两碗面条，范振喜恭恭敬敬地端放到二老面前。

太阳已经升起来了。屋里，等二老吃了面，范振喜和刘海英出了院子，回头劝二老别送了。刘母看着英子，不由得落泪。刘海英说：“爹妈你们都回屋吧，你们放心，我俩好好地过日子。”

两个人出村口不远，刘海英突然从自行车上跳下来，说不跟范振喜走了。范振喜下车问原因。刘海英哭着说：“回娘家第一天就把我扔下不管，以后还不定怎么着呢！”范振喜一听是这事，赶忙用话哄，劝了半天，刘海英才破涕为笑，指着范振喜说：“以后你再敢这样，就让我爸收拾你。”范振喜忙说再也不会了。

车子前行，车后座的刘海英说：“振喜你这大队书记当得可真敬业。”范振喜说：“英子实在对不住你，这事儿都赶一块儿了，也多亏你理解我，以后我好好伺候你啊。”刘海英说：“你可拉倒吧，你不欺负我就行了。”

范振喜问：“昨晚你想我了没？”刘海英不好意思地用拳头轻敲他后背，说：“你讨厌不，好好骑车……”范振喜开心地笑了，用力蹬车。

两个人回到周台子，一进村口，便听见大喇叭里正播放着刘大懒念书面检查的声音。刘大懒说：“以后，我再也不嘴馋了，为了混顿酒，跟着别人去偷树，这是违法行为……”

刘海英笑着对范振喜说：“周台子人如果都能知错就改，风气也就正了，你这一晚上的工夫就没白下。”范振喜边蹬车边说：“你放心，我保证，用不了三年，周台子村的人都会知书达理。”

刘海英笑着说：“吹吧你！周台子总共也没几个高中毕业生，还什么知书达理。”范振喜感觉比喻不对，改口说：“不说知书达理，说他们讲文明、有礼貌、守规矩总可以吧！”刘海英说这还差不多。两个人一起笑了。

大喇叭连着三天播放范振信和刘大懒俩人做的书面检查。这种现身说法的方式对社员们触动很大。但是范振喜却是把二叔范贺和堂弟范振信得罪了。

一天，耿东梅和范振信在村东头相遇，耿东梅喊住他说：“范振信，以后你能不能改掉偷东西的毛病？”范振信怔住，反问：“我啥时偷东西了？”耿东梅一副关心的样子：“你偷着砍大队的树，那还不是偷！”范振信脸腾地红了，吭哧着说：“那不是为了娶媳妇，没钱给逼急了嘛！”耿东梅说：“没钱也不能去偷，人穷志不能短。”

范振信盯着耿东梅看了半天，琢磨她说这话的意思，试探着说：“如果你同意嫁给我，我就一辈子不偷公家的树。”耿东梅红着脸说：“那得看你能不能做好人。”说完，转身走了。范振信感觉到了耿东梅的暗示，在后面高声说：“我把娶媳妇的自行车都买好了，哪天我带着你去兜风——”

爱情总是令人难以捉摸。除了金彩霞之外，耿东梅是另一个暗恋范振喜的人。但是范振喜与刘海英结婚了，她知道属于自己的机会没有了，于是把目光重回曾经追求过她的人。今天，她对范振信的关心，就是向他发出的一个信号。范振信很聪明，立即就体会到了。所以，他心里是甜滋滋的，一路吹着口哨回了家。

很长时间，金彩霞没有出屋，她既不下地干活，也不出门找人聊天，一个人闷在屋里没完没了地读范振喜借给她的小说。看完了《金光大道》，又读《创业史》，她有时把范振喜比作梁生宝，把自己比作徐改霞。但有时又觉得自己比不上徐改霞，没有徐改霞那种深沉、明智。想到小说的结局，徐改霞与梁生宝并没有走到一起，在这一点上，她觉得徐改霞特别像自己，随后决定那就学徐改霞吧，也许范振喜那份爱从一开始就不属于她。

下午，刘震拎着东西出现在金家院子里，朝屋里喊了两声，没人回音，随后便走到窗前，趴在窗洞向里看。金彩霞听见喊声，已经从炕上坐起，看到了窗外的刘震，于是说：“干啥跟做贼似的，进来吧！”刘震如获大赦般地在窗外答应一声，随后进了屋。

金彩霞问他来干什么？刘震嗫嚅着说：“见你好长时间没出屋，以为你生病了，来看看。”金彩霞说：“我没病，只是累了想歇两天。”刘震连忙说：“那就好，没病就好。”说着从斜挎着的军用书包里拿出一条红围巾，递给金彩霞，“彩霞，给，这是我给你买的。”

金彩霞没接，冷着脸说：“凭什么给我？”刘震试探地说：“你知道，我喜欢你，而且很长时间了。以前你不理我，我也没办法，现在……”刘震的意思是说，人家范振喜已经结婚了，你没了想头。

刘震本以为这句话可能会招致金彩霞的讨厌，没想到金彩霞的口气却是软软的，问：“刘震，你真的想娶我？”刘震忙说：“想，想，做梦都想。好多晚上都睡不着觉，一闭眼睛就看见你在我眼前转。”

金彩霞说：“既然你想娶我，你答应我一个条件。”刘震赶紧说：“成，别说一个条件，一百个都行。”金彩霞说：“那好，你带我离开周台子。”

刘震一愣，旋即说：“行，反正我爹妈也早就不在了，咱俩去城里打工。”

金彩霞这才起身下地，说：“你帮我一起做晚饭，我临走之前得给我妈做顿饭，吃了晚饭我就跟你走。”两个人把事情和金母说了，金母也只好同意，但说要是嫁娶也得办个仪式，金彩霞说用不着。

当天晚上，吃了晚饭，金彩霞就收拾东西，跟着刘震悄悄离开了周台子村。金母不知道他们去了哪，村里人更不知道。此后一连两年，都没有二人的音信，仿佛从人间蒸发一般。

# 第五章

到了下种时节，范振喜回家的次数越来越少，除了吃饭、睡觉之外，几乎就长在了大队部。除了按照他与张德方商量制定的《周台子大队党支部建设思路》循序渐进地抓党员思想教育开展党支部活动、发展新党员等项工作外，他还一门心思琢磨起了水稻育秧技术。

技术员在筛种、选地、下种工作时，他就站在一旁打下手，帮着干这干那。时间长了，技术员过意不去，便对他说："派个人来就行了，你是大队书记，有的是工作要做，不必整天在我这。"

范振喜说："没事，没事。"其实他是想学技术，还私下里对张德方说："等着吃别人打的鱼，不如自己学会捕鱼。将来技术员撤走了，我们碰到难题也能自己解决。"

插秧季节一到，周台子村的河滩地上顿时热闹起来。分包到各家各户的稻田里处处都是全家齐上阵的情景。村里的宣传工作也没闲着，播放歌曲、曲艺节目成了主要内容。听，现在乡亲们正在唱《在希望的田野上》——

我们的家乡，在希望的田野上
炊烟在新建的住房上飘荡
小河在美丽的村庄旁流淌

一片冬麦，那个一片高粱
十里哟荷塘，十里果香
哎嘿哟嗬呀儿咿儿哟
嘿我们的世世代代
在这田野上生活
为她富裕为她兴旺
…………

这首歌曲《在希望的田野上》，在周台子几乎是人人会唱的曲目，用张德方的话说，它就好比周台子的村歌，那是相当提气！

过了晌午，李山和两个儿子在地头上匆匆吃了饭，便下田干活。技术员走过来说："这位老乡，你们的方法不对。"长富不服气，说："有啥不对？别的家都是这么种的。"技术员来了火气，大声说："我说不对就不对，犟什么犟嘛，来来，我教给你们……"说着，脱下鞋赤脚下到田里做着示范。

李山感到有些不好意思，向技术员解释说："孩子不懂事，别跟他一般见识。"技术员说："没啥，我是担心万一种不好，你们一年的辛苦白瞎了。"李山喊长富："还不快过来，给领导赔礼。"长富不言声地来到技术员身旁。

技术员看了他一眼，说："小伙子，你得跟你们范书记学学，人家是大队书记，工作多忙，还天天扎在地里学技术，主动帮助别人。"一边说着，一边教长富学插秧。

李山家的劳动结束了，他们开始收拾工具。长富扫了眼周围，得意地对李山说："爸，咱们家是第一个种完的。"李山说："还是人家技术员教的方法好，要不然咱们还不知种成啥样呢！"

三个人扛着工具顺着田埂向外走，当来到宋小好家的田地边上时，长富停下不走了，对李山说："爸，你和长贵先回去，我帮着干点儿活。"李山看看儿子，觉得他懂事了，心里窃喜，说："那你就去帮帮吧！平时你宋婶没少帮咱们。”

宋小好的丈夫杨树林经常忙大队里的事儿，地里的活大多靠她一个人。农忙一上来，她的地只能落在别人家后头。长富下地帮忙，让宋小好很是感动。为这事范振喜对长富进行表扬，好人好事一栏还出现了长富的名字。长富是周台子有名的捣蛋鬼，连他父亲李山都管不了，现在能主动帮助别人，可见周台子大队的精神文明建设有了成效。

“人勤地生宝，人懒地生草。”眼看夏季一过，稻田里金黄一片，沉甸甸的稻穗经风一吹，平地里便摇出一片海水样的波纹。范振喜除了外出开会，只要在大队，几乎每天都要来稻田地里转一圈。如果哪块地的叶子变黄，他便催着这户人家施肥，哪块地缺水，便告诉这家人该浇水了。那稻田就像是他的心肝宝贝。

这天下午，范振喜在田埂上一路走来，手就没离开过稻穗，捏捏饱满度，看看秧苗长势。忽然发现刘大懒地里的秧苗有些发枯发黄，于是蹲下身来查看情况。随后在一棵秧上发现了几只爬上爬下的小虫。

范振喜有些着急，赶紧回去找技术员，两个人来到地里察看。技术员告诉范振喜，这虫子叫二化螟，是高寒地区水稻田里的一种害虫，如果得不到及时救治，减产会在5%，甚至10%以上。

范振喜与技术员商量来商量去，感觉着在田里放鸭捉虫，要比打药效果好，既没污染又让社员有了收入。于是范振喜便动员社员们养鸭子。没多久，家家养起了鸭子。他们每天早晨把鸭子放到田里捉虫，晚上赶着回家。不仅有了鸭蛋吃，还可以拿来卖钱。整个夏天，周台子都是鸭声长鸣。

生活渐渐有了好转，周台子人们的习惯也在发生着变化。范振喜发现，这几天去杨树林家的人突然多了起来。本来不足为奇，因为杨树林的媳妇宋小好把她家靠街的一间房子改成了小卖部，因此去她家买东西的人自然不会少。可是，来的人不分晚上还是白天，而且都空着手，这就不能不引起范振喜的怀疑。

一天，范振喜进了宋小好家。看见满屋子的人都在观望着四个人打麻将，有刘三、宋小好、范振信和耿洪山。范振喜的到来，引起一阵骚动。有的人赶紧离开，有的人等着看热闹。

因为他们都知道，大队的《村规民约》中明确写着不准赌博，但是如果不用这来赌钱，麻将也算是娱乐工具。桌上除了一副麻将和扑克牌之外，没有现金，这就很难定性是在赌博。

见范振喜进来，正玩着麻将的四人赶紧停下。宋小好起身叫了声书记便没了下音，明显看出有些胆怯。耿洪山坐着不动，也没说话。范振信赶忙起来，有想走的意思，但范振喜堵着门口，他出不去。

刘三站起来说："范书记，我们只是玩玩，没赌钱。"范振喜嗯了一声，再次看了桌上和桌下，没有看到现金，于是说："玩玩可以，但不能赌钱啊！"说完转身要走。刘三在后面说："范书记，要是没事，坐下来玩会儿。"

范振喜头也不回地说："你们玩吧！我还有事。"随后出了宋小好家。其实范振喜不知道，他们玩的是麻将，但是使用扑克牌做筹码，明面上不是赌博，但是最后输赢是通过计算扑克牌的张数来结账的。

范振喜一路走着一路想，用什么方法才能把社员的大把空闲时间管起来，既让他们高兴，又不失老百姓的朴实。

范振喜进了大队部，看见几名支委都在，但他们手头上没事干，闫江华和杨树林在闲聊，丛艳君在织毛衣，张德方一个人坐着发呆。范振喜走到桌前坐下，对张德方说："正好大家伙都在，我们临时开个会。"

会上，范振喜提出了自己的想法，说："在周台子出现了一种不太好的风气，有的人稍有点儿时间就去玩麻将，在旁边扒眼儿的人也不少。还有人家刚刚有了点儿余钱，不想着置办农具，却要买麻将，这种风气如果不刹住，咱周台子非乱了不可。出现这种情况，与我们大队部的领导不力有直接关系，也就是说，我们忽视了大家的业余生活。”

张德方说：“总算还好，他们没赌钱。”闫江华说：“现在是没赌，但难保以后不赌。”丛艳君也说：“我听说，有人玩个一毛两毛的。”

杨树林生气地说：“那也是赌博，甭管多少只要动钱那就是赌。是谁在赌钱，范书记，告诉我，我带民兵把他抓了。太不像话，村规民约明确写着不准赌博。”

范振喜看了他一眼，没理会他，杨树林有些不解。

范振喜说：“我是想，堵不如疏。既然社员中有人对玩有兴趣，我们就跟他们一块儿玩，组织他们一起玩。”

张德方急了，噌地站起来说：“什么？还跟他们一起玩？如果我们也跟他们一样，那周台子党支部成啥了，岂不成了玩麻将党支部了。”不只是张德方，其他几名支委听了这句话，都感到莫名其妙。

范振喜笑了，他说：“我说的玩，不是玩麻将，而是开展丰富多彩的文艺活动。让宣传队把社员都组织起来，让他们学唱歌，扭秧歌，开展文艺会演，军棋、象棋比赛等等。只要把社员的业余生活丰富起来，我相信，没人会整天闷在屋里玩麻将。”范振喜一说完，支委们全都同意。

杨树林回到家里才知道，有人是在自家的小卖部赌博，就是用扑克牌做筹码，为此他和宋小好吵了架，又拉着她去向范振喜道歉。一路上，宋小好说自己是范振喜当时的媒人，肯定会高抬贵手的。

进了屋，杨树林一个劲儿地检讨，宋小好也很不好意思，范振喜没有责怪宋小好，提醒她说这是违反村规民约的，而且组织赌博也是违法行为。

随后的一段时间里，在周台子大队部，每天晚上都有热闹看。除了公社按期来放电影外，其他时间就是社员们的自发活动。渐渐地，大队部场院成了周台子人的文化娱乐活动中心。

1984年，紫塞市农村取消人民公社制度，村镇重新被确立为农村基层行政单位，金山岭县张百湾公社改为张百湾镇，周台子大队改为周台子村。大队书记改称村党支部书记也叫村书记，大队长改为村主任，生产队叫村民小组，原生产队长为组长。一系列的农村土地改革政策，给了周台子机遇，也让范振喜看到了希望。在抓好农业的同时，范振喜决心先把村部的环境收拾一下，一定要让这里成为党的建设的坚强堡垒、周台子人的主心骨。

在支委会上，范振喜说了自己的打算，提出了整修村部和村街村路，改变周台子村貌的打算。张德方说："好是好，可这些都要钱啊！去哪里找？"闫江华也说："现在那些老账还不了，债主们天天来要，这日子难过啊！"其他几人也为没钱发愁。范振喜转向张德方问："承包出去的那几个矿，管理费要的怎么样了？"

一听这话张德方顿时来了火气："这些人，说话不算数，当初要承包时，好话一大堆，拍着胸脯说一分都不会少交。可跟他们一要，这个说没挣钱赔了，那个说生产经营形式不好卖不出铁矿石，还要等一等。个个是软磨硬抗。"

杨树林一拍桌子，说："他们全都是胡说，拉铁矿的车天天从村里过，谁也不眼瞎，看不见是咋地？这是糊弄咱们。再看刘三那副张狂劲，我看着就不顺眼。"

闫江华说："我听说，这刘三把刚盖了没几年的房拆了，要重新盖豪华的，能说他没钱吗？"丛艳君见每个人都在说话，她不好意思再沉默了，跟着说："是得跟他们要了。"

范振喜态度坚决地说："他们承包的采矿点是周台子村集体

的，这份红利，全体村民人人有份，谁也别想独占。”

刘大懒在村街上遇到刘三。刘大懒来到刘三跟前，巴结着说：“刘大经理，你那矿上缺人不？”刘三顿时明白刘大懒什么意思，厌烦地说：“不缺，不缺。”

刘大懒气得转身一路走一路嘟囔：“不缺不缺！有啥了不起的？”范振礼迎面过来，刘大懒没看见，差点儿撞上。

范振礼问刘大懒想啥呢？不好好看路。刘大懒见是范振礼，顿时又有了主意，问范振礼矿点上缺人不？范振礼开玩笑地说缺人是缺人，但不缺懒人。刘大懒气鼓鼓离开，说范振礼小瞧人。

晚饭时，范振喜特意买了瓶山庄老酒，又让刘海英多做了两个菜，让哑巴大哥去把范振礼一家人叫过来吃晚饭。范家全家人围坐炕桌两边热热闹闹地吃饭。范芝和范振礼喝酒，范振喜不怎么喝酒，但面前也得摆着酒盅，偶尔象征性地抿一抿。

范振礼喝到高兴时说：“老三，你当那村书记有啥意思，一年到头也拿不了几个钱，不如跟着二哥去采矿点上，好歹的一年到头也能挣个几千块，几年下来，就是万元户。”柳玉暗地里拧了范振礼一下，笑着说：“你二哥喝多了，别听他瞎说。承包矿点的本钱还没还呢！采矿不挣钱。”

范芝反对范振礼说：“老三当书记这几年，周台子刚变了样，你别瞎出主意。”

范振礼端酒向范振喜说：“行，老三，人各有志，二哥不劝你，爱干啥就干啥，只要你喜欢就随你，二哥支持。来，咱哥儿俩干一杯！”范振喜端起杯，提议老大也加入，哥儿三个共同给范芝和范母敬酒。

一边喝酒，范振喜一边向范振礼打听矿点上的情况，渐渐了解到那几个矿主的生产收入情况。说到刘三时，范振礼说：“顶数刘三那个人不是东西，忽视矿洞安全、克扣工人工资，只知道往自己家里搂钱，矿上连着出了几次事，没人敢说。”

当范振喜问起他们为什么不主动向村里交管理费时，范振礼不好意思地说：“按说，合同是那么写的，咋说的就得咋办。可刘三带头和这些人串通好了，说谁交就收拾谁！你二哥我也不能当出头的椽子。但咱也不能亏心，所以这几年，我偷偷地给小学添置办了些东西，也算是做个好事，这也算是我给周台子做的贡献了……所以呢，管理费你就别冲我要了。”

就在这个晚上，刘三家的里屋支着一张麻将桌，矿点的几个承包户，除了范振礼不在，其他人全在场。每人面前摆着一摞现金和烟。不打麻将的在旁边扒眼儿。刘三拿起一盒石林烟分给几人，然后把一支叼在嘴上，旁边的刘五赶紧给他点上。

刘三狠吸了一口说：“今天把哥几个找来，一来是玩儿，二来也商量点儿事儿。”刘五问是啥事。刘三说：“听说村里开了会，准备收咱们每个人承包的矿点管理费。”一听这话，几人都说不给。刘三说还是那几句话，大伙都要齐心，说不给谁都不能交。

这时，刘大懒来到刘三家大门外，看见大门从里面插着，于是找了块大石头，踩着趴到墙头上探头向里看，他看见了刘三和几个人在打麻将。刘大懒嘟囔说：“好你个刘三，你敢赌博，看我不告诉范书记去。”

刘大懒跑到村部，见范振喜和张德方都不在，便把刘三打麻将的事告诉了杨树林。杨树林听说有人在村里赌博，忙叫了两名民兵去刘三家抓赌。

刘三玩得正欢，忽听有人敲门，便叫玩麻将的人赶紧把桌上钱收起来。刘三媳妇去开院门，门一开，杨树林带着民兵冲进院子。三人来到屋内，却看刘三和几个人在喝茶聊天，并没有刘大懒说的赌博情况。刘三又是倒茶，又是递烟，问杨树林有何公干。杨树林直言不讳说有人报告说他们打麻将，过来看看。刘三不承认，由于没有证据，杨树林只好带人空手离开。杨树林走后，刘三发着狠说：“谁敢告老子的状，查出来，非得好好收拾他不可。”

杨树林回到村部，正赶上范振喜和张德方俩人回来，他便将去刘三家的经过一五一十学了一遍。张德方说：“刘大懒汇报的事情不会有假，早就听村民们反映过，刘三经常组织人在家里赌博。”

范振喜说：“没有证据，刘三不会承认，但村规民约不是摆设，不能让刘三这种人给毁了。如果纵容下去，就会有其他人跟着学，到那时，刚好起来的风气又得被刘三这种人带坏。”

张德方说：“那你说怎么办？”杨树林也很气愤地说：“这刘三太滑，估计是我敲门这工夫，他把钱和麻将藏起来了。”丛艳君说：“你们大叫小嚷的，傻子也知道是怎么回事。”闫江华说：“这叫什么人，有钱不交承包费，还搞赌博。”

几人发牢骚的时候，范振喜想出了办法，他说：“村里赌博的事，村支部不能视而不见，不能看着不管，更不能纵容，这种苗头必须打掉。”众人问怎么个解决办法。范振喜说要解决这事，必须有派出所支持，随后让杨树林与镇派出所联系，村党支部积极配合。

几天后，在刘三再一次聚众赌博时，派出所干警破门而入，人赃俱获。刘三被带出家门时，看到村部的几名支委都在，便认定是范振喜在背后捣的鬼，不然派出所的人也不会来。

刘三交了罚款被放出来后，在矿上扬言说是范振喜告的密，他要报复。为此，范振礼和刘三吵了一架，两个人几乎大打出手。

傍晚，范振礼回到范家，将自行车往院子里一扔，任由其摔倒，带着怒气进了屋。见到范振喜便质问他为什么举报刘三赌博，这是得罪人，让范家与外人结仇。还说得罪了刘三，会给范家惹麻烦。

范振喜说麻烦他不怕，只要是为村里人好，他绝不能袖手旁观。范振礼更加生气，说：“老三，自从你当了书记，连家都不顾，只想着公家，但得罪人的事还是要少干，万一哪天也像老书记似的，被人炸了房子，以后日子怎么过？”

范振喜动情地说：“二哥，当年是全村人选我当的这书记，这是他们信任我能干好。既然我当了，就不能混日子。村书记是什么，是全村的主心骨、当家人，谁不想着把家里的日子过好。他刘三聚众赌博也不是一天两天了，派出所来抓他，这是为了维护村规民约，给村里树一个好风气，村民都拍手称快。我范振喜又怕他何来？”

范振喜说完，范芝接过话来说：“老三啊，咱没啥可怕的。全村人谁不说抓刘三抓得对？老三，你是书记，更不能怕。有些人，你越是怕他，他就越蹬鼻子上脸。咱老范家有你们哥仨呢！他刘三敢怎么着！”

柳玉也说：“振礼，爸说得对，没啥可怕的。再说也是为了刘三好。”范母说：“振喜做的都是正事，只要做得对，就不怕他刘三报复。”

刘海英一旁站着，看看范振喜，又看看其他人，说：“振喜，二哥也是好意，还不是担心你伤人……”

范振礼叹气地说：“哎，老三媳妇，还是你明事理。行，既然已经这样了，咱家都加点儿小心，防着点儿吧。”说完，叫上柳玉和孩子回了自家。

范振喜看着二哥一家人离开，心里却突然感到有些不是滋味。

几天后的一天上午，村部办公室内，范振喜正在埋头看材料。金彩霞风风火火地从外面闯了进来，一进门，看见范振喜便大声喊着让他救救刘震。范振喜安慰住金彩霞，问她出了什么事，这些年他们去了哪？经范振喜这么一问，金彩霞顿感有些不好意思，回想起她的离家出走，其实与范振喜有着密不可分的关系。当年就是因为金彩霞暗恋范振喜，而范振喜结了婚，新娘却不是她……

那一年，金彩霞随着刘震离开周台子，两个人就商量着去哪里。听人说改革开放后很多人都去了南方，在那边发了财。于是他们也想去试试，便坐汽车、转火车，一路南下，最后在南方的一个城市站住了脚，先是给人打工，后来又学着做生意，倒腾货卖。一来二去挣了点儿小钱，也学了些经验。再后来俩人又把从南方购买的一些货物运到老家金山岭县城，在县城里的一个市场上支起了摊位，开始做起了贸易买卖。

突然有一天，县工商局进行突击检查，说他们的货是假货，不仅把货物全部没收，而且还协同派出所带走了刘震。这一下，金彩霞和刘震的老本没了，不仅如此，金彩霞连罚款的钱都交不起。

无奈之下，金彩霞想到了范振喜，这才回村搬救兵。既然金彩霞求到自己头上，范振喜不能看着不管，于是他丢下手里的工作，风风火火地跟着金彩霞来县城救人。两个人来到工商局，管事的人说："刘震的货虽然是假货，但也是上当受骗，主观上不是故意行为，只要缴了罚款，没收假货，人可以领回。"事情到了眼前，没钱救不了人。范振喜只好求助于家在县城的两个战友，由他们出面，才帮忙借到了两千元罚款交给工商局。工商局这才出说明材料，同意派出所放人。

范振喜带着刘震和金彩霞回了周台子村。没多久，范振喜帮忙救人的事，被村里一些人传来传去，传成了他与金彩霞旧情难忘，独自跑去县城英雄救美。张德方也信以为真，出面劝说范振喜，说刘海英是个好媳妇，不能做对不起她的事。

丛艳君有意无意地提醒范振喜说："你是村书记，可不能犯男女错误。"范振喜听了后哭笑不得，一遍遍地跟人解释，可没几个人信。

范振喜回到家，见刘海英不高兴，问她怎么了。刘海英说："咱家本来就没钱，你又在县城借了两千块钱的外债，将来拿什么还？"

范振喜告诉刘海英，虽然他跟战友借了钱，但那是在帮金彩霞，金彩霞是不会赖这账的。但刘海英还是不放心，埋怨范振喜多管闲事，说他“吃着碗里的，看着锅里的”，那意思就是指范振喜还惦记着金彩霞。范振喜向刘海英发了一顿火，一气之下，当晚住到了村部，一夜没回。

村人们的议论，引起刘震怀疑。金彩霞把全部经过向刘震又学了一遍，刘震开始时不信说：“范振喜凭什么对你这么好，还借钱帮你。”气得金彩霞两天没理他，扬言要跟他离婚。冷战的结果是刘震妥协，表示相信金彩霞。

金彩霞告诉刘震说，范振喜是村书记，他不会看着村民有难处不管，这是她为什么要找范振喜的原因。村里人也都知道，范振喜这人最讲义气，一贯是帮人帮到底，所以他要借钱救刘震出来。如果不交罚款，工商局绝对不会放人。金彩霞叮嘱刘震，要尽快攒够钱，把范振喜借战友的钱还上，不能拖累他。刘震连连答应。

没多久，两个人又去县城做生意。有了上次教训之后，刘震对进货的质量就特别小心了，唯恐再出什么假货。

村部催收矿山承包费的通知发出后，只有范振礼过来把管理费交了，还剩下五名矿主一直沉默着。范振喜认为既然不主动，那就上门去要。村委们分工后，闫江华去了刘三家，正赶上刘三与另外三名矿主在喝酒。

看到闫江华进来，几个人先是客气，后来便直言不讳地告诉闫江华，他们赔了，没钱交承包费。闫江华碰了钉子，回村部跟范振喜一说，范振喜顿时就火了，说周台子绝不允许搞团团伙伙，占公家的便宜，侵占村民的利益，这种不正之风必须纠正。于是，范振喜带着杨树林等人很快来到刘三家。

走到大门外就听见刘三在屋里大声炫耀：“他范振喜不就是一个小小村书记嘛！还告我赌博，告我咋的了？老子有的是钱，有钱就能使鬼推磨。告我，没用，如果派出所敢留我过夜，我还不走了呢！”另外几人起哄大笑。刘三接着说：“你们看吧！范振喜再这么折腾，老书记就是他的下场。”

范振喜停在门口不动声色地听着，杨树林终于忍不住了，抬腿一脚把门踹开，冲进院子里，朝着屋子大声喊：“刘三，你给我出来。”

刘三等人听见喊声，透过窗户看见范振喜和杨树林等人站在院子里，顿时有些紧张。其中一个矿主示意刘三说：“看这架势，来者不善啊。”刘三也有些胆怯，故作镇静地说：“兵来将挡，水来土掩，走，出去看看。”

几个人跟着刘三出了屋。来到院子，刘三发着怪腔说：“怎么着，支委们全来了，既然来了，就屋里坐，正好哥儿几个喝酒，一块儿喝几杯。”

范振喜一脸严肃地看着刘三，说：“刘三，我问你，你欠村里的承包费到底交不交？”刘三耷拉下脸：“刚才闫会计来，我说过了，没钱。怎么，他没跟你说？”

范振喜不接刘三的话茬儿，继续说：“正好，其他几个矿主都在，我就说说合同的事。按着合同规定，超过两年不交承包费，承包方有权收回矿山。自从你们几个承包了村里矿山到现在，五年之内没向村里交过一分钱，现在村里收回矿点，没有错吧？”

“什么，你们要收回矿点？”刘三急了，其他几人也急了。

“没错。既然你们不挣钱，村里不能白损失，那就收回矿点，再承包给有能力的人去开采。”范振喜不紧不慢地说。

“不行，我看谁敢。”刘三撒起泼来。

范振喜继续说：“现在是法治社会，什么都要按程序来。你不交承包费，村委会按着合同有权收回。如果不服，我们还可以走法律程序解决。”

“不行，收回矿山绝对不行。”刘三大声嚷了起来。

这时，刘三的弟弟刘五拿着一个扁担冲了上来，大声喊着：

"我看你们谁敢。"他抡起扁担奔向范振喜。眼看扁担就要落向范振喜头顶，众人惊慌失措。只见范振喜一侧身，伸手抓住扁担向后一带，脚下使绊，冲过来的刘五摔倒在地。杨树林缓过味儿来，趁机上前一把按住刘五，大声嚷道："好你个刘五，敢对范书记下黑手。"

刘三一边的人见刘五被按住，向前凑着准备抢人。张德方大声制止："都停下，看你们谁敢动手。"支委们上前把范振喜护住。

刘三说："你们放了刘五，有话好说。"

杨树林大声嚷："放人？没门儿！他袭击范书记，这是故意伤害，就凭这一条，就得把他送到派出所法办。"

刘三害怕了，回头跟另外几个矿主小声商量，然后转过身对范振喜说："承包费我们交，矿就不要收回了。"

范振喜说："你们先把承包费交了，然后每人写出一份检查，至于继续承包的事等支委会研究后再说。"

鉴于村两委态度坚决，刘三等人还是一次还清了所欠承包费。而后，周台子村委会用这笔钱还清了二十多年来村里欠下的外债，结束了负债历史。一天，范振喜问闫江华承包费还有没有剩余？闫江华说还够买一台黑白电视。

范振喜笑了，说："太好了，那咱就买一台。"周台子村没有文化设施，业余生活单调。多少年了，仅有一部大喇叭宣传工具。时代在进步，周台子也不能落后，所以范振喜有了这个想法。

天将要擦黑时，周台子街道突然热闹起来，村民们拿着小板凳从各条胡同里走出来，纷纷奔向村部。不大一会儿，刚刚整修过的村部院里挤满了人。佟大娘早早地拿着小凳来了，和金母、范母等几个上了岁数的人坐到前排。宋小好从家里带来炒熟的向日葵子分发给众人。村人们一边说笑，一边嗑着瓜子，等着电视播放节目。

由于接收信号不好，电视画面时而中断，时而雪花一片。范振喜一边调整电视，一边指挥房顶上的长贵转动天线。画面时好时坏，待清晰后，范振喜便把长贵从房上喊下来，让他看电视。可长贵一下来，画面又跳出雪花。明显看得出，天线得有人扶着。长贵还要上去，范振喜说："你下来看吧！我去扶。"

几个年轻人争着要上房，被范振喜阻止住。随后，范振喜上到房顶，经他一摆弄，电视画面再次清晰。他不敢再松手，就这样一直扶着。看电视的人们被电视剧《霍元甲》所吸引，忘了房顶上站着的范振喜还被冷风吹着……

一天下午，一辆摩托车出现在宋小好的小卖部前。宋小好出来一看，见是一男一女两个年轻人。两个人浑身上下皮衣皮裤打扮。女的化着浓妆，耳朵上一副大耳环，男的鼻梁上卡着超大太阳镜。宋小好一时没认出。

直到金彩霞咯咯笑着喊嫂子，她才知道俩人是金彩霞和刘震。金彩霞将一对纱巾当作礼物送给宋小好，说是感谢她这媒人。

不大工夫，小卖部门前引来许多村民围观。刘震炫耀说他给金母买了台彩电，请大伙晚上去看电视。在村民夸奖俩人有出息的一片赞扬声中，刘震骑着摩托载着金彩霞去了金家。第二天，刘震和金彩霞来到范振喜家，还了范振喜借的当时替刘震交的卖假货的罚款。

金彩霞走后，刘海英揶揄她穿得花里胡哨的。范振喜逗她，你想要不？刘海英本来就忌讳当年金彩霞追范振喜的事儿，这一开玩笑，刘海英赌气就不做饭了。没想到玩笑开大了，范振喜赶忙张罗着做饭。

当年水稻大丰收后，村委会出台一项优惠政策，凡年满60岁以上的老人，每人每年补助一百斤大米。在发放补助粮时，范振喜和张德方一家家送，及时向老人们送去党支部的关怀。

两个人来到金家时，正好碰见金彩霞和刘震也在。范振喜特意问了俩人在外面的生活情况。金彩霞说他俩在县城开了家商店，专卖电子产品。范振喜嘱咐他们做生意要遵纪守法，多学些知识，将来有机会也带动周台子村民致富。

临走，金彩霞送给范振喜一台小巧收音机，让范振喜可以随时装在身上听新闻。范振喜推辞不要，金彩霞说："我们知道这几年你没少照顾我娘，又为村里做了这么多事，你不拿着我心里也过意不去。"刘震也在一旁说收下吧。

金彩霞说："我不单是给你的，也是送给村支部的，希望你们用它多了解些外面的事情。"两个人的热情让范振喜不好拒绝，再说这收音机也正好让他多了解新政策，于是收下了。因为金彩霞送给他的收音机，刘海英曾经吃过醋，范振喜哭笑不得，后来总算是解释过去了。

没过几天，啤酒也出现在小卖部里。刘海英给范芝买了啤酒，这是他们第一次喝。看着倒酒起了啤酒沫子也觉得很神奇，范芝喝完说这啤酒有股子"马尿骚味儿"，大家都笑了。

耿东梅和范振信结婚了，耿家和范家的人全都到了场。院子里新买的录音机播放着《万里长城永不倒》。长贵过去换了盘磁带，立刻录音机播放出了邓丽君的歌曲《我只在乎你》。耿洪山不悦地说："这唱的是什么啊？听了心里像被猫挠着了，快换一个！"戴着墨镜的刘震和金彩霞等人喊着不能换，年轻人喜欢听这个啊。

刘震说："你没听见耿叔让换一个吗？我得干点儿什么啊。"金彩霞给刘震使了个眼色。刘震上前还真的给换了盘磁带，很快传出来《阿里巴巴》："阿里阿里巴巴，阿里巴巴是个快乐的青年……"

刘震拉着金彩霞、李长贵等年轻人就跳起舞来。看得耿洪山直捂眼睛，耿东云说："爹，现在流行这个，刘震跳那个舞曲叫迪斯科。"

婚宴流水席，范芝和耿洪山作为长辈被安排在同一桌。范芝作为男方迎亲代表，属于主陪，因此几次主动邀请耿洪山喝酒。耿洪山总是显出一副大模大样爱理不理的样子。

范芝有些生气，两个人各喝各的，不再说话。宋小好过来串桌，看见俩人冷战，故意打趣地对耿洪山说："这个婚礼，老范家可尽了心，买了手表、自行车、缝纫机三大件不说，还特意给新娘屋放了电视。他们啊，在咱们全村，可算是数一数二的了。"耿洪山眼睛抬了抬，不满意地说："那有啥了不起，我闺女嫁给范家还亏着呢！"

范振信父亲范贺也坐在这桌上，听了后很生气，但没敢撒出来。范芝气不过说："人心不足蛇吞象。"耿洪山气急，指着范芝说："你，你这话是什么意思？给我说明白。"

另一桌上，范振喜主动向耿东云敬酒。耿东云态度冷淡，端着镇干部的派头，一脸的傲气。长贵看不过，端着酒走过来，要跟耿东云碰杯。耿东云不屑地说："小屁孩儿，个子还没门框高，也来喝酒。"

没想到长贵竟然敢还嘴，长贵讪讽说："别看猴子穿上衣服像个人，脱了衣服还是猴子。"耿东云听出长贵是在骂他，气得上前作势要打长贵。长贵躲开，却不依不饶地大声嚷："大家快看，镇干部要打人了！"耿东云气得没法，拿起搭在椅子上的衣服准备离开，一边走一边说："不跟你们一般见识。"范振喜明白耿东云另有所指，但没吱声。

范振喜曾几次问过范芝，范家和耿家为什么闹不来？可范芝就是不说。今天宴席回来，范振喜再次提起这事。范芝叹了口气说："这里边有误会，不管我怎么解释，耿洪山就是不信。多少年了，他老是放不下，总想找我的碴儿。"说到这，范芝不再言语，眼中掉了泪。

原来，那一年村子上游下来洪水，将正在河边洗衣服的金母和耿洪山媳妇同时冲走。路过此地的范芝看见后下水救出了金母，等他再回去救耿洪山媳妇时，人却已经被洪水冲走了，没救上来。

从那以后，耿洪山恨死了范芝，说他如果先救自己媳妇，孩子就不会没妈。由此，他便与范家结了仇。不仅恨范芝，连整个村子姓范的他都恨。在耿洪山当生产队长那几年，他可没少给范家人“穿小鞋”挤对范家，故意找范家人的麻烦。范振喜听完后，觉得这个疙瘩必须解开，不能让两个老人一辈子闹意见。

这阵子，刘海英一连几天不想吃饭，还经常呕吐。范振喜把这事告诉了范母，范母说可能是有喜了，让他们俩去镇卫生所做次检查。两个人去了镇卫生所，医生检查完后，告诉刘海英说她怀孕了。范振喜很高兴，回来的路上，一再向刘海英表示，他要好好照顾她们母子。

可没几天，范振喜却又一头扎在村部很少回家。范母生气地说：“还说什么要照顾人家，媳妇怀孕都不管，一天天的，就知道忙工作。”

一个下雨天，范振喜吃过早饭，出家门向村部方向走。这时，一辆拉矿石的大车陷在了路中央。车上下来两个人，一个是长富，一个是长贵。长贵穿着一身新军装。长富看完陷入泥中的轱辘后，让长贵躲远点儿。

长富回到驾驶室，猛加油轰车，半天才把车从泥坑中弄出来。车开到平坦处，长贵正好要上车，看到从旁边路上过来的范振喜，便让长富等等。长贵跑到范振喜跟前，说他今天就要去部队。

范振喜说：“村里已经准备了欢送仪式，明天隆重送你去参军。再等一天，明天村里要好好地送你！”可长贵却说：“长富要去送矿石，正好我搭车，就不给村里添麻烦了。”

两个人正说着，张德方过来，听说长贵今天要走，也劝他再等一天。但长贵坚持今天就走。范振喜一看劝不住，便让他等等。随后他跑回村部，拿来一个印有周台子村字样的搪瓷缸送给长贵，对他说：“长贵，你是咱周台子人，走到哪儿都不要忘了。好好在部队干，多给咱周台子争脸。”

长贵答应着，接过缸子放进挎包。李山又跑了来，将拎着的一袋干粮交给长贵，让他带上路上吃。

汽车开走了，但在不远的村路上走得歪里歪斜，就像一个醉汉。看着汽车远去的影子，范振喜对张德方叹气地说：“这条路该修修了。”张德方说：“早该修了，可干什么都要钱啊！”

这天，范振喜从镇上开会回来，刚一进村就被挺着大肚子的刘海英迎上了。刘海英焦急地告诉范振喜，说村小学的房子忽然塌了一角，把杨树林和宋小好的二闺女杨欣桐砸伤了。

范振喜匆忙赶到学校，外边已经围了一群人，杨欣桐头上裹着纱布，正在宋小好的怀里抹眼泪。范振喜抬眼一看，教室的房顶经过这场雨更显朽烂，房顶随时都有坍塌的危险。杨树林匆匆赶来，抱着女儿杨欣桐就哭起来。范振喜忙安排他们去了镇卫生院。

周台子村小学坐落于村子的最东头，一共有五间土房，被围在一个石头砌成的院子里。一到下雨天，房子便漏雨。范振喜担任村

书记后，曾对房顶整修过几次，因为没钱，也只能是修修补补以不漏雨水为止。

范振喜和张德方看见学生们全都挤在一间教室而且是紧靠窗户这一头上课，便问校长怎么回事。校长说："其他教室漏雨，就这间还好点儿。他怕湿土掉下来伤人，所以让学生们挤在这。"范振喜检查一遍后，发现几乎所有教室都在漏雨，心情沉重地对张德方说："走，回去开会。"

村两委会上，范振喜提出修路和重建学校问题后，众人沉默不语。他们知道，没钱等于白说。范振喜问会计闫江华账上还有多少钱。闫江华说买电视后，零头也没了。范振喜发着狠心说："今天是杨树林的闺女挨了砸，明天指不定是谁家孩子呢。学校不能不建，村路不能不修。一个是教育、一个是通行，这两件事不做好，周台子就别想改变面貌。"张德方说："理是这个理，可咱没钱啊！"

范振喜说："没钱？没钱咱就出义务工。"杨树林担心地说："地都承包了，谁还会听咱们的。"范振喜说："哈哈，不会的，周台子人素质这几年可是有所提高了，那就先发动党员，让党员带头出义务工。然后，党员带动群众一起干！"闫江华发着牢骚说："这路也不是没修过，可修好了，又被矿车碾坏了，那些矿点承包户啊，他们也应该出一部分资金。"

范振喜若有所思地转向张德方，问："张主任，这些矿点，什么时候到期。"张德方随即说："还有三个月。"

范振喜激动地从椅子上站起来，说："我有一个想法，憋了很久，今天就在支委会上拿出来听听大家的意见。"随后范振喜说出了矿山承包期一到，所有矿山全部收回，由村统一管理和经营的想法。

支委们听了都表示赞成，但是担心这些矿主不交矿点，到时候村委会骑虎难下，他们这些人不会经营，万一经营不好怎么办等等。

范振喜说："只要我们支部把心思放在老百姓的幸福生活上，一切都为村民的利益着想，不存什么私心，就没什么可怕的。所以，没有什么困难能阻挡住我们，矿点一定要收回，由村集体经营，这样才能发展集体经济。"

收回矿点的消息不胫而走。刘三来到范振礼的矿上，阴阳怪气地说范振礼有个好兄弟，就要拿他这亲哥开刀了。范振礼还不知道此事，刘三便一五一十地把范振喜要收回矿山的事学了一遍。范振礼气得大声喊道："我看他敢，谁敢收我的矿？亲兄弟也不行！"

范振礼回到家，让柳玉备酒备菜，说他要请范振喜吃饭。柳玉说让爸妈和刘海英过来一起吃。范振礼说不，今天就他们哥儿俩吃饭聊天。范振礼让儿子小宝去村部去请范振喜过来。这正合范振喜心思，于是很快就来了，哥儿俩坐在炕桌上。

范振礼给范振喜斟满酒说："老三，我知道你不喝酒，但二哥今天是特意为你准备的，多少得喝点儿。"范振喜猜出范振礼请他喝酒，必是为矿山的事。为了不激怒范振礼，也是要看看二哥的态度，于是他顺着说："行，喝点儿，我听二哥的。"然后哥儿俩端杯碰杯。

两杯酒下肚，范振礼开始谈到正题，说："老三，二哥这几年没亏待过咱爸妈吧？"范振喜说没有。范振礼继续问，"我也没慢待过兄弟你吧？"范振喜还是说没有。两个人一问一答，范振礼突然话锋一转，直奔主题，说，"二哥做这些，钱从哪来，都是矿上出的。听说，你要收回二哥的矿山？"

话说到这份儿上，范振喜觉得必须让二哥明白村委会为什么要收回矿山。于是范振喜说："二哥，收回矿山是村委会定的，但不光是收回二哥你一家的矿，所有的承包矿山户都在其中……"

范振礼打断范振喜说："别人的我不管，我只管我自己的矿。你把矿山收回去，这一家子吃什么，喝西北风去？"范振礼越说越有气，简直是理直气壮。柳玉抱着小宝在外屋偷听，担心哥儿俩打起来，赶忙放下小宝，让他去喊刘海英。

里屋，范振喜和范振礼展开交锋，范振喜回话说："二哥，矿是全村人的，属于村集体，它不属于某一家某一户。发家致富，村里人人有份。也包括二哥你。矿山承包期已到，承包不承包，是由村委会说了算。为了改变周台子村民的贫困生活，村委会决定收回矿山，由村委会统一经营管理，挣的钱修路修学校。"

范振礼生气地拍桌吼道："你们这是红眼病，看别人发财眼红。"

范振喜接过来说："二哥，你这样理解也行。你们几个承包矿山是发了财，可全村老百姓呢？眼睁睁瞅着你们个人富了，他们还在受穷。矿山是谁的，是大家伙的。为什么由着你们少数人占着集体资源去发财，而全村老百姓得不到实惠？村委会之所以要做这个决定，就是要让全村人都富起来，都能过上好日子！"

刘海英来到后，进屋将范振喜拽走。柳玉劝范振礼说："老三那是为公家，不是为他自己。亲兄弟有什么可吵的！即使不交矿，话也要好好说，你说话这么冲，他就听你的？"范振礼气鼓鼓地说："自从他当了书记，家人得不到实惠也就罢了。现在可倒好，还收拾起亲二哥来了。我就没听说过，还有这样的亲兄弟。"

见范振礼劝不动范振喜，刘三又去找耿东云，让他带着自己去见吕书记。刘三当着吕书记面，给范振喜列了"五大罪状"，说他听不进群众意见、搞独断专行、嫉贤妒能、压制发展经济、任人唯亲。

吕书记也不是白当的，他一调查，这才知道刘三是为一己私利，故意来诬告范振喜，于是不再相信他的话。

事有凑巧。第三天头上，吕书记去县里开了一个会，是关于鼓励开展乡镇企业的动员会。吕书记回来一想，周台子村委会收回矿点的做法不就是在发展村办企业吗？于是，他在镇党委会上大张旗鼓地表扬周台子村即将收回采矿点由村里经营的做法。

刘三告状不成，反而促使镇党委肯定了周台子村两委的做法。刘三私下和另外几个承包人商量说："这事不能算完，镇不管，咱就找县里，县里不管就找市里。实在不行，就给范振喜来点儿颜色看看！"

# 第六章

一天深夜，两条人影从黑暗中走出，穿过村街，直奔范振喜家。两个人在范振喜家院外张望一会儿，见四下无人，便朝着窗户扔出两个东西。只听哗啦一声，范振喜家的窗玻璃被打碎。

范振喜急忙拉开灯看，但见两块拳头大的石头落在炕上，碎玻璃落满被子。刘海英忽地坐起伸手一摸，上面全是血，还混合着碎玻璃渣。范振喜急了，说：“英子，你受伤了……”刘海英顾不上脸上的血，手捂在肚子上喊疼。范振喜急切地问：“英子，肚子是不是被砸着了。”刘海英忍着疼痛说：“哎哟，我是不是要生了？快，快去喊二嫂……”范振喜急忙穿衣下地，一边穿鞋，一边嘱咐刘海英：“别动，别动啊！我马上就回来。”

院子外面，两个人影还没走，正蹲在暗处观察屋内动静。看见屋内灯亮，又见有人出来，这才急忙跑走。

范振喜出了院门，直奔二哥范振礼家。一阵猛拍大门，终于叫醒了范振礼和柳玉。柳玉在里面问：“谁呀？深更半夜敲什么门。”范振喜在外面喊：“嫂子，我是振喜，赶紧去我家，英子可能要生了。”

范振喜喊醒范振礼和柳玉后，赶紧回家照顾刘海英。他一边用湿毛巾给刘海英擦脸上的血，一边安慰着说：“别着急，二哥二嫂马上过来。”

范振礼和柳玉进屋，看到窗玻璃被人砸坏，冷风正呼呼地向里灌。炕上落着砖头大小两块石头，那些被打碎的玻璃碴子散落得到处都是。范振礼明白了，这是有人故意干的，于是大声说：“老三，赶紧报警！”

范振喜哪顾得上这些，正用毛巾给刘海英擦脸。柳玉显得忙而不乱，指挥范振礼说：“先不着急报警，赶快找车送人去医院吧。”范振礼犹豫一下，转身出屋，跑着去了后山。

不一会儿，范振礼开着拖拉机回来，三人合力将刘海英从屋里抬出，扶着上了拖拉机。拖拉机一路颠簸地驶进镇卫生院。不等停稳当，范振喜便抱起刘海英从车上跳下，一路跑着喊着进了抢救室。此时，他们还没弄清，刘海英肚子疼是被石头砸的，还是到了生孩子时间。

刘海英被送进手术室后，范振喜、范振礼和柳玉三人焦急地在外面等。两个小时之后，手术室的门头灯才熄灭。一名女医生出来告诉范振喜，说刘海英生个男孩，母子平安。听到这，范振喜悬着的心终于放下了。

范振喜家被砸，以及妻子刘海英受伤的事在村子里传开，人们相互议论着，都骂干这事的人缺德，随后开始谈论起干坏事的人，渐渐地议论的焦点转到刘三身上。

张德方带着几名村委赶到镇卫生院，都主张立即报警，让派出所介入，查查是谁干的。范振喜不同意，说：“这事很明显是冲着收矿点来的，他们是在威胁我，又拿炸老书记家那一套吓唬人。如果我们报了警，事情有可能会闹大，那样一来，我们收矿的工作就要停下。既然这项工作是我决定的，我就不怕，别说是砸窗户，就是炸房子我也不怕！只要我范振喜还活在周台子村，还是村书记，那些矿点咱们就收定了！”

几天过后，收矿点工作仍然停滞不前。范振喜召集村委们开会，大家把去刘三和其他几个矿点的情况一一做了汇报，会议的焦点落在了范振礼身上。闫江华说："刘三说了，只要范振礼的矿点不交，他们就不交。"杨树林也说："我去的那两家也这么说，他们说就看范书记做事公不公，如果不收回范振礼的矿点，打死他们也不交。"

张德方火了，说："这些话都是一个味儿，明显是串通好的，和咱顶着干。"从艳君说："我看他们是拿范振礼承包的矿点说事儿，想借题发挥。"

众人发言时，范振喜一动不动地听着。等几人说完，范振喜说："他们说得没错，这个我也考虑到了。他们是在看我能不能一碗水端平？既然人家提出这个问题，那就先收回我二哥范振礼的矿点。"

张德方反对说："不行，先对你二哥开刀，正好中了他们的计，他们就等着看你们哥儿俩的笑话呢。再说，范振礼是你二哥，从小就对你好，如果你收他的矿，哥儿俩还不掰了？要不咱再缓一缓吧。"

范振喜说："不，收回矿点不能缓。你们尽管放心，如果不收我二哥的矿，那其他人的矿咱也不能收。既然要以理服人，那就得让人心服口服，不能有薄有厚，要一视同仁。既然是我二哥的矿点挡了路，我去找他。等收回我二哥的矿点后，收回其他的矿点再往下进行。"

散了会，范振喜骑着自行车，直奔后山范振礼的承包矿点。

范振礼一个人正在工棚里打着算盘子记账。范振喜喊了声二哥进了工棚。范振礼问他来干什么，范振喜说想跟二哥唠唠。范振礼说："哎哟，从你当上周台子村书记，什么时候过问过二哥的事？"

范振喜不好意思地笑着说："以前是没顾上，今天有空不是来了嘛！"范振礼不客气地说："我知道你是干啥来了，二哥还是那句话，这矿不交。如果你认我是你亲二哥的话，赶紧停手，打消你收回矿山的主意。”

范振喜停顿了一下，看着范振礼说：“二哥，你理解下兄弟的难处。一来呢，这矿山是村集体的，承包期也满了，村里收回合情合理。二来呢，咱周台子穷，村里也没什么企业。正赶上现在政策好，让发展农村经济，我就想把这矿山收回来，集体经营集体管理，等挣了钱，也好为村里修路修小学，让村里人都过上好日子。”

范振礼见范振喜停下不说了，低着头，板着脸说：“那第三呢？”

范振喜坐向范振礼对面，故意拉着近乎：“二哥从小就照顾我，好吃的紧着我，有人欺负我时，又出头帮我打架。我当兵走那几年，家里全靠二哥照顾。二哥在我心里，永远是我最亲最近的人。二哥明事理，凡事都愿意为别人着想，就冲这个，我一辈子都敬重二哥。”

范振礼打断范振喜，说：“老三，你少给你二哥戴高帽，你二哥没你说的那么好，也不是活雷锋。甭管你说多少，二哥都是一句话，这矿我不交！”

范振喜有些急了，说：“二哥，承包矿山的人都在看着你，你不交，他们就不交。我作为村书记，不能放着亲二哥的不收，而去收别人的，那会让人家戳你兄弟脊梁骨。”

范振礼扔下账本，忽地站起身，大声说：“老三，我告诉你，别人的事我不管，我的矿就是不交！”说完，转身走出工棚。

范振喜从后面追上来，对范振礼说：“二哥，发展村集体经济，人人有责，不光是村委会，你也有这份责任。”

范振礼停住脚步，转回身，对范振喜吼道：“想让你二哥带头，没门！你当了几年书记，好事怎么没你二哥的，这事却来找我。振喜，想想你家被人砸的事，要想想后路，别把村书记这顶乌纱帽看得太重，还要想想老婆孩子，想想咱老范家的日子怎么过？”他不想再听范振喜说什么，说完便快步朝山下走去。

第二天，范振喜一大早又来到范振礼的工棚。范振礼看到范振喜，无比心烦，催着让他走，说："你走！以后别来我工棚。"范振喜没动身，拿过一个凳子竟然坐了下来。范振礼见范振喜坐下，带着气说："怎么着，还真的跟你二哥杠上了？"范振喜说："只要二哥一天不交矿，我就天天来。"

柳玉带着儿子小宝来给范振礼送饭，看到范振喜也在，便埋怨说："哼，不知范振礼在生谁的气，一夜没睡好不说，连早饭都不吃就来矿点了……"

范振喜感觉不好意思，叫了声二嫂子，说："是我惹二哥生气了。"柳玉一边打开饭盒，一边说："老三，你们是亲兄弟，有啥说不开的。你二哥这些年可不容易，上有老下有小。大哥生来就残疾，你二哥自然就要担起老大的责任。他这么为家操心，你可不能给你二哥出难题。"柳玉一番话，明显听得出来，是在挖苦范振喜，说他不顾家也就算了，但不能拆自家人的台。

范振礼见柳玉还要说，打断不让她再说："行了，你和小宝回去吧！这是我们兄弟俩的事，你不要掺和。"柳玉不高兴，挤对范振礼说："行，我不掺和，有能耐别让人把矿收走。"收拾起碗筷，她跟范振喜连招呼都不打，气呼呼地走了。

范振喜尴尬得不知说什么。范振礼说："看见没，你嫂子对这事意见大了，我估计咱范家没有一个人同意你这样做。"范振喜心情沉重地说："二哥，还是那句话，这是村委会的决定，矿一定要收回，任谁也阻挡不了。"

范振礼说："要收去收他们的，为什么天天来缠我？"范振喜说："你是我亲二哥，别人都看着，不收你的矿，我怎么好意思去收别人的，只有二哥带了头，收矿的工作才好进行。"范振礼站起来，像要打人的样子，语气坚决地说："老三你听好了，我再次跟你讲，这矿点我不交。"说完转身去了矿洞。范振喜在后面喊："二哥，你一天不交矿点，我就天天来。"

从这天起，这哥儿俩不再说话，两个人碰了头也没人吱声。但范振喜态度坚决，范振礼走到哪儿他就跟到哪儿，只要范振礼的拉矿车出村，他必带人截，有时候还来到矿洞，不允许工人们作业。因他是村书记，别人不敢对他怎么样，只能听之任之。如此一来，范振礼的矿点只能歇工。

这一天，范振礼把工人分成两拨，一拨儿人在东，一拨儿人在西。就在范振喜去了西边时，东边的矿洞内传来钻机声。范振喜意识到范振礼是在玩声东击西战术，于是又从东跑到西头。就在这时，西边开采放的炮响了，范振喜恰好赶到，一块飞起的石头砸在范振喜脑袋上，鲜血直流。

范振礼赶紧让人抢救，要把范振喜送往医院。可范振喜死活不

去，对范振礼说：“二哥，如果你不交矿，兄弟我就死在这，哪都不去……”

范振礼看着范振喜头上冒出的血，急得不知所措，怕耽搁下去，会要了范振喜的命，万般无奈之下只得答应范振喜，哭着说：“行，老三，你好好去医院救治，这矿点我不要了。”范振喜说了一句谢谢二哥，随后昏了过去。

范振喜被人送走了，范振礼拿起地上一根木杆，抬腿一担，将杆子断成两截，朝着范振喜远去的方向喊：“范振喜，这矿点我不要了，从此我与你一刀两断。我不再是你的二哥。”范振喜隐约听到喊声，躺在担架上的他，眼中流出泪水。

范振礼的矿被收回后，刘三几人明显感到抗争已无意义，既然范振喜做事这么绝，连亲二哥都不放过，他们又能怎么样呢！于是，一个个主动到村委会解除了合同，交还了各项手续。

张德方挽留他们继续留在矿上，以管理人员身份继续工作。但刘三几人已经私下串通好了，他们认为村委会没有一人懂得矿山经营和管理，虽然收回了，但能不能生产盈利又是一回事。如果村委会管理不了矿山，到头来，还得回头求他们承包。出于这个想法，原来承包矿山的矿主没有一个答应的，躲得远远的，等着看村委会的笑话。

村部院内，一条写着“周台子村采矿生产经营公司开业大吉”的横幅挂在房檐下，标志着周台子村正式有了自己的产业。举行开业典礼这一天，全村的人都来了，他们不是来看热闹，而是以主人公的身份来庆祝。

会上，范振喜发表了主题演讲，这样说好像是文绉绉的，其实不然，范振喜讲得声情并茂，把周台子村的过往贫困生活和为什么要进行改革等等说了一遍，坐在下边听着的村民们都落了泪，连请来的吕书记都偷偷抹了几次眼泪。

吕书记讲话时，显得特别激动，他说：“你们这一代周台子人有福，遇到了范振喜这样一位好书记，好带头人。你们有奔头了，好日子在向你们招手。”吕书记的讲话几次被下面热烈掌声打断。

从这次会议上，每个周台子人都能感觉得到，他们的日子要变了，以前的穷日子将一去不复返了……

矿点重新开工后，原来的老工人没来几个。除了范振礼原来承包的那座矿点，在范振信和刘大懒带动下生产照常进行，而其他几个矿点基本是停工状态。张德方巡回完几个矿点后，着急得不得了。他知道照这个速度进行下去，连原来的一半生产量都没有。他便匆忙下山去找范振喜，告诉他老工人们可能罢工了。

正在养伤的范振喜一听也急了，跟着张德方上山看了一遍几个矿点，然后对张德方说：“不用怕，我有办法治他们。我相信这些老工人不是故意不来上班，他们是怕一些人找麻烦。只要我们工作做到家，他们会回来上班的。”

就在范振喜与张德方俩人着急地上山下山这段时间，刘三一伙人隐藏在暗处，偷着看他俩笑话。刘三得意地说：“看见没，功夫没白下，工人不敢不听咱们的。这个矿山谁说了算，是我们。用不了多久，村委会还得请咱们回去。怎么收回的，再怎么送回来！”

范振喜和张德方回到村部，通过村委会大喇叭播放通知。范振喜在通知里说：“根据各矿点人手紧缺情况，村里准备关停两到三个矿点，并重新统一安排各矿点的人员。请各矿点员工于明早在村部报到，逾期没来的，视为弃工离职将不予安置。”

经范振喜这么一说，那些老工人着急了，谁不想多挣钱，但不去上班又哪来的钱。于是，第二天一早，那些罢工的人赶紧来村部报到，生怕来晚了没有指标。

范振喜和张德方按名册点名，发现原来在矿山上班的人员一个不少，而且还增加了新人。借着这个机会，范振喜当即宣布了村委会新制定的奖惩制度，比如遵纪守法、安全作业、不偷不盗等内容，同时又鼓励工人们好好工作，争取创造更好的效益等。同时，还给工人们发了工作服、安全帽等。

当天，沉寂下来的后山矿点又响起了炮声。一辆辆拉着矿石的东方红拖拉机在村路上奔驰。可是没多久，矿上又暴露出因不能统一协调管理，引发出了各种问题。以前各矿点采矿、卖矿石、机器调配等都由各矿主自行安排。现在不同了，所有矿点是在村委会的统一管理之下，而负责这些工作的又是村委会几人兼职。这样一来，协调能力明显不足，特别是政企不分矛盾更为明显。为此事范振喜专门找张德方商量。

张德方说："除非有专人负责，否则，矿山就是乱麻瓤子。"两个人不谋而合。可是，要从村里找一个能人出来并不是件容易事。张德方说："我看，你二哥范振礼就不错。"

范振喜听了直摇头说："不行，不行，再考虑别人。"张德方急了说："我知道用了范振礼，你怕别人说闲话。自古就有举贤不避亲之说，更何况，村里除了他，谁还能胜任，总不能用刘三吧！"两个人争论半天也没商量出个结果。随后召开党支委会议进行研究。委员们一致推荐范振礼，只有范振喜一人反对。按着少数服从多数的原则，范振礼被选定为矿点经营负责人。

人选是定下来了，可是由谁去通知他？因为众人都知道，矿点是从范振礼手里要回来的，这回又让他给村委会打工，他能接受吗？张德方说："我去说，不相信范振礼连这点儿觉悟都没有。"

中秋节这一天，一大早，范芝就让哑巴大哥范振仁去找范振礼和范振喜，告诉他们两家今天回老院子吃饭，然后去集上买回肉和菜。范母在外屋用了大半天时间才把饭菜准备妥当。

下午，范振喜和刘海英抱着孩子先到。饭菜已摆好，又过了半小时，范振礼一家人还是没到。范芝让范振仁去催。范振仁回来比画着说，范振礼说他有点儿累想歇歇，就不过来吃饭了，让咱们先吃。范振喜心里想，这是范振礼在有意回避他。于是对范芝说："我去请我二哥！"

大白天范振礼家门紧闭，范振喜叫门，半天后柳玉出来。范振喜说：“爸让我来叫你和二哥过去吃饭。”柳玉说：“不去了，你二哥累了，想在家歇会儿。”范振喜迟疑了一下说：“我去看看二哥。”柳玉没敢阻拦，由着范振喜进屋。

范振礼侧身躺在炕上看电视。见范振喜进屋，没有任何表示。范振喜站在里屋门口说：“二哥，爸叫你们过去吃饭！”范振礼盯着电视不说话，嘴里哼了一声。范振喜知道范振礼还在生他的气，便坐到炕沿上，继续说：“二哥，今天是中秋节，爸妈特意做了一桌子菜，让咱们两家人全都过去。你不去，爸妈会不高兴。”范振礼还是不说话。

范振喜又说：“正好，有件事想跟二哥商量一下。”范振礼瞅了范振喜一眼，又转过头去继续看电视。范振喜说，“矿山少一个总负责人，村委会决定，请二哥来当这负责人。”范振礼冒出一句：“找别人，以后别跟我提矿山。”范振喜停了一下说：“这是村委会的决定，也是大家伙的意见，知道二哥为人正直实在，不偷奸耍滑。”

范振礼气鼓鼓地说：“回去跟你那一班人说，我不去！以后，你也别叫我二哥，我不是你二哥。范振喜你记着，从我交出矿点那天起，我就发誓了，这辈子不跟你来往，你早就没这二哥了。”

既然范振礼把话说得这么绝，范振喜知道再说什么也没用，只好含着眼泪走出二哥范振礼家……

走出外屋时，柳玉小声安慰范振喜说：“老三，反正矿点我们也交回了，别跟你二哥一般见识。是近的远不了啊……”

送走范振喜后，柳玉做好了饭去喊范振礼，范振礼说不吃，倒头在炕上想着心事。柳玉说：“你看这样行不行，我再去跟老三说说，矿山负责人的事你答应了吧。”范振礼大声阻断：“你敢，不许再求他，我就是到外面打工，也不去老三手下干活。”柳玉说：

“我今天多炒了俩菜，要不你喝两盅。”

范振礼不说话，但却从炕上坐起。柳玉知道，这是他基本同意了，于是高兴地掀柜子找酒，没找到，又说：“咱家没酒了，我去小卖部买一瓶去。”不等范振礼说话，柳玉急急忙忙出了屋。

自从交回矿点后，范振礼每天闲得无所事事，又不好意思去村里转，只能闷在家里，饭吃得很少，话也不多。柳玉担心他闷出病来，便想着法子帮着排解。今天看范振礼的表现，说明他有点儿想开了，柳玉自然很高兴。

张德方在村街上碰到柳玉，见她手里提着一瓶酒，上前问：“二嫂，家里来客了？”柳玉说没有，是范振礼想喝酒。张德方顿时有了主意，说：“二嫂，你等等。”说完，转身去了小卖部，不一会儿，提着两袋花生米和一块猪头肉出来，对柳玉说：“正好我有事要找二哥。”柳玉说：“来就来吧！怎么还买东西？”张德方乐呵呵地说：“好一阵子没见着二哥了，正好我也馋酒，跟二哥一锅烩了。”

张德方随着柳玉进了范振礼家，在院子遇到范振礼。范振礼一见张德方，没好气地说：“你怎么来了？”张德方笑着说：“看见二嫂买酒，想来你家蹭顿饭，怎么二哥不欢迎啊？”范振礼没说话，竟自走进里屋。张德方不请自入，随后跟着进了屋。

柳玉收拾好酒菜，端进屋，摆到炕桌上。范振礼和张德方盘腿围着炕桌喝酒。范振礼只顾闷头喝酒，也不多说话。张德方说东说西后转入正题，问范振礼愿不愿意去矿上干？范振礼问他是不是范振喜让他来当说客？张德方说不是，是他看范振礼整天待在家里没事干，想请他去矿上帮忙。

这句话捅到范振礼痛处，他把盅向桌子上狠劲一放说：“我愿意待着，待着自在，管得着吗？”张德方没有生气，拿起酒瓶给范振礼酒杯倒满，然后端起自己这一杯，说：“二哥，咱俩差不了几岁，打小就在一起玩，你了解我，我了解你。多余的话我也不多说，只说一句，老三是我在村里这些年遇见过的唯一让我佩服的好书记。他干事从没私心，不仅我服他，班子成员也服他，全村人没有说他不好的。你呢？是他亲二哥，就为收回矿点的事儿，你跟他记仇，不值当啊，是不是？”

说完，张德方将酒杯端起来一干而尽，接着说：“现在请你去矿上抓生产，是村委会集体决定的。你再好好想想，你也是周台子人，多为大家伙做些事，多好！”说完，把酒杯一放，自顾自地离开了范振礼家。

自从张德方向范振礼说了那番话后，范振礼想了几天，再加上柳玉不停地劝说，终于动了心，只是面子上还有些过不去。

这一天，范振礼正在地里干活，看见运送矿石车队从地头开过，便停下来，注目远去的车辆。柳玉问：“今天又出去多少辆？”范振礼说：“十五辆。”柳玉故意问：“你怎么知道十五辆？”范振礼不服气地说：“我数的。”柳玉问：“你天天数它干什么，跟你又没关系？”

范振礼辩解地说：“怎么没关系，这些车是从周台子出去的，拉的是周台子村的矿石。”柳玉笑着说：“你啊！人在庄稼地里，可心思还在矿点上。要我说就跟振喜说说，回矿山吧！”范振礼摇着头说：“不，是男人说话就要算数。我已经跟他们表态说不去，怎么好反口，会让人瞧不起。”柳玉有些为难，想了想说：“要不，我去说？”范振礼没说话，低下头开始干活。

柳玉打定了主意，决心要把范振礼从这尴尬局面中拉出来，既然村委会的人都不能说动范振礼，那就请父母二老出面，范振礼再倔，也不能不给范芝和范母的面子。于是，柳玉背着范振礼去找范父和范母，说了范振礼近期表现，让他们俩出面再加一把火。

下午，范父和范母来看范振礼。柳玉多炒了几个菜，留下二老吃晚饭。范芝两杯酒下肚，竟然落了泪。范母问他怎么了。他说：“我想起他们兄弟俩谁也不理谁，心里难受。”

范母叹气说：“小时候，哥儿仨好得跟一个人似的。怎么大了就都不懂事了，闹得跟仇人似的。”范振礼见二老如此，也跟着伤心。

范芝说：“我就这三个儿子，现在老二不回家，老三也不回家。要不是哑巴老大陪我们，家里更冷清了。”范振礼终于忍不住说：“爸妈，都怪我，中秋节没回家吃饭，我不是冲你们。”

范芝接过话来说：“我知道，你那是冲老三。老二啊！你要替老三想想，他是一村书记，做事不能不公啊！再说，他收你的矿也不是为他自己，那是为全村的人，不就是想让大伙过好日子嘛，现在村里谁不说他好。你这样下去，不是可能都落在你身上。如果让村里人看不起，将来你怎么做人。”

柳玉赶紧接话茬儿说：“振礼想通了，他决定过几天就去矿上帮助振喜。”说着她看向范振礼，“振礼你说是不是？你说句话啊……”范振礼这才点点头，说听二老的，那就同意。

范振礼重新回到矿山，被聘为生产经理。随后，他将各矿区划分为作业组，安排专人负责。范振礼制定出一套新的生产管理制度，既抓生产，又抓安全，没多久，周台子矿业公司的几个矿点都能有条不紊地进行生产，一车车矿石源源不断地拉出村子。

马上就到年底，闫江华的办公桌上摆着一大堆票据，他在忙着做年终结算。丛艳君过来问他算的怎么样了，说范书记和村主任等着要结果。闫江华说快了，快了。算完最后一笔后，他把算盘向旁边一推，扬扬自得地说：“终于算完了。”“怎么样，盈利多少？”丛艳君迫不及待地问。闫江华站起身，美滋滋地笑了。

仅一年时间，周台子矿业公司获得了丰厚效益。两个月后，村路重新得到修缮，一条条水泥路贯穿村子东西南北，直通村外省级公路，而且在公路旁还修了候车站台。村小学从里到外也翻盖一新，重新购置了桌椅板凳。

开学的这一天，学生们拥进新教室，高兴地喊着叫着。有几个淘气的男同学竟然蹦上书桌。刘海英忙不迭地喊他们下来，怕弄坏了学习设施。

范振喜和张德方亲自来到学校，与校方一起进行了升旗仪式。在庄严的国歌中，看着冉冉升起的国旗，刘海英和范振喜都流下了激动的眼泪。

刘海英现在是村小学代课教师。原来耿东云为了考干部，主动辞去学校民办教师工作，学校因没有老师上课，一直是校长兼任代课。刘海英见范振喜为找不到老师的事发愁，便主动请缨要来上课。范振喜说去可以，但不能算正式的，得看看她能不能胜任。

后来，刘海英在学校里又教课两年，校长、老师都认为她教得好，又特意安排她到县教育局参加了培训，后来遇到机会给刘海英转了正，成为周台子村正式小学老师。

正午的阳光，把干活的人都赶回家去歇晌午，而此时，范振喜和张德方却顶着火辣辣的太阳出现在田埂上。两个人一边查看稻田一边说话。只听张德方说："范书记，我还是那句话，咱们步子不能迈得太大，种水稻是不错，但如果把其他的地也改了，万一影响粮食产量怎么办？"

范振喜说："现在的情况是，国家不再统购统销公粮，村里土地上种植出来的玉米、高粱卖向市场，村民们也没有多少收入。虽说在矿点上班有工资收入，但也仅是一小部分人能挣钱，大多数人还不富裕。所以啊，增加经济收入还要想办法。我琢磨了很久，如果把这些平地，靠近河滩的所有地都改成稻田，长出来的才是真正的经济农作物，每年光是卖大米，村民就能有很大收入改善生活，没成家的小伙子也可以靠这部分收入，盖新房娶媳妇。"

张德方犹豫地问："是不是有点儿冒险？还是再考虑考虑吧。"范振喜指着试验田说："德方哥哥，咱有成功经验，还考虑什么？它们就是最好证明。"

秋收一过，范振喜便带人丈量土地，设计图纸，筹划资金，购置设备，准备在上冻前，完成周台子村所有河滩地规划。对原有水利设施进行改造，加高拦水坝、扩宽水渠、引水入田等。在如此短的时间内，要想完成这么大的工作量，就得有大量的人力和物力。于是范振喜组织召开了支委会和党员大会、村民大会，进行层层动员，要求党员带头，群众参与，又组织起了党员突击队、青年突击队、妇女突击队。

工地上是彩旗飞舞、人喊机鸣，热火朝天的劳动场景。拖拉机、手推车、马车穿梭不已；挖土方的、单轮车运土的人们连呼带喊地开展劳动竞赛，比谁的力量大、谁干的活多、谁干得又好又快。勤劳的周台子人，在范振喜和村党支部的带领下，靠他们自力更生、艰苦奋斗的精神，用勤劳的双手，在这片土地上又一次创造了奇迹……

一年后，路过这里的人们，无论是坐在班车上，还是步行，只要转头一望，便可看到周台子村外十里长的河道两旁全是绿葱葱的稻田，都不由得赞叹道："周台子人真了不起，竟然在寒冷的塞北种出了水稻……"

1992年春天，周台子村又起了新的变化，主要街道的墙上贴着"发展才是硬道理，要抓住有利时机，集中精力把经济建设搞上去""坚持两手抓，两手都要硬"等宣传标语。

紧接着，大量的宣传材料出现在村委会，上级的动员会也在一次次召开。这个时期，人们的思想并不怎么开放，无论怎么宣传，有些人，甚至一些干部的思想还禁锢在旧思维中，对什么叫"摸着石头过河""让一部分人先富起来"等提法不能理解，但这也让一些人从懵懂中渐渐意识到，他们的好日子要来了，就为这张德方每天都要问范振喜几个问题。范振喜作为党支部书记，常常带着大家读报纸、看电视，迅速与改革开放的新政策接轨。

范振喜一进院门，正在院子里干活的范芝问他，这些天，村子里大喇叭里说的那些事，是啥意思，是不是国家又要有什么大动作？范振喜告诉范芝说：“国家要加大改革开放力度，发展的春天来了。”

这个时候，佟大娘和金母进了院子，金母问范振喜，啥叫春天来了？每年都有春天，这个我们懂啊……你说的春天是什么意思？这一问，启发了范振喜，虽然他整天听那部小收音机，对于邓小平1992年南方谈话，他知道是怎么回事，再加上每天都要看一些学习材料，也整理出了一套思路，但是要让他给村民们讲明白、讲透彻，对他而言还真是个难题。范振喜想，要想解决村民的思想认识问题，最好的办法就是请老师来村里讲课。

过了两天，范振喜把县委党校的李老师请了来，要在村部办理论学习班。尽管大喇叭不停地喊，来的人却寥寥无几，只有几个老年人和儿童过来凑热闹。没办法，范振喜只好尴尬地送走李老师。此时，范振喜才意识到村民们白日要到地里干农活，哪有时间坐下来学习，于是他想到了开办夜校。

发出学习通知后，连着几个晚上仍然没人来。范振喜与张德方和几名村支委坐在冷清的教室里研究对策。范振喜分析学习的另一个原因，是课程没有吸引力，针对性不强。怎样才能提高村民的学习积极性？最好的办法就是把土地与大道理结合起来，让村民从中受益。稻田管理最大的问题就是如何防治病虫害，范振喜觉得有必要在理论学习中加入农业技术知识。

上了几次农业技术培训课程后，村民们来的越来越多，学习兴趣也渐渐浓厚。上课时，每每有人问一些国家大事。范振喜见时机成熟，便重新请回了党校李老师讲政策理论。一天下课后，佟大娘截住李老师问：“革命我懂，干活出力就是好劳力，怎么又成生产力了？生产力算几等劳力？”李老师笑了，范振喜等人也笑了。

后来，一首反复播放的歌曲，响彻大江南北。那首歌就是《春天的故事》：

一九七九年那是一个春天
有一位老人在中国的南海边画了一个圈
神话般地崛起座座城
奇迹般聚起座座金山
春雷啊唤醒了长城内外
春晖啊暖透了大江两岸
啊　中国　啊　中国
你迈开了气壮山河的新步伐
你迈开了气壮山河的新步伐
走进万象更新的春天
…………

在一次支委会上，范振喜说："随着新形势发展，农村经济正转向多部门的综合经济，周台子村要想富，就要求变，积极响应国家号召，搞多种经营。"随后，提出了周台子村"固农、强工、抓三产、讲文明"的发展思路。

丛艳君问："范书记，啥叫多种经营？我不明白。"范振喜解释说："我们不光是要种地，还要搞产业发展多种经营方式。"紧接着他又说，"比如周台子，每年生产的矿石都拉去外地加工，我们只挣了一个毛收入，精细活别人干了，大头也拿走了，实际上我们挣不到多少钱，还浪费了矿山资源。"

"那你的意思是？"杨树林问。范振喜说："我想好了，建选矿厂，生产出来的铁矿石由我们自己加工，直接出成品铁精粉，提高产品价位。"

很快，建选矿厂的消息在村里传开。一些人拥护，一些人反对，还有一些人持观望态度。耿洪山当着村里人面说："范振喜是瞎胡闹！好日子才过几天，又想出风头……"

张德方也是犹豫不定，既想支持范振喜，又怕他把事情办砸了。万一搞不好，到时候毁了他这支部书记不说，周台子村还要损失一百多万。为这事，张德方一晚上没睡。第二天早晨，他便来找范振礼。

范振礼明确告诉张德方，说："范振喜走的这步棋没错，如果是我，周台子村早该建这个选矿厂了。咱们的矿石品位相对较高，全都拉到外地，增加运费不说，光精加工成铁精粉就让别人挣去不少。如果在村子里建铁选厂，自己加工出铁精粉，自己销售，投资的这一百多万，最多两年，保准能收回成本。"

这番话，让张德方茅塞顿开，不等听完，转身便走。范振礼在后面喊："张主任，既然来了吃完早饭再走。"张德方笑了，说："不行，我这就得找老三去，赶紧研究建选矿厂！"听了这话，范振礼也感到很振奋。

# 第七章

村委会一班人统一思想后，筹建选矿厂的事摆在了重要日程上。决心好下，干起来却很难，最重要的是资金从哪出。

当委员们把目光投向会计闫江华时，闫江华急了，说："你们别看我，账本上就剩下两千块钱了……"

张德方发愁地说："建选矿厂是好事，可没钱咋办？"紧跟着，其他委员纷纷表态，支持张德方的说法，没钱，啥事也干不了。范振喜似乎早已有了主意，对支委们说钱的事我已经想好了，他提出向村民们借款筹资的主张。

听说让村民们筹资，张德方连连摇头，说："不行不行，以前，家家穷得跟底掉似的，这才过上几天好日子，让他们筹资行不通。"丛艳君也说："就是有钱，恐怕他们也不敢，村民们过去穷怕了。"杨树林说："不试怎么知道？这几年村里人卖大米、矿点上班挣钱，多多少少都有些收入，我看钱还是有的。"

范振喜认真地听完委员们的表态后，觉得一班人的思想是统一的，虽说有畏难情绪，但这是因为他们还没有想出具体的工作措施。于是范振喜又打起小珠算，把自己盘算多日的一笔细账说出来，从周台子村的人口、家庭平均收入，这几年分红多少等方面细细算了一遍。

根据范振喜的说法，只要周台子人肯筹资，那么距离筹资款的指标就差得不远了，剩下那些钱，最后再由村委会想办法去外面借。这样一来，筹资建厂的事似乎有了办法。众人听完后群情激昂，似乎看到了这一美好前景。而张德方还在思考着，他觉得风险太大了。

按照范振喜的思路，第一步是先搞好筹资动员。开动员会这一天，村部广场上搭起了主席台。大喇叭里播放着《春天的故事》歌曲。村民们陆续向这里聚集。在此之前，村委会已经向各生产小组进行了吹风，村民们多多少少知道一些筹资建厂的消息，但对具体细节还不清楚，是不是愿意筹资，关键就在于今天的动员大会开的怎么样。

范振喜和村委会委员们在主席台坐好。看着前来开会的村民们已经到的差不多了，张德方便宣布周台子村选矿厂筹资动员大会正式开始，随后由范振喜做动员讲话。范振喜讲话的核心是村两委向全体村民借钱，挣了给大家回本、分红，赔了算是村两委成员集体借的，一定要还债。

说实话，这样一来，村两委的压力可就大了，这也是他们商量了好几天，才这样决定的。眼下真要决策，范振喜也犹豫了，前几天，他一个人站在滦河边上想了又想……

这件事，镇上吕书记和村主任张德方其实并不十分赞成，担心如果筹集百十多万赔了钱，周台子村两委拿什么还债？二哥范振礼这几年搞经营有了头脑，他倒是支持范振喜，可是包括他在内，全家人也都为范振喜捏把汗。刘海英找来一堆报纸，连着翻看新闻，帮助他查找关于这个项目的依据。

范振喜也认真做了功课，除了看报纸，还往县里乡镇企业局跑了好几趟，终于研究明白了铁精粉市场需求量很大，搞选矿厂稳赚不赔！从乡镇企业局回来后，他果断决策，冒着风险，决定向乡亲们借钱筹资。

现在，范振喜刚一说完，下面便乱哄哄地议论起来。有的说该筹资，有的说不该筹资，有的说万一赔了怎么办，还有村民向范振喜提出各种各样的问题。

金山县城里，刘震提着“大哥大”手机进了店里，直奔正在看发货单的金彩霞，说刚才在街上碰见耿东云了，他说今天村子里开会，让村民们筹资建选矿厂。金彩霞怔了一怔问：“这事怎么咱一点儿都不知道？”刘震说：“你又不在村里住，怎么知道？”金彩霞若有所思地问刘震：“这可是好事啊，耿东云怎么看，他集了吗？”

刘震讪笑着说：“我也没问，他怎么会集？过去老耿家与老范家不和啊，看笑话还差不多。”金彩霞说：“这事肯定是范振喜张罗的，既然他敢张罗，这事肯定错不了，我们入股。”刘震犹豫着说：“范振喜我是信得过，但是要集也得先看看再说，万一没人投，我们也就算了。”金彩霞态度很坚决，说：“既然是范振喜号召村民们筹资，我们不能眼瞅着，无论如何也要支持他一把。你忘了，过去是他帮过咱们啊。”随后让刘震把钱带上，现在就跟她回周台子。

周台子村的大会还在继续，会场已是纷乱不已，村民们还在犹豫，在议论。耿洪山和几个人商量完后，大声向范振喜提问：“你们让大伙筹资，有什么保证，万一赔了怎么办？”范振喜说：“这次筹资，算村委会向村民们借款，对出资的人，每家都打借条。借据上由村班子成员共同签字画押。”

耿洪山还是不依不饶，继续发问：“我们都知道，村委会没钱，真的赔了，村委会根本赔不起！赔了，就等着喝西北风啊？”

范振喜站起来拿过话筒，大声说：“乡亲们，各位叔叔大爷，兄弟姐妹们，我代表村两委，现在向大家郑重承诺，厂子挣了钱是大家伙的，挣回来的钱，扣除成本外，剩下的红利就给大家分红，按照你们每户借给村里的比例，多借的就多分红，一旦赔了由我和全体村干部承担，就是砸锅卖铁也不让大伙受损失。”

这时，刘震和金彩霞骑着摩托车到了会场外。金彩霞从车上下来，提着一个大兜走向主席台，来到闫江华面前，大声说：“闫会计，我来筹资。”说着，把一大捆钱放到闫江华面前。

闫江华试探地问：“大伙都在观望呢，你就不怕我们赔了？”

金彩霞故意靠近话筒，大声说：“我相信村委会，我相信你们每一个人。建选矿厂没错，咱赔不了！”金彩霞的话通过扩音器这么一播，大有振聋发聩之感。

台下的众村民惊愕之余纷纷议论起来，说刘震和金彩霞在外边发了大财，回村显摆，也有人说他们俩在外面时间长，见多识广，看准了这步。

张德方趁机站起来，拿起话筒说：“大家伙都看到了，这几年，刘震和金彩霞在外面闯荡，两口子有眼光，要比我们看得远，她们敢把家底拿出来，投在建选矿厂上，你们还怕什么呢？”

耿东云突然从人群中站出来，走上主席台，对闫江华说：“闫会计，记上我的。”耿洪山在下面看见，大声嚷：“东云，你下来，这是瞎胡闹。”耿东云回过身对耿洪山说：“爸，给村委会筹资，就是投资挣钱，赔不了。”

范振喜站起来，感激地向耿东云伸出手。耿东云与范振喜握手时说：“振喜，我相信你会带着村民过上好日子，我在吕书记面前打过包票。”

范振喜郑重地说：“东云，你放心，只要有村民支持，我们的日子会一直朝前奔，会越过越好。”对此，耿洪山很不高兴，可是儿子耿东云是镇里的干部，他不能当场发飙让他下不来台没面子。

李山小声嘱咐长富回家拿钱，而后第三个上台交了筹资款。还在犹豫着的人见李山都敢筹资，他们还怕什么，于是，纷纷回家拿钱，争着向台上挤，抢着交钱、签字。杨树林高兴地喊着，让村民们排队，一个个来。

几天之内，长期居住在周台子的村民筹资七十多万，在外打工的，有工作单位的、做生意的周台子村民，一共邮寄回五十多万，全部加起来，筹资建厂所需一百二十多万款项有了。

村部里，范振喜捧着他和几名村支委联名向三百六十八户村民按下红手印的那厚厚一沓借据，站在党旗下默不作声。张德方走过来问："振喜，想什么呢？"

范振喜语气沉重地说："全村人，把他们多年攒下的血汗钱交给了我们，这是对我们的信任，如果我们干不好，有什么脸面见他们。"

张德方感慨地说："是啊，是到了我们大干一场的时候了。"范振喜把村两委班子人员全都叫过来，组织他们在党旗下进行了重温入党誓词。

面对鲜红的党旗，范振喜领誓，他和党员们举起右手，开始宣誓：

> 我志愿加入中国共产党，拥护党的纲领，遵守党的章程，履行党员义务，执行党的决定，严守党的纪律，保守党的秘密，对党忠诚，积极工作，为共产主义奋斗终身，随时准备为党和人民牺牲一切，永不叛党。

这次在重温入党誓词之前，范振喜和张德方就商量了，在誓言中多加了两句话，宣誓的人员中也加了新人，村两委班子成员一起宣誓。

于是，面对鲜红的党旗，范振喜继续领誓：

> 作为周台子村两委班子成员，我决不辜负周台子父老乡亲的信任，率先垂范，艰苦奋斗，自力更生，攻坚克

难，开拓创新，誓要向贫困开战，坚决带领全村老百姓过上好日子！

范振喜和全体党员、村两委委员们个个神情严肃。他们宣誓的声音仿佛回响在周台子村的上空，村部前面的国旗也正迎风招展……

小小的周台子村要办如此规模之大的企业，可谓惊人之举。这是范振喜又一次把他和村两委推到了风口浪尖上。

连着几天，范振喜和村委班子人员几乎就没离开过村委会，打出去的电话不计其数。话题无非两个，一个是建厂房，另一个是选设备。很快，厂房建起来了，砖混结构，彩钢瓦封顶，汽车能开进开出。厂房是有了，可设备从始至终都没定下来，问题是这些厂家给出的价格远远超出了预算。范振喜不信找不到合适的设备，于是，动员所有人查资料，继续找。

两天后，他们打听到北方一个厂子有闲置下来的设备，价格正合适。刻不容缓，范振喜和张德方、闫江华三人坐班车去了东北一个县，两天后出现在这家厂子办公室内。这家厂子负责人听说他们是农民办厂，故意把价格提高了三分之一。范振喜觉得这个负责人诚意不够，便来个“欲擒故纵”，带着张德方、闫江华俩人假意离开了厂子，说去另一家看看。

三人住进了当地一家小旅店。闫江华觉得一连劳累了好几天，晚饭弄点儿好吃的慰劳慰劳，于是买了块猪头肉，弄了一瓶酒，不承想却被范振喜批评一顿。闫江华不高兴地说：“咱们为大家伙受累，吃一点儿好的，有什么不可以。”范振喜批评他说：“这钱都是村里人共同筹的，谁也不能乱花，哪怕动用一分钱，也要花在设备上。”他自己掏了钱，让闫江华把款补上。

等了一整天，准备卖设备的那家厂子没见范振喜他们过来，担心他们会去别处，便派人来找。一番讨价还价之后终于谈妥。一个月后，大型设备运回了周台子。

在安装设备时，范振喜几乎寸步不离，没日没夜地守在厂区内，几次张德方劝他回家休息他都不肯。安装工人干啥他干啥，不会干就在旁边看，看不懂就问。张德方问他你这是干啥。范振喜说：“咱们家底薄，厂子小，请一次人不容易，能学就学点儿，以后小毛病不用找人。”

安装设备到了第三天，有两个技术工人怠工，范振喜让技工师傅们加把劲，说厂子急需生产，请工人师傅辛苦一些。没想到那名工人说，就你们给这点儿钱，还想赶进度？除非你们多给钱。范振喜说多给钱就免了，周台子穷，钱没有但人力有的是。

工头不高兴地说：“都是出来挣钱的，你多加人，我们还能挣什么钱？”范振喜赶紧说：“你们的工钱一分不少，我们的人白干，算义务。”

这时，丛艳君提着暖水瓶进来。范振喜招呼着让工人师傅们喝水，又让她回去通知刘海英晚上在家里多炒几个菜。这天晚上，范振喜请工人师傅们喝酒。

第二天一大早，范振喜从矿上叫来范振信、耿东梅十几个年轻人，和工人师傅们一起干活。在村里年轻人带动下，工人师傅干活很卖力气，终于提前五天完成设备安装。

开始生产的那一天，村民们敲锣打鼓、燃放鞭炮，庆祝选矿厂的正式投产开工。佟大娘也来了，她站在人群里，佝偻着腰，随着旁边的人说说笑笑。

从这一天起，驶出周台子的大货车，运的不再是矿石，而是一车车的铁精粉，效益大增。

村民们没有想到，第二年夏天离建厂正好过了一年，选矿厂获得了巨大收益，而且村委会说到做到，真的要给大伙分红。

太阳爬过东山顶，把第一缕光线射向村子房顶上时，街中央大柳树上的大喇叭里传来张德方的喊话声：“周台子全体村民们注意了，明天上午九点钟，在村部召开全体村民大会，主要内容是——给村民们分红！”

在分红大会上，范振喜说，感谢周台子村民对村两委的信任和支持，是他们的诚实、善良和纯朴，给了村委会足够的勇气。为此村两委没有理由不把选矿厂经营好。

范振喜捧着上面按着三百六十八个红手印的借据，动情地说：“说实话，这三百六十八张借据，每一张上面都留存着你们的血汗。我拿在手里，就如同压在心头，觉得它比山还重。但是我不气馁，也不后悔，因为周台子人要想过好日子，除了发展农村经济，没有别的路可走。这一步，仅仅是一个开始，以后，我们还要建更多的厂，建更多的企业。”说到这，村民们在下面热烈地鼓掌。

随后张德方宣布分红开始。这次分红，与以往的任何一次都不同，村民们一个个主动排成长队，洋溢着笑脸去领自己家的那份。

刘震拿到一大袋子钱和金彩霞走出人群。刘震探头向袋子里看，摇头感叹地说：“真没想到，这红利来得还真快。”

金彩霞得意地说：“当初你还想不听我的，怎么样，没投错吧！”刘震撇撇嘴说：“别以为我看不出，你当初借给他们钱，可不是为挣钱的吧？”

金彩霞歪着脑袋问：“你什么意思？”刘震笑着说：“你还不是想帮着范振喜？”金彩霞用手轻打刘震：“你胡沁个啥！”两个人笑着走向摩托车。

范振喜和张德方俩人走回村部，张德方兴奋地问：“听你会上的口气，还想要再开他几个场子？”

范振喜说：“乘势而上，过几天，我们出去考察一下，我觉得之前我们讨论过的花炮厂、浴盆厂可以提上日程了。”

张德方高兴地说：“那好，只要你定了，我同意。”范振喜说：“还得开会再研究研究，花炮厂问题不大，就是浴盆厂的原料是个问题，听说辽宁那边有这种原料，等这阵子忙完了，咱们还得去好好考察考察。”

说干就干历来是范振喜的风格。去辽宁考察浴盆厂的原料之前，范振喜和刘海英去看母亲，生病在床的范母说你去办你的事，家里不用操心，你能多给村里人办事，妈看着心里也高兴。范振喜嘱咐刘海英他不在家这几天，搬过来住好好照顾母亲。范振喜亲自下厨，要给母亲做顿饭菜，不巧的是菜刀把左手食指划破流出了鲜血……刘海英吃了一惊，忙悄悄帮他包扎起来。

范振喜临出门时，范母又把他喊回来，拉着他的手嘱咐说："我就是有一件事放不下，你和你二哥谁都不理谁，这哪像亲兄弟……"

范振喜告诉范母，说他回来再去找二哥，无论如何也要把这疙瘩解开，让她放心。范母费力地笑着说："我信你的。你是村书记，既然心里能装下一村人，还不能容下自己亲哥哥！"

一路上，范振喜心里始终忐忑不安，母亲生病一年多，时好时坏，可在他走时，却显得特别精神，嘱咐这嘱咐那，生怕见不着似的。范振喜想，这回从外地回来，先把厂子安顿好，然后一定要抽时间陪母亲去县医院好好做个检查。

范振喜、张德方和闫江华三人到了海城这一天，雷声滚滚，天突然下起了雨。为了赶时间，他们和厂方约好了，下午五点在厂房见面。

厂房在郊区偏僻的一个地方，由于原材料化学元素较多，不能离城市太近。范振喜他们赶来时，厂方的人已经等候多时了。三人下了出租车，范振喜连连道歉，雨天不好走，班车误点了。随后，厂方代表领着他们直接进了库房。

天空中的雨时大时小，一阵暴雨过后，雨水弥漫了整个厂区的水泥地面。地面上流着浅浅的、带有颜色的物质，工作人员说是原材料库房漏雨了。

雨稍稍小了些，范振喜、张德方、闫江华三人从库房内走出来，和厂方的人边走边说话，范振喜脚下一滑摔倒了，他用左手支撑在地才没有完全倒下。张德方忙把他扶起来，范振喜说庄稼人皮实，摔一跤也摔不坏。范振喜抬手看了看左手，食指上包扎的纱布已经湿了，索性便将它撕了下来。

范振喜三个人住进了附近镇上的一家小旅馆。半夜时，范振喜发起了高烧，口渴得厉害，下地倒了杯水，喝完接着躺下。第二天早晨起来，闫江华见范振喜脸色难看，问他怎么了？范振喜说没睡好。

三人如约去见厂长谈合同。刚进办公室，那里的人说范振喜老家有电话过来，让他去接。范振喜有些纳闷，什么事还把电话打到这里？

原来，范振喜离家的当天晚上，范母就去世了。今天是尸体停放的第三天。按着当地人习惯，到了第三天怎么也要出殡。全家人商量一下，在出殡前得让范振喜知道这件事。想来想去，这个电话还是要由刘海英来打。

刘海英来到村部，杨树林告诉了那家厂子办公室的电话号码。电话接通后，刘海英哽咽着半天无语。范振喜在那头急问，怎么了，家里出什么事了。杨树林示意刘海英说出实情。

刘海英却说："没啥大事，妈让我问你在那边怎么样，听说辽宁发了洪水，她不放心，让我打电话问问。"范振喜说："告诉妈，我在这挺好的。签完合同我就回家。"

范振喜放下电话后，觉得不对劲，又抓起电话拨了回去，可电话响了半天，那边也没人接。而此时，杨树林陪着刘海英已经到了院子里，杨树林埋怨刘海英干吗不说出实情。刘海英说："他们正在那考察浴盆厂原材料，索性不如回来再说吧！"无奈，范家人不再等范振喜回来，当天将范母下葬。

范振喜从辽宁考察回来，得知范母去世，发疯似的跑向墓地，伏在母亲坟前痛哭。

范振喜哭着说："妈，振喜对不起你，没照顾好你，还竟让您为我操心。妈，仅这几天工夫，怎么说走就走了呢！振喜还有好多话要跟你说，我答应过你，要跟二哥和好，你倒是等等我啊！"说着哭着，将一张张黄表纸在盆里烧着。在他身后，刘海英流着泪，抱着还不太懂事的儿子小伟。

稍远处，范振礼正向这里张望。柳玉走过来，对范振礼说：“妈都没了，你就如了她老人家的愿，去和老三和好吧！”范振礼摇摇头说：“我发过誓的，不再认他这个弟弟了。”说完，转过身向山下走去。

范振喜和刘海英回到家，看见父亲范芝歪倒在炕上什么话也不说，一门心思想着心事。范母的死，对范芝来说也是一个不小的打击。现在范母没了，还有一个哑巴老大，接下来，他们的日子怎么过呢？自从老三收回了老二的采矿点，老二老三现在还和冤家似的，将来的日子这两家他又能指望谁呢？

范振喜站在地上看着老父亲，心里难过得说不出话来。刘海英坐到炕沿上，靠近范父说：“我妈走了，爸你也要保重身体，从今天起，你和大哥就搬过去住吧！”范芝不说话。一旁哑巴范振仁比画着说范芝连着两天都没好好吃饭。

范振喜意识到用语言根本无法劝动范芝，便向哑巴大哥用手比画，跟他说，现在就搬家，搬我那去住。哑巴范振仁当然乐意，他就愿意与范振喜的儿子小伟玩。

安顿好父亲和哑巴大哥后，范振喜把心思又转回到建厂上。但从这时起，范振喜就觉得身体在一天天变坏，如果说在什么地方出了问题，他说不清，可身体却总是莫明其妙地发烧。

早晨他给小伟穿衣服时，小伟的脸碰到他脸上，小伟喊：“爸爸，你脸好烫。”范振喜下意识地摸摸额头，也感觉到温度要比往常热很多，不由地说：“嗯，是有点儿烫，我好像发烧了。”

刘海英正在外屋做饭，听见后也进了屋，伸手在范振喜额头摸了下说：“振喜，你怎么老发烧，身体哪不舒服？”范振喜说没不舒服，让她不要大惊小怪，赶紧做饭，吃了还要上厂子看看。

新建的两个厂子已经初见规模，一个是鞭炮厂、一个是浴盆厂。范振喜进来时，张德方已经来了，他正在和长富说话。

这段时间，长富已经从矿点上调了回来，担任新建浴盆厂的厂长。张德方说："长富，你可不要辜负范书记对你的期望，当了厂长一定要好好干。"长富说："放心，张主任，我一定好好干。"

长富看见了刚进厂门的范振喜，丢下张德方赶紧迎上去。张德方怔了一下，回头看是范振喜，也跟着走过去。

长富对范振喜说，第一批试用产品刚出炉，让二位领导过去检查。随后范振喜和张德方被长富领到放产品的地方。

范振喜换上白手套，摸着奶色的浴盆沿，心里有些激动，他说："谁敢再说我们农民只会种地，我就领他来看看我们农民生产的浴盆。"张德方高兴得合不拢嘴，笑着说："以前，我们连搪瓷脸盆都买不起，谁承想我们现在能亲手制作浴盆了。"

范振喜问长富开业典礼准备得怎么样了。长富说都准备好了，条幅、鞭炮、样品都摆在了会场，就等着领导发话开业庆祝了。

这时厂房外响起敲锣打鼓声，范振喜说："肯定是吕书记到了，走，我们出去迎接。"

长富看见范振喜鼻子下面有血，说："范书记，你鼻子流血了。"范振喜下意识地用戴着白手套的手指一摸，上面染上了红色的血渍。

张德方有些担心，嘱咐说："振喜，身体要是难受，你就别去了，我来主持。"范振喜满不在乎地说："没什么，可能是热着了，出外凉快一下，一会儿就好。"转头对长富说："长富，帮我找盆凉水来，我洗把脸。"

揭幕仪式开始，范振喜和吕书记、张德方、耿东云等人坐在主席台上。耿东云已经被提拔为张百湾镇副镇长，现在是代表郝镇长，跟吕书记一起来参加开业典礼。因此，他被安排在范振喜左侧的中央位置上。

耿洪山坐在人群中，拿眼看着台上的耿东云，心里喜滋滋的，对一旁坐着的李山说："我早就说，我家东云早晚有出息的一天，看到没，今天他是跟吕书记挨着坐，比范振喜还要靠中央位置。"

李山不屑地说："那有啥了不起，不还是副镇长嘛！"耿洪山不高兴地说："副的咋了，那也是镇长，是国家干部。"

李山不服气，说："我说你这人怎么了，一天到晚拿你家儿子跟范振喜比。这些年，范振喜一直在为大伙忙活儿，你儿子呢？是为自己当官忙活吧？这能一样吗？要是范振喜也去争官，估计这会儿比你儿子官大。"

近前的几个村民也插进来说："光看看咱们村这些年的发展变化，哪个村敢跟咱们比，还不是人家范书记的功劳！"另一人说："别说是张百湾镇，整个金山岭县哪一个有咱范书记名气大？"又一个村民说："要我说，三条腿的蛤蟆难找，副镇长一抓一大把。要想当好一名村书记，不容易啊！"说完，几个人一起笑。

耿洪山瞪眼想发火，但看看这几人，都不好惹，随后拿起板凳，尴尬地离开，坐到了另一处。

会议还没开始，但这里发出的笑声引起了吕书记注意。他问旁边的耿东云，村民们在笑什么。耿东云猜测着说，估计他们是为这两个厂子高兴呢！

吕书记点点头，说："也是，周台子加上这两个厂，大大小小的厂子也有五六个了吧？"耿东云说："是，效益还都不错呢。"吕书记说："你是抓镇办企业的主管副镇长，回去后要好好总结周台子经验，要在全镇推广他们的经验做法。"

范振喜陪着吕书记、耿东云进行了剪彩仪式，又参观了两个厂子的厂房和生产车间。厂房内正在进行生产。男工女工们身穿工作服，动作娴熟地操纵着机器，摆弄着产品。

吕书记一边看一边感慨地说："如果不是在周台子，谁敢说他们不是大工厂里的工人呢！"说着话转向范振喜，"村里还有闲人吗？”范振喜说：“没有了，经过培训全用了，村里的青年劳动力不够，还到外村招来了几十个。”

吕书记问是咱张百湾镇的吗？范振喜说是。吕书记高兴地说：“好啊！你们周台子这样一搞，整个张百湾镇都跟着借光了。农民们有了固定工资收入，生活就有保障了。”

看着吕书记乘坐的吉普车走远，范振喜转身准备进村部。这时，他感到一阵眩晕，随后便眼前发黑，什么都看不到了，不由得喊了一声：“来人啊……德方……”不等张德方回话，便一头栽倒在地。

张德方一见，赶紧上前扶起范振喜，连声呼喊，但范振喜没有一点儿反应，已经人事不省。张德方急着喊：“快，树林，快找车……送医院……”杨树林闻声赶来，马上联系车，二人把范振喜送到镇卫生院。

镇卫生院里，周台子村来了很多人，把走廊挤得满满的。医生出出进进，喊着让道。张德方截住从病房出来的护士问范振喜得的什么病。那个护士说，医生都不知道，不怎么清楚，气得张德方直翻白眼。

过一会儿，刘海英从医生办公室回来，呼啦一下子，村民们又围了上去，张德方又问范振喜得的什么病。刘海英摇头，说医生也不知道，让去外地检查。张德方有些吃惊，镇定下情绪说：“对，去县医院好好查查，我和你们一起去。”

随后几天里，范振喜先后去了县医院、市医院，检查的结果，医生都说不清他得的是什么病。范振喜一生气说“不查了”。再往后，无论谁劝都不听，他是该干什么干什么，拿这病也不当回事，每天跟陀螺似的围着村部和厂子转。

1995年夏天的一个傍晚，眼看下班时间就到了。范振喜对张德方说，他要去浴盆厂看看。张德方嘱咐他说，这几天看你脸色不对，就别骑摩托车了。范振喜说没关系，骑车方便些。范振喜骑车进了浴盆厂大门，人刚下车，突觉一阵眩晕，一头栽倒在地。

范振喜被送到县医院，县医院说还是去北京吧，他们查不出病因，拖久了会耽误治病时间。在送往北京医院时，范振喜一直处于昏迷状态。住院后，医院不让其他人跟着，只允许刘海英一人陪护。

三天后，范振喜从昏迷中醒来，看见屋里没人，正想找水喝，却听到了刘海英在门外和医生说的话。范振喜一直听着，半迷糊半清醒，直到刘海英推门进来，他才从遐想中收回心思。刘海英看见范振喜已经醒了，高兴地要去告诉医生。范振喜把她喊住，对她说："英子，咱回家吧，我想周台子了。"

"什么，回家？"刘海英吃惊地说，"刚刚住到医院，病还没治，回什么家？"范振喜慢慢地说："不是已经查出来了吗？"

刘海英一时语塞，迟疑着说："是，是查出来了。但还不知道是什么病。"

范振喜说："英子，你用不着瞒我，我知道得的是什么病了。"一听这话，刘海英呜呜地哭起来。范振喜安慰刘海英说，"没什么大不了的，咱回家慢慢治。"刘海英连连摇头不同意说："老家连什么病都查不出来，回去怎么治，那不是等死吗？"无论范振喜怎么说，她都不同意回家。

范振喜悄悄背着刘海英去找主治大夫。大夫说："既然你知道病情，那就不瞒你。你得的是白血病，而且你的病很少见，是因接触化学物品感染的，嗯……不太好治……"范振喜说："既然不好治，那就不治了，听天由命，多活一天算赚一天，再说周台子还有很多事情要做，等我做完了再死，也不枉了这一生。"

主治医生见劝说不了范振喜，便找来刘海英告诉她说："如果这时出院，危险性极大，以后抢救都难。"刘海英听明白了，知道回家就是等死，所以她死活不同意范振喜出院。但范振喜的态度越来越坚决，说如果不出院，那他就不治了。刘海英心里苦啊，她心疼范振喜，可是又劝不了他，实在没办法，便偷偷给张德方打电话，让他赶紧来医院劝说。

张德方在村部接完电话，傻了似的半天没说话。杨树林急着问："你快说啊，范书记得的到底是什么病？"张德方停顿了半天才说："白血病。"

白血病就是血癌，他们知道这病很厉害，会要人命。所以，张德方吐出这三个字后，屋里的人全都不说话了。过了一会儿，丛艳君哭着说："范书记才三十多岁就得了这病，以后可怎么办呢？"她所说怎么办，既包括范家，也包括周台子村。周台子村在范振喜带领下刚刚过上好日子，万一他有个好歹，周台子村的命运谁能说得清？丛艳君这么一哭，感染了一屋子人都哭了。

张德方忍住悲伤说："刘海英在电话里说，范书记不肯住院治疗，执意要出院。"一听这话，杨树林差点儿从椅子上蹦起来嚷着说："那怎么行，甭管是什么病，先治再说，不治那还不是等死？"张德方点点头说："范书记就这意思，不治了要出院。其实，大伙心里都明白，他是对村里的事不放心。"闫江华说："不行，治，一定要治，兴许还能治好呢！"

张德方说："今天村班子成员都在，我表个态，我们就以村委会的名义，命令范振喜不准出院，一定要好好治，花多少钱都行，他家没钱，我们村委会出。村委会没有，我们去借，就是借遍了全村，我们也要治好范书记的病！"

当天，张德方和杨树林就往北京赶。两个人到了医院，正赶上范振喜在向刘海英发脾气，只听范振喜说："我死了不要紧，可丢下村里那些企业怎么办，那些钱都是村里人集的，现在才刚刚开了头，一分钱不挣就垮了，大家伙的钱也就都瞎了。那是他们的血汗钱，我范振喜赔不起，村委会也赔不起。"随后指着刘海英说，"你说，真要是赔了，你将来拿什么还？"

刘海英不说话，背对着范振喜。她知道，仅凭她是劝不了范振喜的，不如由着他发泄一通也好，反正张德方他们快来了，到时就让张德方再劝劝他，兴许范振喜还能听得进去。范振喜发了一通脾气后，竟然累得睡着了。

刘海英轻手轻脚到床边，检查一下他微弱的呼吸，又给他盖好被子，抬头看瓶子里的液体不多了，便要去找护士。正在这时，病房的门轻轻地开了，露出张德方和杨树林的两张脸。

刘海英仿佛有了主心骨，忙悄声让他们进来。两个人进屋，站在病床前看着范振喜消瘦的脸，默默地流泪。刘海英说范振喜刚睡着，示意俩人去外面走廊说话。

三人出了病房。听完刘海英叙述，张德方说："走，带我去找主治医生。"

在主治医生办公室，医生介绍了范振喜病情，与刘海英说的一样。

主治医生说范振喜这病很难治。张德方问："就没有别的办法了吗？治不好就治不好，但要先保住命才行。"医生想了想说："治疗这种病还有一个办法，那就是骨髓移植。"张德方问："啥叫骨髓移植？"医生简单说了骨髓移植的方法和过程。

张德方激动地说："这好办，他们是哥三个，肯定有合适的。"医生又说："还有一个问题，即使有合适配型，但还要一大笔资金，怕你们承担不起。"张德方满不在乎地说："多少钱都不怕，你说，需要多少？"

"大概要十多万。"主治医生说出这个数字后，见张德方三人全都不说话，知道他们拿不出这笔钱，于是又说，"我知道这些钱，你们拿不出。不过也不要太着急，他的病一时半会儿还要不了命，只要在医院住着，多活个一年半载的，也不是太大问题，但要出了院，我可不敢保证。"

张德方狠了狠心说："不就十万嘛！你给我十天时间，就十天，十天一到，我保证把钱和骨髓送到你手上。”医生不相信地看着张德方。张德方转头对刘海英说：“英子，我们回家弄钱去。你要死死地看住范振喜，不管他怎么闹，坚决不允许他出院。他要还是闹，你就说是村委会集体决定的。”

两个人并排坐在北京通往金山岭县的班车上。杨树林担心地问：“假如说，钱的事能解决，但骨髓呢！当年范振喜率先收回了二哥范振礼的矿点，使二哥失去了成为富翁的机会，你说他们哥儿俩闹成这样，范振礼肯捐献骨髓？总不能用哑巴大哥的吧？”

张德方斩钉截铁地说：“范振礼要是不同意，我就去跪着求他，不信他见死不救。”

班车在周台子村外公路上停下，两个人跳下车向村里赶。这时已是深夜两点钟。杨树林对张德方说：“要不先回家歇一歇，明天再去村部。”张德方说：“不，先去村部，再把其他委员也叫来，大伙商量商量怎么筹钱。”

等俩人进了村部，却见屋里的灯亮着，闫江华和丛艳君都在。闫江华说：“听说你们今天回来，我们就提前在这等了。”张德方很感动，知道他们也是放心不下范振喜的病情。

张德方把范振喜的病情和治疗方案又向闫江华和丛艳君俩人细说一遍，随后问会计闫江华：“村委会还有多少钱？”闫江华说：“十万块钱不成问题。不过我担心，咱们这样做，范书记会不同意！”

杨树林发急道：“那有啥不同意的，咱们又不是乱花公款，这是救人。”丛艳君说：“我觉得闫江华的担心不无道理。虽然说这钱是用在救人上，可毕竟还是公款。要不，就跟镇委请示一下，暂时先挪用？”

张德方摇摇头，说：“振喜再三叮嘱，他生病住院的事儿，千万不要告诉镇里，不想给大家添麻烦啊。”

闫江华想了想，说：“一会儿我回家跟我媳妇商量一下，看看家里还有多少钱，我们大伙凑一凑，估计能够，这样也不会让范书记犯错误。”张德方受到启发，一拍大腿说：“这主意好，既不犯错误，又能救人，还能显出我们周台子的人情味。”随后说，“就这么办了，明天闫江华张罗着凑钱，我去找范振礼谈捐献骨髓的事。”

第二天一早，张德方来找范振礼。此时范振礼已经知道了张德方和杨树林去北京的事，见张德方过来，不等他说话，着急地问：“振喜的病怎么样？”

张德方说：“我来就是要跟你说这事。”随后，他把范振喜的病情一五一十地又向范振礼述说。听到要献骨髓，范振礼当即说：“哑巴大哥年纪大，他的骨髓不能动，就用我的。”

范振礼的表态完全出乎张德方意料，事先准备好的那些说辞一句没用上，竟然被感动得掉了眼泪。张德方动情地拉着范振礼的手说：“我就说嘛，打虎亲兄弟、上阵父子兵。这话一点儿没错。关键时刻，还是亲兄弟啊！”

为范振喜筹钱治病的事还没经村委会动员，就一传二、二传三地在整个周台子传开了。一大早，闫江华就在村部摆弄好扩音器，拿起事先写好的通知，正准备对着话筒广播时，佟大娘和宋小好、金母等十几个人进了村部。

闫江华问你们来干什么？佟大娘说我们来送钱，给范振喜看病的钱。闫江华愣了说：“我还没通知呢！你们怎么知道的？”佟大娘说：“甭通知了，村里人都知道，一会儿他们都过来。”闫江华感动得哭了。

金母来之前，特意给金彩霞打了电话。金彩霞放下电话，就跟刘震去银行取了一万元现金往周台子村里赶。

范芝一大早听说范振喜得了重病，让哑巴大哥范振仁陪着他来找范振礼。一进门口，正赶上范振礼急着要出门。范芝问范振礼要去哪，范振礼没敢说实话，说去趟城里。

范芝急了，说：“还去什么城里，你兄弟快病危了，你得想办法救他。”范振礼一听这话，知道范振喜重病的事已经瞒不住了，便告诉他要去北京看范振喜。

范芝拿出用手帕包着的一包东西递给范振礼说：“这些年我也没存下什么钱，这是振喜那年带回来的退伍费，说是要给我养老，一直没动，你带上，去给振喜治病。”

范振礼拍拍带着的包说：“我跟柳玉已经准备好了，这是我的全部家底，估计差不多了。”范芝说：“听村里人说，给振喜看病得十多万，你哪有那么多？”范振礼说：“我先去看看，差多少，回头再说。”

范振礼来到村部，想要跟张德方打声招呼就去北京。当他看到村部院内已经挤满了前来给范振喜捐钱的村民时，感动得默不作声。

他知道村民们为啥来，这是范振喜的人格力量，是在他的带领下，周台子有了今天的大好局面，是他让村民们过上了好日子，村民需要这样的好书记。他觉得自己比不上范振喜，过去因为收回矿点还和他闹别扭。范振礼又急又气地流着泪，转身离开人群，一个人去了北京。

范振礼来到北京医院病房外时，范振喜正在逼着刘海英给他办出院手续。刘海英不肯去，范振喜生气地说：“唉，你不去，我去……”一边说着一边穿衣服。

刘海英故意不理他，范振喜虚弱的身体连穿衣服都费劲，更没有力气下床，他不得不停下来，劝说刘海英：“英子，明知我这病治不好，就不要浪费钱了，咱家不富裕，到头来，我的病没治好，还得给你们背上一大堆债。再说，我的日子不多了，早一天回去，还能为乡亲们多做点儿事。”

刘海英哭了，劝说范振喜：“谁说治不好了，医生说了，只要有合适配型，你的病就能治，找二哥吧！”

想到二哥范振礼，范振喜突然沉默了，过了一会儿说：“自从当了周台子村书记，不仅没给二哥什么好处，还让他退了矿点，损失的数目无法计算，要不二哥早就是百万富翁了。为这事，二哥一直也不肯原谅我，现如今连话都不跟我说。我成了这个样子……”一时间，屋内的空气几乎凝固不动了。

范振喜接着说：“配型的事我听说过，那得用亲兄弟的。大哥年纪大了又有病，我怎么好用他的。”刘海英说：“还有二哥呢！二哥不会看着不管的。”范振喜叹了口气，不再说话。

一直在门外听着二人讲话的范振礼，立刻推门进屋，说：“振喜，二哥我来看你了。”

# 第八章

村街中心的老柳树上，枝枝杈杈系满了红布条，迎风起舞。这是村民们发自内心，为范振喜早日康复的一种祈祷。张德方和杨树林带着村民们凑齐的十万元钱，在村民们期盼的眼神中刚刚走到大柳树下，便听到身后传来汽车嘀嘀声。

北京医院病房里，范振礼和范振喜被安排住一个屋。护士进来，给二人分别抽血说是化验，做捐献骨髓准备工作。护士走后，范振喜劝说范振礼回周台子。

范振礼愣了，冷冷地看着范振喜。范振喜说："二哥，我没想到你能来，更没想到是你给我捐献骨髓，我心里不是滋味。"范振礼说："老三，我根本就不懂这骨髓移植是怎么回事，知道你得了这病，我就来了，你怎么还要赶我回去呢？你嫌弃二哥？"

刘海英忙说："二哥，捐献骨髓可是挺遭罪的，医生说了，抽取你的骨髓由静脉输入你三弟身体里，取代病变骨髓。二哥，那是抽取骨髓啊，振喜是担心你遭罪啊，他都不想再治疗了……"

范振礼生气地说："老三你个混蛋，你二哥不救你谁救你，你二哥我能眼睁睁地看着你走了吗？你给我好好做好准备，这手术咱们只能成功不能失败！"听了这话，范振喜转过身暗暗流泪。

周台子村大柳树下，张德方和杨树林俩人转过头看去，见是刘三开着桑塔纳轿车过来，横挡在俩人面前。张德方刚要发火，却见刘三打开车门说：“我正好要去北京，捎上你们一段。”张德方本不想坐刘三的车，但在捐款的名单上有刘三的名字，意识到他是好心，更何况还能减少路途时间，便对杨树林说：“既然有顺路车，坐吧！”

桑塔纳轿车渐渐驶向村外。佟大娘从衣兜里掏出一个红布条，递给柳玉，示意帮她也系到树上去，柳玉将红布条系到树上。阳光

下，满树的红布条迎风摆动。树下，村民们翘首看向村外。

其实，刘三根本就不是顺路去北京，而是专门送二人一起去，他还要去看望范振喜。对于这个，刘三一路上也没说。

北京医院，中午，刘海英打回来饭，三人刚要吃。护士来了，告诉刘海英从明天上午开始领着范振喜去做化疗。范振礼问："这化疗是干什么？"护士说："经过验血，你们哥儿俩的血型匹配，接下来得先给患者做放化疗，把血象降低到基本为零，才能接受你的骨髓。"范振礼说："那抓紧抽我骨髓吧。"

护士很感动，她看看哥儿俩说："你们真是亲哥儿俩啊，范振喜你得救了。捐献骨髓还得几天，得看患者的血象情况，你们哥儿俩这几天千万注意保护身体，千万注意别感冒别发烧别闹肚子。"护士嘱咐完走了，又回来把刘海英悄悄叫出屋。

护士问："你们那个押金准备好了吗？要不这手术做不上，后面排着好多患者呢。"一听这话，刘海英焦急得不知所措。

"准备好了，我们都带来了！"正说着话，张德方、杨树林和刘三来了。紧随其后的，是市委和县委的两名干部。原来，镇委吕书记向县里做了汇报，市委、县委得知后，也派人来看望范振喜。

范振喜也没想到刘三会来。刘三说："范书记，别以为二哥你俩才是亲兄弟，你这么好的书记，咱村人就都是你的亲人，我刘三这人尽管过去做了很差劲的事，今天就跟你坦白了，黑天半夜砸你家玻璃的人是我，这么多年来你为村里不分白天黑夜地干，我过去对不住你。现在你就好好准备手术治疗吧。"大家听了都很感动。

范振喜说："我这么多年，就为村里干过的那些小事，没想到乡亲们还都放在心上，我现在啥也不说了，等我范振喜从病床上起来后，你们看我的行动吧。"

张德方示意杨树林、刘海英和护士一起去交押金。几人出了屋去交押金。范振喜又问张德方、刘三吃过饭了吗？什么时候回村？

张德方说："振喜这些事你就别操心了，我们今天也不回去，一会儿去找个小旅馆住下，什么时候你做完手术我们再回去。我知道你对村里的事儿不放心，但是你也不用劝我们走。村里的浴盆厂、花炮厂一切都正常运转呢，你放心吧。”听了这话，范振喜默默地点点头，放心了。

十多天后，范振喜通过放化疗，终于可以手术了。医院楼道里，护士和杨树林推着捐献完骨髓的范振礼过来，这边由护士、刘海英、张德方、刘三推着范振喜要进入手术室。

两车相逢，范振喜伸出手去，与躺在车上的范振礼握手，二人目光对视在一起，相互鼓励着进了手术室……

手术的过程令人担心。手术后的范振喜渐渐好了起来，每天还能靠着椅背坐上一会儿。这个时候，刘海英出去打水，屋内只剩下范振喜一人。

他转头看着窗外飘落的树叶，心绪有些不安。虽然张德方隔几天便给他打一次电话，但他还是对村里的事情不放心。正想着，刘海英推门进来，范振喜等她把水壶放好，对她说：“英子，你能不能跟大夫说说，我想村儿了，我们出院回家吧。”

“啥，你要出院？”刘海英被惊住了，“你刚从移植舱出来，医生说最少也要在无菌病房住上两个月……”范振喜缓缓地说：“我已经在移植舱里住了两个月，再加上这一星期，和做手术前的那些日子，加起来也快四个月了。这么长时间，村里成啥样了。”

刘海英不高兴了，说：“天天惦记村里那些事儿。没病时这样，有病了还这样，周台子离了你就不行了吗？再说，还有村委会德方大哥他们。你都病成这样了，干吗还对村里那么上心？天天磨叨个没完，我说句难听的，你可别不爱听啊，万一哪一天，你不在了，别人就不活了吗？你养好了，大家才高兴啊！”

范振喜没有恼，看着刘海英说：“我相信德方他们能干好，可是那些企业都是靠村民们的钱干起来的，真要是赔了，我怎么对得起大伙。再说我这次治病，全村人都给我凑钱了，我不为他们着想还算有良心吗？”

刘海英说：“你这人做事，一贯是有主意，我知道我也劝不了你。不过咱们有一条，如果医生不同意，你就不能出院，一直到治好为止。”

范振喜还是坚持要出院，刘海英拗不过他，只好去找主治医生。主治医生听了，很生气地说：“没见过你们这样的，病情刚刚好转，还没有脱离危险期，就忙着出院。如果想活命就在医院住着，不想活了，你们可以走。”刘海英回去哭着向范振喜说了经过，劝范振喜打消这念头。

过了几天，范振喜自己又偷偷去找大夫，软磨硬泡地对主治医生说：“我这病是全村人凑钱给治的，这条命已经不属于我自己了。而且村里还有许多工作急着要做，我晚回去一天，村里可能就要出现经济损失，无论哪方面出问题，周台子村民们都负担不起。所以，我必须早点儿回去。”

主治医生哪敢自己做主啊，他又去请示科室领导。为了范振喜，科室专门召开一次会议，与会医生都说范振喜离开无菌病房会有生命危险，但出于他个人的迫切要求，只好允许他出院。

临出院的前一天，主治医生再三叮嘱，说：“回去后要静养三年，不能随便外出，防止感染，一旦感染，也许就再也没有挽回余地。”大家都觉得这不是件小事，可是范振喜执意要出院、执意要回到他那魂牵梦萦的小山村……

出院的这一天，天还没亮，范振喜就早早醒了，催促刘海英收拾东西、退房、办出院手续。刘海英故意拖延，说人家还没上班，你急什么。

范振喜躺也不是坐也不是，非要起来。刘海英说什么也不让。好不容易挨到上午八点时，范振喜又催，说上班时间到了，你快去，一会儿人多还要排队，如果晚了今天赶不到家。

刘海英犹豫着说："振喜，要不，我们再住一个月，观察观察。"这是医生跟她说的，再过一个月，也就过了危险期，这样会更安全些。可范振喜硬是不同意，一听说可以出院，恨不得立即就回周台子。

所以，当刘海英再劝时，范振喜火了，说："要住你住！无论如何我今天都要出院。"终于拗不过他，刘海英按照医生的安排，给范振喜穿得严严实实，又戴上了帽子和口罩。

张德方听刘海英说她和范振喜要坐班车回来，一听就急了，让他们不要动，说自己找车去接他们。张德方去找刘三，让他开车去接。刘三说没问题，随后开车和张德方一起去了北京，担心会感染范振喜，大家都戴上了口罩。

桑塔纳轿车回到周台子村口，路两边站满了迎接范振喜的人。范振喜要下车，张德方阻拦着不让，说："你不要忘了医生的嘱咐，你这身体虚弱，又怕感染。"范振喜说："德方啊，我这命是大家救的，乡亲们都来了，我不下车，这做人太不像话啊……"

张德方说，你就隔着玻璃打招呼，一会儿到大柳树下咱们停下来，你就在那和乡亲们说几句话吧。车上的刘海英和刘三也跟着劝他。范振喜无奈地答应了。张德方摇下车窗告诉村民们到村里大柳树下等着。

汽车进了村子，远远看见大柳树上，密麻麻拴着的红布条迎风摆动。张德方告诉范振喜，那是村里人为他最朴素的祝福，祝愿他早日康复。范振喜没说话，眼中却流出了眼泪。刘海英感动地流着泪说："一直让乡亲们惦记着，我和振喜都不知道说什么好。"

远远地，刘三看见范芝站在人群前面说："看见没，范老爷子也来了。"一大群人开始向前移动，朝汽车走过来。范振喜执意地对刘三说："停下，停下，不能再往前开了。"

范振喜在刘海英和张德方搀扶下挪出汽车。看见他下车，村民们呼啦一下子围了过来。张德方赶紧放开范振喜迎向众人，高声喊：“别过来，别过来。不能再靠前了。”

前边的人停住，后面人还在向前拥，他们不解为什么不让上前。张德方跟众人解释说：“范书记这病怕细菌感染，不能近距离接触，所以大伙都不要靠前。都站在这，让范书记给我们说几句话，就算是打过招呼了。”

范振喜在刘海英搀扶下，又向前走了几步立定站好，向众人弯腰致谢。范振喜说：“感谢大伙为我治病，还让大伙一直挂念。从今天起，我范振喜这条命就是周台子的。咱们是亲人，只要有一口气在，我就会为周台子拼上最后一口力气，绝不辜负咱周台子的父老乡亲！”

站在最前排的佟大娘说：“振喜，我们知道，你这病是为周台子得的。你是好孩子，这些年为村里办了许多好事，我们都知道。回来就好，要好好养病，等病好了再干也不迟。”宋小好也说：“就是，以后干工作有的是机会。”村民们你一言我一语地嘱咐。

张德方担心时间长了范振喜受不了，便对众人说：“行了，差不多了，都见着了，范书记好好的，有话以后去家里说。范书记路上累了，得早点儿休息。”听了他的话，众人快速让开通道。

这时，在通道的尽头出现一条横幅，上面写着“欢迎范书记回家——雄关漫道真如铁，而今迈步从头越”。打着横幅的人是长富和长贵。长贵喊：“范书记，祝愿你早点儿好起来——”前几年去当兵的李长贵，是在村民捐款那天转业回来的，听说是给范振喜凑钱，当时就二话不说，掏出了一千元钱退伍费捐出来给范振喜治病。车上的范振喜听了张德方的介绍，看向车窗外的李长贵，又不由得流下了眼泪。

一辆吉普车疾驰在乡间路上。吕书记听说范振喜回来了，赶紧放下手头工作，坐吉普车直奔周台子，到了村口，正好看到这一幕。吕书记挤到人群前面说：“振喜，本来想过几天去北京看你，没想到你这么快就回来了，病治得怎么样了？”

范振喜说：“吕书记，你放心，没啥大毛病，医院让回家养着。”说着，就要摘口罩。刘海英连忙上前伸手按住，说不能摘。范振喜说戴口罩跟书记说话不礼貌。刘海英有些为难。

张德方上前解释说：“吕书记，振喜的病怕感染，您看这尘土飞扬的，摘了口罩有危险。”吕书记赶紧说：“戴着戴着，都是自己人，没那么多讲究。”转头看拥挤的众乡亲，感叹地说，“这么多年了，终于让我看到周台子村，还有这么多人讲情分。”张德方感叹地说：“都是振喜领导得好。”

吕书记说：“人非草木，孰能无情，只要真心对老百姓好，老百姓心里有数啊。这几年，周台子党支部的的确确干了不少实事。乡亲们都看在眼里，记在心上，是你们赢得了民心。”

刘三开车载着范振喜来到家门口，看到嫂子柳玉从里面迎出来。在村口时，范振喜几乎看到了全村的人，唯独没有看到二哥二嫂，便在心里嘀咕：“二哥救了我，却不肯再见我，难道二哥还跟我记仇不成？连我回家也不见面了，还是二哥给我捐献骨髓后身体出问题了？”柳玉见范振喜发怔，说：“老三，你先等等再进屋。”

随后，柳玉在屋门口摆着的一个箱子里拿出鞋套让范振喜换上。她说：“这屋里已经消过毒，得保持干净，不能把外面的菌带进去。”说着，柳玉上前给范振喜换上鞋套，又让进屋的范家人全都换上。

范振喜进屋，看到新刷的粉白墙壁上挂着紫外线消毒灯，发着蓝光。脚下水泥铺地，平滑如镜。墙角立着冰箱，柜子上摆着彩电，整个房屋焕然一新，仿佛这间屋子不是他的家。范振喜转向身后的柳玉，想要问个明白。

这时范芝说话了，他说：“这都是你二哥和你二嫂为你准备的。他们向医生打听过了，说你得住好点儿，所以就重新收拾了一遍，还给你买了放药的冰箱。怕你静养时闲得慌，又给你买了彩色电视机。还有院子里的厕所也是新修建的，用来苏水消了毒，和城里人用的一样，挺干净的……”

听完范芝的话，范振喜身体不由地抖动一下，眼中闪出泪花。此时，他多么想当着范振礼的面说声谢谢，也许哥儿俩过去的恩怨就此了结。可当他拿目光在屋里转了一圈后，也没见到范振礼的影子，心里着急，脱口问：“我二哥呢？”不等别人回答，哑巴范振仁比画说刚才还在这，又走了。

柳玉接过话来说：“你二哥有事，刚离开不大一会儿，估计过一会儿就来。”范振喜情绪低落地说：“肯定是他不愿见我。”柳玉忙着解释说不是不是。

其实范振喜猜得一点儿没错。别看范振礼去医院给范振喜献骨髓，那是大义，不能看着亲兄弟有生命危险见死不救。但事情一过，心里那个疙瘩又冒了出来，他还是为自己说过的不认范振喜的话回不过弯来。此时，正一个人躺在自己家炕上看电视，目光是在电视上，可心思却不知在想什么。

范振喜说：“我要去看二哥，这次如果没有我二哥救我，我早就没命了。”所有人立马反对。范芝说：“不行，你现在不能出屋，好好养着。都是自家兄弟，有啥话以后再说。”

范振喜儿子范小伟听说父亲回来了，不等学校下课，一溜儿烟地跑回家。柳玉从窗户上看见范小伟进院，赶紧跑出屋，在屋门口迎住范小伟说：“等等，换上鞋套再进屋。”范小伟见父心切，不肯换，还要往屋里挤。柳玉说：“你爸怕感染病菌，进屋的人必须穿鞋套。”说着，不顾小伟反对，硬是给他套上。范小伟进屋看到范振喜，喊了声爸便扑了过来。

范振喜抱住儿子，摸着小脑袋瓜说：“放学了。”范小伟嗯了一声说：“他们都说你病得很厉害，我怕见不着你。”

刘海英上前摸着儿子的头流泪，说不出话来。这是她去北京医院侍候范振喜以来，第一次见到儿子，怎么能不激动。柳玉说：“傻孩子，竟说傻话，你爸不是好好的嘛！”

范振喜从此不再出门，每天躺在炕上养病。小伟一放学回来，就缠着范振喜给他改作业。另外，小伟还多了一项任务，就是每天放学后，先绕到村部把当天报纸拿回来给范振喜看。村委会成员不能每天都来看范振喜，便通过小伟的口来打听他病情的好坏。

小伟说：“谢谢叔叔大爷的关心。我爸他经常发烧，有时我妈就用酒精给他擦身子散热……”大家听了，都很为范振喜担心，也为刘海英的付出暗暗赞叹。

渐渐地，佟大娘成了范家常客，一有时间就过来跟范振喜说话。这一天，她拿了几本小人书过来给范振喜看。范振喜一看就乐了，说佟大娘还把他当小孩，这些书在小时候都看过。那些小人书，其实大多数就是过去出版的革命英雄连环画，上面画的是英雄人物事迹，配有文字故事说明。

小伟见了小人书爱不释手，非要拿到学校给同学们看不可。小伟的举动，引来范振喜思索，他想，不如在村里建一个图书室，由村委会多购些书，还可由村民们捐赠一些，这样就能让全村人有了学习园地。

范振喜把这想法一说，佟大娘非常高兴，说她柜里还有很多书都可以拿出来。佟大娘拿来的旧书，把刘海英吓一跳，担心感染细菌。佟大娘走后，说什么也不让范振喜看。范振喜说：“书也不让读，事儿也不让做，你想闷死我啊！”他其实知道，妻子刘海英那是好心好意担心他被感染，可他是个做事业的人，总在家里养病，实在是待不住了。

张德方来家后得知，很赞成范振喜关于建图书室的想法，对范振喜说：“范书记，你想到什么你就说，你指挥我们来做。”

很快，村委会按着范振喜想法在村里建起了图书室。张德方又给范振喜家里安了电话，配备了寻呼机。开始时范振喜不让，说这是搞特殊化。张德方说这是为了工作，以后他有什么想法还可以通过电话跟村委会联系，既节省了时间，又避免家里病菌感染。

范振喜觉得这样挺好，也便于和村干部们联系，于是就答应下来，但是坚持费用都是自己出。

由于矿山开采过程中的乱挖乱采，以及选矿厂生产后的尾矿倾倒，在连续几场暴雨中引发了泥石流和植被破坏。范振喜得知后进行了思考，开始意识到矿点的长期无序开采，必然会引发周围的环境问题。

这一天，天气稍微好转，他便让哑巴大哥陪着他出外溜达。刘海英不同意，说外面有污染。范振喜生气地说："怕这怕那，干脆连空气都别吸了。"刘海英没办法，便给范振喜做了周身防护，一再嘱咐哑巴大哥不要走远，在村子里转转就回来。

可范振喜一出院门，便朝后山走。哑巴大哥范振仁不同意他去，比画着阻拦。范振喜对他说，他在屋里憋坏了，想上山上透透气。范振仁不知是计，听了挺高兴，便陪着范振喜去了后山。

范振喜到了山顶，望着后山矿点所在位置，真的如他所想，出现了许多斑秃一样被毁坏的山表皮。范振喜顿生伤感，仿佛自己身体被人伤害了般的难受。他对范振仁说："大哥，你看那里好看吗？"范振仁比画着不好看。范振喜说："对，不好看，再这样下去，会更难看。"

当天晚上，范振喜就想要去村里找委员们开会。刘海英说通过电话说清不就行了，还用开什么会。范振喜说，一句两句说不清。范振喜给张德方打电话，说了自己的想法。张德方说村委会环境对范振喜不利，不如去他家里开。

刘海英觉得这主意不错，便在家里做准备，她在里屋门口挂上门帘，让范振喜在炕上躺着，又在外屋地摆上凳子，布成一个简单的小型会场。范振喜说这不像话。张德方却说这样很好，一切都要为病人着想。于是，就以这种方式开了一个简短会议。

这是范振喜回村后开的第一个有人员到场的支委会。范振喜说了他对矿山开采以及村子企业建设的几点建议：一是不能以经济发展为由破坏环境；二是要每年拿出一定资金对矿点开采面进行治理，尽快做好修复；三是要制定出住房和文化建设工作规划，改善村民生活条件；四是要加强科技培训、完善村小学和老年公寓建设。

本来说会议不长，三五句话就能说完。可范振喜提了这么多建议，就已经累得很虚弱了。张德方和村干部都表示已经听明白，范振喜还是坚持讨论通过，请大家发表意见。这下可急坏了一旁照顾他的刘海英。她几次暗示范振喜不要开了，早点儿休息。可范振喜不听。他在炕上坐久了身体难受，便不停地换姿势，一会儿躺着一会儿靠着，还不时地让刘海英给他垫枕头、挪被子。由于有门帘挡着，外面的人看不到范振喜的难受劲。

散会后，范振喜又把张德方留下，打听几个厂子情况。问到长贵时，张德方说："这小伙子不错，不愧是部队培养出来的，有眼力见、人品好。"还说金彩霞几次邀请长贵去他们公司干，长贵都没答应，他说要跟你学，一辈子就在周台子干。范振喜笑了，说对年轻人要好好培养，有机会让他出去学习学习，提前培养村里的后备力量。

这天，收音机里播出一条新闻，说临县一家花炮厂，由于工人在生产中不当操作，引发火药爆炸，厂房被炸飞，当场死伤六十多人。范振喜听到这，脸色突变，急忙关掉收音机，打电话给张德方，让他马上过来。张德方过来后，范振喜问他知不知道临县花炮厂发生爆炸的事。

张德方这几天忙，没顾上看新闻。范振喜要求张德方立即提高所有厂子的安全生产标准，把以前制定的工作制度再提高一个级别，对所有员工进行一次安全教育。如果对安全性还吃不准，就请县安全生产部门来检查，提前做好预防。张德方有些迟疑，说临县是临县，咱们的各项安全工作都落实到位，不会出问题。再说，厂子这么多，哪顾得过来。

范振喜感到张德方重视程度不够高，坚持说别的厂子可以放一放，但花炮厂的安全意识必须重点要求，这是人命关天的大事，他嘱咐说："你要是忙不过来，明天我去开会部署。"张德方一听这话，知道范振喜急了，连忙说："你放心，我宁可把其他工作都撂下，先抓这个行不行？你千万别来，在家好好养病。"

张德方走后，范振喜又把目光转向忙着干家务的刘海英。看得久了，被刘海英发现，刘海英停下手里的活问："你老看我干什么？"范振喜心事重重地说："你这么久不上班，你的学生上课怎么办？"刘海英说："这你放心，我请假时跟校长说好了，先由王老师带着。"

范振喜说："那不行，你是班主任，这么大撒手地不管，会误了孩子们的学习。"刘海英为难地说："这个理我懂，可是，我上课去了，你怎么办？谁来照顾你？"范振喜对她说："英子，我已经想好了，明天你就去上课，家里的事，我能处理得了。"刘海英连说不行。

刘海英去小卖部买东西，碰到佟大娘、宋小好、金母等人在那里说话。众人见到刘海英，向前打听范振喜的病情，随后说到了刘海英在学校上课的事。

刘海英为难地说："看着孩子们上课没老师，我也想去上课，可我去了，没人照顾振喜……"佟大娘想了想说："反正我在家闲着也没事，不如我过去照顾。"金母也说，她在家也没事，也可以帮着干点儿啥。

众人你一言，我一语，那股热情劲感动得刘海英差点掉眼泪。回家后，刘海英把乡亲们的关心又向范振喜学说了一遍。

范振喜直摇头，连说不行，他说，为了给自己治病，已经给村里添了许多麻烦，佟大娘她们年纪大了，怎么能让她们侍候自己呢？随后又叮嘱刘海英，让她明天就去上课，他可以试着自己照顾自己。

第二天，刘海英来学校上课，孙校长吃惊地问，海英，你怎么来了？你来了，谁照顾振喜？刘海英说她已经请了很长时间的假，不能再耽搁了，这样会误了孩子们学习。孙校长说，你的任务就是照顾好范书记，上课的事学校早做了安排，一定要让刘海英回去。刘海英不肯，说她来上课也是范振喜的想法，如果自己回家去，范振喜一定不高兴。

孙校长只好妥协，说来上课也行，但早晚上班时间可以由她自己定。刘海英笑着拒绝说："我可不想搞特殊化，也不要什么特殊照顾，学校对我要和其他老师一样，一视同仁。"

一天上午，孙校长来找刘海英，说学校开会研究过了也请示了县教育局，准备把一个代课教师转正的名额给刘海英，让她先填一份简历。刘海英私下里琢磨，自己在北京给范振喜看病已经请了半年多的假，就已经很不好意思了，现在还要照顾范振喜，教学工作上有时候恐怕很难做到全心全意。眼下，学校要给自己转正，也许多半是冲着范振喜的面子，所以她不能要这指标。于是，刘海英又把表退还给孙校长，说自己不够条件，给干得好的老师吧。

刘海英回家对范振喜一说，范振喜说她做得对，既然不够条件，就不能占公家的便宜，也不能影响别人的利益，以后够条件了再转吧，好媳妇！对于刘海英来说，失去的是一次难得的转正机会，也难免有些失落。

张德方打来电话，告诉范振喜花炮厂被关掉了。范振喜问怎么回事，张德方告诉他说上边下了文件，说村里条件不成熟，不让开了。范振喜说："关就关吧！既然上级有政策，我们就要坚决执行。"

此前，范振喜已经有了关停后山矿点的想法，但是花炮厂这么一关，不得不让他重新考虑，如果关掉矿山，就意味着村里的经济收入会大大减少。为此，连续几天范振喜茶饭不思，凝眉思索，有时躺在炕上两眼盯着顶棚一看就是一上午。

刘海英焦虑地说：“你这样下去可不行，不但养不好病，还会加重病情。听我劝，别老想村里的事儿了。”范振喜说：“村里出了情况，不想怎么行？”刘海英劝他说：“你都病成这样，不行咱就辞了这书记，好好养病吧！”范振喜一听就急了，说：“我早就跟你说过，我的身体早就不是我的了，属于周台子全村人的，现在不干工作让我对得起谁。”

上午，刘海英去学校上课，临走时把范振喜需要的一应物品都挪到炕沿边上，对他说：“你一晚上都没睡好，不要再想了，好好补个觉。”范振喜满口答应，估计刘海英走远之后，便下了地，装好笔记本，戴上了两层口罩，又特意戴了一顶帽子，蹑手蹑脚地出了屋。

刚打开院门向外走，便看见刘海英也返身向院门走来。范振喜急忙退回院里，装作散步的样子。刘海英问他：“你出屋干啥？”范振喜说在外面透透气。刘海英问：“你透气还拿笔记本干啥？你又动心思了，我知道你是想去村里。”范振喜说就去一会儿，说点儿事儿就回来。刘海英不让，硬推着范振喜回屋。正在这时，范芝进院，问他们俩干啥呢。刘海英说范振喜要偷着去村里。

范芝也生气了，说：“老三，你这病刚好点儿，可不要瞎折腾。你一个人折腾不够，现在全家人都跟着你一起受累。看把海英累成啥了，你再出个好歹，这一大家子人可怎么办？”

范振喜说：“我去村里说点儿事就回来，不妨事的。”范芝火了，说：“家里有电话，有什么事不能电话里说，你这是不要命，不拿自己的命当命，可还得顾顾这一大家子，还得顾你爸我。”

范振喜见范芝真的生了气，赶紧赔不是，说不去了哪都不去，就在家待着。范芝对刘海英说：“英子，你去上课，我在家看着老三，看他敢出去不。”刘海英回家是为了拿一本教案，没想到正赶上范振喜要出门。见他这样不敢再离开，于是打定了主意准备在家看住范振喜。既然有范芝在，她这才放心地去了学校。

范振喜见父亲范芝看得紧，根本没办法出屋。两个人静静地坐了一会儿后，范振喜说：“爸，我给你打开电视看戏吧！”

范芝嘴里说不看，其实心里也巴不得地找个营生，这么干坐着，任谁也受不了。范振喜打开电视，找到戏曲节目，正好播放着京剧《大登殿》，这是范芝最喜欢看的京剧。

范振喜又给父亲沏了茶，把一包点心端到面前，让老人一边看戏一边喝茶吃点心。这种待遇，范芝这辈子也没赶上几回，过了一会儿，竟然享受得忘了看着范振喜这档子事，范振喜就趁机偷偷溜出家门。

范振喜裹得严严实实出现在村部时，把屋里的人吓了一跳。

张德方认出是范振喜，埋怨说：“振喜，你肯定是从家里偷着跑出来的，还跟家里人搞躲猫猫这一套，不要命了！”从艳君拿出姐姐的样子批评说：“振喜，你竟瞎胡闹，万一感染了怎么办，赶紧回去！”张德方转向杨树林说：“树林，你啥也别干了，赶紧把范书记送回去。”

范振喜不说话，一直看着众人微笑，直到几人住了口才说：“我有点儿想大伙了，过来看看。不知道现在村里啥样了，想听你们唠唠！”张德方知道范振喜啥性子，打定主意的事，别人劝不了，不如说明白，让他放心，于是喊过几人：“都过来，把负责的工作跟范书记汇报一下。”

杨树林对关闭花炮厂有想法，急着说：“平白无故地就要把花炮厂给关了。再说，别的地方出事，我们又没出。厂子才建几年，光占地就有二十亩，一旦关了，那么大的厂房怎么办？不是又白瞎钱了吗？”众人咐和声、叹息声都有，除了张德方没说啥，基本都是埋怨这政策对周台子不公。

范振喜看出几人思想上都有疙瘩，如果不及时理顺，这个坎肯定是过不去，于是说："我今天过来，也想跟大家伙讨论这件事。虽然说我们这里没出事，但国家这样下政策，肯定有它的道理，我们只有执行的义务，没有说三道四的权力。再说土地搁在那跑不了，到什么时候它也是咱周台子的。我有个想法，既然花炮厂不让开，那我们就干点儿别的，厂房不能闲置。"

闫江华皱着眉头说："现在政策宽松，各镇各村都在想着法子挣钱，可开发一个项目，哪那么容易！"

杨树林也说："就是，当初建这花炮厂，也是我们三番五次考察过的，说不行就不行了。"张德方冲杨树林说："范书记问你有什么其他办法，别老缠着花炮厂，那是过去的事不要再提。"众人因想不出别的主意，一时沉默不语。

范振喜说："我倒是有个主意，你们看行不行？"范振喜提出对花炮厂进行改造，建成生猪养殖基地，养肥的猪可以卖钱，积下的粪便是最好的有机肥。现在的农村土地种植基本都用化肥，既伤了土地，粮食也不好吃。不如就搞一块绿色种植园，不用化肥，专用有机肥，这样种出的粮食也好、蔬菜也好都是绿色产品，运到城里一定能卖个好价钱。

大家都说这个主意好。张德方说："这两年豆类谷物价格上涨，咱们可以鼓励村民多种大豆、红小豆这类经济作物，城里人喜欢，只要能增加村民收入，我们就可以早点儿摘掉贫困帽。"

范振喜同意张德方的提议，其他人也没有反对意见。过了几天，周台子村委会便开始对花炮厂进行转型改造，新建了生猪养殖场，把李山、刘大懒等几个年纪大的村民都安排在厂子上班。村委会在村里召开了种植豆类谷物的动员会，还专门从县农业局请来农技师进行讲座培训。

现在，范振喜每天去村部上班，渐渐成了常态。刘海英见管不住，便给他定了约法三章：晚去早回、按时吃药、不准下车间去地里。范振喜满口答应，可没过几天，把刘海英说的话全都抛到脑后，甚至把药箱子搬到了村部，还搭了一个行军床，吃饭、午休全都不回家。

村办企业在扩大，而管理人才却捉襟见肘。目前的几个厂长，都是在周台子村中提拔上来的，不是知识水平欠缺，就是管理方法失当，致使工作中不是出现这问题就是那问题。

张德方向范振喜发牢骚说："这些人就不该来厂子上班，就应该在家哄孩子、种地。"范振喜说："德方哥哥啊，谁都不是天生就有知识，不都是后来学的嘛！咱们如果不读书、不看报，用不了几个月，也会被淘汰的。"

张德方没有生气，反而说："没错，他们是该好好学学了。嗯，咱们也得好好学！"范振喜说："对对。对了，我还有个想法，在村部东头再盖几间房子，建一个文化站，把图书室也扩大，建一个像模像样的图书室。"张德方说："可让谁来管这事呢？"范振喜说："我看耿东梅就不错，年轻、有文化，当这站长肯定合适。"

文化站建成后，耿东梅不负众望，一心扑在文化站建设上。图书不足，她便把自家的书捐出来。在她的带动下，全村开展了捐款捐书活动。没多长时间，图书室的书架上挤满了各类图书，随后又用捐款购置了新的工具书。村委会把党刊、党报等政策理论的书籍也都搬过来，新建了党员学习园地。

从此以后，一到夜晚，村里最热闹的场地当属文化站。有看书看报的，有读书的，还有排练文艺节目的。

浓厚的学习氛围，也在影响着周台子人的思想不断进步。一天，长贵来找范振喜，说他想入党。范振喜说："好啊！年轻人就应该有理想、有抱负，想要入党那咱党支部非常欢迎。"说着话就让长贵先写份入党申请书。

长贵入党一事，再次提醒范振喜，周台子党支部不能只抓经济建设而忽视党的建设，特别是对党员队伍的教育和管理。不能因经济条件好转，而丢了党的优良作风，不能因兜里有了钱，在生活上就腐化，更不能因日子富足，就让思想浮夸，时刻都要绷紧党的先进性这根弦。由此，范振喜想到要培养好年轻这一代。

范振喜先找张德方沟通，张德方也说，要不断地给党的事业充实新鲜血液，要持续不断地培养党的发展对象，增强扩大周台子村党员队伍。随后，支委会对周台子村的年轻人进行了一次梳理，发现耿东梅、李长富、李长贵都是好苗子，随后由支委分工进行重点培养。

一年后，由范振喜亲自主持，耿东梅、李长富、李长贵入了党，搞了隆重的入党仪式。范振喜等老党员为他们佩戴党徽，面对鲜红的党旗，范振喜再次领誓诵读入党誓词。

几年后，周台子村的党员队伍，由范振喜担任书记前的三十五名发展到一百四十名，经上级批准周台子村支部升格为村党委，下设两个党总支、六个党支部，范振喜也就由村书记变成了村党委书记。

选矿厂一直是周台子村的支柱企业，因此周台子人把它当成了命根子。一天深夜，范振喜刚刚躺下要睡，选矿厂有规律的轰鸣声忽然停了下来。范振喜细心听了一会儿，还是没有声音。

他躺不住了，下地披上衣服想要去看看。刘海英说啥事等天亮了再说不行嘛。范振喜说不行，很可能选矿厂设备出了问题，得抓紧解决。刘海英见拗不过他，只得让他戴上双层口罩，带上药品出门，嘱咐他快去快回别着凉。

范振喜猜得没错，设备真的出了问题，是主机的一根传动轴坏了。负责值班生产的长贵不敢怠慢，连夜奔了县城，敲开几家门市都没买到，又连夜赶了回来。看到范振喜和张德方还在厂里等着，便把县城买不到配件的事跟他们俩人学说一遍。张德方手足无措地说这怎么办，耽误一天就要损失好几万元。

范振喜想了想说：“去唐山，唐山开矿的多，那里肯定有卖的。”张德方兴奋地说：“我现在就去。”范振喜说：“光你去不行，我得跟着，我担心你们找不到，影响生产。”

张德方急了说：“那怎么行，你有病，你不能去，有我和长贵就行。”范振喜坚持说：“还是让我跟着吧！万一你们找不到，可就耽搁了。”没办法，实在是拗不过他，最后范振喜、张德方和长贵三人连夜开车去了唐山。

天刚亮时，三人到了唐山市的一家配件集散地。还不到营业时间，他们硬是敲开了这家门市部。老板听说他们着急用，又带着他们去库房取了配件。

上车时，张德方看范振喜脸色苍白，气喘吁吁，害怕回去三小时的路程范振喜受不了，提议先找旅舍休息一会儿，可范振喜不同意，说耽搁不得，厂子等着开工。于是三人又马不停蹄地往回赶。

路上，范振喜就着水壶里的冷水把药吃了。张德方担心地说，这样可不行，你是病人，咱们找个地吃顿热乎饭。范振喜不让，拿出随身带的面包发给俩人，说：“吃这就行，饿一顿没啥大不了的。”

快到周台子时，面包车抛锚了。天下起了小雨。司机下车修了半天，也没能把车打着火。范振喜急了，说让长贵留下修车，他和张德方带配件走路回去。张德方说范振喜不能去，先跟着长贵在这修车，由他先回村。

范振喜说还有三十里路，一个人受不了，两个人可以轮流着扛。张德方还要阻止，范振喜不听，上车拿下轴扛在身上就走。张德方和长贵没办法，只好由着他。于是，两个人轮流把二十多公斤重的轴硬是扛了回来。

上午，几乎全村的人都聚集在村街上，正在为选矿厂停工的事发愁。宋小好说：“你们发什么愁，天塌不下来，即使能塌下来，还有范书记呢！”一名村民说：“范书记是病人，他连自己都照顾不了，还怎么管这些事。”

李山不爱听了，上前说：“说话得讲良心，范书记是有病，可他一天没耽搁工作，听说昨天晚上，他就和主任去唐山买件了。”一听这话，村民们急了，都说范书记不能累着，累着是要出事儿的。

正说着，一个小孩眼尖，看见范振喜扛着轴向他们走来，惊呼道：“你们看，那不是范书记吗？他还扛着东西。”宋小好说：“那还用问，准是买回的配件。”转头对身边的几个男人说：“还看什么？还不快去接？”立即有几个人跑了过去，抢过范振喜肩上的铁轴。

此时，范振礼也站在人群中，看到范振喜这样拼命，觉得应该说说他。等到范振喜来到近前，范振礼生气地说：“你不要命了，这活儿你也敢干？”

范振喜见范振礼主动跟自己说话，先是一怔，继而明白二哥是心疼自己，高兴地说：“我只是扛一小段，都是德方主任扛的。”范振礼板着脸说：“那也不行，我听说昨晚上你们就走了，这一天一夜，就是身体好的人也受不了。”

一旁的范振仁见范振喜身上的衣服都湿透了，哇哇啦啦比画着让他回家换衣服。范振喜说：“没事，等我先去厂子，一会儿回家换。”范振礼一把抓住他，果断地说：“不行，赶紧回家。”他和范振仁架着范振喜向家走。此时的范振喜的确是累了，全靠意志硬撑着，如果没有大哥和二哥架着，他很可能现在就倒下了。

范振喜回到家，刘海英一边唠叨，一边给他换湿衣服，倒水拿药，逼着他喝热汤。而范振喜却心不在焉，竖着耳朵听动静。刘海英说：“你快歇歇吧！配件买回来了，安装有别人呢！”

范振喜担心地说：“万一不合适，还得回去换。”刘海英惊呼地说：“你还要去？”范振喜说：“我这是怕万一哪不合适了。”这时，外面传来机器轰鸣声，范振喜笑了，他知道选矿厂又正常生产了。

滦河水日复一日地流淌着，奔腾不息。转眼又过了几年，周台子村部又有了新变化，办公室的功能逐一健全，会议室、党员活动室都有了很大改观。一间学习室内，宽大的长条桌上摆放着一台台电脑。村里的年轻人们，只要一有空，就来这里学习。他们坐在电脑前练习打字、上网查资料。村委会的现代化气息，渐渐显露出来，显示出了生机和活力……

大年三十这一天，周台子村不时传来“二踢脚”在天空的爆炸声。范振喜和张德方把村委会赠给佟大娘的一台彩电抬着送到家，又帮着调好电视天线。佟大娘看着电视直掉眼泪，说她不能有这么好的待遇。范振喜说，佟大娘年轻时是拥军模范，大爷是志愿军英雄，儿子也是唐山抗震英雄。虽然他们都不在了，但村委会就是她的亲人，照顾她老人家也是应该的。

从这一年起，周台子村委会又增加了新制度，除了过年过节要看望慰问六十岁以上的老人外，明确贫困户的生活费用暂由村集体经济补贴，生活标准不能低于一般非贫困户家庭。

年夜饭时，范家人终于坐在一起，边吃饭边看春晚。范振喜端起酒盅说：“二哥，我得好好谢谢你，是你捐献骨髓救了我的命，支持我工作又照顾咱爸。”范振喜说了半天，范振礼既不说话也不端酒盅，范振喜有点儿尴尬。

柳玉提醒他说：“振喜给你敬酒呢，你怎么不说话？”范振礼一笑说：“他说这些话外道，听着不顺耳。”刘海英赶紧端起杯来圆场，说：“就是，都是自家人，振喜就不该这么说。还是二哥说得对，外道。”一家人笑。

范振礼说：“哎，还是海英说得对，一家人不说两家话，这话我爱听。”说完端酒杯一干而尽。刘海英赶紧给满上。范芝看着两个儿子和好，儿媳妇们也高兴，很快便醉了。小宝和小伟俩人见父母们变得亲热起来，一齐喊着要出去放炮。

夜晚的村庄一片灯火通明，花炮声此起彼伏，礼花在夜空绽放。

这几年，中国连着发生了两件大事，1997年香港回归，紧接着1999年澳门回归，令人好不振奋。

村部里，电视上播放着澳门回归的画面。范振喜、张德方、闫江华、杨树林、丛艳君等人在一起看电视庆贺。此时，丛艳君已经当了村副主任，耿东梅和李长贵分别新当选为妇女主任和村团委书记。

范振喜鬓间已有稀疏的白发，他喝了一口水，拉开抽屉，里面是满满的各类药品。范振喜打开几个小瓶，倒出一把药在手上，整个吃药的过程，目不转睛地盯着电视机。

李长贵捅了一下闫江华问："范书记还在吃药？"杨树林低声说："唉，自从血癌之后，他这辈子离不开药了，全靠药维持了……"

也就是澳门回归这一年，周台子村脱贫了，甩掉了贫困帽子！村里许多人家都盖上了新房，整体面貌已大有新时代新生活的气象。村里建起了三层楼的村部，又新建了幼儿园、维修了老年公寓，全村七十岁以上老人都住了进去。开园这一天，周台子举行了文艺会演。

可是，就在村人们欢声笑语时，范振喜接了镇里打来的一个电话，说为了解决京津人民饮水问题，位于京津上游的紫塞市滦河两岸严禁种水稻了。

听到这个消息，村里人又炸了窝。他们知道，如果不种水稻，就意味着要减少很大一部分收入，周台子恐怕得返贫，贫困帽子还得戴上！村民们停止了演出节目，全都围到范振喜跟前讨要说法。范振喜也闹不清怎么回事，说明天去镇里问问。

范振喜来到镇里，此时，吕书记却要调到县里当主管农业的副县长。范振喜很舍不得，他对吕书记的升迁表示祝贺，感叹光阴易逝，又感谢这些年来吕书记对周台子的支持。吕书记说：“原来的镇长担任镇党委书记，东云也当镇长了，今天就算上任了。你们都是一个村的，以后工作起来更方便了。”

范振喜依依不舍地送走吕书记的车。新任镇长耿东云邀请他进屋待会儿再回去。二人正要聊天，一位干部拿着一沓子材料进来。干部说向阳钢构厂改制评估报告送过来了。范振喜问：“向阳厂要改制？”

耿东云告诉范振喜，随着国有企业改革不断深入，坐落在张百湾镇的市属国企向阳钢构厂要进行改制，现在正在出售。他问范振喜有没有想法。

范振喜听了耿东云的话，顿时兴奋起来，说：“怎么能没想法？为了保证给京津的供水质量，周台子的稻田全部取缔，村民收入很快就会降下来，现在国家也鼓励搞乡镇企业。咱村的发展思路就是固农、强工、搞三产，然后用发展工业的效益反哺农业，将来搞农业现代化。这向阳厂可是块肥肉，我连全收了他股份的想法都有。”

耿东云说想收购向阳厂，至少你得准备八千万才行。范振喜愣了，说这么多啊，想了想说回去和村里讨论讨论，你们镇别先卖给别人啊。

耿东云说：“你是敢吃螃蟹的人啊，眼下全县实行稻改旱，滦河两岸的稻田都要取消，全市还禁上污染型企业。要吃掉向阳厂这块肥肉，你们周台子可就有魄力了。但是向阳厂是市属企业，镇里只是帮忙物色买家，要谈收购你们得找厂里。”他劝范振喜量力而行。

范振喜回到村部，立即召开村委会，说了向阳钢构厂改制的事，提出想要筹筹资金收购向阳厂的想法。听说收购向阳厂需要八千万元资金，众人惊得目瞪口呆。

范振喜说："为了保证给京津的供水质量，咱们的稻田因有污染被取缔了，开采矿山也不是长久之策，最好的出路就在发展制造业上。向阳厂正好符合这个条件，我们不能错过。"随后问闫江华："村委会还有多少钱？"闫江华说："有五千三百万元。"

范振喜果断地说："这些钱远远不够，看来还是得借，借钱也要把向阳厂买下来。"

大家群情激昂，知道范振喜又要带领他们打一场"硬仗"了！

这时，闫江华的话给大家泼了一瓢冷水，他担忧地说："还差两千多万啊，砸了锅卖了铁咱也凑不齐啊，再说借，向谁借啊……"

一时间，大家又不作声了，范振喜也陷入思索中。

# 第九章

这天上午，刘三开车来县城找刘震。一进门碰到金彩霞，金彩霞诧异地说刘三好久不见，别不是走错了门吧？刘三尴尬地说找刘震有事。刘三见了刘震后，说村里要收购向阳钢构厂，问刘震有没有想法。

刘震说没兴趣，公司已经让他焦头烂额了，哪还有精力参与那事。无论刘三怎么劝说，刘震都不答应。金彩霞进来，听见刘三说可以入股便动了想法，说：“只要给股份，我们就参与。”刘震拗不过金彩霞，只好随刘三来村里探口风。

两个人来找范振礼，想要拉上他一起入股。范振礼说他一没钱二没想法，只要范振喜还在村里当书记，他就不会参与村里的事。刘三请范振礼去跟范振喜说说他们想要入股的事，被他拒绝。范振礼说：“你们又不是不知道范振喜是啥人，他是不讲亲情的，让我说等于白说，不如你们自己去。”

两个人见请不动范振礼，便直接去村部找范振喜。

刘震和刘三一进屋门，看见张德方正和闫江华说着话。刘三问：“范书记在吗？”闫江华见是刘三，想起当年收承包费那点儿事，心里便不痛快，因此态度上有些冷淡，问：“找范书记啥事？”刘三讪笑着说：“问点儿事儿。”

张德方说："范书记一会儿就回来，到我屋等会儿。"随后，刘震、刘三跟着张德方进了村主任办公室。

张德方给俩人倒水，问找范书记啥事。刘三吞吞吐吐还不想说。张德方说："刘三，冲你为范书记治病这件事上，我知道你这人还挺仁义。知道你没事也不来村部，甭管有啥想法。我能办的事，答应给你办，办不了的，你再找范书记。"

刘震插进来说："我说刘三，张主任把话都说到这份儿上，还怕啥呢！你就跟张主任交实底吧！"

于是，刘三把他和刘震想要入股的事说了一遍。张德方想，收购向阳钢构厂是村两委定的，如果收购了那也是村集体企业。如果让他们俩人入股，他们不就成了老板吗？心里暗忖着，这事肯定不行，就推托说："这是大事，我做不了主，还是等范书记回来研究研究再说吧！"

刘三不高兴了，站起来说："我不说你非要逼我说，怎么样，到了还是你做不了主。"张德方被噎住。

范振喜正为筹措资金的事发愁。因缺口太大，村里仅有的这点儿资金远远不够。即使找人借钱，也不可能一下子借这么多，而且借钱的门路到现在还没有着落。

范振喜回来后，张德方就向他说了刘三和刘震想要入股的事，一下子开动了范振喜的思路，范振喜觉得这是好办法，于是召开村委会集体商量。

没想到张德方不说话，闫江华当场反对，杨树林也说不行，说让个人入股，厂子就成个人的了。丛艳君也认为让个人入股的事不合适。

范振喜提议说："我们可以这样考虑一下，刘三和刘震都是周台子村民，我们不光让他们俩入股，还要动员所有村民入股，这样一来，收购的向阳厂仍是村集体企业，村民们可以按股分红，但最大的股东还是村委会。"

张德方一拍桌子，说："这个主意好，既有了钱，又不失村里的话语权，绝不能让个人当老板。"

让村民入股的事就这样定了下来。刘三和刘震也入了股，通过村民入股，大部分资金已经有了眉目，这样一来，范振喜觉得他们有了与向阳厂谈判的条件。

于是，他和张德方来到向阳厂。王厂长出于礼貌，在宽大的办公室里接待了范振喜和张德方，当听说他们要收购向阳厂，刚喝进嘴里的茶水差点儿喷出来。

王厂长吃惊地问："你再说一遍，啥？你们周台子村要收购向阳厂？"范振喜肯定地说："没错，我们村想收购。"

一群"泥腿子"农民要收购向阳厂，这可是新鲜事儿。

王厂长把水杯放下，说："你们没搞错吧？我这是市属国营企业，你们就是一个小行政村，那不是蛇吞象嘛！"范振喜说："王厂长这么说也行，周台子就做回蛇，也没什么不可以，您说呢？"

王长厂忍住笑，又说："我知道，这几年你们周台子搞得不错，村办企业挣了点儿钱。可是你们挣的钱那算是小钱，能跟这国营厂比吗？你们来之前，问没问过，向阳厂要卖多少钱？"范振喜不动声色地说："八千万。"

王厂长向靠背椅上一仰，摇头，说："没错，上个星期之前是八千万，可是最近要买的主家很多，一个亿，现在少了一个亿，没商量！你们拿得出来吗？"范振喜说："只要你们有价，我们就敢买。"王厂长坐直了身子问："你的话当真？"范振喜说："周台子人说出的话，板上钉钉。"

这回王厂长要对范振喜刮目相看了，他终于从椅子上站起来，说："范振喜，凭你这骨气，我答应你。"

出了向阳厂，张德方和范振喜急了，张德方说："振喜，一个亿啊，向阳厂一个星期涨了两千万！我们原来计划是八千万，村里这些年的盈余，再加上村民的，就可以买。可是现在上哪里再筹集两千万啊。你记着，这厂咱不能买了！”

范振喜说：“德方，我跟你说，我早就打听好了，如果现在不买，向阳厂还会涨价，他们不愁买家。现在咱们国家正在抓发展搞建设，向阳厂的市场将来会越来越好！”

看着斩钉截铁的范振喜，他不再言语。张德方知道，范振喜比自己有眼光、有头脑，周台子村这么多年来的发展，也全靠了范振喜关键时刻敢于科学决策，但他更担心，这次要是赔了，那是砸锅卖铁也无法偿还的啊！

范振喜铁了心要收购向阳钢构厂这件事，决心之大竟然引来村民的猜测。有人说他是独断专行，也有人说他带着个人目的想当大老板，还有人说他是败家子，连人家正经国家干部都经营不好的厂子，你周台子村的几个农民就能干好了？这是要拿着大伙的钱，往火盆里扔。

范芝在外面听了不少闲话，回来劝范振喜不要再收购这家厂子了，既然村里已经有了不少企业，何必在这件事上翻船呢！范振喜告诉范芝，让他尽管放宽心，他和村委会的人已经考虑好了，这是发展周台子企业千载难逢的机遇，谁也阻挡不了。

范芝见劝说不听，又问范振喜你还差的那些钱怎么办，上哪去借？刘海英也劝他说，你身体有病，何必这么折腾呢！眼下的周台子，别说是十里八镇，就是全县也是数一数二的，何必再冒这么大的风险。

张德方也没闲着，收购向阳厂毕竟是大事，一旦范振喜决策失误，那他和张德方二人连同村两委成员，恐怕就对不起周台子全体村民了。于是，他悄悄找来当过兵的李长贵和刘三、刘震，金彩霞也来了，张德方向他们征求看法，没想到他们竟然都赞成范振喜的决策。末了，刘震又说，范书记也和他们几个聊过，市场没问题。张德方默然了。

对于决策的事，范振喜也提前研究过几次了，咨询了市里和县里的战友和朋友。现在不管谁说什么，跟没听见似的，脑子里转的就是去哪里找钱。范振喜去了紫塞市银行申请贷款，正赶上国家金融政策调整，由于没有抵押财产，事先说好的贷款事项人家不贷了。

紧接着范振喜又跑了几家银行，得到了同样答复。范振喜这下可傻了眼。八千万资金是他算计好的，突然间最后这两千万没了着落，让他怎么办，如果二十天内拿不出这笔钱，很可能前功尽弃……

范振喜垂头丧气地走出最后一家银行。出门口时，被紫塞市的战友罗建设看到。罗建设埋怨范振喜到了市里也不找他，非要拉着范振喜去吃饭。吃饭时，范振喜无精打采。罗建设问他怎么了。范振喜便把贷不到款的事说了。

罗建设哈哈笑了告诉他，老班长已经调到紫塞市一家金融企业，让他去找老班长试试。范振喜抱着不太大的希望去找老班长。

范振喜在这家金融企业找到老班长，范振喜直奔主题，让老班长帮他解决这两千万贷款的事。老班长告诉他，那几家银行不贷给你钱，不是为难你，的确是因贷款都要有抵押物，否则就贷不到款。

一听这话，范振喜又蒙了，周台子是有几家厂子，但规模太小，过去基本上就是零敲碎打的小企业，对于缺口资金根本就不够抵押金规模，所以银行才不冒这个险呢。既然没东西抵押，贷款的事还是等于零。

老班长笑着说："振喜，你先听我把话说完。你先去跟向阳厂商量，收购向阳钢构厂得分两期付款。第一期给他们百分之八十，让他们把企业的法人转让给你们。等把厂子买过来后，你们再注册成周台子村办企业，然后用这新企业进行抵押，那时银行就可以贷给你们了。"

两个月后，在老班长的指点下，周台子村如约收购了向阳厂，厂名没有改。村委会把主要精力投入到向阳钢构厂，张德方作为法人代表兼任厂长，长贵和几名工作能力强的年轻人选拔担任中层生产和经营管理人员。

锣鼓喧天，“泥腿子”农民不仅办起了乡镇企业，还收购了国企改革的大厂，周台子转型发展迈出了突破性的一步，向阳厂很快开业生产了！

周台子老年公寓不仅解决了村里老人的养老问题，而且在这里生活得非常幸福。于是那些还不够条件的老人们也想住进来。范芝差一年满七十周岁，很想搬进老年公寓，范振喜不同意，说他不够条件。

范芝搬出金母、佟大娘和一些村里的老人来和自己比。范振喜耐心地告诉他，说村里有规定，只有年满七十周岁以上的老人，才可以免费住进老年公寓。但范芝还是不理解，说自己现在是虚七十，没几天就到了整数，早几天有什么关系。范振喜态度坚决，说差一天也不行，这是制度。爷儿俩争得面红耳赤，谁也说服不了谁。范芝发火说：“不跟你说了，找你二哥去。”

范振礼为了安慰范芝去找张德方，让村里松松口，只要让范芝进去住，老人高兴，费用由他范振礼出，花多少钱都行。张德方不敢做主，又去找范振喜，说是不是村里定的条件太高了，不行就放低一些。

范振喜不同意，说：“如果那样，村人就会戳我脊梁骨，说条件都是为范芝设的，如果乡亲们认为我有私心，以后怎么还能服众？”随后，张德方又把范振礼的意思说了一遍，说咱们不就是为了安慰老人家嘛！范振礼已经答应了，不用公家钱。

范振喜说那也不行，万一村民们不知道真相，闹起来，怎么解释，还不是自欺欺人。张德方无奈地说：“你呀，啥事就不会通融，只认死理。”

最终范芝还是没能进老年公寓。为了安慰老人，范振喜让刘海英天天给老人做好吃的，甚至把老年公寓的食谱抄回来，逐一按着上面做，老人有什么要求尽量满足，陪着他开心。

终于有一天，范芝想通了，对范振喜说：“你不用这么特意照顾我，该干什么干什么，过了年我就满七十，到那时我看你敢不让我去。”

范芝达到条件后，终于入住了老年公寓。村委会根据村民们的意愿，又把入院的条件进行了调整：七十岁以上老人免费入住，六十岁以上的每人每月上交二百块钱，身体好的要承担老年公寓的义务劳动。如此一来，比范芝还小的耿洪山也进了老年公寓。

这天，老年公寓的几个老人们在下棋。耿洪山没事找事地对范芝说：“你看看你，儿子当书记也借不上光，非得满七十岁才能进来。你看我，差两年不是也来了吗？”

佟大娘不满意耿洪山，插话说：“人家范书记是讲规矩、没私

心，哪跟你似的，只管自己合适。”

范芝发着感慨地说：“其实，我也不是非要进来，我是想，老三两口子太累了。老三成天到晚地不着家，老三媳妇上课也没多少空闲时间，他们两口子既要照顾我和老大，还要照顾小伟，哪忙得过来。倒是如果我能来这里，不就能给他们俩减轻点儿负担嘛！”

佟大娘转向耿洪山说：“耿洪山，你听听，范芝就是比你觉悟高，人家想事是为儿女着想，你呢，就顾你自己。”耿洪山反驳说：“谁说我不顾儿女了，耿东云让我去城里，我都不去，还不是让他们两口子省心嘛！”

金大娘说：“我也是这么想的，尽量不给儿女添麻烦。只要他们好好的，咱们也都跟着高兴。老年公寓条件多好，吃的住的，咱周台子谁家能比得上。”

佟大娘笑着说：“还是妹子说得对，如果没这老年公寓，你们上哪儿享福去。”引得众人都笑了。

村部办公室，范振喜拉开药抽屉，拿出药瓶倒了一把药在手上，然后端起水杯正准备吃。这时，张德方情绪低落地走进来。范振喜吃完药问他怎么了。张德方说这两月向阳钢构厂效益不好，村里人说啥的都有，埋怨咱们不该收购这个厂子。

两个人正说着话，刘三、刘震带着几个人也不敲门，直接走入范振喜办公室。有站着的，有坐着的，堵住了屋门口。

刘三坐下后，毫不客气地说：“范书记，我们想撤股。”不等范振喜说话，张德方站起来大声说：“你们想干啥，这是落井下石。分红时，你们一个谢字没有。效益刚不好，便想撤股算什么人。”

刘三也提高了嗓门儿说：“我知道你想说我们不是好人。不是好人就不是好人，反正压根我也没想当什么好人，只要把股钱退给我们，你爱说啥说啥。”

张德方火往上撞，说：“退股？没钱。”

刘三说："有没有钱，那是你们的事，反正这股我得退。"其他人跟着附和着喊："对，我们要退股，要现钱！"

一时间，屋内火药味十足。范振喜环视一遍屋里的人，说："办厂时，咱们有章程，入股自愿，撤股自由，这是你们的权利。但在退股之前，我想弄明白一件事，你们为什么突然要退股？"

刘三说："在范书记面前，咱真人不说假话。当初入股就是为了多挣俩钱。现在效益不好，钱挣不到不能把本钱搭进去，所以想撤股。"

范振喜微笑着说："刘三兄弟实在，有话直说，这样最好，能让我知道了你的真实想法。但是目前我还没看到咱们厂子有什么效益不好，只不过是市场波动，这很正常。自己家吃饭也不能天天大鱼大肉吧！还有个粗茶淡饭呢！你们容我先了解下实情，如果厂子真的不能挣钱了，那时就是砸锅卖铁也要把本金还给你们。"

张德方担心范振喜入了这几人的套，万一厂子赔了，上哪弄钱去，就是砸锅卖铁也弄不回几个钱，这时把话说绝了，将来连挽回的余地都没有，于是他赶紧开口阻止范振喜说："咱们这个厂子是责任有限的，我想在位的都明白，知道什么叫有限，如果说厂子不好，风险大家都有份，不能全压在村委会头上。"

刘三说："你张德方说的我听不懂，既然我们今天来了，目的就一个，退股。"其他人异口同声说："对，我们要退股！"

范振喜站了起来，说："刘三老弟，我跟你说，德方是村委会主任，兼任向阳厂厂长，你直呼其名的，我觉得似乎少了点儿礼貌吧？"

刘三想想，也觉得刚才闹得有点儿不合适，但他还是顶着说："范书记，不是我着急，你们村两委可是承诺过……"

范振喜说："刘三老弟，你们也先别急。各位乡亲，你们要撤股这事来得挺突然，我是一点儿思想准备都没有。即使你们想退，也得去银行支钱对不。再说，我还没弄清是个什么情况，总要让我查一查，等把问题弄清楚了，我会给你们交代，无论是退股还是其他的，只要有村两委在，有我范振喜和德方在，你们的股钱一分都不会少。你们要清楚，向阳厂只是暂时遇到困难，现在正是需要我们齐心协力，共渡难关的时候。你们回去也再考虑考虑吧。”

刘三等人走后，范振喜立即着手调查原因，问题出在销售团队上。因管理不到位，奖惩不明，导致销售团队积极性不高。村委会立即着手制定新的销售工作方案，决定把原来向阳厂搞销售的老职工也请回来，重新确定工作目标和奖惩制度，充分利用有限资源，扩大和建立起了新的销售网络。而这些努力，不明真相的村民们并不知情，他们吵吵嚷嚷地来找范振喜。

范振喜实在太累了，便躺在办公室的行军床上准备休息一会儿。这时，村部院里又来了五个村民。张德方把几人拦在楼门口，问他们来干什么？村民说，他们怕厂子亏损，想撤股。先是没几个人，不大一会儿工夫便多了起来，集成一群人。张德方悄声说：“你们先别嚷嚷，范书记刚睡着，等他一会儿醒了，我跟他说。”

刘大懒故意大声说：“刘三都退股了，为什么不给我们退。”张德方说刘大懒瞎胡闹，问他谁给刘三退股了？刘大懒一时答不上来。

有村民说：“如果村里能保证我的本钱，我们就不退。”这个条件，张德方可不敢答应，万一厂子真赔了，到时拿什么给他们保本，想了想说：“向阳厂的事，村两委刚开完会，有解决方案了，我们会尽快扭亏为盈的！相信我，眼前的困难是暂时的……”

刘大懒说：“你说的不行，我们要听范书记亲口说。”其他人跟着附和，说：“对，就听范书记的。”众人让张德方一时在面子上下不来台了。

正在这时，范振喜出现在二楼阳台上。众人的意愿他已经听清了，就是一个不放心。此时，他必须向村民说明，于是他急忙下楼来到众人面前说：“刚才，德方说得已经很清楚了，村委会有办法让厂子尽快扭亏为盈。如果，向阳厂真的不挣钱，你们的股份如果赔了，村委会会拿其他厂子的利润还给你们……”

范振喜说完后，现场开始安静，但众人还是不肯走。只听刘大懒说：“我们不信，万一都赔了，拿什么退给我们。”

张德方认为刘大懒是胡搅蛮缠，让范振喜不要理他。

范振喜摆摆手说，既然村民不明白，那就跟他们说清楚。他继续站在阳台上，顶着正午的阳光，从周台子建厂目的、经营过程，以及下一步工作打算向大家做解释。范振喜说着说着便觉得眼前发黑，突然晕倒在地上……

范振喜再次被累倒，引发白血病发作。送到医院后连续昏迷了三天才醒。医生埋怨刘海英，说你们家人太不注意，他是个血癌病人，怎么连着几天都不休息，还在太阳底下晒那么长时间？

张德方抢上前，连声向医生说对不起，说这事都怪我，没照顾好。医生问你是谁？张德方说我是村主任。医生说，那就更得怪你了，你们村有多少事啊？还把书记累成这样？随后对张德方说，他这个病啊不能再累着，如果再这样他这条命可就危险了！

范振喜醒过来后，第一个要找的人竟然是张德方。刘海英生气了，说你都病成这样，还找德方主任干啥，还想说村里那些烂事？范振喜说：“向阳厂的事还没处理完，别让村里闹起来。”刘海英气鼓鼓地说：“要我说啊，这次出院回去，你就写辞职信，这书记咱不当了。”

范振喜盯着刘海英，沉默着不说话。刘海英被看得直发毛，在他前额上用手试了试，说：“你老盯着我干啥，不会发烧烧傻了吧！”范振喜板着脸，严肃地说：“唉，你好像把我说的话给忘了。”刘海英问把啥给忘了。范振喜提醒说：“我早就跟你说过，我这身子不是我自己的，是周台子的。”

刘海英突然哇的一声哭了，哭着说：“你看你说的叫什么话，你是周台子的，那我和小伟你就不管了吗？难道你非得累死，扔下我们孤儿寡母，可怜巴巴地过日子不成？你呀……”范振喜不再言语。

几天后，范振喜病情有了好转，勉强能扶着墙下地走路，便对刘海英说：“医院住着太憋闷，咱出院回家吧！”刘海英说不行，在北京时你就这样，如果多待那一个月，兴许现在就好了，这一次，说什么也不答应你。范振喜说：“回家我听你的，在家好好静养……”

刘海英说：“你可拉倒吧，你别说了，你的话我不信，只要回到家，没人能管得住你。这里也不是憋闷，就是你放心不下村里的事业，我还不知道你啊？”范振喜坚持要出院，刘海英死活不同意，两个人争争吵吵。

正在这个时候，张德方拎着水果兴冲冲推门进来，见两个人都不高兴，于是问：“你们怎么了，又吵架了？”刘海英不说话，背过身子面向窗外掉眼泪。

张德方批评范振喜说：“振喜啊，我大你几岁，是你哥，我得说你几句。这么多年，你与血癌抗争，海英没黑没白地侍候你，你可不能惹她生气。”范振喜不好意思地说：“德方哥，我没有吵，我只是让她办出院手续，她就跟我闹。”张德方一听也急了，说：“你可不能出院。你要这么说，别说是海英弟妹不同意，我都跟你急。”

范振喜分析张德方来医院肯定有事，便转移话题问：“快说说，向阳厂这几天是什么情况？”

张德方立马来了精神，把水果兜放到桌子上，拿出一个苹果开始削皮，“我今天带给你的一定是好消息。”

范振喜催促说：“快说说，是什么好消息。”张德方告诉范振喜，说这次派出去的老销售员，有三个人打回电话，说他们签了五份订单。他算过，仅这几份订单就包了今年全年的产量。

听到这范振喜眼睛忽地亮了起来，高声说：“好，好，今年不用发愁盈利的事了。”掀开被子就要下地。张德方问他要干吗?

范振喜说：“回去商量商量，再给销售人员加点儿任务，还要好好奖励他们。”张德方一听又是说工作，他还是要出院，就赶紧按住范振喜说：“你好好养病，哪儿都不要去。”他把一部手机递给范振喜说：“这是我个人出钱给你买的，你就在病房里遥控指挥吧。”

半个月后，范振喜出院的第二天便去了村部，把小收音机往桌上一放，便开始整理桌上的报纸和厚厚一沓刊物。杨树林走过来，说这些报纸都是前几天来的，怕他回来看，就一直攒着。

范振喜开始翻阅报纸，见杨树林并没有走开，于是问：“树林，还有事啊？”杨树林哼唧着说：“有件事，想麻烦范书记你……”

范振喜说：“一起工作这么多年了，有啥不好说的。”杨树林说自己女儿大学刚刚毕业，想回村里的厂子上班。她把对象也带来了，让范振喜也给他找个事做。范振喜说年轻人能回来是件好事，对象愿意跟着来，说明周台子是梧桐树。

杨树林女儿杨欣桐在省农大毕业，她的对象叫薛明军，学的也是现代农业。范振喜见到俩人，一聊就是一下午。当杨欣桐介绍到目前国外的现代农业建设发展状况时，范振喜说，咱们也要搞一个这样的农业产业。

渐渐地，范振喜内心深处有了一个建设现代农业产业的想法，但不知道从哪里下手，所以想法始终是朦胧着。

一天，范振喜带着薛明军检查各生产组的庄稼种植情况。两个人从山坡地一直转到河滩地。当范振喜看到曾经热火朝天整修出来的百十亩稻田地里，生长出的植物五花八门，有的种玉米，有的种豆子，有的种蔬菜。范振喜告诉薛明军，这片地曾经是稻田地，取缔稻田种植后，村民们没了积极性，再加上厂子上班有工资挣，没人再重视种庄稼，所以这块地的产值不高。

走着走着，薛明军看见几块地被撂荒着，对范振喜说，这么好的地怎么扔着，那是违法的。范振喜也说："你说得没错。这正是我今天带你过来的原因。有些家庭劳动力少，工作一忙他们就顾不得种地了，地撂了荒让人心疼。"薛明军说："他们顾不上，可以让有劳动力的人家种，无论怎么办，都不能让地闲着。"

范振喜想了想说："撂荒地是违法的。你这主意不错，我们可不可以这样做，把地租出去，有地的给没地的、地多的给地少的，只要有能力，谁想种多少都行，实行土地出租。"薛明军高兴地说："对，我就是这想法，把地租给那些有能力的人，这些地就不会再撂荒了。"

范振喜说："不如这样，由村委会把地全部收回，重新进行承包，进行集中种植和管理，实行产业化经营。"

范振喜把自己的想法在支委会上一说开，引来一片议论声。

张德方听了直摇头，说："那样不就倒退着又走回过去了吗？又成了人民公社？"范振喜说："这与人民公社可不一样，现在的土地分田到户后，经营权就是个人的，我们只是以村委会的名义，建立某种形式的合作化，把闲着的土地，和那些不愿意种地的农户手里的土地再承包过来，由村里统一安排生产，进行产业化经营。"

张德方说："没听说过，这样会不会违反中央政策？"闫江华也说："过去我们推行家庭联产承包，鼓励单干，现在又要把地收回来，村民能同意吗？"

范振喜打开抽屉，从里面拿出一张报纸和裁剪好的一个剪贴本，打开对众人说："这是我积攒的资料和查阅过的文件。根据上级精神，我们的做法一点儿不违反政策，而且是适应社会发展的另一种生产力，这叫什么，这叫反包倒租。也就是说，土地使用权仍然在农户手里，我们承包过来，可以给他们承包费。管理权在我们，利益的获得者还是那些有使用权的农户。另外，出租土地后的这些农户，还可以到合作社工作，还可以另外挣一份工资。这样算下来，农户的收入不但不会减少，而且还要比自家种植时期有更大的收入和保障。”

张德方犹豫着说：“好是好，但不知怎么个整法，万一行不通，可真就成了舅舅不亲姥爷不爱啊，两头不落好……”

范振喜笑着说：“这个不用担心，我们不打无准备之仗。”随后对外面喊：“薛明军，你进来吧！”薛明军手里拿着一张图进来。

范振喜告诉众人，他与学现代农业的薛明军已经研究了好长时间，今天就是征求意见，只要村委会通过，下一步就全面展开。随后，由薛明军详细地向村委们介绍了集体建设的宏伟蓝图。委员们听了后都很高兴，说这么一来周台子就成了集体农庄。

然而，在反包倒租过程中并非一帆风顺，有些村民竟然坚决不同意。第一个站出来反对的就是村里有名的刘大懒。刘大懒说他再过两年就从厂里退下来，回来不能没事干，他还要种那一亩三分地，说不是为了钱，而是为有个营生。宋小好不顾杨树林的反对，竟然也不同意，她说不反对村委会反包，但她家那两块儿地是村里最好的，要看村委会给什么补偿。

李山也一反过去的积极性，说承包地里有他们家祖坟，地归集体后，这些祖坟怎么办，不能归集体，更不能移走。难题出了一大堆，但归根结底，同意反包倒租的人还是占到80%以上，特别是村里的年轻人给予了很大支持。

这一天，李山发现自家坟地没了，急得大哭，叫嚷着问是谁干的。长贵和长富哥儿俩解释说是他们俩挪的。李山质问他俩为什么要挪坟。长贵说发现坟地进了河水，泡久了对李家不吉利。李山发火说为什么不跟他商量擅自做主。长富说因为李山身体不好，怕他着急，所以就没跟他商量。李山还是不信，说他们哥儿俩是受了范振喜鼓动，在背后捣鬼。

三人正在吵吵时，范贺走了过来。李山问范贺坟地怎么会进水。范贺说这里离河近，表层下面出了缝隙，暗水自然也就过来了。最后李山相信了范贺的说法，因此也就原谅了长富和长贵。其实，坑下面的水是两兄弟为了蒙骗李山，在坟挪走后，故意倒进去的。

刘大懒女儿刘莉听说父亲又在给村委会出难题，批评刘大懒私心重，给村里拖后腿，表示要去外地打工，离周台子远远的。宋小好女儿杨欣桐也批评宋小好不顾全大局，眼睛里全是钱，说她的行为影响了自己的个人进步。在女儿劝说下，宋小好妥协，不再向村委会提出无理要求。

当丛艳君在村委会上把发生在这几个家庭的故事学了一遍后，范振喜感慨地说："周台子的年轻人有文化，有思想，有长远目光。周台子的未来发展也离不开年轻人，咱们一定要对他们加强引导！"

周台子村委会召开了全体村民大会。范振喜在台上告诉村民，反包倒租也叫"一地生三金"。第一，村集体每年每亩地八百元的租金支付给村民，村民得租金；第二，村民把租金入股到合作社，村民分红得股金；第三，村民们可以优先到合作社打工就业得薪金。

在村委会的大力宣传下，反对村集体承包地的人越来越少。随后，周台子集体反包倒租的工作全面展开，终于完成后又开始面临着另一个问题，就是种植些什么庄稼，如何管理，以什么样的方式管理等等。

范振喜说："既然我们搞集体经营，就不能像以前那样还种什么传统老玉米，要种就种高附加值的农作物。"

随后的几天里，紧挨滦河边的稻田地，再次出现了当年修整稻田地时的热火朝天的劳动场景。前来参加劳动的人们，不再是在为自家承包地拼命劳作，而是在周台子农业合作社统一指导下，以职员身份参加集体劳动。

一车车安装大棚的材料被运送过来，薛明军指挥人们搬运材料，组装棚顶。李长富和几个年轻小伙子蹲在棚顶铁架上认真安装。

养老院的那些老人们坐不住了，他们没见过温室大棚是什么样子，想着都新鲜，于是在耿洪山的带动下，前来看热闹。佟大娘看到李长富站得太高，有点儿担心，大声喊着："小心点儿，别掉下来。"李长富高声地回答："没事，安全着呢！"

老人们参观建好的大棚。里面是宽阔的空间和暖暖的热气，舒适得比自家房子还要惬意。地面平整，松软的土质细碎得仿佛用筛子筛过一遍，丝丝冒着潮气。

范芝蹲下身，抓起一把土，仔细端详感叹着说："真没想到，这些孩子，比我们会经营土地。"佟大娘说："我们那会儿就为填饱肚子，他们想法跟咱们不一样。"范贺说："老三不是说了吗，这叫高科技、高附加值。"

耿洪山眼珠子滴溜溜转一圈后，也开始说话："这土质，种出的东西错不了，可不知他们要种什么。"范贺说："甭管种什么，有你钱花不就得了。"

李山说："不用干活，还能挣地租和分红，这不也是养老金嘛。上哪儿找这好事去！"

2012年党的十八大召开，范振喜以全国党代表的身份，在人民大会堂接受新闻记者采访。记者问："听说你是拼命书记，又是抗癌英雄，能不能说说你此时的感想？你在这三十多年中，是怎么把一个一穷二乱人心散的落后农村变成今天的小康村的？"

范振喜动情地说："我是共产党员，也是退伍军人，曾经面对鲜红的党旗发过誓，随时准备为党和人民献出一切。在我得白血病没钱做手术时，是全村的乡亲们把家里仅有的那一点儿钱拿出来，凑了十万块，把我从死神手里抢了回来，是周台子的乡亲们给了我第二次生命。从那一天起，我就告诉我自己，我范振喜的命不再属于我自己，是属于周台子村全体村民的。所以，我要履行我的诺言，这一辈子都要用我的真心、真情来为乡亲们做事。只要我范振喜还活着，哪怕到最后一天，我都不能失信……”

在一名来自山东的村党支部书记做报告时，身后大屏幕播放的展现美丽新村的电视专题片中一排排崭新的楼房和生态良好的绿水青山，深深吸引和震撼了范振喜。这位书记说，我们不能为了现在的发展，而抢了后代子孙的饭碗……

听到这，范振喜的头脑里出现了周台子村后山的那些矿点和破坏严重的山体表皮，还有那些被选矿厂丢弃的尾矿库，正以它那白苍苍的庞大躯体，躺满了一道道沟壑，挤压着一片片绿色的山草和葱绿的树林……

如何在发展中，既要保持经济稳进，还要保持生态平衡？私下里，善于学习的范振喜打听到那位书记住的房间，向他询问他们村是如何发展的？

那位书记对范振喜的事迹也非常欣赏和崇敬，谦虚地说：“党支部是核心，只要方向准政策明，就能够带领全村百姓心往一处想，劲往一处使，没有干不成的事。党和国家高度重视民生和生态环境，我们村也是做了探索……”接着，他又介绍了他们村如何给村民们盖别墅，统一住房和发展现代农业的经过。

范振喜一边听一边记，暗下决心，也要让周台子村成为这样的新农村。

范振喜从北京回来后，连家都没进，直接进了村部。张德方劝他，说出门好几天了，先回家看看。范振喜说先开会，晚上回去也不迟。

周台子村党委立即召开了党委会。在会上，范振喜传达了上级会议精神，又说了自己连日来的所见所闻。大家听说南方一些农村建设得那么好，一个个羡慕不已。

范振喜说："与其临渊羡鱼，不如退而结网。"张德方问是什么意思，范振喜说："别人能干的，我们也能干。别人没有做成的，我们也要想办法做成。"

张德方笑着问："你不是想学他们吧！"范振喜说："你说对了，我们早就应该学学人家。"

他从包里拿出笔记本，把这些天的想法说了出来："你们看咱们周台子村，多少年住房就没啥变化，虽然有几家盖了新房，但与整个村子比起来，就像是一块破布上面打了几块新补丁，花花搭搭实在难看，并且那些没有翻盖新房的人家，房子老旧不堪，居住条件很差。我这几天就在想，为什么不能搞一个统一的民居规划，让周台子村民既住上新房，还能让村貌看起来整齐划一、美观实用。"

张德方说："你这主意好是好，可钱从哪来地从哪出？让村民出钱让地，他们不一定同意。再说，我觉得这些年，咱们的条件跟镇的其他村比起来，要强多了。"

闫江华也说："可不能再搞筹资了，再搞村民们拿不出啊！"杨树林说："范书记这想法一说出来，让人心里直痒痒，有楼房住那敢情好，可是咱们这条件，能办得到吗？"

丛艳君看看众人，想了想说："我支持范书记，还是那句话，既然范书记提出来，肯定是已经有了主意。"

范振喜笑着说："我知道大家一时半会儿想不通。说实话，在开始时，我这么一想，也把自己吓一跳，理由和你们一样。既然我们议论到这个话题，不如到现场看看。看了之后，我想大家会有所启发。"

党委一行人来到后山山坡上，一齐俯瞰坐落在山坡上上下下的整个村落。此时，周台子村那些错落的房屋，正在升起稀疏的炊烟。

“门前柴草堆，进屋见锅台。垃圾四处散，房后粪缸埋”，是当时周台子村的真实写照。狭窄的街道凌乱地摆放着各家的杂物、粪堆。村庄的主干道上，一辆辆交错驶过的卡车，卷起阵阵扬尘，弥漫了大半个村落……

看着这些，范振喜心情沉重地说：“我心里一直有个愿望，想让村民们早点儿过上城里人的生活，住楼房，喝自来水，冬天冷了有暖气，夏天热了有空调。只要我们朝着这个方向努力，一个新型的周台子村，就一定能呈现在乡亲们面前。”

张德方感慨地说：“好啊，真要是那样，我老张就是少活几年也知足。”闫江华继续担心地问：“还是那句话，钱从哪儿来，地从哪儿出？”

范振喜说：“这个我已经想好了，既然要建新农村，就要打破坛坛罐罐，拆掉旧房，建造新楼房。”

这时的村街上也有不少人，他们听说要建新农村很高兴，但对拆掉老房子持反对意见。李山问：“听说要把老房子都拆了，是真的吗？”耿洪山说：“那还有错，我听人说，不但要拆旧房，还要搬家，都得搬楼上住。那楼房咱哪儿受得了，不接地气，上厕所还得在屋里……”村民们议论开了，有人说好，有人说不好。

李山看见范芝从远处走来，主动迎上前说：“你可得好好管管你家老三了，怎么老是想一出就是一出的？住了好几辈子的房子，干吗要拆呢？”

一听这话，范芝顿时拉下脸说：“我家老三怎么了，亏了你们了？他做哪一件不是为你们大伙好。拆旧房是想让你们住新房。李山啊就你家那破房子，再不拆就塌了。”李山想想也对，也就无话可说了。

宋小好附和着说：“就是，这些年村里变化多大，不愁吃不愁穿，上学有学校，老了有老年公寓，闷了还有文化站，我说你们就知足吧！”

耿洪山不服气地说：“这些我都承认，可现在地没了，成了村里的。房子要是也没了，我们连根都没有。”范芝争辩说：“不是还给你盖新楼房吗？那也是你家的，没人不让你去住。”

耿洪山说：“楼房再好，那也不是家。金窝银窝，不如自己的狗窝。”耿洪山这句话被李山抓到话把儿，他打趣说：“这么说，你这一辈子都像狗似的，一直住在狗窝里？”引来众人大笑。

耿洪山瞪直了眼睛说：“甭管什么窝，反正是我自个儿的，盖了新楼你们谁爱去谁去，反正我家的房子——不能拆！”

# 第十章

刘海英的弟弟刘海泉谈了一个对象，对方提出的条件是必须有新房，不然年底就不结婚。这年开春，冻土一化，刘海泉的新房地基就打上了。

刘海英回娘家，刘海泉过来向刘海英打听新民居楼的消息。刘海英说是有这么回事儿，咱家盖新房子的事儿最好缓一缓。

刘父惊讶地说："盖楼？那不是城里人住的吗？我想咱周台子是盖不成的。你说咱就一个农村，谁家兜里也就那仨瓜俩枣的，哪有钱啊？盖楼得多少钱啊？经不起折腾，村里也只是说说吧，海泉的新房子该盖还要盖。"刘海泉着急娶媳妇，于是忙着张罗着动工盖房。刘海英阻拦无果，怀着心事急匆匆回了家。

晚上，刘海英向范振喜打听村里建设新民居楼的事。范振喜说正在筹备，估计今年能动工。刘海英一听急了，说她弟弟正在盖新房，要是全村人都搬新楼里住，他这房不是白盖了吗？范振喜问盖到啥程度了？刘海英说地基打上了，木料也准备得差不多了，估计很快就能上梁。

范振喜催促说："明天你回去，告诉他先不要盖，只要新民居楼建起来，年底就能住上新房。"刘海英着急，现在让弟弟停下来，那些损失怎么办？再说，弟弟那倔脾气，恐怕难以说通。

刘海英来下台子找刘海泉。盖新房施工现场有很多村民来帮工。大梁已经上好，几个木匠骑在梁上干活。三面墙也已经动工。瓦工匠忙着砌墙，几个年轻小伙子和泥的和泥、运料的运料。刘海泉站在一旁，不时地给干活的人沏茶倒水、递烟卷。

正在上梁的一个年轻小伙子开玩笑说：“刘海泉，娶新媳妇时可要跟她说，这梁是我给上的。”刘海泉喜滋滋地说：“我结婚时请你喝喜酒。”年轻人说：“那不行，我还要闹房，你得好好侍候着。否则我就在这大房梁上安一对眼睛，瞅着你和新娘子干好事儿……”羞得刘海泉脸红了，众人起哄大笑。

刘海英进院，喊刘海泉出来。两人来到无人处。刘海英告诉刘海泉说村里盖新民居楼的事已经定下了。范振喜特意嘱咐，说新房子不能盖。

刘海泉一听就急了，说：“那怎么行，我的房都盖成这样，怎么停得下来。再说，留个房架子算怎么回事。”刘海英说村里定了标准，你这房盖也是白盖，到时还得拆，白白受损失。

刘海泉琢磨一会儿说：“她们家说了，年底不盖新房就不让结婚。村里不让盖新房，我这婚就结不成。”刘海英说：“一半天找个时间，我去跟她们家说，争取不耽误你年底结婚。”

刘海泉说：“不行，我投这么多钱不能白花，房子必须要盖完。如果村里要拆，那他们得赔偿我损失。”说完转身走了。

刘海英劝说不动弟弟刘海泉，只好悻悻地回家。

村部会议室里，早已经摆上了一个大沙盘。沙盘上安装着楼房模型，其间道路四通八达，笔直规整，路灯、绿树相映其中。公园、学校、养老院等配套设施齐全，简直就是一个缩小的城镇社区。

范振喜和村委会成员站在沙盘边观看。长贵一旁解释说：“这只是一个初步规划，如果有不合适的地方，设计方继续修改。”

范振喜指着一处说："这个地方不合理，生活污水绝不能直接排进滦河，必须先进行污水净化处理。还有这块，公园不够大，要引水造一座小湖，要有山有水有亭子……"

范振喜说，长贵拿本子记。张德方说："这已经不错了，真的要建成城里那样，得花多少钱。"杨树林说："别说是公园，光是这几条大道，就够我溜达的。"

众人笑了，范振喜却没笑，说："我们是农村，很多配套设施

没法跟城里比。但我们要建，就要一步到位，最少也要坚持二十到三十年，到那时也不落后。好比我们小时候，父母给我们做衣服，总要做得宽大一些，为什么，就是要从根本上省点儿布，将来长得再高点儿也能穿。我们没有国家补助，靠的就是村民自己。所以今天看似投入多了，可跟将来比起来，减少了很多麻烦。”

这时候，刘海英从外面进来，看见范振喜等人在会议室里说事，她便停在走廊上等。范振喜出来后，刘海英述说了刘海泉不听劝阻忙着盖房的事。范振喜说等我明天抽空过去看看。

第二天，范振喜忙完手头的活儿，就骑摩托车来到下台子刘海泉家。众人正忙着干活，刘父也在。范振喜向刘父打了招呼，便叫出刘海泉跟他说先不要盖房的事。刘海泉闷头不语，显然是憋着气，对此不满。

刘父来到俩人身旁，对范振喜说：“海泉你小舅子盖房子前问过我，是我拍的板，地基是前年批的呢，那时你们也没说要盖新民居楼。现在你让他停下，那这个损失谁来赔？”范振喜说：“现在不是说损失的时候，村委会已经定下了盖新民居楼计划，以后谁家也不能随便盖房，由村里统一规划安排。我现在让海泉停下来，为的是减少损失。”

刘父说：“海泉忙着说媳妇，你那新民居楼一年半载也不一定有什么结果，万一住不进新房，娘家那头不答应啊，你小舅子就娶不上媳妇。”

范振喜保证说：“图纸确定后就动工，估计年底前差不多完成裸房。”刘父坚持说：“差不多？差多了怎么办？差不多就是没保证。海泉结婚的事，一天不能耽误！”范振喜说：“爸，您听我的，这房不能盖，再盖损失更大。”

刘父不再听范振喜劝说，拉起刘海泉往院里走，边走边说：“不听他说了，咱们走，这事我做主，谁也挡不住，海泉的新房不能停，要拆，就把我拆了！”

范振喜只好无功而返。

新民居楼建设的筹备工作紧锣密鼓地进行着，经过村委会修改后的沙盘模型再一次出现在村部大院内。

范振喜对张德方说，让全村的人都来看看，认识一下未来的周台子村。闫江华在大喇叭里喊了一通之后，陆续有村民过来看。范振喜特意安排李长贵为讲解员，向村民解答各种疑问。很快，院里挤满了前来参观的村民，他们问这问那。张德方见长贵一人回答不过来，也站在旁边帮忙解释。

一名村民问："城里的楼房都是集体供暖，咱们离县城这么远，供热公司能给接上管道吗？"张德方说："取暖由我们自己解决，采取地源热泵方法，既环保又节能。"另一名村民问："有没有自来水？"

张德方说："住楼房，自来水当然要解决，到时由村里统一供水，那水龙头一拧，嘿，水就哗哗地流进了咱们的新楼房，流进了你们家……"还有人问，干活的农具存放在哪里？养鸡、养猪、养鸭子怎么办？他一说完，众人大笑，有人回答说，干脆也放楼里。

其实这个问题，村委会早就研究过。他们也在担心，有些人的小农意识丢不下，住进楼房还想着要养鸡、养猪等问题，但是种地不一定非要农具不离手，吃肉未必非得要自家养猪。既然已经走上了规模化集体生产之路，再把镐头、锄头、铁锹等一些农具拿到楼上对环境显然又是一种影响，养鸡、养猪更是不可能的事情。楼房配套地下储藏间，农具就有地方放了。

如何解决这一问题，范振喜提到，一靠解释做工作，普及城市化管理的一些知识，另一方面就是要让村民们认识到，在厂子挣工资，参加合作社也能挣工资，要不断树立新的消费观念，不是把钱藏起来或是埋在地下，要通过入股再挣钱才能"钱生钱"。所以，当有些人问及这个问题时，张德方就按照这个思路去解释。

但还是有村民想不通，疑惑着说："挣了花，花了挣，万一花没了怎么办？"一个个问题的提出，简直让张德方哭笑不得，实在没办法了，他说："你们的这些问题我还真解答不了，等咱范书记来了，你们去问他。"汇集完这些问题后，范振喜提议，在新民居楼动工之前，有必要开一次全体村民动员大会。

天空晴得不挂一朵云彩，刚露出东山头的太阳光线映照在村部前的广场上。这里坐满了村民，明亮的阳光照在每个人身上，看上去暖暖的。东墙根下摆着那座沙盘模型。

范振喜手持话筒，站在台上向村民们讲话，他说："此时此刻，我知道大伙想的是什么，你们是不是想问，这个新民居楼是什么样子，条件好不好？住着舒服不舒服？沿海和南方的一些富裕农村早就盖成了，人家都住了好几年，他们早都住习惯了，各种生活设施要什么有什么，比城里一点儿不差。我想，这几天，乡亲们早就看过那座模型了，你们对它满意不满意？"

下面有人说满意，可也有些人发着议论，说好是好，就怕将来住不习惯。

范振喜："日子是一天天过起来的，好日子是咱们一点点争取来的。过去，咱们生活条件啥样，我们心里都清楚。现在，过得越来越好，你们是不是已经习惯了？我想，住新民居楼就如同咱们今天生活一样，只要用心去爱护，你们慢慢会习惯的……"

经过范振喜一动员，村民们对新民居楼的生活有了美好的憧憬。紧接着，张德方又宣布了盖新民居楼的一些要求和村委会的补偿方式。他说："统一拆迁掉村民旧房屋，每个宅基地给三万元补偿，房屋、土地上的附着物会请评估单位作价后按价进行补偿。后期回迁时，每户村民可以按成本价购房一套。另外，对于先期拆迁出来的村民，村里会提供向阳厂的职工宿舍，免费给大家居住，直到回迁完成。"

张德方一说完，还是有人提问题。李山说："听说，住楼房喝水要钱，点电灯要钱，这么大的开销，我们支付不起。”

范振喜抓过话筒说：“村里已经考虑了这些问题，咱们的农业公司将来会留出田地搞种植和养殖，以最低的价格，专门供应村里肉蛋菜。村里还初步决定，将来迁入新居后的水电暖等费用采取部分征收或免收的方式，这些钱，就用向阳厂的股利分红，总之，会让大家得到更多的实惠。”

耿洪山站起来说：“你说的这些，听起来是好，可是我们这些上岁数的人还是不愿意住楼房，要搁我说还是老房子好，冬暖夏凉，火炕住着还养人。”

范振信立即讥讽他说：“你都住老年公寓了，这新楼没你啥事。”耿洪山不悦地说：“我不住，但这房子我得给我儿子耿东云留着。”范振信反问：“照你这么说，你是赞成还是不赞成呢？”耿洪山一时语塞。

刘父听了一会儿，在人群中站起来，拿着板凳一声不吭地走了。从艳君看见，对旁边的杨树林小声说：“你看，范书记的老丈人走了，看来这刘老爷子也有意见啊……”

有人赞成，有人反对，两方面意见的人就分成了两派，一时争论不休。范振喜觉得这个会继续开下去也不会有什么结果。于是便和张德方商量，今天会议到此为止。散会后，村委们又碰了下头。

范振喜觉得，盖新民居楼是为了群众利益，绝对不能硬来，还是要做通思想工作。只要有一人不同意，工程就不能动工，直到全体村民同意为止。全体委员们进行分工，深入到各生产小组，挨家挨户做工作。

从艳君告诉范振喜，说他岳父开会到一半时就走了，看得出他的反对意见也不小。范振喜说我知道，是为我小舅子海泉盖房的事，我明天还得去找海泉聊聊。

五组里面就刘三难说话，只要他带头签字，别人也不会有太大反应。反之，五组工作就难做。会后，杨树林硬着头皮去找刘三。

出乎意料，刘三啥都没说，痛痛快快地签了字。而且前来看热闹的几个村民见刘三签了字，也跟着签了。仅一天时间，全组没落下一人，全都签了字。这完全出乎杨树林的意料。

下午，杨树林带着厚厚一沓协议书回了村部，刚好去四组的丛艳君也回来了，一个人坐在屋里生气。杨树林问她四组的工作做得怎么样。丛艳君说："别人都好说，只有耿洪山不停地出难题。"

杨树林问怎么个难题法。丛艳君告诉他说，一早她去老年公寓，开始时也有些人不愿意，后经她好说歹说一通后，终于做通了思想工作，基本上都同意了。但现在经耿洪山这么一闹，其他想签的人也不签了。杨树林问耿洪山有什么条件没有。

丛艳君说："耿洪山想要好房，还要自己选位置。"一听这话，杨树林也来了气，说耿洪山太不像话，如果都照他这样，盖成新房也分不下去。

范振喜到了下台子后，没去见刘父，直接来找刘海泉。他认为，有时候，年轻人的思想可能要比年纪大的人开通一些，如果能做通刘海泉的思想工作，也许刘父就不会为了面子而纠缠到底。

此时，刘海泉正在刚刚封顶的空房下面的一块木头上坐着。范振喜进来，他连招呼也没打，装作没看见。范振喜直截了当地说："海泉，还为盖房子的事转不过弯来？"

刘海泉满脸愁云地说："姐夫啊，事怕临头，搁在谁身上不发愁？人家女方提出的条件就是要住新房。"

范振喜说："村里会上不是说了吗？你的损失村里要补偿一些，按着规定，该补偿多少就补多少。"刘海泉说："我担心的并不是钱的事，是怕你们万一盖不起来，我这又拆了，到头来竹篮打水。"

范振喜严肃地说："海泉，你觉得你姐夫说过空话吗？"刘海泉迟疑了一下说："这倒没有。"范振喜说："如果你相信我，就按村委会的要求办。如果年底住不进新民居楼，我家的房子给你结婚住，家电都算我给你们的新婚贺礼！"刘海泉沉默了。

说服刘海泉后，范振喜来找刘父。刘父听说刘海泉同意了，突然发了火，嚷嚷着说：“小兔崽子，我还没说话呢！他倒同意了。”转过头质问范振喜，“你是不是拿书记身份压他了？”

范振喜说：“年轻人有年轻人的想法，他们知道住楼房的好处，都愿意住楼房。”刘父接过话说：“谁愿意谁去，反正我不去。”无论范振喜怎么劝，刘父仍不答应。最后，范振喜铩羽而归。

晚饭时，刘海英问，范振喜说了刘父的态度。刘海英想了想说：“我爸不一定是反对你盖新民居楼，问题还是出在海泉的房子上。”范振喜不解，说海泉都同意了，怎么你爸还坚持？

刘海英说：“我爸还是为了面子，当初给海泉打了包票他要管到底，结果你一去海泉妥协了，却把我爸晒在一边。他这人爱面子，一时半会儿接受不了。”范振喜笑了，说：“就为这？那好办，明天我就再去找他赔不是去。”

次日中午前，范振喜拎着酒肉菜再次来到下台子岳父家，一顿酒饭，好说歹说，终于做通了刘父的思想工作，同意停止盖新房了。

刘三是个聪明人，来村部找张德方，提出要承揽新民居楼工程。张德方一口回绝，说那不行，得用招投标的方式招揽工程队。两个人谈了半天没谈拢，刘三生气地离开说：“好！我不干这工程了，那我的房子就也不拆了。”刘三一走，张德方气愤地对屋内的闫江华和丛艳君说：“怪不得刘三痛快地签字，原来他是想包工程。”

范振喜从外面回来，张德方把刘三来找他的事说了一遍。没想到，范振喜却认为这不是什么坏事。刘三是周台子人，又有自己的工程队，工程队的人大部分是咱村的，只要他符合要求，为什么不让他承揽呢！可是到了晚上的时候，又传来消息说刘三要撕毁同意拆老房子的协议。

刘三这里出现了反复，耿洪山的工作还要继续。范振喜找到耿东梅，让他去做耿洪山的思想工作。耿东梅已经入了党，党员的思想觉悟自然不低。一听又是父亲在给村里出难题，当晚便去老年公寓找耿洪山给他做工作。

爷儿俩说不拢，耿东梅又打电话把耿东云找了来。已经当了张百湾镇长的耿东云对父亲耿洪山说："建设新民居，是国家的大政方针，也是三农建设的重要环节，咱不能以任何理由出难题。"

耿洪山争辩说："我这房子是给你要的，你不能向着范振喜。"耿东云明确表示："不符合要求的房子我不要，不想让乡亲们在背后说我耿东云自私。"耿洪山不认识般地盯着耿东云看了一会儿，心里在想，这小子什么时候变得有觉悟了。

耿东梅又劝耿洪山说，现在东云哥当镇长了，您不是一直希望他好好当官吗？咱家人可不能给他抹黑啊。在儿子和女儿的劝说下，耿洪山终于答应签字。

为刘三承包工程的事，村里专门开会进行研究，让刘三列席会议。范振喜会上对刘三提出几点要求：第一，建设新民居楼的材料必须达标，不能高于市场价格，并由村委会派质检员进行验收；第二，干这个工程需要很多施工人员，刘三工程队的工人先从周台子村民中招工；第三，工程标书、图纸，技术、工程款等项必须由县建设管理部门审核，不得违反规定，不得弄虚作假。对于刘三公司的资格认证，也要经过建设部门批准。总而言之，建设新民居楼就是要对工程质量严格把关，不能出现任何纰漏。

刘三当场答应严格遵守，双方就准备签订施工合同书，就让刘三先回去起草合同样本。

晚上，范振喜又打电话约刘三再聊聊。刘三以为他是想要回扣好处，因此拎了一皮包钱来到范振喜的办公室，要给他表示表示。岂料，他受到范振喜的严词拒绝。刘三没想到，范振喜根本不是为了自己的私利，而是想让他在保证质量的前提下再降低一下施工费用。好说歹说，刘三在原有口头讲定的施工费用上又降低了一成。

经过一系列准备后，第一期新民居楼工程终于开工。首先便是拆旧房，腾出地基。拆迁这一天，人们望着机器轰鸣的施工场地，有的感叹，有的唏嘘。眼看就要告别住了几代人的老房子，心里如何没有酸楚和回忆呢？

随着一间间房屋被推倒，张德方松了一口气，对范振喜说："第一关总算过去了，不怕再有人反悔。"范振喜说："这是乡亲们信任村党委，我们一定不要辜负他们。人心向背，关系着周台子的每一步发展。人心齐，泰山移，山东老书记这句话，说得一点儿没错。"

正在人群中看热闹的李山突然跳起来说："快到我家了。"说着，李山脸绷得紧紧的，一副紧张兮兮的样子。一旁的耿洪山说："就你家那房子，全拆了也不值半个铜子。"这句好像提醒了李山，只见他踟蹰了一下，快步来到范振喜跟前，正儿八经地问："振喜，如果老房子挖出值钱的东西，算谁家的？"

范振喜说："那得看是什么情况，如果是老辈子人留下的，当然属于他家后人。如果是国家的，那就得上交。"李山说："那我得回去看看！"说完，转身往山下跑。

众人不解。范芝解释说："听老辈子人讲，李山他们家在清朝时出过大官，估计他是看墙里有没有值钱的东西。"耿洪山不满地说："这老小子，从来没透过口风。"范振喜觉得这事不小，对杨树林说："树林，带两个人过去看看，别出什么事。"直到李山家的房子被推平，地面上除了石头、碎瓦和烂木头外，没见到任何值得留存的东西。后来，李山的这一奢望成了村里人的笑柄。

周台子村新民居楼第一期工程如期交工。经过村委会研究和乡亲们的投票，刘海泉等一批急需入住的家庭先期搬入。

在搬家入住这一天，村里特意安排了入住揭幕仪式。每户的户主们都佩戴大红花，被众人簇拥着来到新民居楼外的广场上。村里的文艺宣传队在这里演出了节目，礼花、鞭炮放了几大箱。村委会还特意组织老年公寓的老人们前来参观。耿东梅领着佟大娘、金母、范芝等人挨个房间地转。

佟大娘看着窗明几净的新楼房，感叹地说：“我算是开眼了，活着还能看到这么亮的楼房。厕所还能搁屋里，再冷的天也冻不着。”耿东梅说:“范书记说了，等以后有了钱，还要给老年公寓增加设施，卫生间全都搁进你们住的屋里。”佟大娘高兴地说：“那敢情好，那我可要多活几年。”

新民居楼有着极强的吸引力，那些还没有入住的村民们，隔几天便来村部打听建设进程，询问第二批什么时候建？他们什么时候能住进去？这无疑又给周台子村委会带来了新的压力。

村民们不知道，新民居楼第一批工程几乎用尽了村里的全部家底，第二批建筑款还在筹集中。几名村委委员围在范振喜办公桌前商量对策，众人忧心忡忡。

张德方说：“第二期该动工了，如果再迟，年底前村民就无法入住，那样的话，他们还得在厂房宿舍里再待上一个冬天。”闫江华提议申请贷款。

范振喜反对说：“绝对不能向银行贷款。盖新民居楼不是为了盈利，到时候本金还不上，还得增加利息，等于给村民们增加负担。”接着问闫江华，“外面还有多少资金没有收回来？”闫江华说：“大约有一千多万，已经要了几次，可是这几家公司，不是说没钱，就是抻着说再等一等。”范振喜说：“这样，我去向他们讨账，张主任在家张罗新民居楼开工。”

张德方着急地说：“你那身体出外讨账可不行，不如你在家坐镇建新房，要账的事由我和闫江华俩人去。”范振喜想了想说：“也行，你们把长贵带上，他这些年锻炼得不错，有年轻人跟着，我放心些。”随后，张德方、闫江华和李长贵三人出外要账，范振喜留在村里，负责组织新民居楼第二期工程开工。

建设过程中，眼看着材料款接续不上，刘三把工程停了下来。范振喜问刘三为什么要停工。刘三说没钱还搞什么工程，如果欠下工人们工资，一旦闹起来，他可收不了场。

范振喜对刘三说，工人都是周台子人，跟他们好好商量商量，工钱先记着，资金一到位，一分不少地给他们。刘三推托说这工作他做不了，让范振喜自己去跟工人们说。范振喜把工人们聚在一起，谈了现在村里的状况。工人们渐渐开始理解，可眼下材料跟不上，仍然影响工程进度。

范振喜去镇里开会。后来顺接当了镇党委书记的耿东云早已调到县农业局当局长了。散会后，新任镇党委书记杜瑜把范振喜叫住，问他是不是建设新民居楼出现了困难。范振喜见杜瑜出于真心想帮忙，于是向他说出资金困难的实情。

杜瑜说我可以试着找找人想想办法，钢筋水泥钱先欠着，其他材料你们可以自己和供应商沟通。如果他们同意欠一段时间，等张德方回来，这些钱不就还上了吗？范振喜觉得这是个好办法，连声道谢。

下午，范振喜回到村里，在办公室刚吃完药，准备再去工地看看。这时，院门外响起汽车马达声，紧接着就听见金彩霞大声小嚷地喊着让人卸车。范振喜走上阳台，看见金彩霞和刘震正指挥几个人从车上向下卸东西。范振喜问那是什么，金彩霞在下面大声说，是她和刘震给村部买的空调。

卸完货后，范振喜陪着金彩霞和刘震喝水。刘震夸赞范振喜是个好书记，他说每次去老年公寓看望金母，老人们都称赞村子被他领导得好。范振喜有些不好意思，故意打岔，问他们生意做得怎么样，需要不需要村委会帮忙。

正在这时，杨树林从外面进来，告诉范振喜，说提供电线的材料商不准备再给咱们供货了，说如果不把欠着的钱还上，就别想再从他们公司拿到一根电线。范振喜说明天他去跑一趟。

金彩霞听了，问欠了多少钱。杨树林说有三百多万。金彩霞向刘震使眼色。刘震说："我手里正好有这个数，如果村委会需要，可以先拿去用。"杨树林一听，说太好了，只要电线到位，工程就可以提前收尾。

范振喜为难地说："你们把钱借给村里，万一周转不开一时半会儿还不上你们怎么办？"金彩霞说："没事，我们有办法。眼见得天就冷了，能让村民早点儿搬进去，比什么都重要。"范振喜说："好，好啊，你们的钱，村里先借用，我代表全村父老乡亲感谢你们！"

说着话，范振喜俯身给金彩霞两口子鞠了一个躬。这可急坏了金彩霞和刘震，连忙一起扶起他。

没多久，张德方把大笔欠款也要回来了，加上村办企业的不断盈利，第二期工程如期完工。赶在冬至前，第二批村民入住了第二期新民居楼……

到了2016年底，周台子村一共建了十栋新民居楼房，整个周台子村五百户村民全都搬进了新楼房。

周台子那一排排营业中的底商，融进了网吧、美发、超市、饭店、建材商店、美容美体中心、跆拳道馆等等，加之改造后的老年公寓、学校、幼儿园、文化公园和产业园区等，形成了多功能的工作、生活、文化和生产区域，山沟沟里的农村人过上了和城里人一样的生活，提前完成脱贫攻坚任务，成为小康村……

傍晚，周台子村文化中心大礼堂灯火通明，市歌舞团在进行文化下乡慰问演出。礼堂内坐满了周台子村民。老人们被安排到最前排的座位上。

耿洪山说："看现在条件多好，看节目还能坐这么好的椅子，哪像过去那会儿，看电影都在露天，有时候大冬天的一个个冻得嘴发紫，跺着脚暖脚，可没一个人舍得回家。”佟大娘说：“你们几个比我年轻，这么好的日子，可要多活几年。”

正说着，节目开始了。三十来岁年轻漂亮的市歌舞团副团长傅雪莲，手握话筒走上台，对台下的观众说：“周台子的父老乡亲们，大家好，我是紫塞市歌舞团副团长傅雪莲，今天，市歌舞团来咱们村慰问演出，希望大家喜欢我们的节目。”

台下一片掌声，傅雪莲接着说：“对于社会主义新农村周台子村，我们慕名已久。三十多年前，我们的范书记和村党支部一班人，面对鲜红的党旗许下了庄严的诺言……他说，我的命是周台子老百姓给的，我的一生都交给了周台子，只要我活一天，就要为周台子多干一天，直到生命结束为止。为了践行这个诺言，他带着重病的身体，几十年如一日，带领着乡亲们脱贫奔小康。为此，我们非常感动。同时，我们向周台子全体村民自力更生、艰苦奋斗、建设新农村的精神，致以崇高的敬意，下面就用我们的节目为大家献上更美好的祝福！第一个节目，演唱由紫塞市刘福君、李念萤作词，姚素秋作曲的歌曲《面对鲜红的党旗》……”

面对鲜红的党旗
我常这样问自己
面对鲜红的党旗
我常这样问自己
当初举手入党为什么
那段誓词是否牢记
如今忙忙碌碌做什么
言行代表着谁的利益
将来给后人留下什么
怎样的人生才算壮丽
面对鲜红的党旗

我常这样问自己
面对鲜红的党旗
我常这样问自己　问自己
…………

不忘初心、牢记使命，这首歌诠释范振喜的奋斗精神恰如其分，后来还获得了全省五个一工程奖，整场演出节目精彩纷呈，改编的节目回顾了范振喜和周台子人的奋斗历程，在歌舞《好日子》中结束了演出，掌声持续，经久不息。傅雪莲知道，那掌声既是给紫塞市歌舞团的演职人员的，更是给范振喜和周台子人的，掌声中充满着浓浓的敬意。

傅雪莲也是当过兵的，转业后被安置在紫塞市歌舞团工作，她对军人出身的范振喜很崇拜。就在这掌声中，傅雪莲暗暗下了决心，有朝一日，她也要成为像范振喜这样令人崇敬的人。

后来，傅雪莲所在的歌舞团因为改制解散了，她通过招考竞选成了一名社区工作者，在平凡的岗位上也做出了不平凡的业绩，而且她还和范振喜一起参加了中华人民共和国建国70周年庆典和观礼活动。当然，这是后话，未来我们会看到傅雪莲的精彩故事。

因为周台子村发生了翻天覆地的变化，引起了国内社会各界的重视。这一天，吕副县长带着一群外地人来参观，随行的记者不停地拍照、采访。

那些第一次来周台子村的人感叹不已。一名年长的人说，真没想到，在这么贫困的地方，还有这么一个美丽的小山村。曾经在张百湾镇当过镇委书记的吕副县长感慨地说："这是因为啊，他们有一个好的党支部带头人，有着过硬的村两委班子。"

新旧民小区专栏里贴着村党委一班人的照片和承诺书。一名记者问："我们想见见范书记，今天为什么没见到他人？"

镇党委书记杜瑜解释说：“很不巧，前天他去北京开会了。他是十九大党代表，现在他正在人民大会堂听习总书记作报告呢！”

另一名记者说：“那我们就见见村主任，我们想详细了解一下，这三十年来周台子村是如何取得今天这样的成绩。”杜瑜书记说：“好好。”说着，他朝人群后面的张德方喊：“张主任，你过来一下。”

张德方应了一声，记者迎着张德方就走了过去……

这一年，周台子村新民居建设的报道陆续在省市县电视台播出，社会各界报纸杂志也进行了专题报道。《河北日报》贯彻落实党的十九大会议精神专版还登载了周台子村发展的长篇通讯和评论员文章。评论称周台子是新时代农村发展的典型。

《人民日报》刊发了对范振喜的专访，范振喜说：“没有任何根基，比扎根百姓更坚实；没有任何力量，比得到群众拥护更强劲；没有任何荣誉，比赢得民心更珍贵、更持久……”

一时间穷山沟里的周台子出名了，引来国内社会各界人士前来参观考察，还来了几位外国大学生，大家惊叹不已。这让范振喜和他的村委班子有点应接不暇。

一位上了年纪的省农业厅退休专家在参观老年公寓时，向范振喜打听有没有佟秀芬这个人。范振喜说有，并把他领到正在下棋聊天的一群老人面前。这位专家看到佟大娘时不敢相认，但有种似曾相识之感，向佟大娘提起当年的往事。佟大娘想了想，反问他是不是叫陈忠国？老专家高兴地回答说是。

原来，在解放战争中，这名专家在解放金山县的一场战斗中负了伤，被安排在佟大娘家养伤。后来伤好归队，一直惦记着周台子。由于工作上的原因，他一直没机会来。当他在报纸上看到周台子村这个名字后，猛然间想起往事，于是便和考察团来到了周台子。一进周台子村，他就向人打听佟大娘，没想到还真让他找到了。几十年后重逢的两位老人，说起当年的往事，激动得感叹不已。

正在这时，有人过来告诉范振喜，说耿洪山在公园晕倒。范振喜跑着过去抢救，叫来救护车，又亲自陪着送到医院。

到了医院后，范振喜赶紧通知耿东云、耿东梅。经过一阵抢救，耿洪山脱离了危险，医生告诉耿东云，说耿洪山得的是脑溢血，出院后也可能是半个植物人。耿东云现在在县农业局工作，也为今后照料耿洪山的事发愁，因为他和妻子既要上班又要照顾两个孩子，耿洪山病成这样，他真不知道以后的日子该怎么办。范振喜告诉他说，耿洪山出院后还回老年公寓，那里有专人侍候，只要儿女经常过来探望，让老人高兴就行。

到了年底，眼看过年了。这一年村民们分的红利少于往年，于是就有人来村部质问为什么？范振喜心里很清楚，今年的经济收入确实不如往年，主要问题出在两个农业公司上，由于他们获利减少，造成总体收入降低，影响了村民分红。既然是村办企业，任何一个村民都有权监督和过问。

于是，范振喜让所有村办企业把账目公开，由村民代表委员会选出代表进行核查。检查的结果，村委会和任何一家村办企业都没有违反规定行为，算是给了村民一个合理的解释。但这并不是目的，也不能让范振喜安下心来，相反却使他心急如焚。如果不能找出原因，想出解决办法，明年的局面可能会更糟糕。

于是，范振喜召开企业负责人调度会。在会上，范振喜严厉地批评了两个公司的负责人薛明军和李长富，并让俩人做出书面检查。李长富带着委屈说，现在有很多镇村都开始兴建大棚，他们跟我们种植的品种差不多，而且大棚种植的蔬菜成熟期又差不了几天，再加上位置原因，我们的优势没了。

薛明军提议说：“不如我们换个思路。”张德方说：“投入这么多，哪能说换就换。”有人附和着说，换了不就浪费了吗?

范振喜觉得薛明军的话没说完，鼓励他继续往下说。薛明军说：“现在，各个村都在种西红柿，简直是一哄而上，有的种几十亩，有的甚至种上百亩，可市场在哪？一旦外地也不需要，只好烂在地里……”

张德方打断说：“别卖关子，往下说。”薛明军笑着说：“所以，咱们就不全部都种蔬菜了。我在网上查了，蓝莓果很适合我们这的气候种植，而且经济价值非常高。”

范振喜说：“我觉得明军的思路不错，错位发展是条出路。要做到人无我有，人有我转，追求差异化、特色化！拿出一部分地种植蓝莓！”经过范振喜一番说服后，与会人员终于统一了思想。

这天，范振喜抓过一张报纸打开看，一个“京津冀协同发展”的标题吸引了他。范振喜快速阅读起来，看完后思索着，突然有了主意，为什么不多派几个销售员去这些大城市跑一跑出路呢？

桌上的电话响了，是杜瑜书记打来的。他告诉范振喜，在京津冀协同发展办公室的帮助下，已经跟天津几家公司说好了，他们同意购买周台子的蔬菜水果，人家看重的，就是周台子村用的是有机肥没污染，过几天就来人谈合作。

而后，接连不断有外地购销商来周台子洽谈生意。范振喜领着他们看大棚，参观生产基地，又告诉周台子有机肥的来源地，出自周台子村办的几个大型现代化养猪场。经销商当天与周台子村签订了长期供货合同。

范振喜觉得这还不够，被动地等着人家上门，不如主动出击。于是，他派长富带着一支销售团队，走北京去天津，上门宣传周台子的绿色农产品，有粮食、有水果、有蔬菜，商家需要什么，周台子可以提前定制产品保证供应。十几天后，李长富打来电话，告诉范振喜，他们已经联系了三家大超市，合同已经签了，不仅订购了今年的蔬菜，而且把明年的也预定了。

一个接着一个喜讯传递给范振喜。张德方高兴地说，这下好了，我们再也用不着为农产品没有销路发愁了。范振喜却说，这些还不够，不是长久发展之路。张德方惊异地问道，情势对我们太有利了，你怎么还不高兴。张德方明白，范振喜能说出这话，肯定是又有了新主意，也就是说他又要“瞎折腾”。

范振喜用平缓的语气说：“我觉得薛明军的那个主意不错。我们不能把眼光只停留在本地的农产品上，这些苹果、梨、毛桃是不错，但产量低，不适于规模化发展，我们还是要引进那些科学含量高，能走俏市场的新品种。”

随后，范振喜亲自去了一趟县农业局，跟局长耿东云谈了周台子想要种植蓝莓的想法。没想到，两个人一拍即合，而且这也是县农业局正在研发的项目。耿东云说：“既然周台子想种，就在你们那建试验基地，不要你们一分钱。周台子村只出地就行，由农业局出苗木、出技术。”

三年后，周台子村的蓝莓基地成了规模，成为新的经济增长点。

# 第十一章

村里有钱了，周台子村新建了科技创业大楼，除了搞科技培训，还把几家农业公司搬了进来。

这天一大早，范振喜站在大楼外审视着楼门口。张德方过来，范振喜浑然不觉。

张德方担心地问："范书记，想什么呢？"范振喜这才回过味来，说他想一副对联。张德方不以为然地说："嗨，我当你怎么了呢！这事还用你操心。让年轻人想，又都是大学生，不信他们想不出一副好对联。"

随后说："上联：学文化知书达理，下联：学技能立身兴业。横批：与时俱进。"张德方听了，连声说好。

薛明军、杨欣桐和几个年轻人刚好走过，被张德方喊住。他们听了后都说好。随后，张德方找人把这副对联镌刻在科技大楼门口两侧的大理石柱上。

这一年，范小伟研究生毕业了，带着女朋友岳珊珊回到周台子村。岳珊珊是来自南方一个大城市的漂亮姑娘，与范小伟是同班同学。

大学研究生毕业前，两个人曾商量过毕业后的去向。岳珊珊说他们家在大城市，生活条件好，让范小伟跟她回南方老家，说她父母能给他们俩找到合适的工作。可范小伟不同意，说他必须回周台子，这是上大学前父亲特意交代过的。岳珊珊见范小伟态度坚决，只好放弃回南方大城市生活的打算，跟着范小伟回到了周台子村。

一天傍晚，范家人正在吃饭。别人还没吃完，范振喜把碗一推，就要走。刘海英问他干什么去。范振喜说今天要在科技大楼里进行电脑培训，他得去听听。

刘海英说："你都快六十岁的人了，怎么还跟年轻人掺和，学什么电脑？"范振喜说："人嘛！到什么时候都要学习，这叫活到老，学到老。"

范小伟一旁插话说："妈，我爸说得没错，多大岁数都要学习。现在是科技时代，不懂电脑可不行。"范振喜笑着说："听见没，小伟都说该学。明天你也去听听。"刘海英说："看你嘚瑟的，好像小伟跟你是一伙的。不行，明天我也得去学习。"岳珊珊凑趣地说："阿姨，我跟你一伙。"

范振喜说："得，咱家四口人，还分成两伙。"范小伟赶紧说："我跟我妈一伙。"范振喜戴好口罩，准备向外走："好，你们仨是一伙，我还单打独斗。"在一家人笑声中，范振喜出了屋。

夜晚的周台子村变得亮丽多彩。范振喜出了家门，沿村街向科技大楼走去。纵横的太阳能路灯，顺着各条街道一路铺开，把整个村落分割成大小不一的方格。范振喜不由地放缓了脚步，欣赏这些美景。多少年了，他在村子里的脚步始终是来去匆匆，从来没注意过村中的夜景，现在周台子的夜晚竟然这么美。

这时，后面传来脚步声。范振喜停住，等着来人。过来的是张德方。范振喜问："德方哥，这么晚了，要去哪？"张德方反问你去哪？范振喜哈哈笑，说前面这条路只通科技大楼，不去那还去哪。两个人不约而同地笑了。

科技大楼内，已经来了很多人。每人坐在一台电脑前，有的练习打字，有的练习开机、关机等一些操作步骤。从县里请来的一名老师正在巡视，遇到有人询问，他便停下来回答各种问题。两个人没说话，找个空位子坐下开始学习。电脑老师过来指点。

周台子的夜校学习，就这样自发地在全村开展起来。由于书记带头，村委们自觉，很快便影响了一批人。女人们收拾完碗筷，把幼小的孩子哄睡，也来这里学习，哪怕是坐一会儿也行。他们的学习还包括党课、农业技术、企业管理等。哪方面需要，就请哪方面专家、技术员来上课，不懂就问，不会就学。

从此，周台子村的科技大楼，就像一座知识宝库，教会人们生活、生存之道。几乎每晚，这里的每一个教室，都坐满了求知的人们。

滦河岸边，眼望着美丽的新农村周台子，张德方感叹说："振喜啊！回想起过去，我真的不敢想咱们的周台子会有今天。有时一觉醒来，就感觉着跟做梦一样，拧一把有点儿疼，才知道这些都是真的。"

范振喜没有说话，从木凳上站起来，激动地朗诵毛主席的诗

词："风雷动，旌旗奋，是人寰。三十八年过去，弹指一挥间，可上九天揽月，可下五洋捉鳖，谈笑凯歌还。世上无难事，只要肯登攀。"

张德方的情绪也被带动起来，感叹着说："他老人家说得太对了，世上无难事，只要肯登攀。四十年前那会儿，你的胆子可不小啊，别人不敢把土地承包到户，你带头干了；别人不敢办村办企业，你也带头开办了。还有，盖新民居楼如果没有你的坚持，哪有现在的新楼房。再看看学校里的这些孩子和老年公寓的老人们，他们的学习、生活条件，哪一样比城里人差？"

范振喜打断张德方说："德方哥哥哎，可别这样说，我范振喜的命都是乡亲们给的，做这点儿事不算什么。再说，我是共产党员，为乡亲们做实事、好事那是应该的。"随后他感慨地说，"如果没有你张德方，没有树林、江华和艳君他们几个的支持，没有全村党员和村民的支持，我们也很难做成这么多的事……"

正在这时，柳玉和范小虎走过来。柳玉说："振喜，原来你在这。我说去村部找你找不到呢。"张德方估计柳玉肯定有事，和柳玉打了招呼离开。

范振喜问柳玉有啥事，柳玉说还是为小虎的事。范振喜说这事我知道，得开会研究研究。小虎站在一旁不吱声。范振喜说："小虎想进向阳厂，这是件好事，说明小虎有上进心。不过，这事我一人定不了，还得上会研究。另外，想要竞争的还有几个年轻人，得一并考虑。"

柳玉有点儿着急地说："小虎大学毕业一年多了，毕了业就主动回村，一点儿不想待在大城市，这是多高的思想境界。就冲这一点，你们村委也得多考虑。"范振喜说："嫂子，小虎有出息，都是你教育得好。你放心，咱们村党委用人，向来是用贤不避亲，只要小虎有能力，他就有资格竞争。"

傍晚，范小伟带着岳珊珊来找范小虎。一进门，看见范小虎一脸的不高兴。范小伟问范小虎怎么了？范小虎告诉范小伟说他竞争上岗的事告吹了。

范小伟问为什么？范小虎说还不是因为你爸，还说什么举贤不避亲，在会上他一句话都不替我说。范小伟问谁上岗了。范小虎说是外村来的，他考的分数跟我一样多，三叔把指标给了外人，就是不给我。范小伟说，我爸就这样，从来不向着自己人。

岳珊珊说："不是还有别的厂子吗？不如去别的厂子试试。"范小虎说："那可不一样。向阳厂是大厂，光奖金一年就拿一万多块。再说，我学的专业就是构件制造，去向阳厂我对口。"范小伟安慰范小虎说："虎哥，你别着急，等我回家再跟我爸说说，看还有没有机会。"

范振喜很晚才回家，却发现范小伟和岳珊珊都没睡觉，两个人正坐在电脑前学习。范振喜让俩人早点儿睡觉，说完便要回自己卧室。

范小伟喊住范振喜，说爸我有事跟你说。爷儿俩在客厅沙发上坐下。岳珊珊给范振喜倒了一杯水。范振喜问小伟什么事不能明天再谈。范小伟说明天你一忙起来又见不着你人，最好现在就说。范小伟问范振喜为什么范小虎不能进向阳厂？

范振喜说，范小虎的分数与外村青年蒋力海的分数一样，我总不能偏向小虎，而不让蒋力海进来。范小伟说他打听过了，其他村委都同意范小虎，只有你一人坚持用外村的。范振喜说："我是书记，别人是看我的面子上想要照顾范小虎。可是蒋力海的专业比范小虎更合适，周台子需要引进人才。"

范小伟不高兴地说："我就知道你准这样，什么好事都先考虑别人，从不为自己家人着想。"范振喜生气了，说："做事得讲公平，不能为了个人利益而损害了集体利益。"范小伟也强硬起来，说："小虎哥是研究生毕业，毕业后又主动回村，哪一点儿不比别人强？"

两个人说话的声音越来越大，大有吵架之势。岳珊珊一旁看着，想劝又不敢说话。刘海英推门出来问半夜三更的吵什么，有什么事明天再说。范振喜不想跟儿子吵架，站起来说："有事明天再说，早点儿睡吧！"随后进了自己屋。

范振喜躺在床上回想范小伟的话。想想这些年，他确实没为范家人做过什么。二哥救过自己的命，二嫂柳玉一直对他们家也没少照顾，就范小虎工作上的这点儿事，为什么自己就不能宽容一些呢？可是不能啊，自己是村党委书记，什么事都要以身作则。

睡在一旁的刘海英说："你这人就是死心眼儿，小虎跟小蒋的分数一样，用谁不是用？就是你让小虎进了向阳厂，别人能说你偏心眼儿吗？小虎又不是没工作能力。"

范振喜说："正是因为这一点，我才不能有私心。如果我这当书记的处事不公，别人也会跟着学，弄不好会带坏整个周台子风气。"刘海英说："什么事让你一想就都复杂了。不跟你说了，睡觉。"

自从岳珊珊跟着范小伟来周台子，一转眼一个月时间过去了。一天，岳珊珊对范小伟说："小伟，我们俩回来都一个月了，不能总这么闲着，得找点儿事做。"范小伟说："我也想这事，可是干点儿什么呢！"

岳珊珊说："村里有那么多厂子，随便找一个就行，我是因为爱你才来的，不嫌弃干什么工种。"范小伟说不行，厂子虽然多，可适合咱们俩的却没几个。他一一地数着说："农业公司那几个基地，都是农活，不适合我们俩。养猪场就更甭提了，浴盆厂又脏又累也不适合，只有向阳厂适合我们俩。"

岳珊珊劝说："向阳厂你就别想了，连小虎哥都进不去，咱俩更不可能。"范小伟说："如果咱们俩也进不了向阳厂，咱就离开周台子，出外找工作。"岳珊珊问："那样的话，你不是白回周台子了吗？"

范小伟把自己的想法跟母亲刘海英说了，让她帮着跟范振喜求情。刘海英觉得在范振喜身上不可能打开突破口，于是找到张德方。

张德方满口答应，找到向阳厂，很快把范小伟安排到厂里工作，又把岳珊珊安排在玫瑰花基地。两个人安排好后，刘海英心情大为舒畅。

傍晚下班后，岳珊珊拿回一束玫瑰花说是淘汰下的不合格产品，被她拾了回来，可以插在瓶子里欣赏。刘海英也喜欢花，两个人高兴地插完花，向瓶子里灌水。范小伟哼着流行歌曲进院，岳珊珊领着小伟进房间看花。插花一共放了两瓶，一瓶放在小伟的卧室，另一瓶放在刘海英和范振喜卧室。

范振喜晚上回来，没见范小伟和岳珊珊，有些纳闷，睡觉前问刘海英，这俩孩子今天怎么睡得这么早？刘海英告诉他，说他们俩明天还要上班，所以早睡。范振喜问他们俩在哪儿上班？刘海英说岳珊珊在玫瑰花基地。范振喜说好，年轻人就要吃点儿苦，多锻炼一下也好。接着他又质疑地问范小伟在哪儿上班？刘海英吞吐着没敢说是在向阳厂。

第二天一早，范振喜去村部上班，迎面碰上柳玉。柳玉见到范振喜，连招呼都不打，扭身向旁边走去。范振喜喊二嫂，柳玉没理，直接进了家门，哐当一声关上门。

柳玉在院里大声嚷：“什么爹亲叔大，娘亲舅大。我看都是瞎扯。还是亲爹好。”范振礼在院里搭腔问：“刚出去一趟，回来就抽风，谁惹你了！”

柳玉大声说：“还有谁，你那亲兄弟呗！说咱家小虎进向阳厂不合适，怕人说闲话，他亲儿子进向阳厂就不怕别人说了？”范振礼问，怎么回事？柳玉说：“你出去看看，咱小虎在浴盆厂干又苦又累的活，你们家老三的儿子却在向阳厂享清福，拿高工资还有奖金。”

在柳玉和范振礼大声说话时，范振喜并没走远，就站在墙外听。因为他从刚才柳玉的态度上已经意识到，这里面肯定有误会，不然，柳玉也不会这样对他。

这回范振喜听明白了，原来问题的起因是在小伟身上。于是，他转身快步朝向阳厂走去。

向阳厂里，范小伟正在车间和几个工人一起干活。范振喜进入厂房，找了一会儿后，在一个车间看到了范小伟，随后把范小伟叫出来，问他怎么在这里上班。范小伟说是村委会安排的。

范振喜赌气回到村委会，见到张德方，问他范小伟在向阳厂上班是怎么回事，谁安排范小伟进的向阳厂。张德方委婉地劝说范振喜消消火，承认自己安排小伟进的厂子，说那也不是什么领导岗位，只是一般工人，先锻炼锻炼，也不是什么违反原则的事。

范振喜一听就火了，说别人家的孩子都不能去，我范振喜的儿子为什么就能来，说凡是进向阳厂的人都要经过考试程序公开招工，这个规矩不能变。随后让张德方赶紧辞退范小伟。张德方不肯，说那样会伤了孩子的心。范振喜坚持说，伤小伟一人，总比伤全村人的心要好，必须辞退！

范振喜的态度让张德方吃惊不已，万万没想到，范振喜竟然还在自己儿子身上动真格的，一点儿情面不讲。

范小伟被向阳厂辞退后，两天不出屋，更不愿见范振喜的面。范振喜回来，他进屋躲着，范振喜走了他才肯出来，爷儿俩一连几天都不在一张桌子上吃饭。私下里范振喜对刘海英说，小伟从小爱面子，这事对他打击很大，让刘海英多注意着点儿。

刘海英说："谁惹的谁负责，别跟我说。"岳珊珊无所适从，不知道怎么劝小伟，白天她上班，晚上也跟着小伟扎在屋里不出来。刘海英见谁都劝不了，只能是唉声叹气，给学生上课时常走神，几次校长提醒她，才把错的地方改过来。一连半个月，范振喜家都笼罩在这种不和谐之中。

范小虎把小伟家的情形告诉了范振礼和柳玉。范振礼埋怨柳玉，谁说范振喜有私心，这下你看到了吧？他连亲儿子都不肯照顾，看你还有什么话说。

柳玉不肯认错，气呼呼地说："他那是没人情味。"范振礼让柳玉抽空过去看看刘海英，一个范字掰不开，再怎么着也是亲兄弟。柳玉气得出了屋。

柳玉没有去范振喜家，直接来到村小学，趁着学校下课，见了刘海英。两个人说着说着刘海英落了泪。刘海英告诉柳玉，说小伟伤心大了，嚷嚷着要离开周台子。柳玉急了，问离开周台子他怎么办。

刘海英说，小伟说了，就是出外打工，要饭，也要离他爸远远的。柳玉唉声叹气地说："真没见他这样的，当了书记，连儿子都容不下。"

范小虎也来劝小伟，让他忍一忍。村里厂子那么多，不去向阳厂还可以去别的厂子，再说，珊珊不是也找到了工作开始上班了吗？岳珊珊不说话，只在一旁落泪。

范小伟说："今天的周台子是我爸那一代人创造的，无论我去哪一家，别人都会说我在沾我爸的光，干脆我离开周台子，就没人说闲话。"小虎说："小伟，你不能这么想，你上大学，学知识不就是为了回村多做贡献吗？"

小伟苦笑着说："当初我是这么想的，连珊珊也跟着受连累。本来她爸妈已经在大城市给她找了工作。为了我，她工作都不要，一心跟着我回周台子。谁承想竟然是这个结果。"

小虎继续劝道："你也得理解你爸，他是村党委书记，做什么事儿全村人都看着呢！"范小伟下了决心，说："正是因为这个原因，我必须离开周台子。"

小虎回到家，柳玉向他打探范小伟的情况。范小虎说小伟态度坚决，看来离开周台子是真的。范振礼一旁突然说话：“这小子，有骨气。像范家的种。”柳玉不爱听，批评范振礼说：“哪有你这么说话的，孩子到了外面，多不容易，万一有个三长两短，对得起范家吗？”

范振礼摆手说：“不至于，不至于。”小虎看看范振礼，若有所思地说：“看来，我也得学学范小伟。”柳玉一听就急了，大声制止说：“你敢？！”

范小伟执意要离开周台子，谁也没劝住。这天早晨，范小伟带着岳珊珊拖着行李箱离开家。范振喜要送，被范小伟拒绝，刘海英也不得出门。

范振喜和刘海英俩人站在阳台上目送着范小伟和岳珊珊。两个人走上村街，范小虎从后面赶来，从范小伟手里接过行李箱，还想劝范小伟，说：“你真的要走？”范小伟说你看我都这样了，还能是假的吗？

范小虎问范小伟准备去哪儿。范小伟说先到南方看看。随后三个人影在村街的道路上渐渐消失。

一直站在阳台上的范振喜和刘海英俩人，明明看不见范小伟人影了，却还是不肯回屋。刘海英终于忍不住哭了，埋怨范振喜说：“哪有你这样的？当个村书记，却连儿子都容不下，逼着儿子出外去找饭碗……”

范振喜不说话，眼中噙着泪花，任凭刘海英数落。过了一会儿，范振喜搂过刘海英，安慰她说：“年轻人，出外闯荡闯荡也不是坏事。”

范小伟、范小虎和岳珊珊三人来到滦河桥上，岳珊珊突然不走了。

范小伟拉着行李箱已经到了前面，见岳珊珊在后面停住，回头问她怎么了。岳珊珊过来，拥抱着范小伟好长时间，随后对范小伟说："小伟，你不能离开周台子。"范小伟怔住，问他为什么。

岳珊珊说："你是喝周台子水长大的，是乡亲们送你上的大学，就跟你父亲当初参军一样，你不能辜负周台子。"

小伟恨意未消地说："我没有辜负，是周台子对不起我……"

岳珊珊说："这样想你错了，不是我当初认识的范小伟。其实这几天我也想了很多问题，我觉得你父亲做得没错。他是周台子的村委书记，当然要从全村人的角度想问题。在你们家他是你们家长，在全村人面前，他就是全村人的家长。所以，在周台子全村人面前，他不能只考虑你个人。"

范小伟愣住了，不认识般地看着岳珊珊说："珊珊，你怎么替我爸说话，我这样做，可是为了咱们俩。"

岳珊珊说："我知道，这也正是我想要对你说的，所以我劝你，你不能离开周台子。"范小伟说："我不离开也行，那你得跟我回去。"岳珊珊苦笑着说："你留下，我走。"

范小伟急了说："不行，你走我也走。"范小伟最终没能留住岳珊珊。岳珊珊走了，她说她想家了，先回家去看看。临走还嘱咐范小伟在村里好好干，她一定会回来的。

范小伟执意要跟着岳珊珊一起去，但被拒绝了。范小伟意识到，从此他将要失去岳珊珊。

岳珊珊走后，范小伟痛苦了好长时间，一直住在范小虎家不肯回。一段时间后，在刘海英的恳求下，范小虎才把范小伟送了回来。刘海英见儿子回来，开始很高兴，但几天下来范小伟就跟丢了魂一样，吃饭睡觉如同机器人，这可把刘海英吓坏了，嚷着让范振喜带他去看病。

一个月后，范小虎来看范小伟，对他说准备建一个公司，让范小伟和他一起搞。范小伟问是什么样的公司，跟村委会有没有关系？范小虎说跟村委会没关系，是他们俩人的。说他要利用尾矿厂丢弃的矿渣，制造一种新型建筑材料。

两个人在屋里商量好方案，范小伟换了个人似的出屋对刘海英说他饿了。刘海英见儿子突然想吃饭，忙着给他擀面下面条，还在锅里煮了荷包蛋。趁着范小伟大口地吃饭，刘海英悄悄把范小虎拉到一旁，问他跟范小伟说什么了，他怎么突然就好了起来。范小虎笑着说，这是我们俩的秘密，过几天再宣布。

随后的几天，范小伟跟着范小虎办手续，跑地皮，找资金，不停地向村委会、银行、审批单位等部门介绍开发新项目的优势。两个人几乎天天抱着一大摞子书面材料，挨个部门地进进出出，申报各种手续。每当对人宣讲时，范小虎都滔滔不绝地介绍新产品的优越性和开发性质，说这尾矿渣可以充分利用其成分，制造成墙体材料、路面材料、保温材料、微晶材料，这些材料无论是从来源处理、生产还是成品上说，都属于绿色产品。

渐渐地，范小伟无形中感到他与范小虎之间有差距。范小虎的专业就是新型材料制造，而自己的专业是农业科技。如果这样跟着范小虎干，长期下去，是不是丢了专业知识？随后的一段时间里，范小伟开始进行思索。

由于市场前景看好，不久，范小虎便筹集到一百多万资金，村委会以集体土地入股。新型材料厂终于建成，开始生产，再过几天新产品就能出厂。

范小虎对范小伟说："小伟，等这一批产品出厂，你就负责销售这一块，生产方面由我负责。"范小伟犹豫着说："小虎哥，我恐怕不能跟你一起干了。"范小虎怔住，问为什么。

范小伟说："你的专业是新型建筑材料，办这个厂你是对口，有了用武之地。而我的专业是农业技术，在厂子里是门外汉。这几天跟你跑，我觉得很吃力，什么都不懂。"范小虎笑了，说："那有什么，谁也不是天生啥都会，不会就学，我教你。所以让你管销售，我负责生产。"

范小伟说："我不是那意思，我想要干点儿自己的事业。"范小虎不解，问：“那你有什么打算？”范小伟说：“还没想好，等想好了告诉你。”

从那天起，范小伟没再来新型材料厂上班，闷在家里又是几天不出屋。刘海英不知道范小伟是在电脑上查材料，寻找出路，以为他跟范小虎闹别扭。于是去找范小虎。刘海英见了范小虎，问他和范小伟是不是在闹矛盾。范小虎告诉刘海英，说范小伟有自己的想法，想要单独干点儿事业。

刘海英忧心忡忡地跟范振喜说了范小伟的情况。范振喜考虑了一会儿说：“年轻人想创业是好事，但也不能想一出是一出。小虎的厂子就不错，为什么丢下不干呢？”说完，他进屋把范小伟喊出来，问他为什么要离开新型材料厂。

范小伟说，我要自己干，不想跟着别人跑。范振喜又问他，既然这么想独自创业，那就说说你的想法。

范小伟说他想承包土地，办农业合作社。范振喜摇头说不现实。说他一没资金，二没销路，三没项目，不要觉得别人干得好，自己也能行。成功的人都经过一番磨砺后才有今天的成果，一上来，就想成功那是不可能的。在范振喜的劝说下，范小伟决定先承包几个大棚，试着搞些产品，等成功了再往大推广。

范小伟承包了村委会的十个大棚，利用滴灌技术，采用灯光照明等先进手段，对从国外引进的新品种“网格瓜”进行精心培育，当年便获得丰收，一斤网格瓜卖到四十元。引得李长富和薛明军俩人天天缠着他，非要让他进自己的合作社不可，都被范小伟拒绝了。

两年后，范小伟的智慧农业合作社建了起来，与薛明军和李长富的农业合作社相比，智慧农业合作社的科技含量更高，绿色价值更为突出。

范小伟种植出的产品，不仅销往全国各地，而且还吸引来了国外订单，成了周台子村的现代科技农业窗口，前来参观、采访的人络绎不绝。

范振喜看着眼前这一切，欣慰地笑了。

刘美丽是金彩霞的独生女儿。一天，她跟着母亲金彩霞来老年公寓看望金母。金彩霞陪着金母在院里溜达聊天，刘美丽向金彩霞说她要去村里转转。

刘美丽走出院子，远远地看见一大片美丽的草莓。红色的小花和翠绿枝蔓交相呼应，引来一只只彩蝶翩舞。刘美丽早就听母亲说过，周台子村的农业种植已经成了观光产业，到这里游玩，欣赏植物的城里人很多。今天一见，果然如此。刘美丽快速走过来，一边用手机拍照，一边扒拉秧苗，想要看一看有没有成熟的草莓。这时，一颗半青半红的草莓出现，她顺手摘下来，放在眼前欣赏。

范小伟看见有人摘草莓，便走过来劝，说草莓还没熟透，现在不好吃。刘美丽一扭头，认出范小伟，范小伟也认出是刘美丽。范小伟问刘美丽怎么在这儿？刘美丽说她跟母亲一起回村看姥姥的。随后俩人聊起了合作社的事。

刘美丽试探着问范小伟，她毕业后来合作社打工行不行？范小伟说当然行，这里缺少的就是专业对口的年轻人。

刘美丽在大学里学的专业也是现代农业技术，范小伟的智慧农业合作社刚好给了她用武之地。所以，刘美丽大学一毕业，便到范小伟的农业合作社工作。久而久之，两个人情投意合产生了爱意。宋小好看出端倪，后来高兴地告诉金彩霞，说她女儿刘美丽跟范小伟好上了。

可是金彩霞心里却暗暗着急，当年她追范振喜没有成功，如今女儿难道要嫁给范振喜的儿子吗？这要传起来，可就是个大笑话。金彩霞托人在城里给刘美丽找了一份工作，可刘美丽不愿意去，她说喜欢周台子，要在这工作一辈子。

金彩霞心里很清楚，刘美丽挑明了要跟范小伟好。可是，金彩霞过不去她与范振喜那道坎，无论如何也不能让女儿嫁到范家。情急之下她亲自出面，来合作社硬拉女儿回去。刘美丽躲着不见，金彩霞在合作社四处寻找。

正好丛艳君也来合作社找刘美丽。金彩霞问丛艳君找刘美丽干什么？丛艳君说是范书记找他，想让她帮助村里建文艺宣传队。金彩霞没好气地对丛艳君说，你回去告诉范小伟，我已经给刘美丽在城里找好工作了，我们不在这干了。丛艳君一时愣住，不知是劝还是赞成。丛艳君说，范书记都说了，请刘美丽留下来，帮村里搞文艺活动呢。

原来，周台子村民生活条件好了之后，渐渐地有人又开始背地里打麻将，玩小赌博。还有些人一天到晚互相请吃请喝，吃喝享乐之风一时兴起。范振喜想了一个整顿周台子民风习俗的办法，那就是继续加大文化宣传力度。

但是，随着人们生活条件的改善，村民们的欣赏水平越来越高，光靠以前的扭秧歌、拉二胡、唱歌等形式很难再带动村民积极性。于是，范振喜就想在村里成立一支专业水平较高的文艺宣传队。村委会还准备出资金，让他们去外地培训学习，为周台子村引进多姿多彩的文化生活。

由于刘美丽在上大学时，就是学校里的文艺骨干，经村委会研究后，准备让她来当这个文艺宣传队队长，随后让丛艳君来找刘美丽谈这事。没想到现在金彩霞突然从中插了一杠子，要带走刘美丽。

正在丛艳君不知所措时，刘美丽从暗处走出来，告诉丛艳君，明确表态说她不去城里上班，愿意参加村里的宣传队。丛艳君有了刘美丽的亲口答复，看了金彩霞一眼，啥话没说高兴地离开了。

丛艳君走后，金彩霞开始数落刘美丽，说她帮助外人，让自己失面子，下不来台，说着说着，上前硬拉刘美丽跟她回县城。刘美丽不肯走，金彩霞情急之下，说：“你就死了这份心吧！无论如何我也不会让你和范小伟好。”

刘美丽抗议地说：“我知道你过去与范叔的事，你的爱情没有成功，但那是你们那辈子人的事，你不能把你的痛苦压在我们这一代年轻人身上。”

金彩霞与刘美丽争吵时，范小伟就在大棚外站着，碍于情面他没有进来。当金彩霞听到刘美丽竟然说出这样的话时，气得她伸手打了刘美丽一个耳光，高声嚷道：“臭丫头，你你……满嘴胡说什么？有种你就永远别回家。”随后，她气愤地离开了。

金彩霞带着回忆和哀伤失落地走了。她不仅是在生范振喜的气，同时还为女儿的背叛而感到人生的失败。她一路上都在心里默想，她今天有钱了，可有钱又怎样，照样买不回她当初想要的那份爱情。

女儿与范小伟的爱情，在金彩霞心里如同扎了一根针，啥时想啥时疼，所以她不愿祝福女儿的爱情，但也明知阻挡不了。此后的一段时间里，她就一直沉闷着连话都不多说。

周台子村文艺宣传队组建成立，刘美丽担任了村宣传文化中心主任。在原有的文艺节目基础上又增加了健美操，大提琴、小提琴也纷纷登台亮相。

文艺演出时，李山上台拉的不仅有二胡还有小提琴。同样是一首《梁祝》被他用两种乐器演奏得如泣如诉，很多人感动地流下眼泪。

耿东梅带着一群中老年妇女，在台上表演了健美操，这让看惯了广场舞的人们，又一次开了眼。台上表演者身穿紧身健美衣，束起马尾辫，在优美的乐曲声中，摆动着优美的舞姿。一时间，连他们自家人都没分辨得出谁是谁。台下，终于有一个小孩喊出来：“看，那是我妈妈。”随后也有男人说：“那是我媳妇——”观看的人们怎么也没想到，这些半老徐娘，或是更年长一些，她们一向拿惯了镐头锄把的手，竟是这样的柔软；大半辈子，都在围着锅台转的她们，竟然也能轻歌曼舞。一曲舞罢，台下响起热烈掌声。

周台子文艺宣传队出了名，开始参加县市的各种文艺比赛。

这天傍晚回到家，范振喜打开收音机，听着里面的本市新闻。刘海英说她要看电视，让范振喜把收音机关了。

范振喜说，先别看你那电视剧，听听现在播的啥。刘海英凑过来，听见里面播音员在说话，她说："通过评委和观众投票，金山岭县周台子村健美体操队获得九十六分，荣获本届健美操比赛第二名。"接着收音机里传出热烈掌声。

范振喜转向刘海英说："听见没？她们又获奖了。"刘海英说："真没想到，这帮老娘们儿还能在市里拿奖。"范振喜赶紧给她纠正："怎么竟说粗话，谁是老娘们儿，她们是中老年妇女。"两个人都笑了。

范振喜对刘海英说："以后你和二嫂，也要参加这样的活动。"刘海英害羞地说："我可不去，都多大岁数了。"范振喜说："只要心不老，每一天都会过得有滋有味。"后来，在范振喜的劝说下，刘海英和二嫂也融入村里的文艺宣传活动中。

有一个草莓大棚的草莓突然长了腻虫，范小伟和刘美丽俩人蹲在一堆秧苗前研究对策。刘美丽说可能是热着了，得晾晾棚。范小伟说是浇水出了问题，应该打农药。两个人正在争来争去。这时，范小伟的手机响了。范小伟拿出手机看，上面竟然显示出岳珊珊的手机号。

范小伟一下子怔住，随后脸红了起来，仅这轻微表现，竟然被刘美丽看在眼里。刘美丽问谁来的电话？范小伟没敢直说，只说是大学同学。随后范小伟与岳珊珊通了电话。岳珊珊说在报上看到了周台子村的销售广告，她要过几天来参观。范小伟支支吾吾地回应着，说欢迎她们来……

其实，当年岳珊珊离开周台子后并没有回南方老家，而是被招聘到北京一家大型超市工作。几年后，岳珊珊升任为这家超市的店长。最近，她看了一份有关周台子村的农产品介绍，一下子触动了她多年前的美好回忆。于是，她决定来周台子看一看，如果那些农产品真的如宣传得那样好，她就与周台子村签订长期供应合同。

岳珊珊和公司的几人来周台子村后，受到了范家人的热情款待。刘海英如待女儿般地拉着岳珊珊的手问这问那，关心的热情让刘美丽有些嫉妒。她私下里问范小伟，岳珊珊不会跟你只是一般同学关系吧，看你妈的态度，就知道你俩的关系不一般。

范小伟见瞒不过，只好说出实情。刘美丽同情地说："故乡的山水只养故乡的人，人家是从大城市来的，你留不住。"

岳珊珊这次和范小伟签了订单后就回去了。刘美丽想，也许他们二人真的断了那份情……

眼看着又是村两委换届选举了。范振喜嘱咐张德方，让他好好准备准备，千万别落选。张德方却说他不想干了。范振喜一时不解，问他为什么。

张德方说："我这村主任干了也有三十多年，一晃就老了。眼看着一茬茬年轻人起来，这些孩子都有出息，所以我想把机会留给他们。"

范振喜想了想说："其实，这么多年我一直想让贤呢，可是每次换届你们都选我。这次我必须退下来，你当村委书记，然后再选个年轻人当村主任。"

张德方忙说："不行，周台子村必须你坐镇，我们谁都当不起这个家啊。这几年你想要让出书记的位置，可每一次大家还选你。你范振喜要是不干了，周台子村玩不转啊！再说了，你的命是全村人给的，你想撂挑子吗？至于我呢，我这几年身体也不好，当然我不能和你比，我是觉得学识不够，长此以往会耽误了周台子啊。所以我既不能当书记，也不能再当村主任了。振喜，你得接着干！周台子村如何保持长久富裕，如何开启乡村振兴新局面，得有你这样的带头人啊！”

在一起干工作四十年了，这两位搭班子的哥儿俩说的都是肺腑之言。

范振喜怔住了，是啊，前两次换届，自己一直要退下来，可是都没有退成，最难忘的一次，是自己外出谈项目没在选举现场，大家还是投了自己的全票。乡情依依，周台子的事业如何割舍啊？

想到这里，范振喜说：“也好，那你觉得村里哪几个年轻人合适？”

张德方说：“我觉得薛明军就不错，别看是外村来的，有文化，有思想，有闯劲，如果他能当选，一定会比我干得更好。”范振喜说：“明军是个不错人选，那就让他努力吧！只要能选上，我们就真心地支持他。”

和范振喜谈妥后，张德方又找薛明军谈话，说他自己要退下来，这一届想让他去竞选村主任。薛明军连说不行，说他年轻，来村子时间短，不适合当村主任。

张德方说：“年轻不是缺点，想当年，范书记当大队书记那会儿，比你岁数还小。何况有范书记支持，还有我在背后帮着你，没什么干不了的。”

到了那一天，通过选举，范振喜继任村党委书记，薛明军也被选上了周台子村主任。

范小伟的智慧农业科技含量越来越高，智能手机乡村振兴APP被广泛地用在劳动生产中。还为合作社里的入股农户统一配备了智能手机，教会他们利用手机乡村振兴APP与电脑实现信息网络服务平台互通。在出售的农产品包装上印上了二维码，只要通过手机扫描二维码，周台子智慧农业的一应宣传材料都可在网上浏览。

很快，周台子农业公司在网上铺开，几个年轻人开始在网上直播视频，让“线上”销售、技术咨询和“线下”收购、技术服务得到合理运用。一时间，“互联网＋”成了村里发展的时髦代名词。一见面，开玩笑地问，你今天“互联网＋”了多少……他们足不出户，就能将农产品远销各地。

不知什么时候，刘美丽想起了过去QQ上的偷菜游戏。突然有一天，她对范小伟说，我们也让村民学着偷菜吧！一句话，惊得范小伟目瞪口呆：“什么，让人来偷菜？”

刘美丽忙解释说：“就是让村民们学着QQ游戏上面的方法，找一块自己的地订制自己的产品，到了收获季节自己来采摘，把种地与娱乐结合在一起，在地里安上监控，在家里就能看到那个农产品的生长情况。”范小伟觉得她这主意可行！后来一干起来，就得到很多人响应，连退了休的吕副县长和在城里的刘震、金彩霞等人也来租种菜地，还引来一大批城里人。

由于业务上的关系，范小伟和岳珊珊俩人的联系渐渐多了起来。一天，刘美丽发现范小伟与岳珊珊在微信上的留言，大为恼火，说他们俩人旧情复燃。因为岳珊珊在网上暗示要与范小伟和好，这不能不引起刘美丽警觉。刘美丽和范小伟吵了一架后，带着气回到城里。金彩霞趁机数落刘美丽，让她离范小伟远点儿。刘美丽很长时间没回合作社上班。

范振喜在报纸上看到题为《绿水青山就是金山银山》的一篇文章，让他决定把山上的所有矿点连同选矿厂关掉。一时间，他的这一想法在村里引起轩然大波。有人说范振喜是败家子，也有人说范振喜是忘本，如果没有这些矿点，哪有今天的周台子？

范振喜在村委会上态度坚决地说：“我们想过好日子没错，但不能夺了子孙后代的饭碗。发展经济，不意味着就要破坏环境。周台子已经做了很多尝试，不开矿，我们照样能富得起来。”

村委一班人在范振喜的说服下，很快统一了思想。周台子村迅速对荒山荒坡展开了修复工作。在滦河两岸种植了大片白杨林，对开矿破坏的山体重新进行了修复，种上了花草、栽植上了柏树。

在开展这些工作中，党员带头做家里人思想工作，做到家家通全村明，每一个施工现场，都有党员和团员先锋队的旗帜在飘扬，叫响了“绿水青山就是金山银山”的口号，用党员的感召力影响着周台子村的每一个人。

他们还对囤积尾矿库的几条沟，发动党员出义务工，拉土拉石进行填埋平整后，又在上面种上了果树，建成了果园。

# 第十二章

范小伟与刘美丽之间的矛盾一直在持续着。范小伟去城里找过几次，但刘美丽不见。打了几次电话，刘美丽也不接。用刘美丽的话说，范小伟一天不跟岳珊珊断绝关系，她就一天不回周台子。

而岳珊珊的大型超市已经成了范小伟合作社的固定客户，怎么能说断就断？不仅如此，通过业务上的往来，范小伟和岳珊珊的关系正在修复中。对于这一危险信号，刘美丽一点儿没有觉察到，仍在用大小姐的脾气威胁范小伟。面对刘美丽，范小伟也动摇了，好比渐冻的寒冰越来越厚，仅存的一点儿温暖根本也就无法化开了……

这时，另一个人出现了。在范小伟与刘美丽谈恋爱的时候，范小虎也喜欢刘美丽，但出于范小伟是亲叔伯兄弟，范小虎始终隐藏着，不敢露出半点儿非分之想。范小伟与刘美丽的矛盾，从一开始就没有逃过范小虎的眼睛，即使范小伟不说，他也看得出来。

一天，范小虎来到范小伟的合作社大棚，问范小伟为什么不去接刘美丽回来。范小伟把他与岳珊珊的关系搬出来，提出要放弃刘美丽的想法。范小虎当时就火了，指着鼻子训斥范小伟："小伟，你脚踩两只船，不够男人。"

范小伟痛苦地告诉范小虎说："珊珊是我的初恋，一辈子都忘不了，即使跟刘美丽相处，我也从没忘记过珊珊，而且岳珊珊离开周台子时，并没明确表示跟我断绝关系，她只是不想因为自己的原因而影响我范小伟的事业，那正是她的爱。”

范小虎说：“既然你有这想法，为什么不亲自跟刘美丽说？”范小伟说：“我也想要解释，可刘美丽不给我机会，我也感到自责。如果就这么稀里糊涂地娶了刘美丽，心里却想着另一个女人，这是对刘美丽的不忠……”

岳珊珊每次从北京来周台子进货，都要给刘海英和范振喜带些礼品。而刘海英不管工作多忙，都要留岳珊珊在家里吃饭。一来二去，两个人的关系如同母女般亲切，总有说不完的话。

范振喜问刘海英是不是想让岳珊珊做她儿媳妇。刘海英明确表态，说她就是这样想的，说自己喜欢岳珊珊。

范振喜无奈地摇头说：“小伟的态度跟你有直接关系。”范振喜私下里对范小伟说，“做人一定要负责任，你们年轻人搞对象，跟谁好、不跟谁好，那是你们自己的事，我不干涉，但不能对不起人。”

说这话时，范振喜是带着气的，他觉得金彩霞和刘震俩人，这些年对周台子村贡献不小。而刘美丽在范小伟的合作社组建中，也帮了小伟很大的忙，不能因为一点儿小矛盾就闹着分手，所以他想劝劝儿子小伟。但出于年轻时与金彩霞之间的误解，他又不能明确表态，否则，必会引来刘海英的误会。

最终，范小伟与刘美丽分手了……

偶然一天，范小虎出现在刘美丽家不远处的一所超市里，恰好在这碰上了很长时间没去周台子的刘美丽。两个人坐到一家咖啡馆后，范小虎问起刘美丽近况，刘美丽说她在帮着父母经营公司。范小虎问她还想不想回周台子，刘美丽眼里含着泪花，说她再也不想回到那伤心的地方。范小虎失望地走了，但俩人留了微信。

从此以后，范小虎经常向刘美丽发些图片，介绍周台子村的变化，渐渐地，两个人有了感情。一段时间后，范小虎特意开车把刘美丽接到周台子，带着她见了柳玉和范振礼。

柳玉听说范小虎在与刘美丽搞对象，开始时不同意，觉得她跟范小伟谈过对象，现在又跟范小虎谈，便心存芥蒂。范振礼说柳玉是老思想，不了解现在的年轻人，不见得谈恋爱就一次能成，分手了还可以再找合适的人。

范振礼说他就觉得范小虎跟刘美丽般配。金彩霞也转变了观念，在双方父母的支持下，过了两个月，范小虎和刘美丽的恋人关系也就公开了，不久就定了亲。

这天，范振喜在村部正给镇党委书记杜瑜打电话，说这几年村里要求进步的年轻人很多，尽量多给周台子几个党员指标。

镇党委书记杜瑜在电话里说会考虑考虑。范振喜紧接着说，周台子村已经升格为党委了，理应多给我们几个党员指标，我们的入党积极分子现在还很多呢，好苗子就是党的后备力量。杜瑜哈哈笑着，终于同意了。

草莓大棚里，范小伟、岳珊珊检查草莓生长情况。岳珊珊爱答不理地有些不高兴，他问她怎么了，岳珊珊却说她要离开周台子。范小伟愣了。

岳珊珊转身跑出了大棚，范小伟追了出去。滦河吊桥旁，岳珊珊终于说了原因，原来村党支部还没有接收她的党组织关系。范小伟说这事儿我问过，我告诉你啊。范小伟凑近她耳边说了句话，岳珊珊害羞地用拳头捶打他前胸，范小伟顺势搂过她。

范小伟说："就是这么个情况，你不和我入洞房，户口不调入周台子，怎么可以在村里入党啊，对了，你爸妈什么意见？"岳珊珊害羞地推开他，向桥上跑去，范小伟追过去，二人笑着追逐着。其实，就是岳珊珊户口不调入周台子，也是可以申请入党的，范小伟是和她撒了个善意的谎言。

没过一个月的时间，岳珊珊的父母就来到周台子，为范小伟和岳珊珊举行了定亲仪式。

范小虎和范小伟商量好，他们俩准备在第二年“五一”节这一天共同举行婚礼，却遭到金彩霞反对。没办法，各家只好办各家的，但结婚的日子没变，都在同一天。金彩霞为了弥补年轻时的遗憾，决定给范小虎和刘美丽大办婚事，地点选在县城一家大饭店。范振礼不同意，说是范家人娶媳妇，地点还要在老家周台子，而且周台子的条件一点儿不比城里差。

岳珊珊在结婚前辞去了北京超市工作，回到周台子与范小伟一起经营农业合作社。岳珊珊在北京工作期间入了党，但她的转正期就在第二年的“五一”节前这几天。于是她把组织关系转到周台子村党委后，与范振喜商量，想把入党宣誓放在结婚这一天。

范振喜说好，接着说村里还有几个年轻的预备党员转正期也在那几天，不如就一起搞入党仪式。于是，村党委把党员活动室重新布置一遍，把另外几个预备党员的入党仪式和范小伟、岳珊珊的婚礼安排在大会议室里进行。

入党宣誓时，范振喜带着这几名预备党员面对党旗庄严宣读誓词，这些新老党员宣誓的声音，激励着所有的人，他们发誓，一定把周台子建设得更加美好！

这一天，周台子村的党员没用组织全都自发地来了。在庆祝完预备党员入党后，接着又庆祝范小伟和岳珊珊俩人的婚礼。这次结婚仪式很简单，既没有摆酒宴，也没有雇用红花车队送亲，他们只是向前来祝福的乡亲们发了瓜子、喜糖。乡亲们有说有笑。

如此一来，却让范小虎的酒宴冷落不少。因为几乎全村党员都来到了范小伟的结婚现场了，很多人没有到范小虎家去。为这事儿，范振礼又生了范振喜的气，金彩霞也在生范振喜的气，说他是故意给自己难看。

正在这时，范振喜和刘海英捧着鲜花前来贺喜，这矛盾总算是解开了。

又到了健美操新赛季。耿东梅从省会打来电话告诉范振喜，说他们得了全省第二名。范振喜对新上任的村主任薛明军说："体操队不仅给周台子争了光，而且是代表着全市健美操队，能取得这么高的奖项，可喜可贺。"于是，他要带着全村乡亲迎接她们的凯旋。

一大早，村文化广场就有人开始在忙碌。薛明军带着几个年轻人在布置会场，广场中心"永远跟党走"的主题雕塑两侧挂起了欢迎标语。一队小学生在老师带领下，举着各色小旗提前进入会场进行排练。

李山和几位年长的人操持着二胡、提琴。几个年轻小伙子架起了大鼓，握着鼓槌，试着敲打节奏。铜锣叮当作响，小号、长笛呜呜吹个不停。前来围观的村民们一层围着一层。

专车快到村口时，范振喜脱掉外衣，挽起衣袖，从一名年轻人手里要过鼓槌，他要亲自打鼓。薛明军怕他累着，上来劝。范振喜说，他要实现自己说过的话，健美操队出发时他曾说过："如果她们获得荣誉，他要亲自打鼓迎接。"

载着凯旋的体操队员们的汽车进入文化广场。顿时间，各种乐器齐鸣，震天动地般地奏响了凯歌。两个年轻人抬着鼓架，范振喜抡圆了胳膊敲打着鼓皮，带着欢迎人群迎向汽车。

耿东梅跳下车，激动地对队员们喊："范书记亲自为我们打鼓欢迎呢！"队员们高兴地喊着，响起一片欢呼声："谢谢范书记，谢谢村党委。"

范振喜摆手说："不要谢我们，要谢就谢全体队员，是你们为周台子再一次争得了荣誉！"

随着草莓品种种植规模的扩大，范小伟给合作社取了一个新名字叫“草莓公社”，而且注册了公司。范小伟跟车去紫塞市送货，顺便去了一趟花市，回来对岳珊珊说现在的花卉市场非常看好，也想开发花卉种植。岳珊珊说：“光是咱们自己可能搞不起来，不如跟村委会请示一下。”

范振喜觉得这是件好事，但却是一个新领域，不能不慎重，于是说：“创新好，但不能光看别人挣钱，也要有承担风险的准备。”在他鼓励下，岳珊珊去了一趟北京，绕道天津，又在网上对全国市场进行了一次调研，认为这是一个好项目，她的调研得到了村委认可。随后，村委选出几个年轻人，派岳珊珊带队到花卉公司培训学习新技术。

这批学员回来后，周台子村便开始搞花卉种植。

范小伟、李长富和薛明军的三个农业公司组成联合体，随着京津冀协同发展的推进，产品很快在北京、天津两个大城市打开了销售市场。

一路走来，风雨兼程。到了2020年，此时他已经连续当了四十年的周台子村党委书记。前几年，紫塞市委破格提名范振喜为金山岭县人大副主任人选，通过选举高票当选。鉴于他的特殊贡献，后来组织上又给他提拔了正县级，2021年，晋升了一级调研员待遇，仍然兼任村党委书记。这几年，范振喜几次提出辞去村委书记，但是从县委组织部到市委组织部，都没有通过他的辞职报告，组织上要求他依然兼任周台子村党委书记。

再过几天，周台子又快要“村两委”换届了。日子定好了，就等着召开选举大会。

这天晚上，范振喜走进村部，看见张德方和佟大娘等几名老党员正在大会议室做选举前的准备工作。他向几人打声招呼，走进书记办公室。就听身后一名党员说：“这次选举，范书记肯定还是全票当选。”

张德方一边糊着选举箱一边说："那还用说，哪一次不是这样。"另一名党员说："有范书记在，我们心里踏实，周台子有奔头。"

办公室的门一直开着，说话声传进来，范振喜听了个一清二楚，但他的心里却是另一种想法。这么多年，全村人信任他，每届都把书记选票投给他，让他连年全票当选。但今年他真的想不再连任，想让给年轻人。想到这，范振喜拉开抽屉，倒出一把药放进嘴里。这些年他就是这样过来的，想起来吃一顿，一忙起来也就忘了，为这事没少挨刘海英埋怨。

张德方抱着糊好的箱子兴致极高地进来，夸张地说："范书记，你看我今年糊的，比往年有进步没？"范振喜笑了笑，示意张德方坐下，他有话要说。随后，范振喜说出自己想退的想法。一听这话，张德方急了："振喜，你可不能又有这想法了，你不是说过嘛，你的命是全村人的，你想退你就退？那得看大伙答应不！"

范振喜说："即使我不当书记，照样能为全村人做事。还是那句话，我的命交给了周台子，我只是不想耽误年轻人。"张德方不管范振喜怎么说，就是不吭声。他知道，周台子老百姓离不开范振喜，他就是想让贤，显然现在大家不答应。

范振喜见张德方就是不说话，也只好自己走出了屋。范振喜有个习惯，只要不外出开会，就每天坚持在村子里走一圈，各处看一看。路过公园时，看到村人们有的锻炼，有的看书，有的坐着说话。这些人看见范振喜过来，纷纷向他打招呼。

在一处凉亭，范芝正和出院恢复了身体的耿洪山下象棋，周围站满了看热闹的人。眼见耿洪山要输了，范振喜支了一招，结果耿洪山赢了范芝。

耿洪山得意地笑话范芝臭棋篓子。一旁的刘父向着范芝说："要不是振喜给你支招，你赢不了范芝。"耿洪山不好意思地转头看了眼范振喜："那，这盘不算，重来。"众人笑，范振喜也笑，他看见村里老人们聚在一起如此开心，心里说不出的高兴，范振喜悄悄离开了。

耿洪山一边摆棋子一边说："明天就选举了，我还选范振喜，不知你们想好了没有。"几个人纷纷说："那还用说，咱们村不选范书记，还有第二人选吗？"

公园一角的亭子里，李山正在教几个年轻人吹萨克斯。李山吹着萨克斯，陶醉其中，优美旋律在公园内回荡。范振喜不想打扰他们，想要悄悄绕过去，却被李山看见了。

李山放下萨克斯，喊范书记。范振喜走过来，李山对几个年轻人说："范书记口琴吹得可好了，你们想不想听。"正好有一个年轻人手里拿着口琴，范振喜推托不开，只好吹了一曲《好日子》。一曲歌罢，众人缠着不让走，还想再听，范振喜说薛明军他们在那边铺路，他先去看看。

公园里一段路需要翻修，薛明军正带着几个工人在施工。范振喜过来，薛明军向他介绍施工情况，随后陪着范振喜四处检查。

两个人向前走着，薛明军发现范振喜步伐不稳，便督促他回去休息。范振喜说没事，就是晚上没睡好。范振喜说完，却顿觉头晕，脚下不稳一晃就摔倒在地。薛明军急切地喊着范书记，你怎么了？

范振喜已经昏过去，不省人事。薛明军一边让人给医务室打电话，一边背起范振喜向村医室跑。

这里的人们得知范振喜晕倒，一个个急着跑过来帮忙。范芝心慌得不知所措，也跟着众人赶来，几次险些摔倒。

耿洪山见范芝落在后面，摇着轮椅大声喊："范芝，你别去了，有年轻人呢！小心摔着。"赶过来的村民渐渐增多，跟着薛明军在后面跑。这一大队人有老有少，很快便形成一条长龙，奔向村子中央。

范振喜住进了县医院。两天后，终于苏醒过来了。刘海英告诉他，镇里把明天“村两委”班子的选举时间推迟了，说等他出院再进行。范振喜说：“那怎么行，不能因为我病了，就影响全村的选举。”

于是，他给镇委书杜瑜打电话，说选举还要正常进行，不能因为自己一个人，而影响周台子村党委的正常工作。

杜瑜拗不过范振喜，于是，周台子“村两委”选举在范振喜不能出场的情况下继续进行着。选举结果，范振喜再次全票当选周台子村委书记，薛明军当选新一届村主任。

张德方在第一时间把消息告诉了在医院里侍候范振喜的刘海英。刘海英面无表情地对范振喜说：“你又全票当选了，连一票弃权的都没有。”说着她不高兴地又说，“大伙儿也真是，知道你身体不好，还要选你当书记……”

范振喜听了后背过脸面向窗外，流下了泪水。刘海英见范振喜不语，劝说：“如果你身体撑不住，又不好意思说，我去找村委会，这书记咱不干了。”

范振喜极力控制住感情，转过身，对刘海英说：“周台子父老乡亲们这么信任我，我能说我不干吗？”刘海英急了，说：“那也得看看你身体，你都六十岁了，都病成了这样，三天两头摔倒，谁知道哪天，你就再也站起不来呢？”说着说着便哭了起来。

这么多年来，刘海英一直支持范振喜的工作，可是自从他得了血癌之后，刘海英总担心会失去他，所以处处呵护他。如果说是范振喜呵护着周台子，那么刘海英一直在呵护他，她是背后默默支持范振喜的好女人！

想到这里，范振喜安慰刘海英说：“不会，现在医疗条件这么好，我哪能说完就完，大不了你们再多送我来几趟医院。再者说，我的命是乡亲们给的，真要到了那一天，我范振喜也值了，总算没辜负大家伙。”

范振喜说到这，刘海英已是泣不成声。范振喜眼中也噙满了泪。但那不是伤心，而是感动。一个人能四十年如一日得到全村人的信任，这是口碑，是人心。就周台子村而言，世世代代，又有几人被村人们这样推崇过尊敬过?

范振喜的事迹广为流传，他身患血癌多年，并患有心肌梗死、脑梗死、干眼症和严重失眠等多种疾病，多年来他靠坚强的意志力和顽强的拼搏精神与病魔做斗争，与班子成员和全体党员、村民一道艰苦创业，硬是将一个贫穷落后的小山村变成了远近闻名的富裕村，创造了塞北贫困山区建设的奇迹，成为名副其实的“紫塞市第一村”。

中央党校在人民大会堂召开的“贫困地区社会主义新农村建设暨周台子村新农村建设实践”研讨会上，专家一致认为周台子村是“中国贫困山区社会主义新农村建设的典范”。

在他的带领下，周台子村党委被评为“全国先进基层党组织”“全国创建文明村镇先进单位”；范振喜连续四届被推选为“全国党代表”，被授予“全国优秀共产党员”“全国劳动模范”“全国三农模范人物”“全国最美基层干部”“全国最美退役军人”等荣誉称号……2020年11月范振喜家被评为全国文明家庭。

是啊，若非一番寒彻骨，哪得梅花扑鼻香。

周台子村文艺中心的礼堂内，挂上了“全国农村干部培训班”的长条幅。台上，范振喜在给这些从全国各地到周台子来开会的镇村干部做报告。

做完报告，他说：“我的命是乡亲们给的，活一天就要奋斗一天。因为我知道，我的身体说不定哪天就不行了，所以我得抓点儿紧，多给乡亲们干点儿事！”台下，掌声雷动。

科技大楼外又挂上了“全国农村实用人才培训基地”和“大学生村官培训基地”两块牌子。这天，楼前停车场上停着十多辆大巴车，楼门处挂着欢迎条幅，几块写着欢迎词的大板报伫立在大门两侧。

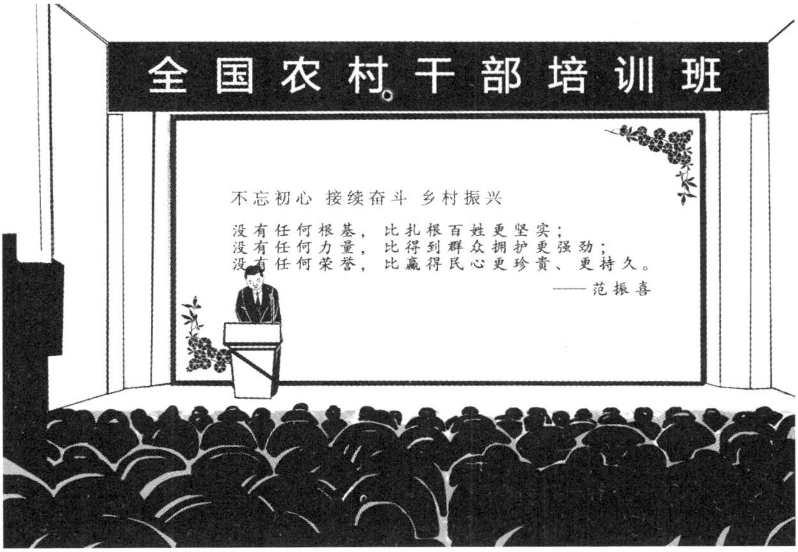


范振礼在范小虎和范小伟的陪伴下，悄悄走进大楼。在会议室门外，他们看见台下坐了二百多名大学生村官，范振喜正在台上讲话。

铿锵的话语在室内回响。范振礼一边听，一边心中得意，自言自语地说："老三，你做得对，受到这么多人尊敬，是你给咱老范家争了光。你们小哥儿俩，要向他学习啊……"

范小虎也在一旁自言自语地说："唉，这个老三啊，当年可是断了老二的财路啊，收了老二的矿点，使他失去了成为亿万富翁的机会啊……"说完，偷偷瞄眼看父亲范振礼。

范振礼一听这话，咂摸咂摸有些不对，却见范小虎冲着范小伟窃笑，他知道儿子范小虎是诚心逗他呢。

2021年3月，一天中午，范振喜边走边听收音机里的新闻，他还是这习惯，走到哪就把小收音机带到哪儿，关注新闻和信息。走进家门，看见茶几上摆着一盘新鲜草莓。他伸手拿起一个尝尝，感觉味道不错，问进屋来的刘海英："哪里买的草莓？"

刘海英说："是小伟草莓公社的新品种，刚熟还没上市，我特意拿回几个给你尝尝。”范振喜问：“给钱了没？”刘海英说：“给什么钱啊？这是你儿子的合作社，他老子吃几个草莓还收钱。”

范振喜觉得刘海英的话有问题，便放下刚要进嘴的一个草莓说：“你这话可不对，合作社，合作社，那不是范小伟一个人的，村里人也有股份，那是大家伙的。你白吃白拿，那是在占别人的便宜。”

一听这话，刘海英知道自己又做错了，赶紧打断范振喜说：“行了，你别说了，我知道你想说什么。我一会儿就把钱送去还不行……”

范振喜笑了，说：“这才是我老婆。”刘海英嗔怪说：“这些年跟着你过日子，学不会也看会了。只有你吃亏的份，没见你占过别人便宜。”

范振喜拿起一个草莓放进嘴里，笑着说：“这草莓真好吃，只要你给人家钱，我就不客气，全包了。”刘海英一把按住：“那可不行，你孙子还没尝呢！”两个人一齐笑。正说笑着，范振喜的手机响了，他一看号忙接听，接了电话就向屋外跑，急得刘海英连着喊他慢点儿慢点儿。

你猜谁来了？原来是范振喜当年入伍当兵的老班长来了。一辆黄色大巴车，直接开到村部外停车场。车一停下，呼啦啦从上面下来三十多人。这些人一下车，远观着村里各处景观，大呼小叫着范振喜的名字说：“真没想到，范振喜这老小子把村子建得这么好。”

两鬓斑白的老班长对众人说：“你们看看，看人家，四十年如一日，把一个一穷二白人心散的穷山村，建成了现代化的小城镇，农民全都住进了楼房，你们看看……范振喜这家伙干得真行啊！明天咱就把范振喜叫范振兴吧，取义乡村振兴嘛，哈哈……”

这时，路过的刘大懒听他们大呼小叫着范振喜这家伙，觉得非常不入耳，便过来问："你们是哪儿的，有约吗？"

一名老退伍军人说："约什么约？瞪大你的眼睛，我们来还用约吗？兔崽子，你给范振喜打电话，就说老战友看他来了。"

"老战友？"刘大懒疑问道，"哪儿的老战友，没听范书记说过。"

老班长态度和蔼地说："这位老乡，你给他打电话，就说老班长刘颜来看他。"刘大懒从老班长沉稳的表情上，觉得他说的是真的，于是给范振喜打电话。

范振喜一到，老战友们呼啦一下子全都围过来，范振喜一个个叫着他们的名字，握手拥抱。三十多年没见面的战友们，今天在此一聚，能不激动吗？一个个高兴得直掉眼泪。

老班长刘颜对范振喜说："他们，在报纸、电视上都看过周台子事迹。听说我一直跟你有联系，就缠着我带他们过来看看。今天，我就把咱们市的这些老战友都带来了。退役军人大有作为，让他们跟你好好学学，你也跟他们好好说说，就算是来你这取经。"

范振喜带着战友们挨个部门进行参观，看了几家厂子，又进了农业基地的几个合作社。当他们来到范小伟的草莓公社时，范小伟和岳珊珊正在一间温室大棚内一脸愁容地与请来的两名专家，商量给大棚内的玫瑰治病问题。

正在这时，范振喜带着老战友们从外面进来。这些人一进来，呼啦一下子挤满了过道。他们看见满大棚的玫瑰鲜花，难抑激动，于是在花丛间抚摸，拍照。

岳珊珊急了，大声喊着让他们出去。范小伟看见范振喜，小声对岳珊珊说："客人是我爸带来的，你不能撵。"

岳珊珊不肯罢休，继续说道："谁也不行，这么多人进来，带进细菌怎么办？"大棚里的玫瑰因为有了病菌，所以范小伟和岳珊珊才请来专家治病。两个人正在愁苦间，见突然进来这么多人，她们能不急吗？

范振喜听见了岳珊珊的喊声，先是一怔，继而听她说到细菌，这才恍然大悟。不仅是范振喜，进来的战友们也被岳珊珊的喊叫惊住了，一齐把目光转向范振喜。范振喜转向老班长说："都怪我，考虑不周。来来，大家都换上鞋套。"

换上鞋套后，范振喜笑着把众人领到牡丹、金银花基地，还有五千平方米的智能温室，两千平方米的日光温室进行参观。

晚上，范振喜在家里准备了晚宴，给客人们烤了一只羊。薛明军说："既然老战友们是来参观周台子的，也是为村里做宣传了，就村委会接待吧。"范振喜不肯，说："老战友是我的贵客，又是专门来看我的，我当然要花自己的钱。"

吃饭时，岳珊珊换了一个人似的跟着刘海英给客人端菜上饭，口口声声叫着叔叔大爷，殷勤备至，还给大家道歉。

众人到这时才明白岳珊珊是范振喜的儿媳妇。范振喜对众人说，大棚属于合作社，岳珊珊又是合作社的负责人，所以她把合作社的财产看得比命还重，谁要是违反了原则，她都不让步，包括自己这个公爹，一点儿情面都不给。

众人听了大笑。老班长刘颜说："还不是跟你学的，只要是公家的事，一点儿不含糊。"

晚饭后，老班长刘颜说："振喜啊！你四十年如一日地带着村里人这么干，又是一身的病，我真想看看你是怎么做到的。你是在部队入的党，我是你的入党介绍人，我很想看看你们村党委这些年的成绩。"

岳珊珊说："各位叔叔大爷，那我就领你们去参观一下我们的村史馆吧。"

周台子村史馆里，挂满了奖旗、奖状、奖杯等各种奖品和一幅幅周台子村四十多年来沧桑巨变的图片展示。战友们看着聊着，一个个感慨万千。刘颜转过身握住范振喜的手说："振喜，你没辜负部队的培养，给部队争了光，给战友们增了光。我刘颜没看错人。当年能当你的入党介绍人，是我这辈子最大的荣幸啊！”

讲解员杨欣桐是现任村副主任杨树林的女儿，当年上大学是村里资助的。她动情地说：“我家过去是贫困户，是村里资助我念书，大学毕业回到村里工作。这些年范书记和村党委是在真心实意为乡亲们做实事谋幸福。在这个小小的村落里，在这些巨大的变化里，承载了一代又一代人的接续奋斗，这是我们周台子村的故乡情，也是我们周台子人的中国梦！我们这些年轻党员，更应以范书记和老党员为榜样，为周台子村创造出更好的成绩来……”

听完杨欣桐这番话，在场人员似乎看到了范振喜带领全村党员当年奋斗的身影和所经历的苦难，老班长和大家不由自主地鼓起掌来。

人群中的杨树林看着女儿杨欣桐长大了，也不禁感到自豪和欣慰……

2020年正是春暖花开的时节，周台子村漫山开满了映山红和山杏花，为了深度挖掘这个典型，这是我第六次来到周台子村了。

过去我在市委研究室工作的时候，省、市委推出范振喜典型，我就没少来这里采访，撰写他和村里的先进事迹材料。一场新冠肺炎疫情刚过，周台子村民为武汉防疫一线捐款二十余万元支援抗击疫情，我感叹乡亲们富裕后精神境界更高了。

2021年春天，我再次来到周台子，有幸正赶上百岁老人佟大娘的生日。

佟大娘百岁生日这一天，范振喜把原吕副县长和原农业农村局局长耿东云，都请了回来，二人也都早已经退休了。就连已经调到县乡村振兴局的局长——张百湾镇党委书记杜瑜，闻讯也赶来了，他们和老年公寓的老人们一起给佟大娘祝寿。活动室布置妥当，几十把椅子围成一个大圆圈，在桌上摆着的大蛋糕写着“佟大娘百岁生日快乐”，上面插着十支红蜡烛，象征老人百年寿辰。可这个时候，佟大娘却不见了。

佟大娘一个人躲在房间里，拿着丈夫和儿子的老照片端详，自言自语地说："你们爷儿俩要是活着，我们一家人能聚在一起那有多好啊。唉，你们爷儿俩放心吧，我现在很好，现在是新时代新农村了……"

范振喜和薛明军敲门进来。佟大娘赶紧收起照片，抹掉脸上的泪水。范振喜说："大娘，我带你去个地方。"佟大娘先是不肯，说今天不想出门。范振喜说不远，就在老年公寓大食堂。范振喜和薛明军搀扶着她进了活动室。

门一开，屋里的人们全都站起来，唱着生日歌。佟大娘一时没反应过来，问范振喜谁在过生日。范振喜说："大娘，这是大伙儿为你过生日。"

佟大娘感动得老泪纵横。老人们在祝福佟大娘生日的同时，还述说着周台子村的过去。村子从20世纪80年代末就开始每月发放给村里老人每人每月两块钱，到现在的每人每月五百块钱……

范振喜把那只保存完好的"抗美援朝"搪瓷缸拿出来，问佟大娘认得它吗？佟大娘拿过来端详，显得有些激动，放在胸前说："认得，认得，这是孩他爸那年抗美援朝，党给的。振喜啊，你这兵没白当啊，你这书记当得好啊，现如今咱周台子人过上了好日子，那是芝麻开花节节高啊！我呀，我们大伙啊感谢共产党，感谢你范书记啊，大娘我得给你鞠个躬……"

说着，百岁老人佟大娘就要给范振喜鞠躬，急得他连忙扶起佟大娘。

范振喜举着那只搪瓷缸子，说："这搪瓷缸子，是佟大爷参加抗美援朝时，志愿军慰问团发的。大爷一直没舍得用，留到了他离世那一天。当年我参军时，大娘把它送给了我，我知道大娘是啥想法，她是想让我在部队好好干。这不是一只普通缸子，它代表着老一辈人对后辈的希望。继往开来，与时俱进，进入新时代的周台子必将迎来更加美好的明天！今天，我把它献给村部荣誉室，要让后辈们记住佟大娘，还有在座的每一位老人家，是你们的付出和辛苦，才换来周台子人今天的幸福生活……我谢谢你们……”

说完，范振喜向乡亲们深深地鞠了一躬。

众人都忍不住鼓起掌来，很多人眼中闪烁着泪花……

晚上，住在周台子招待所，我的心情久久不能平静。望向窗外，村街上依然华灯璀璨。次日，因为要采访紫塞市的普宁社区书记傅雪莲，我离开了周台子。

车子经过潺潺流水的滦河桥，行驶到村口，我停下车，再次走近桥头矗立的石碑前。那石碑上，依旧赫然雕刻着：

> 清初，山东一周姓携家带口闯关东逃荒至此，择滦河水岸边一处高台之上搭建窝铺始居，遂取村名为周家窝铺，其他旁姓亦渐来此地居。多年后因难于生计，周氏一族往东北继续逃荒，仅余三两户周姓人家，村人因嫌“窝铺”二字甚有穷气，村名遂取地势高台之上改名周台子至今。

岁月更替，时代变迁。

这个昔日穷山沟沟里的小山村，哪里还有过去穷气？乡亲们早就过上了幸福的生活。

“金杯银杯不如老百姓的口碑”，什么是人民的荣誉？中国共产党入党誓词是我们的党对中国人民的庄严承诺，就是全心全意为人民服务。践行宗旨人民至上，党为人民民心向党，那么人民对我们的党对我们基层党组织书记的褒奖就是人民的荣誉、最美的荣誉。

我慢慢回转身，面向新村周台子，感慨万千地深深鞠了一躬……

# 第十三章

时已中午，车子缓缓驶入紫塞市区，经过紫塞剧场前，我不由得回想起2017年来。那年的5月，我曾在这里观看了以范振喜为原型的歌舞剧《如山的脊梁》，至今难忘。

说起这紫塞剧场，它是1953年的建筑，能依然保留至今，可见这座城市的市民对这大剧院的钟爱。紫塞剧场的外观十分华丽，六根粗大的朱红柱子支撑起庙宇般的额枋，光滑的琉璃瓦覆盖墙裙，还有色彩斑斓的云盘线、彩漆的眺望台，庄重大气。历经“大炼钢铁”“三年困难时期”“文革”“改革开放”，几经风雨跨入新时代，紫塞剧场被保护保存下来，见证了这座城市的历史变迁，也就成了这座城市的地标性建筑。

紫塞市有世界上最大的皇家园林避暑山庄和举世闻名的外八庙，不仅有棒槌山和源远流长的滦河、神奇的三九天严寒之下也不结冰的热河泉，而且有山有水还有雄俊奇伟的金山岭长城、辽阔的京北第一大草原，还有演绎了“最美的青春”造林人的塞罕坝大森林……

2017年5月的一个夏日，紫塞剧场里座无虚席，正在演出一场现代戏，这就是根据周台子村党委书记范振喜事迹改编的歌舞剧《如山的脊梁》。三十多岁，身为副团长的傅雪莲主演范振喜的妻子刘海英，中年男子高团长饰演范振喜。这一场，演的正是范振喜做完血癌手术，回到家里执意要去村委会上班，妻子刘海英阻拦他的戏……

傅雪莲的舞姿优美娴熟，功底深厚，高团长表演得也入木三分，再加上配乐动人心弦、如泣如诉，演出效果令人入戏生情……

台下第一排，周台子村党委书记范振喜和妻子刘海英，周台子村委会干部、村民代表等坐在那里，激动得不断鼓掌。儿子范小伟、儿媳岳珊珊给范振喜和刘海英献花，范振喜眼角滚下了泪水。

我作为特约嘉宾，就坐在范振喜的一旁。我与范振喜是多年的朋友了，我对他很敬重，这样的演出我是一定要来看的。另外，歌舞团副团长傅雪莲是我的邻居，演出入场券嘛，我自然也近水楼台先得月了。当然，我之前也参与了歌舞剧《如山的脊梁》剧本的修改。演出很精彩，范振喜的精神再次深深地打动了我。

歌舞团领舞李芳芳站在舞台侧幕，她负责报幕，目不转睛地看着傅雪莲的表演。眼前浮现出多年前，从部队转业回来的文艺兵傅雪莲着一身军装，黑亮的大眼睛含笑，落落大方地和她握手，说你叫李芳芳，我们同岁，以后我们一起跳舞吧！傅雪莲当了副团长之后，李芳芳就接替她当了领舞。台下的掌声打断了李芳芳的回忆，她上台继续报幕……

紫塞市中心交通转盘处有一座标志性雕塑建筑“康熙大帝”，马背上的康熙皇帝背北朝南迎风而立，十分威武。

也正是现在，喧闹的紫塞市中心传来呼喊声，“快抓住他，别让他跑了——”就见男青年小柯躲闪车流，绕过康熙大帝雕塑，奔着南营子大街一路跑下去。他身后，几个戴着红袖标的人紧追不舍。

小柯一路躲闪着车辆和人群，左闪右躲就跑到了紫塞剧场前，他被几个戴着红袖标的人追着，顺势就跑进了剧院。后面追的人是普宁社区居委会的干部王菊、杨毅、陆凡等人，陆凡和王菊要照顾跑得慢的牛大妈，自然就跑不快了。牛大妈是普宁社区居委会的老书记兼居委会主任。

王菊远远地见小柯跑进了大剧院，就搀扶着佩戴党徽、戴着红袖标的牛大妈气喘吁吁地追进了大剧院。

傅雪莲的节目演完了，一群演员上台跳民族舞。傅雪莲来到化妆间换衣服。被人追着的小柯七拐八拐跑进了后台的化妆间，屋里没人，小柯回身锁上门，险些撞到正换衣服的傅雪莲身上，吓了傅雪莲一跳，她捂住胸口……

追赶小柯的社工王菊和陆凡，年轻眼神好，瞄着小柯进了后台化妆间，就跟着过来。傅雪莲突然觉得小柯有些面熟，刚要喊出他的名字，外面传来敲门声。小柯微笑着凑过来，忽然转过身从背后勒住傅雪莲的脖子捂住嘴，傅雪莲挣扎着。小柯说："没错，你一定认出我了，外面有坏人追我。现在我藏起来，你最好嘴严点儿，否则我与你没完……"敲门声继续，小柯急忙躲进满满的衣服架子后。

敲门声更急了，傅雪莲扯过一件衣服遮住胸，刚把门打开。牛大妈领着人就闯了进来。牛大妈愣了，问："呦，这么大的人物藏这里了。哟，这衣衫不整的，怕是有违道德吧，这是忙乎啥呢？"

傅雪莲一愣，问这是干什么？牛大妈说："你别跟牛大妈我玩迷糊，你不就是顶了芳芳当了市歌舞团副团长嘛，芳芳不是你的好闺蜜嘛，你还在我们家吃过饭呢。咱去了慢的说快的。人呢？小偷呢？"

傅雪莲认出了牛大妈，她是同事李芳芳的姨妈，普宁社区书记兼主任牛桂芝。她还知道，李芳芳从小父母离异，是牛大妈把她抚养大的，还培养她学舞蹈，进歌舞团。牛大妈对李芳芳宠爱有加，李芳芳吃一点儿亏，牛大妈就想和人家讨个说法。所以牛大妈和傅雪莲的不客气，傅雪莲并不觉得奇怪。

牛大妈一脸严肃，问人呢？傅雪莲解释说没有别人，自己刚演完节目在换衣服。牛大妈说："没有别人？你糊弄谁呢？小柯——你别藏了，你给我出来，你还想二进宫啊！"

牛大妈和王菊在屋里翻找，傅雪莲被眼前一幕弄得紧张起来。这时，李芳芳报幕完也来到化妆间，哼着歌进了屋就开始脱衣服，突然发现满屋子的人。李芳芳一见牛大妈，吃一惊："姨妈，您来这干吗？"

牛大妈说："有坏人跑到这里来了！"李芳芳看向傅雪莲，傅雪莲摇头示意没有。牛大妈还要找，李芳芳好言相劝，才劝走了牛大妈。傅雪莲电话响起来，接完了电话她有些着急，紧张地看着小柯藏身处，快速换好衣服，对李芳芳说幼儿园老师来电话，女儿英子呕吐发烧。

傅雪莲出了化妆间，回头又大声说了句："你好好的啊，照顾好自己！"李芳芳一脸懵懂，"雪莲你跟谁说话？""跟你呀！还能是谁。"满屋都是衣服，挡住了李芳芳的视线，她走近小柯藏身处开始换衣服，没有看到小柯的人影。

剧场门前，傅雪莲拦了几辆出租车，里面都有人。她转身走胡同抄近道，走进胡同后打电话告诉幼儿园老师说是不好打车，自己抄近道去幼儿园。

剧院门口，牛大妈和王菊、陆凡从剧院里绕了出来。牛大妈叹息说还是让这坏小子跑了。牛大妈想了想，说："不对劲儿，刚才傅雪莲怎么那么慌张？一定有鬼，回去找！"

他们又往回跑，来到化妆间，李芳芳换好衣服出来，迎面碰上。牛大妈等人冲进化妆间，小柯迎面跑了出去。牛大妈大喊一声："小柯，你还真是在这呢，追！"

小柯从剧院里跑出来，到刚才傅雪莲打车的路边位置打车。牛大妈手一挥，喊着抓小偷就冲在了前头。小柯还没打到车，忙拐进刚才那条胡同，猛跑。没跑多远，就撞上了傅雪莲。他跑得更快了，拐来拐去，想甩掉傅雪莲，却没发现牛大妈就在后面追。

傅雪莲一看地形，机灵地拐进另一条小胡同，斜穿过去可以堵住小柯。果不其然，刚穿过这条胡同，小柯正冲她跑来。后面牛大妈边跑边喊着抓小偷啊！

傅雪莲挥舞着手包拦住他。小柯见是傅雪莲，可傅雪莲就是不让路，小柯见一时无路跪下叫了一声："雪莲姐姐，我是小柯，你还记得我吗？"牛大妈远远地冲着傅雪莲喊："快快拦住小偷！"

一见小柯下了跪，傅雪莲慌了，说："我记得你是小柯，你为什么要偷东西？这可是犯法呀！你不能再跑了，必须和她们说清楚！"小柯说："雪莲姐姐，我没偷东西，你快躲开。"傅雪莲质问："你没偷东西，那你跑什么？赶快和牛书记说清楚。"

小柯说："我跟他们说不清楚，你让我过去。"牛大妈等人追得越来越近。

小柯趁傅雪莲一不注意就跑了过去。牛大妈追了过来，指着傅雪莲说："傅雪莲，你把小柯放跑了！你俩是一伙的！"傅雪莲连忙解释说："牛书记，你误会了，我和他一点儿纠葛都没有！"牛大妈说："等我抓到小柯，再跟你掰扯！"

几个社工也跟过来，和牛大妈继续追小柯，追来追去追丢了。众人气喘吁吁地看向空荡荡的胡同。

普宁社区警务站，中年片警纪警官推着自行车正往外走，牛大妈气鼓鼓地走过来。纪警官问："牛大妈，您这是怎么了？"

牛大妈说："追小柯累得我血压都高了，可还是让他跑了！"

经警官说："我让您先找小柯谈谈，他不是刚从看守所出来嘛，你们社区居委会要注意他的思想动态，可没说让您去抓他呀，您这岁数，摔倒咋办？"

牛大妈巡视四周，然后才一脸神秘地说："你知道为什么没抓住小柯吗？"纪警官不解。牛大妈说："有人和他是一伙的，帮他跑掉了。"纪警官问："有这事儿？"牛大妈说："我骗你？这个人不光胆子大，名气也不小！”

纪警官说：“您就别绕弯子了，说是谁吧！”牛大妈说：“谁？歌舞团的傅雪莲副团长，你认识吗？”纪警官说：“歌舞团的傅雪莲？我和她有过一面之交。”

牛大妈一字一顿地说：“包庇小柯的人就她，傅雪莲。”纪警官说：“牛书记，一大早，不带您这么开玩笑的。”

牛大妈说：“你看我像开玩笑的吗？你是被她舞蹈家的光环给迷惑了。”

纪警官苦笑：“您先别给我扣帽子，您先说说傅雪莲到底怎么啦？”

牛大妈说：“小柯昨天跑进了歌舞团的后台，傅雪莲刚演出完，在化妆间卸妆，小柯进去找她了，两个人躲在一间屋子里黏糊上了，你说那叫什么事儿啊，然后她就放走他，这让我们的抓小柯计划失败了。”纪警官问：“这也不能证明小柯是傅雪莲放跑的呀？”

牛大妈说：“我进屋的时候，看到傅雪莲衣衫不整，头发也乱着……”纪警官想了想说：“牛大妈，我觉得这里面一定有误会，您想啊，小柯是什么人？傅雪莲又是什么人？这俩人不可能有您说的什么猫腻。”

牛大妈说：“傅雪莲如果有你说得那么好，她就应该协助我们社区把小柯抓住，可事实上她成了小柯的同伙。所以我马上就来找你反映案情。”

纪警官说：“我不否认您的防范意识强，但法律是讲证据的，等抓到小柯，搞清楚整个案情，我们再给傅雪莲定论。”

牛大妈又说了一句让纪警官惊讶的话：“我明天去市歌舞团告状，把她的副团长给撤了！”纪警官忙劝牛大妈别冲动，牛大妈转身匆匆走了。

傅雪莲赶到了医院，丈夫大成照顾着女儿英子，她已经睡着了。傅雪莲把来晚的缘由简单一说，大成数落她太爱多管闲事，不懂得保护自己。她对大成解释，就是咱俩过去救助过的福利院的小柯啊！大成恍悟，说他知道，小柯很小的时候爸爸出工伤去世，妈妈去了南方打工之后就失去了联系。

傅雪莲叹息，说的就是他，如今长大了却成了个小偷。大成说她同情心泛滥，小柯的原生家庭没有给孩子正常的爱和抚养，造成小柯性格缺陷。小柯也成年了，做人的道理他不会不懂，你就少替外人操心吧。英子醒过来，撒娇地叫妈妈抱，傅雪莲歉意地抚摸她的头。

医生来了，告诉傅雪莲说化验结果都出来了，孩子得了急性肠胃炎，输完液没事了，然后再开点儿药。大成和傅雪莲连声感谢医生。

牛大妈回到家，丈夫老冯已经做好了晚饭。牛大妈吃完饭，碗筷一放，就伏在桌前写信，老冯凑近一看，是投诉歌舞团的傅雪莲，就反对她去歌舞团投诉。

老冯说："你没有证据证明傅雪莲和小偷有瓜葛，这不是胡闹吗？再说傅雪莲在咱紫塞市也是明星人物，和小偷是一伙的？不可能。"

牛大妈冷笑一声，说："你老冯一沾年轻女演员的边，就犯怜香惜玉的老毛病。边上待着去！"这话把老冯气得哈哈笑。

一大早刚上班，牛大妈就来歌舞团找李芳芳，她说明来意，李芳芳说她多此一举，团长正烦着呢，您就别再添乱了。牛大妈说芳芳你现在不像从前那样和姨妈贴心了，在你眼里姨妈就是一个老糊涂。李芳芳说您这是哪儿跟哪儿呀？您就别管闲事了。

"我是社区居委会书记，管的都是保百姓平安的大事，怎么是添乱呢？带路！"牛大妈一副正义凛然，李芳芳一看也劝不了她，也就没辙了。

高团长还是耐心听牛大妈简单说了原因，并解释说自己马上要去局里开会，等傅雪莲来上班了自己会提醒她。牛大妈说提醒不行了太便宜坏人了，你得撤了她的职。高团长因为急着要去开会，忙点头应承如果属实一定严肃处理。说着他拿起包，显然是要送客了。牛大妈尴尬地起身。二人一起往外走，高团长回身锁上门，一回头见牛大妈一脸问号地看着自己。

牛大妈说："团长同志，你别不是糊弄大妈呢吧？"高团长解释说真的去开会，是歌舞团改革的会。牛大妈说，"就傅雪莲这样的当副团长，是得改改。"高团长没有搭腔，似乎有难言之隐。牛大妈没有注意高团长的表情，自顾自地说："团长同志，必须撤掉傅雪莲的副团长，对坏人不能姑息！"

高团长敷衍着说："我保证如果情况属实，一定严肃处理。"

歌舞团里开始有人议论傅雪莲要撤职的事，说得有鼻子有眼儿，甚至是说她和小柯的关系不一般。女演员凌冰冰告诉傅雪莲，李芳芳就是嫉妒你，总在背后说你的坏话，她说你的副团长头衔应该是她李芳芳的。傅雪莲苦笑，摇头说："随她说去吧，我不在乎。"其实，这样的闲话傅雪莲也不是第一次听到了，李芳芳确实对她有些嫉妒，但都是多年的姐妹了，她一直在包容李芳芳。

傅雪莲朝李芳芳走过来，李芳芳假装没看见她，掏出小镜子自顾自照起来。傅雪莲本想问问李芳芳为什么传闲话，却欲言又止。

大成给傅雪莲打电话，说他搞卫生把英子的药给扔了，让她中午去一趟医院买回来。李芳芳却主动提出陪傅雪莲去医院。

牛大妈回到家跟丈夫老冯闹气，嫌他不做家务。知妻莫如夫，老冯知道她的工作又不顺心了。牛大妈给文化局领导写信，举报傅雪莲，对犯罪青年的逃逸行方便之门，应该予以严肃处理云云。

老冯批评她，快退休的人了，就别太较真儿了，留点儿好口碑不行吗？牛大妈把眼一瞪，说："你看你看，你的怜香惜玉毛病又犯啦？！”气得老冯摔门出去了。这回老冯是真生气了。

医院，傅雪莲走进儿科门诊，请医生给英子开了药，出来后和李芳芳在付费窗口排队，意外看见了小柯神色鬼祟地在大厅里转悠……

傅雪莲把购药单子交给李芳芳，她悄悄跟踪小柯。小柯靠近了一对排队挂号的老夫妇，老太太的包拉链开了，露出了里面的钱包，小柯的手伸进了包里，却突然被人一把摁住。

小柯见是傅雪莲，不由得一愣。傅雪莲低声说：“放回去！”小柯拿着钱包挣脱雪莲的手就往外跑。围观的人大声呼喊：“抓小偷——”

医院保安跑来迅速地擒获了小柯。随后警车也到了，小柯被推进警车后，又探出头喊：“傅雪莲你过来，我有话跟你说……”

傅雪莲质问小柯为什么撒谎？小柯却说：“我把你当女神，你却送我进局子。你和牛大妈一样，都是冤枉我，恨不得我就是贼，我小柯永远是个贼！可惜昨天你们都错了，我什么都没干。”临走时他冲雪莲叫板说，“你等着，我终究会出来的，咱们后会有期！”

街道上，警车鸣着笛，在傅雪莲的视线中渐行渐远。李芳芳拿着买好的药递给她，她才回过神儿来。

普宁社区门口张贴出招聘社区干部通知，好多人都在看。傅雪莲路过这里，也上前去看。

牛大妈一看是傅雪莲，揶揄她说："怎么，你对社区感兴趣？可要是真和小偷纠缠不清，你这副团长就当不长了。"

傅雪莲笑了说："牛书记，您是社区干部当久了，看谁都像坏人吗？"牛大妈坚持说我为保一方平安，不怕得罪人。两个人争辩着，纪警官走过来，见到傅雪莲就对傅说："感谢你傅团长，这次抓小柯你是立大功了。"

见牛大妈一脸糊涂，纪警官说上次小柯逃跑了，这次是傅雪莲在市医院亲手抓到的，你们社区应该好好表扬这位见义勇为的女英雄。牛大妈不相信这是真的，再次追问纪警官。纪警官说的确是傅雪莲抓住的小柯。牛大妈尴尬地说不可思议啊。

傅雪莲来到电视台找文艺频道的女导演许丽莎。四十来岁的许导，干练爽快，和傅雪莲很投脾气。歌舞团和文艺频道有过几次合作，一来二去，傅雪莲和许导成了朋友，她向许丽莎争取到录制歌舞团舞蹈专辑的机会。

回到团里，傅雪莲亲自带领演员们排练，可演员们并不领情，排练时心不在焉。有演员背后说怪话，说傅雪莲太爱逞能，歌舞团都快解散了，上电视谁又稀罕？李芳芳当着傅雪莲的面数落演员偷懒不用功，傅雪莲不在时她又跟演员们说跳舞没有前途，歌舞团马上就快解散了。年轻演员凌冰冰又如实向傅雪莲讲了李芳芳的闲言碎语，傅雪莲听了淡然一笑。

老冯在家里看电视，看到傅雪莲在医院抓到小柯的新闻，激动地喊："牛桂芝你快看，傅雪莲成见义勇为的英雄啦！"牛大妈看了，心里七上八下的不舒服。老冯猜她是为错怪傅雪莲的事犯难呢，她还去歌舞团要求撤销傅雪莲的职务，这如何收场呢？

老冯说明天你去歌舞团给傅雪莲送一面锦旗，一切皆大欢喜。牛大妈两手一拍大腿，说：“这主意好哇，我咋就没想到呢！明天我就送锦旗去。”

次日，牛大妈带着陆凡到歌舞团送锦旗。高团长这才知道傅雪莲见义勇为的事，很为她自豪。高团长笑着表示感谢，并亲自下楼把牛大妈送到门口。

歌舞团小礼堂座无虚席。高团长讲了体制改革和演出市场的需要，歌舞团的改革势在必行，现有演员可以参加市场化的新演艺公司的入职选拔。傅雪莲和李芳芳坐在礼堂台下，演员们情绪激动，很多人哭了。

散会后，大家都走出礼堂。李芳芳喊住傅雪莲，问她有什么想法，但是没等雪莲回答，她接着又说，她想当新演艺公司的副经理，又觉得你比我更合适。傅雪莲没表态，继续往前走。

李芳芳看着傅雪莲背影，目光中露出一丝鄙夷。

高团长找傅雪莲谈话，说想推荐她到新演艺公司担任副总，他已经接到正式聘书，担任该公司的总经理，以后就纯靠市场挣钱了，咱们得带领兄弟姐妹们闯出来一条生路。傅雪莲说回家考虑一下。

在餐桌上，傅雪莲告诉父母和丈夫大成歌舞团解散了，自己再也不是舞蹈演员了。父母和大成都觉得太意外了，一时难以接受。母亲说怎么说解散就解散呢？大成问雪莲不跳舞了，你能干啥？

父亲说：“雪莲是党员，还是副团长，组织不会轻易放她走的。即便是离开歌舞团，也可以考虑去其他文艺团继续跳舞！”母亲接话安慰说：“雪莲是团里的台柱子，再找个文艺单位应该不难。”傅雪莲专心地喂五岁的英子吃饭，一言不发。

母亲问女婿大成的想法。大成说我的想法和你们二老一样，雪莲从十八岁就进了歌舞团，除了跳舞没干过别的。

傅雪莲突然开口说："爸妈，大成，我准备辞职了，和歌舞团彻底告别，自谋职业。"三人惊得目瞪口呆。

对于歌舞团要解散的消息，傅雪莲的丈夫赵大成为难了。大成出身农村，做人老实本分，大学毕业后考进了市里的一家银行工作，现在是信贷部的副主任。在有些人看来这是个肥差，认为放贷难免有些直接间接的好处，但是大成一直遵守工作纪律，对自己要求很严，从不因此贪占客户的便宜。

眼下，歌舞团要解散了，傅雪莲必定要失业，大成不禁有些为难了。可是歌舞团改革已成定局，高团长本来就为傅雪莲考虑了新的出路，而傅雪莲却想彻底告别舞蹈演艺生涯自谋职业。大成想劝傅雪莲，却欲言又止。

次日，傅雪莲来到歌舞团，叩响高团长的办公室门。进了屋，高团长就问她考虑好没有？她平静回答考虑好了。高团长错以为她答应去新演艺公司，便侃侃而谈："新演艺公司的条件虽然比不了歌舞团，没有政府资金支持，完全依靠市场，但在业务上我们可以大胆创新，让你在歌舞团没有发挥出来的灵感淋漓尽致发挥出来。"

傅雪莲说："我决定辞职，新演艺公司也不考虑，既然下岗了就和舞台告别个彻底。"高团长感到出乎意料，说："你的舞蹈正是炉火纯青的时候，再考虑一下，省得将来后悔。"

傅雪莲说她决定出去闯闯，也许会发现一个新天地。她推荐了李芳芳去新演艺公司担任副总，高团长说："李芳芳？我得考虑一下。"

傅雪莲在门口遇到李芳芳，李芳芳误会她了，阴阳怪气说她总是赶不上傅雪莲，当领舞时她赶不上，提拔副团长时她还是赶不上，团里解散了她还是比傅雪莲慢半拍。傅雪莲笑了，说对啊。转身离去。

高团长告诉李芳芳，傅雪莲刚走，你就来了。李芳芳说："高团长你就偏心傅雪莲，她在你的眼里什么都好。"高团长说："芳芳，我都替傅雪莲感到冤得很，她在我面前总是说你的好话，还把新演艺公司副总的位置让给你，可你还这样对待她！"高团长说完摇头叹息。

李芳芳十分错愕。她问高团长，那雪莲说她以后要去哪儿了吗？高团长一副恨铁不成钢的表情："去哪儿？她要辞职，彻底和歌舞团拜拜。"

傅雪莲竟然第一个辞职，团里上下都引起不小的轰动。

回到家的傅雪莲，不像在歌舞团时的自信爆棚，她坐在阳台前默默凝视窗外楼下的车水马龙。大成下班回家见雪莲的心事重重，安慰她要是后悔就把辞职信要回来也不迟。傅雪莲说："我没那么脆弱，在舞台上跳了十几年，一下子就离开，能不难过吗？"大成握住她的手，说我理解我都理解。走，今天咱们一起去接英子吧。

大成和傅雪莲到学校接上英子去了岳父岳母家。母亲得知后，埋怨她辞职太冲动了，也不和父母商量一下。父亲却说我支持雪莲辞职。傅雪莲给父亲倒满了酒盅里的酒，说："谢谢老爸，我相信自己会重新找到属于我的舞台的。"父亲暗自点点头。

傅雪莲的老家其实是赤峰市乌兰察布丰镇，父亲当年在新疆天山当兵，后来又转到紫塞市继续服兵役，退役后就留在这座城市，娶了市麻纺厂的女工刘圆成了家。傅雪莲出生的那天，家里的一棵栀子树和红豆杉树双双开了花，母亲就给她起了小名叫栀杉，等她长大后上了学，因为父亲的天山雪莲情结，就给起了大名叫傅雪莲。

次日，傅雪莲去少年宫求职问招教舞蹈的老师吗？得到回答是编制已满，对不起。她又去了紫塞幼儿园求职，结果又碰壁了，人家的理由是她没有幼儿教育资格证书。

傅雪莲回到家，累得倒在沙发上。大成拉她起来去找弟弟大飞。大成说，大飞想请你去影楼负责跟妆和做新娘妆的模特。傅雪莲说，算了吧，跟大飞打交道心里没底。大成说大飞是我的亲弟弟，他不会坑家里人的，我敢保证。

大成和傅雪莲来到在影楼门，就见屋里冲出来一个三十来岁的男子，一边打电话一边骂着说："赵大飞你坑死我啦，快点儿把钱给我拿回来，不然我就去派出所报案！"

大成认出此人就是影楼老板，忙说："兄弟，有话好好说！"老板一见大成就说："大成啊，你来得正好，大飞拿着我的钱跑路了！""到底出了什么事儿？"大成急急地问。

老板说："为了开这家影楼，我把房子都抵押给银行了，大飞没拿钱，他就是我雇的店长，开业半年，头两月都赔钱，我就跟朋友借钱，垫付店里的所有开销，这才没让影楼关门。这生意刚有起色，大飞就动歪脑子了，把客户付的两万元定金拿走了，人不见了，手机也关机了，我这要报警你就来了。"

大成说："老板，你别着急，我打电话问问大飞，如果真是他把钱拿走了，我先替他还你，给我三天时间，让我和大飞把情况了解清楚。"

老板说："大成，我信你，三天后大飞把两万块钱还我，这事就过去了。"

大成说："你要说话算话，那咱们一言为定！"

傅雪莲突然开口问："大飞真欠你两万块钱？"老板说："千真万确，我是生意人，诚信为本。"傅雪莲说："那好，你给我一个账号，明天我就把钱打到你的账号上！"老板愣了，问："您是大飞的什么人？"

傅雪莲说："我是大飞的嫂子。"

老板的眼睛一亮："哦，您就是歌舞团的傅雪莲？我常听大飞念叨您，我还想请您来影楼当艺术总监呢。”他伸出手去握傅雪莲的手。

傅雪莲歉意地说：“工作的事以后再说吧，明天记着收钱！”

老板目送良久，自言自语：“赵大飞还有这样的嫂子，真是福气！”

大成和傅雪莲往回走，内心都有些沉重。大成说：“你太冲动了，这两万块不是小数，你说给就给他啦？”傅雪莲：“不给哪行啊，你以为我不心疼啊，可老板要真是去派出所报案，大飞可就有案底啦！”

大成不说话了，他完全清楚傅雪莲是对的，是顾全大局，谁叫自己的亲弟弟这么不争气呢？刚到家，大飞就给大成打来电话了。一听是大飞，大成就急赤白脸地吼开了：“赵大飞，你个浑小子，你到底拿没拿店里的两万块？”

接完电话，大成告诉傅雪莲，大飞在影楼装修开始就忙前忙后，给老板赚了不少钱，老板说好每月给大飞五千底薪，每做成一单生意就给大飞提成百分之二十，可老板半年都没有给大飞发提成，工资也拖欠几个月，大飞跟他提了几次，他都说等影楼真的赚钱了，就一次补齐。前几天，大飞又和老板要工资，结果老板翻脸了，骂他愿意干就留下，不愿意干就滚蛋！大飞趁老板没在店里，就把客户交的两万元钱定金拿走了。

傅雪莲说：“大成，你带着两万元钱去找大飞，先把钱给老板还回去，然后和他严肃谈谈，要么如数给大飞发工资，要么就去起诉，拖欠员工的工资是违法行为，大飞也应该为自己维权，不应该蛮干。”

大成说：“对，反正咱们先还钱，下一步再找他们去说理。对了，实在不行就请人社局仲裁给解决吧。”

几天后，大成下班刚进家就高兴地喊：“雪莲，在家吗？”傅雪莲正在辅导英子做作业题，头也不抬故意说："她不在，去找工作了！"

大成问她想听好消息还是坏消息？她答，当然先听好消息。他说可以。好消息就是大飞把钱还给老板，并诚恳道歉，老板把大飞工资都算清楚了，说提成也很快就给他，两个人握手言和。

傅雪莲又问，坏消息呢？大成神色黯然地说，我妈来电话，说她昨天晕倒了。傅雪莲愣了，忙说："那还等什么，咱们回老家去看望妈。"正说着她的手机响起来，是纪警官打来的。

原来，纪警官已经到了楼下，说是有事儿找她。傅雪莲来到楼下。纪警官恳切地说："您能不能帮我一个忙？"

傅雪莲说："客气了，纪警官您说吧，啥事儿？"

纪警官说："我想请你……以小柯家属的身份去看守所探视他，可以吗？"

傅雪莲为难地说："不行不行，前几天是我把他抓住的，还送上了警车，他都恨死我了，我还去看他，这不是自讨没趣吗？"

纪警官说："小柯并不是一个坏孩子，他的父亲在他很小的时候就在建筑工地上出工伤死了，母亲又扔下他去南方打工，他后来到了孤儿院，八年后母亲回来了，要不是他母亲在南方得了癌症，还不会回来找小柯。小柯成为今天的样子，和他的原生家庭有直接关系，据他的交代，这次在公共场合盗窃他人的钱物是初犯，在这个时候，我们对他是推一推还是拉一拉，都会影响到他今后的人生轨迹，你说呢，雪莲同志？"

傅雪莲想了想，问："小柯判了吗？"

纪警官说："小柯偷了一千三百六十元，但是刑法有规定，在医院盗窃病人的钱财性质就严重了，因为小柯偷的是人家的救命钱，尽管不足两千元，也得判半年。我知道你和大成哥曾经救助过小柯，想来想去，我就想到了你。"

傅雪莲想了想，说："纪警官，我懂了，我去探视小柯。"

纪警官欣慰地笑了，连声道谢，骑车走了。

晚上，傅雪莲和大成说起纪警官来找她，要她去看守所探视小柯的事。大成一听皱起了眉头，说："小柯是咎由自取，你和他非亲非故，就不要再给自己找麻烦了！"

傅雪莲提醒大成，说："咱俩当年一起参加志愿者活动，认识了当时十二岁的小柯，你给小柯剃头，带他踢球，小柯叫你大哥哥。对我也是喜欢得不行，我送给他的礼物是一双新球鞋和新书包。可以说，小柯是我们的爱情萌芽的见证人，当然小柯对此一无所知。"大成回忆着过去，点点头。

傅雪莲又说："后来小柯过了十八岁，咱就没再联系他，那是咱们爱的纪念啊。"大成急了，说："英子才是咱们结婚的纪念。"

雪莲笑了，附在他耳边说不是。大成知道傅雪莲是在逗他，反问英子呢？傅雪莲说，英子是咱们爱情的结晶。大成哭笑不得。大成终于同意她去看望小柯了，但条件是二人一起去。

深秋，路上的银杏树一片橙黄，落叶簌簌落下的样子很美，就像一幅金黄的油画。

大成开着车，傅雪莲坐在副驾驶上，她无心看窗外的风景。大成说："小柯要是见了你犯浑，我可不饶他！"傅雪莲说："我们是代表家属来探视的，不是来打架的。"

狱警告诉他们探视只准进一位家属。傅雪莲让大成等着自己，探视完小柯一起回老家看婆婆，自己就拎着大包小包吃的用的进去了。

小柯穿着号服，戴着手铐走到监视室里，一脸冷漠，眼里满是仇怨。

傅雪莲拿起电话，隔窗问："小柯，你还好吗？"

小柯在窗子那边也举着电话，恨恨地说："傅雪莲，你不觉得自己虚伪吗？把我送进来的是你，又假惺惺地来看我，我进来了，你满意了吧？”

“小柯，你别误会。做错了事是要付出代价的。我希望你在里面好好改造，不要偷懒，争取减刑。”傅雪莲诚恳地说。

小柯瞪着她，生气地说：“等我出去，还是要找你算账的！”

傅雪莲忍住气说：“我给你带来一些吃的用的，在里面要注意身体！”小柯却不领情，说：“请你把东西拿走，我恨你！”

探视时间到了，冷漠的小柯被警察带走了。傅雪莲看着小柯离去，有些替他担心。

大成和傅雪莲连夜回了乡下老家，看望母亲，把她接到县医院做了检查，医生安排住了院。大成因为要上班，就提前回了市里，傅雪莲反正现在也没工作，就留下来照顾婆婆半个多月。等到婆婆出了院，傅雪莲送她回了乡下老家，才赶回市里的家。

傅雪莲回来后，在朋友的帮助下，到一家酒吧去打工。这天下午，傅雪莲来到了“醉芳华”酒吧。沈老板闻讯走过来，问：“你就是傅雪莲傅团长？”傅雪莲点头。

沈老板端详着她说：“不错，这气质逆天啊！”傅雪莲：“沈总过奖。我可以来上班吗？”

沈老板说：“哎哟，您能来？可是委屈您了。我这小酒吧是蓬荜生辉！工作很简单，您每晚跳三个独舞，工资好说。”傅雪莲说来酒吧打工的前提条件是不跳舞，做服务员和后厨打杂都可以。沈老板说也行吧，但服务员要负责推销酒水，月底按业绩提成，你干得了吗？傅雪莲决定试一试。沈老板觉得这人才有些可惜了。

夜幕降临，傅雪莲穿着酒吧服务员的制服，步履轻盈，面带微笑，端着啤酒餐食的托盘在为客人服务。

傅雪莲端着啤酒和水果盘走到2号桌：“你们要的啤酒齐了，请慢用！”客人甲问：“你是新来的吧？”傅雪莲说：“还请各位多多关照！”客人乙：“我们是这里的常客，你服务好了，小费少不了你的。”

傅雪莲微笑着点头，她转身要走，客人甲却拉住她的胳膊，说：“大美女，要想我们哥几个常来酒吧喝酒消费，你是不是得陪我们喝一杯？”客人甲接着拿手看傅雪莲的胸牌006，趁机摸她的胸。

傅雪莲甩掉甲的手，告诉他们自己不会喝酒。客人甲嘿嘿笑了说：“你也不是妙龄少女，装什么清纯？不就是拽你胳膊一下嘛！”

傅雪莲说：“我不想和你们吵架，如果我有做得不对的地方，请提意见，最好不要无理取闹。”傅雪莲的镇静，把几位客人暂时镇住了。客人甲说：“嘿，大美女还挺厉害！不就开个玩笑嘛！”

傅雪莲又为其他桌位客人服务，礼貌地离开，2号桌的客人看到她颇受欢迎的样子，又开始捣乱。客人甲招手喊：“服务员过来！”一位女服务员过来问：“先生您好，您要点什么酒水？”

客人甲说：“我要006号服务！”女服务员说：“她正忙着，我来服务不是一样吗？”客人甲大喊：“老子就叫006号为我们服务……”女服务员忙去找傅雪莲。

过了一会儿，傅雪莲匆匆过来，询问：“各位先生好，想添点儿什么？”客人甲：“大美女，给我们调几杯蓝山积雪，带劲儿的洋酒！带劲儿的！”

傅雪莲出屋，很快来到吧台，告诉调酒师调酒。调酒师正调酒，头也不抬，问：“谁点的酒？”

傅雪莲说：“2号桌的客人。”

调酒师抬起头，不屑地说：“2号桌？就那几个菜鸟，我知道了。”

傅雪莲先给别的桌客人送了一趟啤酒，再返回的时候，调酒师已经配好了洋酒和零食，她端起盘子就走，送到了2号桌。客人们兴奋喝酒，碰杯。驻唱歌手弹着吉他，眼神迷离地唱《回到拉萨》。

2号桌客人突然大喊起来："006，你过来，你给我们喝的是什么酒？"

傅雪莲忙跑过来问："就是你们点的蓝山积雪啊，有问题吗？"

客人甲说："问题大了，这酒是假酒，蒙我们年轻不懂酒，就敢用假酒来欺骗我们，明天你们就等着封店吧！"客人也没结账，就都走了。

一位女服务员告诉傅雪莲说这账得她结了。傅雪莲问她咱们的酒有问题？女服务员暗暗点头。

调酒师被傅雪莲拉到了后厨。调酒师嚷嚷道："你干吗？我那忙着呢。"傅雪莲问："2号客人说喝的洋酒是假的，请你解释一下？"

调酒师不屑地说："你刚来的吧，酒吧里的规矩都没学会就出来混？"傅雪莲："你这是什么意思？"调酒师："酒吧喝到假酒根本不算事儿，你干的时间长了，就不会大惊小怪了。"

傅雪莲问："酒吧怎么能弄虚作假？侵犯消费者的权利，这是犯法呀！"

调酒师说："我也是打工的，用不着你在这给我上课！有本事找老板说去！"

傅雪莲说："你以为我不敢吗？我还要向相关部门举报！"

没想到傅雪莲还真举报了。很快，酒吧门上贴了停业整顿的通知。傅雪莲独自站在马路边，耳边回响起沈老板的声音："你以为你是谁呀？打假英雄？我是看在李芳芳介绍你来的面子上，才让你来上班，你可倒好，恩将仇报，还举报我卖假酒！"

傅雪莲摇了一下头，看着眼前车水马龙的街道，感到有些惶惑。

回到家，雪莲的父亲钓鱼回来，听她说酒吧的工作丢了。父亲安慰她说："投机倒把、违法乱纪的地方咱还是不干，爸支持你。我这几天也寻思你找工作的事儿，应该换一个思路，不要光想着时髦的地方，而忽略了有社会服务性质的。”

傅雪莲说：“爸，您太神了！您和我的想法不谋而合，我想去社区工作，现在招聘呢。”

母亲买菜回来了，见父女俩聊得高兴，就说社区工作有啥好的，整天婆婆妈妈一地鸡毛，雪莲不合适。父亲动气地说：“这也不合适，那也干不了，雪莲不能老是在家待业吧？”

傅雪莲耐心地劝父母说：“你们不要吵了，我已经决定去社区报名了。”

普宁社区居委会的牌子，在阳光下分外显眼。三十岁的傅雪莲穿着牛仔裤、白色运动衫，长发扎成一个马尾，浑身散发着青春朝气。她刚走进社区的院子，迎面看到了袁梅，她也正在看招聘广告。

袁梅是评剧团的演员，市里举行文艺会演的时候，曾和傅雪莲有过交集。她一见傅雪莲热情打招呼，问她来社区干什么？傅雪莲回答，我是来应聘的。

袁梅不相信地问：“我没听错吧？你是歌舞团的台柱子，还是副团长，跑这凑啥热闹？”傅雪莲说：“这有啥可奇怪的，社区需要各种人才，你干啥来了？”“我也是来应聘的，可没有想到还要考试，我的文化不高，就怕考不上。”傅雪莲说只要认真复习用心考就行了，至于考上考不上，咱们努力吧。袁梅说傅团长你真行，信心满怀的。说完，袁梅说她有事先走了。

牛大妈进来了，傅雪莲上前打招呼：“牛书记好！”牛大妈愣了一下，说：“你怎么又来了，小柯的事不是翻篇儿了吗？”她说：“您误会我了，我是来咨询社工报名考试的事。”牛大妈问：“你把我整糊涂了，你放着好好的歌舞团的副团长不干，跑社区来当社工，你整的是哪一出啊？”

傅雪莲说：“您或许也听说了歌舞团改革解散的事，我是想给团里的人带个好头，自谋职业减轻国家的负担。”

牛大妈说：“想法是不错，境界也高，可社区不是你想找存在感的地方，是最基层的单位，通俗讲叫接地气，你恐怕是干不了！”

傅雪莲说：“听您这么一说，这社区我是来定了！如果能考上，我一定好好干，不让您说我是一个孬种！”牛大妈看着傅雪莲转身离去，暗想这个傅雪莲还真有点儿志气。

# 第十四章

傅雪莲领完招聘资料没有马上离开，而是向曲小美咨询和考试有关的问题，曲小美被傅雪莲的气质吸引，热情地把傅雪莲请到自己的办公桌前，耐心地做着讲解。

聊了没多会儿，就见中年妇女李娜匆匆走了进来，她是火神庙一个小区的楼长，进屋就神色慌张地喊：“牛书记在不在？”曲小美迎上前：“李姐，牛书记刚去街道办开会了，您有什么事和我说！”

李娜说：“是这么回事，我住在火神庙小区，住我家对门的邻居徐奶奶是个空巢老人，每天早晨我帮她拿牛奶。今天早晨我拿进屋，发现徐奶奶摔坏了，说是夜里摔倒了，八成是腿骨折了，走路一瘸一拐的。我费大力气才把她扶到沙发上，我想找你们出个人帮忙，帮我一起送徐奶奶去医院检查，老太太都疼得不行了……”

曲小美问：“徐奶奶的亲人呢？”李娜叹口气：“她哪还有亲人啊，老伴早去世了，就一个女儿嫁到了外县，我打电话给她了，她就是赶到市里也得下午了……”

曲小美对傅雪莲说：“你瞧，这就是社区的真实工作，大事小情，没有不管的事，可是今天我们这闹人荒，牛大妈去开会了，王菊请假，陆凡、杨毅也都下社区了，我得值班，咋办呢？”

李娜着急了说："徐奶奶可等不了啊！小美，咱也算是熟人了，我跟你说，我不是不想管，主要是我担心我自己管了，徐奶奶有个好歹的，会给我自己惹上麻烦。你知道，有时候社区的居民就好说三道四的。"

傅雪莲想了一下，目光笃定地对小美说："你要是同意，我可以去陪徐奶奶上医院。"曲小美惊喜地说："那太好了，就是太麻烦你了！"

傅雪莲用手机拨打120急救电话，告诉了对方地址。李娜握住傅雪莲的手，激动地说徐奶奶遇上好人了，二人就赶忙去了火神庙小区。

120急救车鸣着笛，缓缓驶进小区，停在楼前，一些邻居不知道发生了什么，聚在那里瞧热闹。急救人员匆匆下车，徐奶奶很快被抬出来推进车里。

傅雪莲和中年妇女也上了车。到了医院，徐奶奶经过检查拍片，诊断出是髋骨骨裂，需要住院治疗。傅雪莲一直陪到下午，才把徐奶奶的女儿等来，五十多岁的样子，她说了不少感激的话，傅雪莲才脱身离开。

牛大妈从普宁街道办事处开会回来，曲小美就把傅雪莲主动提出送徐奶奶去医院急救的事告诉了牛大妈，牛大妈说："我们就需要多几个这样的社工干部！"

社区居委会副主任王菊腰椎不太好，这几天在家休息。她接到袁梅的电话，袁梅说："表姐你快来上班吧……"

王菊问："我上不上班和你有啥关系？"袁梅说："咋没关系呢？过几天就要考试了，你不是在社区居委会工作嘛，你不指点指点我怎么复习，我心里没底。再说，牛书记那里你得帮我提前说一说……"王菊说："明天我去，可我提醒你一句，你得好好复习，别光指着我。"

次日，王菊刚上班，袁梅就打扮得漂漂亮亮地来找她了。两个人站在院子里聊天。王菊的表妹袁梅是市评剧团的演员，可评剧团演出市场每况愈下，发工资越来越困难，演员们纷纷改行跳槽。袁梅是从乡下考到戏校的，而王菊却是城里姑娘，她对这个乡下表妹从小就很疼爱，每到节假日袁梅就到王菊家里吃喝玩耍，当成自己的家，所以，袁梅把王菊当成亲姐姐一样。

参加社区居委会招聘，也是王菊向袁梅建议的，她还拍着胸脯说，你只要想来，我保你能进来。可今天王菊的话锋有点儿改变，叮嘱袁梅考试你不能马虎，考不上也不要给我找麻烦！袁梅听了感到有些忐忑。

傅雪莲来社区归还曲小美的考试复习资料，一进院子就碰上牛大妈。牛大妈热情地迎过去，说："雪莲啊，徐奶奶的事我都听说了，真得谢谢你！"傅雪莲说："牛书记，您别客气，这是我应该做的。"牛大妈又问："徐奶奶没事儿了吧？"

傅雪莲回答："医院诊断徐奶奶的髋骨骨裂，卧床休养贴膏药就会好转。岁数大了会缺钙，骨质钙化就怕摔跤。现在好了，她女儿赶来照顾她了。"

牛大妈喜眉笑眼地说："傅雪莲你在我这儿，人品就通过了！记着，考试一定要好好考。"傅雪莲惊喜地说："我能得到您的认可，真是太高兴了！"

王菊和袁梅被眼前的一幕搞得五味杂陈。王菊小声对袁梅说："傅雪莲真是厉害，人还没进社区就把牛大妈给搞定了。"

牛大妈走进办公室，对跟在身后的王菊说："幸亏傅雪莲的帮忙，徐奶奶才没出大事儿。"王菊欲言又止。

牛大妈端起水杯，王菊赶紧拿过暖壶给水杯倒满水。牛大妈喝了一口，看她神情怪怪的，就问王菊有事吗？你有话就直说，别吞吞吐吐的。

王菊这才说："我听到一些议论，说傅雪莲这人心眼儿多，特会来事儿，很会和领导套关系。"

牛大妈笑了，说：“别听他们瞎说，看人要看具体事情上的表现。”王菊说：“我没别的意思，就是跟您提个醒。”

天很晚了，傅雪莲才回到家。母亲在厨房做饭，见她回来说：“雪莲，我的好闺女啊，你还没进社区居委会就忙成这样，要是被录取了，指不定多忙呢。”傅雪莲说了白天陪徐奶奶去医院的事，正在一旁辅导英子写作业的大成说：“哈哈，你那爱多管闲事的毛病可有用武之地了。”傅雪莲笑了。

吃完晚饭，一家三口回家。大成开车，傅雪莲和英子坐在后座上，她看着车窗外灯火阑珊，想起了正服刑的小柯。她对大成说：“距离上次探视都过去一个多月了，不知道小柯怎么样了？”

大成从后视镜里看她，说：“我以前怎么没发现你瞎操心的毛病呢？”傅雪莲说：“要是有人真心关心小柯，小柯也不会走到今天。”大成问：“雪莲你又想干啥？”她问：“你那么紧张干吗？”大成不作声了，自顾开车。

车停在小区门口，大成让傅雪莲带英子先上楼，他要去大飞那儿看刚到城里来的母亲。前几天，母亲又被查出淋巴癌，医生建议到城里大医院检查，再决定是否做手术。傅雪莲执意要一起去。大成说：“明天你就参加招聘考试了，临阵磨枪不快也光，还是好好复习吧，妈那里有我和大飞呢。”

晚上，英子搂着毛绒小熊睡着了。傅雪莲还伏在桌前复习社工招聘考试题。手机响了，那边是一个熟悉的声音，说：“雪莲，连我的声音都听不出来了？”她惊喜地说：“高团长，您好！”

高团长问：“雪莲，找到合适的工作了吗？”

傅雪莲答：“明天就去应聘考试，我正在复习呢。”

高团长又问：“什么工作啊，快说给我听听！”

傅雪莲说：“社区工作者。”

高团长“哦”了一声，显然是有点儿失望。她问他，您觉得这工作不好吗？高团长说还是希望她过来当新演艺公司的副总，强调这是最后的机会了，不要轻易放弃。傅雪莲说李芳芳不是很合适吗？高团长却说新演艺公司的演员们水平参差不齐，李芳芳驾驭不了，所以我才打电话劝你过来。

傅雪莲说："我这段时间的求职经历，让自己成长不少。我愿意在社会这个大舞台上发光发热。而社区就是这样的大舞台，我有信心当一个好社工。"

高团长说："这样啊，也好。是金子到哪儿都会发光的，我相信你在社区一定能干出名堂来。不打扰你了，你抓紧时间复习吧！"

傅雪莲又回到桌前，继续复习。

第二天就考试了，考场的气氛严肃紧张。傅雪莲和袁梅的桌位并排，曲小美则坐在傅雪莲的前面。曲小美的初恋男友是紫塞市人，两个人是大学同学，毕业后男友回到紫塞市，在父母的安排下进入电视台工作，小美跟随男友来到紫塞市当了社工，可男友父母以门不当户不对为由，不同意他们的婚事，还把儿子调到省城的电视台，曲小美和男友主动分手，各奔前程。

曲小美在大学里就入了党，工作沉稳，善于动脑，有点儿人小鬼大，很受牛大妈的赏识，牛大妈支持她参加副主任竞聘考试。

傅雪莲答题时信心满满，由于下工夫复习，卷子上的考题她基本都会。袁梅却是答得一塌糊涂。有几道题根本就不会做，她小声喊："傅雪莲……"傅雪莲抬头看她，袁梅示意把卷子给她看一眼，傅雪莲有些胆怯，没有照做。

监考老师站在黑板前，大声警告说："大家注意考场纪律，不要交头接耳，如果作弊，就按零分处理。"

傅雪莲答完卷子放平在桌上，开始回头检查答过的题。袁梅悄悄扔给她一个小纸球，她也不敢看。袁梅恨恨地白了她一眼，气得干着急。考试结束了，傅雪莲从容走出了考场。

考场外，参加考试的人陆续出来了，围拢在一起叽叽喳喳地议论。王菊问袁梅考得怎么样？袁梅说题太难了，最后要写什么是社工的最美诺言，我一时脑子都乱了，胡写一通。一个刚从考场里出来的考生说："我也没怎么学，一看那么多道题，我都晕了！"

袁梅见有人和她有共鸣，心里就有了底气，说道："大家一起考试，说不准以后就是同事了，可有人太自私了，一点儿忙都不肯帮！"

王菊问："袁梅，你说谁呢？"袁梅把下巴朝远处一抬："还有谁，傅雪莲呗，咱们这些人加一块儿，也赶不上她！"

曲小美听不下去了，说："这位美女，你叫袁梅是吧，人家不让你作弊是对你好，要是被监考老师发现了，你的考试成绩就是零了！"说完转身走了。

袁梅愣住了，说："小丫头，你谁呀？你凭什么管我啊！"王菊说："袁梅，她叫曲小美，是我的同事。对了，你别乱说了，考试作弊就是不对。"袁梅一看王菊也这样讲，就不吭声了。

考试结果第二天就"张榜"了。录取名单贴在社区大门口，傅雪莲的名字写在头一个，她欣慰地笑了。袁梅竟然也考上了社工，高兴得手舞足蹈。王菊说人家傅雪莲考上的可是副主任，你袁梅考上的是社工。

袁梅的兴奋像阳光下的水珠，刹那间就没了，她说："表姐，我考的就是社工。我真想不通，傅雪莲就那么牛吗？"王菊说："你勉强过了分数线，人家傅雪莲几乎得了满分，妥妥的第一名！"

袁梅直眉瞪眼地说："我怀疑考试里面有猫腻！"王菊说："表妹，这我可得说实话，社工招聘考试公开公正，从来没有猫腻！考试全程，区纪委的和人事局的都参加了，你别瞎说了。"袁梅说："我就不信傅雪莲背后没有人护着她，一定有猫腻。我想找牛书记评理去！”

王菊因为担心傅雪莲未来会是自己的竞争对手，心里倒是很乐意袁梅这个愣头青去找牛大妈闹一闹，嘴上却说：“要去你去，我才不去自讨没趣呢。”

牛大妈戴着老花镜在看文件，见到袁梅有些意外。袁梅自我介绍自己是王菊的表妹袁梅，这次她考上了社工。

牛大妈说那好啊，你有啥问题先跟王菊聊聊，我这还有别的事。袁梅说：“牛书记，我是来找您反映情况的，我怀疑社工考试有猫腻，傅雪莲的成绩这么好是不是……”

牛大妈板起面孔说：“你叫袁梅是吧？这我可要批评你了，你自己没考好就嫉妒别人？这可是不应该。”

袁梅说：“不能光看成绩，还得看资历吧，我和傅雪莲都来自文艺团体，可她为什么是副主任，而我就是一个社工？这不公平！”

牛大妈笑了说：“难道叫你一个勉强过了分数线的人当副主任就公平了吗？再说了，人家傅雪莲是歌舞团副团长，人家在企业也是副科级干部，你知道牛大妈我是什么级别吗？我没级别，傅雪莲过去比我级别还高呢。咱们社区是群众性组织，大家一定要团结做事。”袁梅不敢再说什么了。

牛大妈缓和了语气说：“袁梅，这社区考试是区人社局和街道党委亲自监督，本着公正公平透明的原则，哪有暗箱操作一说！”

袁梅后悔自己的一时冲动，赶紧道歉说：“我这人情商低，说话不过脑子，可我没有坏心眼儿，您可别不要我啊！”

曲小美和杨毅坐在办公桌前闲聊。杨毅大学毕业后报考社工，是听了当公务员母亲的建议，认为将来还是当公务员稳妥，而且要从社区基层做起，一边接触社会一边学习，等机会再考试。

杨毅到社区快半年了，他最大兴趣是摆弄智能软件，社区所有智能和电脑方面的问题，找他都会迎刃而解，人送外号“智能小怪兽”。曲小美比他早一年到的社区，他一来就喜欢上她，一口一个“师姐”地叫着，心甘情愿成了她的护花使者。

曲小美没有考上副主任，杨毅安慰她说：“没考上副主任也没啥，明年再考就是了。而且傅雪莲考上了，我还挺高兴的，起码王菊多了一个竞争对手。”趁着屋里没人，他贴近她的耳朵说着，她感觉到了他温热的呼吸。

曲小美不好意思地推开他，说：“我无所谓，好久没考试了，进考场享受一下那种久违了的紧张感。”

杨毅含情脉脉地看着曲小美说：“佩服！随遇而安，你云淡风轻的样子，特别有魅力。”曲小美看他的眼睛都走神了，忙说：“哎哎，杨毅，你嘴上抹了蜜是吧？”

傅雪莲把自行车骑得飞快，脸上洋溢着欣喜的笑容。她要赶回家，把考上社区副主任的消息告诉父母。她一进家就亮起嗓门儿喊：“爸、妈，我回来了，告诉你们一个好消息！”

母亲放下手里的十字绣，笑了，说：“考个社工，整得像高考似的紧张！”父亲正在桌上写毛笔字，平静地说：“我早料到你能考上！”

傅雪莲说：“我考了第一名，还是社区副主任。”父母惊讶了，女儿已经好多年不考试了，怎么又成了学霸呢？父亲走到她面前，拍着她的肩膀夸奖说：“我闺女就是厉害，随我。”母亲却是百感交集，眼里闪动着泪，说：“可惜，雪莲再也不是舞蹈演员了。我就喜欢看她跳舞……”

傅雪莲陪父母吃了午饭，一想到明天就去社区上班了，心情百味杂陈。她十三岁正式学习舞蹈，今年整二十年了，她的军旅生涯，大部分时间都是在舞台上，复员后进了歌舞团，几乎每天都在练功、排练节目，演出各种风格的舞蹈。可以说舞蹈已经融进了她的生命和灵魂。而这一切，就这么戛然而止了。这样想着，她被一种难以割舍的情感攫住了。她对母亲说，我要出去一下，就进卧室找出舞蹈服装塞进包里，迈出了家门。

空无一人的歌舞团排练厅，只有一身黑衣的傅雪莲在纵情起舞。

伴奏音乐时而激扬高亢，时而低沉忧伤，与舞者之间有一种匪夷所思的默契，傅雪莲的舞姿似乎从来没有这么奔放、豪迈，还带着悲怆之美。她是用这种方式，与从前的“傅雪莲”告别……

一大早，普宁社区居委会副主任王菊就在接待一位男性居民佟磊，此人带着一脑门子的“官司”，要求社区解决小区停车难的问题，说他的私家车停在马路边，一礼拜就被交警贴了两次条，挨了罚款。

王菊这几天心不在焉，担心傅雪莲来社区工作，自己作为“接班人”的希望就会泡汤了。傅雪莲是歌舞团的副团长，还是副科级干部，而自己尽管是社区居委会副主任，却连个股级都不是。于是她不高兴的表情和语言就写在脸上了。

两个人话不投机就吵了起来，佟磊火暴脾气，还举起椅子要砸她。幸亏社工陆凡、杨毅都在场，按住了佟磊，抢下了他手里的椅子。佟磊不肯罢休，就找牛大妈投诉王菊不配当社区干部，要牛大妈处罚她。

牛大妈赔笑脸说好话，承诺一定要解决小区车位紧张的问题，男子才走。牛大妈找王菊谈话说：“我不能理解，你怎么能和居民吵架呢？”王菊倒不否认，忙承认是自己态度不好，也说不该和居民吵架。

牛大妈严肃地说：“我一直希望你是我的接班人，可你也要争点儿气，不然我怎么替你说话。”

王菊见牛大妈还是看好自己的，就把心里话亮了出来，说以前她还有自信，可没料到天上掉下个傅雪莲。

牛大妈站起来，在屋里走着，背着手，脸沉着。王菊被牛大妈的样子吓得不敢说了。牛大妈突然站住，看着她说："我就猜到是这么回事，你和傅雪莲谁当书记都是上级说了算，公平竞争！哎，王菊，不对啊，我还没退休呢，你着什么急？你别不是就盼望着我早点儿退休吧？"

王菊慌了，赶忙说："牛书记，我可没有盼着您退休这个意思，您千万别生气。"牛大妈叹了口气，说："好了好了，我觉得你也应该不是这个意思，你要是这个意思，那咱们就得意思意思了。"

王菊忙又劝牛大妈别生气，牛大妈说别说了，准备开会吧。

会议室"社区工作园地"上方张贴着标语：共创和谐未来，打造五星社区。牛大妈坐在主持人的座位，新老社工都坐齐了，只有傅雪莲还没到。

王菊看着牛大妈，低声说："傅雪莲第一天上班就迟到，太不像话了！"袁梅跟着帮腔，"还是副主任呢！"曲小美目光犀利地瞪着袁梅，袁梅忙看向别处。牛大妈看看表，说："九点开会，还差几分钟呢。再等等。"

此刻，傅雪莲正以奔跑的速度，朝普宁社区居委会赶来。一小时之前，傅雪莲在赶往上班的路上遇到了李娜。

眼前是一片烂泥路，火神庙小区的楼长李娜骑着一辆自行车，一不留神骑进一个水洼，李娜身体失去平衡，车倒在地，孩子从后座摔了下来。

傅雪莲跑过去从地上把女孩抱起来，李娜从地上爬起来骂道："这该死的破路，要人命啦！"四五岁模样的小女孩因受到惊吓还在哭，傅雪莲温柔地哄孩子。

李娜的脚崴了，疼得直喊哎哟，她谢过傅雪莲，然后抱怨都是这条破路惹的祸，老有人摔倒！跟街道办和居委会反映过好多次，可就是一直没有得到解决。傅雪莲问大姐您这是去哪儿？

李娜说她是送闺女去幼儿园，出来晚点儿，着急忙慌地出了事！傅雪莲说去医院看一看？李娜说没大事儿，就是骑不了车了。

李娜说："我叫李娜，傅雪莲？你是新来的社区副主任？太感谢你了。"傅雪莲说："我叫您李姐吧。"傅雪莲要送李娜去附近的金鑫新医正骨按摩所，然后由她送孩子到幼儿园，李娜说那多不好意思，可见傅雪莲充满诚意，自己又崴了脚，就依了她。

这时，傅雪莲的手机响了，她接听，是曲小美打来的。曲小美催她抓紧赶过来，眼看就要开会了。傅雪莲忙说自己会尽快赶到。李娜也听见了曲小美打来的电话，说："傅主任，您快去开会吧，别耽误了。"

傅雪莲坚持着送李娜到了火神庙转角金鑫新医正骨按摩所，看着给她正了骨，一看问题不大，就让她再烤电热疗一下，又送李娜的闺女去了幼儿园。

社区居委会会议室里，墙上的挂钟已经显示九点二十分了，看来大家还在等傅雪莲。牛大妈问曲小美："你昨天通知傅雪莲开会了吗？"曲小美说："通知了，雪莲姐还说她要在会上发言，表示感谢呢。"牛大妈不动声色。

王菊说："这啥都没干，就要大牌呀！大家伙就等她一个人。我的时间无所谓，可是牛书记忙啊。"曲小美说："雪莲也许有事儿耽误了，她不是不守时的那种人，现在正往这里赶呢。"

曲小美的话音未落，傅雪莲风风火火地进屋了，连声说："对不起，我来晚了！"牛大妈说："傅雪莲，第一天上班不该迟到！"

傅雪莲说："牛书记，您批评得对，我一定改！"

王菊在一旁说："有的人以前是什么歌舞团的副团长，可那都是过去了，早就翻篇儿了！既然来了社区，就得重打鼓来另开张！"

傅雪莲诚恳地说："你好，我不知道你是谁，对不起，我迟到了，我接受你的批评，但你的话言重了！我以后会注意的。”

王菊被噎住了，问：“你、你不知道我是谁？你这是什么态度？”

牛大妈忙打圆场说：“算了，算了，王副主任，傅雪莲下次注意就好了！我宣布现在开会，欢迎傅雪莲和袁梅两位同志，成为我们社区的新成员！”社工们鼓起掌来，王菊勉强地鼓掌。

牛大妈讲话：“我说几句，大家静一静！在体制改革的大环境下，歌舞团解散了，傅雪莲是台柱子副团长，领导对她另有安排，可她为了给演员们带个自主创业的好头，就主动辞职参加社区招聘考试，又取得第一名的好成绩。按照招聘要求，傅雪莲担任社区副主任，街道办也已经批准了。社区无小事，居民事为大，我希望大家不忘初心、牢记使命，干好工作。在傅雪莲和袁梅正式入职之前，按照老规矩先表态许下诺言，今后要做什么样的社工干部。”

牛大妈看向傅雪莲：“傅雪莲，你先表态吧。”

傅雪莲站起身，一脸郑重地说：“谢谢牛书记，谢谢大家接受我。从今天起，我就是社区的一员了，这也是我的人生新起点。我郑重承诺：今后社区居民的需要就是我的需要，为他们排忧解难，提高他们的幸福指数，就是我的奋斗目标。从今天起请大家监督我。”大家为她热烈鼓掌。

轮到袁梅发言，袁梅显然有些紧张，但她说的话却仿佛是讽刺傅雪莲的。袁梅说：“我这人会唱戏，却不怎么会说话，也没别人一套一套似的说得好听，但我希望大家以后多多支持我！”曲小美一听这话，看向傅雪莲，却见她正微笑着鼓掌。

然后，牛大妈开始布置工作，袁梅留在办公室阅读档案和资料，熟悉社区居民和流动人口的情况，陆凡负责社区的治安防控工作，王菊负责低保审批，曲小美负责社区的党建和宣传，杨毅负责社区内的智能科技运营和维修工作。

最后才说到傅雪莲，副主任的职权范围就是配合社区书记兼主任牛大妈的工作，社区居民提出的困难和需求要尽最大努力帮助解决。社工们心知肚明，傅雪莲似乎没有具体工作，但其实不然，所有的突发性难以处理的工作，她都担着责任，直白一点儿说，是给牛大妈“挡枪”的角色。

会议这就结束了。社工们刚要离开，李娜来了，说：“我要反映情况，凭什么不让我进？”杨毅说里面都在开会，您等一会儿再来。李娜说：“杨毅，你又不是不认识我，我找牛书记。”随着话音儿，李娜走了进来。

李娜进了会议室，就把自己早晨骑车送孩子在烂路上摔倒，孩子摔到地上，自己的脚也崴了，幸好被傅雪莲碰上，她主动送她和孩子去幼儿园的经过说了一遍。又说如果没遇到傅雪莲，今天的后果还指不定有多严重呢。

李娜对牛大妈说：“牛书记，傅雪莲是个好人，您得好好表扬。”王菊和袁梅嘀咕着：“得，这好人好事都让她给赶上了。”袁梅撇了一下嘴说：“可不是嘛。”

牛大妈笑了，说：“原来雪莲迟到是这么回事。我还想会后批评她呢。好好，感谢李娜你来得及时，不然雪莲就被冤枉了。”大家都笑了。

傅雪莲请李娜讲一讲小区修路问题，趁大家都在。李娜迟疑了一下，说：“说就说，我家小区的路面在这一带数它最烂，坑坑洼洼，下一点儿雨就积水，上岁数老人常常摔倒。居民们反映情况要求修路，可就是不见动静。”

牛大妈接过话头：“李娜你别着急，这小区烂路问题我们也找了市政部门，但是还没有列上修路计划，就这么拖下来了。李娜你先回去，我们研究一下，看下一步怎么办。”李娜说：“牛书记，你们抓紧研究吧，让社区居民看到你们的真心。”

傅雪莲送李娜到社区门外。李娜问她：“你来社区居委会就不走了吧？”傅雪莲笑答：“不走了，从今天开始我就在社区居委会工作了，您有啥事就来找我！”

傅雪莲背起挎包出门，她想去管辖内的小区里进行走访。曲小美追了出来，喊住傅雪莲，说：“雪莲姐，你是新来社区居委会的，情况也不熟两眼一抹黑的，还是我陪你去小区转转吧！”傅雪莲点头示谢。

二人走着，曲小美介绍说：“社区在行政上接受街道办事处领导，社区和机关单位、乡镇街道不一样，没有行政级别，社区工作人员既不属于行政编制也不是事业编制，工资也不是很高，主要就是服务，行政性服务、福利性服务和社会化服务，事无巨细，都涉及居民切身利益，这活儿其实不好干……”

傅雪莲和曲小美朝小区走去，曲小美像个导游，边走边给傅雪莲介绍社区工作。

曲小美又说："咱们普宁社区常住人口一万两千多人，流动人口两千多人，主要集中在三个小区，很典型的社区模式，既有所谓富人区碧峰家园小区，高层建筑、环境优雅；又有中等家庭居多的火神庙小区，过去这里有一座火神庙，破四旧的时候拆掉了，这里主要是建于90年代初的六层小楼，还有一个就是清风小区，建筑历史都在几十年以上，老屋老楼老街老巷，还有一些老风格的店铺……"

曲小美娓娓道来，傅雪莲听得津津有味。

两个人走近碧峰家园的大门口，值岗保安操着一口河南话和曲小美打招呼："曲同志，视察工作来啦！"保安打量一眼傅雪莲，曲小美连忙说："我给你介绍一下，这是社区新来的副主任，傅雪莲同志，以后多关照点儿啊！"保安笑眯眯地说："那必须的。"

两个人走进小区，有保姆推着婴儿车晒太阳，一些老人有的在下棋、有的在打太极拳。两个人走上一座小桥，傅雪莲说："这种高档小区应该有物业公司服务，社区居委会的职能作用就显现不出来了。"

曲小美说："雪莲姐，不是这样，其实物业和社区居委会是各司其职，物业负责业主的垃圾清运、设施设备维修，而人口普查、低保、安保，组织老干部和老党员过组织生活、精神文明建设等等，都是社区居委会的职责，大事小情的多着呢。"

傅雪莲说："小美，要是不来社区居委会工作，我还以为社区只管邻里纠纷、卫生检查什么的，哪里想到会有这么多的工作要做。"

曲小美说："你第一天上班就进入状态了，有的人待了好几年也还是云里雾里。"傅雪莲问："你说谁呢？"曲小美说："还有谁，王菊呗，她是牛大妈的跟屁虫，群众对她有意见，说她光做表面文章。"

傅雪莲沉思着，没有发表意见。她们走到喷水池子前，只见一个快递小哥载着一个打扮时尚的女孩，从她们身边驶过。曲小美羡慕地说："这快递小哥太酷了！"她们走到大门口，快递小哥骑了过来。

值岗保安和快递小哥斗嘴儿说："小老乡，你是不是想吃天鹅肉啊，人家莎莎可是白富美！"快递小哥也开玩笑说："臭老乡，嫉妒死你，我和莎莎可是真爱！"说完一踩油门，摩托就开出了大门。

傅雪莲看了快递小哥一眼，眉目深邃皮肤白皙，难怪招女孩喜欢。

从碧峰小区出来，两个人又去了火神庙小区，这里的环境无法和碧峰小区相比，属于老旧小区，楼门前挤挤插插地停着私家车，楼门大多没有防盗锁，有也是居民自费安装的。

中午，牛大妈回家打开屋门，就见李芳芳笑盈盈地站在客厅里，老冯在厨房忙着做饭。牛大妈嗔怪她说："你把大姨都忘了，多久都不来家看看！"李芳芳拿起一个苹果就啃，牛大妈爱怜地说她还和小时候一样。李芳芳说是来给大姨和大姨夫汇报好消息，自己当上新演艺公司的副经理了，高团长任总经理。

牛大妈破例没有顺着李芳芳说话，而是说："高团长其实希望带走的人是傅雪莲，她的能力确实比你强。"

李芳芳说："大姨您又编派我，我不高兴了。您以前不是讨厌傅雪莲吗？现在怎么替她说话呢？"牛大妈说："不打不成交，跟傅雪莲接触之后，才发现她这人其实挺实诚、还仗义……"

李芳芳说："她这人就是一根筋，其实没有坏心眼儿。我能当上新演艺公司副总，也多亏了傅雪莲，是她和高团长推荐的我。"牛大妈说："你看你看，人家推荐的是你，我说得没错吧？傅雪莲这次是铁了心主动辞职，连后路都没给自己留，全普宁街道社区招聘考试，她得了第一名，不服不行！”

李芳芳进门时的踌躇满志，这会儿又被傅雪莲的话题冲淡了。她对牛大妈说：“我和傅雪莲较了十几年的劲，回想一下都是我一个人瞎折腾。”

牛大妈不解地问：“你啥意思？”李芳芳说：“因为我从来都不是傅雪莲的竞争对手。”老冯端着一盘刚出锅的菜，从厨房里走出来说：“姨夫为你高兴，记住姨夫的一句至理名言，工作中多学傅雪莲，做人不要学牛桂芝！”

牛大妈哭笑不得：“老冯啊，我两天不修理你，你就忘了自己姓啥了？”

吃饭的时候，李芳芳跟牛大妈说她想租房子。牛大妈夹了一块鱼放在李芳芳的碗里，问：“你不是新交了一个外籍男友吗？咋黄了？”

李芳芳坦白说：“黄了，不合适。”牛大妈放下筷子：“不是说条件不错吗？”李芳芳郁闷：“是有车有房，可人家根本就没打算结婚，只是喜欢和女演员谈恋爱。”

牛大妈火了说：“这是啥人啊，不结婚光谈恋爱，这不是耍流氓吗？分手就对了。”李芳芳又说，她对新演艺公司前景抱着走一步看一步的态度。因为新加盟的演员水平参差不齐，和歌舞团简直没法比。她想开个小店干点儿啥，不能一棵树上吊死。

牛大妈说：“这年头哪都没有铁饭碗，你得好好干！老话说得好，家有万贯不如开个小店，业余时间你也可以干点儿什么，租房子的事儿，我给你留心！”

傅雪莲和曲小美走访低保户出来，看见徐奶奶坐在轮椅上晒太阳。傅雪莲上前问她胯骨上的伤好些了吗？徐奶奶定睛看了她半天才认出来：“你就是送我去医院的傅雪莲，我好多了，闺女给我找了个小保姆。”

这时，一位中年男子快步走来："你就是新来的社区干部傅雪莲吧？"傅雪莲点头。中年男子说："那就对了，徐奶奶经常在小区夸你呢。我姓林，是出租车司机。"傅雪莲礼貌地回应说："您好，林师傅，您有什么事？"

林师傅："我家住火神庙小区8号楼，住在我家楼上的叫朱美兰，是一个女疯子，三天两头犯病，可吓人了。不是烧衣服就是开煤气，水龙头一开半天都不关上，跟水帘洞一样，把我家厨房的顶子泡塌了。你们快想办法解决吧，说不准她哪天会把房子给点了！"

傅雪莲问："她家没有别人吗？"

一旁的徐奶奶插话道："唉，朱美兰这孩子苦啊，她离婚好几年了，孩子也被她前夫带走了。朱美兰就气疯了……"

林师傅说："这麻烦事，人家物业公司不给管，还真得麻烦你们社区居委会给管管……"

傅雪莲请林师傅带路去朱美兰家，曲小美低声对傅雪莲说："还是别去了，以前我去过一次她家，我有点儿怕……"傅雪莲笑了，说那咱们也得去。

林师傅领着二人走进楼道，指着一扇门说，我家就住这儿，门牌102室。他打开门请傅雪莲进屋，就指着厨房屋顶一大片被水淹过的痕迹，看着就揪心。

傅雪莲对林师傅说，朱美兰的事我会想办法解决的。林妻感激地点头。林师傅陪着傅雪莲上二楼，202室。他用力敲门没人开，屋里一点儿声音都没有。

林师傅说朱美兰就在屋里，她母亲不让她出门。这时，楼梯走上来一对老夫妇，问他："老林，你有事吗？"林师傅说："社区领导想看看朱美兰，我就陪着上来了，我以为您在呢！"傅雪莲做了自我介绍。

朱母冷淡地说："有什么可看的！"

林师傅说："傅主任来慰问，是对朱美兰的关心。"说完走了。

朱老先生一言不发，掏出钥匙把门打开了，请傅雪莲进屋。

屋内弥漫着一股烟雾，傅雪莲被呛得睁不开眼，她竭力地睁大眼睛，要看清屋里的一切，突然，脖子被人狠狠掐住，一张惨白的脸靠近她脸上，一个女人嘶哑低沉的声音说："哈哈，坏人，你们都没安好心，马上给我滚出去！"

朱母忙喝道："美兰你快放手，她是社区干部，好人，来看你来了！"说来难以置信，一听立马把手从傅雪莲的脖子上拿开了，一道鬼影似的跑进了屋里。

傅雪莲深舒一口气，她见地上的一只洗脸盆里正烧着衣服，火苗在盆里燃烧着。傅雪莲进厨房找水，可水龙头一滴水也流不出来。

朱母叹了口气说："别找了，闸门早关了，昨天把楼下给淹了。"说罢，从包里拿出一瓶纯净水，把盆里的火熄灭了。老先生从包里拿出两盒饭菜，放在门厅的桌上。

朱美兰闻到了饭香，马上从卧室跑出来，傅雪莲这才看清楚，她枯瘦如柴、披头散发，衣服上污渍一块块的，两眼看人发呆，人都瘦脱相了，她抢过父亲手里的饭盒，吃得狼吞虎咽。

朱母叹气地说："唉，这屋里水电暖气燃气都关了，要不她就胡闹，唉，不是我们狠心，是她造孽啊！等把我们折腾死了，她就自生自灭吧！"

傅雪莲不解地问："婶子，美兰病成这样子，怎么不送她去医院？"朱母说："我们早就想送她去医院，可她的前夫皮成俊一直惦记着这房子。我怕美兰病好了出院回家时房子被皮老四抢走了，她可住哪儿啊？"

傅雪莲问："皮成俊？皮老四？"

朱父叹了口气："是一个人，皮成俊就是皮老四，他在家排行老四，皮成俊皮成俊，人品不俊啊，游手好闲，整天喝大酒又好个赌博啥的，不成人啊！”

傅雪莲说：“还是治病要紧，应该先送美兰去医院治疗，我帮你们联系医院。”朱母连声说不用不用。傅雪莲见依然难以说服朱母，只好先告辞了。

傅雪莲和曲小美下了楼。曲小美说：“雪莲姐，你胆子可真大，朱美兰是一个大麻烦，谁都不愿意去管她的事，她是精神病患者，与她近距离接触很危险，被打伤了也无处说理去。王菊就被朱美兰打伤过，把头都打出血了，王菊就再也不敢去了。朱美兰情绪不稳定，我劝你还是不要管她的事了，别被她伤着。”

傅雪莲说：“如果我们都对朱美兰这样的特殊群体不闻不问，那美兰和她的父母只有绝望了！”

曲小美说：“我听说朱美兰的前夫皮老四，不是个善茬儿，你还是别跟这家人纠缠，我担心你的安全！”傅雪莲说：“放心吧小美，我知道怎么保护好自己，不会有什么事儿的。”

二人回到社区，参加了社工例会。牛大妈讲完工作后，又说：“你们大伙也都知道，我再有一个多月就退休了，心里真是舍不得，我要站好最后一班岗，把社区这块上面千条线、下面一根针的阵地守好做好。”

散会后，傅雪莲走出了社区，来到市政公司咨询老旧小区烂泥路如何解决。市政公司的接待人员，是一位中年女同志，一听她是社区的副主任，本来不冷不热的态度就变热情起来，主动问她为何事而来？

傅雪莲从包里拿出提前写好的诉求信，还有她用手机拍的烂泥路照片，说就是这条年久失修的烂路，坑坑洼洼里面还泡着脏水，居民苦不堪言，我来就是想请市政部门尽快拿出解决方案。接待人员同意再次向领导反馈。

大街上车辆川流不息，阳光刺眼。傅雪莲的心里空落落的，社区工作远比她想象的要复杂得多。一辆白色轿车悄然停在她的身边，她一扭头，看见李芳芳在车里对她微笑。李芳芳把车停好后，就走了过来。

李芳芳穿着一件米驼色卡其布风衣，脸上的妆容精致。相比之下，傅雪莲衣着简朴多了。李芳芳感叹地说："要不是仔细看，真有点儿认不出你来了，这还是傅雪莲吗？这么素面朝天，可老得快呀！"

傅雪莲说："哈哈，我工作环境变了，人就得改变。在社区上班涂脂抹粉，算怎么回事儿？"李芳芳说："哟哟，好吧，我来找你是有正事儿。就两句话。"傅雪莲："那就快说，我还有事赶回社区呢。"

李芳芳说："耽误不了几分钟，就是来感谢你的，要不是你高风亮节，把新演艺公司副总让给我，我还不是和你一样，到处找工作。"

傅雪莲说："你自身具备这个条件，不然高团长也不会给你这个机会。"说完，欣慰地笑了，她觉得李芳芳这次终于没有误会她。而傅雪莲想错了，李芳芳今天就是想看看昔日的歌舞团副团长当了社区副主任，是什么样的。

王菊下班回到家，心情有些不好。没想到上班第一天傅雪莲迟到了，竟然是助人为乐又让她加分了，想想就烦。

门锁转动，丈夫林海下班回来了，说是院长要他去外地医院会诊，回家拿几件换洗衣服。

林海是市医院呼吸科主任，去过支援非洲医疗队，还参加过 "汶川地震的医疗队"。王菊高考落榜，就进了一家工厂，因有点儿文采领导就把她调进工会当了宣传干事，还入了党。她长相甜美，厂里人还把她列为"厂花之一"。林海和她相识颇有几分戏剧性，她父亲得了肺病，是林海给做的手术，手术很成功。林海书生气十足，见到青春靓丽的王菊，竟然一见钟情，相逢又是未嫁时，两个人顺利走入婚姻殿堂，还生了一个可爱女儿茜茜。

三年前，工厂倒闭了，王菊下了岗，不想当全职太太，就报考了社区，还当了副主任。她一直觉得自己是社区书记的接班人，没想到傅雪莲空降到了社区，成了她的一个强有力的竞争对手，她想想就郁闷。

王菊无精打采地倒在沙发上，说心情不好。林海忙着收拾行李，随口问她为什么心情不好？王菊说："琢磨不透傅雪莲，一个歌舞团的副团长，去哪儿找工作不好，偏偏来社区这个小庙，和我竞争牛大妈的接班人，值得吗？"

林海没注意听王菊的话，可一听傅雪莲三个字，就颇觉意外，看着王菊问："你说的是歌舞团的傅雪莲吗？"

王菊诧异地说："当然是她了，还有几个傅雪莲，你怎么认识她？"林海回答说："紫塞市的名演员就那么几位，认识不稀奇！"

王菊有几分醋意，说："一听傅雪莲，瞧你的样儿！"林海答："哈哈，你呀，吃醋喽！我就看过她的一次演出，好多年前的事了。你别瞎想！"

王菊其实知道丈夫对她一直很好，不过是在开玩笑，也没有再生气，就忙起身帮他收拾换洗好的衣物。

# 第十五章

黎明时分，傅雪莲做了一个梦，又回到歌舞团的排练厅，音乐热烈地响着，然后是一张张熟悉的面孔，她们从她的身边过去，她喊她们的名字，对方笑着却不理她，雾一般地消失了。

她猛然醒了，突然离开了一个朝夕相处的集体，那种难以割舍让她始料不及。她告诫自己，傅雪莲已经不是歌舞团的演员了，而是社区副主任。

从此以后，傅雪莲给自己制定了新的作息表，每天七点半出家门，先送英子去幼儿园，然后就穿过小区步行去居委会上班，小区里聚集着晨练的居民，她和他们唠家常，掌握到了不少在办公室里听不到的信息。时间长了居民们就都熟悉她了，亲切地叫她："雪莲副主任！"

傅雪莲的新作息，也让五岁的英子随之改变，以前大成送她，八点半到幼儿园，可现在傅雪莲七点就喊她起床，英子不乐意早起，被她生生地从被窝里拉出来，睡眼惺忪地洗脸刷牙。但几天后，英子高兴了，告诉她："妈妈，我现在每天都是第一个到幼儿园，老师都表扬我了。"

傅雪莲家就住在火神庙小区，这里居民比较密集，也有利于了解社情民意。每天上班，她背着一个帆布大包，装着记事本和水杯，居民反映的情况，随时随地记录在本子上。空巢老人徐奶奶出院之后，女儿找了一个保姆照顾她，一大早保姆就推着轮椅带她出来散心。徐奶奶见着傅雪莲就像见到自己的亲闺女，告诉她自己家的煤气灶打不着火了，要她帮忙找个师傅来家修修。她掏出手机帮徐奶奶联系了维修工。

风和日丽的时候，社区居委会的门前总有几个闲人在闲聊，东家长西家短，方圆几里的小区里的八卦，聊得似亲眼所见。

傅雪莲来社区当副主任的事，在这几位闲人看来是最劲爆的新闻。一位五十多岁的胖大妈说，普宁社区自打成立的那天起，就没见过这么好看的女主任。还有一位七十多岁的老大爷，竟然说："傅雪莲是新官上任三把火，她还没遇到过真正的刺头儿，如果她能把刺头无赖摆平了，我就送锦旗给她！"

说来也巧。这时，就见一个穿得脏兮兮、头发胡子老长的中年男人背着铺盖卷朝社区居委会走来。这人越走越近，大爷大妈们看着他这副模样，不由得一脸错愕，看着他走进了院子，进了社区大厅。社工都在忙着，没注意屋里来了个不速之客。

"嗨，这里谁主事儿啊，怎么没有人理我，我是来申请低保的！"中年男子嚎了一嗓子，声音大得把大家都吓了一跳。社工陆凡上前问他叫什么名字？住在哪儿？

男子把铺盖卷扔在地上，凶巴巴地说："我叫肖大茂，住在火神庙小区。我现在穷得过不下去了，社区管不管？"

陆凡看出来了，此人来者不善，他决定先探探底细，便问："这位肖大哥，您到底遇上啥困难了，把自己整得像流浪汉似的？"围观的群众哄堂大笑。

肖大茂回身看了一眼身后围观的人，恼了，冲着陆凡嚷："谁说我流浪去了？你这是对我的侮辱，我要投诉你！"他指着陆凡鼻尖，还把一张脏兮兮的脸凑近陆凡。陆凡没想到，自己本是想打趣着套近乎的一句玩笑话，惹得肖大茂发了火，吓得直往后退。

王菊闻声走出来，只见闲人们在起哄，肖大茂瞪眼跳脚叫他们滚，别跟着瞎起哄！“我再跟你们说一遍，我是生活困难，不是流浪汉！”

王菊走过来对肖大茂说：“这位大哥，您要是真的无家可归，我就联系民政局的收容所。”

肖大茂瞪得眼珠子都凸出来了：“我是来申请低保的，不是来要饭的！你要不是社区主事人，就请你靠边站！”

王菊说：“我就是社区干部，负责低保工作。”肖大茂抬眼端详王菊，“哎呀”一声：“你不是厂工会的王干事吗？当年还是一朵厂花，嘿，现在长得也不赖，怎么在这碰上你了？！”

王菊愣了，这流浪汉怎么认识自己？疑问：“你是谁？”“我是肖大茂啊，别假装不认识我，以前咱俩都是食品厂的职工，你还组织我们搞过文艺会演活动呢。”

王菊这才认出肖大茂，问道：“你要申请低保必须符合条件，你的户口在本社区吗？户口若不在本社区，根本批不了。”

肖大茂：“我不但有本市户口，户口还是火神庙小区的。”王菊问他：“那你有工作吗？经济来源呢？”

肖大茂说：“你也知道，厂子倒闭后我就下岗了，后来下海做生意赚了一些钱，可是投资受骗把家底都赔进去了，老婆对我彻底绝望，就和我离婚了。我净身出户，房子钱都归她，我没有退休金，没有经济来源，没有饭吃，你们要是不给我低保，我就在这住下去了，我看这里就挺好，有空调有热水。”说完，自顾自在厅里打开了铺盖卷，坐了上去，一旁的所有人都看傻了。

王菊没料到肖大茂来这一手，问：“肖大茂，你来申请低保，还带着行李卷？到底想干啥？”

肖大茂嘿嘿冷笑说：“我现在无家可归，社区干部不是把居民群众当亲人吗？那我就不客气了，我在这吃住，就等于串亲戚了。劳烦你们了！”

王菊愣了。身为社工，最怕的就是遇到肖大茂这样的滚刀肉，蛮横无理，你对他不能打又不能骂。此前有的社工忍受不了这种憋屈，就辞职离开了。

王菊说："肖大茂，你这是曲解社区的服务功能，要是居民都像你这样，社区可就真成了收容所了。如果你真是想申请低保，就马上回去写份申请送到社区，等着走程序和核查。"

肖大茂说："我不写，我就问你一句话，低保给还是不给？"王菊不满地说："肖大茂，你再胡闹我就报警了！"

肖大茂不在乎地说："哎，好啊！赶紧报警，让警察把我带走，我就更有地方住了！"说完，他就折腾开了，一会儿去水房接水，一会儿去垃圾箱捡东西假装吃。王菊眉头紧皱，看着他瞎折腾，自己却干着急没办法。袁梅一进屋，惊得睁大眼睛。她问曲小美："流浪汉怎么到咱这儿了？"

曲小美低声应答："来申请低保的。"袁梅说："装可怜耍无赖，这套路早有人用过了，怎么不整点儿新鲜的？"

肖大茂听见了，转头骂袁梅："一张破嘴说什么？我是真穷，不是装的！"

王菊忍不住插话说："肖大茂，你是真穷还是装穷，早晚水落石出！"王菊的话似乎戳中了肖大茂的要害，他站起来指着王菊骂道："说你是厂花是抬举你，现在你顶多是一把塑料花了，人老珠黄都不配！"

王菊说："肖大茂，你是来申报低保的，还是来辱骂我们社工的？你再瞎说，我马上就给派出所的纪警官打电话，请他来教育教育你！"

肖大茂被这句话镇住了，说："你可别麻烦纪警官，我可没犯法，我就是想要低保！"王菊递给他一张申请表："回去填吧，填好表送回来。"

肖大茂瞥了一眼，不接，说："王厂花，劳驾帮我把表填了吧！"

王菊说："你一个大老爷们儿，连个表格都不会填，丢不丢人？"肖大茂抬脚就把一把椅子踹倒在地，又骂道："王厂花啊王厂花，你不就是个破社工吗，还有脸看不起人？"

王菊被他气得冲出屋门，站在院子里，抹了一把泪水。

傅雪莲回来一进社区居委会，就吓了一跳，还以为自己走错了地方。倒在地上的椅子，地上的铺盖卷，还有张牙舞爪的肖大茂，王菊和其他人都满脸无奈地站在一旁，看来是对肖大茂没有办法。

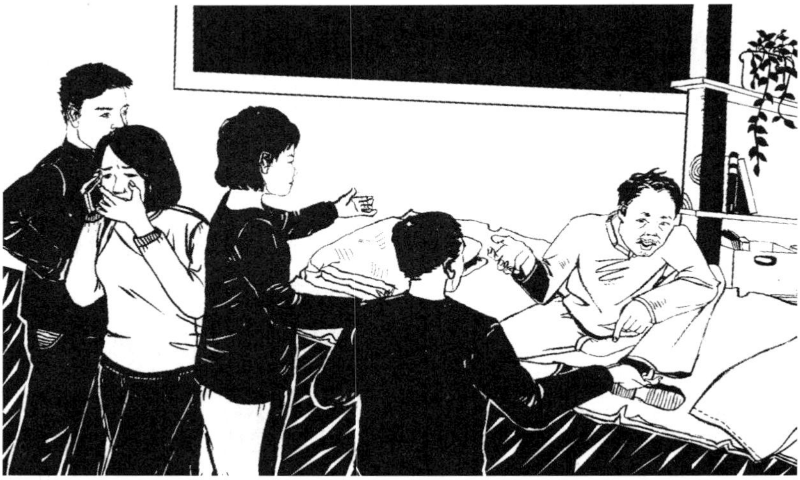

肖大茂一见傅雪莲进来，就挥舞着胳膊嚷道："美女，你也是来办低保的吧？我告诉你，他们不作为！我穷得吃不上饭了，没人管啊！你看了吗？你看到现在我还没吃饭呢。"

傅雪莲平静作答："办低保，那要看是否符合条件。"从包里掏出烧饼和水递给他，肖大茂伸手接了过去。

肖大茂问："这位美女，你是谁呀，我怎么没见过？"

傅雪莲说："我叫傅雪莲，新来的社区副主任，您有什么诉求可以跟我讲。"肖大茂问："美女啊，原来你这位美女是傅……副主任，真绕嘴！不是我说你，你一个副主任，说话当真？能算数吗？”

傅雪莲进了自己办公室，肖大茂咬着烧饼喝着水，跟了过去。

傅雪莲搬过来一把椅子请他坐下，他却一屁股坐到办公桌上，还是那副混不吝的架势，说：“你少跟我玩虚的，别看我吃了你的烧饼，但是我是来要低保的，拿不到低保，我不离开这儿！”

傅雪莲一脸严肃地说：“你少跟我玩横的，社区是为老百姓谋福利的部门，光明磊落，谁想犯浑耍横，都没有好下场！对了，您叫什么名字？哪个小区的？”

傅雪莲的凛然态度，果然镇住了肖大茂。肖大茂说：“美女傅副主任，我就是想要低保，心里一着急，说话不靠谱，您大人不计小人过！我姓肖。”

傅雪莲绷着脸说：“肖先生，办公桌是办公用的，你坐在这上面合适吗？”肖大茂开始嬉皮笑脸，从桌上出溜下来，一屁股坐在椅子上。

傅雪莲这才说：“你想申请低保，这没有错，但要走流程，先递交申请表，填好说明材料，我们按照低保条件进行核定，然后进行公示，如果没有异议的，再上报到社保局审批。”

肖大茂又急了，说：“说来说去都是些什么乱七八糟的，我的头都大了。你们这是要官僚主义，人家都说门难进、脸难看、事难办，傅副主任，别跟我耍官腔，低保我是要定了，可这申请表得你们安排人给我写。”说完，啪地一拍桌子。

陆凡和杨毅闻声进屋，陆凡问：“肖大茂，你怎么还不走啊，真把这当家了？”

肖大茂满不在乎地说：“社区居委会就是居民的家，这话可是你们说的，咱不是一家人嘛。”

陆凡说：“我劝你还是先回家歇着，低保就是批给你，也需要时间，你得按照程序来。”肖大茂说：“哎哎，说什么呢，人家傅副主任都跟我客客气气，你算哪棵葱？”

陆凡说："我要不是社工，非揍扁你不可！"杨毅也说："肖大茂，你再犯浑，我可就报警啦！"肖大茂说："好，你以为我怕警察啊？警察也是为人民服务的。"陆凡掏出手机就要打电话，傅雪莲示意他不要着急。

傅雪莲平静地拿起一块抹布，一边擦拭自己的办公桌，一边问肖大茂："肖大哥，闹够了，饿了吧？"

肖大茂说："肚子里早就咕咕叫了。"说着拿着半块烧饼，又狼吞虎咽地吃起来。傅雪莲等他吃饱了，让王菊拿过来申请表，逐行地讲给他怎么填。

傅雪莲说："困难群众享受低保是党和国家的一项救助政策，申请低保需要居民如实写清楚家庭的收入来源，家庭成员的人均收入标准。如果符合低保标准，你就是穿西服革履来申请，也会批给你的。"

肖大茂反问道："您这话是什么意思，我听出来，您还是认为我装穷？"

傅雪莲放下笔，打开抽屉拿出一把剪刀放到桌上。傅雪莲说："肖先生，我要问问您，您今天是不是第一次来申报评定低保？"

肖大茂没反应过来，盯着她手里的那把剪刀，不知道她要干什么，不由得点点头。傅雪莲说："也就是说，您出家门之前就计划好了带着行李，打算住到社区居委会？"

肖大茂说："傅副主任同志，您这不是对待社区居民，您这摆明了是审讯啊！再说，你手里拿着把剪刀，还要搞刑讯逼供啊？"

傅雪莲说："你误会了，我这是要装订裁剪材料的，你得告诉我，那么你是什么原因导致要享受低保？"

肖大茂还是那几句话，我离婚了没工作，没房子住没经济来源，就该享受低保。傅雪莲说："肖先生，看您应该是年富力强的时候，难道身体有重大疾病？"肖大茂问："咒我？你这是人长得好看，心灵不善良啊！"

傅雪莲站起身，说："我在歌舞团工作的时候，经常给大伙理发，今天没带剪发推子，那我就用这把剪刀先帮您免费理个发。"

肖大茂愣了，腾地站起来，怔怔地看着她。傅雪莲抄起剪刀，陆凡和杨毅看得瞠目结舌。陆凡说，坏了要出大事了，报警吧？杨毅也紧张了。

傅雪莲说："我要给肖先生理个发，这头发太长了，来来，肖先生，我给您理发……"

肖大茂惊呆了，连忙摆手不用。

傅雪莲说："肖先生，我劝您两句，您来办低保就规规矩矩地按程序来，符合条件的我们一定办。来到这里耍横，您不应该！我想问您，刚才我也看见了，社区居委会大厅的椅子是它自己倒在地上的？您有事说事儿，踹椅子干吗？我们也向您解释清楚了，符合要求的应保尽保。但是如果您要是闹事，那也就违背了您来申请低保的初衷。我再最后一次问您，低保申请表还填不填？"

肖大茂的嚣张气焰在和傅雪莲软中带硬的对峙中，被打消掉了。他挤出笑脸说："社区居委会和居民本是一家人嘛，吵吵闹闹也都是人民内部矛盾，别闹这么紧张！"

他拿起申请表说："傅副主任……咱可说好了，我回去就填表，你们可得给我批。"傅雪莲说："我们会按照低保办理程序办。对了，这是您的行李吧？"

肖大茂拿着申请表，忙抱起行李走了。

所有人都舒了一口气，不约而同地朝傅雪莲竖起来大拇指。曲小美心有余悸地说，要不是雪莲姐，谁也镇不住肖大茂！陆凡和杨毅说，雪莲姐有胆有谋，肖大茂才掉进雪莲姐的坑里！

傅雪莲苦笑着，拍了陆凡一下："你这是夸我，还是贬损我？我怎么能给居民挖坑呢？"陆凡赶紧道歉说："我绝对是夸你，就是比喻不当！"大家都笑了。

半天没吭声的王菊对傅雪莲说："雪莲，还是你有本事摆平他，我再跟他掰扯，就该打起来了！”傅雪莲说：“王姐，我来之前，难听的话都听了不少，你也受委屈了。没事儿，咱不怕。”

王菊的心头一热，说：“我受这种委屈都习惯了，要不然没法在社区待了。”傅雪莲让大家抓紧时间回家吃饭，别把身体饿坏了！

杨毅提议叫外卖，曲小美和陆凡响应。曲小美问傅雪莲：“雪莲姐，中午你想吃什么？我给你点！”傅雪莲说：“你吃什么我就吃什么，记住要两份！”曲小美问还有谁？傅雪莲说给王菊带一份，算我的。曲小美撇撇嘴，却也会意地点头。

工夫不大，门口就传来“嘟嘟”的摩托车声音，送外卖的到了，傅雪莲打开塑料餐盒，里面是米饭和炖鸡腿配青菜。她把饭盒送到王菊面前，王菊心里热乎乎的，接过了饭盒。三位女社工第一次共进午餐，气氛格外融洽。

吃着饭，傅雪莲问王菊：“我也在火神庙小区住，怎么没注意过这个人。对了，你觉得肖大茂符合低保条件吗？”

王菊说：“我负责低保工作好几年了，什么奇葩的事都见过，这些总是跟社区找碴儿闹事儿的居民有个共性，大部分不符合低保条件，可却眼红这每月的一千多块钱，所以想出各种奇葩的招数骗保，甚至还有人殴打过社工。”

傅雪莲放下饭盒，问那肖大茂是在装穷吗？王菊说：“我和肖大茂好多年不见了，他这些年都干了啥，我也不了解，不好轻易下结论。”傅雪莲说那你调查核实一下。王菊却摇头拒绝，说再也不想见到装穷使横的肖大茂。

傅雪莲不再说话，她的性格就是不愿意强迫别人，宁肯自己承担。王菊又说了一句：“肖大茂的事就交给你了。你有啥不明白，就来问我，社区工作就得拧成一股绳。”

傅雪莲对王菊说：“王姐，有你这句话，我心里就有底了。”

夜幕降临，街道上又热闹起来，一家家的小饭馆，门口停满了轿车。

杨毅下班后，请曲小美吃小龙虾。杨毅追求曲小美，已经不是什么秘密了。可是陆凡也在暗恋曲小美，但他腼腆木讷，还未来得及对曲小美表达，就被杨毅捷足先登了。

陆凡并不嫉妒杨毅，他一来社区就和杨毅成了哥们儿，曲小美就像他的妹妹一样。这两个人都是他喜欢的，他还是喜欢和他们在一起谈天说地。

杨毅的家庭条件好，更喜欢在曲小美和陆凡的面前留下出手大方的印象，所以一般情况下，都是他买单。

他们说起白天肖大茂来闹事的事情，都很佩服傅雪莲。曲小美举着筷子说："牛大妈退休后，我一定投票给傅雪莲，让她当书记和主任！"

陆凡看了杨毅一眼，把手举了起来。杨毅故作惊讶地说："你们两个这是要篡权啊……"

晚上，傅雪莲和英子穿着母女同款的纯棉绣花睡衣，坐在床上看童话书，英子喜欢黏着妈妈听她讲《安徒生童话》里的《拇指姑娘》，这是母女俩一天中最幸福的时刻，英子听着听着就睡着了。

大成凑过来问她："社区今天发生啥新鲜事儿啦？"傅雪莲就和大成说起肖大茂来闹低保的事。

大成又开始埋怨："雪莲，从你到社区上班的那天开始，我每天都提心吊胆，就怕出这种事。肖大茂那种人他就是一个无赖，你跟他讲道理，那就是对牛弹琴！你一个女的，哪是他的对手，我劝你还是辞职吧！"

傅雪莲不想和大成争辩，她走进浴室，哐当一声把门关上了。大成站在门外敲门："雪莲，我的话还没说完呢！"浴室传来水流声。

夜深了，大成和英子都熟睡了。傅雪莲还在桌前读着一摞社区材料。

从第二天开始，傅雪莲就悄悄展开了对肖大茂的悄悄调查。走访中，得知他多年前从企业下岗做生意，买了房子和车。他属于人户分离，户口在火神庙小区，但房子早就卖了，搬家居住在别的小区，但没有人看过他现在的家是什么样子。

火神庙小区内有一个破旧的小花园，每天都聚集着一些上年纪的居民，边晒太阳，边闲话别人家的是非短长。许多“八卦”在办公室里听不到的。傅雪莲就是通过和这些人闲聊，才打听到一条线索，肖大茂的一个堂兄还住在他原先的房子，是当年肖大茂卖给他的。傅雪莲找到这位堂兄，打听肖大茂的情况。

肖大茂堂兄家的居住环境很杂乱，屋子窄小。堂兄打开门见是傅雪莲，愣了一下。傅雪莲的和蔼可亲，让堂兄来不及犹豫就礼貌地把她请进了屋。傅雪莲开门见山，说是想了解肖大茂的一些情况，堂兄问大茂在外面惹啥事了吗？傅雪莲说那倒没有，他来社区要申请低保，我要了解一下。

堂兄请傅雪莲坐在门厅的椅子上，说不好意思，屋子小，家里没有沙发，您将就一下。傅雪莲说您别客气。

堂兄这才说：“虽然自己和肖大茂是叔伯兄弟，可他从来不讲亲情，他前些年做生意，开了食品加工厂，赚了不少钱，把这房子卖给我，他买了新房子，他瞧不起穷亲戚，就怕我们沾他的光，多年也不和我们走动。可今年他突然回到他的父母家，也就是我的亲叔亲婶家，其实他一点儿都不孝顺，平时老两口他不闻不问，我叔赶他走，可他死皮赖脸，说他的厂子倒闭了，老婆跟他离了婚，房子和存款都给他老婆了，因为他老婆发现他赌博，死活不跟他了，叫他净身出户，他无家可归了，我叔和我婶只好收留他了。”

傅雪莲从肖大茂的堂兄家告辞出来，走在街上，耳边还在响着堂兄的话，虽然和肖大茂的话基本吻合，可她却感觉哪儿不对劲儿，一时又找不到原因。

肖大茂又来社区催问低保的事儿，一进社区就遇见牛大妈。他劈头就问："牛书记，您是一把手，我就找您了。"牛大妈一听是要低保的事，就让他找王菊，她具体负责这项工作的。王菊却一见肖大茂就想躲开，对牛大妈说肖大茂的事儿，现在是傅雪莲负责。

牛大妈说："王菊，我问你，低保这块不是你一直在负责吗？傅雪莲刚来情况也不熟啊。"王菊对牛大妈说，您听我解释。她拽着牛大妈进办公室。

肖大茂见王菊嘀嘀咕咕的，就气不打一处来，大声喊："怎么着，密谋呢？我就说这里面有猫腻吧？"说着就要往牛大妈的办公室闯。

这时，傅雪莲从外面进来，大声喝住了他："肖大茂，有话好好说，怎么又来这豪横？"肖大茂回身见是傅雪莲，就心里犯怵，站住了。可他还是嘴硬："今天你不给我一个准确答复，我就给你一点儿颜色瞧！"肖大茂抄起一只茶杯要摔。

傅雪莲说："肖大茂，你等等，上次你踹了社区居委会的椅子，今天你又要摔公家的杯子，我看你没拿到低保还要把自己折腾进看守所，是不是？"

肖大茂说："哎，你别吓唬我，我可不想吃牢饭，我就是来打听低保啥时候能批下来？"傅雪莲说："这就对了，有事说事，别整歪门邪道的。你的低保申请是昨天交的，还在审核当中，你耐心等一等啊。"

肖大茂把要摔的茶杯送到嘴边，假意喝了两口水，点指着傅雪莲恐吓她要是拿不到低保，你这个副主任就别想消停，我也打听了，你不就是一个跳舞的吗？歌舞团解散了，你下岗了，这才来社区找存在感。

傅雪莲哭笑不得，心想肖大茂这人的确是不可理喻。

牛大妈站在自己办公室的门口，把这一切都看到了眼里，暗暗点头。看肖大茂走了，牛大妈出来，关心地问傅雪莲："肖大茂伤着你了吗？"

傅雪莲说，他不敢。牛大妈说："我好多年前就和他打过交道，从小不学好，打架斗殴，他父亲管他，他连亲爹都敢打。他母亲哭着来居委会找我，叫派出所人把他关起来教育。"傅雪莲问后来呢？

牛大妈说："我当然是说服教育了。"牛大妈问她肖大茂到底符不符合低保条件？傅雪莲说："从申请条件看还算符合，但我觉得哪儿不对劲儿，还需要好好调查。"牛大妈点点头。

眼看快中午了，徐奶奶给傅雪莲打来电话，说是煤气灶又打不着火了。傅雪莲忙带着陆凡去徐奶奶家，到了之后一看，原来是灶具年久失修，灶眼堵住了，电池也没电了。陆凡下楼买了电池换了，又清理了堵塞的灶眼儿，一打火就点着了。徐奶奶高兴得像小孩似的拍手，连说好好。

走出徐奶奶家，他们又去火神庙小区，解决烂路的遗留问题，走访了几家居民都是满腹牢骚，有人还责备社区居委会就是中看不中用的花架子，不解决实际问题。傅雪莲表示说，回去再想别的办法，争取尽快解决修路的事。

傅雪莲看见路边有几个老同志围着打麻将，肖大茂也在里面。看见她走来，就站起来打招呼："傅……副主任，我就住在这楼里，欢迎你进来访贫问苦一下，耽误不了你多长时间！"

傅雪莲好奇地问："你不是早就搬走了吗？"肖大茂说："我是搬走了，那是没离婚之前，我是协议离婚，房子和财产都留给了前妻，我没地方住，就只好投奔我的父母，他们也心疼我，就叫我搬过来住了。"

傅雪莲和陆凡跟着肖大茂来到他家，见到两个老人，屋子里面家具破旧。

傅雪莲问肖父："肖大爷，您儿子是和您住在一起吗？"肖父沉思半天，才点点头。肖母张嘴要说什么，肖大茂端水要她喝，给她使眼色不让她说话，肖母不再说了。

肖大茂说："这你都看见了，我就在这蜗居，你们没啥可怀疑的了吧？"傅雪莲点点头，稍后起身告辞。

社区定期召开低保申报会，傅雪莲在会上发言。她已经来社区快两个月了，大家都发现，她无论是谈吐气质，还是做事风格，都与从前有了变化，变得更加沉稳大气了。

傅雪莲说经过走访调查，肖大茂在申请过程中，有失常理，影响很坏，但他基本符合低保要求，他当年办了离职手续，也没有交过养老保险金，属于自动放弃，所以没有退休金。王菊和其他在座的社工，也都没有反对，肖大茂的低保就算通过了，公示的时候也没有异议。

过了几天，社区居委会的门口，张贴出新被批准的低保人员名单。一辆二手轿车驶来停下，一个西服革履的男人拎着水果从车里下来，围观人群惊得差点儿掉了下巴，这不是肖大茂吗？

肖大茂一脸坏笑，说国家给老百姓的福利政策，我干吗光看着别人享受？有人问肖大茂你这是要的哪一出，你不是净身出户了吗？咋又开上车了？

肖大茂说："离婚那不就是一张纸吗，我跟你们说实话吧，我媳妇一天都没离家，跟我过得好着呢，这会儿正在家里看孩子！"

院子里的人都气炸了，议论纷纷，肖大茂这种人都能享受低保了，社区居委会就是欺软怕硬，谁能闹就怕谁，就给解决问题；有的甚至说我下次就住到傅雪莲家里去，低保准能批下来。

肖大茂又一脸无耻地说："别吵吵了，你们也别嫉妒，我要不是假离婚，让自己变成一无所有的穷光蛋，这低保不就吃不上了嘛！”

围观的人拥挤进了社区居委会，要跟牛大妈和傅雪莲讨个说法。牛大妈一听就蒙了。正说着，肖大茂进来，死皮赖脸地把一兜子水果放在傅雪莲的办公桌上，还说谢谢美女傅副主任的一片好心。

傅雪莲气得眼里都要起火苗了，她真想抽肖大茂一个大嘴巴。陆凡和杨毅也气得不行，真想上前抽他一个耳光。

袁梅低声对王菊说：“这个肖大茂也真是傻帽儿到家了，要是干点儿坏事，那别人都是藏着掖着，这肖大茂的行为有违常理啊。这不是明摆着向社区居委会挑战吗？这回看傅雪莲姐怎么办吧？”

王菊也觉得突然，但她示意袁梅别再说了，静观其变，她自己悄悄离开了现场。

肖大茂说：“我这张嘴就爱瞎咧咧，这不一高兴就把不住门儿了吗？其实我就是来感谢你的！”

傅雪莲气得不理他，肖大茂快快地走了。

牛大妈和社工们围过来，询问到底是怎么回事。傅雪莲竭力克制住自己的情绪，说：“肖大茂的低保是我具体负责的，每个环节我都严格履行，接下来的事情我承担责任，绝不让真正困难的居民享受不到低保，更不让心术不正的人钻了空子！”

在场的群众都给傅雪莲鼓起掌来。

牛大妈坐在办公室里生闷气，她不想在自己退休之前有太大的麻烦，觉得傅雪莲的错误辜负了自己对她的信任，还有王菊对此事的退缩和自私，也让她心里不舒服，对她很是失望。

偏巧王菊进来，在牛大妈的面前吐槽傅雪莲的不是，说肖大茂骗低保的这件事，责任都在傅雪莲的工作不认真，没有调查清楚就把肖大茂列入候选低保人员，牛书记应该严肃处理。

牛大妈却觉得王菊是推卸责任，本来是她分内工作，傅雪莲在这件事情上已经是主动担当。牛大妈毫不客气地批评了王菊，告诉她不要因嫉妒傅雪莲，而影响了工作。王菊尴尬了，赶紧说自己今后一定注意改正。

傅雪莲在社工例会上，主动承认关于肖大茂低保办理的工作失误，表示要彻查此事，不能让评定低保再发生类似的错误，让居民伤心。

正在这时候，曲小美接听社区服务热线电话，是一居民打来的，说他和肖大茂父母家是对门邻居，他的老娘昏迷了，老头急得不知所措，肖大茂电话也不接，早没人影了。

傅雪莲打了“120”急救电话，亲自把重病的肖母送进了医院，然后打电话给肖大茂，叫他赶紧来医院看母亲。肖大茂说没空，又说你们不是口口声声说是社区居民的亲人吗？我娘就交给你们了。傅雪莲说你想让派出所的警官请你？肖大茂才答应了。

磨蹭了半天，肖大茂才赶到医院，一打听住院的押金都是傅雪莲给垫付的。肖大茂这人心眼儿多，就把垫付的押金多加了一千元钱，还给傅雪莲。

傅雪莲一看钱数不对，也就明白了肖大茂是什么意思，忙退回多了的一千元钱。肖大茂说这是给他办理低保感谢的一点儿心意。好说歹说，肖大茂就是不接受她退回来的钱，傅雪莲只好把那一千元钱放到肖大茂母亲的枕头底下，赶忙出了病房。

转天，傅雪莲来到肖大茂的堂兄家询问。堂兄支支吾吾地不愿意说，傅雪莲晓以利害，他这才说了实话。原来，肖大茂看电视法制频道，看到有作假骗低保的报道，就动了歪脑子，想出了装穷假离婚转移财产的一出闹剧，就是想得到低保。有一次他和堂兄说，国家的钱不拿白不拿。他搬到父母家，威胁二老不要和社区来调查的社工说实话，如果说了他就不给他们养老送终。傅雪莲明白了，肖大茂确实是作了假。

社工例会上，牛大妈让傅雪莲主持，专门讨论肖大茂的骗保问题，一致通过了停止肖大茂的低保发放的决定。牛大妈通过这件事，对傅雪莲评价很高，认为她坚持实事求是，及时解决了肖大茂作假的事儿，决定把低保工作调整为由她分管。王菊暗自高兴，心想着这个不好干的活儿终于有人接管了。

会后，曲小美说她在社区公众号留言区发现有居民反映，有的居民特别困难却没有申请到低保。傅雪莲问这户人家是什么情况，如果真很困难，我们应该主动帮助解决。

下午，傅雪莲和曲小美去了火神庙小区。路上，小美给她介绍情况，这家困难户的丈夫叫沈学兵，妻子叫林小娟，丈夫下岗后当了环卫工人，林小娟给人家当保姆，有一个儿子上中学，日子本来还过得去。前年的一天，沈学兵在扫马路时被一个酒驾的人给撞成重伤，出院后成了残疾人，每天坐轮椅，不能再就业了。三口人就靠林小娟当保姆的工资活命。最近林小娟在社区免费体检时查出了糖尿病，保姆都干不了了。

傅雪莲听得心里酸酸的，对曲小美说："低保就应该发给这样的困难户。"

一进林小娟的家，傅雪莲就惊呆了。房子又小又破，没有一件像样家具。沈学兵坐在轮椅上，手里整理着纸盒子，说是可以卖点儿钱，他每天都出去捡纸盒子，好在他家住在一楼。林小娟一脸病容，躺在床上，没有一点儿力气。

傅雪莲问她怎么不去医院？林小娟说儿子快考大学了，家里有点儿钱给孩子留着。傅雪莲拿出一些钱硬塞在林小娟的手里，说一定帮他们申请低保，让生活有起码的保证。林小娟感动得直流眼泪，说我们一家人终于有救了！雪莲主任就是我们的贵人啊！

很快，沈学兵家的低保讨论通过了。陆凡把一张新告示，张贴在社区居委会的外墙上，新被批准的低保人员名单，残疾人沈学兵写在第一位，另一张是取消肖大茂享受低保的通知。

一辆二手轿车在社区门口戛然而止。肖大茂戴着一副墨镜，穿一身休闲装，快步走进院子里，他摘下墨镜，朝墙上的取消低保通知看了一眼，就大声嚷嚷起来："谁的胆子这么大呀？敢把我肖大茂的低保取消了？"

肖大茂冲进屋找到傅雪莲，质问道："傅雪莲，你给我解释清楚！"

傅雪莲说："肖先生，为什么停了，你自己心里不清楚吗？为了骗到低保，你假离婚、装穷卖惨，确实有点儿不合适吧？你今天要是再闹，那我们可就不客气了。我再告诉一遍，骗保是违法的。"

肖大茂愣了，他摘下墨镜，咬牙切齿地说："傅雪莲你厉害！可我肖大茂可不是吃素的，你最好打听打听！咱走着瞧。"说完，扬长而去。

普宁街道党委书记办公室里，党委书记李健正给牛大妈打电话，他微笑着说："牛书记，我想您了，想到社区看看您。"

从电话里传出牛大妈的声音说："好啊，李书记大驾光临，那普宁社区居委会可是蓬荜生辉啊！"李健笑说："牛书记，您是批评我去社区少吧？哈哈，这阵子我忙于街道企业，去您那里还真是少啊。"

社区居委会里，牛大妈听了李健的话笑了，二人聊了几句，挂了电话。牛大妈有点儿纳闷，李健书记要来看她，可绝不是想她了这么简单。

李健是两年前担任普宁街道党委书记的，此前是市委组织部党建科长、副处级调研员。一个副处级来街道办当书记，对于紫塞市的街道工作来说，这可是高配，坊间也有人传闻这是市委在培养年轻干部。

李健今年三十五岁，说话办事都很随和，有时还很幽默，但是讲起原则来也是铁面无私。牛大妈还在想，是什么重要的事，李健要亲自来社区和自己谈?

此刻，李健正驾车行驶，绕过市中心火神庙转盘，那康熙大帝的雕塑屹立得十分雄伟。行驶在普宁大街上，李健也在想今天要谈的事，牛大妈会是什么反应?其实，他这次来普宁社区，就是要和牛大妈沟通换届接替牛大妈的人选。

十几分钟的车程很快就到了。牛大妈热情地接待他，吩咐曲小美赶紧泡茶，茶是袋装红茶，是牛大妈自己花钱买的。

李健这次来，还给牛大妈带来了养生枕。牛大妈这几年颈椎不好，李健去年还找市医院的高中同学专门给她正骨。

李健喝了口水，连说带笑地夸赞一番近年来牛大妈的工作业绩。牛大妈渐渐就听明白了，知道他是为了社区换届的事儿来的。李健被牛大妈猜中了，也就笑着说明了来意，说此次来社区是想和牛书记您唠唠，您退休之后，谁是合适的人选?

牛大妈是个明白人，坦率地说："原来我有意培养王菊，因为王菊在社区工作时间长，工作也有热情，但有时候有点儿缺乏大局观念。自从傅雪莲来社区这几个月，每天都深入到居民中间了解情况，关键是她在困难和问题面前敢于承担责任，我认为傅雪莲各方面都是社区书记的理想人选。"

曲小美端着泡好的红茶进来，牛大妈和李健介绍曲小美："她叫曲小美，是我们这学历最高，也是最年轻的社工，这孩子看着文静，工作起来有股子闯劲儿，将来可以成为傅雪莲的好帮手!"

曲小美第一次听牛大妈这么夸自己，脸一红，悄悄退了出去。王菊见曲小美从会议室出来，上前就问："牛大妈和李书记说什么啦?"曲小美摇头说："我什么都没听见，就出来了。"

会议室里，李健和牛大妈的谈话仍在继续，李健说："这段时间，街道党委也对傅雪莲同志悄悄进行了了解，现在您又推荐她，证明傅雪莲的人品和能力是可以信任的，初步决定由傅雪莲来接任您的社区书记兼社区主任的职务，您有意见吗？”

牛大妈的笑容变得有些勉强，心里的滋味杂陈。不管怎么说，自己在社区工作近三十年，当了十几年的居委会书记，期间苦乐酸甜备尝，在这样一个谁都说是受累不讨好的环境中，她一点点地与社区居民产生了深厚的感情。一说将要换届离开，心里就有万般的留恋。

牛大妈想了想，说：“我服从组织决定，岁数大了，也该让位给年轻的同志了。”

李健喝了一口茶，说：“我相信，您为社区做出的贡献，您的同事，还有社区居民都不会忘记的，您这么通情达理，我的工作就好做了。”

牛大妈说：“我平时爱和别人较真儿，说话做事也有点儿啰唆，可在原则问题上，我牛桂芝一点儿都不糊涂，尤其是服从党组织的决定，那没二话！”

李健又说：“按照组织程序，还要征求傅雪莲本人意见，如果傅雪莲同意，那就由街道党委先任命她为普宁社区党支部书记，然后按程序选举社区居委会主任。”

牛大妈说：“我同意街道党委的安排。不过，傅雪莲去火神庙小区解决修路的问题了。”李健要亲自去火神庙小区找她，顺便到那儿看一看。牛大妈赞叹李健作风扎实，笑着说实地走访，你会对傅雪莲了解得更深。

李健开车到了火神庙小区，还没下车，就从车窗里朝外看到小区的主干道，狭窄破旧还杂乱无章，不少的小摊贩占据了行车和行人的路面，理直气壮地做着生意。

车位很紧张，李健好不容易才把车停到街边的公共车位里，向着火神庙小区走去。

# 第十六章

李健家十多年前曾在火神庙小区居住，后来搬到了城东的世纪城小区。现在火神庙小区内的街道比过去的样子还要破败，很多地段路面坑洼不平，看来已经修补过了，最近又压坏破损了。一路上，不时遇到熟人和他打招呼。

李健终于找到了傅雪莲，她正拿着本子登记破损的路段。对于街道党委书记亲自来找自己，傅雪莲感到意外，问："想不到李书记亲自来找我？"李健说："傅雪莲同志，我刚去社区找你，牛书记说你来这了。"

"李书记什么事儿啊，让您亲自跑一趟？"傅雪莲问。

按说这是件好事也是喜事，李健说明来意后，傅雪莲却犹豫了。她觉得自己难以胜任普宁社区居委会书记兼主任职务，于是推辞说："李书记，社区居委会工作很重要，远非我当初想象的那么容易，我恐怕难以胜任。"

李健说："傅雪莲同志，街道党委进行了充分的酝酿和考虑，认为你既是党员，又曾经在市歌舞团当过副团长，大家对你的评价都很高……"

傅雪莲说："李书记，您说得我都不好意思了。我觉得……"

李健说："哈哈，我们啊也找过牛书记了，了解你来到社区工作的表现，牛书记对你也非常认可。社区工作千头万绪，一般人难以胜任，对于普宁小区来讲，你这样的优秀人才最适合当领头羊。街道党委开了会，认为你是不二人选。拟定人选也是街道党委班子研究决定的，你看可行吗？”

傅雪莲为难了，在李健书记诚恳又执着的劝说下，终于答应试一试。傅雪莲坐上李健的车，汽车驶入车流中。李健一边开车，一边听傅雪莲述说着到社区工作的心得体会……

李健和傅雪莲回到普宁社区居委会，牛大妈和王菊、曲小美、陆凡、杨毅、袁梅已经在等他们了。看得出王菊有些不开心。

其实就在刚才，牛大妈已经把街道党委的人事意图讲给了王菊，叮嘱她要服从组织安排，将来干好了就有希望当社区居委会主任，傅雪莲既然被直接任命为党支部书记，主任职务是兼职，将来王菊仍可以有机会当主任。王菊质疑，认为现在提倡社区书记、主任“一肩挑”，她将来当主任的可能性很小，再说牛大妈一旦退了休，将来就不能再为自己说话了。

牛大妈当然看出王菊的心事。牛大妈又说，傅雪莲是副科级，担任过歌舞团的副团长，也有管理经验，再说她敢和肖大茂较量并取消作假低保的事儿，足以说明她有一定魄力的。王菊知道事已至此，只好接受了牛大妈的劝解，当然她心里还是不服气。

牛大妈主持会议，李健说：“我代表普宁街道党委宣布，按照规定，普宁社区居委会党支部书记牛桂芝同志退休，近期就办理手续了。近年来，牛书记思想站位高、工作兢兢业业，任劳任怨，带领社工为普宁社区做出了突出贡献，也赢得了居民的认可，被大家亲切地称为‘牛大妈’，也因此在三年前被破格聘为区里的事业编，荣记二等功。借此机会，我代表街道党委对牛大妈表示衷心的感谢，也对此前一直努力工作的社区副主任王菊同志和诸位表示衷心的感谢！”

大家一起鼓掌，王菊没想到，李健书记居然还表扬了自己，她不禁用力地鼓掌，心情高兴得很。

李健接着说："经过街道党委研究，拟定由傅雪莲同志接任普宁社区居委会党支部书记，提名社区主任候选人，走选举程序选举社区主任。傅雪莲同志是中共党员，三次被评为先进工作者、两次被评为全市优秀共产党员，思想政治过硬，又在歌舞团担任过领导职务，在社区也锻炼一段时间了，基本熟悉了社区工作，街道党委相信在大家的支持下，傅雪莲同志一定能把普宁社区的工作干好。接下来请大家一定支持好傅雪莲书记的工作。过几天，按程序召开社区委员会代表换届会，选举产生社区主任，请牛书记带头配合和组织好选举工作……"

王菊知道自己这次是彻底没有机会了，不由得很失望。

说实话，尽管在这个会前，李健书记已经征求了她的意见，但是在这样严肃的场合下，傅雪莲对此还是感到很突然。

傅雪莲说："李书记、牛书记，各位同事，我刚到社区工作的时间不长，我担心自己能力有限，辜负了领导和同志们的期望……"

李健鼓励她说："雪莲同志，你在歌舞团当过副团长，有组织能力，街道党委支持你，做你的后盾。牛书记，您说对不？"

牛大妈也说："雪莲啊，我觉得你有这个能力，你来接我的班，我就放心了！"听牛大妈这么说，傅雪莲有些感动。

但是没想到傅雪莲却又说："牛书记，您这么肯定我，我谢谢您。李书记，我觉得王菊同志现在是副主任，工作能力也挺强的，我提议由她来候选社区居委会主任……"

王菊没想到傅雪莲会推荐自己，真的是有些意外。同时感到意外的还有李健、牛大妈和社工们。

李健说："好，好啊，傅雪莲同志很有格局。这个事儿我们也不是没考虑过，王菊同志也在，我们也认为王菊表现也很不错。但是今年全市正在推行书记、主任一肩挑，市里把普宁社区已经确定为一肩挑的试点。因此，还请王菊同志多理解，还要一如既往地好好干，配合好傅雪莲的工作。王菊同志，请你多多理解。”

面对李健诚恳的目光，王菊也只好点点头。傅雪莲和牛大妈把李健送到门口，握手告别。

袁梅跟随王菊进了办公室，袁梅说：“这摆明了没您什么事了啊？”王菊不作声。袁梅又说：“好嘛，那就是傅雪莲书记、主任一肩挑了。”王菊说：“事到如今我还能说什么？我王菊也是兢兢业业，没想到终于熬到换届了，没我什么事儿了。”袁梅问：“不过，傅雪莲对你还是很认可的。”

王菊看了看袁梅，说：“袁梅，我刚才也险些被傅雪莲骗了。你想啊，傅雪莲可是和李健书记一起回来的，也许他们一路上早就商量好了。傅雪莲推荐我当主任，那是一枚虚假的甜枣，傅雪莲城府可真够深的。”

袁梅听明白了，说：“那牛书记也不够意思啊，也不为你说话！”

王菊说：“牛大妈这人啊，是个典型的听话的社区书记，只要是街道党委定的事，她就没有不服从的，哪里肯替我说话啊。不说了，正好我家里有事儿，我先下班了。”说完，王菊拿起桌上的包就走了出去。

王菊与送完李健回来的牛大妈、傅雪莲走了个对头，傅雪莲刚要和她说话，王菊冷冷地走了。

看着王菊离去的背影，傅雪莲有些尴尬又有些歉意。

傅雪莲的父亲一进家就对老伴说：“多炒两个菜，我有好消息要宣布！”这时候傅雪莲回来了。母亲说：“你三天两头发布好消息，涨工资没？”傅雪莲逗母亲说：“妈，您啥时候变得这么庸俗，张嘴就是钱？”

母亲是刀子嘴豆腐心，也不过是开玩笑。她进厨房，傅雪莲跟进来，二人做了几个菜，麻利地端在桌上。全家人都看着父亲。大成问："爸，您有啥好消息，快宣布，我都饿了！"父亲环顾大家说："你们听好了，我说啦？"母亲说："别卖关子，快点儿说！"

"街道党委正式任命我闺女傅雪莲同志担任社区党支部书记啦，你们是不是特惊喜？"父亲说完看着大家。傅雪莲愣了，问："爸爸，您怎么消息这么灵通？"母亲愣了一下："呦，这可是喜事。雪莲，你这进步得也太快了？"

父亲接过话茬儿说："我闺女就是当领导的材料儿！来，老爸祝贺你！"

母亲担心地说："社区书记可不是那么好当的……"大成的想法和母亲一拍即合，说："我和英子并不需要女书记，更需要贤妻良母！"

傅雪莲故作生气地说："大成，你什么意思啊？我当社区书记你不祝贺我，还唱反调，你对我就那么不信任？我是那种不顾家、不管孩子的女人吗？"

父亲劝她说："吃饭，吃饭，大成也没那个意思，雪莲啊，你可别把话说得太满了，等你真正忙起来了，你呀就顾不上照顾家了！"

傅雪莲笑了，说："爸爸，您放心，大成是懂事理、顾大局的人，来来，大成同志，我先敬你！"

大成故意不理会傅雪莲，赶紧给岳父敬酒，说还是老爸理解我。

过了几天，普宁社区居委会举行换届仪式。会议室的正前方，挂起了长条幅"普宁社区居委会第六次代表大会"，大红的票箱子伫立在那里十分醒目，给整个房间增添了一种庄严气氛。

王菊、曲小美、杨毅、陆凡、袁梅等社工和一些居民代表都在，看来是已经完成了投票。

根据选举结果，李健宣布了街道党委的决定：“牛桂芝同志从即日起光荣退休，任命傅雪莲同志任普宁社区党支部书记。刚才，经过社工和居民代表投票选举，傅雪莲同志被选为社区主任。”

社工们露出欣慰的笑容，掌声热烈。傅雪莲给大家鞠躬致谢。王菊感到很不自在。袁梅鼓掌也是心不在焉的样子。

李健先让牛大妈发言，牛大妈感慨地说：“日子过得太快了，我还没觉得老呢这就退休了，我一半是欢喜，一半是不舍，我人虽然退休了，但我的心永远在社区。社区但凡有需要我的地方，我第一时间赶到。”大家都为牛大妈鼓掌，有人说：“牛大妈，我们也舍不得您！”

傅雪莲说：“感谢街道党委的信任，在此我庄严承诺，绝不辜负组织对我的信任，不辜负社区居民的厚爱和期待，我要继续向牛书记学习请教，和全体社工一道，把普宁社区变成幸福家园。”

这天还邀请了居民代表，其中一位谭老先生，是市政协退休的副主席，他激动地说：“未来可期，未来可期啊！”大家报以热烈的掌声。

当天晚上，社区会议室被布置得喜气洋洋，长条桌上摆了饮料瓜子和各种小零食，彩灯闪烁，标语：庆祝牛桂芝同志社区服务三十年。

三十年了，牛桂芝一直在社区工作，可谓苦辣酸甜备尝。前几天，市委宣传部常务副部长王强和傅雪莲聊天的时候还说，他已经在宣传部工作了三十一年了，早就认识牛桂芝，在分管文艺工作的时候对牛桂芝就熟悉，牛大妈把社区文艺活动搞得很好，还推为省里的典型，对她的评价很高。现在，傅雪莲请牛大妈进居委会会议室，牛大妈惊喜得两眼发光，说：“布置得跟新房似的，谁布置的啊？”傅雪莲说：“小美、杨毅他们几个机灵鬼出的点子，忙了一下午布置的。”

曲小美把一束鲜花献给牛大妈，告诉她今晚就是庆祝牛大妈为社区服务三十年纪念，是傅雪莲自费张罗的。牛大妈这才醒悟过来，这也是大家专为她召开欢送会。大家争前恐后地和牛大妈合影留念，切蛋糕唱歌。牛大妈感慨，自己过生日都没有这么热闹过。

牛大妈说：“大伙都在，我牛桂芝在这里表个态，我虽然退休了，但我心还在这里，社区居委会一声令下，我牛桂芝马上到位！我跟你们说，你们可别人走茶凉，到时候不认识我牛大妈啦！”

社工杨毅怪腔怪调地说：“不能够！”陆凡也故意搞笑，说：“我绝不能允许这种薄情寡义的事情发生！”大家都被他俩逗得前仰后合。

傅雪莲举着一个大红聘书，说聘请牛大妈做社区顾问，她对牛大妈说：“我们都是您的亲人，随时欢迎您回家。”王菊的情绪也被感染了。

牛大妈接过聘书，感动地说：“雪莲啊，从你到社区之前我就没少跟你较劲儿，可你一点儿都不计较，还为社区做了这么多的好事，大妈在临走之前给你赔个不是。”傅雪莲说：“您说的这是啥话？我从来没往心上去过，您也是为了工作嘛！”

牛大妈又叮嘱王菊和袁梅：“你俩今后要多向傅雪莲学习，学她做事讲究，为人厚道。”王菊表态说：“听老领导的，一定好好配合雪莲书记的工作。”

傅雪莲被牛大妈和王菊的诚恳而感动，她说：“我也有缺点，王菊姐没少帮我，今后我们都拧成一股绳，把工作做好！”牛大妈笑了：“你们当着我的面握握手吧，今天起就是好战友，好姐妹！”两双手握在一起，袁梅和曲小美也过来说还有我呢！四位女社工的手搭在一起。

欢送会接近尾声，大家合影留念，一起唱《难忘今宵》：“难忘今宵，难忘今宵，无论天涯与海角……”

牛大妈唱得投入，她的眼里闪着泪花。是啊，怎么能不激动呢？牛桂芝在社区工作了三十年了，这个时候感触多多。

傅雪莲的婆婆还是住院了，医生把诊断结果交给大成。进入大成眼帘的是晚期肺癌几个字，还有淋巴癌。大成看完整个人都傻了，大飞哭得稀里哗啦。傅雪莲心里也难过，但她想当务之急是让婆婆做手术，哪怕有一线希望，也要努力争取。但手术费用需要五六万，可她回家看自己的存折只有两万块，她给母亲打电话说了情况，母亲说我存折上有，我这就去银行给你取钱去。

婆婆做了癌症病灶切除手术后，住在重症监护室。傅雪莲戴上口罩，穿上隔离服、一次性拖鞋，这才被监护人员放行。婆婆戴着氧气罩，意识很清醒。她拉着傅雪莲的手说：“雪莲啊，你虽然是儿媳妇，可比亲闺女还亲。这次我动手术的钱都是你和亲家母掏的，这可是救命之恩啊！”傅雪莲安慰婆婆：“一家人不说两家话，您还客气啥，好好养病就是了。”

婆婆气若游丝地说：“我要是走了，大成和大飞就都交给你了，我不担心大成，就担心大飞，你可得替我管住他，老话说得好，老嫂比母！”傅雪莲的眼圈红了，说：“您放心养病，不要多想，大飞就是我的亲弟弟。”

监护室的门外。大飞把大成拉到僻静处说：“哥，我又惹麻烦了？”大成一惊：“你又惹啥麻烦了？你就不能消停过日子嘛！”大飞说：“你骂我也不是时候，我拉亏空了，你是我亲哥，你不帮我谁帮？”大成：“啥？你又欠钱了？”

大飞吞吞吐吐地说出了原委。原来，大飞离开影楼之后，又和一个哥们儿合伙做建材生意，结果赔了钱，后来贷了十万块小额贷款。公司开张了，远不是哥们儿给他描绘得那么美好，先是原料价高，再就是买家把货提走，却迟迟不给打款，说要到年底才能结算。

可小额贷款公司天天打电话催账，说再不还钱，就要大飞的好看！

大成气得脸都白了，拉着傅雪莲就离开了医院。回家路上，大成一言不发。傅雪莲奇怪地问：“发生什么了，你怎么不说话？”

大成闷声道：“别理我，烦着呢！”傅雪莲一猜就是大飞又出事了，便看着大成说：“大飞又在外面惹麻烦了？”

大成长长地叹了一口气。

这天上午，社区居民吕小枣站在社区居委会的门前，对跟在她身后走的陈根生说：“就是这儿，快点儿！”陈根生的个头不高，一脸的忠厚相。

曲小美正在往橱窗上放报纸，吕小枣朝她走来，问：“请问，傅雪莲书记在吗？”曲小美认出吕小枣是火神庙小区菜摊的小老板，就问你今儿不做生意啦？

吕小枣说：“做生意比不上孩子上学重要，我想找傅雪莲书记，都说她心眼儿好！”

很快，傅雪莲出来了，微笑着问吕小枣：“你们有什么事需要帮忙？”

陈根生操着一口湖北话问：“书记同志，我想打听一下，像我们这样进城打工人员，孩子上学难的问题，社区居委会能不能帮忙解决？”

傅雪莲说：“你们的孩子是在老家还是在城里呢？”

吕小枣忙说：“我的两个孩子都跟着我在城里。我和丈夫从湖北来紫塞市打工三年多了。我不想让孩子在老家当留守儿童，就一直把孩子带在身边抚养，就为了一家人在一起，我和丈夫吃了太多的苦。我卖蔬菜水果，陈根生起早贪黑地进货送货，拼尽力气经营着小店，从不干缺斤短两的缺德事，所以我们的生意一直不错。陈根生当过志愿兵，在部队就入了党，心地善良，小区里有年岁大腿脚不好的独居老人，他经常把菜送到家里。”

陈根生嫌吕小枣说不到重点，就抢过话说："傅书记，还是我来说吧。我家的老大是女孩，叫悦悦快七岁了，该上小学了，可公立小学不收，因为没有本市户口，我俩又不想让孩子回老家上学，就想拜托社区帮忙解决孩子上学的问题……"

傅雪莲说："党和国家越来越重视外出打工人员子女的教育问题，这也是我们社区的工作重点，我一定想办法帮你们找到学校。"

袁梅一听吕小枣的事，插嘴说："这务工子女上学的事挺难弄的，没有户口，一般学校都不收，怕影响教育质量。"

吕小枣一听就哭了，要给傅雪莲下跪，被一把扶住。傅雪莲安慰吕小枣，等她问明白了学区，再转告她。夫妻俩又连说了很多感谢的话，才离去。

避暑山庄小学门前，家长们翘首以盼。大门一开，孩子们眨眼工夫就被家长们接走了。只有英子还没人来接，年轻女老师陪着英子。傅雪莲的母亲脚一瘸一拐地走来，英子高兴地扑到姥姥怀里。

傅母对老师一个劲儿地道歉。女老师说："孩子刚上一年级，家长一定要按时来接！"原来傅雪莲母亲去银行办事儿，一看接孩子的时间到了，就走路慌张，不小心把脚崴了。

大成回家，见傅母的脚踝肿得老高，就心疼地说我送您去医院吧。傅母说用不着上医院，抹点儿红花油养几天就好了。

大成从冰箱里找出一盒冰块，倒进一个塑料袋里，再用毛巾裹上敷在傅母的脚上。他说本来接英子放学是雪莲的事，可她的脑子里只有工作，家里啥事儿都指望不上她。傅母问："你知道雪莲为什么对社区工作这么有热情吗？"大成一脸懵懂。

傅母说："雪莲小时候，我和你爸都特别忙。我在歌舞团经常下乡演出，雪莲还不到十岁，就一个人在家，当时的居委会阿姨，常来家里照顾雪莲，还带雪莲到自己家里吃饭，和她的女儿一起写作业，这给雪莲带来家的温暖。这就是她对社区工作义无反顾的情结啊。”听了这些，大成的脸上渐渐浮现出了理解和感动。

一早起来，傅雪莲就在屋里翻箱倒柜。大成问：“你找什么呢？我可没藏私房钱啊！”傅雪莲说：“哈哈，谅你也不敢！”“你到底找啥呢？我帮你找！”大成又问。傅雪莲又在储物柜里翻找着，傅雪莲问他上次朋友拿了一盒名贵养生茶放到哪里了？大成说那不是大飞旅游回来给你买的，你当宝贝似的放卧室里了。傅雪莲冲进卧室，还真找到了那个茶叶礼盒。

大成不解地问：“你不喜欢喝茶，要茶叶干啥？是不是当了书记，要摆摆谱，一张报纸看半天、一只茶杯不离手？”傅雪莲一边给英子梳小辫，一边说：“哈哈，大成你太有想象力了！我这是想给英子学校的校长送的茶叶，吕小枣的孩子到现在都没上学，我想去英子的学校碰碰运气！”

大成说：“你当书记绝对称职，可要论当母亲，我得给你吐个槽！”

傅雪莲在给英子梳小辫，问大成：“哎哟，为什么吐槽我？”大成说：“英子都上一年级了，可她的功课咋样你关心过吗？我听班主任说，她的成绩可不太理想。”傅雪莲刚给英子编好小辫，英子就噘起小嘴，背上书包，推开门出去了。

“你干吗非当着孩子面说她？”傅雪莲责怪大成。大成说：“你自从当了社区书记，我又常常加班，这孩子让咱俩给带荒废了，是得找找班主任给英子开个小灶了，咱们都得上点儿心了。”

傅雪莲穿上外衣就朝外面走，说：“走了，我上班了，我得追英子去！”拎着茶叶礼盒匆匆地走出家门。

避暑山庄小学门前。傅雪莲骑着电动车送英子上学，停好电动车，拉着满脸不高兴的英子往校门口走，正好遇到英子的班主任李老师，他是个男老师，偏偏有点儿娘娘腔。英子和李老师打过招呼后进了校园。

李老师看英子走远了，问傅雪莲："英子妈妈，英子是不是学会撒谎了？"傅雪莲听了一愣。李老师说："英子的家庭作业，你们可得上点儿心了。最近这段时间，家长签名都是英子自己写的，那字儿我一眼就能看出来。"

傅雪莲这才明白，忙请李老师对孩子盯得紧点儿。傅雪莲和李老师进了办公楼，问杨校长在哪个屋办公？

李老师问："英子妈妈，你找杨校长干什么，咱们老师和家长一起管管英子就行了，你生什么气？找校长，你是要弹劾我吗？"

傅雪莲忙解释说："李老师你误会了，我是受人之托找校长帮忙解决个事儿。"李老师问："你真的不是去告我啊？哎，英子妈妈你拿的什么？这是要给校长送礼去啊？"

傅雪莲忙做了个嘘的手势，说："李老师，您别说得那么不含蓄，这是我自己的东西，谁说要送礼了？"

李老师"噢"了一声，然后说："我听说您以前是歌舞团的副团长，您怎么管起这事儿了？"傅雪莲解释说自己到社区工作了。李老师说："傅团长，我其实挺崇拜你的，歌舞团多风光，怎么，是不是'犯错误'下放到社区了？我跟你说，社区那些事儿磨磨唧唧，可不好干呢，你们这些跳舞的啊，哎哎，算了算了，还想找你买一张歌舞演出的票呢。好吧，英子妈妈，你快找校长去吧，晚了她又该去开会了，那边上楼，然后从东往西数第二个屋。"

傅雪莲听得有些哭笑不得，这正反话都叫他一个人说了，但她还是礼貌地道了谢，赶紧奔他指示的方向走去。李老师对傅雪莲不再是舞蹈演员而去社区工作的事觉得惋惜，他摇摇头走了。

傅雪莲上楼敲开校长的门。杨淑莲校长是个五十多岁的女同志，认出她是以前的歌舞团副团长，客气地打招呼："傅团长来了，有什么事儿？"

傅雪莲说："杨校长我有事想求您啊！我现在不在歌舞团了，

在普宁社区居委会工作，有个湖北的居民在市里打工，这不孩子也长大了，该上一年级了，按学区得来咱们避暑山庄小学。”

杨校长感到为难，说务工子女上学的确是个难题。市区居民的孩子很多，现在咱们学校的班容量特别大，建议她到别的学校问一问。

傅雪莲说：“孩子的父母就在咱这片小区卖菜，起早贪黑的，一大早还要去进货买菜，孩子上学不能离家太远了，他们一家四口就在火神庙小区租了房子，要是能上贵校，那就方便多了。再说咱们学校不收，别的片区就更难了，您还是帮帮忙吧。”

杨校长本是个热心人，听了这些话，目光里带着关切，说：“雪莲书记，其实我也看出来，你是为了社区居民的困难才来找我的，这个孩子我同意接收！你告诉孩子的父母。得准备好居住证、户口本、孩子出生证明、免疫接种证、卖菜摊位半年以上租赁合同、租房协议等等相关证明材料。”

傅雪莲一一记在本子上。杨校长又拿出一张务工子女登记表，嘱咐回去让孩子父母认真填好。傅雪莲的内心充满感激和感动，她突然觉得这个世界是美好的，善良有爱的人就在身边。她拿出礼品茶叶盒，要送给杨校长，杨校长坚辞不收，说你要非送不可，那我就不帮你了。

傅雪莲谢过杨校长，就去找吕小枣。离老远就看见门口坐在马扎上的悦悦正哄着弟弟吃饭。吕小枣正给客人称菜，看见傅雪莲来了，惊喜叫道：“雪莲书记，您来了！”

傅雪莲刚要和她说表格的事，吕小枣却招呼：“悦悦、亮亮过来！”悦悦领着约三岁的弟弟进来了。吕小枣说：“悦悦，快叫书记阿姨！”悦悦乖乖地叫了，傅雪莲从包里拿出表格给吕小枣，又从本子上撕下刚才记下的办理入学手续注意事项，一并交给吕小枣。

这时，陈根生拉着一车菜回来了。吕小枣激动地对丈夫说：

“雪莲书记可是我们的大恩人啊，她把悦悦的上学的事办妥啦！”

陈根生不知说什么好，就给傅雪莲鞠了一躬。吕小枣拉上悦悦一起也给傅雪莲鞠躬，傅雪莲忙说：“你们可别客气了，这是我应该做的，我们都是做父母的，谁不希望孩子上个好学校读书。好了，客气话就不说了，我来给你们俩说一说入学登记表怎么填。”

傅雪莲仔细地说完填表的要求，这才告别。望着傅雪莲的背影，吕小枣深鞠了一躬。

傅雪莲回到社区，已经是午后两点多了，她这时才觉出肚子饿。她泡了一碗方便面，端进自己的办公室，边吃边看桌上的各种社区资料。她以前嫌方便面是垃圾食品，很少去碰。舞蹈生涯十几年，为了保持舞蹈演员的纤瘦体形，她几乎没有吃饱过。刚到社区时她还是吃很少，王菊和袁梅都打趣儿，说她可节省粮食了。现在，一碗方便面吃光了，她自言自语：“完了，完了！”

曲小美进来，好奇地问：“雪莲姐，你说什么完了？”傅雪莲指着桌上的空面碗：“一碗方便面都被我吃掉了，厉害吧？”

曲小美说：“你忙了一上午，这都几点了才吃？”

傅雪莲说：“你这么一说我心里就平衡了。”

曲小美说碧峰小区有居民打电话反映物业公司的管理不到位，服务质量下降的问题，要求我们社区居委会帮忙协调解决。

傅雪莲说：“小美，那我们一起去了解一下情况。”

曲小美一口答应。两个人走出办公室，看见袁梅正在给几个社工发打折后的美容卡。王菊收了卡后，兴致勃勃地问：“袁梅，美容院有你的股份？”

袁梅说：“没有，是我一个朋友的，不然我不会推荐你们去的，以后你来店里一说你是我表姐，甭管做脸还是做头，保准让你满意！”见傅雪莲正走过来，袁梅忙说：“傅书记，你可别误会，我就是随便说说。”

傅雪莲低声对她说："袁梅，工作时间就做分内事吧。"说完，走出去了。

傅雪莲和曲小美骑着自行车，朝碧峰小区的方向骑着，脑子里还在想着袁梅在社区为美容院推卡的画面。她问曲小美："小美，袁梅推销美容卡这件事，你怎么看？"

曲小美也在为这事纠结，说："袁梅这不是第一次了，这给社区干部带来了不好的影响。"傅雪莲沉思着，没有说话。

碧峰小区物业公司的门口，站着一位中年妇女，一见她们就迎上来问："你们是社区的吗？"傅雪莲点头。曲小美说："我们是社区的，这是我们的傅雪莲书记。"中年妇女看了傅雪莲一眼："原来不是牛大妈吗？换年轻的了？"

曲小美说："牛大妈退休了，现在雪莲书记接任牛大妈的职务。"

"不管是谁当书记，只要真心为群众办实事、办好事就是好社工干部。"中年妇女脸上的怨气，傅雪莲看得一清二楚，问她："大姐，是您打的投诉电话吧？"

中年妇女说："是我打的，没想到你们这么快就来了！"

傅雪莲说："那您就把具体情况和我们说一说！"

中年妇女说："看来我是找对人了。是这样，我在小区住了七八年了，之前那家公司挺负责任的，院子里从来看不见垃圾。现在这家公司服务越来越差，保洁人员偷懒，狗便便到处都是，门卫还随便放人进来，可物业费照样收得很高。"

傅雪莲把这些意见认真地记在她的记录本上。然后问了中年妇女的姓名？做什么工作？妇女礼貌回答，并说她在一家合资企业做会计。临走她对傅雪莲说："我看得出来，你是个负责任的书记。"

物业办是一间普通的办公室，一台电脑，一个格架柜子，放着奖状和业主寄存的快递盒子，一张三人沙发显然是被太多的人坐得快塌了。物业负责人都不在，只有一个维修师傅坐在沙发上打盹。曲小美问他物业的人都去哪儿了？对方回答说，他们都培训去了，叫我照看一下门。

她们走出了物业。傅雪莲惊叹院子里的奇花异草、花园小径，无不透出建造者的设计理念，可是甬道边上的垃圾箱满了却还没收走，狗在草坪上随意大小便，狗的主人却无动于衷。傅雪莲和曲小美用手机都拍了下来。

两个人准备回去，走到小区门口，河南小保安小刘在值班站岗，他和曲小美打招呼。莎莎袅袅婷婷地从远处走来，经过门口时还主动和小保安打招呼："又轮到你值班啊！"

莎莎和站在大门口的傅雪莲擦肩而过，直奔路边停着的一辆摩托车。开摩托车的是快递小哥方程，两个人甜蜜对视后，方程给莎莎戴上头盔，摩托车嘟嘟地开走了。

这一幕被门口的河南保安小刘、傅雪莲和曲小美看了个满眼。保安小刘是一脸羡慕，曲小美是惊讶，傅雪莲则是温和平静。

曲小美看向傅雪莲问："一个白富美，一个快递小哥，这靠谱吗？"傅雪莲说："他俩挺般配的，看样子是真心相爱，祝有情人终成眷属吧。"

曲小美和傅雪莲离开碧峰小区，骑车并行，曲小美问傅雪莲："你是一个爱情至上的人？"傅雪莲抿嘴一笑，说："你不是吗？"曲小美饶有兴趣地问："雪莲姐就是一个女神，当年得有多少追求者啊？"

傅雪莲开玩笑道："不算多，就一个连吧！哈哈……"说完，两个人都忍不住笑了。

回到社区，傅雪莲端起水杯刚要喝，见杯里有红枣和枸杞柠檬片，她的心里一热，想起早上出家门时大成提醒的话："给你的杯子里放了补气益血的好东西，上班时别忘了喝……”

傅雪莲接热水，王菊也端着空杯过来，问傅雪莲喜欢喝茶还是咖啡？傅雪莲把杯子递给她看，说：“我平时就爱喝白开水，是我老公自作主张让我喝枸杞红枣，说是对女人身体有好处。”

王菊说：“雪莲，你真是好命，有这么心疼你的老公，比我家的那口子强多了。”傅雪莲说：“我听说你老公是呼吸科医生，很了不起的。”

王菊一撇嘴：“切，他眼里只有他的病人，我和孩子怎么过日子，他很少挂心上。”这是王菊第一次和傅雪莲说体己话，傅雪莲也第一次看到王菊内心柔弱的一面。

“王菊姐，你应该换一个角度想，你老公努力工作还不都是为了你和孩子，你们应该多沟通。你也应该感到幸福，毕竟你老公忙，听说他还是省管专业技术拔尖人才呢。你在咱社区工作也忙，难为你了……”

王菊心里一颤，第一次觉得傅雪莲其实是一个很暖心的人，她说：“说实话，这方面我很欠缺，心里总有一股子怨气，他偶尔想和我沟通，我也拒绝了。哎，你怎么知道林海他是省管专业技术拔尖人才？”

傅雪莲笑了，说：“因为我也是，我是连续两届，到了社区我就不能续评了。你老公林海那是连续三届，可以终身享受省级拔尖人才待遇，人才啊！”一番话说得王菊心里美滋滋的。

这时候，一位老人拄着拐杖，颤颤巍巍地走到社区居委会的门口，抬头看了看门口挂的牌子，自言自语地说：“没错，就是这儿……”

傅雪莲隔着窗玻璃就看见那位老人吃力地登台阶，便赶紧迎出去，搀扶着老人进屋坐下。老人穿一身整洁的旧军装，胸前挂着获得的各种军功章。傅雪莲当过兵，对老军人更加崇敬，不由得上前敬了个军礼，老军人挺直腰板回敬军礼。

等老人坐好了，傅雪莲才问：“大爷您好，您来社区有什么事吗？”老人双手握着拐杖头，看了几秒傅雪莲，问她：“你是这儿的领导吗？”她微笑回答：“我是这儿的党支部书记傅雪莲，您有什么要求说给我听听，看我能帮上您的忙不？”老人说：“党支部书记？那我是找对人了。我有一块心病几十年都没有治好啊……”屋里的人都对这位老人产生了好奇，就都凑了过来。

老人说：“我出生在江西的一个穷佃户家庭，叫许三娃。我十四岁就参加了中央红军，改名叫许红军。我跟着长征队伍爬雪山过草地，无数战友都牺牲了，我活了下来，还到了延安。我是在延安入党的，给首长当勤务员，我的党龄六十年了，可我的党员组织关系却找不到了，无法参加党组织生活。我戎马一辈子，到头来我的党员身份都无法证明，我觉得自己还不如牺牲在战场上呢，这就是我最大的心病啊！”

社工们议论纷纷：“太蹊跷了，党员关系怎么还找不到呢？”

许红军老人说：“我后来还参加了抗美援朝，和战友们爬冰卧雪，坚守阵地，终于把美国佬给打败了。在一次战斗中受了重伤，差点儿就死了。回国后，我服从组织的安排，几十年来随着部队从南到北，我的组织档案就是在这样的频繁调动中丢失的，到底是哪年丢的、丢失的地点，我都想不起来了。如今我都九十多岁了，找了快三十年还没有找到，我希望你们帮我找找，要是不能参加党组织活动，我死都不能瞑目！”

许红军说得老泪纵横。在场的社工也都被感动了。

傅雪莲问：“您过去往社区转过党员关系吗？”许红军缓慢地摇头：“唉，我都记不清了。”

傅雪莲问：“您还记得当年部队的番号吗？”

许红军说：“我几次转不同的队伍，时间太长了，我又上了岁数，记不清有几个番号了！”大家都感到为难。傅雪莲安慰他，一定帮他想办法寻找，又特意指派陆凡送老人回去。

# 第十七章

傅雪莲回到自己办公室，把许红军的事记在了本子上。王菊和曲小美前后脚进来，和傅雪莲商量怎么帮许红军找到档案。

曲小美看向王菊，问："王菊姐，咱们社区上百号的党员档案不是都由你负责吗？"王菊摆出思索状，说："两年前我才接手，每份档案都特别仔细，为了立档还跟街道办申请经费买了档案柜，我记得很清楚，没有许红军的档案啊！"

傅雪莲看着王菊，说："王姐，你再仔细想想。"王菊说："真的没有见过，我不会忘的！"三个人面面相觑，都不知道下一步该怎样把许红军的档案从尘封的大海里捞出来。

傅雪莲召集党员开会，袁梅和杨毅不是党员也被邀请列席。

大家七嘴八舌，这位许红军爷爷，丢失了党的组织关系，他的人生经历太丰富了，跟随部队驻扎过的省市就有十来个，几十年时代变迁，又经历几次裁军，以许红军老人的年纪，他的部下也都退休了，能够健在的还依旧保持联系的少之又少。

傅雪莲要求大家从现在起，要把帮助许红军老人寻找组织档案的事，当成当前工作的头等大事，谁发现线索都要及时汇报。傅雪莲随后分派了任务，王菊去退役军人事务局查找许红军的早期档案，陆凡和杨毅去市档案馆查找过去的《解放军报》等旧报纸和旧资料，查找与许红军老人经历相似的部队番号。陆凡说这恐怕是大海捞针。

傅雪莲说："从年纪上论，许红军老人是我们的爷爷辈分，枪林弹雨、戎马一生打天下，我们作为后辈不该忘记他们用生命建立新中国的壮举，他的档案就是一部革命史、战争史、卫国史、爱国史，所以我们一定要尽最大努力找到能证明他是党员的凭据。"

陆凡说："我们可以利用微信微博、交通广播，咱们得多种手段一起上。"

傅雪莲："好主意，大家行动吧，这可是咱们普宁社区一件大事！"

傅雪莲家厨房里，大成系着围裙做晚饭，鱼香鸡丝、西红柿炒鸡蛋，都是傅雪莲和英子爱吃的家常菜。晚饭端上桌了，大成和英子坐在桌边等着傅雪莲回来。

英子问大成："爸爸，我都饿死了，怎么还不吃饭？"大成说："要等妈妈回来。"英子说："妈妈太忙了，我都要成留守儿童了！"大成用手指弹了一下英子的小脑门儿："你一个小屁孩儿懂得什么叫留守儿童？"

"谁是留守儿童啊？"傅雪莲进屋在门厅换鞋时，就听到了大成爷儿俩的对话。

大成叫她赶快洗手吃饭，风趣地说："哎呀，现在天天给你做饭，你当初是打着哪只灯笼才嫁给我的？"傅雪莲洗完手坐过来给英子夹菜，看着大成，嗔怪地说："好像是一只破灯笼哟……"英子乐得把饭粒都喷了出来。

晚饭后，傅雪莲给英子检查作业，大成独自站在阳台上发呆。等英子睡下了，傅雪莲又开始工作了，她掏出大笔记本，把一天记录下来亟待解决的问题，又上网寻找解决的路径，墙上的表都十点多了，她还在忙。

大成走过来，说：“雪莲，该休息啦，工作不是你这么个干法儿，不能天天拼命！”傅雪莲两眼不离电脑，说你先睡吧，我马上就好。

大成说：“英子奶奶不想治了，她听病友们说化疗的痛苦觉得生不如死。”

傅雪莲这才停下来，着急地说：“那怎么行，不化疗太危险了。”

大成说：“本来咱娘是带了钱过来的，手术费是够了，你给的钱正好准备手术后的化疗，可没想到那钱被大飞骗走了，说拿去和朋友合伙开公司，结果合伙人拿着非法筹集的钱跑路了，这下可把大飞给坑了。”

傅雪莲想起那天在医院大成见到大飞后怒不可遏的样子，这回就知道原因了。她叹了口气说：“妈妈得了癌症生死未卜，儿子骗妈的救命钱，这个大飞啊……”大成长叹一口气，抱着头坐在沙发上。

傅雪莲的心又软了，她坐在大成的身边说：“还是抓紧给英子奶奶化疗吧，要是扩散了可就不好治了。你别着急，我明天回娘家去借钱。”

大成把她拉进了怀里，说：“媳妇，谢谢你……”

傅雪莲哭了，说：“大成，咱们有愧啊，平时都忙自己的工作，对妈照顾得不够。特别是今年，我在社区居委会的工作也忙，辛苦你多照顾照顾妈吧。有空我再去看她。”

退休后的牛大妈，在家照看才几个月大的胖孙子。这天，牛大妈推着婴儿车朝着社区方向走来。社区居委会的气氛严肃有序，社工们都在紧张工作，墙面上挂满了锦旗和各种规章制度，比起她在的时候，社区的总体形象焕然一新。牛大妈不由地啧啧称赞道：“这个傅雪莲，整了这么多的规章制度，真是用心啦！”

牛大妈很欣慰，没想到傅雪莲来社区不到一年，就在社区深深扎下了根。社工和居民对她的认可和尊敬，都写在每个人的脸上，社区环境的变化更是显著。从屋里的布置，到各种规章制度的建立健全，都远超自己在位的时候。牛大妈心想，这傅雪莲的确是有两把刷子。

见到牛大妈，社工们也很高兴，簇拥着她问长问短。曲小美说：“牛书记，您怎么不打个电话就来了，瞧我们一个个忙得脚朝天啊，最近要来检查创卫工作，我们每天都加班。”牛大妈说：“我退休后才知道，天天来社区上班，跟大家一起工作，是多么幸福的事！”

大家正说得高兴，一位满头白发的老头推门进来，要找傅雪莲，他是肖大茂的父亲。牛大妈请肖大爷坐在椅子上，问：“老哥哥，您来社区是有什么事吗？”

肖大爷说：“牛书记啊，我是来感谢傅雪莲的，那天要不是她把我老伴送到医院抢救，老伴儿说不定就没救了！我那个混账儿子肖大茂，唉……”

牛大妈不解地问：“肖大茂？是你儿子啊？他怎么不管您和老嫂子？”一听说是肖大茂的父亲，王菊和社工们都围了过来。

肖大爷长叹一声：“唉——我有一闺女嫁到石家庄去了，身边就这么一个儿子，可就是这个混账孩子，还让我们帮他说谎话，欺骗社区骗低保，可是偷梁换柱的勾当是瞒不过去的，傅雪莲更是心明眼亮，把他的低保也停了！我虽然是他的亲爹，可我还是举双手赞成！牛书记，您是老书记了，傅雪莲可是难得的好社区干部，和你牛书记比，是长江后浪推前浪，一代更比一代强啊。”

牛大妈连连点头，说：“傅雪莲的能力强，这就叫青出于蓝而胜于蓝。”肖大爷说：“牛书记，请您把我的话给傅雪莲带到，我今天来就是想向她道谢的，既然不在我就不打扰了，我要推老伴去社区卫生服务站输液。”

牛大妈、王菊等人要送肖大爷到门口，肖大爷说：“牛书记您留步，您还带着小孙子呢！”

肖大爷走了，牛大妈推着婴儿车朝外走，正好傅雪莲回来了。新老书记相见，心头都有些异样的波澜。牛大妈说：“雪莲，你让我刮目相看，这才几个月，社区就被你搞得面貌一新！”

傅雪莲谦虚地说：“我也是边干边学，您过去丰富的工作经验，让我少走了不少弯路。”

紫塞市档案馆，就是位于市区翠桥小学后侧的“观彩楼”，当地人也叫它“棺材楼”，是因为从外观上看，很像一口棺材，是当年侵华日军修建的，当时作为侵占紫塞日军开会和接待日军高官休息住宿的场所，也是日军侵华的历史见证。说起“棺材楼”这个称呼的由来，还有一个非常有意思的故事。当初此楼建成后，日本人雇来一些砖瓦匠进行装修，在看到此楼的形状后，砖瓦匠们都不禁乐了起来，嘲笑着说：“真像口大棺材。”这句话正好被从旁边经过的日本军官听到，日本军官就让随从翻译官来翻译砖瓦匠们说的话。这位好心的翻译官为了保护砖瓦匠们，就告诉日本军官：“他们说的是这栋楼盖得很好，住进去一定能发财。”日本军官听了很高兴，下令犒赏砖瓦匠面包和罐头。新中国成立后，这里做了档案馆。

杨毅和陆凡受傅雪莲的指派，来这里查找许红军的档案线索。杨毅说，自己是在这个城市长大的，却从来没有进过档案馆。陆凡说：“我也没进过，这次叫我们长长见识。”一进大厅，一股神秘的气息扑来，这里存有大量紫塞市各个历史时期的人文社会记载文献，复杂且丰富。

陆凡和杨毅向工作人员出示了工作证和社区居委会查阅档案的介绍信，对方客气地问他们：“要查哪方面的档案？”陆凡说要查解放初期的省报或《解放军报》《人民日报》等大报，能找到吗？工作人员说：“哎哟，这可不好查，你们不怕大海捞针就试一试！”

工作人员引领他们来到一间档案仓库，光线黯淡，报架子密密麻麻，顶到屋顶。

半天时间过去了，两个人翻找了很多的报纸，多半都是70年代以后的和少量的民国时期的老报纸，就是没有要找的《解放军日报》和《人民日报》。二人又找到工作人员，先前接待他们的工作人员是个男的，这会儿换班来了一位女同志，她说之前的报纸因1998年的一场大水进了一楼档案室，大部分的报纸没抢救出来。

陆凡怔怔地看着杨毅，失望地说：“走吧，白忙了。”

与此同时，王菊也从退役军人事务局无功而返。

碧峰小区河南籍的小保安，由于驾驶摩托车速度太快，差点儿撞到社区居委会的门框上。傅雪莲和王菊、陆凡、杨毅等人正在议论许红军党员关系的事儿如何有突破。

保安手指着外面，说是碧峰小区的白富美莎莎要跳楼！傅雪莲让陆凡赶快报警，保安说已经报警了。

保安用摩托车载着傅雪莲朝碧峰小区而去。陆凡、杨毅也忙跟着跑出来。

路上，保安小何简单讲了快递小哥方程和莎莎的故事——

莎莎的父母都是生意人，家里很有钱。莎莎现在英国留学，放假回家网购时与叫方程的快递小哥一见钟情。方程和我是老乡，刚考上大学他父亲突然从建筑工地因意外事故身亡。方程为养家，放弃上学送快递打工。莎莎同情方程也爱慕方程，就央求父母资助方程和她一起去英国留学。莎莎父母一口拒绝，还找方程摊牌，要求他立刻和莎莎分手，并且找到快递公司投诉了方程。就这样，方程被快递公司辞退了，失去了养家糊口的工作。方程自知配不上莎莎，不想再拖累莎莎，就换了手机号码，不让莎莎找到他。莎莎得知方程因她失去工作，和父母大吵一架，发疯了一样到处寻找方程。父母天天骂莎莎不争气，逼她回英国继续学业。莎莎失魂落魄，患了抑郁症，彻夜失眠，于是就产生了跳楼念头，现在就站在小区楼顶……

伴随着耳边呼呼的风声，傅雪莲大声问小保安："那现在找到方程了吗？"

小保安也大声说："有人在火神庙小区豆角面餐厅看见过他，他现在当了店长，就因为莎莎爱吃豆角面。但是据说方程不再联系莎莎了……"

小保安把摩托车骑得飞快，还闯了红灯。

莎莎家的楼下聚集了不少看热闹的人。坐在楼顶边缘的莎莎，冷冷地看向远方。

傅雪莲和保安小何赶到楼下的时候，纪警官正拿个大话筒喊话劝莎莎。傅雪莲和纪警官点头示意。

莎莎的父母一脸惊悚，吓得腿都软了。莎莎的父母都是广东人，父亲黄粤生的脖子上戴着大金链子、母亲朱女士手上的钻戒闪闪发光。

傅雪莲拉着莎莎母亲悄悄离开了人群，走进楼里。纪警官看到有人进了楼，因为一直在喊话也没太注意，现在不禁有些担心。

她们上了电梯，傅雪莲叮嘱莎莎母亲不要哭闹，莎莎正在崩溃边缘，我们不要靠近她，不要带给她一点儿刺激。

瞧热闹的居民，怀着各种各样的心态观看这场跳楼大戏。

纪警官大声地朝楼顶喊话："莎莎，你千万别冲动，不要做后悔的事！"

莎莎父亲撕扯着喉咙朝楼顶上喊话："莎莎呀，只要你不跳楼，你想干什么，爸爸都依着你啦！"莎莎父亲回头不见了妻子，大喊，"哎呀，丽丽又跑哪儿去了啦？"

纪警官问丽丽是谁？莎莎父亲回话："丽丽是我老婆啦，莎莎是我女儿啦，你给我救人啦，要多少钱都可以啦！”他摘下大金链子，套在纪警官脖子上。

纪警官忙摘下来塞给他，说：“您先别添乱了！把人救下来，这可是十万火急啊！”

纪警官忽然想起刚才瞥见傅雪莲和莎莎的母亲悄悄进了楼，他恍然大悟，明白了傅雪莲是上楼顶救人去了。但是他顿时感觉不妙，担心会出问题，忙又抄起大喇叭，换了舒缓的语调和莎莎喊话，用意是在拖延时间。

陆凡和杨毅也赶到这里，纪警官捂住喇叭传声筒，对陆凡说：“陆凡老弟，你赶快给傅雪莲书记发微信，请她千万不可轻举妄动，要等专业救援的人来。”陆凡一听，赶紧掏出手机给傅雪莲发微信。

莎莎的父亲见纪警官喊了半天一点儿效果都没有，冷不丁从纪警官的手中抢过喇叭，然后开始喊话：“莎莎，我和妈妈都非常爱你啦，那个快递的小子有什么好的啦，搞对象要嫁人，咱们家也要讲究门当户对的啦！”

纪警官觉得莎莎父亲喊这样的话，无异于火上浇油，就试图夺过喇叭，但却没有成功。他掏出手机打电话催问救援队到哪里了？

果然，楼顶的莎莎越听越烦，在楼下众人的惊呼声中，她在楼顶向楼顶边缘走去，楼下所有人都倒吸一口凉气。纪警官问保安小何，那个快递小哥方程联系上了吗？小何摇头。

纪警官焦急地看向楼上。陆凡把手机递给他看，是傅雪莲发过来的照片，她已经到了莎莎身后。纪警官连忙打字发微信，嘱咐她千万不可轻举妄动。

楼顶，傅雪莲和莎莎母亲站在距离莎莎几米远的位置，莎莎的母亲紧张得发抖。傅雪莲轻轻地朝莎莎迈进了两米，轻声说：“莎莎，我是社区书记傅雪莲，你听我一句劝……”莎莎放缓往前走的步伐。

傅雪莲接着说：“莎莎，有情人终成眷属，只要你是真心爱方程，你们的爱情一定能成功，终究会走到一起的。”

莎莎流着泪说：“我就是啦啦和丽丽的私有财产，他们瞧不起方程，我恨啦啦和丽丽！”傅雪莲问：“啦啦是谁，丽丽又是谁？”莎莎母亲小声说：“啦啦是莎莎爸爸的绰号，丽丽就是我。”

楼顶，傅雪莲给陆凡发微信：速到火神庙豆角面馆找方程。

纪警官冲过去，从莎莎父亲手中夺过喇叭，冲莎莎喊：“莎莎，你就不想再见方程一面了吗？”莎莎愣了，看向楼下的人群中并没有方程，她失望了，继续往楼顶边缘走。

傅雪莲慢慢接近莎莎，莎莎突然回头说：“你们不要逼我，你们再往前走一步我就跳下去……”

傅雪莲说：“等等，莎莎，我理解你，我这里带着镜子和口红，要走咱也体面地走。”莎莎母亲急了，说：“啊呦，你……你怎么可以咒我女儿死呐？”

莎莎母亲不知道，傅雪莲这是在利用哄着莎莎化妆拖延时间。没想到莎莎听了傅雪莲的话，凄然地笑了。莎莎说：“好心的姐姐，麻烦你把包扔过来，你——原地站着不要过来。”

傅雪莲举着包接近莎莎，听她同意化妆了就把包扔过去，但她却故意没扔到，然后傅雪莲又往前走了一步，拾起来把包扔给莎莎，莎莎接过包，警告傅雪莲不要再往前走，否则她就跳下去。傅雪莲微笑着停住脚步。

莎莎打开包，拿出小镜子和口红，警惕地盯着傅雪莲。莎莎看着小镜中的自己无声流下了泪。

傅雪莲回想起刚才保安说方程应聘去豆角面餐厅当了店长和莎莎爱吃豆角面的事儿。傅雪莲观察着莎莎的表情，说：“莎莎，你知道吗？火神庙的豆角面的老奶奶当了豆角面餐饮公司的总经理了……”

莎莎不语。傅雪莲又说：“莎莎你知道吗，火神庙豆角面……”

莎莎说：“你烦不烦啊？这跟我有什么关系？”

傅雪莲又说：“火神庙豆角面的老奶奶做的酱骨头有一套，那可是绝活儿啦……”

莎莎愣了，问：“你怎么什么都知道？”

傅雪莲又说：“莎莎，你听我说，我还知道豆角面换了个新店长啦。”

莎莎说：“哎，你别跟我爸似的，别啦啦个没完。那火神庙的店长和我有什么关系，哎，现在我只想吃豆角面……”

这时，傅雪莲收到一条微信，她打开看了笑了，说：“莎莎，我还得啦啦两句，因为火神庙豆角店的店长，他这就快到了，他来给你送豆角面了。”莎莎不屑地瞪了她一眼，已经画好了眉毛和嘴唇，她收起化妆品放进包里，给傅雪莲扔过来说：“谢谢你，姐姐，让我在离开这个世界的时候，还保持着我的美丽。”说完又向楼顶边缘走去。傅雪莲惊出一身冷汗，她说：“莎莎你等等，你不是想吃豆角面吗？”莎莎说：“哈哈，我现在又不想吃了，因为没有人陪我了。”

这时，楼下传来喊声："豆角面豆角面啊——刚出锅的豆角面——"莎莎一愣，听得声音熟悉，探头向下看去。

楼下，救援人员正在紧张有序地打开充气救生气垫，一辆120急救车也驶来停在一旁。莎莎发现了举着豆角面的方程，一旁陆凡为他举着喇叭，陆凡一手还在气喘吁吁地擦汗，是他把方程从火神庙豆角面找来的。

方程大喊着："莎莎，莎莎，我爱你，我永远爱你！我亲手给你做了你爱吃的豆角面！"

莎莎哭喊着："方程——你不是不要我了吗？你不是换了手机号不理我了吗？"

傅雪莲说："方程并没有离开，他就是豆角面馆新换的店长，他知道你爱吃豆角面，从快递公司离职以后，他就去了豆角面馆应聘当了店长。莎莎，方程是爱你的，他从来没有想过要离开你。他深深爱着你，就是在等转机啊。"

莎莎如死灰一般的心顷刻间复苏了，她呜呜地哭起来。

莎莎爸爸夺过大喇叭，在楼下喊："莎莎只要你好好的啦，爸爸同意了，同意你嫁给豆角面，啊不是，是同意你嫁给快递啦。哎呀，也不对，我同意你嫁给方程啦——"

周围人听得好一阵子笑。

楼顶上的莎莎听见父亲这样讲，也就不再往前走了。傅雪莲仗着舞蹈演员的功底身轻如燕，踮着脚尖走到莎莎背后，一把搂住了莎莎。莎莎毫无防备，两个人一起后仰摔到地上，傅雪莲重重砸在地上，她把莎莎紧紧抱住。

莎莎的母亲急忙奔过来……

很快，120急救车鸣笛从人群中驶出，车上担架上躺的不是莎莎，而是傅雪莲，陆凡、杨毅和护士焦急地护在她身边。

王菊和袁梅、曲小美等人在手机上看到傅雪莲救莎莎的事上了新闻热搜，三个人都发自内心地敬佩傅雪莲。曲小美说："关键时刻，我们都不如雪莲姐拼。"王菊说："我和雪莲书记比，差距可不是一星半点儿，现在我打心眼儿里服她！"

曲小美看向王菊说："菊姐，你们在社区盯着，我得到医院看看雪莲姐。"王菊说："小美，你告诉雪莲书记好好养着，请她一定放心，社区有我们呢。"曲小美点点头，匆忙走了。

医院里，傅雪莲躺在病床上，强忍着剧烈的疼痛，眉头微蹙，表情痛苦。陆凡和杨毅在旁边陪着她，安慰她说："雪莲姐，你要是太疼了，就大声喊出来，没关系的！"她咬住嘴唇，摇摇头。

医生进屋，拿着她的片子，说："你的片子经过诊断，是椎骨错位，需要正骨理疗。"说完，医生拉上围帘给傅雪莲正骨，傅雪莲疼得汗水把病号服都湿透了，钻心的剧痛让她喊出了声。

医生边正骨，边奇怪地问："怎么摔成这样儿，太不小心了，要是年岁大了，非得骨折不可！"

陆凡插话："大夫，这是我们普宁社区的书记傅雪莲同志，她是因为救人才把自己摔伤的！"医生的手停住了："哦，是这样，书记同志，你让我们肃然起敬啊！"

正骨终于结束了，医生叮嘱护士给傅雪莲重新换一套病服，傅雪莲说，不用了，一会儿衣服就干了。她让陆凡和杨毅回社区，二人，要留下来照顾她。她说这也正了骨，没事儿你们回去，社区的大事小情有你们俩在我心里踏实，王菊、小美她们忙不过来。

杨毅和陆凡只好先回去，傅雪莲叮嘱他俩社区有啥事就给她打电话。这时，母亲打来电话，说晚上英子要开家长会，你可别忘了！傅雪莲没有告诉她受伤住院的事，说您就替我去英子学校开家长会吧，我晚上有事。母亲有些抱怨地说，雪莲你这书记当的，比市长还忙，孩子和家都不要了！

剧痛似撕裂一般地碾压过来，她忍不住低声呻吟。大成打来电话，他并不知道傅雪莲救人摔伤的事儿，他来电话是说婆婆正在化疗，问她能不能请假去陪婆婆?

傅雪莲对大成也没有说自己受伤住院了，尽量控制自己的声音，只说我这正忙暂时去不了。大成感到失望，闷声闷气地说：“好吧，傅大书记，你有不忙的时候吗？”说完就把电话挂断了。

曲小美走到护士台，问一位小护士：“傅雪莲住几号病房？”护士指给她方向。进了屋，一见傅雪莲伤得这么重，曲小美吃惊地问：“这……到底有多严重啊？”

傅雪莲说医生给正了骨，养几天就好了。曲小美说雪莲姐你救莎莎的事上了热搜。傅雪莲问莎莎怎样？曲小美说莎莎情绪好多了，方程一直陪着她，她的父母也后悔当初不该把她逼上绝路。现在夫妻俩都很后悔，女儿长大了，谈恋爱的事他们不拦着了。

傅雪莲说：“小美，通过这件事，更让我认识到咱们社区工作的意义，大到救人一命、小到一个孩子上学，这里面都有我们的辛勤工作。”

大成因忘带家门钥匙，就特意去社区居委会找傅雪莲要钥匙。陆凡一见他就说大成哥，雪莲书记今天成了见义勇为的英雄，救了一个女孩的命，自己却受伤了！

“啊！”大成惊得目瞪口呆，着急地问：“伤着哪儿了？住哪个医院啊？”陆凡告诉他住在市第一医院，伤得不重，没有生命危险。大成没听完，人就跑出了社区。他开车遇上红灯，就着急地狠劲儿拍打方向盘。

大成来了，几乎是冲进病房的。傅雪莲见到他，也是一愣，问他怎么来了？大成在她的身上摸着，她捂住衣服，低声说：“唉，人都看着呢，你瞎摸啥？”大成低声急切地说：“我是看你伤着啥地方了，没事吧？”

傅雪莲忙说：“你放心啊，我的伤不重，养几天就好了。”

大成这才放了心，坐在椅子上开始埋怨她：“生活不是电视剧，那个女孩如果真的想不开跳楼了，搞不好你也是有责任的，这跳楼的事儿还是请专业救援人员施救比较妥当一些……”

傅雪莲点点头，问他：“你说完了？”大成“嗯”了一声，不知道她想干啥。傅雪莲说你这一天也很累，早点儿回家照顾英子吧。大成一愣，看病友们都在看他们，就换了温柔的语气，问傅雪莲饿了吧，想吃点儿什么这就回家给你做。傅雪莲说还不想吃东西。

正说着，傅母带着英子来了。“妈妈，妈妈——”英子一进门就朝傅雪莲跑过来，母亲手里拎着保温盒。

“妈，您怎么来了？”正在委屈的傅雪莲见到母亲来了，心头一热，差点流出眼泪。母亲看着雪莲伤成这样，又是心疼又是紧张，说：“你这书记再干下去，命就搭进去了！”傅雪莲岔开话题说：“妈，您怎么知道我受伤的？”傅母说：“傻孩子，网上都有新闻了。我做了你爱吃的鸡汤面就来了，趁热吃。”

傅母见大成在呢，就嘱咐了几句先走了。曲小美要留下来，傅雪莲不同意，把她也赶走了。

英子问：“妈妈是遇到坏人了吗？”大成说：“你妈妈可是咱家的大英雄。”傅雪莲吃了热乎面，身体感觉好多了，就对大成说：“这救人也是千载难逢的事，不会再遇上了。”

大成接过空饭盒说：“就你这脾气那可说不准，你现在一上班，我心里就不踏实，好像你要上战场似的。”傅雪莲笑了。

英子仰着小脸对大成说：“爸爸你一点儿都不尊重英雄，怎么能这样和英雄讲话呢，而且她还是我的妈妈！”

傅雪莲冲大成偷偷撇嘴。大成说好，我在你们面前也不受欢迎，我出去买盒饭。大成假装生气地出了病房。英子依偎着傅雪莲，眼睛一眨一眨。

英子说：“妈妈长大我也要当英雄，但是我害怕受伤。”傅雪莲抚摸着英子的头说：“妈妈可不希望英子受伤。”英子又问：

“妈妈的腰要是残废了咋办？”

傅雪莲说：“小毛丫头想得还挺多，妈妈没事儿，住几天医院治疗好了就可以回家了。快写作业吧，宝贝儿。”英子格外听话，她打开书包掏出书本，趴在床沿上开始做作业。

一位病友问傅雪莲：“你就是救下跳楼女孩的社区书记傅雪莲？”傅雪莲点头。病友冲她竖起大拇指，说您见义勇为的事迹都上网了。傅雪莲不好意思地点头示谢。

傅雪莲看着英子做作业，英子写累了撒娇说，妈妈我可以玩一会儿吗？傅雪莲问英子你喜欢当英雄吗？英子点头。她又说要想当英雄得先学习好，有个好品质好成绩，关键时刻才能想出好办法、当好英雄。英子点头说，妈妈我记住了。

她又叮嘱英子：“妈妈有时候忙得顾不上帮你检查作业，你一定要让爸爸来检查。”大成从医院餐厅买饭回来，招呼英子别写了先吃饭。

饭后，大成说要去租折叠床留下来陪床。傅雪莲不同意，劝父女俩回家。

大成说明天早晨自己要管英子就不过来了，中午过来陪她吃午饭。傅雪莲告诉他：“你就别过来了，我没事儿，你还要上班，又要照顾好婆婆。”

次日一大早，莎莎的父母到医院看望傅雪莲，莎莎的母亲悄悄拿出一张银行卡塞给她说是感谢救了莎莎。傅雪莲坚决不收。

莎莎的父亲还是那一招，摘下大金项链就要往傅雪莲脖颈上戴，傅雪莲连忙躲开，险些再次扭了腰。莎莎父亲忙道歉说：“哎呀，这个是有点儿粗啦，改天给书记您买条坤式的啦！”

傅雪莲说：“您千万不要买礼物送我们，因为这就是我们的工作，社区居民遇到想不开的事儿、过不去的坎儿，我们就要挺身而出，该出手时就出手！和金钱没有一点儿关系的。”

莎莎父亲拉着莎莎母亲的手，说：“丽丽呀，我们是遇见活菩萨啦，来，我俩代表莎莎给救命恩人鞠一躬吧！”二人一起给傅雪莲鞠躬。

夜晚，同房病友都已熟睡了。傅雪莲掏出笔记本记工作日志。手机响起来，她忙接听，一手撑着腰悄悄下床走到卫生间。电话里传出一个中年妇女的声音：“你是傅雪莲书记吗？我是社区居民陶菲。”傅雪莲回答说：“我是傅雪莲，陶菲您有事吗？”来电话的陶菲是朱美兰的邻居。

“朱美兰的事儿你们社区还管不管了？她这几天一直在闹，邻居们每一天都生活得提心吊胆的。整个市里就咱们普宁社区不安宁。普宁普宁，其实一点儿都不安宁，还文明社区呢？徒有虚名。”陶菲的声音透着一股无名火。

傅雪莲却是心平气和，一年来的社区工作，也算得上是惊险刺激，练就了她的冷静和淡定。她说：“陶菲大姐，请您放心，朱美兰的事我会管到底的。明天就组织开会，研究怎么办。”

陶菲的火气更大了，说：“研究研究，有多少事儿都让你们这些干部给研究研究，然后就给研究没了消息了！”

傅雪莲心想，这又遇上了暴脾气。她不疾不徐地解释说：“大姐，对不起，我们社区最近的事情的确有点儿多，明天我们一定拿出解决办法来。请您相信我，明天上午我们见个面，一起聊聊怎么解决这个事儿。好不好？”

陶菲这才消了气，说：“雪莲书记，我是急了点儿，您别介意。您替我想一下，天天守着一个疯子，那日子能过安生吗？要是惹出事儿来，您这个社区书记也脱不了干系！”

次日上午，大成来到病房，发现傅雪莲的病床竟然换了人。护士说您爱人执意要出院，早晨刚一上班开了药就走了。

趁傅雪莲不在社区，袁梅自作主张，在社区开了一个健身课程，免费辅导中老年妇女跳养生操，地点就在社区的活动室。

她借上课的机会，宣传美容院，推出了几十张体验卡。杨毅和曲小美私下里议论，都觉得袁梅这样做违背社区工作者的职责，影响很不好。

袁梅没想到傅雪莲这么快就来上班了，她教课穿的运动衫还没来得及换掉。

傅雪莲诧异地看着她说："你怎么穿成这样？拿社区当练功房了？"袁梅悻悻地说："我在家里练瑜伽，快迟到了没来得及换。"

傅雪莲走进自己办公室，刚打开电脑，袁梅就拿着一个盒子进来了。你这是干什么？这是什么东西？傅雪莲问。袁梅微笑着打开盒子，从里面拿出一个护腰带。

袁梅说："雪莲书记，你见义勇为是应该的，可你也得注意爱惜身体啊，俗话说得好，伤筋动骨一百天，你两天都不到就出院了，我送你这条护腰带，可以起到矫正脊椎伤的神奇效果。"说着，就把腰带扎在傅雪莲腰上。

傅雪莲问袁梅："嗯，这个还挺合适。多少钱？我用微信转给你。"

袁梅说："书记，您要这样说就见外了，啥钱不钱的，能帮你康复，我就心满意足了。"

王菊和曲小美进屋，曲小美嗔怪傅雪莲不该这么快出院，伤还没养好，复发可怎么办？王菊说这检查住院的费用应该让莎莎的父母出。傅雪莲说算了，也不多，再说咱也是见义勇为，哪还能跟人家要钱。

王菊说："可也是啊，网上都报道了再收人家钱也不合适了。"王菊的弦外之音，让傅雪莲的心里不舒服。曲小美不满地看了王菊一眼。

傅雪莲把护腰带的钱转给了袁梅，袁梅的手机微信响了一下，傅雪莲对袁梅说，你收钱啊！袁梅一愣说不收钱，钱我退回给你，你别觉得过意不去，你带着它就当给我做宣传了。

傅雪莲只好说那就谢谢了，但钱你还是收下吧，以后我还要让你带货呢。袁梅兴奋起来，说傅书记我们在一起工作是缘分，社区居委会就像是一个家庭，你就好比是一家之主，我们互相关心，都是心甘情愿的。

傅雪莲被她说得有些感动了，忙说大家都跟着我担惊受怕，我特别感谢大家。正说着，陆凡和杨毅进来了，拿着很多饭盒。

陆凡高喊："豆角面来喽——"

原来是方程和莎莎给大家送来午餐。傅雪莲一看表，已经快中午了，就喊大家一起吃饭。袁梅说她不吃，她中午约了人要一起吃午饭。

方程对大家说："我和莎莎今天来这里，是为了诚心诚意地感谢傅雪莲书记，也感谢大家！我今天也是来辞行的，我这就要离开紫塞市了。"

见大家疑惑不解，莎莎笑着说："方程通过复读，被省里名牌大学录取，这就去上大学了。"傅雪莲和大家鼓掌为他祝贺。莎莎的眼里闪着光，说她也马上要去英国继续留学了。

陆凡说："哎，你俩别尽说没用的，一个要去上大学，一个又出国了，可是你俩还结不结婚呢？"莎莎害羞得捂住脸，方程也腼腆地傻笑。

方程深情地看着莎莎说："这事儿我说了也不算，我听莎莎的。"

莎莎说："我俩商量好了，等方程大学毕业了，我们就结婚，然后自主创业，不当啃老族！"

傅雪莲和大家一起吃豆角面，曲小美坐在傅雪莲对面。王菊说这火神庙豆角面开了三十多年了，都成城市记忆了，吃起来还像小时候那么香。

陆凡拿出一袋天津辣酱，杨毅跟他要，他就是故意不给他。杨毅向傅雪莲告状，傅雪莲也知道陆凡是在开玩笑，就说给大家都分点儿。陆凡说：“杨毅，我就听傅书记的，好东西大家一起分享，来每个人都来点儿。”

陆凡先给曲小美，说曲小美就爱吃辣的。杨毅就愣愣地看着他给曲小美倒辣酱，若有所思。

王菊瞄了杨毅一眼，说：“有的同志也得抓紧了啊，人家快递小哥都抱得美人归了，咱小美是智慧加美丽的化身，我要是有弟弟就非做这个媒不可！”

曲小美羞红脸，冲王菊喊道：“王菊姐，你快别说了。”陆凡看着王菊，用手指指自己，又指指曲小美。王菊明白了，她和傅雪莲都笑了。

陆凡给每个人都放一点儿辣酱，故意把杨毅放在最后，突然杨毅喊道：“陆凡，你要辣死我啊！”原来陆凡故意给他放多了辣酱。

看着大家开心的样子，傅雪莲感到很欣慰，她说袁梅要是在就更好了，咱们社区居委会就是一个大家庭。她突然发现曲小美欲言又止，傅雪莲有几分不解，低声问到底怎么了。

曲小美犹豫了一下，拿起笔在一张便笺纸上写下一行字递给傅雪莲。傅雪莲接过来一看就愣住了。

那纸条上写的是：有居民在公众号里留言，投诉袁梅推销美容卡。傅雪莲收起纸条暗自思忖。

这时候就听得有人说：“哎哟……都吃上了，我们家到现在还没吃呢。”

深夜里打电话投诉的那位中年妇女陶菲进了屋，径直向傅雪莲走来。傅雪莲忙请陶菲坐下。

其他几位社工都看着这一切，不明白发生了什么。陶菲也不客气，说让我坐我就坐下。陶菲坐下来就问：“傅书记，我没打扰您吃饭吧？”傅雪莲刚好吃完，收起饭盒刚要说话，陶菲又说：“傅书记，您没见过我，我就是朱美兰的邻居，昨晚是我给您打的电话！”

傅雪莲说：“我听声音就知道是您了，你有话就直说吧。朱美兰的事儿我们下午就研究。”

陶菲说：“我听明白了，闹了半天，你们一上午也没研究这事儿，这倒是应了我昨天晚上说的，你们这些干部整天说研究研究，研究来研究去就把事儿给耽误了。”

正在旁边吃饭的陆凡，放下饭盒走到陶菲身边说：“这位大姐，您是误会了，我们没有耽误您的诉求，是我们还没顾得上研究呢。”

陶菲冲着陆凡发火，说：“当然是耽误了！因为你们根本没有研究啊，你又不是领导，插哪门子嘴，我这是在问傅书记呢。”

傅雪莲为了安抚陶菲，就给她倒杯水，说：“大姐您别着急，昨晚我在医院也没听您细说。你慢慢说，朱美兰又犯疯病又闹事啦？”

陶菲见傅雪莲的脸色不好，就问：“你哪儿不舒服啊？”

曲小美插话：“我们的雪莲书记见义勇为，为了救要跳楼的女孩，把自己摔伤了，现在还是在住院期间呢，她从医院跑出来，就是惦记社区工作……”

陶菲恍然大悟，赶紧道歉，说：“你看，都是让朱美兰给气的，刚才我说话又急又气，雪莲书记可别往心里去！你的伤没好，还是回医院去？”傅雪莲见她转变了态度，心里也舒了一口气，让她说说朱美兰的事儿。

陶菲的语气变得平和了，说：“朱美兰昨天中午下楼了，也赶巧我下楼去扔垃圾忘了关门，朱美兰回来的时候走错屋了，直接进了我的家……”

几位社工一听这话，都被吸引了过来，一起听她讲。

“朱美兰进了我家我不知道。我和老公当时在餐厅吃饭，我去洗碗，我老公回卧室午睡，你们猜猜，你们猜猜怎么着？朱美兰脱光了在我家卧室睡着了，把我老公吓得脸都白了。我就进了卧室，把朱美兰拍醒了，她先是赖着不起，眼都不睁，要我别打扰她睡觉。我气得浑身都哆嗦，我拼命拽她起来，说你走错门了，这不是你家！你们猜怎么着？朱美兰让我滚出去！说这就是她的家！你们给评评理！她一个离婚的女人，光着身子睡我们卧室，这叫什么事儿？简直丢死人了！”

陆凡问：“后来呢？”

陶菲环视了一眼大家，接着说道：“我们没办法，只好去对门找来她父母，你们猜怎么着？朱美兰她不穿衣服，这给我羞的呀都不敢看了。朱美兰的父母就用我家的被子，给朱美兰包上抬了回去。我别提多堵心了！恶心得我想吐，我们家那被子还能盖吗？这叫什么？这叫普宁小区不安宁啊！”

傅雪莲认真听完，问陶菲：“大姐，朱美兰的病确诊过吗？”

陶菲回答：“确诊没确诊我不知道，那就是典型的精神分裂症，但是她就是不去医院检查。这朱美兰要不是精神病啊，我们早就给她打出去了。傅书记，我昨天给您打电话，是有点儿急，您说我能不急吗？反正这事你们得管，不能给研究研究就研究没了。”

傅雪莲一边听一边思索。

向全国优秀基层党组织书记致敬

# 最美的奋斗

下册

杨　勇◎著

河北出版传媒集团
花山文艺出版社
河北·石家庄

图书在版编目（CIP）数据

最美的奋斗：上下册 / 杨勇著. —石家庄:花山文艺出版社，2021.7
ISBN 978-7-5511-5904-3

Ⅰ.①最… Ⅱ.①杨… Ⅲ.①长篇小说—中国—当代 Ⅳ.①I247.5

中国版本图书馆CIP数据核字（2021）第111566号

书　　名：最美的奋斗（上下册）
Zuimei De Fendou
著　　者：杨　勇

封面题字：俞胜利
内文插图：杨　帆
责任编辑：贺　进　林艳辉
特约编辑：白雪玉
责任校对：李　伟
封面设计：卜小平　王　婧
美术编辑：王爱芹
出版发行：花山文艺出版社（邮政编码：050061）
（河北省石家庄市友谊北大街330号）
销售热线：0311-88643221
传　　真：0311-88643234
印　　刷：石家庄众旺彩印有限公司
经　　销：新华书店
开　　本：700mm×1000mm　1/16
印　　张：44.75
字　　数：570千字
版　　次：2021年7月第1版
2021年7月第1次印刷
书　　号：ISBN 978-7-5511-5904-3
定　　价：120.00元（上下册）

（版权所有　翻印必究·印装有误　负责调换）

# 第十八章

傅雪莲说："陶菲大姐，您别着急。朱美兰作为一个特殊病患者让大家的生活没有安全感，也是个难题。请相信我们，是一定要管到底的。"

陶菲没有想到傅雪莲的态度如此诚恳，怒气也消了一半，说："雪莲书记，你们是不知道啊，这朱美兰其实是个苦命的女人，她住过安定医院，可她前脚住进医院，前夫皮老四后脚就张罗着要卖这套房子，她父母哪是皮老四的对手？唯一的办法是把朱美兰从医院里接出来守着。要不然房子要是被她前夫卖了，她可就真的是一无所有了。"

傅雪莲觉得陶菲提供的信息很有价值，又问她："朱美兰离婚时，房子是怎么协议的，您知道吗？"

陶菲说："我也是听朱美兰母亲说的，朱美兰离婚，按时髦的话叫被离婚，按说她这种情况，法院是不会判离婚的，但如果当事人是协议离婚，就另当别论了。她前夫也不傻，就跟她父母谈条件，说只要朱美兰同意离婚，房子和存款都留给她，他带着孩子净身出户。就这样她父母同意代她在协议书上签字。可没想到离婚不久，前夫就因酗酒打麻将，欠了一屁股债，就想把这套房子给卖了呢，那是个不讲理的人，欺负朱美兰脑子不清醒，她父母也是老实，挨欺负了又能咋样？”陶菲越说越气。

傅雪莲对陶菲说：“你说的情况，是非常有价值的，我们抓紧……”她急忙回避研究两个字，免得陶菲又抓住“研究”这两个字吵闹，她话题一转，说，“我们尽快找朱美兰的父母，抓紧把情况了解清楚。但希望你能理解，社区的权力也是有限的，只是做调解和教育工作，涉及房子纠纷，还是要依靠法律解决，才能让朱美兰这样的弱者得到保护！”

傅雪莲的话语不多，却句句在理。

陶菲脸上露出了笑容，说：“雪莲书记，听你这么一说，我心里踏实多了，社区不是万能的，这个道理我懂，只要能真心帮百姓办实事就行。不过我也提醒你，皮老四是个社会混混儿，不是个善茬子啊，当初就是看朱美兰长得漂亮，硬是把她和处得好好的对象给拆散了，死缠烂打把朱美兰娶回家，后面又是家暴，又是离婚……瞧我这个啰唆劲儿，哎呀——我刚才锁门忘了拔钥匙了，朱美兰可别再去我家啊。”

傅雪莲嘱咐她遇事情要冷静，不要冲动过激，注意安全。陶菲说放心吧，我心里有数。说完，匆匆走了。

社区里精神失常的人不是没有，但也很少见，现在让新上任不久的傅雪莲赶上了。这对她无疑说是一个严峻考验。新老社工们心里都有几分沉重，都问她朱美兰的事您打算怎么办？傅雪莲思考一下，决定开临时会议，专题讨论朱美兰的问题。见大家都到齐了，傅雪莲就开门见山地说：“我看大家也都很关注朱美兰，那就和大家讨论一下……”

傅雪莲说：“我差点儿说研究一下……陶菲说得好，就担心研究来研究去给研究没了，没人管了。可见有的居民似乎对研究这两字没啥好感，当然这是一种误解，但这就要求我们必须改进工作作风。总而言之是要解决问题。朱美兰的病已经非常严重，再不住院进行有效治疗，后果不堪设想。美兰的父母为了保住她的房子，耽误了她的治疗不说，还给左邻右舍带来潜在的危险。我们不能视而不见，敷衍了事。不然还要我们社区干吗？我想了一下，需要我们做的工作，首先要说服朱家老两口同意送朱美兰去医院治疗，然后是弄清楚她的离婚协议书对财产是如何分割的，必要的时候我可以去见她的前夫皮老四，和他聊聊。”

傅雪莲一口气讲了这么多，思路清晰，赢得了每个人的认可。傅雪莲又说：“这样，我和王菊负责去朱美兰家做她父母的工作，当务之急是说服他们，把朱美兰送到安定医院去接受治疗，让她的病情尽快得到控制！”

王菊一听就摆手，说：“雪莲书记，你快饶了我吧！你让我干啥都行，就是别让我管朱美兰！你不知道，我有一次被朱美兰打得头破血流，想想都后怕，你还是带着陆凡和杨毅去吧，咋说他俩是男同志，打几下，皮糙肉厚的没啥！”陆凡低声说：“我还是小鲜肉呢，也不皮糙肉厚啊……”

大家哄堂大笑。陆凡等大家笑够，问王菊：“王姐，朱美兰上次打你哪儿了？”王菊见陆凡似乎不太相信，就走到他面前：“陆凡，你是后来的，你不信是不是，哦，对了，那时候你还没来社区呢，来来，看这儿！”

王菊拨拉开头发，就看到她的头右边有一块红枣大的疤痕。陆凡倒吸一口凉气：“我的天啊，朱美兰下手再狠一点儿，王菊姐就更惨了，这算是因公负伤啊！”

曲小美插话道：“陆凡，你这么同情王菊姐，那你就英雄救美，陪着傅书记去朱美兰家！”杨毅立即鼓掌，表示声援。

陆凡冲着杨毅假意挥挥拳头，说：“杨毅你少跟着瞎起哄，我建议你和小美一起陪傅书记去，人多力量大！”

傅雪莲看他们半开玩笑半认真的样子，就说：“你们都别去，我一个人去，我什么都不怕！”

看她一脸严肃。杨毅和陆凡都坐不住了，两个人站起来，拍着胸脯，表示说：“我们不是胆小鬼，刚才是在说笑，活跃社区办的气氛。傅书记您说什么时候去朱美兰的家，就立即出发，没有二话。”

傅雪莲说：“下午就去，朱美兰现在病情不稳定，不知什么时候就闹出事来。对了，不用去那么多人，陆凡和我一起去吧。”陆凡没有退路了，就说：“好吧。杨毅咱俩是哥们儿，你记着，我要是有个因公那个啥啥的，你就替我孝顺我爹娘啊！”

杨毅说：“瞧你这点儿出息，去个朱美兰家，整得跟上战场似的，要不要写封遗书啊？”王菊说：“陆凡兄弟，你快别磨叽了，雪莲书记给你机会上阵，你就勇挑重任吧。”

陆凡看王菊等人一脸坏笑，无奈地说：“怎么摊上你们这样的猪队友呢？”

这时，大成走了进来，笑容憨厚地向大家打招呼：“不好意思，打扰了，开会呐，我找雪莲有点儿事儿。我……我还是先出去等着吧。”社工里只有曲小美认识他，其他社工都好奇地看着他，曲小美热情地迎上去。

傅雪莲说：“那好，正好也安排完了。咱们就讨论到这里，陆凡和我一会儿就出发。我先招呼一下孩儿他爸！”大家都被她逗笑了，说傅书记还挺幽默的。

大成一进办公室，就把门关上了，然后绷起脸对她说：“傅雪莲，你不要命啦？”“我咋不要命了？不就是提前出院了吗？这正开会呢，你就突然来了。”她觉得大成有些小题大做。

大成的眼睛一瞪，说：“你的腰椎错位，最好的办法就是平躺静养，你偷着跑出来又忙工作，分分钟就忘了你是受伤的病人，这是对自己不负责任！”

傅雪莲心里一热，她知道大成是心疼自己的。她倒了一杯水，递给他说：“我这没茶叶，你凑合喝白开水！你别把我说得快要残废似的，没那么严重，我心里有数。处理完工作，我还回医院治疗去！”

大成叹一口气说：“你趴下。”傅雪莲一头雾水地问：“你要干什么？”大成说：“趴下，别磨蹭！”

傅雪莲往外推他说：“这可是我的办公室，你要干什么？”

大成急了：“你想哪儿去了？嘿嘿，我可没有心思非礼你……”

傅雪莲说：“你让我往哪儿趴呀？”大成说那就趴沙发上。

傅雪莲趴在沙发上，大成又看看门锁好了没有，然后解开脊椎护腰带，这才掏出膏药撕开贴在她的后腰上，又用双手合十搓热掌心用力敷在上面，摁了又摁。傅雪莲刚要起来，大成说：“别动，你躺着休息会儿吧，我去上班了。”大成出屋，回身反锁上门离开。

大成一走，傅雪莲就小心翼翼地从沙发上爬起来，错开门缝，看大成已经离开了，这才悄悄地走了出来。

下午，傅雪莲和陆凡一起出了社区，来到了朱美兰家的楼门口，陆凡慢腾腾地不想上楼。傅雪莲说：“你怎么走这么慢，我是女的，都不怕。瞧你这小胆子……”

二人上楼，她按响了朱家的门铃。朱父见是傅雪莲，忙请进屋，又见陆凡站在旁边，就好奇地问：“这位也是和傅书记一起来的？”

傅雪莲温婉地微笑：“朱叔好，他是我的同事陆凡。”

朱父礼貌地请他们进屋。陆凡一进屋就东张西望。朱父低声对傅雪莲说：“美兰在里屋睡觉呢，这几天就是白天睡觉，晚上起来闹。”朱母给二人倒水，见傅雪莲的手总是捂在腰上，就问她腰咋啦？傅雪莲回答不小心扭了一下。傅雪莲试探着问朱母：“我是不放心美兰的病，不能耽误了最佳的治疗时间，还是趁早送她去医院治疗！”

朱母说：“我知道你和社区都关心我们，我和老伴儿心里都很感激。而且，我们也知道有这么个女儿，给街坊四邻添了很多麻烦，可是美兰不能去住院。”

“那为什么呢？你们是她的亲生父母，就这么眼巴巴地看着她的病越来越重，等你们二老上了岁数，没有精力再照顾她了，那个时候该怎么办？你们想过没有？”

一直沉默的朱父突然开口了，说：“唉，那也比美兰无家可归的好！”

傅雪莲错愕地愣住了。陆凡说：“大叔、大婶，我不能理解你们的想法，难道人的生命不如房子重要吗？”

朱家老两口这才把视线转移到眼前这个身板壮实的年轻人身上，朱父说：“小伙子，你还年轻，不知道生活的艰辛不易，美兰就剩下这套房了，要是被她前夫抢走，她就一辈子无家可归了。”

傅雪莲忽然想起了什么，她问道：“既然都离婚了，美兰前夫干吗还要盯着这房子？”

朱母说：“是这么回事，美兰和皮老四当初是协议离婚，因为皮老四在外面有人了，死活要和美兰离婚，美兰那时已经查出得了这个病，如果走法律程序这婚是离不成的，老四就和我们俩合计，把房子和不多的存款都给美兰，要我们签字。我们没有办法，就代替美兰签了字。这婚就算是离了。可老四离婚后赌博欠了一屁股债，就寻思把这套房卖了抵债，至于我们的死活，他才不管呢。”

傅雪莲终于明白了老两口的心思，就是拼死也要保住这套房子，和朱美兰的前夫死磕！她找到了他们的心结，就知道自己该说什么，做什么了。

傅雪莲说：“大叔、大婶，你们二老把心放在肚子里。谁要欺负弱者，触碰法律底线，就会受到法律的惩罚。皮老四要是敢明目张胆来抢身患重病的前妻的房子，法律不会放过他的！”

朱父和朱母面面相觑，傅雪莲的话，让他们冰冷绝望的心有了一股暖流。傅雪莲又继续劝说：“你们二老不用过于担心了，抓紧时间送美兰住院治疗吧，她才三十一岁，大半人生还没开始呢！”但朱父和朱母的回答，却再一次出乎傅雪莲的意料。

“谢谢雪莲书记的好意，可我们还是不能让美兰去住医院！”朱母看了丈夫一眼，朱父轻轻点了点头。

陆凡看了，心里来了气，心想平时大家都发牢骚，社工难当、居民的工作难做，他可算是亲身感受到了。他站在朱美兰父母的面前，说：“大叔、大婶，恕我不会说话，我不能理解你们是怎么想的？你们一口一个房子，怎么就不替女儿的生命想想呢，你们就甘心看着她这样苟活着？她的痛苦，你们就不心疼？！”

陆凡在关键时刻不但挺身而出，而且慷慨陈词，是傅雪莲没有想到的。她担心朱父和朱母接受不了他的语气，就给陆凡使眼色，叫他别再说了。没想到的是，陆凡的话却触碰到了朱父、朱母的心底柔软之处，他们隐约意识到自己的执拗，给女儿带来的也是一种灾难。

傅雪莲说：“朱叔、婶子，美兰的离婚协议可以给我们看看吗？”老两口对视，却保持沉默。陆凡又说：“大叔、大婶，我刚才说得冲了点儿，你们别介意，但应该相信我们是真心实意来帮你们的！”

朱母终于开口了：“美兰的命太苦，谁也帮不了！”陆凡说：“可您知道街坊四邻怎么说朱美兰吗？”

傅雪莲冲陆凡摆手，意思是叫他别再往下说了。随着一声“谁在说我朱美兰”的嘶吼声，只见披头散发的朱美兰从卧室里光着脚出来了，她的脸脏兮兮的，状如女鬼，吓得陆凡呆若木鸡。

傅雪莲镇静地看着她，最紧张的是陆凡，他脸上的笑比哭还难看。朱母冲朱美兰喝道：“美兰，你出来干吗？回屋去！”

朱美兰冲母亲嘿嘿一笑，说：“你个死老太婆，别管我，我的老公来看我，我能不出来吗？”朱母拽住她的胳膊：“别胡说八道，这是社工干部，哪个是你老公？”

朱美兰径直走到陆凡面前，伸出手摸他的脸说：“这不就是我老公吗？”陆凡浑身都僵住了。朱美兰瞪着陆凡，瘆人地大笑起来，陆凡哭笑不得。朱美兰突然停止笑，步步逼近陆凡，用手指着他说："刚才是你说我了，老公你一定是说想我了，来来我的小宝贝！"

陆凡慌忙摆手，身子也往后退。朱母一把拦住朱美兰，朱美兰却一闪绕过朱母，又来到陆凡面前。陆凡躲到傅雪莲身后。

朱美兰这才发现屋里还有个傅雪莲，她上下打量她。朱美兰说："你这么漂亮，干吗要抢我的老公？把我老公还给我！"

朱母用力把朱美兰往卧室里拽。朱父忙对二人说："你们快走吧，美兰这是又犯病了！"傅雪莲怜惜地看了眼美兰，不得不和陆凡暂时离开。

朱父把二人一直送到楼道口。傅雪莲劝朱父既然美兰早就确诊过，还是送精神病院，长此以往，你们老两口也经不起折腾。朱父答应和老伴商量商量。陆凡回身说："大叔，你们不用担心，我想，美兰前夫不敢轻易出售这套房子的。"

朱父似乎下了很大的决心，说："雪莲书记，你等一等，我有话和你一个人说。"傅雪莲急忙站住，叫陆凡到楼下等她。陆凡就噔噔地跑下楼了。

朱父看四周无人，向傅雪莲作揖。傅雪莲说："大叔，您有话就说吧，不必有顾虑。"

朱父说："傅书记您得帮帮我们全家啊，我也是说不出口啊，美兰那个离婚合同早就让她自己给撕了。美兰手里没有了离婚协议，所以我们不敢离开家呀，皮老四如果非逼着我们搬走，我们也拿不出证据啊！"

傅雪莲恍然大悟。她问他："离婚协议公证过吗？"朱父摇头说："好像没有。"

傅雪莲的脸色凝重起来。她觉得没有必要再聊下去了，就要了朱父的手机号，说回去再想想办法。

朱父叮嘱说："傅书记，这件事您可要为我们保密，千万不能让美兰前夫皮老四知道美兰手里没有合同了。”傅雪莲说：“请您相信我们，这是我们做社工的最起码的纪律。”

回去的路上，陆凡说：“那朱美兰太吓人了，简直就是一个女鬼！”

傅雪莲对陆凡说：“她的离婚协议书丢了，这事儿有点儿麻烦，我去一趟山庄律师事务所，找个律师咨询一下。”

陆凡看了一下表说：“这个点儿，人家早就下班了。”

傅雪莲说：“有个陈凯丰律师是我同学，我打电话试一试咨询一下。你先回家吧，你母亲身体也不好，你还要帮她做晚饭。”

陆凡说：“我有点儿不放心，还是我陪你一起去吧？”

傅雪莲说：“哈哈，我见老同学，有啥不放心的，你放心回家吧。”陆凡这才和她挥手告别。

傅雪莲站在马路边望着熙熙攘攘的车流，想了想，打电话给律师陈凯丰，说：“你什么时候方便，我有件事想当面向你咨询一下。”

陈律师热情洋溢地说：“你这么说就远了，我时刻欢迎你来啊。”傅雪莲说：“我可是为了工作，你可以‘召见’我吗？”陈律师答：“只要能见到你，什么理由我都接受。”

傅雪莲问：“现在你有时间吗？”

陈律师答：“二十四小时，随时恭候。”

傅雪莲说：“去你的律师所？”

陈律师说：“还是找个安静地方，说话方便，建议去米兰西点咖啡厅吧！”

紫塞市的米兰西点咖啡厅是个老字号的咖啡厅，一般人都知道。所以陈律师点了那里。傅雪莲打车到了米兰西点咖啡厅。陈律师见她戴着护腰带，吃了一惊：“伤势严重吗？是不是家暴？如果是，你可不能迁就，不幸福的婚姻是对自己的不尊重。”傅雪莲哭笑不得，忙说就是扭了一下，不要紧的。

陈律师的目光滚烫地看着她，说：“雪莲，我能接到你的电话，深感荣幸。”服务员过来询问：“二位需要喝点儿什么？”陈律师问傅雪莲：“雪莲你喜欢喝什么咖啡？还有甜点，他们这里的甜点还是不错的。”

傅雪莲爽快地回答：“一杯拿铁，不加糖。”

陈律师点了一杯拿铁，服务员转身离开。很快，咖啡端了上来，飘散着咖啡的香气。

陈律师目不转睛地看着傅雪莲：“咱俩是同班同学，你那时是班长，我是学习委员，青春芳华的学生时代，弹指一挥间。初中没毕业你就被部队文工团选上了，后来又听说你去了歌舞团，再后来就听到你去社区当了书记，我在网上看到你见义勇为救一个跳楼的女孩，很为你担心。”

傅雪莲被他看得不好意思起来，便喝了一口热咖啡，说：“中学同窗是很美好的，谢谢你对我的关注，可我今天找你来可不是为了叙旧，而是有一件急事向你咨询。她没提朱美兰的事儿，而是打了个比方，说有一对夫妻离婚了。离婚协议书上约定楼房归属女方……”

陈律师露出了笑容，傅雪莲并未注意，继续说：“可麻烦的是，女方手中的离婚协议不慎丢失了，此前男方趁着女方出差就差一点儿把房子给卖了，现在女方很担心这套房子的归属问题。”

陈律师不插话，只是含情脉脉看着傅雪莲。见他有点心不在焉，她就问他：“老同学，你在听吗？”陈律师这才回过神来，喝了口咖啡掩饰。陈律师问：“你说的女方是不是你？”

傅雪莲摇头。陈律师说：“现在有很多夫妻离了婚，攥着一纸离婚协议还住在一起，与其痛苦还不如不要房子，真正的爱情不是以房子为基础的，比如我就离了，自己又买了一套大平方米的房。”傅雪莲苦笑，提醒他跑题了。

陈律师问她离婚协议你公证过吗？傅雪莲说：“没有公证过，不是，不是我，我是打个比方。老同学，你又走神了，今天你怎么了？我这是正事儿，向你咨询呢，用付费不？”

陈律师说：“这离婚协议也没公证过，应该有存档的协议，只要你拿着离婚证和身份证，去民政的婚姻登记所，申请复印一份就可以了。”

傅雪莲有些不相信，她以为如此难办的事，原来竟是如此简单。她问他：“就这么简单？”陈律师说：“你以为多复杂，就是隔行如隔山，就这么简单。不行明天我陪你去！”傅雪莲忙又说老同学，你误会了，真的不是我。她起身要走。

陈律师说：“好不容易见面了，就多待一会儿。晚餐我都点好了，你猜是什么？”

傅雪莲说：“哈哈，什么样的山珍海味也吸引不了我，晚上我是属于我女儿的。她刚上小学一年级，需要我给她辅导作业。”陈律师摁桌上的迅铃，服务员进来。

陈律师告诉服务员可以上晚餐了。服务员应承下退出。陈律师说：“我给你点的是你爱吃的榴莲酥，你还记得有一次同学聚会，那天你喝多了，非得吵着要吃榴莲酥，可是酒店没有，是我打车买回来的。”

傅雪莲想起来了，确实有这么一回事儿，只好又坐下来。服务员很快端上来西餐。陈律师将榴莲酥放到她面前。

傅雪莲手机响了，接听后连声说抱歉，是英子催她回家。陈律师说这饭菜都上来了……傅雪莲说我可以打包带走吗?

陈律师看也留不下她，只好摁迅铃吩咐服务员打包。服务员打好包，傅雪莲歉意地说社区工作太忙，亏欠孩子的太多。

陈律师微笑着说理解，又说：“我那孩子判给前妻了，其实我这人挺有爱心的，挺喜欢孩子的，你不再多坐一会儿了？”傅雪莲一脸歉意地先走了。

傅雪莲走后，陈律师还坐在那里，沉浸在自己遐想的美妙里。这么多年，从上学的时候他就一直暗恋傅雪莲。这次咨询，他固执地认为离婚的女人就是傅雪莲，那么他的机会终于来了。

大成心疼傅雪莲，好说歹说劝她回医院继续治疗，可她根本不听他的，第二天还是来上班了。她刚进办公室，曲小美就走了进来。傅雪莲一看曲小美的表情，就问她有什么事就快说。

曲小美说：“雪莲书记，袁梅借工作之便推销美容卡，引起居民热议，有人在社区公众号留言，我不得不把公众号文章删了，担心这样下去影响社区形象。你是不是找袁梅谈谈。”

傅雪莲一愣，问：“我会找她谈的。那你要注意假装不知道吧。”曲小美说：“嗯嗯，雪莲姐，你放心吧！”

傅雪莲在大厅接待居民闹纠纷的时候，袁梅趁机走进了她的办公室，象征性做了做卫生。看看四下无人，掏出一张美容卡夹进笔记本里，快速擦完桌子出了办公室，回手锁上门。

傅雪莲处理完纠纷迎面走来，袁梅笑着打招呼，傅雪莲说袁梅你来一下。

二人进了办公室，傅雪莲说你又帮我搞卫生了，以后我自己搞就行。袁梅说我每天来得也早，就顺便给您收拾一下，也累不坏人。傅雪莲说要跟她谈个事儿，也算是按照民主生活的要求，提前向社工谈心谈话了。

傅雪莲打开笔记本，发现了美容卡。袁梅忙解释说这是她推销的美容卡，美容院回赠给她的，反正也没花钱，就劝傅雪莲收下。傅雪莲告诉她今天和她谈话就是美容卡的事。

袁梅听了居民对她的这一行为有意见，还写在社区的公众号里，就有了怨气，说："社区工作赚钱不多，受约束的地方特多，咱们社工也是老百姓，也上有老下有小，谁家能喝西北风啊！"

傅雪莲说："袁梅，咱俩生活经历大致相同，所以我觉得这不该是你利用社区平台为个人谋取私利的理由。"

袁梅不服气地说："我丈夫在公益岗上班一个月还不到一千块钱，要供孩子上学，要孝敬父母，我只好找点儿挣钱的事干，既不违纪也不犯法，雪莲书记，你还是睁一只眼闭一只眼为好，你就别太认真了！"

袁梅说要和王菊去小区，有一户邻里纠纷等着要解决。傅雪莲起身要把美容卡还给她，袁梅没等傅雪莲说话，就急忙转身出了屋。傅雪莲欲言又止。

袁梅来到办公区，气鼓鼓地把笔记本摔到桌上。

王菊问："袁梅，一大早就火气这么大？谁惹着你啦？"

袁梅一脸怒气，提高嗓门儿说："在咱们社区，大家都是好哥们儿好姐妹，是谁这么嘴欠在书记那里说了我坏话。怎么着，看我业余时间挣点儿钱，就跟兔子红眼似的嫉妒我？我袁梅一没偷二没抢，没违纪没犯法我招谁惹谁了？是谁说的你站出来！"

王菊问："什么事儿啊，书记批评你了？"袁梅说："有人告我的黑状，我就纳闷了，背后放冷箭算什么好汉？"

杨毅凑过来，说："哎，袁梅姐，你可别不问青红皂白，就打击一大片，这屋里就我和陆凡是男的。我可懒得管你的闲事儿，特此声明！"

陆凡也跟着凑热闹，说："这几天我都在下户根本没在社区待着，你们上演的宫斗戏我可什么都不知道！"

袁梅更来气了，说："宫斗？还就是宫斗，就是那个小女人，敢说不敢承认，整个一个小人！"王菊说："我也郑重声明，我也没跟雪莲书记说你的事，每天正事还忙不过来呢。"

袁梅说："表姐，我知道你不会的，我骂的不是你！我知道是谁，你就假装不作声吧，瞎臭美！我可饶不了你。"

这样的话，屋子里就曲小美没有说话了，大家都看向曲小美。杨毅护着曲小美，说："哎哎，你们都看什么呢？对就是对，错就是错，做错了事就别乱嚷嚷。"

袁梅说："不吭声的就是做了亏心事！"曲小美突然说话，问袁梅："袁梅姐，那你骂的是我了？"屋里的空气骤然紧张起来。

袁梅刀子一般的眼神扫向曲小美，冷笑一声："曲小美，你终于承认了，是你在背后打我的小报告？"曲小美合上笔记本，站起来问："袁梅，你为什么怀疑我？"

袁梅说："不是你还有谁？刚才可是你和雪莲书记一起来上班的，书记进了屋第一件事就是约谈我，你说你跟书记说什么了？"

曲小美说："做没做你清楚，说没说我清楚！"

袁梅说："那就是你告了我黑状！"

曲小美毫不退缩，一板一眼地说："其实我很想和傅雪莲书记反映一下，你借助社区平台为养生馆拉客人。可我不想在背后说你，而是打算和你单独聊聊，作为同事应该互相帮助！"

杨毅喊了一嗓子："曲小美，做得好！我给你点赞！"

陆凡跟着喊："我也给小美点赞！"

袁梅被晾在一边了，气鼓鼓地说："我才不信你曲小美有这么好心眼儿！”

傅雪莲听见屋外吵闹声，冷着脸走过来。还是王菊赶紧站出来收拾残局，说：“算了算了，袁梅你消消气，小美也是一片好心，让你在居民中树立良好形象，大家都是正能量，以后加强团结就是了。”

大家也就不再说什么，正巧又有几个居民进来，大家开始分头忙碌起来。

社区居委会里刚安静下来，就有几个居民进来，其中一个是肖大茂。有的说楼上夜里不睡觉总是跳舞；肖大茂说下水道堵了，找不到负责修下水道的师傅。

社工们开始接待居民。这边，陆凡说：“你们先和楼上的居民协商一下，总不能影响人家休息啊！”

那居民说：“上楼找过几次了，说是要参加省里的比赛，抓紧时间在家里练舞蹈呢，你说黑天半夜蹦恰恰蹦恰恰的，我这心脏病啊。”

另一边，杨毅向肖大茂解释说：“下水道堵了，您得找物业解决，这事儿归物业公司管。”

居民说：“物业公司的老板跑路了，现在基本上没人管。”

杨毅说：“您这样，我给您电话，您直接找通下水道的，他们很快就上门修理，修好给钱就是。”

肖大茂说：“你这不是推诿扯皮吗，给通下水道的打电话还用你教我？你以为我傻子！关键是我们小区的物业公司老板跑路了。”

杨毅说：“你下水道堵了，你真得自己解决，来，给你电话。”肖大茂气鼓鼓地把名片扔在地上，转身走了，走到门口，又回来扬言要投诉社区居委会。杨毅无奈地摇头。

社区书记办公室，傅雪莲看着那张美容卡，心说这卡是万万不能要的。她将那张美容卡放进一只信封里用胶棒封好，封面上写上“袁梅收”的字样。忙完这些，她又想起还没吃药，吃了药之后背上包走出办公室。

她经过办事大厅，看陆凡很忙也就没喊他，把信封悄悄放到袁梅的桌上的一本书下。傅雪莲告诉王菊，她要继续去朱美兰家。

看着傅雪莲离去，王菊看向陆凡，见陆凡正忙着，她想了想欲言又止。

傅雪莲买了包子和粥去了朱美兰的家。门没锁，她敲门后推门进去。朱美兰独自在屋里又唱又跳，见傅雪莲来了她安静下来。傅雪莲对朱美兰微笑，问她：“你还记得我吗？我叫傅雪莲！”

朱美兰说：“你不就是我家新来的保姆吗，别客气了。来，抱抱。”傅雪莲只好让她抱。朱美兰说：“保姆，保姆，我还没吃饭呢，你喂我吃。”傅雪莲耐心地用湿巾给她擦手擦脸，拿出包子和粥怜惜地喂她吃饭，并劝她去住院。渐渐地，朱美兰似乎听明白了。

朱美兰的父母进来了，朱父手里拿着一个档案袋。见到傅雪莲喂饭这一幕，朱母感动得落泪。朱父打开档案袋，告诉傅雪莲，按照她嘱咐的，已经在婚姻登记所复印离婚协议了。

傅雪莲接过来看，见到上面确实写着房子归属女方，不由得点点头。傅雪莲说服朱母送朱美兰住院，不要剥夺一个人治病的权利。朱母还是有点儿不放心，说房本上是美兰前夫皮老四的名，而且房本早就被皮老四给偷走了。

傅雪莲想了想，说：“皮老四他不敢乱来，你们手里有离婚协议，这是受法律保护的。”朱母看着朱美兰问：“你想去住院吗？”

朱美兰点头说：“好的呀，我不想在这里住了，我受够了我好伤心呀。”傅雪莲说：“趁着美兰现在明白，就给医院打电话吧。”

朱父点头，转身去了另外一间屋子打电话，稍后出来说安定医院的车很快就到。朱美兰手舞足蹈地说："我要搬走了，我要换新衣服。"朱父、朱母连声回应她说换新衣服，现在就换。

朱母进了卧室里，找出了新衣服，朱美兰却不穿，一副不开心的样子。朱母哄她换上，听话。朱美兰却撒娇似的说："我要保姆给我穿。"朱父说咱家哪里有保姆？朱美兰指向傅雪莲，叫她保姆你快过来给我穿衣服。

傅雪莲担心时间长了朱美兰会改变注意，忙微笑着走过去拿起她的衣服要给她穿。

朱母说："傅书记，这可使不得使不得啊！"傅雪莲示意二老莫阻拦，她给朱美兰开始穿衣服，朱美兰安安静静地配合她。朱母哭了说："美兰啊你个傻孩子，人家可是咱社区书记啊，亲自给你穿衣服，你要麻烦多少人啊！"

穿好衣服，傅雪莲又让朱母端来脸盆，拿来木梳。傅雪莲亲手给她洗脸梳头。朱父、朱母感动得流下了眼泪。

楼下，一辆安定医院救护车鸣着笛，驶进小区，不少居民围观。

陆凡和杨毅也赶来了。医生和护士下车上楼来到朱美兰家。朱美兰见是穿着白大褂的医生就慌了，就哭闹起来说什么也不肯下楼了。

陆凡和杨毅进屋，陆凡悄声问傅雪莲："美兰还闹呢，你没事儿吧？"傅雪莲点头示意没事。朱美兰见了陆凡又喊老公，搞得朱父、朱母十分尴尬，陆凡躲闪着她。傅雪莲抱着朱美兰在她耳边说着什么，朱美兰破涕为笑，竟然同意了，说："你是媒婆吧，你要亲自把我送上花轿，美哒哒……"

傅雪莲愣了，告诉她不是花轿，等她治好了病将来再坐花轿。朱美兰指着陆凡说："就是这个人儿，他是我老公，他是个坏人，他整天抽烟喝酒打麻将，我不要跟他过了，你们快把他抓起来！快抓起来……"

医生和护士以为朱美兰说得是真的，都憎恨地看向陆凡。陆凡只好怔怔地站在那里，也不敢解释。

朱美兰边喊边冲着陆凡扑过来，傅雪莲忙拦腰抱住她。傅雪莲看着杨毅，假意说："杨毅，你快把这个坏人赶出去！"杨毅会意，走到陆凡身边，恶狠狠地一把抓紧陆凡的衣服领子，就假意押着他向门外走。

出了屋，陆凡挣扎着，说："演得差不多就行了，你怎么还揪着我衣领子，我要被你勒死了。"杨毅故意大喊："你这个坏人，你给我滚！"

杨毅在楼道里跺跺脚，把屋门关上，这才放开他。陆凡抻着脖子大口喘气，又松开衣服领子，不满地看着杨毅。

陆凡委屈地说："嗨，哥们儿，我说你绝对是公报私仇！你还假戏真做，真来劲了，可勒死我了。"

杨毅故意板着脸说不这样演穿帮了怎么办？委屈你了哈。陆凡做了个"嘘"的手势，说："也不知道屋里怎么样了，雪莲书记有没有危险？"于是，二人担心地把耳朵贴在门上偷听。

朱美兰家屋内，医生看她这情况有点儿不放心，就把朱父、朱母请到一旁，说为了防止朱美兰在车上闹，得给她注射一支安定剂，征求一下二老的意见。朱母有些不愿意，在朱父的劝导下，朱母终于同意了。护士开始打开医药箱，拿出针筒抽药准备注射。

朱美兰好奇地看着说："你们把我当孩子，我不要打屁屁，屁屁疼。"

医生示意傅雪莲帮忙，傅雪莲挽着她的手进了卧室，继续和她低语，朱美兰同意了，拉过傅雪莲的手哭着说："保姆……媒婆我怕，你得陪着我。"

傅雪莲怜惜地看着她，郑重点头。护士拿着针筒进了卧室。就听得朱美兰喊了一声疼……她抓过傅雪莲手臂就咬，傅雪莲用一只手安抚地摸着她的头说：“听话啊，不疼啊，这就好了啊。”

安定药液终于打完了，傅雪莲的手臂也被咬出来个大牙印子，泛着红。护士感动地看了傅雪莲一眼。

朱美兰安静下来了，被抬到担架上开始出屋。门打开了，杨毅摁着陆凡头蹲下来，低声说：“你这个坏人，千万别让美兰看见你。”陆凡只好不情愿地乖乖蹲下来。

担架抬着朱美兰出来了，傅雪莲一路陪护着她下楼。

楼下围了陶菲等很多人，朱美兰家的一楼邻居林师傅开着出租车回来了，看到楼下聚了这么多人，就问陶菲，这是在干什么？陶菲说：“美兰终于同意去医院了，小区可要安宁了。”

林师傅叹了口气，他站在门口，感慨地看着朱美兰被推进了车里，朱父朱母也上了车。

陶菲和林师傅发感慨，说：“朱美兰算是有救了，多亏了新来的书记傅雪莲。”傅雪莲看到了陶菲，她想起了什么，把陶菲拉到一旁说悄悄话。

陶菲听了，郑重地点头，说：“雪莲书记，您放心，我这个人关键时候也讲政治，保证完成任务！作为楼长我手下也有几个眼线，绝不亚于朝阳群众。”

安定医院的救护车鸣着笛，驶出小区。

牛大妈在家里换衣服，对着镜子前后照。老冯逗她说：“牛桂芝又去哪儿作妖？”牛大妈不悦地说：“雪莲搞的社区道德大讲堂，这我得去撑场啊。”

老冯笑了说：“哎哟，体面，要不我陪你去？给您老端个水杯啥的？”

牛大妈说：“你拉倒吧，我巴不得自个儿乐乐呢。”

社区居委会大厅站满了前来听课的居民，这是社区第一次组织道德讲堂活动。傅雪莲带领曲小美等人筹备了很长的时间才完成的。

曲小美、王菊、陆凡等人热情地把大家引到社区活动室，墙上贴着宣传社会主义核心价值观和国学知识的张贴画。居民们抱着好奇心来了很多人，连坐轮椅的徐奶奶、戴大金链子和大钻戒的莎莎的父母也来了。

王菊、袁梅安排大家就座。曲小美在帮助政协原副主席谭老调试电脑。莎莎母亲让莎莎的父亲把脖子上的大金链子摘下来。莎莎父亲黄粤生不情愿地摘下来，小心地放进衣兜里。牛大妈进来，在后面找了个座。

傅雪莲走过来，主动引领牛大妈来到前排中间坐下，牛大妈的笑容舒展了，傅雪莲对她的尊重，她的心里最在乎。

傅雪莲对牛大妈说："牛书记，您亲自来支持我们，太感谢了！"

牛大妈说："雪莲，你干得很好。社区工作你我最清楚，没有一点儿牺牲精神，你就绝对干不好。"傅雪莲频频点头，颇认同牛大妈的话。

曲小美忙着给来参加国学讲堂活动的居民陆续引进社区活动室，她一抬头，见傅雪莲和牛大妈并肩而坐，同框的画面格外温馨，就用手机拍了下来。

# 第十九章

陆凡和杨毅看到牛大妈，都热情地向她打招呼："牛书记，您还好吧？常回家看看呀！"牛大妈也很激动，问长问短的，亲得不行。傅雪莲对牛大妈说："您先聊着，我去那边看一下！"牛大妈忙说："快去忙正事儿，别操心我了。"

傅雪莲走到正在调试机器的谭老身边。谭老示意可以开讲了。谭老是市政协退下来的副主席，也是普宁社区的志愿者。他对研究国学很有造诣，从傅雪莲一张罗国学道德大讲堂，他就主动要求给大家义务普及国学知识。谭老七十出头，身板清癯，气质儒雅，课讲得深入浅出，寓教于乐，居民们都听得津津有味，报以热烈掌声，谭老也感到很兴奋，很有成就感。

国学讲堂结束，曲小美走上台，笑盈盈地说："下面是手机课堂，就是教社区的爷爷奶奶、大伯大婶们如何使用智能手机，虽然你们上了岁数，可不能服老不能落后，要享受先进科技，享受幸福生活。"

老人们都给曲小美鼓掌，说："小曲姑娘不但人长得漂亮，这小嘴也说到我们心里去了，我们不服老，要与时俱进。"气氛空前活跃。

傅雪莲带头，王菊、袁梅、陆凡和杨毅等社工，走到大家中

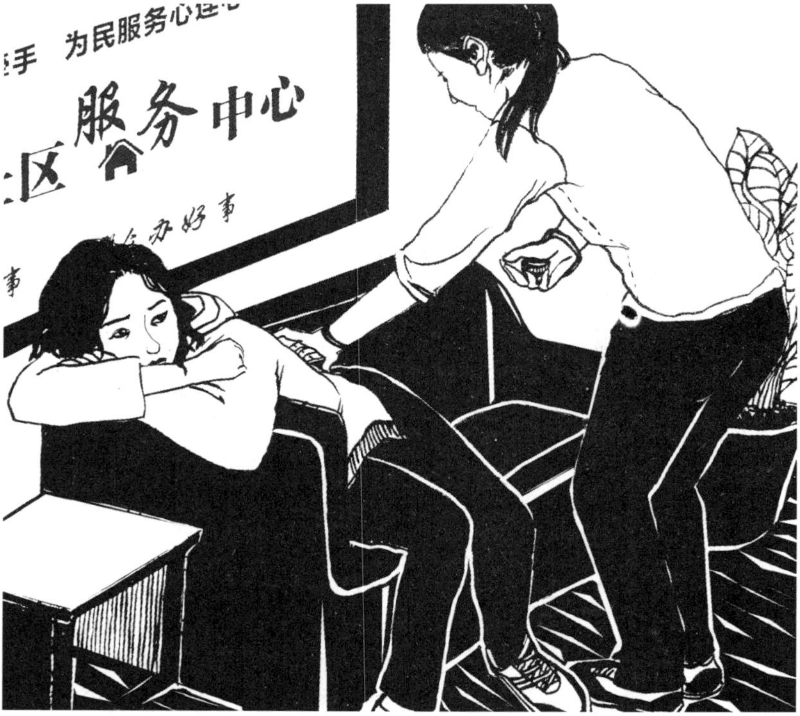


间，手把手地教老人们如何上网、发朋友圈、使用二维码，等等。有的老人说会用智能手机了，出门就不用受人歧视了，现在出门买东西，好多地方都让用手机扫码，掏现金别人就笑话是老古董。

傅雪莲一边教老人使用智能手机，还一边和他们拉家常，说：“社区就是居民之家，谁有生活上的困难，只要想起社区，我们就一定想方设法帮你们解决，解决不了的困难，就跑腿儿找相关部门，就是一个目的，希望各位老人家晚年幸福。”

上完智能手机课，是拍照活动的时间，这把整个活动推向高潮。老人们都喜欢拍照，还互相合影摆姿势，笑声传出窗外。

傅雪莲的摄影技术很好，她给居民拍的照片，谁看了都竖起大拇指。傅雪莲又让杨毅连线投屏到电视上，老人们目睹自己上了电视，惊得目瞪口呆，奇怪自己咋就上了电视了？

牛大妈临走时，由衷地赞叹说：“雪莲啊，大妈是真的服你了，因为你把社区工作干出花样来了。”

居民们陆陆续续地散了。傅雪莲回了办公室。陆凡接了个电话，然后和杨毅低语。杨毅惊讶地说：“嗨，太不地道了，他还真敢来这一手。赶紧的，咱们去向书记汇报。”

书记办公室，傅雪莲摘了护腰带，拿出膏药递给曲小美，侧坐到沙发让曲小美给她贴上，曲小美的手灵巧地把药膏贴在她的后腰上，她一松弛下来，就感到腰胯部的疼痛，忍不住呻吟了一声。小美心疼地问：“雪莲姐，你的伤是不是没养好，落下病根了？”她说没有，就是康复得比较慢。

她刚整理好衣服，陆凡和杨毅敲门，进了办公室告诉傅雪莲，朱美兰的前夫皮老四在小区楼下张贴了售房的小广告。傅雪莲一听就愣了。

这时传来敲门声，陆凡打开门，朱美兰的对门邻居陶菲一步迈进屋。陶菲说：“傅书记，您猜怎么着，真让您给说着了，我跟你说，皮老四回来了。”

傅雪莲说：“陶大姐，你费心了，谢谢你！”陆凡给她倒了杯水。傅雪莲又问：“皮老四进屋了？”

陶菲说：“还没有，皮老四正撬门呢，还带了几个人，好像是搞装修的。”陶菲接着又说：“水就不喝了，我得马上回去，你们猜怎么着？皮老四还是个三只手，可别撬开我家门偷东西！”

杨毅和陆凡都感到吃惊。陶菲匆匆走了。陆凡说：“傅书记，我们行动吧？可是怎么办呢？皮老四人品不俊，可是不讲理的人啊！”傅雪莲一副思考状，没有回答陆凡。陆凡和杨毅对视一眼，杨毅说：“那还犹豫什么，报警吧！”

傅雪莲想了想说：“现在报警为时尚早，咱们先去看看，杨毅也一起去。”

杨毅说：“好啊，我正想危难之中显身手呢！我可不是胆小鬼。”

陆凡怼他：“说什么呢？这才到哪儿啊，你就吹牛！”傅雪莲正要走，接了个电话，陶菲和陆凡、杨毅三人就步履匆匆地先向外面走去。

陶菲心里着急，她就一路小跑儿往家赶，陆凡和杨毅紧跟在她的身后。陶菲一上二楼，就喊了起来："有小偷撬门！"

杨毅一个箭步蹿上楼，陆凡紧跟其后，只见一个中年男人正猫着腰撬门。

陶菲厉声喝道："皮老四，你敢来撬我家的门？走，跟我去派出所！"

皮老四一点儿不觉得难堪，直起身回头说："瞪大眼睛你看好了，我是撬门吗？我是撬完门准备换新锁！哎，你凭啥送我去派出所？你是不是和朱美兰一样，脑子坏啦？"

陶菲愣了，这才发现他撬的不是她家的门，她忙掏出钥匙，打开对面自己的家门，请一直在观望的杨毅和陆凡进屋。进了屋，她反锁上门，一副惊惧的表情。陆凡安慰她："我们哥儿俩儿在呢，你还怕啥？"杨毅说："看来皮老四是没有钥匙，所以撬门锁。"

陶菲趴在门上的猫眼朝外看，她对身后的陆凡和杨毅低声说："皮老四已经打开了门，领着装修工人进屋了……"

陶菲退后，让陆凡看猫眼，只见几个装修工人拿着折叠梯子、白漆桶和刮大白的开刀、粉刀进了对面屋。陶菲掏出手机，给傅雪莲打电话。傅雪莲说，她这就到楼下了。

很快，傅雪莲也到了楼上，她和陆凡、杨毅走进了朱美兰家。门开着，装修工人又是搬东西，又是给沙发茶几罩上白布，看样子是要占房子装修。傅雪莲大声发问："几位师傅打扰了，问一下谁让你们来这装修的？"

一工人回答说："是皮先生花钱雇我们来装修的，他要我们装得漂亮点儿，别偷懒，准备要卖个大价钱！嗨，时间还挺紧张，我们得连夜加班。这细致活儿很多，刮大白就要慢工出细活儿。"陆凡问："那皮老四呢？"

那工人说："他刚才接了个电话，好像是干什么去搓……"杨毅问："他是说搓麻将了吗？"

那工人说："对对，好像就是吧，说是搓去了。"

傅雪莲说："师傅您有皮先生电话吗？"

那工人反问："不是，我说你们问了半天了，你们到底是干什么的？"

杨毅说："忘了说了，我们是买房的。"那工人把皮老四电话给了傅雪莲。傅雪莲拨打电话传来关机声音。傅雪莲又问："皮先生去哪里搓麻将了？"

那工人回答："没听太清楚，好像叫……对，我想起来，就在附近后面那个楼有个居民休闲棋牌室，那里的装修活儿也是我们干的。"

傅雪莲谢过，三个人出屋往楼下走。

也是这个小区，居民楼房的一楼开了个棋牌室，外面挂着个"居民休闲棋牌室"。屋内，四个人正在打麻将，都抽着烟，屋里乌烟瘴气。朱美兰前夫皮老四紧皱眉头，看来是又输了，却掏不出钱来。

皮老四不好意思地看向对面的光头中年人。光头冷冷地看着他。皮老四说先欠着。光头从手包里拿出一张纸条说："你都欠我五万八了。"皮老四说："别急，我还能翻本呢，再说等我把那套房子卖了，零头就够还你的，急什么嘛。正刮大白呢，很快就能卖个好价钱。"

牌桌上的另外一个留板寸头的男人，冲光头使眼色，光头暗暗点头。板寸看向皮老四说："别老欠着啊，想想法子借点儿，要不你就别整天玩这个了，你不够道。"皮老四憋了半天吐出一个字："借。"

板寸说："四分利啊，你想好了，得说话算话，你借不借？"

皮老四说："你先借给我，我给你打条。"

板寸掏出三万块钱，拿出纸笔。皮老四拿过钱打了借条。板寸拿过借条看了看，突然一拍桌子，板寸说："老四你耍我是不是？"

光头拿过借条看看，又冷冷地看向皮老四，问他："老四你什么意思，四分利你没写上，你干吗，想玩赖啊？"皮老四说："忘了，这就加上。"他拿过借条，重新又加上。板寸拿出印泥推给他。皮老四用大拇指蘸印泥摁上。

板寸说："刚才修改的地方也摁上手印。"皮老四在借条上修改过的地方又摁上手印。皮老四拿过三万块钱，转眼又来了精神，说："继续吧，这回我要翻本。"四人开始洗牌、抓牌。门把手转动，传来钥匙开门锁的声音，因为门反锁着打不开，又传来门铃声。几个人吓得慌了。板寸拿起借条装起来，几人忙把桌上的钱也都收起来，光头掏出一副扑克打开弄散了放在桌上。

傅雪莲说："那个棋牌室就应该在这附近啊。"

陆凡说："咱还是请纪警官帮忙找皮老四吧。"

傅雪莲说："那恐怕不合适，居民娱乐打个小麻将，还是别报警了，咱们不要节外生枝。走，咱们去那边看看。"三人向小区另一栋楼走去。

棋牌室内，板寸示意其他几个人别出声，他悄悄来到门前，从猫眼向外看，门外站着一位衣着时尚的女子。板寸开了门，等那女子进屋，忙关门反锁，那女子是李芳芳。

李芳芳目光狐疑："你们反锁门干什么？"

板寸回答："哥儿几个玩一会儿，没干啥！"

板寸接着说："这位美女就是东主，本棋牌室老板，没事儿继续继续。"几人放松了下来，老四啪地拿出一万块钱摔在桌子上说："继续。"

李芳芳见状，顿时愣了。她示意板寸出来一下。站在客厅里，李芳芳变了脸色："豪哥，你们这是赌博啊，这可不行，这是违法的。"

板寸转身回屋，拿出一沓子钱塞到李芳芳包里，冲她一拱手。

板寸说："妹子你开的棋牌室根本不赚钱，豪哥从这个月起每月给你多加五千元。啥也别说了，你就当不知道。"

李芳芳拿出钱要还给板寸。板寸说："芳妹子，咱就别推辞了，你要是嫌少，再给你加一千。我们保证消消停停的，不给你惹事，何乐而不为啊。"板寸把钱又给她装回包里，推着她往外走。

李芳芳走到门口，叮嘱板寸可别闹出事来。板寸拱手点头让她放心。李芳芳又朝屋里张望了一眼，疑惑地问："屋里那个光头对面那人是谁？"

板寸神色鬼祟地说："你别打听，这个我们有行规。"李芳芳摇了摇头："我看着面熟，你得告诉我是谁，我收了你的钱的事你可不能往外说。"板寸说："那个人是皮老四，就是疯子朱美兰前夫。你放心我嘴紧，皮老四听我的，不会瞎说。咱就当啥也没发生。记好了啊，每个月的今天来收租。"

李芳芳还是不放心，又嘱咐："你们可别给我闹出事来。"

板寸送她到门口说："你就放一百个心吧，只要你不举报，在这小区里我们保证遵纪守法，以开心娱乐为目的。"

李芳芳将信将疑地走出屋门，差点儿和一个人撞个满怀。只见傅雪莲和陆凡站在门前。李芳芳忙回身关上门。陆凡和杨毅听见了屋内哗啦哗啦的洗牌声音。傅雪莲奇怪李芳芳怎么在这里？李芳芳也惊异傅雪莲来棋牌室干啥？

傅雪莲先发问："芳芳，你怎么来这儿了？"

李芳芳说："我来见个朋友。"

傅雪莲笑着问："你在新演艺公司干得怎么样啊？"

李芳芳回答："马马虎虎，演出市场不景气，好演员留不住，连工资都发不出来，所以我就托我姨妈，就是你的老领导牛书记，帮我租房子和朋友一起开了这个棋牌室。”

傅雪莲恍悟，原来李芳芳是这家棋牌室的老板。看起来大大咧咧的她，却早就对新演艺公司的前景留了一手。出于一起在歌舞团待了多年，既是同事，又是闺蜜，她对李芳芳有些担心，问道：“这家棋牌室怎么没在派出所和社区登记？”

李芳芳回答：“这家棋牌室我是盘过来的，注册时登没登记，我不清楚，你来这干吗？又来抓坏人？见义勇为？”

傅雪莲答：“真叫你说对了，我是来找人，他叫皮老四，听说他最近常来这家棋牌室玩。”

李芳芳歪着脑袋说：“皮老四？没有啊，我不记得什么皮老四，你可能记错了！这片小区里还有两家棋牌室，你们到别处看看吧。”

傅雪莲严肃起来：“芳芳，我不会记错的，根据居民举报，他常来的就是这家棋牌室。”

李芳芳故作轻松地笑了：“哈哈，别疑神疑鬼的。对不起，我的客人正在打扑克，属于正常娱乐，你们请回吧，别影响我生意。”

傅雪莲一笑：“哎，芳芳，怎么赶我走啊。对了，我得提醒你，棋牌室是休闲娱乐的地方，千万不要有违法行为。”

李芳芳有点儿生气了，却控制着情绪，反倒又笑了，说：“雪莲，你别大惊小怪了，你还不信任我？那好，我现在就打开门给你看。”说完，就掏出钥匙作势开门。

傅雪莲忙摆手，说：“不用看，芳芳，我还不信任你吗？”李芳芳也就借机收起钥匙，转身走了。

看着李芳芳走远了，傅雪莲问陆凡和杨毅：“你们俩有把握吗？”

杨毅说：“李芳芳刚才是在撒谎，她明明说屋里面在打扑克，可我和杨毅听得一清二楚，屋里面就是有人洗麻将牌的声音。”雪莲说：“敲门进去？看个究竟，显然不合适啊。”

陆凡说：“那可不行，皮老四是个老赌鬼了，他们动起粗来要钱不要命。”傅雪莲说：“咱们不进屋，守株待兔。”

三个人往回走，来到大赢家棋牌室楼外。等了很久，陆凡和杨毅玩着石头剪刀布，互相弹对方的脑壳消磨时间，傅雪莲在一旁观看，笑得合不拢嘴。

天快黑了，居民陆续下班回家。棋牌室的门终于开了，光头、板寸和皮老四等人出来了。傅雪莲三人装作聊天悄悄看着。

走在前面的皮老四说：“靠，手气真背，又输三个！”

板寸一把捂住他的嘴，摇头示意别瞎说！光头说：“皮老四你还是抓紧卖房吧。”皮老四说：“我那地方不愁卖，刮完大白就卖出去。”

陆凡暗示杨毅，杨毅迎面过去，喊了声：“皮先生！”光头等人赶紧快步走开了。

皮老四有点儿紧张，回身站住问：“你是谁？找我干什么？”陆凡说：“我们是买房子的，咱们谈谈。”

皮老四高兴地和三人一一握手：“这样吧，也到吃饭点了，我请你们吃个便饭？”傅雪莲接过话茬儿：“皮先生，我们跟您素不相识就来打扰您，有点儿不敬，所以今天这顿饭我来请，咱们也好聊聊。”

皮老四哈哈地笑起来：“你们真是我的贵人，买我的房子，还要请我吃饭。走，去塞北春酒楼。”陆凡说：“嗨，到时候买房你得给我们打打折。今个儿啊不去塞北春，地方我们也订好了，去山庄宾馆。”

皮老四一听就愣了，说：“哎呀去大馆子啊，你们真是太阔绰了，哎，我说几位咱们先去看看房子，回头再吃饭如何？”

陆凡说：“我们都看过了，不是正在刮大白嘛。”皮老四竖起大拇指连连称赞。

山庄宾馆雅间，傅雪莲请皮老四点菜。皮老四忙说：“这不合适，我还是客随主便。”傅雪莲很快点了几个菜。杨毅给大家倒上水。

皮老四喝着水，突然犯了嘀咕，看看几人，问：“我咋觉着哪儿不对劲儿呢？你们几位是干什么的？贵姓啊？”

傅雪莲说：“皮先生，我姓傅，咱们先吃饭。一会儿还有事求你呢。”皮老四定睛看了一会儿傅雪莲，说：“我看你也不像买房子的人？”傅雪莲用手制止陆凡和杨毅的欲言又止，笑着说：“这买房子的人，也不会在脸上写字，你说对吧，皮先生？”

皮老四笑了：“成，看来你们是有来头的，就奔着我的房子来的。得嘞，今后几位有什么为难事尽管说话，我皮老四黑道白道都吃得开。”

杨毅说：“成大哥，这事也没那么复杂，咱地道点儿，你别把事做绝就行！”

皮老四听得一头雾水。服务员很快端上菜。皮老四看着几人，欲言又止。傅雪莲问：“皮先生是不是想喝点儿？”皮老四乐了，冲她竖起大拇指。

杨毅点了两瓶啤酒，给皮老四、陆凡和自己倒上。傅雪莲端起水杯说：“我不会喝酒，就以茶代酒，大家相识是个缘分。”

皮老四高兴地一饮而尽，放下杯子说：“几位贵人，我那房子你们打算出多少？”傅雪莲说：“皮先生咱们还是饭后谈，我担心一会儿我们有事儿求你，你吃不下去饭。”

皮老四愣了一下，自己倒上一杯，干了。皮老四说：“多大的事儿，几位贵人请讲。”杨毅说：“皮先生，我担心买不到你的房子啊。”

皮老四说：“这是什么话，只要你们给的价合适，今晚我就卖给你们。”陆凡说：“这楼您能做主卖吗？”

皮老四白了陆凡一眼说："笑话，当然能做主，要不咱们来这大馆子吃饭为的是什么啊？"傅雪莲给他倒上酒，自己端起水敬酒说："皮先生，我自我介绍一下，我叫傅雪莲，是咱们普宁社区的书记，他们两位是社区干部。"

皮老四说："哎哟书记，您是领导啊，没事，我给您面子，只要是给我现金，少给三万两万的都成。"

傅雪莲说："皮先生，其实这套房子你可能做不了主。"皮老四愣了，眼睛瞪得老大，问："那是什么意思？房本可在我的手里攥着呢。"

傅雪莲说："皮先生，你如果真的卖了这套房子，也就违法了，恐怕还要受到追究。"

皮老四把酒杯用力往桌上一蹾，问："你们到底是什么人？我们素不相识，我卖不卖房子，碍着你们了吗？还假装好人请我喝酒？"

杨毅站起身，把手搭在他的肩上说："皮先生你也别激动，傅书记是为你好。你自己想一想，你到底能不能做这套房子的主？这卖房子是好事，可要是卖的不是自己的房子，那后果可就严重了！"

皮老四愣了，说："这套房子就是我的，谁要是跟我争，得拿出证据来。哎，你谁啊，把手拿开！"

傅雪莲说："不错，朱美兰手里的协议书确实找不到了，怎么丢的呢？想必你不是不清楚。但是你别忘了，婚姻登记所存档了你们的离婚协议书。"

皮老四忽地站起身，拍桌子瞪眼说："讹我？你们想干什么？到底买不买？不买房，跟我在这废什么话呢？"

杨毅说："这个房子你无权做主，我们怎么买？"

皮老四噎住了，气焰消了一半。

傅雪莲说："皮先生，我向你道个歉，我们不是买房的。我们是来提醒你，这套房子现在是朱美兰的，你要是擅自做主给卖了，就会受到法律追究，那就得不偿失了。”

皮老四盯着傅雪莲问：“你真的是普宁社区书记？”傅雪莲点头。皮老四说：“眼看我这好事儿就被你们搅黄啊，你们觉得我皮老四好欺负是不是？”话音一落，他“啪”地摔了一只啤酒瓶子。

“你们是打哪儿冒出来的呀？狗拿耗子多管闲事儿！”皮老四一脸凶相。杨毅说：“我提醒你啊，说话客气点儿，我们不是和你打架来的！”

傅雪莲示意杨毅冷静，然后对皮老四说：“皮先生你不要激动，你知道我们为什么在这里请你吃饭吗？”

皮老四咬着牙说：“你要是给我摆鸿门宴，我皮老四可不是吃素的。”

傅雪莲轻轻一笑：“你是想多了，但我告诉你山庄派出所就在外面三五十米远。我也不瞒你，来这里吃饭之前，我们已经和派出所打招呼了。现在如果和你签署了购房合同，他们马上就可以抓你。”

皮老四惊得瞠目结舌，悻悻地说：“这不还是鸿门宴吗？”

傅雪莲从他的表情中判断，他也清楚卖前妻的房子并非理直气壮。她问皮老四：“皮先生，你也是有素质的人，为什么要卖朱美兰的房子？”

皮老四沉默，拿起桌上的一杯酒，喝干了，这才说：“离婚时，美兰的父母就非要这套房子，说我不能把事做绝，再说美兰是个病人，不能出去工作，起码有房子可以做保障。我就答应了。可此一时彼一时，我现在一无所有，你们说我怎么办？说实话，我现在穷得叮当响，你们管不？”

傅雪莲说：“我们也一直在考虑社区就业的事儿，将来搞了社办工厂，你可以优先报名。”

皮老四问：“我这套房子真不能卖？”

杨毅给他倒上酒说：“皮大哥哎，我跟你说，违法的事咱不能干啊，你说我们社区书记为了劝你，还请你吃饭，也算仁至义尽了，房子既然归属权和处置权不是你的，这个小九九你就别打了。”

皮老四说：“我欠人家的钱，我拿什么还啊？”

陆凡说：“老兄我也劝劝你，你再这样赌下去，就不是还人家钱的事儿，得进局子啊！”皮老四听了，沉默不语。

傅雪莲看目的已经达到，就说：“上菜吧！”

傅雪莲给皮老四一边夹菜，一边说：“你前妻朱美兰住进了精神病医院，再不住院，她的病情就闹得四邻不安了。”

皮老四的眼睛盯着菜，吃得狼吞虎咽，说：“你跟我提她干吗？婚都离了，各过各的日子。”

傅雪莲继续说：“一日夫妻百日恩。你女儿你不能不关心吧？这段时间一直是你母亲带着她，据我所知，你女儿一直想着朱美兰，要知道母亲是严重的精神病患者，就因为你和她抢房子而耽误了治疗，她长大了能不怨恨你吗？老话说得好，人无远虑，必有近忧。老四，你也是条汉子啊……”

皮老四吃不下了，又喝了一口酒，说：“离婚一年多了，我就今天才觉得是个人了，你说傅书记你们和我们非亲非故的，这样用心良苦是为什么呀？”

皮老四说着说着哭了。杨毅扯过纸巾递给他。

灯火璀璨，傅雪莲、陆凡、杨毅走在街上。陆凡一脸自豪地说：“漂亮，我从来没觉得夜景是这么美。”

杨毅说：“是啊，今天干得漂亮！傅书记，我太服您了！”傅雪莲做出故意生气的样子：“你今天才服我啊？”杨毅忙改口：“口误，口误，我早就对您心服口服了！”

傅雪莲忍不住笑出声，说：“其实，我也是捏着一把汗啊！”

陆凡忽然问道：“傅书记您真和山庄派出所打过招呼了？”傅

雪莲说：“我是诈皮老四，不过刚才一直有人在隔壁雅间候着呢。喏，你们看，那是谁？”

二人顺着她指的方向看过去，路旁穿着警服的纪警官在向他们摆手。

陆凡惊道：“哎呀，要是早知道纪警官在，我就不紧张了，我这小腿肚子现在还哆嗦呢。”

杨毅拍了一下陆凡的肩膀说：“瞧你这点儿出息。”大家都笑起来。傅雪莲说：“收工，回家。”

出租车上，傅雪莲接到大成的电话。

大成问：“你到底几点回来，今天是咱爸生日，全家人都在等你啊。”傅雪莲立马叫了起来：“哎呀，我还真给忘了，我马上回家。”

出租车加速驶去。

傅雪莲一进家门，就闻到满屋子菜香味儿。英子跑来告诉她今天在学校作文得了九十分。题目是《我有一个好妈妈》。母亲一边在厨房忙碌，一边埋怨她心里只想工作，把父母孩子都忘了。傅雪莲从母亲身后抱住她说：“老太太，负能量太多了，这可不像年轻时候的您啊！”

傅母转过身问她：“我年轻时候是什么样子，我都忘了，你怎么记得？”

傅雪莲神秘地说：“我怎么会不记得，你年轻时候，是评剧团的大青衣，一年得有半年下到乡村演出，老公闺女都撒手不管，我现在和你当年比，那可是小巫见大巫！”

母亲被逗笑了，点了一下傅雪莲的脑门儿说：“鬼丫头，我还以为你年纪小，不记得呢！”

傅雪莲和大成、英子一起祝福父亲生日快乐，又关了灯，捧出点好蜡烛的蛋糕，英子唱起生日快乐歌……一家人其乐融融。

傅雪莲说：“明天是周末，我本想陪您二老，但是我得先去看看我婆婆。”母亲说：“嗯，你明天去看看你婆婆吧，你爸我俩去看她的时候，医生说这个病很严重。雪莲，你这个做儿媳妇的应该在这个时候多尽孝！”傅雪莲点头。

次日一早，大成开车带着傅雪莲去医院看婆婆。大成怕母亲生气，不等母亲开口，就替傅雪莲说好话：“雪莲现在是社区书记，工作可忙了，咱家还没有当书记的人呢！”

躺在病床上的婆婆笑了，说大成：“傻小子，一点儿都不懂当妈的心，我一点儿都没有生雪莲的气，我为有这么优秀的儿媳妇而自豪。”

傅雪莲不好意思了，说：“妈，我没您说的那么好，以后我尽量把工作安排好，挤出时间多来看您。”

她给婆婆擦脸、梳头、喂饭，病友们羡慕地对婆婆说看你闺女多孝顺，还这么漂亮。婆婆得意地说：“她是我的儿媳妇，是社区书记兼主任！”

新的一周到来，傅雪莲和大家精神十足地开始了忙碌的社区工作。朱母来社区感谢，说女儿家的施工队都撤走了。屋子就是粉刷了一遍，还和从前一样，东西一样没少。没想到，皮老四还带了女儿去医院探视朱美兰，要她安心住院治疗，房子永远是她的。大家听了都感到很欣慰。

街道党委书记李健打电话叫傅雪莲来街道办一趟。傅雪莲布置好工作，匆匆赶到街道办。

李健一见傅雪莲，简单问候几句，就切入主题，说：“雪莲书记，我找你来是要交给你一项艰巨任务，协助碧峰小区原物业公司退出，然后竞选新的物业公司进入。”

傅雪莲不解地说：“这应该说是正常的交接工作，为什么还要社区介入？”

李健的脸上平时总挂笑，今天却显得凝重，说：“是这样的，雪莲书记，碧峰小区有居民亲自来街道办投诉，说小区在竞选新的物业公司过程中有营私舞弊和暗箱操作，引起小区群众的强烈不满。所以，我才请你过来，派你亲自深入小区进行调查，并重新竞选！”

傅雪莲说：“我也听说过，像碧峰这样的高档小区的物业公司在居民生活中的作用很大，所以谁家进入谁家退出，都牵扯到利益问题，需要很多环节配合，还有碧峰小区的组织比较健全，有业主代表、有楼长，他们都有话语权，而社区的作用只是组织协调，没有决定权，这个工作是很难做的。”

李健开诚布公地说：“要是容易的话，我就不会请你来了。群众利益无小事，社区工作千头万绪，可都得面对。尽管不太可能让每个居民都满意，但也要让他们看到我们尽心尽力了。”

傅雪莲说：“李书记，我可是新手啊，这一年来磕磕绊绊，多少次我都要崩溃了。这又要打一场硬仗了！”

李健说：“我们对你的工作是满意的。街道党委对你委以重任，就是相信你有这个能力，你就放手干吧，我和街道党委都在背后支持你！”

碧峰小区的几家业主，结伴来社区投诉物业公司的保洁员，说是保洁员没等公司正式退出就罢工了，电梯里全是垃圾袋，电梯出现问题，却找不到负责维修的师傅，这些人牢骚满腹，吵吵嚷嚷，傅雪莲被吵得头都大了。

傅雪莲回家后和大成诉苦，自己哪儿解决得了这么难的问题呀。大成却说风凉话：“早知今天，何必当初？这社区的麻烦就是摁倒葫芦起来瓢！还得靠你。”傅雪莲嗔怪他说：“你除了说风凉话，什么忙都帮不上。”说完，下楼散心去了。

说是散心，她也一直想着工作。傅雪莲给曲小美打电话，曲小美现在就是她的“小诸葛”，遇到事儿傅雪莲常常和她探讨。此时，曲小美正和杨毅在影院看夜场电影。杨毅一直追求她，陆凡也暗恋她，她感觉和杨毅的共同语言多一些。

曲小美出了影厅，来找傅雪莲，杨毅也跟着来了。傅雪莲有些歉意，打扰二人看电影。她如此这般地说了李健书记要她解决碧峰小区的物业公司问题，曲小美仔细听着，边听边分析。她从傅雪莲的话里听出来她对这件事感到有些茫然。

曲小美说："雪莲姐，你先别着急，这种事我曾经历过。我的建议是先召集业委会开会，让他们选出几个候选的新物业公司，就可以往下进行了。过去牛大妈就是这样办的。"

傅雪莲的心情豁然开朗了，说："小美，我明白了，我是遇事则迷，我明天就召集业委会代表开会！对了，咱们把牛书记请来帮忙，她有经验。"

牛大妈退休后，老冯建议把火神庙的老房子卖掉，儿子又出了一部分钱，就在碧峰小区购置了一套两居室新房，居住条件有了改善，老冯的腿脚不好，每天爬楼梯很吃力，碧峰小区有电梯上下，日常出入方便多了。

搬家后不久，牛大妈就被选为业委会成员之一，另外四名成员也都是社会精英。有市政协退休的副主席谭老、有私企老板莎莎父亲黄粤生、陈凯丰律师，还有电视台的女导演许丽莎，她的父亲正是老军人许红军。傅雪莲召集五位代表开会，提前做了沟通。

傅雪莲解释说："最近社区和街道党委都有居民来投诉，说碧峰小区的物业公司要变更，原来的物业公司提前撂挑子，导致居民的正常生活无法保证，所以遴选你们五位作为业委会代表评委，再加上两名普宁社区员工，参与竞选打分。"

作为业委会代表的黄粤生却打了退堂鼓。傅雪莲不解。黄粤生一解释，傅雪莲也觉得他不能担任业委会代表了。原来，黄粤生的物业公司已经报名了，要参加竞选，他作为投标单位是必须回避的。没办法，只好邀请了陶菲作为业委会代表，加入评委团队。

牛大妈说："雪莲书记，我现在不以社区老书记自居，就以现在的身份，业委会的代表发言，这物业公司是必须要换了，现在面临的是有几家物业公司要进驻，可我们几位代表反复比较研究，从七八家物业公司中筛选出了三家物业公司，今天请你来见证一下，让这三家公司进行PK，最后哪家得分高，就选哪家进驻小区。"

其他代表都表示赞同牛大妈的意见，谭老说："牛大妈不愧是老书记，就是有水平！"傅雪莲来之前，用了半天时间线上线下查了很多资料，了解了一下物业公司相关的规章制度，确保自己不说外行话。

她从容自若地说："三家公司都要秉承公正公平的原则，为三家竞标公司进行核查打分，然后公示公开，最后请新物业公司进驻。"

竞聘开始了，第一个发言的是黄粤生，就是那个跳楼的女孩莎莎的父亲。其实他是个成功商人，麾下已有两家规模较大的物业公司，都在市内的高档小区，统称"家和物业公司"。他本人就是碧峰小区的业主，所以他信心满满地参加竞选，用浓郁的广东话，把自己公司参选理由说得头头是道。

家和物业的竞争对手之一，叫和睦家物业公司，老板郝强，他有一个坚强后盾就是亲表哥陈律师，陈律师是郝强的代言人，说起入选理由也是高调自信，和黄粤生的发言有一拼。

最后一家显然不是前两家的对手，说了几句就草草退场。再看黄粤生和陈律师，一轮一轮比下来，就像下棋一样，越战越勇。

陈律师趁休会的空隙，悄悄把傅雪莲拉到一旁，说："雪莲，我又见到你了，太高兴了。我们是比朋友还要亲的朋友，我的心思你懂的，我表弟郝强的物业公司，你就投一票，我敢保证，郝强的公司绝对压过那个戴狗链子的广东佬！"

傅雪莲说："既然是老同学和朋友，那我就直言不讳，在这次物业公司竞选中，我只是代表社区负责监督和协调，没有决定权，更不能用私情影响业委会的最终打分结果。"

陈律师拿出个大信封，硬是往傅雪莲的挎包里塞，说：“这是我表弟的一点儿心意。”傅雪莲坚辞不收，把钱塞回陈律师的手里：“你放心，肯定是公正公平的。你是要我犯错误啊？赶紧拿回去！”

陈律师不死心，又把信封往她的包里塞，转身就走，傅雪莲着急地低声说：“凯丰老同学，那我只好上交给街道办纪委了。”陈律师只好尴尬地拿回了大信封。

最后黄粤生的家和物业，以微弱优势战胜了陈律师表弟的和睦家物业，成了碧峰小区的新物业公司。

黄粤生握住傅雪莲的手，高兴地说：“傅书记啊，我要请你去市里最好的馆子吃饭啊！”傅雪莲摇头，说：“黄先生，您还是把心思放在物业公司入驻之后的服务质量上吧。”

按说这事出了结果，也就过去了。没想到第二天刚到社区居委会，傅雪莲接到街道党委办公室主任的电话，接听完她就愣住了。

原来，街道办主任是要她马上去街道办一趟，把投诉的十几个居民领回去。她急忙赶到街道办。投诉居民都是碧峰小区的，一见她就围拢上来，质问她为啥暗箱操作，让家和物业进驻。

还有一个居民更是刻薄，指着她的鼻子问：“你是不是收黄粤生的钱了，你救过他的女儿，所以一来二去你和他们一家人就有交情了！”

# 第二十章

普宁街道办事处，这些来投诉的居民还在吵吵嚷嚷。党委书记李健刚回来，不知道发生了什么，忙对大家说："大家请安静，有话好好说。"他问傅雪莲这是怎么回事？

傅雪莲感到很委屈，说："李书记，您先听一听他们说的是什么吧。"

这些人七嘴八舌地说："我们都是碧峰小区的业主，来投诉傅雪莲暗箱操作，接受黄粤生公司的贿赂，要求严查傅雪莲！"

李健一愣，他不相信傅雪莲会做出这样的事来。街道办刘主任对傅雪莲说："雪莲书记，你还是把人劝回去吧，这影响街道办工作秩序。"傅雪莲欲言又止。李健示意刘主任不要说了。

李健回转身，面向大家说："碧峰小区的居民同志们，据我所知，此前的物业公司经营不善，导致小区物业管理混乱，因此街道办委托普宁社区张罗了新物业公司的事情，你们也都清楚，现在小区的新物业公司是通过竞选询价定下来的，符合程序和规定。我也相信傅雪莲书记的人品和普宁社区的工作。再说，你们要反映问题，选出三名代表来，带着身份证到办公室登记，我和傅雪莲书记在会议室等你们。"说完，示意傅雪莲和他一起去会议室。

一听说要登记身份证，投诉的居民有人就犹豫起来。一位中年居民说：“傅雪莲，这事你脱不了干系，走，咱找地方说理去……”

众人就吵吵嚷嚷地随着那位中年居民离开了。

李健安慰傅雪莲，请她到办公室喝杯水，傅雪莲说不行，她得回社区。李健告诉她，他相信傅雪莲没有问题。街道办刘主任说这些居民素质也太差了。傅雪莲说，不怪他们，这一定是没有竞选上物业公司的人鼓动他们来投诉的。

傅雪莲回到普宁社区，一进门就叫曲小美拿出关于新物业公司进驻的所有备案记录。曲小美见她脸色苍白，一副难受的样子，就关切地问：“雪莲姐，这些人太可恶了，一点儿同情心都没有！”

傅雪莲笑了：“这跟同情心有啥关系？对了，你把这些备案记录妥善保管，我总感觉这些人是真要闹事。”曲小美问：“不是，他们还真要闹啊？”傅雪莲说：“难说，恐怕是冲着我来的。”

曲小美说：“真是的，还有道理没有，小区物业管理混乱，他们来闹；现在竞选引进新物业公司管理理顺了，他们还闹！”傅雪莲说：“小美，这样的事情，我们和他们一时半会儿是讲不通的。”曲小美担忧起来。

这时，杨毅敲门进来说：“傅书记，那个老红军又来了，要见您！”

傅雪莲忙站起身朝外走，许红军老人进来坐在椅子上，双手拄着拐杖。傅雪莲快步走到老人身边，紧紧握住了他那经历过战争年代的双手。

许红军老人开口就问：“书记同志，我的组织档案还能找到吗？都是搬家闹的，我以前不住这个社区，我住在干休所，老伴去世后，女儿就把我接到她家和她一起生活，她搬几次家，我就跟着搬家，可做梦也想不到，我的组织关系愣是不知去向，干休所也换了几茬人，谁也说不清楚我的档案到底弄到什么地方去了。居委会说一直没见转来，我也不能交党费，也不能参加组织生活，七十年的党龄，如今档案没了，我是死不瞑目啊！”老人说不下去了，哽咽着。

许红军老人的话，冲淡了“物业投诉风波”给傅雪莲带来的烦恼。她对许红军表示，一定想办法帮他找到线索。安慰了许红军好一阵子，他的情绪才渐渐平息下来，傅雪莲又特意安排杨毅护送他回家。

没想到，这场“物业投诉风波”只是个开端。没过两天，区纪委组成的调查组的同志来了，要求傅雪莲接受调查。社工们都惊呆了，以前就没见过这阵仗。

坐在会议室里，傅雪莲说：“我没有违纪也没有犯法，一切都是按照物业公司进驻的流程做的，我被举报完全是无辜的，我期待你们公正的调查结果。”

区纪委的同志询问她之后，留下来查阅新物业公司的竞选资料，傅雪莲让曲小美拿来了全部档案资料。纪委的同志还对社区居委会的人和参与竞选投标的几家公司负责人逐一座谈，查找傅雪莲受贿线索。王菊、袁梅、杨毅、陆凡、曲小美等逐人接受了调查询问、做了笔录，每个人还要按下手印。

王菊和袁梅因为当时没有直接参与，答复得就模棱两可，让人感觉到似乎傅雪莲是有问题的。

调查组在居委会门外贴出了入驻调查通知，征集线索。一时之间，普宁社区居委会的气氛既紧张又压抑。

这几天，王菊心情大好，对社区同事相处和蔼，对居民也热心多了。杨毅私下和曲小美议论：“王菊是什么情况？中福彩了吗？”

曲小美说：“王菊啊，是看雪莲书记被纪委调查，她又蠢蠢欲动了吧？”杨毅听了，不屑地冷笑。

这天晚上，林海破例晚上没有在医院值班，和王菊一起在家里给女儿茜茜过九岁生日，家里难得的温馨气氛。林海还答应晚上要陪她们母女出去看电影《流浪地球》。王菊在厨房洗碗时哼着歌，林海过来帮忙，问她："什么事这么高兴？"王菊撒娇地说："你猜！"林海帮着归置碗筷，说："我哪儿猜得出来？"

王菊兴奋地说："傅雪莲的书记当不长了，受贿。纪委调查组正在查她！"

林海一愣："怎么会呢？这肯定是被人诬陷了！再说，这事儿不是过去了吗？"

王菊噘起嘴说："过去了？哎我说，你怎么总是向着傅雪莲？"

林海问王菊："你激动什么，别不是你有什么想法吧？"

王菊说："本来牛大妈退休，要不是她来凑热闹，我早就当上书记了！当了书记，将来就有可能转正进入事业编制。"林海听了摇摇头。

这天晚上，傅雪莲的家里也颇不宁静。区纪委调查组进驻普宁社区居委会调查，家人也知道了这件事，既为她抱不平又为她担心。

次日，牛大妈得知消息后，她说什么也不相信傅雪莲会受贿，说什么也不相信什么暗箱操作。牛大妈找到调查组的同志，提出这件事还要询问当时的业委会代表。

牛大妈还亲自找来了市政协退休的副主席谭老、楼长陶菲、陈律师、许丽莎，大家向调查组的同志述说竞选过程……

经过区纪委调查组长达一个星期的调查，终于还了傅雪莲的清白。刚刚送走了区纪委调查组的同志，大成给傅雪莲打来电话告诉她，婆婆还是因治疗无效去世了……

听到这个消息，傅雪莲的眼泪立刻流了下来，她拼命地朝医院跑去。

第二天，寂静的墓园里，傅雪莲穿一身黑色长裙，戴一副墨

镜，一脸悲戚地站在婆婆的墓碑前祭拜。大成和大飞，一左一右地站在她的身边。

祭拜结束，三个人默默地往回走，傅雪莲看见远处有一个熟悉的背影，步履蹒跚。她认出是许红军老人。她追过去，大成在背后喊她也不应。

许红军耳朵背，直到傅雪莲拉住他的胳膊，才站住了。他一脸的惊诧，问："你不是社区的傅雪莲书记吗？你怎么知道我在这呢？"傅雪莲说："我不知道您在这儿，我婆婆走了，我来祭拜她。许爷爷，您来这里是……"

"哦……"许红军望着远处，思绪也跟着飘向远方。

傅雪莲奇怪，墓园离市区很远，九十岁的许红军怎么能一个人过来，是给老伴儿扫墓，可也不像啊？她问他："许爷爷，您一个人来这里干啥？"

许红军闷头朝前走，说："你跟我来，一会儿你就知道啦！"傅雪莲不再追问，就跟着他来到墓园后面的烈士陵园。

许红军说："长眠在这里都是我的老战友，有老八路、有解放军……在紫塞市，像我这样参加过长征的老红军，如今都走了，就剩下我一个了。三十多年了，我每年都来好几次，只要想他们了，就过来坐在他们的墓前，和他们唠心里话。我在战场上流血负伤都没掉过眼泪，可自己一直找不到组织关系，就在这里偷偷地哭过好几回……”

傅雪莲动情地说：“许爷爷，您放心，我们一定会帮你找到组织档案，让您尽快参加社区的组织生活。”傅雪莲问老人是怎么过来的？老人说，乘公交车来的。她就请老人坐她的车，送他回家。

大成正着急地找傅雪莲，这才看见她搀扶着许红军走过来，就对大飞说：“瞧见了吗？你嫂子这社区书记当的，到哪儿都能碰着熟人。”

傅雪莲第一次知道，许红军老人的孙女就是市电视台文艺频道的导演许丽莎。当家门打开，傅雪莲把老人送回家，许丽莎又惊又喜，表示感谢。许丽莎送她下楼，两个人站在风景幽静的庭院里聊了起来。

许丽莎关切地问：“我正为你担心呢，我听说有几个好事的业主先是到街道办投诉你，后来又举报你说你受贿、滥用职权、搞暗箱操作，我一点儿都不相信！”傅雪莲笑着说：“问心无愧，事情也过去了，没事了。”

傅雪莲说：“你还是和我说一说许爷爷档案丢失的事，我需要线索。”

许丽莎说：“这可是我爷爷的心病，他说找不到的话，他死不瞑目。我母亲过世后，我把他从干休所接到我家来，他就想把档案转到社区，方便参加组织活动，我陪他去干休所转档案才发现档案找不见了，这是在十几年前，干休所搬了几次家，负责档案的人也换了几批，十几位老红军和老八路的档案都丢了，可他们都过世了，其他家属也没来找，可我父亲仍健在，当时负责档案的同志也都退休了，追查起来相当困难。”

傅雪莲问：“要是能找到许爷爷当年的老战友，就可以证明他的党员身份。”许丽莎说：“我爷爷今年九十二岁了，他的战友差不多都过世了，好像就剩两个都住在外地，也好多年不联系了。我爷爷也想不起来叫什么名字了。”

傅雪莲说：“好事多磨，我相信总会找到的，请你和许爷爷放心。”

许丽莎说：“过去我也想过很多办法，可是都没有结果。我在电视台工作了二十多年，看到感人的事太多了，你今天是真正感动了我。”

这天，傅雪莲骑车来到退役军人事务局，和接待人员说明来意，得到回答是找到档案的可能性微乎其微，因为丢失这么多年，到底是在哪个环节出了问题，都只是猜测。当年干休所的一位女同志负责老红军、老八路的档案，可她早就去世了。只有一个办法，那就是找到老人的老战友，一起枪林弹雨走过的，就是最好的证明。

傅雪莲回到社区，接到许丽莎的电话。许丽莎告诉她一个令人振奋的好消息：“雪莲书记，我爷爷想起来了，他的两个战友还活着，一个叫马什么丹，住在杭州，一个叫严长水，住在大连。”

“有联系方式吗？”傅雪莲语气急切地问。

“找到了，我微信给你。可是雪莲，我得告诉你，我曾打过这个电话，每次都沟通不清楚……”

傅雪莲收到微信，就开始拨电话，先打给杭州，接电话的是一个男子，声音沙哑苍老，他警惕地问了傅雪莲的身份，她如实回答了原委，对方才说：“马志丹是我父亲，老人家一个星期前过世了。对你的事情，我爱莫能助。”

她又拨通了大连严长水的联系电话，一直没有人接。傅雪莲放下了电话，心情失落地坐在椅子上。

这时，纪警官带着小柯走进社区。王菊一见小柯，就惊呼道：“小柯，你怎么出来啦？”小柯冷脸回问：“我认识你，王姐，你巴不得我永远不出来？”王菊忙解释说：“小柯，我不是那意思，早点儿出来好，好好工作，重新做人！”小柯说：“这话我听得耳朵都起茧子了，你还是别说了！”

纪警官示意小柯不要再说了，他问王菊：“雪莲书记在吗？”王菊忙答：“在办公室打电话呢！”

陆凡一见纪警官带小柯进来，就去给傅雪莲报信了。所以，王菊的话音一落，傅雪莲就从屋里出来了。

纪警官笑着说：“小柯在里面表现不错，刑期一到就出来了，我把他交给你了，按照社区矫正的原则，你作为社区书记就多费心了！”

傅雪莲说：“放心吧，小柯出来是好事儿，我一定尽力帮他找工作，重新融入社会。”纪警官说：“有你这句话我就放心了，我还有事，就先走了！”

送走了纪警官，傅雪莲问小柯：“你还和你母亲住在一起吗？”小柯一脸拧巴地说：“我不和我妈住在一起，你叫我睡大马路啊！”

傅雪莲说：“小柯，你有困难就说，你在里面反省了这么长时间，应该学会怎样尊敬别人！有话好好说啊。对了，你母亲是什么时候从南方回来的。”

小柯强词夺理地说：“我妈其实早就回来了，见我不学好不成人，整天训我，后来我就从家搬出去了，可是我还得养活她。你让我尊敬人，尊敬别人能当饭吃吗？我妈病重要靠我养活，你们社区不是口口声声要帮居民吗？就先帮我找个工作，我们得活呀！”

傅雪莲从小柯的貌似豪横里，看出他其实是渴望过上普通人的生活的，于是安慰他说：“只要你彻底改邪归正，工作的事，我们都帮你想办法！”

小柯说：“雪莲姐，我在里面的时候，你看过我，我感谢你。现在，我就再信你一回吧。”说完，扬长而去。

次日，傅雪莲和曲小美一起，带着她自己出钱买的米面油去小柯家慰问。小柯的家住火神庙小区。小柯母亲躺在床上，看来病得不轻。傅雪莲又拿出五百块钱给小柯，叮嘱他给母亲买营养品。

小柯眼里的冷漠消失了，送出门外，傅雪莲走了几步，小柯叫了一声："雪莲姐！"傅雪莲回身，小柯站在原地大声喊道："雪莲姐，我一定重新做人，不让你失望！"傅雪莲信任地点点头。

傅雪莲下班后去母亲家接英子。自从她腰伤住院之后，母亲就把英子接回自己家里住了。傅雪莲一进家，母亲就对她说："学校老师都夸英子有绘画天赋，应该给孩子报一个绘画班请专业老师指导。"她问："学费是多少？"母亲说："一年要八千块。"

傅雪莲惊叫起来："我的妈呀，这么贵呀！我现在工资就三千多，大成是比我赚得多，可他那个不省心的弟弟，总找他借钱，搞得我们的日子总是紧紧巴巴。哪有八千块钱学画呀！"这被英子听见了，哭了起来。傅雪莲哄着英子说："乖宝贝儿，妈妈教你跳舞，一分钱都不花。"英子抽噎着说："我不喜欢跳舞。"傅雪莲一听就笑了。母亲却摇头叹息，第二天，悄悄拿了自己的私房钱给英子交了学费。

晚上，许丽莎打来电话，告诉傅雪莲说爷爷想起来了，大连的老战友严长水可能与当地的干休所有联系。傅雪莲激动得连声说："太好了，请你把严长水老人的联系电话发给我！"

许丽莎说："雪莲，真的很抱歉，我爷爷找不到联系方式了，上次给你的那个电话是他记错了，现在又想不起来。"雪莲说："只要严长水老人还在就好，我明天就去大连找他。"

但傅雪莲第二天没有去成大连，因她父亲当夜突发轻度脑梗被送进医院，母亲劝她等父亲的病情稳定再出差。

傅雪莲想到严长水也是九十高龄的老人，说不准哪一天就病倒了，为此她恨不得立刻赶到大连去。大成劝她多为父母尽孝心，社区的事你是永远管不完的。夫妻多年，大成的心思她一直是读得懂的，婆婆临终前她没有赶上见最后一面，他有点儿耿耿于怀，眼下岳父病了，他不想傅雪莲将来有遗憾。

晚上，英子写完作业，乖乖上床睡了。傅雪莲就把许红军戎马征战的革命经历，娓娓道来地讲给大成听，大成感动得眼圈发红，终于同意他去大连了。她紧紧抱住大成说："老公，我爱你！"

大成说："媳妇你多久没这么煽情了。"傅雪莲朝他伸出手："不能白煽情，给我一千块钱，支持我的路费。"

大成一边掏钱一边唠叨："我说没这么好的事呢，你再干几年社区书记，咱家都得让你折腾穷了不可。"

傅雪莲说："当年长征时成千上万的红军战士牺牲了，很多都是十五六岁，连名字都没留下，和他们比咱们这点儿牺牲不算什么……"

傅雪莲将准备去大连找严长水老人的事告诉了王菊和曲小美，让她们多上心把工作安排好。曲小美欣然答应："要是找到许红军的档案，党籍就可以恢复。雪莲姐你可是立了大功。"

杨毅业余时间打篮球，把鼻子撞伤了。陆凡的母亲身体一直不好，最近又有些痴呆，原计划是要去北京检查，但他执意要陪傅雪莲一起去。傅雪莲也知道大家都忙，就坚持自己一个人去大连。

为此，王菊又和袁梅背后嘀咕："雪莲又要玩花样儿，拿公款去旅游？"袁梅说："不会吧，据我所知，费用都是雪莲自己掏腰包的。"王菊诧异地看着袁梅，心想袁梅什么时候开始向着傅雪莲说话了。

高铁客车在广袤的田野上驰骋。傅雪莲靠在车窗前，却无心欣赏沿途的风景。到了大连，出了高铁站，她打出租车直奔海边的干休所。

门岗战士警惕地问她的名字，要找谁？她如实回答，恨不得马上见到严长水。但令她失望的是，站岗战士告诉她，严长水不住在这里，大连的干休所有十几个，大部分在星海公园、付家庄、小平岛、旅顺……

傅雪莲听得发愁。她谢过门岗战士转身就走。眼看天黑了，华灯璀璨，她突然觉得很饿，中午就没顾得上吃饭。她走进一个小饭馆，买了一碗面。然后她找了一个小旅社住下，一进屋就累得躺在床上。

刚要睡着，手机又响了，竟然是好消息！电话是许丽莎打来的。许丽莎告诉傅雪莲说："今天我接到严长水的儿子打来的电话，说去年老人搬到旅顺的干休所了，我把新地址发给你。要不要我过去陪你一起找？"傅雪莲激动得差点跳起来，说不用，她自己去。

次日清晨，傅雪莲直奔旅顺。克制住"踏破铁鞋无觅处"的欣喜，走进了严长水老人的家，一位慈眉善目的老奶奶把她引进客厅，她看到坐在轮椅上的一位满头白发的老先生，正在闭目养神。

老奶奶看着老人，话却是说给傅雪莲听："这就是我的老伴严长水，今年九十三了，三年前他就患上老年痴呆，什么都记不得了。"

这对傅雪莲无疑是个打击，她强装镇定，看着挂在墙上的大镜框，里面有老人年轻时和战友的合影，但年代久远也认不出谁是谁了，更别说找到许红军了。

傅雪莲失望地返程。前来接站的许丽莎安慰她说："雪莲书记，我已经非常感激你了。这么多年，我也利用我的资源寻找，都失败了。说实话，我这亲孙女都没有像你这么上心。太感谢你了。"

傅雪莲忙说："不用客气。这也是我们的工作。我很理解许爷爷丢失了党组织关系的心情。"许导表示，等再找到线索，一定马上联系她。

社区的活动室里，传出悦耳的音乐声，吸引了不少居民进来看热闹。原来是袁梅组织社区喜欢舞蹈的中老年女性在活动室排练歌伴舞《我和我的祖国》。大姐、大妈们身着艳丽的服装，在袁梅的指导下，跳得格外投入。

曲小美知道傅雪莲心情不好，就拉她过来一起观看。袁梅招呼大家停一停，说："咱们傅雪莲书记来社区之前，是市歌舞团的著名舞蹈演员、副团长，我们请她给大家跳一段，怎么样？"袁梅话落，现场立刻掌声如雷。

傅雪莲一看也无法推辞了，只好走进场内，翩翩起舞，一招一式都如行云流水，美得不可思议，把大家都看傻了。傅雪莲刚跳完，手机就响了。

傅雪莲走到屋外接电话，脸色一下变了。电话是检察院打来的，核对了她的姓名和大成的关系之后，通知她赵大成因涉嫌职务犯罪、私挪公款已被拘捕……傅雪莲眼前一黑，差点儿晕倒在地。

傅雪莲快步走出社区居委会，边走边给大飞打电话，大飞的手机也关机了。她赶到检察院打听，这才知道了来龙去脉。

原来，大飞跟所谓的朋友合伙开了一个电商小公司，帮客户介绍重庆火锅加盟店，比正规渠道便宜十几万就可以加盟。合伙哥们儿要大飞和他对半投资一百万，大飞卖了自己房子，还差三十万，于是就求大成想办法，大成被逼无奈，私自挪用了银行的存款。大成叮嘱大飞，这钱一定要在几天内还上。大飞赌咒发誓，几天后就还上。

大飞没有想到，他的所谓好哥们儿携款跑路了，逃到了境外。起营业执照的时候，写的是大飞的名字。大飞百口莫辩。

傅雪莲到看守所探视，见到穿着号服的大成，尽管很心疼他，但开口还是有些埋怨，说："大成，你怎么这么糊涂，你把自己害了！"

大成痛哭流涕地说："事情到了这一步，说什么都晚了。雪莲，我对不起你，也对不起孩子，如果我判个十年八年，你就别等我了。"

傅雪莲说："你好好认罪，争取宽大处理，我会等你的！"

傅雪莲开始为大成的事四处奔跑，她找到陈律师咨询。陈律师一本正经地说："如果认罪态度良好，主动还钱，最多判处三年到五年的徒刑。就看你手头有没有这么多的钱？"傅雪莲说："就是砸锅卖铁，也要还银行的钱。"

傅雪莲把大成的车卖了，又卖了自己的金项链和手镯，那都是结婚时婆婆送给她的礼物。这才凑齐十五万，父母拿出五万，纪警官和牛大妈听说后分别给借来七万和三万，还清了挪用款。大成被判了三年徒刑，转入监狱服刑。

傅雪莲去探监，见到神情落寞的大成。大成说："你不要来看我了，我是咎由自取，没脸见你和咱们的闺女。你把英子照顾好，我就别无所求了。"

傅雪莲安慰他说："你安心改造，争取减刑早日出狱。"探视时间到了，大成冷漠地离去。怔怔地看着他的背影，傅雪莲的心揪揪地疼。

回到冷清清的家，看着她和大成、英子一家三口的合影，傅雪莲再也控制不住地放声痛哭起来。英子放学回来了，她忙掩饰起来。

吃饭时，英子问她："妈妈，爸爸去哪儿了，怎么好几天都不回家？"她强颜欢笑："英子，想爸爸了吧？爸爸到外地学习了！"

时光荏苒，冬天到了，英子又问她："爸爸怎么还不回来，他不喜欢我和妈妈了吗？"傅雪莲劝慰地说："谁说爸爸不喜欢我们，他被公司派到国外办理业务了。"

渐渐地，日子一天天走过，英子似懂非懂地感觉到傅雪莲有难言之隐，就不再打听了，变得很听话，学习也认真了，还拿回了奖状。孤独的傅雪莲感到一丝安慰。

秋天很快就到了，街道上落叶飘零。

上班的时候，傅雪莲听袁梅说空巢老人徐奶奶病了，身边没有亲人，因为她的女儿去外地探亲。傅雪莲亲自熬了鸡汤给徐奶奶送去，这让徐奶奶很是感动。

徐奶奶的女儿事后知道了，从外地特意打电话给傅雪莲，对她表示感谢，并说："雪莲书记，要是能在社区开一个老人食堂就解决大问题了。"

傅雪莲说："你这个建议很好，我和大家研究一下。"

街道党委书记李健其实对傅雪莲一直是关心的，他担心她因大成的事情绪受影响，就来社区看看。一进社区，看到傅雪莲一如既往地热情工作，就放心了。傅雪莲把他请进办公室，曲小美泡了茶送进来，傅雪莲就和他讲了办老年食堂的想法。

李健一听就叫好，说："这个想法好啊，我支持，一定要办好，解决社区老年人的吃饭难问题。"

傅雪莲部署网格员下户统计做饭困难的老人有多少？然后报上数字，可以考虑食堂规模。王菊说："社区现有的活动场所都占用了，哪里还有空间办食堂？"

曲小美说："老人食堂一定选一个安全敞亮的场所，方便老人的出入。"傅雪莲让大家都去寻找场地，回来汇总。

小柯来看傅雪莲，他穿戴整齐，整个人变得有朝气了。傅雪莲差一点儿没认出他来。他见她愣愣地，就笑着说："雪莲姐，怎么你不认识我啦？我就是让你操心的小柯呀！"傅雪莲这才欣慰地笑了，请小柯进屋坐。小柯告诉她，自己找到工作了。

她问他："找到啥工作了？"

小柯回答："我现在是在一家房屋中介上班，有租房的、有卖房的，还有买二手房的，我干得挺带劲儿的，经理夸我好几次了！"

傅雪莲问："真干得这么好吗？"

小柯说："我的业绩越来越好，工作中我不偷懒耍滑，和同事的关系融洽。今天是我发工资的日子，我想请你出去吃个饭，赏光吧！”

傅雪莲欣然答应。两个人就去了社区附近的一家餐馆。点了几个菜，趁小柯上卫生间的间隙，她把账结清了。

小柯兴奋地说着他要好好干，多赚些钱给母亲治病，让她安享晚年。傅雪莲连声说好，鼓励他做出成绩来。聊天中，她说社区要开老人食堂，就是没有找到合适场地，不能离开社区的附近，社区坐落在辖区中心，各个小区需要来就餐的老人都很方便。

小柯说：“雪莲姐，我还是叫你姐比较顺嘴儿，这房子的事就交给我吧，我是干中介的，房源我都门儿清，找个合适的房子不困难！”

傅雪莲说：“太谢谢你了，房子要是找到了，这老年食堂就办起来了。对了，你一定要好好上班，开办老年食堂的地方你留点儿心就行，可不要耽误了你的工作，我们社工也在积极寻找。”

看着小柯的变化，傅雪莲感到很欣慰，两个人以茶代酒碰杯，目光中都闪烁着兴奋的光芒。

社区公众号公开征集居民意见，赞同开办老人食堂的家庭在问卷调查栏里画钩，并讲出自家的困难需求。杨毅很快就收到近百位居民的反馈。

有一位七十多岁的阿姨在问卷中写道：“我每天要照顾罹患阿尔茨海默症的老伴儿，自己身体也患有几种老年病，但根本没有时间顾及自己，每天都要领着老伴儿去菜市场买菜，回家再做三餐，都快撑不住了。要是家门口有食堂可以解决吃饭难，居委会可是办了件大好事。”

在整个社区里，像这样的家庭还有不少。傅雪莲既同情又焦急，盼着尽快找到合适的房子。下班前，她召开社工例会，专题讨论老年食堂的地址问题。社工们汇报自己寻找房子的结果，可都不理想，不是离社区太远，就是场地太小，还有的租金贵，社区无法接受。

大家正说得热闹，牛大妈来了，说要旁听会议。傅雪莲热情地说："既然来了，就说说您的想法？"牛大妈推辞说："我都退了一年多了，说不到点上，我就是想听听，社区的事我还是很关注的。"

傅雪莲说："牛大妈，您就别客气了，您在我的心里永远是普宁社区居委会的书记。"

牛大妈说："那我说两句，说得不对，大家都别往心里去。我这么想的，办老人食堂就要选一个好厨子，人品正，手艺也好，因为来吃饭的都是老年人，牙口不好，还要注意营养搭配……"大家频频点头，认为牛大妈说得对。

这时，许红军老人拄着拐杖进来了，傅雪莲迎了上去，问："许爷爷，您找我有事吗？档案如果有下落了，我一定马上去您家报信儿！"

许红军摆手："雪莲书记，我不是为档案的事来的，听说社区要办食堂，这可是大好事啊，以后我也到食堂吃饭。"

傅雪莲满口答应，承诺他说社区居委会会尽快办起老人食堂。

周末，傅雪莲带领社区志愿者下户服务，纪警官带着他的新婚妻子唐茉莉也出现在志愿者的队伍里。

纪警官把唐茉莉介绍给傅雪莲。唐茉莉饶有兴趣地看着傅雪莲，说："纪先生和我讲了你的好多故事，为你点赞！"

唐茉莉是急救中心医生，她告诉傅雪莲，自己从上大学的时候就喜欢参加公益活动，她和纪警官就是在一次志愿活动中相识的。结婚后，这还是第一次参加社区的志愿者活动。

纪警官对社区的情况熟悉，但还是服从傅雪莲的分配，傅雪莲就让他带唐茉莉去几家独居老人的家义务量血压。傅雪莲凝望这对年轻夫妻渐渐远去的背影，眼里充满了感动。

志愿者的队伍里，有一个叫小楠的女孩，是一家小发廊的店主。傅雪莲常找她做头发。两个人熟了之后，小楠就要求做社区志愿者，说自己从乡下刚到这个城市，两眼一抹黑，是社区干部帮她找人家做保姆，后来又介绍她去上美容学校，才自主创业开了这家生意不错的美发店，她是很感恩的。

傅雪莲告诉小楠，空巢老人徐奶奶胳膊疼得抬不起来，无法洗头，小楠就说："这好办，我去给徐奶奶连洗头带剪发。"第二天，头发剪短了的徐奶奶到社区晒太阳，就向陆凡夸小楠姑娘人漂亮，心眼儿好，手艺也好。

第二天，小楠的小店生意红火，大妈们结伴到她的小店里找她剪头烫头。

中午休息时，曲小美请傅雪莲到一家馄饨小店吃饭。这家店坐落在火神庙小区，女店主认识傅雪莲，一见她进来，就热情地打招呼："雪莲书记，去年你刚来社区就为修这条烂路跑细了腿，现在政府出钱修好了，这儿的居民可感谢你呢！"

傅雪莲说："大姐，这是我应该做的，要不然还要我这个书记干啥？！"

女店主眉开眼笑地说："今天你一定要尝尝我这儿的馄饨，大骨熬的老汤，肉馅都是新鲜的，保你吃这顿想下顿！"

曲小美说："今天是我请客，钱必须给的，要不然，我们书记吃不下的！"

女店主说："我就知道，雪莲书记廉洁奉公，两袖清风！好，你们姐儿俩聊着，我去煮馄饨了，加鸡蛋吗？"

曲小美："加，一人一个！"工夫不大，馄饨很快端上了桌，傅雪莲尝了一口，说："真香！"曲小美却没动筷子，盯着傅雪莲，目光里充满怜惜。

傅雪莲问她："你想说啥？"曲小美问道："咱俩是朋友吗？"

傅雪莲笑了，问：“哈哈，怎么，你要抛弃我？”

曲小美说：“那我问你，家里出事了吗，还是姐夫做了对不起你的事？”

傅雪莲掩饰自己说：“没事儿，大成最近在银行接了一个项目，每天忙到半夜回家，哪有时间来找我。”

曲小美疑惑地看着她：“你说的是实话吗？要是真有事，你和我倾诉，别一个人扛着，看着你瘦了好多，我心疼。”

傅雪莲紧紧握住曲小美的手，说不出话，只是用力在手上握了握。

房屋中介公司，店长一脸兴奋地跟员工们宣布：“这个月我们店的业绩在连锁店里排名第一，特别提出表扬的是小柯，他进步很快，这个月的业绩排名第二。所以，我请大家到外面撮一顿，吃火锅！”小柯受宠若惊。

其实小柯根本不知道，傅雪莲得知小柯来到这家房屋中介的第二天，就悄悄找了店长，叮嘱他多鼓励小柯。

在火锅店，小柯撞见大飞在和几个人喝酒。大飞醉醺醺地说：“我被哥们儿害得倾家荡产，连唯一的亲哥都卷进去了，眼下在监狱里吃牢饭，我嫂子那是多好的女人，如今守活寡。”有人问：“你嫂子是干什么的？”

大飞竖起大拇指说：“我嫂子以前是舞蹈演员，傅雪莲，可有名了。现在是社区书记兼社区主任，响当当的一把手。”

小柯忍不住了，冲到大飞的跟前，一把揪住大飞的衣领，问他：“你的话当真？”店长忙冲过来，示意小柯不要胡闹。

大飞带着醉意说：“我要是有半句谎话出门就被车撞死。你是谁呀？”

在店长的阻拦下，小柯松开了他的衣领，说：“你管我是谁呢！我问你，是不是你骗了大成哥？傅雪莲是你嫂子？好，我告诉你，谁欺负雪莲姐，我就跟他死磕！”

# 第二十一章

傅雪莲一早来到社区居委会，看见办公桌上有一份热乎乎的早点，问王菊："这是谁的？"王菊说："是那个劳改犯小柯买给你的，他可真是重新做人啦。"傅雪莲看着早点说："这个小柯，我吃过了，这不浪费了嘛！"

王菊拿起那早点说："我拿给陆凡吃吧，他是大胃王。"

次日，傅雪莲的办公桌上又放了一罐蛋白粉。曲小美告诉她是小柯送来的。傅雪莲说："嘿，这孩子，又给我送什么蛋白粉？"

手机响了，傅雪莲拿起手机，里面传出英子的声音："妈妈……"傅雪莲惊讶地问："英子，你找我干吗？妈妈在上班呢。哎不对，你怎么没去上学？"英子说："我刚要去上学，姥姥就晕倒了，你快回家看看吧！"

傅雪莲说："英子，别着急，妈妈马上就回家。"她和曲小美交代了一下工作，就匆匆地回了家。

母亲高血压犯了，傅雪莲要带她去医院看病，母亲却说："没那么严重，英子懂事了，背着我给你打电话。我刚吃了降压药，睡一会儿就好了。你快送英子上学去，别耽误了功课。"

有人敲门，傅雪莲开门不由一愣，小柯拎着水果和牛奶站在门口。她说："小柯，你怎么来了？"

小柯说："雪莲姐，我不进去了，说两句话就走。"

傅雪莲轻轻掩上门，就站在楼道和小柯说话。小柯说："我去社区找你，是小美姐告诉我大娘病了，我就过来了。大娘怎样了？"傅雪莲说："小何，你的心意我领了，东西我不能要。对了，小柯，我的生活不必你担心，你才找到工作，照顾好你的母亲就好。"

小柯说："雪莲姐，这也是我母亲的心意，她总嘱咐我要感谢你。"傅雪莲自顾点击手机，小柯听见他的手机响了一下。傅雪莲说："我发的微信，还你的早点和蛋白粉的钱。你现在哪有钱啊！"小柯说："雪莲姐，收下吧，这是我的一点儿心意。"她说："你的心意我领了，但钱一定要给你。"小柯说："雪莲姐，你太辛苦了，我只是想帮你做点儿什么。"

傅雪莲说："我挺好，不必你费心了，你还是把精力放在工作上，再不要走回头路了。"小柯苦笑着说："你说话就像是监狱管教对犯人的口气，这么不信任我，我还怎么重新做人？我不是毛头孩子了。"

傅雪莲也笑了："你这孩子，哈哈，你说得也有道理，我虚心接受。"

火神庙小区的小花园，聚集的人比往日要多。肖大茂看见几位大妈交头接耳议论着什么。他停步倾听。

"没想到傅雪莲利用工作之便搞姐弟恋，大成摊上事儿进去了，这才几天啊就守不住寂寞了……"

"老姐姐，傅雪莲和谁姐弟恋啊？"

"就是那刚从里面放出来没多久的小柯，听说他比傅雪莲小十来岁呢。啧啧，这不是老牛吃嫩草嘛！"

"这种女人就不配当社区书记！"

徐奶奶看不下去了，为傅雪莲打抱不平，说："你们老姐儿俩闲得难受，编派这种下三烂的谣言，到底和傅雪莲有多大的仇啊？”

那位大妈表情讪讪地数落徐奶奶说：“你老糊涂了，傅雪莲不就送你去趟医院看病吗，就那么袒护她？”

曲小美路过这里，忍不住上前插话道：“二位大妈，造谣诽谤可是要负法律责任的，雪莲书记为社区做了那么多的好事，你们不感谢就算了，还在背后泼脏水？”大妈们面色有些尴尬。那位大妈说：“我们也不过是听说，没这事更好！聊天嘛，别当真。”说着就匆匆走了。

肖大茂凑近曲小美，说：“小曲妹子，你这么凶干吗？还不许群众说话了，社工是为老百姓服务的，你可倒好，一剑封喉！”

曲小美生气地说：“她们说的是什么？散布谣言，给傅书记泼脏水！”

肖大茂嬉皮笑脸地说：“无风不起浪，傅雪莲那么漂亮，搞个姐弟恋也不稀奇哈！”

曲小美说：“你再胡说八道，我就找纪警官，让你当着他的面再说一遍！”

肖大茂撇嘴皱眉说：“哎哟，曲大小姐，你可吓死宝宝了。哼，你少拿警察吓唬我，我肖大茂从来不怕警察！”

小柯在房屋中介公司给一位急需租房的客户找到了理想的房源，客户为表示感谢，送了他两张来自欧洲的一家现代舞蹈团的演出票。

小柯喜出望外，直接跑到社区给傅雪莲送来了。一进门就撞上了曲小美。小柯问：“曲姐，雪莲姐呢？”

曲小美见着小柯就来气了，说：“小柯，你是不是太闲了，为啥总来居委会？她是社区书记，你总来纠缠，会给她带来负面影响，你想过吗？”

小柯蒙圈了，他从未想过这个问题，反而觉得曲小美是鄙视他，还用老眼光对待他。他说："雪莲姐是我的恩人，我感谢她关心她，这又有什么错？你也是社工，怎么黑白不分冤枉好人呢，我看你当社工就不合格！"

曲小美说："我不允许你由着性子，践踏雪莲姐的清白！"

傅雪莲从街道办开会回来，一进院子就听见曲小美和小柯在争吵，小柯气得走了。傅雪莲拉住曲小美往屋子里走，曲小美正在气头上，说："雪莲姐，你拉我干啥，这个小柯我就得教训教训他！"傅雪莲笑了，说："小柯没有恶意，你不该和他吵架。"

曲小美怔怔地看傅雪莲说："雪莲姐，我是为了保护你啊，你怎么不懂我的心？要是这么憋屈，我立马就辞职！"

第二天，曲小美还真的写了一封辞职信，顺着门缝就塞进傅雪莲的办公室，转身回去就收拾东西，这班也就不上了。

傅雪莲进屋发现了辞职信，叫来陆凡和杨毅。她问杨毅："小美来上班了吗？"杨毅答："说是来交辞职信的，然后收拾了东西就走了。"

陆凡说："我觉得小美是在赌气，不是真辞职！"傅雪莲说："我昨天批评曲小美，话说得重了一些，让小美伤心了，我检讨。"

杨毅难过地说："可小美是真的辞职了呀！"傅雪莲说："我还没批准她辞职呢，这样吧，我看你们仨平时的关系就很好，我拜托你俩做一做小美的工作，劝她留下来。"

陆凡说："这工作咋做？干巴巴地讲道理，我们俩绑一块儿也不是她的对手！"傅雪莲说："你们先干活，晚上请小美吃饭，我负责买单。"

晚上下了班，杨毅约上曲小美来到一家生意红火的火锅店，杨毅偷偷地给傅雪莲发了微信：搞定，火锅店不见不散。

曲小美见陆凡也来了，就问杨毅："不是你请我吃饭吗，怎么陆凡也来了？"杨毅说："人多吃饭热闹。"他们三人在一起，无须暖场，调侃逗趣的气氛就无缝对接。

杨毅给她拿来调料，问她要不要辣椒？她回答：“一点儿就好！”

曲小美问：“今天是谁买单啊？”

“谁也不用，我请客！”曲小美愣了，是傅雪莲站在面前。

“雪莲书记，你怎么来了？”杨毅假装很吃惊。

傅雪莲笑着说：“我怎么不能来？我也想和你们凑一凑热闹！不许叫书记，叫姐。”陆凡站起身，请傅雪莲坐在自己身边，正和曲小美坐对面。曲小美有些不自在。

杨毅说：“雪莲姐，今儿你也破例喝一杯！”傅雪莲说：“好，我也喝一杯！敬你们！”陆凡说：“小美，你不是最擅长喝啤酒吗？雪莲姐都来陪你了，你还不喝点儿？”说着就给她倒啤酒，曲小美不好拒绝，只好让他倒酒。

傅雪莲主动和曲小美碰杯：“小美，都是我说话冲了点儿，你别生我的气。”

曲小美说：“干吗生气，我都辞职了，也不再受累不讨好了！”

傅雪莲说：“好妹妹，好了，我知道你是为我好，辞职的事就当没发生。来，姐姐向你道歉……”

曲小美却笑了说：“其实我也没打算辞职，就是一时的气话。你是没听见，社区那些人怎么埋汰你吗？说你老牛吃嫩草！小柯还不避嫌，没事就往社区跑，我能不着急吗？再说，雪莲姐，你得爱护好自己的羽毛，我不允许那些风言风语侮辱你……”

傅雪莲感激地说：“小美，是姐对不起你，姐知道你对我好。但姐相信，谣言不攻自破，早晚会水落石出。相信姐啊……”

曲小美的郁闷消除了。傅雪莲提议道：“大家干一个！”四个人的杯子碰撞在一起，发出清脆的响声。

这天，陈律师打电话约傅雪莲，说有重要的事儿，傅雪莲如约而至来到咖啡厅。一见面，陈律师就直奔主题：“你丈夫大成的案情比较重，上诉也不会有胜算，大飞之所以没有判刑，看守所待了三月被放出来，是因他不是主犯，主犯携巨款逃到泰国，目前正在联合境外警察进行追捕。”

傅雪莲像被冷水泼透了全身，陈律师上前抱住了她，她战栗着推开他。

傅雪莲说：“老同学，你能不能帮我找出对大成的案情有力的证据？我不能接受大成要在监狱里待几年的事实，他那么老实，从没做过伤害别人的事。”陈律师又要抱她，她又把他推开了，警告他说，“凯丰，请你放尊重一点儿，你这是乘人之危，再这样我马上就走！”

陈律师说：“对不起，雪莲，我一见到你就特别激动，我上大学时就爱上你了，那时你是歌舞团的领舞，我是大学的外联部长，在一次青年文艺会演中我与你邂逅。我几年前就离婚了……”

傅雪莲说：“老同学，你跑题了，你如果不是叫我来谈我丈夫的案情，而是谈你的私生活，对不起，我真的没有兴趣。”

陈律师说：“大成的案情确实证据充分，减刑和上诉的胜算不大，你要做好思想准备。不过，不过我想呢，你应该重新考虑一下你的婚姻，而我的条件可以说是优越的，如果你接受我，我会给你幸福的，雪莲！”

傅雪莲说：“既然你说上诉没有胜算，那就让大成在里面安心服刑吧！至于我的婚姻，就不劳你费心了！”

中午，李芳芳来看牛大妈。老冯端上水果，问她：“今天怎么有空过来？”

李芳芳拿起一个苹果啃，又问牛大妈：“我听说傅雪莲又有麻烦啦？”

牛大妈说："唉，外面都在传，傅雪莲和小柯搞姐弟恋，说得有鼻子有眼的！"李芳芳问："还真有这事儿啊？真想不到这傅雪莲也太风流了。"

牛大妈叹口气："啥真事儿，这是有人跟傅雪莲过不去，故意诋毁她的形象，你别跟着人云亦云，管好你自己就好了。"

李芳芳说："大姨，小柯现在对傅雪莲猛献殷勤，就单纯出于感激吗？现在姐弟恋算个啥，老大妈和比自己小二十多的小伙子结婚领证的，也不新鲜！"

牛大妈说："越说越不像话，我看傅雪莲不会喜欢小鲜肉的。但是听说她和一个律师总是接触。那男的好像是看上傅雪莲了。可别出什么事儿啊。"

老冯突然插嘴："你们在家八卦傅雪莲就算了，千万不要在外面胡说八道。"牛大妈说："我这也是关心雪莲，既不知道发生了什么，也不知道能帮她做点儿什么。"

周末这天，傅雪莲在社区值班，老冯就让牛大妈做了饭给英子送去。牛大妈说："咱是应该帮雪莲照看一下英子，可不知道她家住哪儿啊？"

老冯说："亏你当了那么多年的书记，先给傅雪莲打个电话，问清楚孩子在不在家。"牛大妈听了老冯的主意，就先给傅雪莲打了电话，说自己想去看看英子，还做了孩子喜欢吃的红烧排骨、西红柿炒鸡蛋。

往事历历在目，傅雪莲想起第一次和牛大妈认识，就是追捕小柯，接着就是牛大妈去歌舞团要求高团长撤自己的职务。如今牛大妈由对自己的疾恶如仇到带着亲情和友谊的关爱，她忍不住喜极而泣。

傅雪莲给英子打了电话，说一会儿有一位牛姥姥要到咱家去，你请她进屋，要热情有礼貌。英子懂事地答应。

牛大妈摁响了门铃，就听到里面传出一个甜甜的童音儿："您是牛姥姥吗？”“我是牛姥姥，以前和你妈妈一样，也是社区书记！”

门“咣当”一声打开了，牛大妈满脸微笑地站在门口。牛大妈一下子喜欢上了乖巧可爱的英子。从这天起，牛大妈就隔三岔五地来帮傅雪莲照看英子，辅导英子写作业，洗英子穿脏了的衣服。傅雪莲既感动又感激。

社工们下户，居民也都关心傅雪莲的私生活，有的好奇直接问，有的则很委婉地说，傅雪莲的私生活难道真的像外面谣传那么混乱吗，难道真的老牛吃嫩草吗？杨毅和陆凡态度坚决地辟谣。曲小美更是义愤填膺，说要对造谣的人绳之以法。袁梅推诿说自己不清楚，王菊则摆出一副事不关己的态度，说傅雪莲的丈夫正在服刑，别的事儿我就不知道了。

肖大茂趁机给街道办写举报信，说傅雪莲的生活作风腐化，乱搞男女关系，不适合当社区书记了，居民强烈要求罢免等等。

傅雪莲接到党委书记李健的电话，要和她谈谈。面对李健，傅雪莲感到委屈和无辜，自己每天都是开足马力地工作，可结果却令她如此心寒。她说：“清者自清，脚正不怕鞋歪。我对投诉内容不想解释。因为一切都是莫须有，诋毁我个人的名誉是小事，但是让居民失去对我的信任，才是最可怕的。”

李健相信自己的判断，他说：“街道党委信任你，我也相信你不会忘记自己是一个党员，会用党的纪律和标准要求自己的工作和生活的。”

傅雪莲抑制住自己的情绪，说：“谢谢李书记您的信任。”

李健说：“对诬告举报的，我们还真得查一查都是些什么人。是别有用心，还是捕风捉影？绝不容许他们胡说八道……”

傅雪莲说：“李书记，您别生气。社区大多数居民的素质还是很高的，就是个别人因为一些小事解决的结果没让他们满意，于是就产生了负面情绪，甚至是打击报复，常常对我们社区干部搞一些人身攻击。没事，我们都习惯了，抗压能力超强！您放心吧。”

李健钦佩地点头。

大飞去监狱探监。大成面无表情地听了大飞对自己的忏悔，一句安慰话都懒得说。大飞心慌了，说：“哥，你这样子比打我骂我还让我难受，你倒是说句话呀！”

大成终于开口，说道：“我怎么有你这么个弟弟呀！我的人生都被你毁了，也把你嫂子害了，我最对不起的人就是她！”

大飞接了一句："我也对不起嫂子，要不是因为我，我嫂子她不会总被人欺负……"

大成吃一惊："你嫂子怎么啦？"大飞自觉说漏了嘴："没怎么……"大成看出大飞是在刻意隐瞒，追问道："你快说，要不然，我死都不原谅你！"

大飞说："至于吗？就是我嫂子被人恶语中伤了。"

大成怒问："为什么？"

大飞说："我嫂子太善良，对那个叫小柯的小毛贼太好了，他出来后，我嫂子总去小柯家送温暖，还给他找工作。"

大成说："这我知道，说我进来之后的事。"大飞说："小柯对我嫂子可热乎了，整天上社区黏着我嫂子，还有陈律师也对我嫂子不怀好意！我恨我自己，都是我惹的祸，把好好的一个家给拆散了。"

大成顿时愣住了。大飞也突然觉得自己也没搞清楚是怎么回事，这些话是不该说。警察说探视时间到了，催促他快走。

由此，产生误会的大成就破罐子破摔了，一向老实巴交的他，因反抗同一监室的"狱霸"的欺辱，和对方厮打在一起，被关了禁闭室。

傅雪莲来探监，一如往常地温柔，大成却十分冷淡。傅雪莲说："英子长高了，学习进步多了。她特别想你。"大成听了，冷冷地说："雪莲，咱们离婚吧，你还年轻，再找一个比我好的。英子你先带着，等我出去就归我抚养吧。后爹比后娘更可怕！"

傅雪莲气得想把对话的玻璃窗敲碎了，她对大成说："你听好了，要是离婚也是我先提，你没有这个资格！"

大成一时脑子没转过弯来："我怎么就没资格了？"

傅雪莲说："因为你欠我和孩子太多了，你得还我们！你也休想离婚！"

傅雪莲坐在回城的公交车上，脑海里回放着和大成对话的片段。她想大成要离婚的原因，八成是听到她的“绯闻”误会了。这时，纪警官打来电话问：“雪莲，赵大飞是你的小叔子吗？”

“是我小叔子，怎么，他又犯事儿啦？”她着急地问。纪警官说：“你马上来领人，他把人给打了。”傅雪莲下了公交车，几乎是跑步赶到派出所，她惊讶地得知，大飞打的竟是李芳芳的新男友。

傅雪莲问纪警官：“李芳芳怎么会和大飞搅和在一起？”

李芳芳把一肚子的怒气撒到傅雪莲身上：“谁愿意和你们搅和在一起？！傅雪莲，你知不知道，你的小叔子就是流氓……”

纪警官把傅雪莲拉到一旁，说：“据大飞陈述，中午他在餐馆吃饭，听到邻桌一对男女在闲聊，女的，哦，就是李芳芳，她在说你的……绯闻，大飞冲过去就和李芳芳理论。她的男友护着李芳芳，先动手打了大飞。都在火头上，大飞一气之下把李芳芳的男友给打了。后来就闹到了派出所。”

傅雪莲走过去对李芳芳说：“芳芳，大飞打伤你的朋友，是大飞不对。我来负责医药费。另外，芳芳，我们从小一起长大，你对我有意见，直接和我讲，何必说给外人听？”

李芳芳心虚理亏地说：“雪莲，我不跟你计较，要不然大飞就得和他哥哥一样……进监狱去！”说完，领着男友撤了。傅雪莲听着李芳芳这刻薄的话，看着她离去，心里很不是滋味。

在傅雪莲的担保下，派出所同意释放了大飞。二人走出派出所，傅雪莲对大飞说：“大飞啊，你哥现在大牢里，英子失去了爸爸，你凡事谨慎点儿。”大飞后悔不已地说：“嫂子，千错万错，都是我的错，我大飞再不好好做人，就再也不见你和我哥了，更不配当英子的叔叔！”

傅雪莲说：“大飞，你也别自责了，就是注意别和人家吵架动手的。清者自清，相信嫂子吧。”大飞点点头。看着大飞离去，傅雪莲心里又是一阵说不出的难受。是啊，她太难了。

经过治疗，傅雪莲父亲的脑血栓基本康复了。这天，傅雪莲去接父亲出院回家，母亲特意做了几个菜，庆祝老伴儿康复。父亲刚要喝酒，就被母亲抢下酒瓶："你的病不能喝酒！"父亲叹气："要是大成在该多好！我就喜欢和大成喝酒！"

傅雪莲和母亲面面相觑。傅雪莲哽咽着说："等他出来，再陪您喝酒！"父亲说："闺女啊，大成是好人，就是一时糊涂，你要相信他。"傅雪莲点头说："谢谢老爸的理解。"

第二天是周末，英子闹着要住在姥姥家。母亲也想留英子住一宿。母亲说："现在大成在里面，你这个当嫂子的就得把家撑起来。"傅雪莲一边看着社区日志本，一边问母亲："您说怎么撑？"

母亲说："当务之急是要给你小叔子大飞找一个正经工作。"

傅雪莲放下本子，说："老太太，您说得对呀，我怎么就没想到呢！"

母亲又气又笑地说："别叫我老太太，我还没老呢！"

正巧莎莎打电话给傅雪莲，说她刚从英国回来探亲，想请雪莲书记去她家里做客，品尝她的英式下午茶。傅雪莲客气推辞，可莎莎的言辞恳切，就带着曲小美一起赴约。她问曲小美："什么叫英式下午茶？"

曲小美笑她枉为了舞蹈家的名号。傅雪莲说："别老拿舞蹈家说事儿，我现在是社区书记！"曲小美笑了，告诉她："下午茶本来是英法一些国家上流社会名媛们生活沿袭下来的，在自家花园里聚集在一起品尝香茶和点心，因为是在下午，所以就叫下午茶，也是一种社交礼仪。如今下午茶在中国也很流行，大多是在咖啡馆里或是酒店里。有些小资情调的女人喜欢在家里举行下午茶，刷优越感。"

傅雪莲其实也是个时尚人，这些她是懂得。像莎莎这样的富家女，在家里搞下午茶太符合她的身份和性格了。赴约之前，她和曲小美也特意打扮一番，妥妥的两个高颜值美女。

莎莎家的客厅里，铺了台布的桌上，摆了十来个小点心，英国带回来的考究茶具，香浓红茶和牛奶。莎莎给傅雪莲和曲小美倒茶。午后的阳光洒进房间，傅雪莲感觉好久没有这么安逸了。

喝茶聊天时，莎莎的父亲黄粤生回来了，见到傅雪莲，关心地问："傅书记，现在还有人找你麻烦吗？"傅雪莲知道他指的是因物业竞选她被人举报的事，笑着说："没有事了。"黄粤生说："社区有你这样的好书记，是居民的福气啦。今后生活上有啥困难，就来找我啦，看能不能帮上忙，别客气啦！"

傅雪莲忽然想到大飞的事儿，犹豫了一下，不好意思地说："黄总，还真有一件事，您能帮我一个忙吗？"黄粤生恳切地说："你说吧！"

傅雪莲不好意思地说："我想请您帮我的小叔子找一个工作，他……会开车。"黄粤生笑了，说："没问题啦。我有个很铁的朋友是物流公司的老板啦，正缺人手，你小叔子要是愿意，我打个电话介绍他去试一试啦！"

傅雪莲对黄粤生表示感谢。莎莎过来请傅雪莲过去喝茶吃点心，黄粤生看着莎莎，感慨地说："雪莲书记，要不是你在楼顶救了莎莎，她早就香消玉殒啦！"

没过几天，傅雪莲就接到大飞的电话，说他已经正式到物流公司上班，老板很看好他，让他专门负责给大公司送货。

大成从大飞的信中得知这一切，一下子消除了对傅雪莲的猜忌，同时涌上心头的是感激和愧疚。狱警都惊讶他仿佛一夜之间变了一个人似的，再也不是生无可念的颓废模样，而是精神振作劳动积极。此后，大成不断受到监狱的表扬。

普宁社区居委会辖区的市医院是社区"共建单位"，每次社区开展为居民服务的活动，医院都派人积极参加，派医务人员下到小区为老年人免费测量血压，咨询常见病的相关问题，可以说是社区医疗便民服务的医疗志愿者。

傅雪莲经过实地考察，发现临街有三间空置房是属于医院的，市医院搬迁后这里还闲置着。她来到医院的工会，将社区想开社区食堂的想法和盘托出，“共建单位”就是一家人，希望能向社区伸出援助之手。接待她的工会郭景涛主席表示目前也没有闲着的门脸房。

傅雪莲说：“不瞒您说，我调查了好几天了，老医院后门的街上就有三大间空房比较合适，社区的老人从家里走过来路途较近，屋里的面积大小合适。”

郭主席笑了说：“哈哈，傅书记，你是有备而来啊！对，老医院那边是还闲置呢。”

傅雪莲也笑了：“咱们是共建单位，我也只能来求您了。”

郭主席说：“帮助社区开办老人食堂的事，我做不了主，要和院领导汇报。我尽力争取促成此事。”

告别郭主席，傅雪莲回到社区，见曲小美和陆凡、杨毅失望地回来了，他们是去找开食堂的房子，转悠了一天也没找到理想的房子，小柯那边也没有消息。傅雪莲给他们打气，说：“大家别着急上火，我刚从医院工会回来，估计有戏。”曲小美兴奋地说：“还是雪莲姐厉害，老将出马一个顶俩！”

杨毅说：“哎哎，小美，你说谁老呢？”曲小美故作委屈地说：“雪莲姐，杨毅欺负我……”

傅雪莲忍不住笑了。

这时，电话响了，王菊去接电话，对着话筒问：“哦哦，她在呢，我这就喊她接电话。雪莲……电话！”王菊喊道。

电话是医院工会郭景涛主席打来的。傅雪莲跑过来接电话，凝神听了一会儿，就笑了。曲小美好奇地看着她，一猜就知道是好消息。放下电话，傅雪莲兴奋地说：“真没想到共建单位还真够意思。医院答应为社区提供房子做老人食堂了，要求咱们每年象征性地交点儿租金。”

社工们都兴奋得欢呼起来。过了几天，傅雪莲带领社工们打扫医院奉献出来的有七八十平方米的门脸房。对于象征性交的租金和厨房里做饭的家伙什儿，街道党委李健书记给想办法解决了。社区找到了开办老年食堂的地址，这消息很快就传开了，来参观的居民络绎不绝，还有人来帮着干活儿，其中就有小柯。牛大妈也来了，大家调侃她是“老干部”。

经过几天的打扫和筹备，空房变得窗明几净。傅雪莲说：“社区食堂在大家的努力下，马上就要开张了，应该起个好听的名字。”

社工们纷纷响应，起了无数个名字：夕阳红，老人乐，十里香，爱我家等，都有点不尽人意。傅雪莲说：“要不就叫最美风景大食堂，怎么样？”大家琢磨一下，都觉得这个名字立意好，就以此命名了。

“最美风景大食堂”开张这天，老人们穿戴整洁，像是过节一样。傅雪莲致辞说：“感谢社区的共建单位市医院的大力支持，为我们提供了这么好的房子。吃水不忘挖井人，让我们向院方代表郭主席表示衷心的感谢！”

大爷大妈们都热烈鼓掌，郭主席谦虚地鞠躬，还表示定期在这里给老人们免费体检。傅雪莲又代表社区感谢了志愿者的奉献，然后请老人们入座，第一餐当然是吃喜面了。

这天，陈律师打来电话时，傅雪莲正在给社工开会，研究老人食堂开办之后如何收费的问题。陈律师说是有关大成的事，想见面聊聊。

傅雪莲处理完工作，出来就见陈律师已经开车等在居委会外面了。上了车，她渐渐发现陈律师把车开到一条莫名其妙的街道。她感到一种不安，问他：“我们这是去哪儿？”陈律师笑着说：“一会儿你就知道了。”

车子继续行驶，她发现车是朝市郊方向，地面开阔起来，有几栋别墅进入视线。车缓缓进入一个高档公寓小区，在地库存好车，陈律师带傅雪莲上电梯，进入一套装修豪华的房间。

傅雪莲疑惑地问：“这是什么地方？”陈律师得意地说：“我家啊！怎么样，还可以吧？”傅雪莲不悦地问：“不是谈大成的事吗，到你家干什么？”

陈律师话里有话地说：“大成很快就会成为你的过去了，只是你还没有意识到这一点！”

傅雪莲愤怒地说：“你胡说什么，大成是在服刑，可一点儿不会影响我对他的感情。你要是没有正事，我就告辞了。”

陈律师拦住她说：“既然来了，就坐一会儿。雪莲，我一直想向你表白，我已经离婚多年，只要你和大成离婚，这里就是我们的家，这个房子就是我送你的订婚礼物！”

傅雪莲说：“你不觉得自己无耻吗？告诉你，我的丈夫只有一个，就是赵大成。”

陈律师说：“雪莲你再考虑一下，我可是既多情又多金的成功人士，你嫁给我，就不会这么辛苦了。”说完，他就扑过来抱住她，还把她推倒在沙发上……

傅雪莲挣扎着，用手挡住他的嘴，语气坚定地说：“凯丰，请您放尊重一点儿，不要叫我看不起你！”陈律师只好罢手。

重阳节到了，社区老人们聚集在一起包饺子、演节目，社区食堂充满欢声笑语。徐奶奶激动地说：“最美的风景，社区如今真成了我的家。”

傅雪莲组织社工开生活会，大家学习对照“五好社区”还存在哪些差距。会上曲小美说社区的居民背后都叫雪莲书记是“雪莲妈妈”。

傅雪莲诧异，但其他人也说听到不少。就是居民遇到什么样的困难，都在第一时间想找雪莲书记解决。杨毅归纳傅雪莲做的事：下水道堵了给你打电话，孩子上幼儿园找你，小区没车位，交警贴条也找你。陆凡说就连买房子这么大事也找你参谋。曲小美接话说还有婆媳不和、两口子闹离婚、刑满释放人员找不到工作也要找雪莲，她的确是“妈妈”啊！大家都笑了，没有丝毫敷衍。

傅雪莲说：“你们要把我捧上天啦，我还怎么不忘初心，牢记使命？社区做的事，看起来都是小温暖、小美好，可居民生活就是这些小事构成的。”

大家正说得热闹，门突然被撞开了。吕小枣闯了进来，冲着傅雪莲就喊：“雪莲书记救救我的孩子吧！”傅雪莲问她：“慢慢说，别急！孩子怎么啦？”

吕小枣哭了起来，说：“我家老二婷婷，发烧流鼻血，带她去儿童医院检查，结果是白血病，光手术费就要十几万，我老公愁得要跳武烈河！雪莲书记，你帮帮我们，救救孩子吧！”

吕小枣说完就给傅雪莲跪下了。傅雪莲赶紧扶她起来，劝慰她说：“小枣妹妹，你先回去，孩子的病我们共同想办法，不然的话，你就是跪到天亮也无济于事。”吕小枣点头，感激地走了。

王菊来到傅雪莲的办公室，问她：“雪莲书记，你找我有啥事？”

傅雪莲说：“我想拜托你去医院找你老公林海咨询一下，白血病儿童的治疗问题。”王菊说：“那还不是应该的，医生的使命就是悬壶济世，医者仁心嘛！不过，他是呼吸科的主任，白血病他能懂吗？”

傅雪莲说：“你老公是大医生，他可以帮忙找白血病的专科主任。”王菊痛快地说：“那我们现在就一起去医院找他！”

两个人来到市医院，在呼吸科主任办公室，见到刚查房回来的林海。身穿白大褂，戴着近视镜的林海，温文尔雅，他每天都给病人做手术，被患者誉为“林一刀”。

林海大方地和傅雪莲握手，问清原委，他带她们找了儿科主任。傅雪莲从包里拿出吕小枣给婷婷先前看病的化验单，儿科主任看完说：“要确保孩子的生命，就得做骨髓移植手术，费用比较高，不知道孩子的父母能否承受得起，要好几万块钱呢。”

告别儿科主任，傅雪莲和王菊都感到压力。王菊说：“治疗费对吕小枣一家简直是天文数字！”傅雪莲说：“确实是个大难题，咱们得想想办法。”

二人正说着话，遇到小柯走过来。小柯说：“雪莲姐，好久没见了，我想去找你，可一想到你让我没事不要来找你，就打消了念头。”王菊在一旁冷眼旁观。

小柯见傅雪莲一副心事重重的样子，还以为她是为大成的事发愁，就安慰她说：“姐夫已经这样了，你得接受现实，好好照顾自己和孩子。”

傅雪莲说：“我不是因为大成的事伤心，而是为了婷婷得白血病的事。”

小柯好奇地问：“婷婷是谁？”

傅雪莲说：“是社区菜店的女老板吕小枣的女儿，才四岁就不幸得了白血病，我倒是想帮她们，可是手里也没钱。”

小柯说：“别人不了解，我可了解，这些年家里家外都把你掏空了，大成哥又出事，你一个人撑着家，还总是接济有困难的居民，给我就花了不少钱。这样吧，我在公司为婷婷设一个爱心捐赠点吧。”

傅雪莲说：“好啊，小柯，太感谢你了。我也想组织社工和社区居民捐款呢。王菊，你说行不？”

一旁的王菊说：“捐款，也只有这一条路了，我们一起试一试吧，哎，我还有事，你们聊吧。”王菊看了一眼小柯，转身就要走。

傅雪莲感觉到了王菊的异样，喊住她说咱们一起回单位。傅雪莲谢过小柯，和王菊匆匆走了。

# 第二十二章

社工会上，傅雪莲号召大家为白血病儿童陈婷婷做骨髓移植手术捐款，曲小美和杨毅，在社区公众号及其他网络社交平台都发布了捐款消息以及爱心账号。傅雪莲又去市电视台找许丽莎导演，电视台也发布了捐款求助，希望社会各界献出一份爱心，为挽救孩子的生命多一份保障。

社区居民，包括牛大妈、谭老、陶菲等积极捐款，莎莎的父亲黄粤生代表公司捐出五万元，小柯也送来他们公司的捐款，吕小枣的丈夫陈根生，回了一趟湖北老家又凑了几万，连夜乘火车赶回来，手术钱很快凑齐了。然而配型骨髓却很难找到，后来是街道党委书记李健找了医院的朋友帮忙。

这天，傅雪莲接到吕小枣的电话。吕小枣兴奋地说："雪莲书记，我们衷心感谢社区。婷婷是有福气的孩子，骨髓找到了而且配型成功，婷婷已经住进医院……"

做手术那天，傅雪莲和曲小美赶到医院，鼓励安慰吕小枣夫妻。婷婷的手术顺利成功。

曲小美把孩子被推出手术室的画面视频发在公众号上，引起热烈反响。紫塞电视台新闻专门做了报道。

大成在监狱里从电视新闻上看到了记者采访傅雪莲，和狱友们自豪地说：“那是我老婆傅雪莲——上电视了！”

一月后，吕小枣夫妻领着刚出院的婷婷来到社区，送了一面锦旗，表达对社区的感激之情。陈根生拿出一个信封，郑重地交给傅雪莲，说：“这是我的党组织关系介绍信，我这次回老家把我的组织关系转了出来，交给咱社区党支部，在紫塞市就是有组织的人了！我和小枣就是咱社区的志愿者。”

傅雪莲和社工们都激动地鼓起掌来。

陈根生是环卫工人，在清扫街道时主动提示遛狗的人要用狗绳牵着狗出来散步，不要让狗袭击行人，要带塑料袋不要让狗狗随地便便，有人乱扔垃圾，都要被他制止和教育。

吕小枣把自己的小菜店干成了网红店，居民上网一查“小枣蔬果店”，好评如潮。吕小枣对生活困难的居民有打折优惠措施，还为空巢以及行动不便的老人上门送菜送水果，一分额外钱都不多收。

陈根生和吕小枣一家的故事，网上点击率爆棚。李健高兴地打电话给傅雪莲，表扬她对社区居民所做出的贡献。

傅雪莲去监狱探视，大成的情绪不再低迷。大成说：“雪莲，我已经受到两次嘉奖了。我出去后，咱们好好过日子。”

傅雪莲逗他说：“你过去不是想离婚吗？可以成全你呀！”大成急了说：“谁要是和你这么好的老婆离婚，谁就是天下第一傻瓜！我提离婚是怕耽误了你。”

傅雪莲说：“我和英子等你回家，咱们就重新再来！”大成激动地笑了。

下午，傅雪莲刚来到社区居委会，就见有一女人闯进大厅揪住袁梅，横眉立目地喊道：“骗子，你把钱还给我！”

袁梅紧张地辩解：“不关我的事！我在美容院就是兼职的，老板叫我推卡。”女人仍不依不饶地说：“你和老板狼狈为奸，都是

大骗子！”

傅雪莲过来，劝那女人先坐下有话好说，她低声问袁梅：“你说说，到底是怎么回事儿？”

袁梅支支吾吾地说：“我在美容中心负责推卡，可老板突然联系不上了，美容院也关门了。会员们就慌了，她们都在美容院充值，最多的上万，最少的也有一两千，知道我在社区上班，就找我来要钱，可我也是受害者，我哪有钱啊？”

傅雪莲回了自己办公室，给陈律师打电话咨询，自从上次拒绝了陈律师的求爱，快半年没有和陈律师联系了。陈律师一听是她，就很高兴地问：“有何吩咐，陈某愿意效劳。”

傅雪莲如此这般地说了一遍。陈律师说：“你做得对，必须报警。美容院老板的行为，已经构成诈骗，应该报警，起诉跑路的美容院老板。”听了陈律师的分析，傅雪莲给纪警官打了报警电话。

傅雪莲出了办公室劝慰那女人说：“我们先帮你报警了，你一会儿去普宁社区派出所找纪警官。另外，袁梅也是受害者。”女人指点着袁梅说："好，我这就去派出所。我是看在傅书记的面子上，先放你一马！"

袁梅主动找傅雪莲承认错误。傅雪莲说："袁梅，我早就提醒过你，你就是不听，你帮美容院老板劝客户充值，这里就存在风险！"

袁梅害怕了："雪莲书记，她们要是报案，我会不会就进去啦？"傅雪莲说："我也咨询过了，如果你没把充值卡的钱装进自己的口袋，应该不会。"袁梅心事重重地走了。

纪警官接到傅雪莲的电话，就到社区来了。进了傅雪莲办公室，他说："傅书记，美容院诈骗的事儿，我们已经立案了。另外，要和你说个事儿。"

傅雪莲忙问什么事？纪警官问她："李芳芳以前和你是歌舞团的同事？"傅雪莲说："是呀！"纪警官又问："你知道她在社区租房和别人合伙开了一个棋牌室吗？"傅雪莲说："嗯，是有这事。"

纪警官说："这个棋牌室有聚众赌博的犯罪活动，昨天晚上我们接到举报给查封了。但是现在联系不到李芳芳，她手机也关了，我知道你俩以前是闺蜜，如果你见到她了，请她主动到街道派出所配合调查。"

傅雪莲错愕得说不出话来。她问："芳芳会被拘留吗？"

纪警官说："现在还说不好，如果她参与了赌博活动，那是要追究责任的，就是知情不报也是要追究的。"

傅雪莲送走纪警官，就打李芳芳的手机，但传出机主停机的语音。她给李芳芳发微信，也是联系不上。她放下工作，骑车去牛大妈家打听情况。老冯开门见傅雪莲站在门口，又惊又喜："雪莲可是稀客呀，快请进！"

傅雪莲进屋就问牛大妈："您最近见着李芳芳没有？"

牛大妈说："好些日子没来了，我这心也一直揪着。她的妈妈是我的亲妹子，芳芳六岁我妹子就去世了，芳芳爸爸很快再婚。芳芳从小脾气犟，十几岁就进歌舞团，后来的事你就知道了。”

傅雪莲问：“您知道李芳芳现在去哪儿了？”

牛大妈说：“芳芳在新演艺公司待了没有一年，就辞职离开了。先是开了那家棋牌室，也不赚钱，就和她的男友一起去国外做贸易，你要是联络到她，叫她快点儿回来，外国哪有咱中国好啊，没有安全感。你着急找芳芳有啥事吗？”

傅雪莲说：“噢，没事儿，我就是有点儿想她了。”牛大妈冲厨房喊：“当家的，快整两个好菜，我要留雪莲在家吃饭！”

傅雪莲站起身告辞说：“牛大妈，不麻烦了。社区还有工作等着我呢。”傅雪莲离开牛大妈家，去了社区。

中午，老人食堂座无虚席，来用餐的老人们吃得津津有味。一位蓬头垢面的老奶奶进来，左脚有点儿跛，她直勾勾地盯着桌上的包子。

徐奶奶问她：“您从哪儿来呀？家住哪儿？”老奶奶摇头。

厨师端着一盘包子过来，她上去就抓，然后塞进嘴里，一看就是几天没吃东西了。傅雪莲和曲小美进来，叫老奶奶先吃饭。

老奶奶见了傅雪莲就叫：“晓芸晓芸，我的闺女！”傅雪莲一愣，问她：“您住哪个小区？”老奶奶一脸茫然，完全没听懂她在说什么。傅雪莲问她叫什么名字？她还是摇头。傅雪莲又问：“您带身份证了吗？”老太太打岔：“晓芸你快吃包子，好吃！”傅雪莲再问她贵姓，老太太说来说去也说不清楚，好像是说儿子姓贾。

曲小美观察了老人一番，低声对傅雪莲说：“这个老太太可能是阿尔茨海默症。”傅雪莲说：“小美，你怎么知道这么多？”曲小美说：“我上大学的时候，曾到老年公寓做义工，遇见过得这种病的老人！”

傅雪莲见老奶奶无家可归，吃完饭就把她带回了自己家，安顿她先在沙发上休息，然后她出门去接英子放学。路上傅雪莲对英子说："家里来了一位老奶奶，是爸爸老家的亲戚，你要有礼貌啊！"英子点头说："我把她当亲奶奶可以吗？"傅雪莲心疼地看着英子："可以。嗯，你就先叫贾奶奶吧。"

贾奶奶把鞋柜里的鞋摆了一地，当成玩具火车，玩得正欢。英子一进屋就看傻了。傅雪莲也目瞪口呆。她担心英子不高兴，会轰老奶奶走。可是英子拿出自己的玩具和贾奶奶一起玩。

贾奶奶特别喜欢英子，没一会儿工夫一老一小就玩得熟稔起来。傅雪莲这才舒了一口气。她收拾起一地的鞋，自言自语："老小孩和小小孩，这下子热闹了！"贾奶奶喊着："晓芸回来啦，外边冷吗？"

傅雪莲问她："晓芸是谁？"贾奶奶瞪眼问："你不就是晓芸吗？好久不来看我了！"傅雪莲恍悟，原来贾奶奶是把自己错当成她的女儿晓芸了。

第二天上班，社工们都关心傅雪莲："那个老太太，没把你怎么样吧？"傅雪莲说："没事儿，就是摆了一地的鞋当火车开。把我家英子都看傻眼了。"

王菊担心地说："你还嫌自己管的闲事不多吗？患这种病的老人，会有很多匪夷所思的行为，不能离开亲人的陪伴和照顾。你和她素不相识，就是亲儿女时间长了都受不了……"

袁梅看着傅雪莲的黑眼圈问："你昨晚没有睡好觉吧？"傅雪莲说："我让贾奶奶睡在英子的小房间，可我半夜起来被吓了一跳，就见老太太摸黑坐在客厅沙发上发呆。我劝她睡觉就是不听，我只好坐着陪她，快天亮了她才同意进屋睡了……"

曲小美和杨毅、陆凡下班后留下来加班，他们是为贾奶奶寻找亲人。他们把贾奶奶的照片发在网上，并留下居委会的名称联系电话和微信号。回复的人很多，但都不是贾奶奶的亲人，也没什么线索。

时光荏苒，两年又过去了。大成因在服刑期间有立功表现，被减刑提前释放。傅雪莲去接他回了家，久别重逢，两个人深情对视，百感交集。

正在这时，有人敲门，傅雪莲打开门，见是小柯抱着一束鲜花、一瓶红酒，和他的母亲站在门口。大成问："这是谁呀？"

傅雪莲还没来得及回答，小柯就接话说："大成哥，我是小柯！"大成迎了过来，见是小柯，神情诧异，想起过去大飞说得传言，不禁有些敌意。

傅雪莲请小柯进屋坐。小柯说："我是来感谢你们的，大成哥，你和我一样，这几年听得耳朵都起腿子的话，就是重新做人。开始我特烦这句话，以为这话就是把我当成罪犯，现在我想通了，这话其实没错，就是脱胎换骨重新做人。关键是遇到贵人、恩人啊，就像雪莲姐对我们娘儿俩的照顾。现在我学好了，也有了工作，我也要照顾好我妈。"

小柯母亲也连连感谢傅雪莲，还要给她跪下。傅雪莲忙扶起她，看得大成很感动。

傅雪莲留小柯母子吃饭，小柯母亲执意不肯。小柯说："大成哥、雪莲姐，来日方长呢，我就是你们的亲兄弟。今天，你们全家好好聚一聚吧。真心祝福你们！"

两个人站在阳台上目送小柯母子，傅雪莲感叹小柯长大了，大成默不作声。傅雪莲知道他还有些吃醋。

贾奶奶从英子的屋里出来，把大成吓了一跳。他问傅雪莲："她是谁呀？"贾奶奶还是云里雾里说："我女婿咋才回来？"傅雪莲忙说："你女婿出差了，刚回来。"贾奶奶"哦"了一声，就坐在沙发上看电视。大成不明所以。

傅雪莲把大成拉进厨房，把贾奶奶的来龙去脉简单说了一遍。大成说："你只要不给我领一个情敌回家，我都无所谓的。"

傅雪莲嗔怪地说："你还在吃小柯的醋？你呀，哈哈，人家母子都上门来看你了……”大成抱住傅雪莲说：“我相信你，经历了这么多的风风雨雨，我们的感情更加深厚。”

晚上，大成主动给贾奶奶打洗脚水。傅雪莲靠在床头上看书，大成在浴室洗澡。他洗完澡，用毛巾擦着湿漉漉的头发，对傅雪莲说：“真舒服啊，回到家里，这一天我想得太久了！”她等了他一会儿，却不见他上床，而是穿好睡衣，一本正经地站在床前看着她。

“还不上床，你想干吗？”她笑着问他。

大成突然对着傅雪莲深鞠一躬，说：“老婆，过去是我听信闲言碎语误会了你，我对不起你，请求你原谅！”傅雪莲笑了，说：“这件事已经翻篇儿了，你以后记住这个教训就好！”大成坐在床头，抱着自己的头，痛苦地说：“我好后悔呀！”傅雪莲拍着他的后背，安慰他：“都过去了。”

大成在监狱服刑的两年，每天常常失眠到后半夜，傅雪莲就将他的头抱在自己怀里搂着睡……

过了一段时间，贾奶奶这么一个不知来路和姓名的老太太，却意想不到地起到了治愈大成心病的效果。因为大成一看到贾奶奶就想起自己的母亲，对母亲的怀念和追思，都转移到对贾奶奶的关照上。

傅雪莲开始注意观察大成的状态，为他买了睡眠眼罩和助眠的保健药品。她又让大飞和自己一起疏导大成的心理和状态。

大飞体会到嫂子对亲哥的一番苦心，自己也抽时间多陪大成，还请大成出去喝酒聊天。这天，大飞又请大成来到一个小酒馆里喝酒，大成诉苦：“我不能老在家里闲着，我得找工作赚钱，不能光让你嫂子一个人养家。”

大飞说：“银行你是回不去了，我看你可以去开出租车，去出租车公司包个车先开着。”大成就这样租了车，当了出租车司机，每天早起给家人买了早点就出去跑车，晚上回来做饭，还要给贾奶奶打洗脚水。看着大成的变化，傅雪莲不再担心了，她的心情也好起来。

这天，傅雪莲刚到社区居委会，就见门口围了很多人。几位大爷大妈见她来了，都抢着发言。傅雪莲叫他们一个个来。一位大妈说小区绿地都被车位占了，老人们没有晒太阳的地儿。一位大爷气呼呼地说："小区没车位，儿子带媳妇来看父母，车刚停在马路边，警察就来贴条，一礼拜连着贴了三张条，罚了三百块钱啊！雪莲书记，你可要解决这个问题啊！"

肖大茂和一位年轻男子怒冲冲地进来，要找社区居委会评理。起因是争抢车位导致剐蹭，双方争得脸红脖子粗。社区大厅被吵得一塌糊涂。

傅雪莲耐心做工作："停车难的问题每个小区都存在，过去私家车很少，小区里随便就能找到车位。现在大家的日子好了，老旧小区大多没有地下车库，光靠地面停车必定不够用，解决起来需要多方面的协调。"

"你说的道理我们也明白，可问题还是要解决的呀！"肖大茂急赤白脸地冲着傅雪莲发飙。

傅雪莲和社工们研究了一下，只能就地取材，把现有的小花园改成车位。她把这个建议传达给要车位的居民。但居民马上就分成两派，老人反对拆除小花园，因为他们每天都在小花园晒太阳和聊天，锻炼身体。年轻人没那个闲空，坚决主张拆除小花园，改成车位，两种人群的意见相左。居民代表谭老来到这里，晓之以理动之以情，终于先把大家劝说回去了。

傅雪莲主持社工开会，说："老小区的车位紧张，停在马路边被交警摄录开罚单，给居民生活带来困扰，也给社区提了一个难题。"

曲小美说："老旧小区的停车难问题提了好几年，牛书记过去也想解决，可小区情况太复杂，一些违章建筑占据了小区里的空地，让他们拆除就跟要他们的命一样！”陆凡说：“可以考虑建立体车库，这样就解决了占地问题。”

王菊说：“老小区的房屋密集，寸土寸金，哪有空地建车库？”杨毅说：“这也不行，那也反对，干脆停车收费。”袁梅说：“连停车场都没有，收谁的费？”

傅雪莲说：“我计划牵头开一个现场办公会，邀请市容办、交警队、物业公司、业委会代表，一起研究解决办法，还得邀请李健书记帮忙给协调一下。”大家表示同意。

现场办公会就在老旧小区的路口，拥挤杂乱的环境，到会人员一目了然，李健书记也来了。

傅雪莲说：“长话短说，我很抱歉，请各位领导就在这里召开现场会，没有坐的地方……”交警代表说：“现场会就是在现场召开，我也站习惯了。”

傅雪莲又说：“大家都看到了，由于这个老旧小区紧挨着城市主干道，小区外几乎没有便道，紧挨着车水马龙的大马路是不能随便停车的。”

在李健的协调下，与会代表最后达成共识，就是决定在小区内拆除一些违章建筑，退出小区部分花园建一个立体车库，可以解决一些停车难的问题，不适合建立体车库的就建临时停车场。袁梅说：“一下子拆除那么多临建，得给居民很多补偿，咱社区居委会也没这个钱啊！”

市容办人说：“咱们是依法拆除，没有手续的临建就是不合法的，没有补偿。”傅雪莲说：“请各个共建单位多多支持我们，因为我们的目标一致，都是为了社区老百姓的利益。”

市容办人说：“最近市容管理任务很重，我建议傅雪莲书记就勇挑重担了，先动员拆除违建的棚户房。”傅雪莲表示赞同。

至于建立体车库，这是个难题。李健带着傅雪莲又跑区政府帮忙，终于和本市的“华一”立体车库厂家谈成了，华一厂负责建立体车库，停车收费用于偿还立体车库费用。

与华一厂的洽谈可谓旗开得胜，大功已经告成一半了。回到社区，傅雪莲就要求大家马上行动起来，印发拆除违建明白纸，宣传发动，逐户做工作。

社区一贴出“关于动员拆除违章建筑的通知”，涉拆的小区居民就炸了窝。那些私搭乱盖的住户非常强势。傅雪莲带领王菊、袁梅、陆凡、杨毅分头下户，边发宣传明白纸传单，边登记做工作。有的拒不开门，态度好的摆出一堆实际困难，总之就是不愿意拆违建。

中午时，社工们一个个无精打采地回到社工办，无功而返。傅雪莲鼓励大家别泄气，说：“拆除工作是最难做的，如果我们成功了，就没有啥事儿能难得倒我们！”见大家还是打不起精神，她就说：“今天我请大家去吃豆角面，都得去啊！”

曲小美第一个响应，接着，社工们也兴奋地说：“又让傅书记破费了！”傅雪莲等人来到火神庙的豆角面店，围坐了满满一桌，有说有笑，每人捧着一大碗香喷喷的豆角面，吃得有滋有味。

等大家吃饱了，傅雪莲说：“吃饱喝足，下午继续下户，拿不下堡垒户，对不起这碗豆角面啊！”大家哄堂大笑。

下午，傅雪莲带领社工们又开始对占地违建的居民苦口婆心地讲道理，终于说服了一部分居民，表示接受拆除，空出原本就属于公共空间的地面。

工作例会上，傅雪莲说：“这些天大家都非常辛苦，做了大量的工作，我根据大家的工作进行了一番梳理和汇总，结论是大多数的居民还是通情达理的；也有几户经过我们做工作承诺尽快就拆，也有的想要补偿，剩下的持观望态度。还有人说，如果肖大茂盖的违建房拆了，我家就拆。”

社工们都认同傅雪莲的分析，实事求是，接地气。王菊问傅雪莲："肖大茂没在老旧小区住，怎么会有棚户房？"

傅雪莲回答："我也是下户时听居民说的，十多年前肖大茂在老旧小区楼下盖了棚户房，开了一家小杂货店。肖大茂的媳妇下岗后没收入，就靠这小店赚钱。前几年市里搞城市建设三年大变样，也没拆得下来。"

王菊说："又是这个肖大茂，前几次拆除违建，每次都卡到他那里，我们都领教过，是个刺儿头！他家的小杂货店不拆除，别的家就跟他比，有样学样！"大家摇头叹息，都说不太好办。

傅雪莲说："都别泄气，肖大茂是很棘手，但是只要攻下他这个突破口，老旧小区拆除违建工作就顺利多了。"社工们又被鼓舞起来。

社工们都回家了，曲小美见傅雪莲的屋里灯光还亮着，就进来问："雪莲书记，你怎么还不走？总是晚回家，姐夫该着急了。"傅雪莲说："哈哈，没事儿，你大成姐夫啊，现在他每天收车回家进门就做饭，辅导英子功课，还给贾奶奶打洗脚水，我现在轻松多了。小美，我看你还是早点儿结婚得好，别叫杨毅心里犯嘀咕。"

曲小美说："雪莲姐，我和杨毅的关系还没到谈婚论嫁的阶段，嘿嘿，我还得再考验考验他。对了，肖大茂那边你到底怎么打算？"

傅雪莲说："我准备明天亲自去找肖大茂做工作，再难缠的主儿，早晚也得面对！"

第二天上午，肖大茂媳妇正坐在小杂货店门前的马扎上嗑瓜子。傅雪莲带着王菊和几个社工朝这边走来，说："大嫂，您这杂货店属于违章建筑，应该拆除！"

肖大茂媳妇起身就进屋了。傅雪莲的手机响了，她走到一旁接听。谁料，肖大茂媳妇一桶污水就顺着门口泼了出来，差点儿泼到王菊的身上。幸好陆凡眼疾手快，把王菊拉到一旁。

肖大茂闻讯赶来了，抄起一根木棒站在门前，摆出一副要拼命的架势，大喊："你们敢拆一个试试！"一副要拼命的架势。傅雪莲稳稳站住，把王菊和陆凡挡在自己的身后。

傅雪莲说："肖先生，咱们又见面了。我记得您不是在这个小区住。"

肖大茂说："哎哎，您先别管我在哪里住，傅书记，咱就事儿说事儿，我跟您说这棚户房是我盖的，这地儿早就荒废了长满了杂草。我媳妇下岗后没工作，我们两口子一砖一瓦建起来的，借钱开了个商店。"

傅雪莲说："上次你去社区也找过，说是没有停车位，你和别人因为停车还发生了剐蹭。"肖大茂说："那是他们车技不好，和我这杂货店可没关系。"

傅雪莲说："小区是大家的，就得靠大家共同爱护和管理。再说，你们不是这个小区的，所以就更没有这个权利在这里私搭乱建。"

肖大茂媳妇说："我不管你是什么书记，请你说话前先搞清楚点儿，我公公婆婆就在这个小区住了十几年，我们怎么不算这个小区的？"

王菊说："你们户口不在这里，这里也没有你们的楼房。"

肖大茂媳妇抄起马扎就威胁王菊，说："你甭磨磨唧唧的，谁要是敢拆我家房子，就别怪我不客气！"王菊说："即使你们是这里的，这个棚户房没有合法手续，也是违建，必须拆除！"

肖大茂媳妇恼羞成怒，举着马扎朝王菊砸来，傅雪莲在这一瞬间用自己的身体挡住了王菊，马扎重重地砸在了傅雪莲的左肩头。

杨毅和袁梅闻声也赶过来了，杨毅大喊："住手，你们这是干什么？"

肖大茂说："你也别吵嚷，你们这是干什么？社区干部欺负老百姓，还有王法没有？！"

稍后，一辆警车开进小区，是纪警官闻讯赶来了，身后还跟了两个民警。纪警官严厉发令说："肖大茂媳妇是故意伤人，我们要带走！"

杨毅说："他们根本就不是这个小区的居民。"纪警官说："那更得带走！"

傅雪莲忙说："不要带走她，只要拆除违法建筑，我受点儿伤不算什么。"

纪警官坚持要带走肖大茂媳妇，他身后的两个警察掏出了手铐，肖大茂媳妇有点儿怕了，躲进屋里。傅雪莲说："纪警官，你们先等一等。"

纪警官指着肖大茂，说："你们强占小区公共空间成了社区钉子户，又故意伤害社区工作人员，已经够拘留了。社区的公益事业大家都要支持，你们要是乱来，那就试试！"

肖大茂拿着木棒往前走一步。傅雪莲喊："等等！"揉了一下肩头，走向肖大茂。肖大茂问："你要干什么？"

傅雪莲说："肖先生，咱有话好好说，你们应该也明白了，于情于理于法，这个违法临建是必须拆除的，这个是一点儿余地也没有。这几天，咱们社区干部也做了宣传发动，就是在给大家思考和准备时间，且先不说你们不在这个小区住，就是在这个小区住，对于违法临建也是要依法拆除的，而且因为是违法临建，所以拆除后也没有补偿。"

肖大茂说："傅书记，不是我们不讲理，我媳妇下岗十多年了，就靠这个杂货店生活。你们不能为了自己捞政绩往上爬，就拿我们开刀吧！"

傅雪莲说："肖先生，我们不是为了当官，您看我是个社区书记，就是合同制，他们几位，包括普宁社区的全体社工，都是招聘的，没有奖金也没有提拔机会，我们图的是什么呢？就是想为大家做点儿事，就图个咱社区安宁和谐、干干净净。我们要是干不好，要是对不起大家，一样也得下岗。"

肖大茂说："那好，除非你答应我们一个条件。"

傅雪莲说："能谈咱就好好谈，我想听听你的条件合不合法、合不合理。"

肖大茂说："傅书记，刚才你也说了，你们干不好也要下岗，那我们要是拆了这商店，我们就靠它吃饭呢，要是拆了，你一个社区书记让我们喝西北风？我这些没卖出去的货物怎么办？还有，你必须得给我们安置就业，否则今天就是抓了我媳妇，我也不同意拆！"

所有人都看着傅雪莲，气氛紧张得透不过气来。傅雪莲沉默片刻，说："肖先生，我答应你的条件。对于库存货物我们社工帮你卖，当然我们会尽力的，能卖多少是多少；对于就业问题，三个月后，我保证你们夫妻在社区企业上班！"王菊、杨毅、袁梅、陆凡等人都看过来，对傅雪莲的承诺表示担心，如果做不到，肯定会被肖大茂反咬一口。

肖大茂高高举起木棒，扔在地上。"好，你空口无凭，立字为证。把你承诺的这两条都写上。"傅雪莲打开包拿出本子，认真地写下承诺书，递给肖大茂。他媳妇出来了，夺过承诺书一看就不干了。

肖大茂媳妇说："肖大茂，你真是大傻帽啊，这承诺书连个章子都没盖，人家就写了普宁社区居委会，也没写个负责人的名字，拆了这商店，人家翻脸就不承认你可咋办呀？那得签字画押呢！"

肖大茂从媳妇手里夺过承诺书就要撕。傅雪莲说："等一等！"

陆凡也说："我这就回社区居委会取公章和印泥。"

傅雪莲担心时间长了肖大茂会反悔，就从肖大茂手中拿过承诺书，掏出笔签上自己的名字，随后张开嘴咬破中指……

众人都惊呆了——只见傅雪莲抬手将流血的中指摁在承诺书自己的姓名上。傅雪莲将承诺书递给肖大茂。

肖大茂接过承诺书，吃惊得双手有些颤抖，说："傅书记，我——拆！"周围响起一片掌声。

过了半个多月，停车难问题终于得到解决。立体车库也建起来了，小区内也有十几个车位，马路边乱停车渐渐没有了。看着秩序井然的现状，傅雪莲和王菊都很高兴。

王菊问："雪莲，你答应给肖大茂两口子找工作的事儿，有谱吗？"

傅雪莲说："没谱。"王菊说："那可怎么办？"

傅雪莲二人边走边聊。傅雪莲说："王菊，社区需要就业的人还有很多，市里和区里也在积极鼓励帮助他们就业。几天前，我和李健书记也聊过，我想咱们成立一个社区创业办，协调社区企业帮助解决困难居民就业问题。"

王菊说："这个办法固然好，但是开展起来很难的。"傅雪莲说："这几天我就想和你谈，由你兼任创业办主任。"王菊说："我来当创业办主任？这可是大事难事啊，我干不了。"傅雪莲说："我哪能不管呢，先找社区居民中的企业老板和有创业意向的能人，咱们一起找投资一起想办法。至于担任创业办主任，每个月我向区政府争取，给你增加五百元工资。你看行不？"

王菊笑了，点头说："雪莲书记，你呀真是没事找事儿。"二人相视一笑，决定就这么办了。

周末，杨毅约曲小美吃饭，理由是自己过生日。曲小美穿着牛仔裙，白衬衣，女学生气息十足，清纯聪慧。

餐厅环境带有小资情调。餐桌上还点了红蜡烛。曲小美好奇地问："你不是过生日吗？就请我一个人？"杨毅含情脉脉地说："我其实没到生日呢，今天就是个借口，你既然来了，证明你在乎我。小美，我就想和你单独在一起待一会儿。"说着，掏出一个精致小盒，从里面取出一枚戒指，单腿跪下要给曲小美戴上。

曲小美却把自己的手缩了回来，被吓到似的说："杨毅，你这是干什么？我和你就是同事朋友关系，连男女朋友都不是，对不起！”

曲小美站起来就跑出了餐厅，杨毅追了出来，追了几步就站住了。前面的曲小美停了下来，似乎是在等杨毅来追，可是杨毅胆怯了，曲小美有些失望地走了。

上班时，傅雪莲发现杨毅的情绪低落，叫他去给空巢老人徐奶奶家送一止咳糖浆，杨毅跟没听见一样。

傅雪莲把杨毅叫到自己的办公室，问他：“杨毅你到底怎么了，是工作遇到困难，还是和同事闹别扭？都可以和我唠唠！”

杨毅说：“都不是，傅书记，您就别操心了！”说完，就往门外走。傅雪莲在他背后说：“你失恋了！”杨毅站住了，转过身：“傅书记，你怎么知道的？”

傅雪莲微微一笑：“都写在你脸上了，我还不知道？”

杨毅一五一十地对傅雪莲说了自己对曲小美求婚被拒的经过，最后求她帮自己问一问曲小美，为啥拒绝自己？傅雪莲点头答应，说：“只要曲小美心里有你，我这个红娘就当定了。嘿，我说老弟，你可不要因失恋影响工作哟！”

杨毅精神振作起来，打了个立正，说：“雪莲姐，我保证积极工作！”

傅雪莲和曲小美去老旧小区察看新建成的车位，昔日的小花园缩小了，违建棚户也拆除了，私家车停得整齐。

回来的路上，傅雪莲问曲小美：“你到底喜不喜欢杨毅？”曲小美点头。

“那你为什么拒绝他？我看他对你可是一片痴情！”傅雪莲又问。

曲小美说：“这我知道。可我和他的家庭环境差距太大了。我家是在农村，家里还有一个上小学的弟弟，奶奶也和我们一起生活，我从上大学就勤工俭学，为了省钱，我上大学三年都没回家过年，就去餐馆端盘子。我毕业后不想回老家，想自食其力，所以就考到社区来了，没想到竟然喜欢上了社区工作。”

傅雪莲倾听着她的讲述。曲小美又说："杨毅家在本市，父亲是私企老板，母亲是公务员，家里就他一个孩子，是富二代。他母亲特要强，一定要给杨毅找一个门当户对的女孩，将来能对杨毅仕途有帮助的家庭，这些我都给不了，更不想被他的家庭看不起。这就是我拒绝他的理由。"

看着伤心的曲小美，傅雪莲给她批了假，想让她放松一下心情。曲小美就回了乡下老家。

过了两天，傅雪莲又给杨毅批了假，叮嘱他去找曲小美。

李芳芳回国了，回到火神庙小区，感叹社区变化明显，环境整洁干净，昔日的违章建筑、随地摆摊叫卖的小贩都不见了。牛大妈看见李芳芳来了，高兴得张罗做饭。吃着饭，李芳芳问牛大妈："傅雪莲这两年过得怎么样？"

牛大妈说："我没想到一个舞蹈演员，干起社区工作来还这么拼！她是社区居民的贴心人、好书记，帮助无数困难家庭过上了好日子，老百姓没有不感谢她的。我牛桂芝这辈子没服过谁，我就敬佩傅雪莲！"

老冯揶揄地说："牛桂芝，您进步了！"

牛大妈假意生老冯的气，不理他。

李芳芳说："哼，谁要是让我姨妈夸奖，那必是十分优秀。"李芳芳刚放下碗筷就说："我先去看看雪莲吧。"

牛大妈说："看来你还真是想雪莲了！"

李芳芳来到居委会找到傅雪莲。久别重逢，见了面都很高兴。李芳芳半开玩笑地说："雪莲，两年没见到你了，这么累也没把你累老了，相反更漂亮了。"傅雪莲说："我还以为这辈子你就会和我死磕，不会夸我呢。"二人相视一笑。

傅雪莲带她参观了社区。她和大家精心缩减办公面积，又建了社区多功能活动站，社区各种主题教育活动，都在这里举办，还给喜欢书画的居民腾出一间屋子。市书协主席张明利和美协主席马唯驰，正带着会员来义务辅导，社区居民都很高兴。

李芳芳说："两年前我为了生存去了新演艺公司，又开了棋牌室，又到湄公河边上的泰国、柬埔寨，折腾了一大圈，虽然赚了一点儿钱，但没有安全感，更没有幸福感。而你就在原地，在社区干出了一个新天地。一个昔日的舞蹈公主，成了名副其实的社区居委会干部，我很佩服你。"

傅雪莲劝她："别夸我了，唉，芳芳，老大不小了，找个好男人结婚，再找个工作，踏实过日子。"

李芳芳点头，两个人的谈话还是第一次这么融洽。傅雪莲劝她去一趟派出所，把棋牌室的案子结了，都挂了两年了。李芳芳虽然不情愿，但还是答应了，因为人家等着结案呢，再说这也是事实自己也躲不过去。

李芳芳到了派出所，得知傅雪莲早就替她交了罚款，她很感动。在纪警官的指点下，李芳芳签字销了这个案子。

乡下的黄川县杨河沟镇，曲小美母亲在镇上摆了一个卖抻面的露天小摊。这天，一个男青年来吃面，他向曲母打听曲家庄在哪里？

曲母问："你找谁？"那男青年正是杨毅，他说："我是来找我的女朋友曲小美。"曲小美的母亲愣了。

曲小美也没想到杨毅竟然找到自己老家来了。她接了母亲的电话急忙赶来，一见杨毅又惊又喜。没说几句话，就叫杨毅帮忙招呼客人，俨然她是女主人，杨毅也乐得被她差遣，大呼小叫地俨然跑堂的小伙计……

曲母看在眼里，喜在心上。一边干活，曲小美一边嗔怪杨毅："你出来请假了没有？雪莲书记够累了，你不好好帮她，还跑这来瞎起哄？"

杨毅当着曲母和众人的面就单腿给曲小美跪下表白，说："小美，我是真心爱你的，而且我的父母也都同意，戒指就是我妈亲自给买的。”

曲小美喜极而泣，和杨毅紧紧拥抱在一起。曲小美的父母也接受了杨毅，杨毅给曲小美戴上了求婚钻戒。

中午，傅雪莲接到了一个陌生老人的电话，声音苍老但是语气威严，他说：“你好，你是普宁社区书记吧……对对，我就找你。我叫闫立祖，是个老军人，许红军的档案当年就归我的部下负责。”

傅雪莲激动地说：“原来许爷爷的档案在您那儿了？真是太好了！”

闫立祖老人因激动引起咳嗽，一位老阿姨接过电话说：“傅雪莲同志吗？”

傅雪莲惊讶回答：“我是傅雪莲，您是闫老的家属吗？”

阿姨回答：“我是闫立祖的老伴儿，前些日子我们去了一趟大连，拜访老首长严长水，听他的老伴儿说，紫塞市的一个社区女书记，为了许红军老党员档案丢失的事，专程跑去了大连，唉，说来话长，你能来一趟我家吗？”

傅雪莲抑制住心里的激动说：“没问题，您家住在哪个小区？”

老阿姨回答：“我家不住在紫塞市，我家住在北京朝阳区的干休所。”傅雪莲放下电话，决定立刻就去北京。

跑出租车停下来喝水的大成，听到傅雪莲的微信语音留言：“大成，告诉你一个好消息，许红军老人的档案有消息了！我要去北京寻找。”大成给她连发几个赞的表情。

傅雪莲这个人做事向来干净利落，带上面包和矿泉水，坐上高铁就出发了。来到了北京又乘地铁，几经辗转终于找到了东三环边上的一幢普通楼宇，正是干休所，掩映在一片小树林里……

老军人闫立祖长得有些瘦弱但精神依然矍铄，见到傅雪莲，便来了精神。闫立祖其实是位老将军，他还真知道许红军档案的事。

# 第二十三章

闫老夫人招呼保姆给傅雪莲倒茶，然后又用陕北方言，和闫立祖说了几句，闫立祖点头，这才娓娓道来：“雪莲书记，我的老家在陕北，我十六岁在延安入伍，跟着部队转战南北，参加过抗美援朝，我四十岁那年跟随部队进驻北京，组织让我负责老同志的组织档案和日常生活。许红军的档案由当时的组织科负责，组织科就归我分管。”傅雪莲听得全神贯注。

“1998年的夏天，档案室灌了大雨，一些档案被水泡了，有的冲散了……那时候参与干休所搬家的是后勤部调来的士兵，赶上几次裁军，部队番号也撤了，都不知道去哪儿了！这件事成了我的心病……”

闫立祖的脸上印满岁月的沧桑，说着说着就咳嗽起来，闫老夫人递给他一杯水，他喝了几口，接着说道：“老伴儿劝我出去散心，就去了大连。我拜访老战友严长水，可是他得了脑梗什么都不记得了。幸亏他的老伴儿郝大姐记得清楚，说去年有个社区干部，专程来大连找过他们，郝大姐还留了你的手机号码。”

傅雪莲说：“闫叔叔，我就是那个社区干部，郝阿姨留的就是我的电话。”闫立祖摆手，说：“雪莲，你听我讲完，从大连回来我又在医院住了两个月，刚出医院我就想马上找到你，我要是有个闪失，许红军的党员身份就石沉大海了。但是许红军的档案是找不到了……”

傅雪莲愣了，如果此行失败，那许红军的党员关系也许永远是个谜了。

闫立祖喝了口水，又说：“雪莲书记，现在我有一个请求，我本人可以为许红军做证，你看，证明材料我都写好了。我以一个少将身份的党性担保。”

傅雪莲正有此意，不由大喜。闫老夫人把装好证明材料的一个档案袋，郑重地交给了傅雪莲。接过档案袋，傅雪莲喜出望外，取出证明材料，拿着一起和闫立祖合了影，又深深地给二位老人鞠了一躬。

傅雪莲又乘高铁返回紫塞市，回到社区居委会。大家一见她满脸喜气，就知道她这次一定是满载而归。她的办公室挤满了社工干部。

傅雪莲说：“大家都非常惦记这件事，我高兴地告诉你们，许红军老人的党员档案找到了！”社工们都高兴地鼓起掌来。

几天后，社区党支部正式登记了许红军的党员身份，并且要为街道党委批准入党的杨毅、陆凡、曲小美三位同志在七一举行入党仪式。袁梅因为推销美容卡的事儿，延长入党考察一年。社区党支委会议还决定邀请许红军、谭老担任社区党课顾问。社区迎来了七一党的生日。

许丽莎陪着爷爷许红军来到会场，还带了电视台记者。许红军穿着洗得发白的军装，戴着军功章、党徽来到会场，大家为他让出一条路，热烈鼓掌，致敬这位经历过枪林弹雨的老红军。

面对鲜红的党旗，陆凡、杨毅、曲小美举行入党仪式，许红军、傅雪莲、王菊为他们戴上党徽，庄严宣誓。傅雪莲领誓：

> 我志愿加入中国共产党，拥护党的纲领，遵守党的章程，履行党员义务，执行党的决定，严守党的纪律，保守

党的秘密，对党忠诚，积极工作，为共产主义奋斗终身，
随时准备为党和人民牺牲一切，永不叛党。

重温入党誓词的许红军老人流下了激动的泪水……

这阵子创建全国文明城市，傅雪莲每天都很早就来到社区居委会。曲小美买了一份早点给傅雪莲，说：“我看你这两天都顾不得吃早点，就多买了一份。”“太忙了，早晨我得巡查小区的各种问题，争创文明小区。”傅雪莲说。

曲小美叮嘱她：“早点一定要吃的，不然的话容易得胆囊炎。”傅雪莲咬了一口鸡蛋饼，说：“这饼烙得和我妈烙的有一拼。对了，小柯最近没来？”

曲小美说：“小柯好长时间没来了，不来更好，免得给你带来误会！”

曲小美的话，还是引起了傅雪莲的担忧。中午休息时，她来到小柯家探望。小柯母亲的病好多了，正在做饭。见傅雪莲来家，高兴得忙请她坐下。

傅雪莲说：“我就是来看看你们娘儿俩？有啥需要我帮忙的吗？”

小柯母亲请傅雪莲坐下，叹了一口气：“小柯最近好像心里有事儿，这几天每天很晚回家，喝得醉醺醺。”傅雪莲问：“那为什么？”

小柯母亲说：“小柯喜欢上一个叫乔丽的女孩，在物业公司上班，人长得好看，还很善良，小柯说这个女孩身上有雪莲姐的影子。但他不敢对女孩表白，他害怕他进过监狱的污点把女孩吓跑了。可他又很爱乔丽……小柯不知道怎么办，整天打不起精神。雪莲书记，你找他谈谈，他就听你的。”

傅雪莲答应小柯母亲，一定找小柯谈谈。她给小柯打电话，叫

他下班后来社区找自己。小柯犹豫片刻，答应了。

小柯来社区找傅雪莲，带他走进活动室，几位大妈正在排练节目，她和小柯坐在椅子上聊天。她直奔主题："我听你母亲说，你喜欢上一个叫乔丽的女孩，可你却对自己没自信，不敢对乔丽表白？"

小柯拧起眉毛说："我妈也是，什么话都跟外人说！"

傅雪莲说："怎么？我在你心里是外人吗？"

小柯说："雪莲姐，我从来就没把你当成外人，你们社区的人怕我的坏名声影响到你！"傅雪莲说："我要是怕你影响我，就不会叫你来这儿了。"

小柯顿时明白了她带他到活动室的用心了，就是光明正大地给那几位大妈看。他说："雪莲姐，我是喜欢乔丽，可我感觉配不上她。"傅雪莲说："你如果真心喜欢乔丽，就大胆地追求，但不要隐瞒自己的过去，如果乔丽也喜欢你，那就没有问题。如果乔丽拒绝你，那就说明她对你没有感觉。"

小柯看着傅雪莲说："姐，你说得对，我就照你说的话试一试！"说完，就朝外走。傅雪莲追他："我请你吃饭吧？"小柯头也不回地说："不了，我得去找乔丽去！"

晚上，曲小美和杨毅在电影院里看见小柯牵手一个女孩，也来看电影，两个人举止亲密。第二天，曲小美神秘地告诉傅雪莲："你猜昨晚上，我和杨毅在电影院看见谁了？"傅雪莲问："小柯和他的女朋友？"

曲小美说："姐你太神啦！一猜就中了，真是小柯谈恋爱了，女孩挺漂亮的。"傅雪莲很高兴。

傅雪莲父亲的六十大寿，大成开着车拉着傅雪莲的父母，来到一家餐厅庆生。傅雪莲第一个给父母敬酒，她举着酒杯说："我到社区工作三年了，总是忙工作，很少有精力顾家，也没时间孝敬父母，对不住了！"说完，给父母深鞠一躬。

大成举杯感谢岳父岳母："我更得感谢您二老对我的厚爱，过去这几年，要不是您二老照顾雪莲和英子，我真的就挺不过去了，这个家也就完了……"说完，他把满满的一杯酒都喝了下去。岳父安慰他说："大成，都过去了，以后我们一家人都会过上好日子！"

李芳芳又要去美国做生意去了，傅雪莲邀请她到家里吃晚饭。大成接英子放学回家，父女俩有说有笑，大成辅导英子写作业，傅雪莲系着围裙在厨房做饭，这样的温馨画面，李芳芳羡慕不已。

她靠在厨房门边说："我一直觉得你这人乏味，就爱当官儿，管闲事儿，现在我明白了，你才是人生的赢家，社区干得风生水起，夫妻和睦，孩子聪明伶俐，可我三十大几的人，没有婚姻，没有孩子，所以我总想出去，寻找所谓的幸福，可总是失望而归。"

傅雪莲说："你终于开窍啦！其实，我们都不在意身边的幸福，甚至觉得自己过得不幸福，于是就去远方，跨越江河湖海去寻找，结果才发现，所谓的幸福就在自己的身边。"

饭桌上，大成给傅雪莲的碗里夹菜，李芳芳假意嫉妒地说："不要在一个单身老女人面前秀恩爱好不好？"大成说："芳芳，你也老大不小了，赶紧找一个对你好的男人嫁了吧，天天有人给你夹菜！"

李芳芳看着傅雪莲说："这就是你调教出来的模范丈夫！"傅雪莲笑了。

傅雪莲送李芳芳到车站，两个人都被市区美丽的夜色感染，生活原来是如此的简单美好，而李芳芳又要离开，傅雪莲心里有些不舒服。

李芳芳说："这次我去是在美国的华人李总邀请我的，我们是在棋牌室认识的，他已经向我求婚了，我要和他一起工作生活一段时间，再定结婚的事。"

傅雪莲也不好再说什么，只是祝福她。傅雪莲叮嘱她在国外不适应就回来，自己就是她的亲人。两个历经风雨的闺蜜，紧紧相拥，彼此祝福。

这天是徐奶奶九十岁生日。社工们特意在老人食堂为徐奶奶举办生日宴。傅雪莲赶到的时候，屋里坐满了来祝寿的老人，牛大妈送给徐奶奶一对红绒头花，小柯母亲给徐奶奶买了件新衣服，傅雪莲代表社区送了生日蛋糕。

餐厅里欢声笑语，比过年还热闹。陈根生和吕小枣带着两个孩子过来为徐奶奶祝寿，将花生、糖果分别倒在几张餐桌上。莎莎的父亲黄粤生带着物业公司的代表也来了，说："老寿星就是咱社区的福星，大家现在生活越来越好，物业公司祝各位老人越活越健康！"

傅雪莲宣布徐奶奶的生日宴现在开始，她的讲话热情洋溢："这样喜庆欢乐的生日宴在我们社区还是第一次，以后社区凡是年满八十岁的老人，社区都会为爷爷奶奶们过生日。"

大家热烈地鼓起掌来。在"祝你生日快乐"的合唱结束后，徐奶奶吹灭了蛋糕上的蜡烛，老泪纵横。黄粤生对傅雪莲说："我有一个社区智能化养老的新想法，正在搞调研，希望能得到社区居委会的帮助。"

傅雪莲说："黄经理，这个想法好啊，咱们想到一起了，我国人口老龄化的特点越来越明显，社区的老年人也越来越多，现在国家正提倡'物业服务+养老服务'新模式。我们期待你的创新。"

为了解决社区居民就业问题，傅雪莲又开始奔波筹办社区企业。傅雪莲来找李健，李健一听就兴奋地说："我非常赞同你的想法，只要社区下决心了，我一定想办法争取资金支持，但是资金是以奖代补，得社区先干起来。"

傅雪莲和王菊来到莎莎的母亲周总办公室，说明来意。周总表示理解，但却说："我们公司是生产医疗器械的，不适合在社区另设分厂。员工的生产技术和学历要求也很高，社区居民不适合到我的公司上班，这个忙很抱歉就帮不上了。"

二人又去了几家公司，依然无功而返。傅雪莲回到社区居委会，召开工作例会，研究社区究竟办什么企业。大家议论纷纷，最后决定创办符合社区居民创业特点的企业，特别是应该围绕养老产业研究项目，还可以围绕分散式的来料订单加工，比如结合紫塞市是旅游城市，可以搞手工制作旅游纪念品，这样社区居民可以在各家各户搞生产。

杨毅忽然想起来什么，说："我有个同学在做滕氏布糊画，我可以去联系。"傅雪莲高兴地点头，渐渐有了思路。

杨毅说的"滕氏布糊画"起源于女真时期，后来是在继承清代皇家宫廷传统布糊艺术基础上，集绘画、堆绣、绢人、浮雕、唐卡、刺绣、裱糊、布贴画、景泰蓝等众多工艺之精华之大成，在众多民间工艺流派中独树一帜，无论人物风景、花鸟鱼虫均可入画，而且情态生动。后来，联合国教科文组织授予滕氏布糊画第三代传承人滕腾"中国民间工艺美术大师"称号，中国民间文艺家协会批准滕氏布糊龙腾艺术馆为"中国滕氏布糊画传承发展基地"。

这天上午，杨毅和曲小美来滕氏布糊画文化发展有限公司找女同学郝香经理，她是第四代滕氏布糊画非遗传承人。郝经理很有内秀，她的话虽然不多，但是让人感到温柔中透着善良和坚毅。二人在郝经理的带领下参观考察，欣赏一幅幅精美的布糊手工艺品。

郝经理和杨毅是同学，说起话来很方便。杨毅说："郝香，大家都知道，咱紫塞市的布糊画是国家非遗技艺，在脱贫攻坚过程中也出了很多力，培训招收了很多贫困村民，成功帮助他们脱贫致富，还被评为全省精准扶贫先进企业……"

郝经理说："杨毅，谢谢你的评点。咱们都是老同学，现在，社区居民需要解决就业，我们责无旁贷。再说，这也是一件双赢的好事情，我们一定支持社区。"杨毅大喜，和曲小美都露出赞赏的表情。

郝经理说："社区居民经过培训后，完全可以在家带料手工制作，公司可以在社区设立生产基地。"

杨毅和曲小美很高兴，与郝经理约定了回去汇报后，就准备合作签约仪式。

大成依然在开出租车，平时开车时喜欢听收音机，也算是一种放松了。

一天下午，收音机电波里传出女主持人的悦耳声音："亲爱的听众朋友，今天的午后时光，要给大家讲一个真实的故事。三年前，有一位罹患老年痴呆的老奶奶，从家里出走就迷路了，再也没有回来。幸运的是，老奶奶走进了普宁社区，被一位好心的社工女干部带回了自己的家里，像对待亲人一样照顾她，这位迷路的奶奶不记得自己的名字，但却记得她的亲生女儿叫晓芸，她每天都念叨晓芸回家了吗？老奶奶有一个身体特征，左脚有点儿跛……"

大成的车上正坐着一位女乘客，坐在车后排。听到此处，大成突然被车后面的哭声惊住了。大成从后视镜里问她："您认识这位老奶奶？"

女乘客抽噎着说："左脚有点儿跛，女儿叫晓芸……那是我找了三年的老娘啊！"

大成一听，赶紧把车停在了马路边，熄了火，他回头和女乘客交谈起来。

大成问："你就是晓芸？贾奶奶就是你的老娘？"

女乘客惊奇地问："师傅你怎么知道我的名字？但我老娘不姓贾，她姓刘，叫刘淑贞。我姓贾。"

大成说："贾奶奶不记得自己叫什么，我媳妇就在家里让我闺女称她是'贾奶奶'！说等找到她的家人再改口！"

女乘客顾不得哭了，一脸疑问："师傅，我老娘怎么在你家呢？你爱人是干什么的？要知道，我们已经找了她三年了，一点儿消息都没有，哎，大兄弟，哪有这么巧的事，你可别骗我啊！"

大成说："说来话长，但我先声明，我要是骗你，我就再进去一回！”

女乘客惊得说不出话来：“师傅，您可别吓唬我，您爱人是做什么的？”大成自豪地说：“我爱人是普宁社区的书记，就是她把你老娘领回了我们家，三年了，可找到亲人了……”

大成立马给傅雪莲打电话说：“雪莲，你立刻回家，贾奶奶的女儿晓芸找到了！”傅雪莲惊喜地叫起来：“她在哪儿呢？”

大成说：“就在我的车上，凑巧大姐打我的车，好了，我马上带她回家！”

其实，傅雪莲正在给社工们开总结会，一听找到了贾奶奶的女儿，就面向大家说：“暂时休会，我有要紧事要办！”说完，她起身就往外跑。

社工们面面相觑，觉得傅雪莲反常啊，她从未因家里有事耽误过开会。杨毅问傅雪莲：“傅书记，您家里有啥事儿啊？要不要我们帮忙？”

傅雪莲笑着说：“我太高兴了，恨不得飞回家里，贾奶奶的女儿找到了，曲小美，你功不可没！”社工们更好奇了，怎么还有曲小美的事？傅雪莲说：“是小美写了一篇文章，在广播电台播了，现在找到贾奶奶的女儿了……”

曲小美和杨毅跟着要去，要亲眼看到这一“见证奇迹”的时刻，王菊佯装生气地说：“都不干活啦？”她自己也跟着追了出去。

大成在自家的楼门口等着傅雪莲，看见傅雪莲从远处跑来，指给晓芸说：“那就是我媳妇，傅雪莲！”晓芸迎上去一把将傅雪莲抱住了，说：“雪莲姐，您可是我们全家的大恩人！”

一进屋，晓芸抱住贾奶奶，喜极而泣。她抚摸着贾奶奶的脸，说：“老娘胖了，精神也好多了。”

激动过后，晓芸紧拉着贾奶奶的手，对傅雪莲说：“这三年，我天天做噩梦，以为老娘已经不在人世了。”贾奶奶此时还认不出自己的亲女儿晓芸，只是觉得晓芸很亲切，她笑着抱着晓芸。

在傅雪莲的心里压了三年的疑团，终于可以破解了。她请晓芸坐下给大家讲述贾奶奶失踪前后的故事。

晓芸的眼睛里充满感激，对傅雪莲说："这是我必须要讲给大家的。我妈妈以前是个单位会计，头脑可聪明了。得病初期，就是行为怪异，每天都出去买饼，一天买好几趟，冰箱里堆满了饼。后来就变得不认人了，查出得了阿尔兹海默症。我们给她佩戴了手环，写了地址和家里电话，她都搞丢了。所以我们才找不到她。要不是遇见傅书记，老娘也许永远回不了家，对了，我母亲不姓贾，她姓刘，叫刘淑贞。我姓贾，叫晓芸。"

这时，刘奶奶仿佛也认出了晓芸，泪水流了出来。

傅雪莲说："刘奶奶能够平安无事，不是我一个人的功劳。"傅雪莲指着曲小美和杨毅说，"普宁社区的社工们一直帮我照顾刘奶奶，中午带奶奶吃饭，帮奶奶洗漱，带她出来遛弯儿。也是他们在网上发布寻人启事，电台的文章也是曲小美写的，冰山雪莲是我们集体的网名。"

晓芸感动地落泪，拿出一沓钱，说："我根本没想到今天乘出租车会遇上您的爱人，真是有缘啊！我没带太多钱出门，雪莲书记你给我一个账号，我回家就把钱转给你，我妈在你家白吃白住三年，无论如何要表达一点儿心意。"

傅雪莲婉言谢绝。傅雪莲让大成开车去了德汇大厦商场，为刘奶奶买了一身新衣服，又带着她和晓芸游览避暑山庄。傅雪莲向晓芸提议今晚住下，明天再赶回老家去。晓芸说老家人都在盼着母亲回家呢，连夜就要回去。

曲小美负责在家包饺子，王菊也赶来帮忙。晚上，英子放学回来了，知道刘奶奶要走，她懂事地为刘奶奶擦鞋。

大家围坐在一起吃饺子，小美给大家拍照。刘奶奶虽然痴呆，但是她也看明白了眼前的一切，知道自己是要离开了，她把饺子夹到傅雪莲的碗里，自己却哭了。这顿饭，大家吃得依依不舍。

夜幕降临，楼下聚拢了牛大妈、老冯、谭老、莎莎父母、陶菲、李芳芳等很多人，就等着欢送刘奶奶。

和大成一起跑出租的几个哥们儿也开车来了。王菊、袁梅、陆凡、杨毅、小柯等人打起了横幅“送刘奶奶回家！”。傅雪莲扶着刘奶奶坐进了车里，刘奶奶却又下车，抱住她，孩子似的哇哇哭起来，她似乎清醒了。

英子拿着玩具跑来，喊着：“贾奶奶，我不让你走！”刘奶奶俯下身抱英子，颤抖着说：“哎，英子，贾奶奶有个亲孙女啊！”英子把一只玩具火车送给她。傅雪莲和晓芸都惊喜刘奶奶终于清醒了。

傅雪莲终于劝她上了车，晓芸又过来拥抱傅雪莲和社工，最后深深鞠了一躬才上车。

在众人的掌声中，一辆出租车在前面打着灯闪为大成的车开道，后面紧跟上几辆同样游走字幕的出租车护航，车顶灯字幕滚动游走着“一个人温暖一座城，紫塞有爱送刘奶奶回家”。出租车队打着灯缓缓驶去……

过了几天，社区居委会门前，一辆又一辆轿车驶来，傅雪莲和社工们，迎接养老服务中心总经理黄粤生、滕氏布糊画文化公司郝经理。李健和纪警官、牛大妈、谭老、中年妇女、肖大茂媳妇也到了。

傅雪莲把黄粤生、郝经理介绍给街道书记李健。王菊对陶菲和肖大茂媳妇说：“你们都可以报名了，社区给你们提供了就业机会。”

陶菲高兴地问：“我也可以？”王菊说：“傅书记说了，当然可以了！”

肖大茂媳妇说：“谢谢社区今天邀请我来参加，可是我做了对不住傅雪莲书记的事，我没脸报名啊！”

曲小美说：“傅书记特意派我们邀请您，您已经在养老服务中心第一批就业的名单上了。”肖大茂媳妇感动了，哭着说：“肖大茂这个不争气的，倒卖假口罩，给判了三个月。”曲小美说：“只要肖大茂出来后好好干，一样欢迎他来就业。”

傅雪莲引领大家进了社区会议室。“普宁社区居委会|滕氏布糊画公司合作签约仪式”的标语十分醒目。在李健书记热情洋溢的开场白后，合作方举行了签约仪式。

会议室里响起热烈的掌声。

紫塞市的夏天就是这样，太阳一下山，市区就会变得很凉爽。

这天晚上，社区居委会依然灯火通明。其实早已经过了下班的点了，大家为了创建全国文明城还在会议室里加班。陆凡不经意间看到电视上的紫塞新闻，忙喊：“你们快看！”

电视上，本市的《紫塞新闻》正在播出，主持人播报：“……普宁社区被评为全省十佳先进社区，傅雪莲被评为全省优秀共产党员，普宁社区社工集体被评为全省最美志愿者先进单位。”

夜空深邃。傅雪莲站在社区居委会的楼顶，感慨地眺望万家灯火，脸上绽放出幸福的笑容。

# 第二十四章

夜幕降临，我打开了电脑。是时候了，关于李健后来的故事，关于蓝海天集团公司，我得向你讲一讲了……

那天我问，如果你李健当时知道，两个月后迎接你的是一场突如其来的疾风骤雨，你还会做出那样的选择吗？李健笑了，随后却一本正经地反问我，如果你是我呢？

如果我是……如果读者诸君你是李健呢？来，试一试，咱闲言少叙，那么现在就代入李健吧。

好了，就在这夜色中，你可以看到李健驾车正沿着武烈河边的山庄东路行驶。李健告别了傅雪莲，驾车出了社区，驶过沿河的罗汉山脚下。罗汉山，顾名思义，那山形如坐在河边俯瞰众生的一尊“罗汉”。近年来市里加快城市亮化，不仅使这座山亮了起来，还仿佛给这尊罗汉挂上了一串荧光闪闪的“佛珠”，使其在夜色中更增添了几分神秘。

市委书记要和一个街道办的党委书记谈话，李健对此有点蒙。对于市委书记邹长明，李健并不陌生，邹书记还亲自调研参观过李健搞的街道党建工作试点。其实李健他还不知道自己即将到来的工作变动。

到了市委，邹书记热情接待了他，还给他倒了杯水放到面前。

紧接着，邹书记表扬了李健在办事处的工作，又说到了新岗位后要迅速进入角色。

李健蒙了，越听越觉得好像有点儿不对劲。李健问："邹书记，我一个街道党委书记，您亲自谈话，我很忐忑，不过您这是要给我往哪里派？"

邹书记说："李健同志，你之前应该有所预料。"李健有些不安，忐忑地问："书记，我冒昧地问一下，是不是我在街道党委的工作没干好，给您惹祸了？"

邹书记哈哈笑了，说："这次调任你，不是提拔，不是发配，是重用。党中央、国务院高度重视新时代民营企业党建工作，民营企业在我市是市域经济的重要组成部分，是不可或缺的重要支撑。因此，市委组织部酝酿人选，就向市委推荐了你们一批年轻的同志，选派你到我市第一家上市企业蓝海天仪器仪表集团任党委书记。怎么，你不愿意啊，还是有什么难处？"

李健站起身，说："书记，我觉得……我不太适合到企业工作。"

邹书记也站起身，走过来，让李健坐下，自己也和李健并排坐在沙发上。

邹书记说："李健同志，这次全市开展'民营企业党旗红'活动，目的就是通过加强民营企业党建，推动民营经济高质量发展。杨部长对你评价很高，你呢原来是市委组织部党建科长、副处级调研员，后来到街道办任党委书记，期间对社区企业工作也抓得不错，你是经济管理专业研究生，专业也对口，抓好民营经济工作任重道远，党建领航作用十分关键，你不会以为这是个小差使吧……"

李健犹豫了，派自己到企业去抓党建工作，自己还真的是很怵得慌。

邹书记又说："李健啊，因为你之前就是副处级调研员，这次派你担任蓝海天集团公司党委书记，是转任实职副处级，这次任命就减去了考察环节。如果你没有意见，组织部近期将提出人事拟安排意见，提请市委常委会研究决定。”

李健知道，组织选人都已经到了这个步骤，看来自己必须接任蓝海天集团公司党委书记了，这是不可能更改的了。想到这里，李健说：“邹书记，到企业担任党委书记对我是个挑战，但是我服从市委安排，一定不辱使命。”

邹书记赞许地看着他，点点头。

避暑山庄东路两旁的树叶子渐渐变黄，李健驾车行驶着。已就任蓝海天集团党委书记两个来月了，这条街的树旁是排列整齐的宫灯装饰，加上避暑山庄虎皮宫墙，就多了些古风古韵的味道，远处依稀可见一形似棒槌的石柱耸立，那是棒槌山。

紫塞市奇山秀水，这棒槌山孤立于平缓的山峦之上犹柱擎天，那上部略粗下部略细的自然造型很容易开启人的想象力。清康熙四十一年，康熙皇帝以该峰状似磬锤赐名为“磬锤峰”，那山形又好似妇女河边浣衣的棒槌，更为奇妙的是，那山峰半腰处长着一株高约三米的桑树。据有关专家推测，那株桑树与磬锤峰“相亲相爱”已经三百多年了……

紫塞市是个四季分明的城市，时序已然是初秋，也就开始有了秋天的样子。李健是陪同董事长蓝启明去市政府开会，一边开车，回想起母亲昨晚叮嘱他相亲的事，暗暗笑了。

开着车，一路上李健连着打了几个喷嚏，他摇上车窗。这时候，李健说什么也没想到，一个多小时后出了件大事。

蓝海天集团董事长蓝启明出了会场，突发心梗住进了医院。现在，就在紫塞市中心医院，急诊中心的抢救室外站满了人，李健和蓝启明的司机小刘在人群中焦急地等待着抢救室内的结果。集团总经理海格尔和副总海东生从另一边快步走过来，人们不由自主地让开了路。

李健迎上前去和海格尔打了招呼，说了蓝启明的情况。

原来，今天上午，李健陪董事长蓝启明去市政府参加了一个座谈会。座谈会结束后，两个人随着人群走出政府大楼，蓝启明的脚步渐渐慢了下来，他忽然倚在了门边，一脸痛苦之色。

李健见势不妙，忙扶住蓝启明，蓝启明脸色发白，正虚弱地要站稳，手机铃声响了起来，他只好再次靠在门边，费力地将手机从包里拿出来接电话勉强说了两句，他已然不能坚持下去了，随着手机掉落在地上，蓝启明晕倒在地。

眼看蓝启明昏迷不醒，李健忙一面扶住他，一面给司机小刘打电话叫他快过来。李健将蓝启明背到车上，送到了医院……

听了李健的讲述，海格尔陷入沉默。海东生还要再问，走廊另一边，董事长的二婚妻子苏雅、董事长侄女也是集团销售副总蓝思诺以及几名亲属神情焦虑地快步走来。海格尔和海东生正要迎上去，急救室大门忽然打开了。看着主治大夫司医生一脸疲惫地从急救室出来，众人迅速围了上来。

李健家和司医生是邻居，和他最是熟悉不过，李健忙迎上去，问："司叔，怎么样了？"

司医生擦着头脸上的汗水，神色黯然地摇了摇头。苏雅看见司医生摇头，惊恐之下，几乎瘫在蓝思诺身上。海东生皱眉问："大夫，您把话说明白，到底怎么样了？"司医生叹了口气说："蓝先生抢救无效，已经过世了。"

听了这话，苏雅、蓝思诺和几名亲属立时痛哭起来，海格尔一愣，猛地瘫坐在一旁的椅子上。海东生还在对司医生质问不休："不可能，早晨还好好的，你们有没有仔细检查……"

李健茫然地看着眼前的众人，一时默然无语。

急救室外面的人越聚越多，一些亲属低泣倾诉着，讨论着董事长蓝启明的死因。忽然有人说，按李健书记说的情形，要是当时保持原地待着别挪动，等救护车来或许还有救。

听了这话，海东生一愣，问司机小刘：“小刘，怎么回事？你知道董事长什么情况，不知道叫救护车吗？”小刘磕磕巴巴地说：“我，我也……”

李健上前一步，说：“是我，当时董事长在我身边晕倒了，我叫刘师傅一起把董事长送到了医院。”

众人齐刷刷地看向李健，李健似乎也察觉到自己之前忙中出错，似乎有不妥的地方，黯然地低下头。忽然有人冲李健嘶吼：“你干什么吃的？有没有常识！”他是黄二利，是总经理海格尔的小舅子。

海格尔的侄子副总海东生也恼了，说：“我说李健书记，你是怎么想的？突发心梗，你还敢挪动老董事长？他的衣兜里就有速效救心丸，你本来可以进行施救的，笨！”

海格尔见状，烦躁中摆手示意大伙别说了，待众人安静下来，他将李健拉到一边，示意他先回公司。

李健明白海格尔这是保护自己的意思，就礼貌地和苏雅、蓝思诺打了招呼，在众人的注视之下，离开了急诊中心。

远在大洋彼岸的美国加州大学，青年教师蓝海媚身着皮靴、短裙，抱着讲义走在校园里，不时有学生向她打招呼。

蓝海媚美国学成后留校任教，至今已经两年了，母亲离世后，父亲蓝启明又娶了苏雅，这让她对父亲和苏雅一直抱有成见，即便去年和大卫结婚也没有回国。

手机铃声响起，蓝海媚看了眼手机的号码，愣了片刻后接了电话：“Hello，思诺……”

听着电话，得知父亲猝然离世的蓝海媚神色暗淡下来，继而眼中有了泪花。片刻后，她神情呆滞地放下电话，拭去眼角的泪痕，加快了脚步。

第二天一早，蓝海媚告别丈夫大卫准备回国。大卫问蓝海媚准备离开多久，蓝海媚想了想说葬礼以后就回来，大卫又让蓝海媚有空多给自己发视频，蓝海媚答应着，两个人拥抱后离开了家门。

此时，蓝海天集团办公楼的走廊内，李健和牛主任脚步匆匆。党委办牛主任知道了李健在医院的遭遇，见他神色暗淡，就安慰他说你不用太过自责，董事长的病本来就很危险，那些家属一时情绪激动口不择言，换了谁也是被埋怨。正说着，技术部徐工和罗浩从另一边过来。

徐工看见李健过来，老远就打招呼，一脸焦虑地走过来。徐工说："我找海副总，要向他请示和汇报更正的方案，电话联系不上他。"李健告诉徐工，说海东生在医院，又问他是不是有什么急事？

徐工叹气说："因为压力仪表的质量问题，成品库房上午被市场监管局查封了。这问题我们之前就向海副总反映过，但是他根本不重视，现在技术部门是否要做一个新的方案出来，还得请示海副。"

得知成品库被查封，李健不由得一惊，他没将董事长离世的消息告诉徐工，只说自己会想办法联系海副总，然后会及时将消息反馈给他。

从医院回来，海格尔领衔，蓝家和海家的家族元老们聚拢在一起，讨论着治丧的事情。蓝思诺问是不是要通知市里的领导。

海格尔刚打完一个电话，正好见李健推门进来，便让李健负责通知市里的领导。李健点头同意，又问海格尔是不是需要党委做什么？

李健话音刚落，海东生不悦地说："李书记，我们在讨论家事，没什么事的话，您可否先回避一下？"

海东生平日里对李健意见颇多，又假借董事长去世的事情，对他就没个好脸子。李健不理海东生，对海格尔说："海总，刚才徐工来过，关于压力表质量的问题不是小事儿，如果处理不好，对蓝海天公司的影响难以估量。"海格尔点头，说已经知道这件事了。

回到党委办公室，李健坐在座位上心绪难宁，牛主任气呼呼地来回踱步为李健抱不平。李健摆摆手，示意牛主任噤声，拿起电话向市委邹书记汇报了蓝启明离世的情况。

市委书记邹长明听了李健的汇报颇为震惊，决定亲去参加蓝启明的葬礼。邹书记叮嘱李健，在关键时期要通过党委的工作确保企业平稳，股市不要受到影响。

次日，殡仪馆门口，海格尔和李健等集团负责人与市委邹书记等领导握手，目送邹书记等人上车离开。

送走了市里领导，海格尔和李健等人往回走，迎面遇见那名曾向李健发难的黄二利，他对李健仍没有好脸色，质问道："你还好意思到这来？"

黄二利是蓝海天库房的保管，因为是总经理的小舅子，因此才出现在医院急救现场和殡仪馆。海格尔怕黄二利在丧礼上失态，忙对他说："二利，快忙你的去！"黄二利不敢反驳，讪讪离去。

李健想说什么，话到嘴边又咽了回去。海格尔看出李健的尴尬，想了想说："李书记，这边没什么事。听说物流公司那边今天开党支部座谈会，要不你去看看，下午再过来。"李健想了想点头："好，那我这就过去。"

李健和牛主任上车，汽车驶离殡仪馆，与另一辆车擦肩而过。

汽车停稳，黎老从车上下来，海格尔忙迎了上去，搀扶黎老："黎老，您也来啦？"

黎老喟然地说："谁能想到，蓝启明这小子竟然走在了我的前头……"

李健在赶往去物流公司的路上，思绪凌乱的他接着母亲打来的电话。自从李健离婚后，李健的父母总是托人给他介绍对象，李健本无意再娶，但他拗不过母亲，只得硬着头皮去了两次。这一回母亲督促他见的相亲对象还是个大姑娘，李健只好再次答应了母亲有空去相亲。

到了物流公司，物流公司党支部书记刘明静已经召集了党员们等李健了。

刘明静给李健介绍了物流公司的党员，最后说物流公司一共九名党员，实到八人。没到的于得水是个困难党员，交党费不积极，参加党支部活动也不积极，当前是支部的重点思想工作对象。

李健听着刘明静的讲述，反问她这样的人怎么也能发展成党员？刘明静解释说于得水虽然是个出名的倔脾气，以前却是个好员工，对党务工作也很积极。三年前，集团电子电路公司的新建厂房拆迁没拆他家，自那以后他对集团的意见特别大，后来就做什么事都不积极了。

李健把这名字记下来，说咱们集团党委正开展结对帮扶困难党员活动，自己的帮扶对象就定这个于得水了。听了李健的话，刘明静笑说李书记肯做于得水的工作，那可真是太好了。然后，李健参观了物流公司的党员学习室，开了个简短的党会，做了工作部署便回到了集团厂区。

回到集团，工会主席朱和平来了。朱和平和李健是党校同学，二人平时很有默契。了解到李健在丧礼现场的遭遇，朱和平为他抱不平。

朱和平说："这是什么事啊？你说说，按说治丧委员会应该由党委或者工会牵头，现在蓝家和海家把这事办成了家事，反而没咱们什么事了！让我留在公司，还把你李书记也打发回来，这不摆明了不让咱们参与吗？"

正说着，李健的电话响了，接听后挂了手机，赶忙又拨打海格尔电话，电话里传来集团的专用彩铃声，但无人接听，李健焦虑地放下电话。

朱和平问："李书记，什么事？"李健说："还是压力表质量的事情，市场监管局来电话说省里催办得很急，人家知道公司正在治丧，让下周一安排一名副总配合调查。"朱和平不解地问："电话怎么打到你这了？"

李健说："海总可能没顾得上接电话，市场监管局联系到我了。"朱和平说："你以前在市委组织部工作过，和各单位都比较熟，所以有事经常联系你。"

李健摇头说："海总可能还不知道这个事，我得返回去向他反映情况。"朱和平摆摆手，劝阻说："听我的就别去，现在去说这事儿，肯定得碰钉子！"

李健说："这事儿不能耽误，碰钉子也得去。"

海东生到机场接上了刚下飞机的蓝海媚。蓝海媚是个高冷美女，现在一丝愁戚浮现在她的面容上，脸色有些苍白。海东生向蓝海媚说了蓝启明的死因，最后他下了结论，说如果当时身边人有点儿常识，这事也许根本不会发生。蓝海媚忙问谁在现场？

海东生说：“还能有谁？党委书记李健是陪老董事长去开的会，他这个人啊，整天磨磨唧唧的，总是干涉企业事务。你说我们一个民营企业，市里偏给派了个党委书记，简直是画蛇添足。”蓝海媚无心再听，抬腕看表，海东生意识到她着急了，加快车速。

殡仪馆的停车场，蓝思诺等人早已等在外边，见海东生的车过来，后母苏雅和堂妹蓝思诺、舅母黄美芳快步迎上去。车子停稳，海东生和蓝海媚从车上走下来。蓝海媚迎着众人的目光下车，看向了蓝思诺并和她打了招呼。

蓝思诺挽住蓝海媚的胳膊往苏雅身边走去，又喊过童娜：“童娜，把蓝蓝的包接过来吧。”童娜接过蓝海媚的包。

苏雅上前握住蓝蓝的手，说：“蓝蓝……”

蓝海媚仿佛没看见苏雅，避开她伸过来的手，径直往殡仪馆走去。苏雅尴尬地愣在原地，海东生和蓝思诺看到了苏雅的尴尬，对视一眼，快步跟上了蓝海媚的步伐。当年，因为拦阻父亲娶这个“后妈”苏雅，蓝海媚和父亲闹翻了，这个疙瘩到如今也没有解开。

一旁，海格尔的妻子黄美芳低声安慰苏雅说：“别和蓝蓝一般见识，她是心情不好，过后我让老海说说她。”

殡仪馆内，在众人的注目下，蓝海媚神色黯然走到灵堂前。对于这一刻，来的路上她已有了思想准备，可是真到了跟前，还是忍不住眼泪涌了出来。

总经理海格尔的小舅子黄二利是临时司仪，他其实是个中年油腻男，平时喜欢说三道四的，看起来有点儿口才，其实是油滑的一个人。在他的主持下，蓝海媚给亡父蓝启明上了香，接着走到海格尔的身旁和他打了招呼。海格尔低声问了几句蓝海媚的情况，又和她说起蓝启明的事情。

李健快步进入殡仪馆，走近海格尔，压低声音说：“海总，市场监管局来电话了，催促咱们周一安排人配合调查这批产品的质量问题。”海格尔点了点头，蓝海媚冷眼看向李健。

李健又待再说什么，海格尔抬手示意李健先别说了，随即快步迎向刚进来的刘远，两大人握手。刘远悲戚地道：“蓝启明啊，我的老哥哥哟……”

海格尔说：“蓝蓝，快过来，这位是豹跃客集团的刘远刘总，你父亲的故交。”蓝海媚走近海格尔，和刘远握手，她对父亲蓝启明的这位故交有些印象。

刘远去上香，海格尔回身看见李健。李健再次上前说：“海总，治丧是大事，可集团的运营也需要您，我建议安排海副总先和市场监管局联系一下，然后周一去配合调查。”海格尔有些不耐烦：“这情况我知道，回头我来处理。”海东生上前说：“李书记，您没必要非得把这事情放到这说吧？”

李健面不改色地说：“我这是对企业负责。”

一听这话，海东生来劲儿了，大声指责李健耽误蓝启明病情。家属们听了海东生的话，纷纷围了上去，斥责李健要把他赶出殡仪馆。海格尔无奈，只得过来劝住众人，说着话，海格尔向蓝海媚介绍了李健。

李健伸出手来，蓝海媚毫无表示，显然无意和他握手。

“李书记，我知道是您将我父亲送到了医院。”蓝海媚面无表情地说，“如果不是来悼念我父亲，您可以离开了。”李健一愣，不由得反问：“离开？我是代表党组织、代表集团党委悼念董事长，我必须离开吗？”

蓝海媚根本不管李健说什么，自顾自地回到了亲属祭拜的行列。李健知道，不仅蓝家、海家的人，就连刚刚归国回来的蓝海媚也一定是误会了自己。

墓园中竖立着蓝启明的墓碑，墓碑外围满了人。李健和牛主任、朱和平等人献上花圈，花圈的挽联上分别有集团党委和工会敬挽的字样。

李健向墓碑鞠躬致意，这样的情景，让他不由得回忆起董事长蓝启明对自己说的话："任重道远啊，李书记，我相信你一定能把咱们集团的党建工作做好。"继而，李健又想到蓝启明死前的痛苦神态……那些画面一遍遍在脑海反复，抬头时，他的眼里已噙满泪水。

献了花圈，李健退到一边，恰好站在海格尔身边。海格尔拍拍他的肩膀安慰他说，董事长猝然离世，大伙儿都接受不了，希望你能理解。对此，李健虽然满腹委屈，也只好点头。

墓园外，参加葬礼的人们纷纷走向停车场，各自上车。苏雅是专业画家，天生温柔明理，对于蓝海媚的无礼，苏雅虽然不满，却知道她是误会自己，非但不愿和她争执，还处处想关照蓝海媚。

见大家纷纷离去，苏雅走到蓝海媚身边："蓝蓝，你的房间我已经收拾好了，回去住吧。"蓝海媚看也不看苏雅，上了蓝思诺的车。

看着有些尴尬的苏雅，海格尔无奈地看着蓝海媚上车，转身让海东生送苏雅回家，海东生痛快地答应着，打开车门邀请苏雅上车。

山路盘旋而下。车内，海东生一面开车，一面观察着副驾驶上苏雅的表情。苏雅看向窗外的山色，目光暗淡。海东生说着安慰苏雅的话，但苏雅一句也听不进去，反而忽然想起一件事来，问海东生："我听那个李健书记说，启明在晕倒之前接了你的电话，是不是什么不好的消息刺激到他了？"海东生眉头一皱，不禁心里打起鼓来。

原来，那天市场监督管理局接到举报，称两个批次压力表检测不合格，稽查大队的刘队长来集团仓库突击检查。作为产品负责人的海东生第一时间接到了消息，来到仓库又是套关系，又是找熟人，还是没能将刘队长一行挡在外面。海东生只好给蓝启明打了电话……现在海东生心想董事长旧病复发，而自己的电话恐怕起了火上浇油的作用。

回想起这一切，海东生也有些后怕，唯恐自己成了蓝启明离世的罪人。此刻苏雅问起来他嘴上自然不能直说，只是说没什么要紧事，心里一面盘算着一面岔开了话题，说：“苏阿姨，您是伤心过度了。放心，我们有时间就多来陪您。这不，蓝蓝表妹也回来了……”

说到蓝海媚，苏雅一脸茫然地说：“唉，在蓝蓝眼里，我又算什么？”

“苏阿姨，蓝蓝不懂事，你不用生她的气。我和思诺说了，让她劝劝蓝蓝，您为人这么好，早晚她会理解的。”

苏雅被海东生说动，委屈一股脑儿地吐露出来，她说：“蓝蓝她还是这样，我真不知道到底是因为什么？她出国之前还小，不理解我们就算了。那时候我怕她心重，和你姑父蓝启明连孩子都没要，只是希望一家人和睦相处。没想到，最终还是这样的结果。”苏雅接着说：“启明走了，蓝蓝也不理解我，国内也没什么值得我留恋了，启明头七过后我就打算出国了。”

听到这里，海东生一愣，说：“别啊，您这是……”苏雅说：“和你姑父在一起，我真的没有任何私心，更不是图他的财产。就在前几天，启明晕倒过一次，他给我留了口头遗嘱的录音，说将别墅和公司一部分股份留给我。我也不缺钱，他人都走了，蓝蓝也不愿意和我亲近，这些又有什么用呢。”

“遗嘱？”

“对，蓝启明特意录音留给我，还让我好好照顾蓝蓝。”

海东生质疑地问：“我记得董事长早留了遗嘱在乔律师那里。”苏雅点头说：“乔律师那里是有一份遗嘱，启明原本打算最近去更改遗嘱，但是一直没抽出时间来。”

海东生一时不知道该怎么接话，转念一想遗嘱的混乱，对公司无疑不是一个坏消息，但对他海东生、对海格尔和海家来说却未必是件坏事。

苏雅喟叹说："反正我要走了，启明不在了，蓝蓝又记恨我，这座城市也没有我的亲人了。这录音就当是启明留给我的纪念吧。"

海东生劝她说："苏阿姨，您先别着急离开。再者说，有些事情不能仓促决定，毕竟您得为自己的将来考虑。"

苏雅没有回答海东生的话，一时若有所思。

紫塞市的一家拳击馆内。拳台上，蓝海媚挥汗如雨地练拳，仿佛要把所有的精力和情绪全部释放出来。另一边，蓝思诺和童娜在台下远远地看着她，拳台上不知疲倦的蓝海媚，让俩人都有些担心。

蓝思诺忽然想起了什么，用余光瞄着一旁的童娜，说："我记得你好像也会打几下，去试试？"童娜不好意思地摇了摇头。蓝思诺笑笑："昨天海总和我聊了聊，想调我去担任销售部经理……"童娜一愣，不由得看向蓝思诺。

蓝思诺与童娜对视，说："我想推荐你做新的董事长秘书，你看怎么样？"童娜惊讶："我？"蓝思诺点头说："你也是海归精英，对公司又比较熟悉，我觉得你去肯定没问题。"

童娜难以置信地说："可是新董事长是谁还没选出来呢？"蓝思诺向蓝海媚努努嘴，说："蓝蓝的可能性最大，如果是她接任，你来做秘书最合适。"

听了蓝思诺的话，童娜陷入沉思。

这时候童娜手机铃声响了起来，"雨桐，明天搬家？要我帮忙啊？公司最近比较忙，我请示一下啊。"童娜捂着话筒看向蓝思诺，蓝思诺点头。

童娜对着手机说："好好……叫他啊？就你会找人帮忙，好的。明早联系吧，拜拜。"

苏雅家中，为了陪伴苏雅，这几天亲戚们来得很频繁。此刻，黄美芳陪苏雅坐在沙发上说着家常话，黄美芳能说会道，颇能缓解苏雅内心的痛楚。

两个人说着话，黄二利和海格尔进了别墅。海格尔说黄二利这两天辛苦了，让他早点儿回去休息，接着又低声提醒他，说这两天有人反映你在外边赌钱，以后要注意。

听了海格尔的话，黄二利谄笑着点头，连连摇头说没有。黄二利走到门边，正遇见蓝思诺和蓝海媚进来，黄二利和俩人打了招呼，开门离去。

蓝海媚进来，环顾整个客厅，这个客厅显然已经不是当初她离开时的样子了，所有陌生的变化都让她觉得疏离，仿佛这是一间客居的寓所，并不是她的家。事实上，苏雅入住这里后，蓝海媚再也没把这当作自己的家，也没回来过。她的目光落在父亲的遗照上。

蓝海媚问："我想知道，我爸的病到底是怎么回事？"她说这句话的时候，目光一直没有离开父亲的遗像。

听了蓝海媚的话，苏雅说："蓝蓝，你爸的工作压力很大，这两年身体就不太好，常吃药。我常劝他注意身体。因为之前已经有两次忽然晕倒了。去年你爸晕倒的时候，我还给你打过电话，你一直没接。"说着，苏雅抽泣起来。

听着苏雅的抽泣，蓝海媚有些烦躁地说："苏女士，请你安静安静吧，这一天天的哭声够多了。"

这话让苏雅更委屈了，她说："蓝蓝，我是你的继母，怎么成了苏女士了。这么多年来你一直误会我，甚至恨我，到现在连一声阿姨都不肯叫。"

"抱歉，让我一个人安静安静。"蓝海媚说罢，自顾自上楼了。海格尔望着蓝海媚的背影，无奈地叹了口气，又给黄美芳使了个眼色，让她去安慰苏雅。

蓝海媚回到卧室，点亮灯，疲惫地靠在门上环顾这间卧室。许久，蓝海媚走到床边坐下，抚摸着床上的被褥，眼角渗出了泪水。

一枝红玫瑰静静地放在桌上。米兰西点餐厅卡座上，遵照母亲的嘱咐来相亲的李健已经等了一会儿了，相亲对象还是没到。红玫瑰倒不是李健带来的，而是这家西餐厅的标配，每个桌上都有，用来营造氛围。

李健按照约定，带了一本《热河》杂志放在桌上。这时，浑身洋溢着青春气息的“90后”美女司雨桐悄然进来，四处张望。李健看见了司雨桐，凝眉端详她似乎觉得面熟。司雨桐一边找人一边往李健方向走了过来。

李健站起来，问：“司雨桐？”司雨桐看见李健，惊讶地说：“你是……健哥？”

原来，两个人是小时候的邻居，此刻正是被介绍相亲的对象，只是因为介绍人的疏忽，两个人提前并不知道双方的姓名。对于李健，司雨桐倒不客气，说着话便大大方方地坐在了李健的对面。

李健打量着司雨桐，笑了，说：“上次见你，你还是个小姑娘呢，真是女大十八变啊。”司雨桐说：“搬走了之后也不知道回来看看。你们搬走以后，我可是伤心难过了好长时间呢。”

李健讪笑地说：“那时候哪像现在，没手机、没微信，走了就不好联系，再者刚搬了家没多久我就去外地上大学了，一晃十多年就过去了。”

司雨桐端详着李健说：“保养得不错，倒是不显老，嫂子呢？怎么自己一个人跑这地方来了？”

李健不想提及过去的婚姻，忙打岔说：“你现在也工作了吧？”“大乔律师事务所上班呢，你还没回答我的话呢，怎么自己一个人来了？”司雨桐追问不休。李健说：“我……是来见个朋友……”

司雨桐又问：“你的朋友怎么还没过来？”李健一摊手，说：

“爱来不来吧，不来更好。”

司雨桐看见桌上的杂志《热河》，就像接头暗号一样，知道李健就是来相亲的男方了，不由得欣喜，因为她从小就对邻家哥哥李健有好感。但司雨桐没有说破，她有点儿调皮，就想这样先暧昧一会儿。

李健问：“我猜猜啊，你是来相亲的吧？”司雨桐微笑着点头。

李健说：“相亲你怎么来得比男方还早，女孩子嘛，应该抻着点儿。”司雨桐撇嘴说：“不过这人可真没素质，昨天就放我鸽子，要不是看在介绍人的面子上，我才不伺候呢。你等什么人呢，怎么还没到？”

李健说：“说的是呢，再不到我可要走了。”

司雨桐眉毛一挑，坏笑地说：“刚好遇见了，请我吃顿饭不应该嘛。你快打个电话问问还来不来，要是不来咱俩正好一起吃饭。”

李健点了点头，笑着拿起手机拨通电话。忽然间，司雨桐的手机响了，司雨桐拿起手机看向李健，而后出其不意地抢过了李健的手机，两个手机放在一起看了看，装着惊讶的样子说：“我的天，介绍人说的成功人士就是你啊！”

李健也愣了，尴尬地去夺手机，司雨桐笑着往后躲了一下。

司雨桐得意地说：“这不就对上了嘛，可见我来的还是比较正确。本姑娘还是很矜持啊！”

司雨桐从包里也拿出一本《热河》杂志，放在桌上，微笑着看向李健。

李健尴尬地说：“也都怪我，就留了电话，早知道问问名字，知道是你我就不来了。再说，我也不是什么成功人士……”

司雨桐故作不悦地说：“是我怎么了？就这么让你看不上？”李健据实相告，说：“嗯，离婚两年多了，她有意去国外发展。”

司雨桐点头，说：“哦，原来是个二婚。这些介绍人可没说，看来我是被蒙骗了。嘘，我跟你说，我还就想找个你这样二婚的，哈哈……”

李健让司雨桐点了菜。很快服务员为俩人端上菜品。司雨桐啜了口饮料，笑看李健说要是换了别人二婚还来糊弄我，我早拍桌子走了！李健说就当是吃一顿免费的午餐，反正我就是为了完成我妈交给的任务。听了这话，司雨桐说，努力吧，健哥你也不是就没机会。

李健电话铃声响起，他看了眼司雨桐，接了电话：“妈，人家没相中，介绍人没把我情况说明白……好好，我晚上回家吃饭。”

司雨桐凑了过来，说：“阿姨，我是司雨桐！”李健只得对电话里的母亲说：“是雨桐，刚好碰见了……”

司雨桐却一把夺过李健的电话，说：“阿姨，我可想你了呢，晚餐啊，我有空……好的，一定到。”司雨桐放下电话，笑嘻嘻地看向李健，李健看着调皮的司雨桐，一时有些哭笑不得。李健电话再次响起。

司雨桐以为又是李母的电话，示意李健快接。李健接了电话，说了几句后，对司雨桐表示自己有点儿事得赶紧去趟医院。说完丢下司雨桐，匆匆离开了西餐厅。

李健没有撒谎，他是接到了黎老的电话匆匆来到了医院。黎老是参加过抗美援朝的老兵，膝下无子又老年丧偶，是李健担任街道党委书记时的重点关照对象。黎老也不把李健当外人，有什么事都愿意找李健。

医院急诊室内，腿上打着石膏的黎老见李健进来了，挣扎着要坐起来。李健忙上来搀扶住黎老。李健问了黎老的情况，黎老说没什么大事，接着就抱怨李健不来看自己。当他得知李健从普宁街道党委调到蓝海天仪器仪表集团担任党委书记的时候，不由得一愣，随即露出耐人寻味的表情。

李健见黎老的反应，也有些纳闷，还没等他问，黎老又说你能去蓝海天当书记，看来市里领导很信任你。李健问他是不是有话外之音没说。黎老想了想，随即摇了摇头。

李健再问，黎老卖了个关子说："看看你能在集团干成什么样儿，到时候再告诉你。"

李健没想到，此刻司雨桐竟然真的去了自己家里。

司雨桐下午没事就早早地来了，和李母聊了一会儿，两个人就兴致勃勃地准备饭了。这会儿，菜已经做得差不多了，她和李母端着菜从厨房出来，摆到桌子上，李母不时含笑打量司雨桐，想象着司雨桐当了自己儿媳妇的画面。

李健很快到了家，司雨桐的到来让他觉得可能真的有麻烦了。要知道，司雨桐比自己小很多，又是老邻居的女儿。司雨桐看出来李健有些不高兴，就拿起包，要和李母道别。

李母急了，留下了她，嗔怪李健不主动，没有待客之道，一点儿都不热情。众人一起吃着饭，回忆着司雨桐小时候和李健的事情，一时其乐融融。

吃了饭，李母和李健在厨房里刷碗。李母低声说司雨桐这孩子懂事，对李健也有意思，让李健抓紧。对此李健只说司雨桐是个孩子，让母亲别多想。

回到客厅，几个人又聊了一会儿，李健开车送司雨桐回家。夜色朦胧中，李健的车驶离小区，并入公路。

车内，李健得知司雨桐竟然和自己住在一个小区，不禁看向坐在副驾驶上的司雨桐，问："上午刚搬的？上午我开车出来看见路边有人搬东西，就是你吧？"

司雨桐却为俩人的缘分感到惊喜，说："嗯，我呢，是未卜先知！主动向你靠拢，有默契吧？"李健问："怎么想的？一个女孩子搬出来住？"

司雨桐哼了一声，说："在外面不是方便嘛，在家里天天被唠叨、被催婚。"李健摇头："你还没一个人生活过吧，做饭、洗衣、打扫卫生，一个人生活，琐事一点儿都不少，哪如住在家里。"

司雨桐扑哧一声笑了，说："看来你很有经验呀，说真的，我对相亲还是有些抵触。幸亏遇见你，这一天还挺开心的。"

李健故作严肃地说："你别瞎琢磨啊，按年龄说，你甚至叫我叔叔都不为过。"司雨桐嬉笑着说："李叔叔，您这么大岁数还相亲啊？"

李健瞪了司雨桐一眼："哎哎，什么称呼，别乱说啊，你住几号楼？"

"6号楼，你呢？""7号楼。"

司雨桐高兴地说："远亲不如近邻，近邻不如对楼。看来，我上午搬家还真是搬对喽。"

汽车驶入小区，在6号楼前停下。司雨桐开门下车，问："李叔叔，要不要上来坐坐？"

李健摆手："得，你今天刚搬家，以后再说吧。"

司雨桐一撇嘴，说："切，明天见。"司雨桐随手关上车门，走入楼内。李健目送司雨桐的背影逐渐消失在楼道内，若有所思。

回到家里，李健开门进屋，一个亮点从对面的房间晃过来。李健走到窗边，看司雨桐用手机的手电筒往这边儿晃。看见李健走到窗边，司雨桐兴奋地向他招手。

李健向司雨桐招了招手，随即拉上了窗帘。司雨桐看见李健突然拉上窗帘，不由得愣了一下，继而笑了。

上午，蓝海天集团公司总经理海格尔办公室，海格尔正和海东生说着市场监管局过问产品质量的事情。公司的工程师徐工接到副总海东生的通知，带着徒弟罗浩敲门进来了。

海东生从徐工手里接过一块压力表递给海格尔。徐工介绍说：

“这批压力表的弹簧管和机芯的材质有问题，弹簧管使用的铜合金含铜量明显不足。”

海格尔端详着手中的压力表，抬眼质疑地看向海东生。

海东生说：“徐工，你们不要小题大做，材料厂那边已经经过了反复验证，这个含铜量比例是没有大问题的。”徐工说：“小问题就是大问题，含铜量比例问题直接导致了咱们的仪表灵敏度不够……”

海格尔看向徐工，问：“技术部为什么之前没注意到这个问题？”

徐工看了眼海东生，说：“这个……”罗浩走到徐工身边，说：“这个问题，之前徐工已经向海副总反映过。”

海格尔再次看向海东生。海东生有些不自然地解释说：“这个事是董事长生前亲自批的。主要考虑到最近原材料价格上涨，人工成本也不断攀高，市场竞争又激烈，加上材料厂那边检测又没有问题。为了降低成本，所以……”

海格尔说：“行了，不用说了！从现在起，各部门立刻执行原来的标准，加紧进行生产。徐工和罗浩先回去吧。”

海东生唯唯诺诺地答应着，同时狠狠地瞪了罗浩一眼。

海格尔盯着海东生问：“你把董事长批过的材料单给我找来看看。”海东生说：“董事长是口头同意的。”海格尔知道海东生撒谎，愤怒地说：“胡闹！我还不了解董事长？他可是视产品质量为命根子……”

海东生终于不再辩解，低下头说：“我错了，老叔。”

海格尔不由得叹了口气，说：“董事长刚走，你还敢拉上他扯谎！在外面我给你面子，可你也得给自己长脸啊！”海格尔强压怒气，知道现在还不是训斥海东生的时候，于是换话题问，“关于明天的董事会，你有什么看法？”

海东生见海格尔不再追究，松了口气说：“我看蓝蓝肯定不会留下，明天的董事会，直接选您做董事长顺理成章。我是不是先和公司的常务董事们暗示一下？”

海格尔瞪着海东生。海东生说：“这都是明摆着的事。”海格尔一摆手：“你把我看成什么人了？我已经通知了蓝蓝参加董事会，你通知乔律师明天带遗嘱过来。”

海东生一愣，问：“老叔，您……”

海格尔一摆手，说：“快去通知吧。按老董事长的遗嘱履行程序。”

看着海东生离去，海格尔陷入思索中。随着老董事长蓝启明的去世，谁来接掌董事长已经成为集团上下热议的话题。作为总经理的海格尔，他是老董事长蓝启明的小舅子，现在他心里并不是不想当董事长。

可是海格尔想不明白的是，自己跟随蓝启明这么多年，功劳苦劳自不必说，但是遗嘱上却是他的女儿蓝蓝担任董事长。这固然是蓝家股份占比大，但是姐夫蓝启明还是有些不信任自己。蓝家、海家难道还不是一家人吗？蓝蓝她根本就没有企业管理经验，如何能执掌蓝海天集团啊？

海格尔站起身，看向窗外思索着。

周一早晨，集团会议室外，李健和几名董事们从走廊另一边过来。李健看见站在会议室门外与工作人员交涉的司雨桐，一时惊讶，甚至以为自己来错地方了。司雨桐也看见李健，惊喜地向他招手。李健走过来，不解地问她在这儿干吗？司雨桐拿起文件冲李健晃了晃，进了会议室。

会议室内，众人落座，海东生看向坐在海格尔身边的李健，毫不顾忌地嘀咕说他怎么也来了。一旁的朱和平解释，又似在为李健鸣不平，说按规定党委书记有权列席董事会。海东生又瞥了眼李健，不屑地摇了摇头。

会议开始，通过海格尔的介绍，李健总算才弄明白司雨桐的身份。原来，司雨桐在大乔律师事务所工作，乔律师在国外一时抽不开身，指派司雨桐来公司宣示遗嘱。

海格尔介绍后，司雨桐站起来说："大家好，我手中的这份文件就是已故蓝启明先生的遗嘱。根据遗嘱，蓝启明先生持有的蓝海天仪器仪表集团51%的股权，由蓝启明先生的女儿——蓝海媚女士继承，遗嘱还建议推选蓝海媚为公司董事长。"

司雨桐话落，海格尔站起来说："各位董事，既然按照老董事长的遗嘱，蓝海媚持股蓝海天51%的股份，那么接下来，请董事会通过表决选出下新任董事长。我本人……提议并支持蓝海媚担任董事长职务，请大家举手表决。"

海格尔话音刚落，众人纷纷要举手。蓝海媚却平静地说："请等一等。"

海格尔说："蓝蓝，虽然之前我并没有和你沟通过这个事情，但是，这个职务只能是你的，你责无旁贷啊。"

蓝海媚站起来，依然平静地说："舅舅，谢谢大家对我父亲的帮助和对我的信任，但是我不懂经营管理，无法胜任这么重要的职务。"

董事们都愣住了。

只有海东生暗暗窃喜。他知道，只要蓝蓝退出，蓝海天的董事长就是老叔海格尔的，这是毋庸置疑的。如此一来，自己很有可能就荣升总经理了。

# 第二十五章

会议室里。蓝海媚的一番话让会场内议论纷纷，董事们交头接耳起来。海格尔正襟危坐，似乎不再急着表明态度，一旁的海东生则颇有深意地看着众人，他知道，蓝海天集团属于他们海家人的时代很快就要到来了。

海东生的对面，李健环顾会场，他认为公司需要新鲜的血液来实行变革，蓝海媚如果能就任最好不过，但他却顾忌自己作为党委书记不能参与公司生产经营事宜的身份，觉得还不便发言，只是面带焦虑地看向蓝海媚。

李健有他为难的地方，因为按照集团公司派驻党委书记的规定，李健是列席董事会，无权干涉企业内部的生产经营，只有在重大事项上提建议的份。眼下，蓝海天集团公司处于新老交替时期，不，是蓝家和海家的家族利益之争的关键时机，暗流涌动之下究竟是怎么回事儿，他还想等等再看看事态的发展，否则轻易出口提建议反而容易适得其反。

眼看一时无人说话，司雨桐低声说：“蓝女士，有几句话，乔律师嘱咐我在宣布完遗嘱后单独转告您，您看是否方便？”

蓝海媚点了点头。海格尔说：“也好，大家先休息一下，蓝蓝，你和司律师去隔壁休息室说吧。”

蓝海媚点头，起身往休息室走，司雨桐快步跟上蓝海媚，两个人进了休息室。蓝海媚开门见山地说：“司律师，请讲吧。”司雨桐斟酌着词句，提醒道：“蓝女士，乔律师让我转告您，您父亲之所以这么安排遗嘱，是有他的深意。”

蓝海媚思索着说：“我或许明白，但我现在思绪很乱。”

司雨桐又低声说：“另外，乔律师也以长辈的身份劝你，蓝启明先生在蓝海天仪器仪表集团倾注了大半生心血，切不能把企业轻易拱手让人。”

蓝海媚沉思片刻，说：“司律师，谢谢你。请您转告乔律师，我理解他的好意。但我只是一名历史教师，没有能力接任集团的董事长职务。另外，我的家庭在国外，我的丈夫还在那里等我回去，我不能为了一个不能胜任的工作远离自己的家庭。其实，我倒是觉得我舅舅海格尔是可以接任的。”

司雨桐看出蓝海媚态度坚决，觉得自己不便再多说，只好点了点头，说：“我会将您的话转达给乔律师的。”

会议室里，海东生开了话头，就有董事提议让海格尔考虑接任董事长。海格尔静默不语，观察着其他董事的态度。海东生急了，站起来要说话，见蓝海媚和司雨桐走进会议室，也就先不再说了。司雨桐和蓝海媚落座，蓝海媚看向海格尔，低声说：“舅舅，今天先到这里？”

海格尔当即宣布散会，众人纷纷起身往外走，司雨桐给李健使了个眼色。李健明白她的意思，故意放慢脚步在走廊里等她。

司雨桐出来追上李健：“巧吧？”李健笑着点头。司雨桐问：“怎么样，要不要晚上一起吃个饭？”李健说：“对不起哈，我晚上有事了。”

司雨桐一愣，问：“怎么，就算不是相亲，一起吃顿饭不很正常嘛。咱俩是邻居，又是发小，现在工作上还有那么点儿交集……”

李健说：“你也看见了，公司现在群龙无首，我肯定有得忙。

你还是……和年轻人多聚聚吧。”听了李健的话，司雨桐有些生气地走了。

忙忙碌碌中，一天的时间转瞬即逝。李健没胃口吃饭，一直工作到天黑才回家。到家开了灯，忽然袭来的倦意让李健什么也不想干，直接坐到了沙发上。手机铃声响起，李健看了看手机屏幕显示的联系人是司雨桐，忽而感觉到一丝微妙的意味，无奈地笑了。

李健接电话，说：“雨桐？”

司雨桐家中，她站在窗边，看着对面打电话。问：“这么早灯就亮了，是不是带相亲的对象回家了？没有？没有，可见你根本就不忙！吃个饭都推三阻四的，是不是收拾收拾又要出去相亲？”

面对司雨桐的质问，这边的李健哭笑不得，他走到窗边，看着对面司雨桐的身影，说：“雨桐，我这两天事情实在太多，这么早回来纯属……偶然。好好，我这就下楼，想吃什么？”

李健洗了把脸下楼，两个人约见的餐厅还是米兰西点。餐厅内，李健和司雨桐坐在卡座上，服务生为俩人端上来餐品。

司雨桐喝着果汁打量李健，说：“李大书记，看起来有点儿憔悴哟，除了公司的事，还有什么心事？”

李健忽然想起了什么，说：“对了。我送蓝启明董事长去医院那天，正好遇见司叔当值，他是主治医师。”司雨桐一愣：“我爸？”

李健说：“你天天耳濡目染的，是不是也懂点儿医理？你给我讲讲，突发心梗真不能挪动吗？”司雨桐说：“这我还真的不懂，回家我给你问问啊，你干吗问这个？”

李健解释说：“当时我和董事长在一起，是我把他送到了医院。”

司雨桐以她职业律师的敏锐，追问：“所以……你是自责，还是有人因为这个事指责你？”李健说：“都有吧。”司雨桐忽然激动起来，说：“当时你是救人心切啊，这也算错，他们蓝家的人也太不讲理了。”

李健忙说：“你别激动。”司雨桐说：“今晚我就回去，问问我爸，看看到底怎么回事！”李健见司雨桐这副模样，忙劝她不着急，以后有机会问问就行。

司雨桐问：“网上的消息你看了吗？都在传海格尔会接任董事长。”

李健点头说：“看到了，网上那些言论目的性很强，怕是别有用心的人推波助澜搞出来的。”司雨桐惊愕地说：“这么复杂？可是海格尔明明白白说请蓝海媚接掌董事长！”

李健颇有些忧虑地说：“现在最令人担心的是蓝海媚的态度，到底能不能接任董事长不好说。”

吃完饭，李健要送司雨桐，司雨桐却反而坚持让李健自己先回去。她惦记着李健的事情，没有回到租住的地方而是打车去了父母家里。虽然李健说了不用着急，但她觉得李健受委屈自己心里很不舒服，要帮他问清楚。

回到家中，司雨桐顾不上母亲问东问西，直接拉着父亲进了书房，问起了蓝启明的事。司父表示，正常来说，保持原地躺卧有助于防止患者因失去知觉导致呕吐物窒息。但蓝启明并不是窒息死亡，他心梗后发生了颅内出血，情况很严重，就算当时发生在医院，恐怕也很难抢救过来。

说完，司父反问司雨桐问这些干吗，司雨桐敷衍着说了解一下，一转身回自己房间了。

司母看着司雨桐进屋，纳闷今天司雨桐是怎么了。司父却看出些端倪，他回忆起李健给蓝启明送到了医院后的境遇，司雨桐肯定是帮李健问的。

卧室内，司雨桐进了屋就迫不及待地拨通了李健的电话，说：“喂，这下放心了吧，和你没一点儿关系……”放下电话，司雨桐美滋滋地打开卧室门，正遇见母亲在门外偷听。

司雨桐问：“妈，你干吗呢？”司母掩饰地说：“没事，我找猫呢。”司雨桐惊诧地说：“我的亲妈，咱家什么时候养过猫？您是不是偷听我电话，哈哈……想干什么？”

司母索性也就挑明了，问：“以前怎么没发现我闺女对谁的事这么上心？除了李健，你可不要脚踏两只船啊。”

司雨桐笑着让妈妈早点儿休息，自己去洗漱了。浴室里冲澡的司雨桐，因为帮李健问清了事情的原委而感到高兴，忘情地享受着淋浴带来舒畅的快感。

紫塞市的清晨，朝阳将整个城市涂上一层暖色。苏雅别墅外，李健不知道什么时候来了，他一手拎着豆浆油条，另一手攥着根油条吃着，眼睛不时看向别墅的大门。李健看见蓝海媚从别墅出来，忙上去喊住了蓝海媚，将手上的豆浆油条递向她。

蓝海媚原本故意装作没看见李健，这时却不得不停下脚步，凝眉看向李健，问：“你这是干吗？”

李健讪笑说：“给你买的早饭啊，你得注意身体，企业还等着你掌舵呢。”

蓝海媚不屑地走过他身边，抬胳膊看了眼手表。李健又追过来，说：“我给公司司机刘师傅打电话了，今天堵车，估计他得晚几分钟。”蓝海媚仍然不看李健：“党委书记可以管得这么宽吗？都管到我的司机了？”

李健说：“我没别的意思，其实这么早来，是有事要和你说。”

蓝海媚诧异地看了他一眼。李健又递上豆浆油条，说：“要不咱们往外走走，边走边说。”

蓝海媚虽然没接油条，却迈步往前走去。整洁肃静的马路边，蓝海媚快步走着，李健只得跟在她身后，说：“蓝女士，在你履职董事长之前，我先这样称呼你。”

蓝海媚停下脚步回头，说："李书记，有话直说就可以。"李健被说得一愣，不由得站住了。

蓝海媚逼视李健，问："你是不是来道歉的？"李健摇了摇头，说："我咨询过了，董事长当时即便在医院里晕倒，也几乎不可能抢救过来。我不需要向你道歉，也不需要向任何人道歉。"

蓝海媚不置可否地说："好，好，那算是我误会你了，我给你道歉。"李健无奈地说："道歉就不必了。你是新时代海外留学的知识女性，但是一些人情大道理应该明白，董事长离世让你情绪激动，我能理解，可是你没必要对我一个为公司尽义务的党委书记这种态度，照这样，你给我道歉也不为过。"蓝海媚有些不耐烦地说："好，我郑重向你道歉，李书记。"

李健一愣，看向故作认真的蓝海媚。蓝海媚说："现在是我的私人时间，我不希望被别人打扰，要没别的事您可以……"

李健说："别，重要的事我还没说呢。蓝海天集团是全市的大企业，我来是代表党委，当然也是市委邹书记的意见，希望你能接任集团的董事长职务。"蓝海媚敛眉看向李健，问："你拿市委书

记压我？”

李健苦笑地说：“不是压你，是恳请和你聊聊，等一会儿到了公司，你就没时间接见我了。”

蓝海媚看李健很诚恳，就说：“好吧，李书记，既然你追到这来找我。我也可以答复你，我不是没考虑过留下，但现在还没做最后的决定。在做决定之前，我不希望外人对我形成干扰。”

李健见她态度好转，也有了底气：“蓝女士，我想请你明白一点，我是集团的党委书记，并不是外人。另外，我来找你谈这件事情，没有夹杂任何私心。受这次产品质量问题和董事长猝然离世的影响，集团的股票已经跌到了去年以来的最低点。你接掌董事长与否，直接影响集团的稳定，这并不是蓝家或者海家自己的问题，这关乎纳税和就业，影响到整个集团几千人的利益。”

蓝海媚说：“谢谢你。我认同李书记你负责的态度，我也知道集团不能群龙无首。但我的舅舅海格尔一直担任总经理，有经验、有能力，接掌集团的董事长是没有问题的。所以，我履职与否与集团的运转应该没有必然的联系。从家族内部的角度来说，这件事就是我的家事。”

李健摇摇头，说：“这不光是你们的家事，这是全市企业界的一件大事。蓝董事长生前也意识到公司存在一个大问题，就是企业家族化管理模式已经落后，集团看似波澜不惊的表面下隐藏着更深层次问题。不解决这些问题，集团的维持、发展和稳定将会越发艰难。总经理海格尔虽然劳苦功高，但绝不是解决这些问题的最佳人选。按理说，我一个党委书记，是无权干涉企业经营的，可是市委选派我来的目的是充分发挥党委作用，确保企业正常生产经营秩序。现阶段集团亟须一个新生力量，需要一个人来打破公司旧的体制弊端，打破家族化管理，这个人应该是你。”

蓝海媚愣了一下，说：“你别忘了我也姓蓝，那些家族亲戚也是我的亲戚，那些公司元老是跟我父亲一路打拼过来的，对公司忠心耿耿。你知道靖难之役吧，贸然削藩的后果你有没有想过，集团如果因为内部利益冲突而引发混乱，这个责任集团公司党委和你我恐怕都担不起……”

李健说：“不是这个意思。我不是说要搞成对立面。打破家族化管理也是个循序渐进的过程，现阶段你还要依靠他们，我也没说将来不用公司元老……”

李健话还没说完，司机已经将轿车开了过来。李健见车开过来，到嘴边的话也咽了回去。

蓝海媚摆摆手，说：“好了，先不说了。”

轿车停在俩人身边。李健快步上前为蓝海媚打开车门。

蓝海媚惊疑地问：“你这是干什么？”李健笑笑：“这车门不是我李健给你打开的，是蓝海天仪器仪表集团公司全体干部员工为你打开的。”

蓝海媚上车，不屑地说了声：“忽悠！”

李健顺车窗将豆浆油条递给蓝海媚，蓝海媚只接了豆浆，将油条递了回来：“我不喜欢油炸食品。”

轿车向前驶去，李健拎着油条站在原地自语：“国外不都是油炸食品嘛，炸鸡、薯条……”

车内，司机小刘专注驾车，蓝海媚坐在后排，她对李健的印象是越来越差，心想这人做事完全不按套路出牌。

集团餐厅内，海东生和蓝思诺坐在一起吃饭，低声聊天。海东生话比较多，两个人聊起蓝海媚。

海东生说蓝蓝一个学历史的，半点儿商业经验都没有，对于管理企业就是白纸一张，不可能有能力接掌企业。蓝思诺笑说不知道海总怎么想，海东生说自己昨晚已经去过海总那里了，感觉海总不是不想就任董事长，而是蓝蓝手上的股份可以在任何事情上一票否决。海总可能是忌惮这个。

听了海东生不知是真是假的话，蓝思诺忽然觉得事情比自己想象的要复杂得多，她话锋一变，说："我倒是认为蓝蓝会留下。"

海东生问："思诺表姐，你就那么肯定蓝蓝会当这个董事长？"

蓝思诺说："从家里到公司，没有人比我更了解蓝蓝。她从小就要强，而且非常有韧劲儿，她认准的事儿，几乎没有干不成的。你不知道出国之前，她们父女俩有多好……现在她手上有公司最多的股份，加上老董事长的遗嘱立储，只要她理顺了这些事，我可以肯定她会留下。"

海东生说："我看未必，毕竟是个女孩子，夫妻团聚比什么都重要。你别不是希望蓝蓝留下来吧？"蓝思诺笑笑说："我能说了算吗？"

海东生是个人精，看着蓝思诺模棱两可却又摸不透的态度，他决定要把蓝思诺从蓝家拉倒海家这一边来，为海格尔能够接掌董事长增添助力，也是为自己能接任总经理出力。

从食堂出来，两个人就准备着去接人了，今天蓝海媚第一天到厂，按海格尔的意思，集团重要管理人员都要露面。

蓝海媚又回到了集团办公大楼，对于这栋大楼她并不陌生，熟悉的环境唤起旧日的回忆。但她无暇回忆父亲，身边的一切都在引领她走向父亲曾经奋斗的道路。蓝海媚在海格尔、海东生和童娜的引导下步入董事长办公室。童娜做了个请的手势，说："这就是董事长办公室。"

蓝海媚环视办公室的陈设，看到桌面摆着装有自己照片的相框。蓝海媚走进办公桌，走近看自己曾经的照片。

海格尔不禁感慨地说："自从你出国，这张照片就一直摆在这里。你父亲一直牵挂着你。"

蓝海媚点了点头，放下相框，抬手轻抚办公桌，眼睛湿润了。

海格尔见状说：“董事长让你继承股份，是想让你带领集团继往开来，有所作为。集团的运营和发展不能误，时间不等人，蓝蓝你要尽早做出决定。”

海东生看向蓝海媚，想从她的面部表情里找到答案——她蓝海媚是去还是留呢？

蓝海媚转身看着海格尔，说：“董事长一职，恳请舅舅您来兼任，您和我父亲并肩奋斗多年，熟悉公司所有事务，您接任董事长也是合情合理的。”

海格尔察看着蓝海媚的表情，说：“蓝蓝，你还是要好好想一想。”

蓝海媚说：“舅舅，我是学历史的，虽然过去受父亲影响也读过一些企业管理的书，可要真做起事来，也只能是纸上谈兵而已。”

海格尔说：“这没什么，你父亲和我当年都是初中毕业就进了厂子，边学习边摸索也走到了今天。你是名牌大学的博士，以你的学习能力，很快就能上手。咱们蓝家、海家都是一家人，你接任，两家老人一定尽心竭力辅佐你。”

对于海格尔一再劝说蓝海媚留下，海东生有些不解，甚至很着急，暗想老叔你怎么一而再再而三地劝说蓝蓝留下呢？

海东生直接要挑明了，于是着急地插话说：“蓝蓝表妹，蓝海天集团公司是紫塞市首家上市企业，管理起来确实很难，稍有不慎就会得不偿失，我为你担心，更为姑父留下的产业发展担忧。我倒是支持你的理想，你在美国加州大学那可是响当当的历史学教授，这么年轻，将来必然会大有所为啊。你舅舅也不是外人，也是蓝海天发展的功臣，你该放心……”

蓝海媚静静地听着，点点头，但并未说话。

海格尔没想到海东生说得如此直白，他担心蓝海媚听了会适得其反。

其实，海格尔的高明之处就在于，他海格尔本就应该接掌董事长，但奈何姐夫蓝启明的遗嘱却指定推荐了蓝海媚，他若明面上去争这个董事长的位子，担心会被其他董事取笑。当然，如果他当了董事长，又怎么可能亏待了外甥女蓝蓝呢？因此，他希望蓝海媚能理解自己的一番苦心，主动退出董事长这一职务的竞争，而这一切他希望是润物无声，悄无声息地发生。

于是，海格尔拦阻海东生说："东生，兹事体大，你不要乱讲，还是请蓝蓝自己拿主意。"他又和蔼地说，"蓝蓝，你应该继承你父亲的遗志。你丈夫大卫那边，再和他谈谈，时机成熟是不是可以让他过来一起生活。"

蓝海媚想了想，半晌才点头，说："舅舅，我听您的，眼前您先带我把工作理顺，扭转集团在股市上的颓势。"

蓝海媚迅速的转变让海东生有点儿恍然，他一脸失望地看向海格尔，眼神中似乎带有抱怨。海格尔虽然也是一愣，但很快就反应过来，他深呼吸了一次，似乎在对蓝海媚的决定表示赞许。

蓝海媚又说："舅舅，等集团一切稳定后，我会选择在适当时机，减持股份再回美国。"

海格尔说："以后的事情以后再说，东生你立刻联系董事会成员去会议室，先召开董事会走程序。"海格尔说着，看向海东生。

海东生一听说蓝海媚理顺企业后就回美国，不由得暗喜，痛快地点了点头，转身出去通知开董事会了。

在海东生的组织下，一个小时后董事会就顺利召开了，朱和平作为董事列席，唯一的非董事会成员就是党委书记李健。董事们围坐在会议室的长桌外，传递并签署一份文件，列席的李健满脸欣喜。

海格尔接过文件，扫了一眼，眼神中似有落寞也有欣慰。海格尔说："我宣布，经董事会选举，蓝海媚当选蓝海天仪器仪表集团新一任董事长！"

众人纷纷起立鼓掌。

蓝海媚也站起来，离开座位，向众人深深地鞠了一躬。海格尔主动上前与蓝海媚握手，从他起，各个董事排队与蓝海媚握手并表示祝贺。

一直到最后，李健上前与蓝海媚握手，他兴奋地说："董事长，李健代表集团党委向您表示祝贺。"蓝海媚只是点了点头。

会上，蓝思诺又推荐了童娜作为蓝海媚的秘书，蓝海媚见童娜漂亮又大方，之前还搞过销售工作，当即就同意了。童娜之前是蓝思诺的手下，蓝思诺认为她担任蓝海媚的秘书最合适不过，一来业务熟练，更重要的是她认为童娜是自己人。

下午，蓝海媚在海东生和蓝思诺、李健、朱和平等人的陪同下参观集团总部各部门，作为蓝海媚的表姐，蓝思诺把众人带到了销售部。

蓝海媚看着眼前忙碌的工作环境，不时和蓝思诺交流着。蓝海媚知道自己没有管理企业的经验，可是她有学习的决心，从小她就觉得只要肯下功夫，没有什么是学不会的。

李健本想找机会和蓝海媚提质量问题的事情，但看着蓝海媚在前面和蓝思诺交谈着，一直没有机会，只好追上走在后面的童娜，喊她："童秘书。"

童娜转身，问："李书记？什么事儿？"李健："上次产品质量问题的事情，您得尽快跟董事长提醒一下，这是咱们集团当前最要紧的事。"

童娜不解地说："李书记，您自己向董事长说就可以啊。"李健尴尬地说："嗯，还是你来提醒。直到现在，董事长对我可能还有点儿偏见，我提怕适得其反，请童秘书你多做做工作吧。"

童娜点了点头，快步追上蓝海媚的步伐。

次日，蓝海媚、李健、海东生等人在车间主任刘建设的引领下参观集团自动化车间。昨天下午，童娜找机会向蓝海媚反映了压力表质量的事。对于上任后要解决的首要问题，蓝海媚不敢大意，一早就直奔车间来了。

与蓝海媚同行的还有技术部的徐工和罗浩，罗浩和童娜是大学同学，同时进入公司，虽然岗位和发展方向截然不同，但通过在企业内的不断接触，两个人的关系在不久前有了突破性进展，越来越亲密。

说话的间隙，海东生不住地打量着童娜，童娜被海东生看得有些不自然。罗浩此刻看见海东生的暧昧目光，心里有些厌恶。

海东生似乎没发觉罗浩的表现异常，他移开目光，向蓝海媚介绍徐工和罗浩，两个人一一和蓝海媚握手。

蓝海媚语气和蔼地说："麻烦你们过来，是想让你们在技术上给大家讲解一下这次压力表的质量问题。"

徐工解释说："这次压力表的灵敏度问题，主要出在原材料上，也就是说公司用了比以前标准更低的材料，导致了压力表的灵敏度下降。"见徐工面露犹豫，罗浩站出来发言说："我们曾向上反映过，但没有得到重视。"

蓝海媚直接问："你们向谁反映过？"罗浩毫不避讳地看向海东生。

海东生说："是我，徐工的确反映过这个问题。但是老董事长……"蓝海媚皱眉："海副总，那请你解释一下，降低材料标准是怎么回事？"

海东生说："为了控制成本，提高利润……还有……"

蓝海媚看出海东生的窘迫，怕再问下去损害他的领导威信，点了点头，没有继续追问。一旁的李健看出罗浩话还没有说完，蓝海媚有避讳的意思，就没有插话。无论如何，蓝海媚能去研究和解决问题，就已经说明自己的判断没错，有些事情恐怕还得私下里对她提。

参观完自动化车间，了解了情况，蓝海媚和童娜往办公楼走去。李健追过去叫住蓝海媚。

李健说："董事长，徐工原本是技术部的总监，如果是他在，这次降低材料标准的事情绝不会发生。"

听了李健的话，蓝海媚微微皱眉。

李健诚恳地继续说："通过这次事件能看出来，生产技术部管理粗放，一些操作流程也有问题，我觉得这件事情可以作为一个契机，改变技术部的现状。另外，我打算在集团技术研究所成立党支部。"

蓝海媚没有回应李健，却看向他身后。

海东生在后面快步走来，审视着李健，问："李书记，打上小报告啦？"

李健说："海副总，建立党支部有利于增强员工的凝聚力和向心力。"

海东生不屑地说："一天天就说这些虚的，党支部能产生多少效益？少给员工开工资行不行？"

蓝海媚不愿见俩人争吵，插话道："好了，好了！李书记，海副总现在负责技术部，你刚才说的问题可以向他反映。"

李健愣了一下，无奈地点了点头。海东生斜着眼睛看他，面露不屑。

下午，拿不准蓝海媚的想法，心里颇有些忐忑的海东生早早地来到了蓝海媚办公室里。蓝海媚还没到，童娜为海东生泡了茶放在茶几上，让他稍等。海东生说了句谢谢，打量着童娜问她怎么认识技术部的罗浩。听到童娜说他俩是大学同学后，海东生意味深长地点了点头。童娜怕海东生再问别的，点头示意后快步走出了办公室。

童娜前脚刚走，蓝海媚就推门进来了。海东生故作轻松地与蓝海媚聊了几句，蓝海媚亲近的态度让他放心不少。就在海东生以为蓝海媚将被自己很容易糊弄过去的时候，蓝海媚冷不丁地问起压力表的事情来。

海东生思忖着说："压力表这种产品，本身技术含量并不高，当前市场竞争激烈，利润率也比较低。前段时间原材料特别是铜的价格一路走高，公司如果不采取措施降低成本，这个产品迟早会被市场淘汰，所以我就把降低材料标准的事情请示了老董事长，老董事长也同意了。"

蓝海媚看向海东生，眼神中透着质疑。海东生又说："目前市场上有很多同类产品，关键部件的含铜占比比我们的还低，据我了解，几乎很少有类似的问题发生。"

蓝海媚点了点头，问："表哥，今天没有外人，我想问你，问题的关键在哪里？"

对于蓝海媚的疑问，海东生早已准备好了说辞："大部分问题当然在我们技术部，一些技术骨干跟不上公司压缩成本提高利润的思路，同时欠缺责任心。另一方面，一线自动化车间那里也存在一些问题。"

蓝海媚又问："那你觉得怎么做比较好？"

海东生说："眼下肯定要按原来的标准做一批货把这件事情应付过去，在如何降低成本上，技术部那边还得抓紧研究。"

蓝海媚摇了摇头，说："表哥，这一点我暂时不能认同。我觉得我们集团在行业内是有一定知名度的，没必要跟风小厂通过降低材料标准去搞降价。以后所有关于降低材料标准的事情，我觉得都没有必要再提了。"

海东生没想到蓝海媚刚刚回来就已经有了自己的思路，辩驳道："可是市场是残酷的……"蓝海媚打断海东生的话说："我们应该守住大厂的底线！哪怕涨价，也要让客户知道我们用的是真材实料。"

话说到这里，海东生已经看出蓝海媚的确很有主见，并且有了那么一丝针对自己的意思，看来不是好兆头。海东生想了想，说："既然你拍板了，那以后就按你的思路来。蓝蓝，我知道你是出于长远考虑，但是我也是在为集团的利益着想。"

蓝海媚说："好，还有一个问题，徐工是怎么被撤了技术总监的？"

海东生没想到蓝海媚会提起徐工的事情，忙说："徐工这人过于保守，对于降低产品成本这件事，技术部门拿不出改进方案，海总和董事长一商量就让我来技术部了。不过说实在的，外人还真是不行，关键时刻还是咱们自己家人能顶上去。"

蓝海媚说："我理解海总和你的考虑，集团内两个家族的力量不能被过分削弱。"海东生又说："所以，我现在着重培养两个家族内部的年轻人，让他们成为咱们集团的储备力量……"

听着海东生的话，蓝海媚陷入深思之中。

谈了压力表的事情，海东生又给蓝海媚讲了些集团的现状，也都是报喜不报忧，对于徐工更是冷嘲热讽，把他描绘成了一个狗拿耗子的多事者。对于海东生的话，蓝海媚只是倾听，许多时候并不表态，这让海东生有种拳头打在棉花上的无力感。

从蓝海媚办公室出来，海东生走到集团办公室门口往里看。童娜正在电脑前写资料。海东生站在门口看了一会儿，进了屋。

童娜看是海东生，起身打招呼："海副总。"

海东生说："晚上紫塞剧场有一场演唱会，我有两张VIP票，要不要一起听听。"童娜一愣，说："抱歉，海副总，我晚上有约了。"

海东生盯着童娜看了看，忽而笑了，转身离去。

下午，李健准备找海格尔说一些工作上的事情，却不想海格尔的秘书说他刚刚走。李健往停车场追去，远远地就看见海格尔正要上车，李健快步走来，远远地喊："海总。"

海格尔转身看向李健，问："李书记，有事？"李健说："正想着和您商量，咱们企业群团组织上，工会和妇联有了。眼下需要成立公司团委，想听听您的意见。"

海格尔点了点头，说："我这个党委副书记就是挂个名，这些事儿就不参与意见了。你也知道，我这一天分身乏术，你和党委开个会决定就行了。"

李健笑着说："您是集团党委的副书记，应该给点儿意见，明天下午集团准备开党委会讨论这件事，希望您能参与讨论。"

海格尔似乎很忙，有些敷衍地说："好好，我有时间一定参加，要是没时间你李书记就多受累吧啊。"李健看海格尔要上车，连忙叫住他："海总……"

海格尔愈发不耐烦了，说："李书记啊，分公司那边今天新上了条线，我得绕那边去看一眼。"

"您稍等一下……"李健说着，快步走向自己的轿车，打开车门拿出一个装裱好的剪纸工艺品，快步走回来递给海格尔，说："这个送给您，以前我在普宁街道办工作的时候，社区俊凤剪纸手工坊做的，市面上销售得还不错。"

海格尔接过工艺品，笑着说："那就谢谢你李书记了。"

李健笑着点头，看海格尔上车。

车内，海格尔看了看手中的工艺品，笑了笑，随手扔在前排座位上，对司机说："送你了。"

司机一愣，不知道海格尔是对李健有意见，还是根本就不喜欢这件工艺品，遂笑着点头谢过海格尔。

李健还站在那里，看着海格尔的轿车缓缓驶去。

第二天上午，李健和党员们坐在会议室准备开会，等了很长时间，作为党委副书记的海格尔还是没有来。李健在会上讨论了成立公司团委的事情，并讲明了在健全党支部发挥党员作用的同时，充分调动青年干部职工的积极性，形成在党委指导下，工青妇统一发力助推企业发展的建设方针。

会后，李健和朱和平、牛主任从集团办公楼往外走着去食堂。说着话，牛主任提到了团委书记候选人罗浩，认为罗浩可能有些思想波动。

李健不解地问：“什么问题？之前不是找他谈过吗？”牛主任无奈地说：“对啊，之前谈的时候挺好的，但是昨天说着话发现他忽然没什么积极性了。”

李健说：“我大概能猜到是怎么回事儿，回头我找他聊聊，做做他的思想工作。”朱和平说：“有一点你可能还不知道，童秘书是罗浩的女朋友，但最近海副总对童娜有点儿那个啥……”

李健一愣，忽然停下了脚步。果然，海东生这个花花公子看上了童娜，童娜打了饭，坐在角落的餐椅上一面看手机，一面等罗浩。不承想，罗浩还没到，本不该出现在员工餐厅的海东生却端着餐盘过来了，坐在童娜对面。

海东生问：“童秘书，我坐这里不介意吧。”童娜一愣，虽然很不情愿也不好拒绝，尴尬地说：“海副总，您坐吧，您吃您的……”童娜说着，翘首往四周望去。

海东生看出童娜的不情愿，却也并不介意，他接近童娜，一方面是因为童娜姿色出众，更多的是因为童娜目前的身份，如果童娜肯为自己效力，自己在蓝海媚那里就没那么被动了。

海东生坐下吃饭，突然给童娜夹了个鸡腿：“你这么瘦，应该多吃点儿。”

童娜表情尴尬，想要拒绝却已经来不及了。

海东生看着童娜说：“怎么打了饭不吃啊？趁热吃吧。”童娜说：“我等个朋友一起。”

李健端着餐盘走了过来，海东生不太高兴，觉得他搅局了。童娜仿佛看到了救星，忙喊：“李书记——”她又向李健挤挤眼睛，暗示她要换个地方。

李健说："童秘书，我想和海副总聊点儿事儿，你方便换个位置吗？"童娜笑了，说："好，那你们聊，我去那边。"

童娜和海东生点头示意，端起餐盘看见远处向自己招手的罗浩，快步向他走去。李健端着餐盘坐下，说："海副总，伙食还不错哟。"

海东生放下筷子，问："伙食？李书记，您就要和我聊这个？你一个党委书记插手到食堂了？"

李健说："哈哈，是这样的，公司成立团委，你分管的生产技术部要积极支持啊。"海东生说："李书记，我都不好意思说你，你说一个党委书记，念念文件、学学报纸就行了，别整天在这里研究扩大自己的影响力。还成立什么团委？我们这是民营企业，不搞那些虚的。"

李健明知道海东生不会一下子就支持的，因为涉及罗浩，罗浩归海东生分管，想让罗浩当团委书记，海东生要是不点头，恐怕有麻烦。

李健说："海副总，成立团委也是上面的要求，以党建带团建，有利于企业发展，你支持就行，不会影响公司生产的。"

海东生眼看着童娜离去，有些着急，就说："行，我支持。"

李健说："好，海副总果然站位高，那罗浩就是团委书记的首选。谢谢支持。"李健转身走了。

海东生回过神儿来，自语说："罗浩？"

晚霞的余晖渐渐黯淡，暮色笼罩了灯火通明的城市。马路上，车流穿梭。街道旁人声鼎沸的大排档，徐工、罗浩和几名技术部的骨干围桌而坐，正一起说着什么。李健快步从马路对面过来。几个人看见李健过来，都站了起来。

李健忙说："大家快坐快坐，坐下说。"

众人坐下，服务员上了几盘凉菜和一份儿水豆腐。徐工将水豆腐挪到靠近李健的地方："这个地方虽然不起眼儿，水豆腐做得却非常地道，这水可是从宽城亮甲台的都山专门运来的山泉水。"李健点头："咱们紫塞人都好这口，这也是我的最爱，所以小罗一提水豆腐，我就知道是这儿了。"

服务员摆好菜品要走，李健忙起身往他手里塞钱，说："这顿饭我请，这些应该够了。"

罗浩忙站起来，要从服务员手里把钱拿回来，却被李健拉住。罗浩急切地说："李书记，说好了我请的。"李健笑笑："你现在是公司党委拟定考察的团委书记候选人，我吃你的饭，味道不对啊。"

众人都笑了。罗浩挠挠头坐下。

大排档的人越来越多，氛围热烈起来，众人都很享受这无拘无束的环境，边吃边聊，徐工给李健盛水豆腐，李健忙站起来端过碗接着。

徐工开门见山地说："我们技术部借着小罗的光约您出来，是有点儿事要和您聊聊，让您给出出主意，最好能向董事会反映反映。"

李健说："哈哈，徐工啊，不瞒您说，我昨天还因为反映技术部的问题，挨了董事长的批评。"

徐工一愣。李健知道徐工误会自己在推托，又说："不过您尽管说，确实该反映的，我李健义不容辞。"

徐工这才释然，说："这次压力表的质量问题，海副总把责任都推在了我们这些老技术员身上。说技术部门缺乏创新能力和朝气，意思要让我们靠边站，然后换上新进公司的大学生，而且要直接排到科研和生产一线。如果这么搞，技术部非得乱套不可。"

李健边听边思索着。罗浩郁闷地说："压力表的事情，海副总屡劝不听。到现在我们反而要承担责任。"一名技术员说："他就是打着降成本的幌子在谋取私利，听说在采购部那边，海副总是拿了回扣的。”

徐工忙摆手说：“打住，打住！不要乱说。”李健也说：“快吃吧，别光说，水豆腐就得趁热！”

徐工和罗浩面面相觑，罗浩要给李健倒上啤酒。李健拦住罗浩，说：“我喝茶水吧，晚上还有事。”

罗浩也不再劝，给几人都倒上啤酒，李健端起茶杯站起来，说：“我以茶代酒，敬大伙儿。”

几个人干了杯中酒，李健饮尽茶水。徐工问：“李书记，您这是同意要帮我们了？”李健一笑，说：“我是同意帮公司。”徐工会心地笑了。

这天上午，已经将集团主要部门考察了一遍的蓝海媚，召开了一次集团会议。虽然有些环节和事情蓝海媚还没弄得十分明白，但有些情况，就像压力表的质量问题，已经迫在眉睫，到了不得不解决的地步了。

会上，蓝海媚首先发言说：“产品质量出问题与个别员工的责任心不强有脱不开的关系。公司在追究这次技术问题责任的同时，会提拔重用年轻的高学历人才，让他们到科研一线、生产一线去充实我们的力量，必要的时候，我觉得甚至可以考虑换血。”

话音落下，董事们交头接耳起来。

一名董事说：“我认同董事长的决定，这次产品问题给公司造成了极坏影响，是该解决一下了。”李健也接着表态说：“我非常理解蓝董事长为解决压力表的问题召开今天这个会，这个问题已经给企业造成了很大的不良影响。但是市场监管局抽测的产品鉴定结果还没有出来，现在很难认定是技术部门的问题或者是老技术工人造成的。我觉得对这件事进行内部处理为时尚早。”

众人议论纷纷。

李健看了眼蓝海媚，见她没有说话的意思，又接着说："就目前我了解到的情况，这次的问题主要是采购原材料的问题，和科研生产一线关系不大。"

海东生一听这话，愤怒地站起来，问："李健，你作为一个党委书记，屡次三番干涉生产技术部的事情，到底存的什么心？"

# 第二十六章

海东生盛气凌人地逼视李健，而且直呼姓名，他的突然发难让会议室的气氛骤然紧张起来。有的董事虽然素知李健不会无的放矢，但也觉得他管得宽了，特别是不该在这时候去招惹海东生。毫无疑问，这是自找麻烦。

在众人的目光下，李健并没有退缩，他克制地表示自己只为反映问题，绝不针对个人或者某个部门，如果提某个部门的事就被指责为针对某个部门，那就没有再开会的必要了。

听李健话中有话，海东生怒气更盛。他自认是海格尔的嫡系、集团的中流砥柱，甚至说是总经理的接班人也不为过，当即再次发作，说：“别说那些没用的！我告诉你，你这就是过去当街道党委书记的做派，什么都要管一管，什么都要抓一抓。现在你党委干涉生产经营，是在越界！”

李健说：“海副总，你别激动，咱有话慢慢说，涉及企业的重大问题，党委有责任、有义务献计献策。”

海东生逼问说：“献计献策？你党委能创造效益吗？”

李健说：“党组织的作用是调动广大员工积极性，促进企业健康高质量发展，而企业的健康高质量发展就是最大的效益。任何人不能否定党组织在生产经营中的作用。”

海东生说："李书记，你把数据拿出来，公司要看量化的数据！"

两个人语调渐高，言辞愈发激烈。不少董事都看向蓝海媚，希望她制止俩人的争吵，然而蓝海媚只是不动声色地听着，毫无打断的意思。

一旁的海格尔看不下去了，蓝海媚的城府之深有些出乎他的意料，但自己再不制止俩人就说不过去了。海格尔说："好了好了，这是董事会不是菜市场，你们两个别争执了。别的董事有没有意见，可以谈谈。"

海东生被李健气得不轻，满脸怒火地瞪了李健一眼，愤愤地坐下。李健则显得比他平静得多。

一名董事赶紧发言缓解气氛说："大学生到一线去实习非常有必要。"

朱和平说："咱们集团生产一线对操作水平的要求并不低，实习生要想在短时间内学会并不容易，当前的生产任务很重，这时候派他们下去，很可能适得其反。"

"生产效率这一点我可以保证。"海东生说。他也知道刚才有些失态，努力压着语调，让自己显得平和。

李健说："我个人认为，高学历人才是公司培养的重点。让他们去一线和基层锻炼没有问题，但在这个较为敏感的节骨眼儿上，似乎有点儿冒进，各部门员工容易有想法，情绪会受到影响……"

海格尔摇了摇头，说："这个不应该是问题，我们做事不能畏首畏尾，集团的任何决策不能因为受到所谓的想法、情绪的阻挠而推行不下去。"

朱和平点头说："还有一个问题，我认为在市场监管局没有给出检测结果和处罚意见的时候就内部定责，对员工们不太公平。"

海东生说："我认为该处罚的必须处罚！等到市场监管局出结果得什么时候？现在集团已经明确知道了问题所在和造成问题的原

因，如果不予处理，问题就得不到根本上的解决。”

蓝思诺也赞同，说：“的确是这样。我们得尽早做出内部处理，这个处理既是对客户和股东有一个交代，还会向市场释放一个好的信号，扭转近来的销售颓势。这个信号的时效性非常重要。”

“所以我们绝不能有失公允，如果集团不能做到公平公正，普通员工会怎么看？”李健说，“如果这个处罚导致集团上下离心离德，将得不偿失！”

一听这话，海东生又忍不住了，问：“这是什么话？你在威胁董事会吗？”

李健不理海东生，看向蓝海媚和海格尔说：“董事长、海总，我还是希望董事会慎重考虑这两件事情，经过充分的调查后再做决定。”

海格尔和蓝海媚对视一眼，蓝海媚点了点头，两个人似乎心领神会。一旁的董事们弄不清俩人的意思，一时议论纷纷起来。海东生还在努力地说服身边的董事，不时用余光瞟向李健，李健目不斜视。

会后，海格尔和蓝海媚在董事长办公室单独谈了一次。海格尔和海东生的看法接近，都认为无论是从内部管理还是外部销售对于客户的反馈都应该处理一批人，特别是技术人员，否则对董事和股东们都不好交代。对此，蓝海媚表示赞同，至于让大学生下一线的事情，她倒也并不反对，认为大学生素质高，接受新事物也快。

两个人意见达成一致后，海格尔便将海东生和蓝思诺叫了过来。海格尔当着蓝海媚的面，先是训斥了海东生说话不注意分寸，继而听取了俩人的意见。海东生讪讪地认了错，又提李健的党委长臂管辖，扰乱企业管理秩序。

海东生的话提醒了海格尔和蓝海媚，两个人都觉得李健确实管得多了，特别是对党委工作比较陌生的蓝海媚，她甚至提议是否董事会可以不请他列席。

听了蓝海媚的想法，蓝思诺不由得笑了说：“按董事会会议制度，他有权列席。”蓝海媚不太理解，说：“那可不可以修改会议制度？”

海格尔说：“李健是市委派来的干部，党委有权列席董事会。”蓝思诺说：“这种事情，最好不要申请，除非你要换一个党委书记。”

蓝海媚想了想，忽然脸上浮现一抹笑意说：“那先这样，今天到这里吧。”

海格尔几人走后，蓝海媚按下了桌上的讯铃。很快，童娜推门进来。蓝海媚说：“娜娜，我记得昨天看过公司党委的一个申请，你还有没有印象？”童娜说：“哦，是一个去烈士陵园重温入党誓词的活动申请，因为涉及公司的党员比较多，您当时没有签。”

蓝海媚说：“你把这个文件给我找过来，我现在就签。”

第二天一大早，党员参加活动的大巴车停在集团停车场。此时，李健还不知道这次活动是蓝海媚的特意安排，他的报告早就打了上去，虽然直到昨天才批复，但李健认为蓝海媚刚接手企业，一直比较忙，批复这次活动就是她对党委的重视。对此，李健心里还觉得很欣慰。

李健和党员于得水最后上车，正好坐在了一起。路上，李健准备做做于得水的工作，便想着怎么和他聊聊。于得水比较话多，没等李健说话，便和他搭起话来，说自己屁股大不能和领导坐在一起得换个地方。

李健拉过于得水在自己一旁坐下，低声说：“老于，正好借这个机会，坐这儿和您聊聊。”于得水一愣，问：“李书记，您有啥事？”

李健说：“您的情况我也有所了解，作为一名党员，听说您的积极性好像……”于得水说：“李书记，实在是没工夫参加这个会那个会的……”

李健说："老于，我是您的结对帮扶对象，如果有什么困难您可以跟我讲。"

于得水说："谢谢李书记想着，咱除了工资少点儿，暂时没别的困难。"

李健语气和蔼低声说："老于，希望您以后提高积极性，主动融入党支部活动中来，也是支持我的工作，比如，今天您能来就很给力。"于得水打着哈哈说："一定，一定，李书记都发话了，我老于一定积极。"

周围的人听了于得水的话，都笑了。于得水看见后排有空座，说："李书记，我的事也报告完了，我去后边坐吧。"

李健说："您坐这儿就可以。"

于得水一笑，说："跟领导坐一起，有点儿紧张，一紧张就热。"

牛主任调侃说："有那么热吗，车上可开着空调呢。"众人的笑声中，于得水起身，猫着腰往后排走去。

在烈士陵园里扫墓、宣誓后，李健带着党员们从烈士陵园的山坡上往下走。他接了个电话，不由得一愣，加快了脚步迅速向大巴车走去。

其实就在早晨，在李健带领党员们在停车场集合的时候，董事们纷纷收到了临时会议通知。本来准备去参加党建活动的朱和平被特意告知要参加会议，朱和平预感到有什么特殊事情。

到了会议室，蓝海媚和海格尔、海东生已然就座。董事们纷纷进来，陆续入座。朱和平环顾会议室，看见李健的座位空着，不由得困惑起来。蓝海媚亲自主持了会议，随着会议的进行，朱和平越来越纳闷起来。因为根本没有什么紧急事件需要讨论，会议仍旧继续着昨天的议题。看着董事们低声议论起来，朱和平不由得焦虑起来。

海格尔打破僵局，率先发言表态支持对部分员工进行处理并安排实习生到一线的决策，接着是蓝思诺作为销售部负责人要求集团应该对生产责任迅速做出内部处理，以便给外界释放出一个负责任的信号。

两个人表态后，特别是海格尔定调后，董事们纷纷附和起来。眼看事情就此定调，朱和平见事不对，主动发言让众人考虑李健之前的建议，但他的话被海东生轻松带过了。

等李健回到集团，会议早已经结束。李健刚走进办公楼，就遇见了匆匆而来的朱和平。朱和平简单说了会议的决定，李健听到这个结果立时着急了。

两个人边走边聊，朱和平见李健着急上火，忙劝他别急。李健既气愤又无奈地说："我能不急嘛，这不是摆明了把我支到一边去了。"

朱和平低声说："调虎离山啊，你这是被算计了。"

李健说："我个人倒无所谓，这也太不尊重党委了。你就没有据理力争？"

朱和平说："你不在，咱们声音太弱。海总直接表态给定了调子，接着说请不同意的举手表决，大家都不敢抬胳膊，这事就定下来了。"

"我就想不明白，海总怎么也这么草率。"李健想了想，说，"不行，下午我得去找董事长。"

朱和平说："人家把你支开就是不想让你参与，你还捧着热脸去贴冷屁股干吗？这就是你说的家族管理的弊病，今天这个处理，就是在保护海东生。"

李健说："老董事长生前就和我说过，蓝海天最大的风险就是家族化管理。我想他遗嘱指定蓝海媚接掌董事长，就是防止海格尔的势力日益扩大，这事关企业的发展存亡，我不能坐视不管。"

朱和平想了想，说："也对，不去找蓝海媚，也不是你李健的作风。"

下午刚一上班，李健就敲开了蓝海媚办公室的门。蓝海媚似乎早就预见到李健会来找他，坐在座位上没起来，轻描淡写地说："抱歉，李书记。上午开会实在太忙，没接您的电话。"

李健直接说："董事长，我觉得上午董事会的决定太过草率，您……"

蓝海媚说："李书记，董事会已经讨论过了，请你尊重董事会的决定。另外，董事会也愿意听到不同的声音，但是不希望已经决定的事情被掣肘！"

李健虽心里有火，但努力保持着克制，说："恕我直言，您先把我支开，再开会讨论这个事的做法，不能令我信服。"

蓝海媚故作不解地说："支开？我是考虑到党委的活动也很重要，所以没有特意通知你。现在决策已定，希望你对董事会有信心，先看看效果再说。"

蓝海媚的态度让李健把想说的话又咽了回去。

回到办公室，朱和平和牛主任都等在那里，问起谈得怎么样，李健只是摇头，朱和平又安慰了他几句，让他以后不必这么冒进了。

听了这话，李健为难了。他是市委选派到蓝海天任党委书记的，最重要的任务就是帮助这家企业把握好发展方向。眼下老董事长尸骨未寒，新董事长又不信任自己，公司家族化管理如果不打破，恐怕今后这家全市首家上市企业的发展之路会遭遇严寒。

下午的时候，司雨桐在电话里约李健一起吃晚饭，李健本没心思赴约，但也许是心烦想离开一下工作环境，就答应了。

紫塞市的黄昏，夕阳斜垂。司雨桐坐在餐厅二楼卡座向外张望，路上车流缓慢。司雨桐正想着心事，李健进了餐厅，快步走过来坐下。

司雨桐见他来了，不由得一喜，却假装赌气说蓝海天公司的人是不是晚十五分钟以内都算准时。李健连连抱歉说自己请客，让她随便点。

听了李健的话，司雨桐压低声音说："看看你选的这小地方，我就是放开了点，咱俩花两百元到头了。"李健无奈地说："我可是天天都吃食堂的人，这是看你的面子，咬着牙才定了这个地方。"

司雨桐装着发狠说："好，今天我就让你把门牙咬碎！"

司雨桐翻看着菜单。李健突发异想地问："你喝酒吗？"司雨桐一愣说："可以啊，你也要喝？你不是酒精过敏吗？"

李健说："你可以点瓶啤酒，分我一杯。今天我就想喝点儿酒。"

司雨桐一愣，不由得放下菜单端详李健，问他是不是遇上什么事了。李健不想提公司的事情，自己调整了情绪。很快，桌上摆了几个小菜。李健示意司雨桐可以开动了。司雨桐越聊越发现李健状态不对，不禁有些担心，试探着问他到底怎么了，李健就是支吾着不说。

司雨桐也不生气，忽然她笑着逗李健说："她那么漂亮，让你动心了吧？你是不是被人家拒绝了？蓝大小姐可是个高冷美女。"

李健一愣，反应过来说："胡说什么呢你！算了，跟你说也没什么，是这么回事，我与董事长在一件事情上意见不统一，她开董事会时候给我用了个调虎离山计。"

司雨桐忍不住笑了："哈哈，你们董事长也太可爱了！就因为这事郁闷？"

李健叹了口气，说："得不到董事长的信任，眼看着她做出错误的决定，不郁闷吗？"

司雨桐说："这个事吧，我觉得你可以从另一个角度理解。"

李健说："你说，我听听？"

司雨桐故作深沉地说："蓝女士为了在董事会决定一件事就把你这个列席的党委书记支开了，这说明你在公司很重要，可以影响公司的决策。"李健点头说："你这么说，我倒是舒服多了。"

司雨桐说："还有一点，趁你不在的时候开会，可能是不想当众驳你面子嘛。"

李健苦笑着摇头。司雨桐却让李健一杯接一杯地陪她喝了两瓶啤酒。她兴致虽高，酒量却不怎么样，一高兴还主动找酒喝，要不是李健劝着她还不知道要喝多少。

李健送司雨桐回家，外面冷风一吹，司雨桐酒劲上涌，几乎自己走不了路了，李健只得搀着她往家走。两个人绕进小区，进楼道爬了楼梯，在司雨桐房门口停下。李健从司雨桐包里翻出钥匙，打开房门进了卧室。

他将司雨桐放在床上，帮她脱了鞋。看着司雨桐醉卧的形象，李健叹了口气，帮她倒了杯水放在床头。

床上的司雨桐说起了醉话："蓝海媚……漂亮？高冷……"

李健看着司雨桐说："雨桐，我走了，你好好休息吧。"他话音刚落，司雨桐已经睡着了。

李健悄悄走出司雨桐的卧室。

深夜的别墅里，蓝海媚正在自己的房间收拾衣物。她准备搬到公司的宿舍里去住，这里虽然是她的家，可是蓝海媚觉得家里没有亲人，家也就不是家了，对于苏雅，她是不可能用平常心去和她接触的。正忙碌着敲门声响起。

蓝海媚知道是苏雅，淡淡地说："请进。"苏雅推门进来，看到蓝海媚正收拾东西，惊讶地问："蓝蓝，你这是干什么？"

蓝海媚也不看苏雅，说："我要搬到公司去住。"苏雅一愣，问："公司的条件你能住得惯吗？再说……"

蓝海媚打断她说："那边已经收拾好了，环境还不错。"苏雅诚恳地挽留说："你要是忙，可以偶尔在那边住住，家里也得常回来。"

蓝海媚说："您就别操心我的事了，最近我都比较忙。"

苏雅知道自己劝不住蓝海媚，识趣又颇无奈地关门走了。

苏雅走后，蓝海媚忽然觉得很累，她平躺在床上，手机提示音响起，是大卫。

蓝海媚点开视频和大卫聊了几句，大卫见蓝海媚神情疲惫，担心她的状态，同时催促她尽快回来。当蓝海媚满含歉意地告诉他自己临时接任了董事长一职后，大卫难以接受并有些愤怒起来。他责备蓝海媚不该这么做，蓝海媚安慰了大卫几句，大卫在气愤中关了视频。

面对大卫的不理解，又想到父亲的离世和公司的困境，蓝海媚忽然有种陷入了泥沼的感觉。她关闭了手机，疲惫地合上双眼。

车间主任刘建设是物流公司刘明静的父亲。这次集团处理质量问题事件，车间的奖金都被取消了。作为老员工，刘建设虽然没表示什么，但心里也颇为不服气，更令他郁闷的是，公司偏偏在生产任务最繁重的时候安排一些刚毕业的大学生来一线实习。工人们既得忙着赶工，又得带徒弟，车间的工作难免有些混乱。而大学生们也对一线的实习颇为不满，积极性不高还经常出错，甚至有的学生还认为这是体罚，时常向师傅和刘建设抱怨。

刘建设的徒弟杜刚性子直，是个急脾气。看着实习学生屡屡搞砸，他发着牢骚来找刘建设，拿着一块未组装好的压力表递给刘建设。

刘建设反复看了看压力表，叹了口气，说："万事开头难，有点儿耐心吧。"

杜刚正和刘建设商量着，想让他再向上边反映，一名实习学生快步跑过来说："丁师傅，统计出来了，二百多块压力表，都弄错了。"

杜刚一听急了，问："啥！半天工，全白干了！"刘建设训斥他："你别吵吵，赶紧让改过来，中午抓点儿紧，告诉大伙儿吃口饭赶紧回来。"杜刚气得捶胸顿足，发牢骚说："没有比这更简单的活计了！"

正说着，李健和牛主任进了车间，快步走过来。

"怎么啦，刘师傅？"李健问。刘建设是老党员，李健也非常熟悉他。刘建设喟叹地说："李书记。这不，新来的大学生还不适应流水线工作，出了不少问题。一个失误，二百多块表都得重新调校，上午半天白干了。"

杜刚不满地说："工人和学生都有情绪，教的没空教、学的懒得学。这么干活，不出乱子才是怪事儿。"

那名大学生郁闷地说："我们不是懒得学，我们可以学，也大致了解仪表的装配工序。但是我们不想参加这种没有意义的重复劳动。"

李健看向稍显混乱的车间，凝眉思考着。技术上的事情他不懂，但是车间的工作氛围他看出来了，这样的氛围必定影响工作效率，但他能怎么办呢？又该如何向蓝海媚去反映呢？

中午，刘建设、杜刚和几名工友坐在一起吃饭。刘明静正好来集团开会，便过来和几个人一起吃饭。杜刚说起上午的问题，又发起了牢骚。刘明静给他出主意让他找李书记反映一下，杜刚说李书记上午已经来过了，刘建设又提起蓝海媚支开李健开董事会的事情，众人为李健鸣不平的同时，也感叹没了反映问题的渠道。

看着郁闷的众人，刘明静忽然有了主意，对众人说："要不我找小罗说说，让他找童娜向董事长反映反映。"罗浩家与何家是邻居，罗浩把刘明静当姐姐看，从小和她一起玩儿到大，感情相当融洽。

听了刘明静的话，刘建设点头，称是个办法，随即叮嘱刘明静吃了饭去找小罗问问。刘明静从食堂出来就去技术部找了罗浩。

刘明静的请求，罗浩自然没法拒绝。刘明静走后，罗浩先是给童娜打了电话，童娜正忙着，告诉罗浩晚上见面说。罗浩怕童娜不好开口，又去了宿舍找李健商量。

李健见罗浩来找自己，问明来意不由得笑了，说自己也正在想办法呢。

李健下班后没有回家，食堂吃过饭他便站在窗前往厂区里看。一直等到路灯亮起，一身运动装的蓝海媚出来跑步，李健才拎了根黄瓜边吃边走了出去。

林荫路下，蓝海媚正在慢跑，李健攥着一根黄瓜从后面就追了上来，喊她："董事长——"

蓝海媚停下脚步，回头看向李健。李健问："听说您搬到公司来住了？"蓝海媚点头，看见李健手里的黄瓜，疑惑地说："有事吗？不是给我送黄瓜来了吧。"

李健笑说："不是不是，我在宿舍门口看见您跑步就追过来了。”蓝海媚打量着李健说：“你过来得正好，我有事想和你聊聊。”

李健一愣，说：“您说。”蓝海媚说：“基层的事情，我也听到了一些动静，听说你上午去了车间？”李健心头一喜，说：“对，发现了一些问题，正要找您反映。”蓝海媚转身往前走，边走边说：“那你说说是什么问题。”

李健上前一步跟上蓝海媚。路灯下，两个人边走边说起话来，李健向蓝海媚讲述了车间里的现状，劝蓝海媚慎重考虑。

蓝海媚说：“作为董事长，我尊重每一个股东和每一位集团的员工。李书记，我对你之前是有些误会，但是认可你积极的态度。抛开这些不谈，不管怎样你是集团的党委书记，即便我对你有意见，也不会就此屏蔽你的声音。”

李健笑笑，跟上一步：“董事长，您就实事求是地说吧，现在集团上下谁都知道您开董事会把我支一边去了。”

蓝海媚说：“所以你黄瓜都来不及放下，就跑过来要找我讨回公道？”

李健看了眼手中的黄瓜，抬手咬了一口说：“公道自在人心。”

蓝海媚说：“那是什么，让我看你吃黄瓜？”李健抹抹嘴，诚恳地说：“董事长，车间的情况，我刚才也跟您讲了。我还是认为董事会得重新审视这个问题，尽快做出正确的决策。”

蓝海媚不理李健的话，继续往前走。李健在后面大声喊：“事实就摆在那里，您得自己到车间走走了。”

蓝海媚听了，停顿一些脚步，又向前走去，她似乎听进去这个建议了。

这天一大早上了班，蓝海媚处理了一些公务，准备听从李健的建议亲自去车间了解情况。她刚起身要套上件外套，蓝思诺敲门进来了，告诉蓝海媚，说有一批集团新生产的隔离转换器被两地客户拒收了，还有一单已经发出去了，经销商要求退货。

听了蓝思诺的话，蓝海媚有些坐不住了。她给海东生打了电话，便带童娜马不停蹄地来到了车间。童娜找来刘建设带蓝海媚参观。蓝海媚走到流水线前，看着工人们组装仪表。刘建设拿着一块儿隔离转换器过来递给蓝海媚。

蓝海媚问："这就是那批隔离转换器？"

刘建设说："是，实事求是地说，外边小厂的做工用料，和这也差不了多少。"

杜刚见缝插针地说："董事长，咱们厂是大厂，价格定得高。客户都是明白人，这东西发出去，要是不降价，肯定谁也不愿意要。"

刘建设瞪了杜刚一眼，向蓝海媚介绍说："这是新调来的车间副主任杜刚。"

杜刚说："董事长您好，我原来在后勤部，这次调整被派到了车间。"

蓝海媚和杜刚握手说："你好。后勤部调到车间？"

杜刚说："原来的车间副主任因为仪表的事被处分了，一闹情绪离职不干了，我以前在车间干过，就被调过来了。"

蓝海媚点了点头，说："刚才你说，问题和压力表一样，都是因为我们自己降低了材料标准？"

杜刚说："对，压力表也是一样，和一线生产没关系。如果是一线生产的问题，产品可能会出现各种故障，但是压力表只是灵敏度不够。隔离转换器没那么灵敏，就是壳子薄了，里边的电路电线细了。"

蓝海媚点头鼓励他说下去。

杜刚："另外，还有一个情况得向您汇报，自从前几天调整以来，车间的生产效率直线下滑……"

杜刚正说着，车间另一边，海东生匆匆走过来，说："董事长。”

蓝海媚说：“海副总来得正好，丁副主任正说到最近生产效率降低的问题，你怎么看？”海东生没想到蓝海媚劈头问自己这个问题，说：“这个……前几天不是刚调整完嘛，总得有一个捋顺的阶段。刘主任，你是车间主任，你给董事长说说为什么生产效率提高不上来。”

刘建设一愣，看向蓝海媚。蓝海媚也看向刘建设，说：“刘师傅，您不用顾忌，直说就可以。”杜刚知道刘建设顾虑太多，自告奋勇说：“董事长，要不我来说吧。”蓝海媚点了点头。

杜刚瞥了眼海东生，说：“因为压力表的事，车间工人当月的奖金没发，大伙儿都觉得委屈，积极性本来就不高。现在又新招了一批刚毕业的大学生，他们没干过活儿，就算是负责最简单的工序也经常出现操作失误。前几天因为一个小问题，二百多块压力表得重新调校，整个车间半天白干了。”

海东生瞪向杜刚，说：“杜刚，你这个思想不行！产品出了问题，集团做出处罚决定不应该吗？大学生们不熟练，老员工必须认真负责地教啊，教不好是谁的责任？”

杜刚丝毫不惧海东生，说：“海副总，教肯定是要往好了教。但您没看见，现在生产任务这么紧，哪有时间安排人一直盯着教他们。”海东生训斥：“磨刀不误砍柴工，你们教会新人，人多了，还怕生产效率上不来？”

杜刚不屑地摇摇头，说：“半自动化生产线，人多不见得效率就高。”

海东生气得瞪着杜刚，杜刚并不示弱。刘建设忙上前打了圆场，拉着杜刚又说了一些和稀泥的话，这才算是控制住了场面。蓝海媚安抚了杜刚，让他做好本职工作后，带着童娜离开了车间。

海东生目送蓝海媚走远，回头看向杜刚，不满地说：“杜刚，你平时是挺老实的一个人，今天怎么就这么话多？你今天是什么意思，搞诉苦大会呐？你以为领导和你握个手，就是领导看得起你？你就什么都能说了是吧？”

杜刚说：“海副总，我就是实事求是，实事求是总没错吧？”刘建设怕杜刚惹事，拉住他，忙说：“抱歉，海副总，杜刚是直脾气，回头我说说他。”

海东生瞪了杜刚一眼，转身走了。

杜刚抱怨地说：“就这点儿度量，还能当副总？”

刘建设叹了口气，说：“回去干活吧。”

入夜，静谧的厂区内，一辆破旧的轿车停放在库房前。略带醉意的黄二利和保管员从值班室出来，往库房里走。

轿车是黄二利开来的，目的是想偷点儿材料出去倒卖。保管员碍于他的身份，虽然冒着不小的风险，却也不得不和黄二利串通一气，当然他也通过倒卖材料赚了些外快。

尽管黄二利一再声称不会有任何问题，但材料员还是有些担心地嘱咐他说：“别忒多啊，上回拿那些我还没把账做平呢。”

黄二利不屑地说：“不是我说你，耗子胆子！有我你怕啥。”材料员赔笑说：“二利哥，您是谁的亲戚啊，您肯定不怕，但我不行啊……”

“犯㞞啦，没必要，上回我没给你好处？！”

保管员有短处在黄二利手里，也就不作声了。两个人走到一堆线缆前，保管员清点起数量。

黄二利说：“十捆六平方的线，他给我二百一捆，卖了给你六百。”

材料员嘟囔说：“外面零卖都三百多一捆呢。”黄二利眉毛一挑说：“嘿，要不你捣鼓出去卖？”材料员讪笑说：“不是，没别的意思。这回少拿几捆吧，月底得报账。”

黄二利眼睛一瞪，说：“我说话不好使了是不，去把推车推过来！”

夜色中，材料员将推车推到轿车后，和黄二利一起往车上装线缆。

早晨一上班，李健就找牛主任商议成立集团公司团委的事。童娜来找李健说董事长找他。牛主任一听这个消息，不由得看着李健直乐，笑说董事长总算看见咱们党委了。

董事长办公室里，蓝海媚刚刚在电话里拒绝了苏雅晚上一起吃饭的邀请。她站在办公桌前，打量着办公室的陈设，看见书柜橱窗内很多优秀奖励证书。她走到书柜前，打开橱窗拿出奖状细看父亲作为优秀企业家获得的荣誉。

李健敲门后推门进来，说：“董事长，您找我？”蓝海媚回过神来，说：“李书记，有个事得麻烦你一下。”

李健说：“董事长，您说。”

蓝海媚说：“刚刚市场监管局来电话要约谈咱们，这事本来应该海总去，但他今早出差了。我想毕竟听听监管局的意见，也有助于集团内部自我整改。”

李健点了点头。蓝海媚诚恳地说：“但我没和政府部门打过交道，有些环节也不太熟悉，就想请你陪我一起去一趟市场监管局。”

李健说：“没问题，这就去吗？”蓝海媚说：“对，现在就去。”

一辆轿车驶出公司大院。路上，司机小刘开车，李健和蓝海媚坐在后排。对于解决这种问题，蓝海媚没有任何经验，心里没底。她说：“李书记，有人说去了也是挨批评，你怎么看？”

李健说：“我们有错在先，不挨批评是不可能的。您担心被批评？”

蓝海媚说：“别说被批评，就算挨骂，这趟也得去，我倒要看看，咱们的产品到底是什么问题。”

李健点了点头，欣慰地笑了。

集团总部离市区并不远，车很快就开到了市场监管局。稽查队刘队长将蓝海媚和李健带到会议室。

会议室内，刘队长给俩人沏了茶说：“蓝董事长、李书记你们先坐，我们局长听说你们过来了，要亲自和你们聊聊。”

蓝海媚和李健点头坐下，刘队长走出会议室。

蓝海媚说：“李书记，你和这个刘队长挺熟？”

李健说：“不算熟，认识而已，我以前在市委组织部工作过，接触的人比较多。”

蓝海媚意味深长地：“噢。”

很快，刘队长和市局王局长推门进来，蓝海媚和李健起身迎出两步，王局长颇为热情，快步上前与俩人依次握手。刘队长给三人做了简单的介绍，王局长请俩人坐下，追忆起了蓝启明。王局长说：“启明董事长生前与我多次有过接触。对于他的离去，我们是由衷地惋惜啊。”

蓝海媚知道王局长与自己父亲相熟，心里放松了不少。

王局长接着说：“蓝董事长这么年轻就执掌蓝海天，魄力让人佩服。”

蓝海媚落落大方地说：“家里人硬把我推到这个位子上来的。”

王局长说：“那也是家里人看好您嘛。”

王局长看向李健，他是认识李健的，说：“李书记，从街道一下子换到了企业，环境变化这么快，还习惯吧？”

李健说：“工作上的事情，还在慢慢地学习和摸索之中。”

王局长点了点头说：“市里领导是很看重你的。”李健一笑，他看向蓝海媚，发现她正端详自己。

王局长说：“启明董事长的行事作风，紫塞市稍微熟悉他的人都很了解。说实话，蓝海天这么老牌的企业出现这种情况，我们作为监管部门也十分不理解。”

蓝海媚说：“不理解？”

王局长叹了口气说：“对，咱们蓝海天是省市重点民营企业，在整个华北地区乃至全国都有口皆碑，启明董事长又一向十分看重产品质量。于情于理都绝不该出现这种问题。”

蓝海媚倾听着，认真地点头。

王局长接着说：“对于这次的产品材料问题，说心里话，我们是挺震惊的。”

蓝海媚惊讶地问：“材料问题？”

王局长说：“对，原材料问题，蓝董事长你还不清楚？”王局长的话让蓝海媚陷入沉默。事到如今，除了李健和几名基层员工，没有任何高管向她反映过这是材料问题，想到这，蓝海媚心底不由得涌上凄冷之感，转而感到有些气愤。

王局长又说：“说明白些就是使用低标准、不符合要求，甚至劣质的材料，以次充好。法律上讲，这属于欺诈行为。”

李健和蓝海媚面面相觑，李健问：“这么严重？”王局长说：“对，这种降低材料标准的事情必然有主观因素。这次的问题，只通过市场监管局做出处理，目前没有追究刑事责任，这已经是局里讨论后给出的一个非常宽容的结果了。”

王局长说：“罚款五十万元并监督改造，销毁所有当批次的产品。”

李健说：“王局，您看……因为老董事长过世，才有了这么个生产乱象。我们董事长从国外刚回来没多久，还来不及去熟悉公司的上上下下方方面面。这个特殊时期的问题，局里能不能照顾一下，酌情从轻处罚。”

蓝海媚看向李健，李健一脸焦虑。

王局长说：“这事我们班子研究过，已经考虑到启明董事长离世和蓝董事长刚刚上任的情况，所以最后才拿出这样一个处罚决定。为了避免更大的损失和浪费，我们还决定不予没收这批产品，在市场监管局的监督下，由你们酌情自行销毁或改造。”

李健眉头紧皱，说：“这样的处罚，会在资本和销售市场上给集团造成很不利的影响，而且……”

蓝海媚打断了李健的话说：“谢谢王局长，我们接受这个处罚。”

李健一愣，随即看向蓝海媚，蓝海媚也看向李健，目光坚定。

李健和蓝海媚从市场监管局出来，往车边走。

李健疑惑地问：“董事长，您怎么这么痛快就决定接受处罚了？”

蓝海媚说：“李书记，我知道你是急于为企业挽回损失，你也尽力了。但我觉得这个处罚未必不是好事，它可以在集团内形成一个警示作用。祸兮福所倚！我们没必要文过饰非，正视问题和错误对集团内部的管理和将来的发展有益无害。”顿了一顿，蓝海媚接着说，“李书记，你屡次叩马而谏，我此前没有对这个问题产生足够的重视，对此，我要向你道歉。”

李健一愣，欣慰地看向蓝海媚。李健说：“董事长，您这样想就好了。既然如此，我还要叩马而谏。”

蓝海媚笑了，问：“这次是谏什么？”

李健说：“对于这次的不合格产品，全部销毁并召开新闻发布会。一来对蓝海天集团公司是个警醒，二来也算是危机公关，重新树立企业形象。”

蓝海媚听了，有些犹豫，如果全部销毁，也是一笔不小的损失。蓝海媚说回去她再考虑考虑。

两个人正准备上车，市场监督管理局旁，司雨桐从大乔律师事务所出来，正看见李健和蓝海媚要上车。

司雨桐脸上一喜，快步向俩人跑来，边跑边喊：“健哥——”李健闻声回头，见司雨桐正跑过来。

# 第二十七章

司雨桐是中午下班出来正好遇见了蓝海媚和李健，她一直以为蓝海媚因误会不喜欢李健，此刻看到俩人在一起不由得有些惊讶。蓝海媚只是把她当成了一名与集团有业务往来的律师，热情地和她打招呼，至于司雨桐认识李健的事情，她也早有耳闻。

三个人寒暄了几句，司雨桐让俩人稍等一会儿，说要回去给他们拿点儿东西。李健本要以蓝海媚太忙推托，但蓝海媚先他一步点头同意了。司雨桐离开的空当，李健给蓝海媚说了司雨桐和自己从小就认识的事情，蓝海媚听着笑了。

很快，司雨桐抱着两瓶花茶跑回来，递给李健和蓝海媚一人一瓶，骄傲地宣称说是自己配的，外面买不到，可以提神醒脑、缓解压力。蓝海媚最近工作压力不小，每天都得喝很多咖啡，弄得夜里常常失眠。一听这么多好处，打心眼儿里高兴起来，说："太好了，那我不客气了。"

司雨桐让她别客气，说着看向李健，李健笑笑没说话。司雨桐向来会察言观色，看出李健觉得自己突兀，就说："你们忙吧，已经耽误你们时间了。"

李健满脑子都是刚才在市场监管局的事情，对于司雨桐的话，倒没想太多，他和司雨桐点了点头，转身让蓝海媚上车。蓝海媚倒是看出司雨桐的小情绪，笑了笑，和她摆了摆手说："再见，司律师。"

司雨桐也摆了摆手说："再见。"李健冲司雨桐摆摆手，和蓝海媚上了车。看着汽车启动驶远，司雨桐怅然地叹了口气，她似乎想起了什么，皱起眉头。

红灯亮起，轿车在斑马线前停下。车内，蓝海媚又开盖闻了闻花茶，揶揄地说："健哥——哈哈，李书记，看得出来司律师对你真的不错。"李健笑说："您可别多想，雨桐，小女孩儿心性吧。"

蓝海媚说："对了，还得谢谢你，刚才那么维护集团的利益。"

李健说："都是分内事。我觉得民营企业的党委书记，比如说我，就得婆婆妈妈地参与企业发展，将来董事长您别烦就行。"

蓝海媚笑而不答，又问："李书记，关于压力表和隔离转换器的售后处理，你有什么建议？"

李健说："这个问题之前我也想过，还是觉得集团的声誉最重要。所以，我认为只要是这个批次的产品，不管有没有发现问题，都应忍痛召回。"

蓝海媚点了点头，说："对了，现在市场监管局已经给出了检测结果。既不是技术部门的问题，也不是生产部门的问题。你是不是觉得轻松多了？"

李健笑笑，说："算是吧，您呢？"

蓝海媚喟叹道："实事求是地说，这并不是我希望看到的。眼前的这个结果，反而让事情复杂多了。"

李健一愣，皱眉思忖起来。

下午，董事长办公室里，蓝海媚坐在办公椅上看文件，童娜带着采购部的李经理进来，介绍给了蓝海媚。上午从市场监管局回来，蓝海媚将整件事情重新捋了一遍，发现了不少问题和漏洞，所以下午一上班便让童娜将李经理找了过来。

蓝海媚问："李经理，这份文件显示一个月前，配件材料厂那边只入库了四十吨铜材料，而采购部那边采购的数量是八十吨。我想听听你的解释。"

见蓝海媚颇为严肃，李经理先是一愣，但很快就反应过来，说："董事长，采购订单是下了。但因为咱们配件厂暂时用不了这么大的量，所以只发了一车四十吨，另外四十吨还没有要求供应商那边发货。"

蓝海媚面无表情，看向童娜说："童秘书，你和李经理说吧。"

童娜说："好的。李经理，上午我们联系了供应商，那边查到的订单显示我公司的订单只有上月的四十吨，并没有您所说的另外四十吨。"

李经理惊讶地说："不可能！那边肯定搞错了吧？"

蓝海媚逼视李经理，说："不然，你现在就和那边联系一下？"李经理忙说："这事没必要再核实吧，搞不好人家会以为咱们……"

蓝海媚接着问："李经理，如果我猜得没错，另外这四十吨的货款，到哪里去了？如果你还要狡辩，我会动用法律手段查个彻底！"

李经理惊愕得说不出话来，他知道，话说到这个份儿上，自己已经没有退路了，但和蓝海媚硬抗到底，恐怕后果不堪设想。

蓝海媚问："我想知道，是谁把这四十吨虚构的货款提走了？"

李经理张口结舌地要说什么，又咽了回去，眼睛看向童娜。蓝海媚明白了李经理的意思，说："童秘书，你先回避一下。"童娜点头，转身离开了。

李经理向蓝海媚坦白了这次采购的来龙去脉。虽然已经大概猜到了事件的始末，但亲耳听到这些，还是让蓝海媚愤懑不已，她没有急着处理李经理，也没有再找海东生，而是决定下午下班后到海格尔家里找他来商量。之所以选择去海格尔家而不是在办公室谈，蓝海媚有自己的考量。

晚上，蓝海媚来到舅舅家。海格尔对于她的到来颇感意外，忙把她迎到了客厅里，和蓝海媚坐在沙发上，黄美芳忙端上一个果盘。海格尔知道蓝海媚来找自己必定有事，对黄美芳说："我和蓝蓝说会儿话。"

海格尔给蓝海媚仔细地削了个苹果递向她，蓝海媚接过来。海格尔说："蓝蓝，你是董事长，有事你做主就行了，没必要非得找我商量。"

蓝海媚说："这件事可以说是公事，也可以说是家事，我觉得还是先找您说明白比较好。"

海格尔一愣，问："家事？"蓝海媚点头，说："关于我表哥，咱们的海副总。"海格尔一惊，意识到问题不小，问："咋啦，他惹祸了？他啥事你告诉我，我收拾他！"

蓝海媚说："上午我被约谈去了市场监管局，这次压力表的问题，并不像表哥说的那样，是生产和技术的问题。李健书记反映的情况是准确的，就是生产材料的问题。"

海格尔叹了口气，说："不瞒你说蓝蓝，这个事情其实我也知道。因为有深一层的顾虑，所以才没有支持李健的建议。"

"您的顾虑？"蓝海媚惊讶地问。

海格尔说："事情既然出了，就要找一个最优的方案去解决。谁承担责任事小，如何降低对集团的影响事大！如果直接对外宣布是咱们故意缩减用料，影响极其不好！咱们集团多年积累的信誉，怕是要毁于一旦！权衡之后，我就考虑不如把责任推到技术和生产上去，按生产事故处理，这样可以最大限度地减少对集团的负面影响。"

蓝海媚思考片刻，说："舅舅，我理解您的想法，事实上我也这么想过，可是问题不只这些。据我的了解，缩减用料是因为表哥插手了分公司的采购，中饱私囊。"

海格尔惊得站起来，问："有这事？"

蓝海媚点了点头。海格尔在客厅里踱步，说："我还以为他确实是想为公司节约成本，就没多管他。这小子，竟然暗地里给我要了这一出！"

蓝海媚说："表哥已经察觉出了我在调查这个事，分公司采购那边的窟窿已经填上了。"

海格尔没想到海东生会这么放肆，对于蓝海媚提的问题，虽然也感到措手不及，但仍坚定地说："蓝蓝，只要是为了集团好，不管你想处理谁，舅舅无条件支持你！"

蓝海媚欣慰地点头："毕竟是一家人，我相信表哥只是一时糊涂。”

蓝海媚走后，海格尔先是打电话给海东生劈头盖脸地骂了一顿，又觉得电话里说不清楚，连夜将他叫了过来。

海东生知道事情败露，也诚惶诚恐地过来找海格尔让他想办法。海格尔数落了海东生几句，气消了大半，问他：“你到底挪用这钱干吗去了？”

海东生吞吞吐吐地说：“之前和朋友凑了些钱，放了一个月的贷。”

海格尔恨铁不成钢，见海东生低下头不言语，又训斥他：“亏我还那么信任你，当年跟启明推荐你当了副总。你自己琢磨琢磨你都干了什么了！还有，你那个技术监管资格证，我看八成也是从地摊上来的！”

海东生没底气地说：“是考的。”

海格尔瞪了海东生一眼，海东生又垂下头去。

海格尔思忖着说：“你这个技术总监，我看就甭当了。让出来，算是给蓝蓝一个交代。”

海东生知道海格尔已替他选好了后路，心里为之一松，说：“行，老叔，我听您的。”

海格尔说：“明早蓝蓝就要开董事会处理这件事情，你自己想想这关怎么过吧。”海东生讪讪地说：“还是得您帮我说话。”

海格尔余怒未平地说：“我帮你，谁帮我？你这么一弄，连我都说不清楚，往后蓝蓝还怎么信任咱们海家人？倒是人家李健，这回得到了她的信任！”

海东生说：“要不是李健不依不饶地盯着不放，蓝蓝也不会深究此事。”

海格尔愤怒地说：“还怨天尤人？你得给我好好反省！”海东生忙说：“是，是，老叔您别生气，我知道错了。我就是有点儿看不明白蓝蓝这丫头。”

接着海东生的话头，两个人谈起了蓝海媚和集团的一些情况。海东生心有不甘地说起海格尔放弃了到手的董事长职位一事，又分析蓝海媚很有主见，今后海家和其他董事恐怕会很被动。

对此，海格尔没说什么，只让海东生管好自己的事情。

第二天的董事会上，李健列席参会。蓝海媚坐下就说今天的这个董事会，我要通报两件事情。这让一旁准备主持会议的海格尔颇为意外，但他毕竟是老江湖，稍稍一愣便关闭了自己面前的话筒。坐在对面的海东生看到这情况，不由得紧张起来，他不敢直视蓝海媚的眼睛，目光不由得有些游移。

蓝海媚说："昨天我和李书记去了市场监管局，市场监管局决定对集团处以五十万元的处罚，监督集团改造或销毁不合格产品。我提议，对于这次的不合格产品，全部销毁并召开新闻发布会。"

李健听了，颇感欣慰，没想到蓝海媚真的听取了自己的建议，他希望这是个好兆头。

与会众人交头接耳地议论起来，海格尔既觉得蓝海媚对不合格产品做销毁的处理决定有些突然，再说昨天晚上也没有和自己沟通这个问题，同时也觉得销毁有些可惜，他察看着各位董事的反应。果然，就有几位董事开始发言，提出坚持产品改造处理而不是销毁。

李健看向海格尔，海格尔不动声色地抱胸不语。蓝海媚没想到董事们的反应很强烈，正不知道如何应对的时候，李健开口了。

李健说："蓝董、海总，我插句话，说实话如果全部销毁，不仅各位董事心疼，就是我作为党委书记也心疼啊。我给大家讲一个案例吧，大家可能都听说过。20世纪80年代中期，瑞雪牌电冰箱也就是海尔的前身，在一次质量检查时，发现有76台电冰箱不合格，当时这些电冰箱稍加维修便可出售。但是在厂长张瑞敏的力主下全部砸毁……"

海东生说："好了，李书记，您别说了，这陈谷子烂芝麻，都是过去的事。我得提醒您，这属于生产经营方面的事情，您作为党委书记，参与这个事就跑偏了……"

李健笑了，说："嗯，好，产品的质量是企业的生命，只有优质、高效的企业才能在任何挑战中永远立于不败之地——所以，企业必须把好质量关。我就说到这里。供蓝董、海总和各位董事参考吧。"

蓝海媚顺势接过李健的话头，对海格尔说："海总，关于全部销毁不合格产品，我之前未来得及与您沟通，请您谅解。"

海格尔虽然有些不高兴，还是礼貌地点头示意她继续讲下去。海格尔是和老董事长一路打拼过来的，一下子销毁那么多不合格产品，他实在是心疼，但是他也知道，造成这个局面的根源是自己的侄子海东生在原材料上做了手脚，于是有些恨铁不成钢地看了海东生一眼。

蓝海媚说："各位董事，海尔公司张瑞敏怒砸电冰箱，成为后来海尔崛起的重要里程碑。我觉得用高品质的产品和服务来征服市场，赢得顾客，而精益求精是质量的精髓。全部销毁，一来对我们集团公司是个警醒，二来也算是危机公关，重新树立企业形象。商鞅立木，讲究的是诚信，我们面对客户，也要拿出诚意来。所以全部销毁不合格产品，我就不是提请了，而是恳请各位董事站在蓝海天集团公司的大局立场上，知耻而后勇。同时也要看到，销毁本身也是在重新树立企业形象。为此，请大家理解并支持我的这个恳请。"

海格尔和各位董事也觉得蓝海媚说得在理，也就只好忍痛同意了。

接下来，蓝海媚根据市场监管局鉴定结果，指出造成产品不合格的主要原因是生产原材料弄虚作假……

海格尔给海东生使了个眼色，海东生站起来。蓝海媚目不斜视，李健不明所以地看向海东生。

海东生说："既然鉴定结果指向材料问题，那么我有不可推卸的责任。蓝董事长，各位董事，我请求辞去集团技术总监的职务。”

董事们议论起来。有的人说没有这个必要吧，几名家族内部的董事也纷纷附和着说没有必要辞去技术总监的职务……

海东生早准备好了说辞，他说：“我海东生作为副总，身兼数职过于牵扯精力，很难履行一个副总应尽的义务，我也是深思熟虑才做出这个决定。”

海格尔说：“这样也好。卸下这个职务，你可以更好地完成主管生产部门的本职工作。”

蓝海媚知道海东生之所以这么快就表态，必定是海格尔的安排，当下也就顺势而为，说：“既然海总表态了，我也同意你的请求。我提议恢复原来被撤换掉的徐工担任仪表自动化分公司的技术总监，罗浩代理技术科长。请大家表决。”

海东生边坐下边第一个举起手来，董事会成员纷纷举手。海东生看见几乎所有人都举手赞同，一时有些失落。

蓝海媚语气平和地说：“接下来，集团改造和生产的任务会很重，希望海副总能够全力完成这个任务。”海东生见她不再追究，暗暗松了口气，表决心似的说：“请董事长放心，请各位董事放心，我一定督导生产部门保质保量地完成任务！”

蓝海媚说：“好，我相信海副总的表态。下一个议题，相信大家应该都知道了，前段时间生产的隔离转换器也存在和压力表同样的问题。虽然这个问题并不影响产品的使用，但在经销商中造成了很大的负面影响，严重影响了集团的声誉。我想在董事会上讨论一下，然后尽快做出处理。”

一名董事提议说：“既然已经销售出去了，又不影响使用，集团不如把这个产品继续做下去，把之前老标准产品的定价提高，让两个产品形成一个价格差，一起在市场上销售。这样既给经销商一个交代，又提高了集团的销售利润。”

李健因为之前和蓝海媚聊过一次，已经有了共识，当下也发表意见说："我觉得集团不能自降身价，无论是什么产品，只要贴有集团的商标，就代表了蓝海天的标准。这一点，是老董事长生前一再强调的，我们不应该允许自己的产品和市面上低档货一个水平。所以我认为，我们应该下决心召回所有隔离转换器，连同之前发出去没有暴露出问题的压力表一并召回，重新检测。"

李健话音刚落，海东生说："我反对，主动召回损失太大，而且会坐实和放大之前的问题，对集团的声誉造成不可逆的影响。"

李健说："逃避问题和责任留下的只能是皇帝的新装，自欺欺人啊。这样会毁了蓝海天的声誉！"

海东生哼了一声，说："李书记，你想得太简单了。说召回就召回，资本市场这一关怎么过？股市多么敏感，你李书记可能还没有体会。"

李健看向蓝海媚，继续说："我坚持认为召回有利于集团的长远利益。"

蓝海媚点了点头，终于发表了意见，说："我同意李书记的建议，全部召回。如果没有壮士断腕的勇气，集团的声誉和形象会受到更大的伤害。希望大家能深入地思考这个问题。"

海东生一愣，蓝海媚的话虽然出乎意料，却也似乎合情合理，他知道今天自己不适宜多言，于是靠在椅背上不说话了。

紧接着，海格尔也表态支持蓝海媚，说这是有格局的大企业该有的担当，在蓝海媚和海格尔的支持下，董事们纷纷表态赞同李健的建议。众人的议论声中，李健看向蓝海媚，发现她正看向自己。

会后，蓝思诺仔细琢磨觉得这个会开得不太对劲，海东生的反常和蓝海媚的运筹帷幄自己竟然完全不知情。她感觉公司的形势有了变化，左思右想之下她找到了童娜，童娜弄清了她的来意，只说自己也不太清楚。

这个回答自然不能让蓝思诺满意，她说自己一直拿童娜当妹妹看，又旁敲侧击地说了童娜现在独当一面不念旧情的话。让童娜心怀歉疚的同时，也第一次感觉到董事长秘书这个位置带来的压力。在童娜那里没有收获，蓝思诺颇有不甘，联想到李健在会上的发言，她又去找了李健。

李健正在电脑前写文件，见推门进来的是大忙人蓝思诺，不禁有些意外。

蓝思诺一进门便故作严肃地说："李书记，我是来兴师问罪的。"李健不明所以地反问："问罪？我有何罪啊？"

蓝思诺说："你提议召回产品，让我们销售部十分被动。不仅工作量大增，而且整个季度的奖金都没了，你说你是不是得给我们一个交代？"

李健很快反应过来，笑了，说："蓝副总，召回残次产品虽然让集团有所损失，但展示的是一个企业的信誉，能带来金钱买不到的社会效益，也会给将来的销售工作提供便利。"

蓝思诺说："你李书记是名不虚传啊，讲起道理来一套一套的，你没在销售部门工作过，不知道我们有多难。"

李健说："我理解销售的难处。"蓝思诺打量着李健说："这个事，你是不是得表示表示，一会儿下班咱们吃个饭聊聊？"

李健说："团委这不刚成立嘛，晚上还有工作会。要不改天？"

蓝思诺撇了撇嘴说："行，你忙吧。不过，我很希望有时间能和你共进晚餐。"说完头也不回地离开办公室。

自从知道童娜也常去打拳，蓝海媚就一直有意要和她切磋切磋。下班后没什么事情，于是蓝海媚邀请童娜一起去打拳。童娜嘴上谦虚，实际上早已心痒难耐跃跃欲试，面对蓝海媚的邀约欣然同意。

两个人在拳台上较量了一番，从最初的试探熟悉到后来的激烈交锋，两个人打得十分过瘾，直到几个回合后几乎筋疲力尽，才相视一笑，决定去更衣室换衣服。

更衣室里，两个人聊了起来。轻松的环境让童娜话多了起来，在蓝海媚的询问下，她谈了最近车间和几个部门的新气象，表示对未来充满信心。接着俩人又谈到李健，当蓝海媚听说自己父亲生前很欣赏李健，不禁有些惊讶。

童娜诧异于蓝海媚还不知情，接着说："李书记是学工商管理出身的，很有自己的想法。我听说老董事长在的时候，很多事情都会问他的意见。"

蓝海媚说："怎么以前没听人跟我说过？"

童娜说："这个事集团上下基本上都知道。"蓝海媚想了想，点了点头。童娜说："李书记的人品在集团也是有口皆碑的。"

蓝海媚看向童娜，开玩笑地问："这个李书记不会做你的思想工作了吧？"

童娜说："哪里会呢？我也是听说。"

"先不说李书记了。"大约蓝海媚发现童娜颇有见地，又问她，"海副总这次主动辞去技术总监的职务，你怎么看？"

童娜犹豫着，最终还是伸出拇指为蓝海媚点了赞。蓝海媚知道，童娜一定是顾忌海东生是自己的表兄，才有些犹豫。蓝海媚注视着童娜，似乎还在期待她说出来。

童娜鼓起勇气，说："嗯，董事长，专业人做专业事，没毛病。"

蓝海媚点点头，忽然愣了一下，她意识到自己是学历史的，管理企业岂不也是非专业人干了专业事？

童娜已经察觉到蓝海媚的异常，又说："董事长，我……不是那个意思。"

蓝海媚笑了："哈哈，我懂，走，我请你去吃夜宵，顺便和你聊聊天。"童娜晚上其实是有事，她本应参加晚上集团公司党委组织的团委成立代表会，但是自己作为秘书，蓝海媚居然邀请她吃夜宵，也只好向李健发了微信请假不参加晚上的会议了。

晚上，蓝海天公司团委第一次代表大会召开。罗浩顺利当选团委书记并讲了话。罗浩在主席台上向下看去，没有看到希望此刻给他鼓掌的童娜，不禁有些失落。散了会，他翻看自己的手机，没有童娜的任何消息。

因为很多团员代表在生产一线，李健为了不影响生产就把团委成立大会安排在晚上开，这个会一直开到入夜方散。新团委书记罗浩和李健等人一起在食堂吃过饭，李健看见罗浩有些失落的样子，就叫他饭后一起散步。

果不其然，罗浩在李健的问询下，说了没有见到童娜来开会的事。李健哈哈大笑，掏出手机微信给罗浩看……

罗浩这才知道童娜脱不开身，但还是有些失落，他想童娜即使不来开会，也该给自己发个讯息祝贺一下，但这话他就不好意思跟李健说了。

公司院内，两个人在路灯下边走边聊着集团的现状。罗浩说："徐工和我有两个想法。徐工想向董事长提，又有所顾虑，怕刚恢复职务就提这么大的事不合适。"

李健笑了，说："你小子，所以你知道我脸皮厚，就又惦记着让我当你们的发言人？"罗浩嘿嘿一笑："主要是我们提，没有您提有力度。"

李健说："你就直说吧。"

罗浩说："李书记，我们有两个建议。第一，联合紫塞大学成立博士生工作站，发挥校企双方的优势，提升集团的科研力量。第二，加大科研投入，引进尖端设备成立企业研究院，保持企业自主研发的能力和竞争力。"

李健略一思忖，打量着罗浩，说："可以啊，这是好事！"罗浩说："那您答应了？"

李健笑说："为了这些宝贵的建议和新团委书记的面子，我就再豁出去一回吧。”罗浩的脸上绽放出灿烂的笑容。

车间里，刘明静给刘建设和杜刚来送饭。最近加班任务重，刘明静担心父亲的身体，一有空便给他改善伙食。

杜刚是孤儿，和刘建设情同父子，刘明静一直把他当弟弟看待，所以送饭从来都是双份。对此杜刚倒也不客气，他兴奋地搓着手，打开饭盒，里面是热气腾腾的包子。杜刚吃着包子，夸刘明静做得香，刘明静愿意听见他夸自己，说：“有食欲就多吃点儿。”

刘建设嘱咐刘明静说：“你吃过了就快回去吧，别让孩子自己在家里。”

刘明静答应说知道了，杜刚又提醒刘明静拿上自己给孩子买的玩具，刘明静让他别老破费，说着又想起来中午遇见黄二利了，说：“后勤处那个黄二利怎么大中午的就喝多了，也没人管管他。”

“谁敢管他呀，除了我，这帮人都把他当大爷似的供着。”提到黄二利，杜刚立时警觉起来，问，“他没对你胡说八道吧？这个人花花肠子多着呢？”

刘明静说：“没有，我都绕着他走。”

刘明静嘱咐了俩人注意休息，随后拿上玩具出去。杜刚和刘建设吃包子，刘建设有些不放心地叮嘱杜刚说：“你呀，以后千万遇事得冷静。上回你调到车间一大半就是因为这个黄二利，这回你又得罪了海副总被调了回来。这折腾来折腾去让人家看笑话，人呐，有时候不能太有棱角。”

杜刚答应着，说我不理他不就得了嘛。刘建设点了点头，又问起之前给杜刚介绍对象的事情。一提这个杜刚忽然没话了。

刘建设劝他说：“你也老大不小了，标准别那么高。”杜刚说：“不是我标准高，是那姑娘太物质了。房子要一百平以上的，车还得二十万以上……”

刘建设知道杜刚在想什么，说：“别着急，回头再给你物色。”

夜色已深，吃了饭，刘建设还要回车间看看。路灯下，杜刚独自沿路往厂区外走。忽然，他看见两个鬼鬼祟祟的身影摸黑儿走进一个大门虚掩着的库房。杜刚眉头一皱，偷偷跟了上去，躲在库房门外的树后。过了一会儿，他看见黄二利和库管拖着电线从库房里出来。

杜刚忽然出现，大喝一声：“站住！”

黄二利和库管吓得一个激灵。杜刚猜出俩人的意图，严厉地说：“干什么呢，你俩？”

黄二利素来看不上杜刚，这会儿虽然心虚，却也不把他当回事，说：“吵吵什么？你该干吗干吗去，海总让我给他送点儿东西过去，你别捣乱。”

杜刚可不吃他这套，义正词言地说：“行啊，有出库单吗？给我看看！”

黄二利有点儿急了，说：“我警告你，别没事找事！”

“没事找事？”杜刚乐了，说，“我警告你们俩，赶紧把东西给我放回去，否则我现在就给保卫科打电话！”

黄二利眼睛一转，说：“行，我放回去！到时候耽误了事情，海总问起来，我看谁负责。”

杜刚叉腰而立，瞪着眼睛盯着黄二利看。

黄二利气急败坏地用手指点着杜刚：“你等着！”看着黄二利和库管拖着电线走回库房，杜刚翘起了嘴角。

杜刚不知道，后来也正是因为他维护了公司利益，给自己惹了大麻烦。

朝阳升起，紫塞市的道路变得繁忙起来，新的一天又开始了。

蓝海天集团董事长办公室里，蓝海媚坐在办公桌前签了一份文件，递给蓝思诺。蓝思诺请蓝海媚晚上和自己一起招待客户——豹跃客集团的刘远。

豹跃客是集团的大客户，刘远也是蓝海媚父亲的老朋友，蓝海媚亲自招待合情合理。可是海格尔出差了，蓝海媚怕自己和蓝思诺两个不会喝酒的年轻人招待不好刘远，一时有点儿犯难。

蓝思诺听了堂妹的顾虑，立时便有了主意，她提议叫上李健，说他是公家人，站位高、会忽悠，关键还是个男的，能帮咱们挡挡酒。蓝海媚忍不住笑了。正好下午的时候李健来找蓝海媚谈罗浩的两个建议。没想到，蓝海媚欣然肯定了两条建议的同时还邀请李健赴宴。李健虽然答应了，却说自己喝不了酒，对此蓝海媚以为他是谦虚，并没放在心上。

夜里，紫塞市的一家酒店典雅的包厢内，旋转餐桌上摆满了精致的菜肴。刘远和蓝海媚、蓝思诺、李健围桌而坐。看着满座的后辈，六十多岁的刘远不禁感慨万千，他以前辈的身份回忆了自己和蓝启明的交情，又感叹起后生可畏。说到召回压力表一事，他由衷地赞叹，认为蓝海媚非常有魄力。

服务员倒酒的时候，在李健的推辞下，蓝海媚才知道李健真的是酒精过敏，喝不了酒。得知李健曾为此去过医院，刘远也不再深劝，无奈之下，蓝海媚和蓝思诺只好挑起重担，陪刘远喝了不少。

一顿饭下来，蓝思诺没少挖苦李健，刘远也善意地揶揄了几句。虽然酒没喝好，但他对李健的印象非常好，还开玩笑地说要挖走李健。送走了刘远，蓝思诺搀着晃悠悠的蓝海媚往停车场走，李健跟在后面，拎着俩人的包。

蓝思诺揶揄李健说："李书记，委屈你了啊，不喝酒拎包总没问题吧。"

李健也觉得不好意思，忙说："不委屈，不委屈。"

蓝海媚醉醺醺地说："这个刘总，也太能喝了。"蓝思诺抱怨说："也怪你，说起老本行来，从良渚扯到二里头，从维京人说到苏族印第安人，最后把自己给说晕乎灌醉了。”

蓝海媚笑了笑说：“哟，我好像失态了。”

几个人走到轿车旁，司机小刘已经为他们打开了车门。蓝海媚不上车，却执意让司机送蓝思诺回去，称自己要散步。蓝思诺劝了半天无果，最终还被蓝海媚推进了车里。蓝思诺无奈，只得让李健负责开车将蓝海媚送回去。李健答应着送走了蓝思诺，正准备去开车，却发现蓝海媚已经往另一边走了一段距离，赶紧快步跟上。

蓝海媚坚持不用李健送，说自己没问题，让李健回去，李健自然不肯答应，只是在后面跟着。蓝海媚酒意上来又以董事长的口吻命令李健回去，话还没说完，她一个趔趄几乎摔倒，李健忙上前一步，扶住了蓝海媚。蓝海媚刚才受了一惊清醒了不少，喘息着要坐在路边的花坛上歇息一会儿。

趁蓝海媚喘息的工夫，李健跑回停车场把车开了过来。蓝海媚试着站起来，眉头一皱，又坐了回去。李健下车要搀扶蓝海媚请她上车，送她回去。

蓝海媚摇了摇头，说：“不用。”

李健也学着蓝海媚的语气说：“让你上车就上车，这是党委的要求！”蓝海媚抬头看李健，两个人对视，都忍不住笑了。

深夜里，空荡的公路上静谧异常。李健驾车匀速行驶着。

蓝海媚坐在副驾驶座位上，说：“你这个党委书记，做事不拘小节，目的性很强，变着法儿地折腾我……所谋者大啊……”

李健知道蓝海媚喝多了在揶揄自己，暗暗笑笑。

蓝海媚问：“你是不是觉得党委有点儿靠边，想往中间钻钻……”

李健说：“董事长，我并不觉得党委的工作靠边。党委有党委的责任，我必须全力落实这些责任。当然最近您对党委工作的支持，我得表示感谢。”

蓝海媚问他："那你就是为了将来再进步，镀镀金捞点儿政绩？"李健哭笑不得，对于她的偏见也一时不便反驳。

蓝海媚还要说什么，大卫发来了视频，蓝海媚接了视频，没说两句头一歪，睡着了，剩下大卫在视频里惊诧不已。李健见状，忙把车停到路边，拿起手机用英语和发脾气的大卫解释了半天，大卫才将信将疑地挂了视频。

回到集团院内，已经月挂中天。李健将车停到宿舍楼下，给她披上衣服送她回宿舍，找了她的钥匙开了门将蓝海媚搀扶到床上。

蓝海媚躺到床上，舒展身体翻了个身。醉酒的她以为在美国的家里，用英语吵嚷着要刷牙。李健只好去卫生间找到牙刷挤了牙膏，出来递给蓝海媚。谁知道四肢无力的蓝海媚根本不接，说你给我刷牙……

李健一愣，蓝海媚又来了句"please"！

李健一愣，心想着大卫那脾气还能给你刷牙？李健只好把手机放在茶几上，试探着给蓝海媚刷牙、漱口。刚漱了口她就吐了李健一身，李健惊呆了，想要说什么，就见蓝海媚沉沉睡去。李健忙帮她用湿毛巾擦拭，然后盖好被子，悄悄关上门离开。

李健忘了，床边的茶几上，他的手机还放在那里。

早晨，阳光透过白纱帘照进卧室里。一阵急促的手机铃声吵醒了熟睡的蓝海媚。蓝海媚挣扎着起床，剧烈头痛让她几乎难以支撑身体。蓝海媚拿起手机，看见手机上显示司雨桐，不由得一愣。蓝海媚接电话，却发现司雨桐把自己当成了李健，这才发觉拿的是李健的电话，只好尴尬地解释说可能昨天吃饭拿错电话了。

放下电话，蓝海媚疲惫地坐在床上，既尴尬又懊恼，又有陌生号码打进来，蓝海媚想了想没接，把李健的电话关机了。

去办公室的路上，蓝海媚一直在想该怎么把李健的手机还回去，心不在焉的她连童娜打招呼都没听见。到了办公室，蓝海媚忽然有了主意，她从抽屉里找来一罐咖啡，拿出袋咖啡后将手机放入罐里，随即按了桌上的讯铃。

童娜听到铃声进来，蓝海媚拿起咖啡罐递给童娜："这是李书记昨天要的咖啡，你帮我给他送去吧。"

李健办公室里，李健以为手机落在了餐厅了，正在给餐厅打电话，听餐厅说没有，不禁郁闷起来。一旁的牛主任提醒他昨晚是不是还去了别的地方。

李健思考着，忽然眼睛一亮，似乎想起了什么，感觉有些不妥。

这时候敲门声响起，童娜走了进来，将咖啡给了李健，说是蓝董事长送他的。李健不解，等童娜离开办公室，他打开咖啡罐子，看见里面的手机，忍不住笑了。

牛主任在一旁看得莫名其妙，问："李书记，你笑什么呢？"李健忙盖上罐子，说："没……没什么。"

牛主任问："手机找到了吗？"

李健装着恍然大悟地说："哦，我想起来了，肯定在宿舍枕头底下呢！"

牛主任故作惊诧地问："董事长的咖啡还能提高记忆力啊！不对，还没喝就这么管事？"

李健笑着说您先忙去吧。牛主任走后，李健掏出手机。手机是找到了，可是刚一开机，司雨桐的电话便打了过来，问李健的手机是怎么回事。面对司雨桐咄咄逼人的追问，李健只好答应晚上陪她一起吃饭聊天，她才罢休。其实司雨桐叫李健陪自己吃饭，是因为他邀请了童娜、罗浩和两名朋友，那四人都是情侣，这种关系李健去之前并不知道。

晚上，李健来到卡芙蓉酒店。他特意早到了一会儿，按司雨桐提供的雅间号推门进来，一见有人还以为是自己走错了门，忙退出去，到门口看看房号才又走了进来。

童娜和罗浩看是李健，也以为他走错屋了，惊讶地站起来打招呼说：“李书记？这么巧？”李健讪笑着进来，童娜和罗浩面面相觑。

童娜反应过来，悄声问：“李书记，是不是雨桐约您过来的？”看着尴尬地点头的李健，童娜吃惊地说，“我的天！原来您和雨桐是……真没想到。”

李健知道俩人肯定是误会了自己，忙将食指放在嘴边做了一个“嘘”的手势，接着关上门坐到了罗浩身边，低声解释自己是被司雨桐拉来救场的……

一会儿又来了一对儿情侣，李健不敢再说什么，只是点头示意。司雨桐来得最晚，见李健已经乖乖地到了，便高兴地坐在他身边。三个女人聚在一起，叽叽喳喳个没完，酒也喝了不少。

司雨桐维护李健不让他喝酒，小女人样惹得童娜几人不断偷笑。童娜说起蓝海媚打拳很厉害，要约司雨桐有机会一起练练。司雨桐对于李健和蓝海媚的手机问题还有点儿吃醋，不愿意让她提蓝海媚，话里话外都不让他们提公司的事情，提议去唱歌。

李健一听唱歌，立刻表示自己五音不全，就不去了。这话糊弄别人也就算了，司雨桐哪肯放过他，说：“谁说你不会唱的？小时候住邻居的时候，还听你在阳台上唱过任贤齐的《春天花会开》呢……”

说着，司雨桐唱起来——

春天花会开
鸟儿自由自在
我还是在等待
等待我的爱
你快回来

总是假装不经意

经过你家大门外

期待你美丽的身影

从远远的走过来

…………

一顿青春肆意的饭局在热热闹闹中结束，和童娜几人分手后，司雨桐坐上了李健的轿车。车子很快驶入斑斓的夜色中……

晚上，在苏雅家里，海格尔、蓝海媚、黄美芳、蓝思诺等人齐聚一堂。蓝海媚本不愿回来却耐不住劝，被海格尔和蓝思诺硬拉来了，海格尔找机会和蓝海媚说了不少苏雅的事情，让蓝海媚多和她接触接触。对此，蓝海媚虽然不情愿，但也不得不给舅舅面子。

画室陈列着一幅幅油画作品。苏雅带海格尔、黄美芳和蓝海媚、蓝思诺走入自己的画室。海格尔夸赞道："我是不懂欣赏，就觉得画得越像越厉害，照这个标准看，苏雅越来越有大家风范了。"

苏雅听着，忍不住笑了。

黄美芳也附和说苏雅画得栩栩如生，又让她有时间给海格尔画一幅，说把画放到家里，省得整天见不到海格尔，一席话让众人哄笑起来。众人的笑声中，蓝海媚看见墙上挂着苏雅和蓝启明的结婚照，神色逐渐暗淡下来。

晚餐由黄美芳主厨，她还将蓝思诺叫去帮厨。苏雅本来也要去厨房，可海格尔说今天反客为主了，坚决不让她下厨，只让苏雅坐着陪蓝海媚说话。苏雅和蓝海媚都明白海格尔的用意，尴尬地坐在沙发上，一起看着电视。

苏雅知道海格尔是给自己创造机会，率先打破了尴尬。苏雅说："蓝蓝，我知道你之前选择留在美国，很大程度上是因为家庭的变故。”

蓝海媚沉默着，并不回答。

苏雅说：“你觉得是你父亲背叛了家庭，间接导致了你母亲的去世。实际上不是这样的，我和你父亲认识是在你母亲去世以后，那时候他很憔悴很疲惫，身体状况……”

蓝海媚打断苏雅的话，说：“我今天回来，并不想听这些。”说完，她索性起身去了厨房。苏雅转过头去，眼中已然噙满泪水。

很快，几个人便张罗了一大桌子菜，众人开始围桌吃饭。

这时候，海格尔的电话突然响了。没听一句海格尔就惊得站了起来，失声问道：“什么？公司库房着火了？”

# 第二十八章

李健送完司雨桐后也回了自己家，看了会儿书正准备睡觉，忽然接到刘建设的电话。刘建设向李健说了库房失火的情况，李健匆忙披上外套，下了楼驾车奔公司方向驶去。

空空荡荡的夜路上，李健一面开车一面用免提给刘建设打电话，让他先报火警，然后发动住在宿舍的党员帮忙救火，又叮嘱注意人身安全。挂了电话，李健又拨通蓝海媚的电话，向她也说了集团火灾的情况。

集团公司厂区内，火光点亮了周围的夜色，大火在材料库房内外蔓延，刘建设等几名员工在铺展消防软管。杜刚带着几个人狼狈地从火场跑出来。刘建设等人围上去，问杜刚里面的情况。杜刚说火势应该可以控制，但人手还是不够。刘建设质疑自动喷淋为什么没喷水，杜刚抱怨喷淋装置从开始就没喷出来过一滴水！说着，他抹了一把脸上的汗水，又带人一起抬起消防管向火场跑去。

火场附近，一群人正在忙碌地拉水管。刘建设看见李健来了，迎上来和他打招呼。

“刘师傅，火势怎么样？”李健问。

“应该还可以控制，杜刚正带人救火，可是人手太少了。刚才听到牛主任广播了，很快就有人过来。”

李健点了点头，目不转睛地看向火场，杜刚等人再一次灰头土脸地从里面跑出来。李健忙迎上去问："怎么样？杜刚。"

杜刚疲惫不堪地说："李书记，火势越来越大，看这样只能等消防队来才能扑灭了。刚才我看见库房另一边还没着起来，应该能抢救出不少货来。"

刘建设说："李书记，在消防队来之前，咱们是不是再组织组织，控制一下火势？"李健思考着。

远处，牛主任带着一些人小跑过来。另一边，童娜和罗浩也快步跑过来。牛主任给李健介绍说："李书记，这是咱们公司自己的扑火队张队长。"

李健和张队长握了手，在征询了他的意见后，提出了自己的想法。李健说："张队长，里面的货物对集团非常重要。我想这样，咱们一面自救一面等消防队。张队长您负责全权指挥救火，在确保人员安全的情况下将仓库截成两部分，争取阻断火势蔓延；刘师傅、杜刚、牛主任连罗浩咱们组织党员和员工，把远离着火点能抢救的库存产品尽量抢救出来！"

张队长说没问题，众人也纷纷表示听李书记的，李健看见童娜也来了，让她留在这里，一会儿向董事长和海总汇报一下情况。

李健又嘱咐大伙一定要记住安全第一，一定不能冒险，在确保自身安全的情况下参与救火。

公司扑火队张队长带人组接消防管，可是距离近的消防喷水龙头竟然坏了，又派人去拉管子，接引另一处距离较远的消防喷水龙头。李健和刘建设带头冲进另一侧仓库，忙着抢救仓库内的产品。

库房内，火情愈演愈烈，由于张队长这边的水没有跟上，火势还是向李健等人所在的一侧蔓延过来，着火点越来越近，众人一个个被烤得大汗淋漓。

杜刚看着大火烧了产品，着急了奔着火海冲过去。身边的李健拉了一把他却没拉住，一边大喊让杜刚快出来，一边让罗浩等人往后退。

刘建设借着火光发现高处一个木箱摇摇欲坠，紧接着杜刚被坠下来的箱子擦了一下胳膊，刘建设着急了，冲进去拉开了他，自己却被又掉下来的木箱砸中了腰部，登时倒下。杜刚见师傅倒地，大喊着师傅，伏倒在他身上。李健等人顾不得火势越发猛烈，都冲过去搀扶起刘建设，拉出了杜刚……

众人从仓库中救出刘建设，几辆消防车已经呼啸着开来了，车停在火场旁，消防队员们迅速下车准备救火。

消防队长看到李健等人抬着刘建设出来，向童娜了解了情况，在得知是集团内部正组织的人手在抢救货物的时候，立即拿起高音喇叭大喊："请里面参与救火的人员迅速撤离！请里面参与救火的人员迅速撤离！……"

众人抬出刘建设，李健问了杜刚，决定不等救护车，先将刘建设送到医院去。李健走不开，只好让罗浩开车，通知刘明静的同时让杜刚陪着去医院。

随着消防队逆行而入，张队长和员工们纷纷从库房里跑出来。李健和消防队长说了里面的情况，决定不再回火场，转而组织人手转移搬运出来的货物。

这时，蓝海媚和海格尔、蓝思诺一起赶过来。刚才在车上的时候，蓝海媚向蓝思诺了解了情况，得知厂区成品库受生产部和资材部双重管理，因为位置的关系，人员和安全这一块儿主要由生产部负责，也就是说成品库的第一负责人是海东生。

蓝思诺说出海东生"三个字"的时候，蓝海媚忽然沉默了。海格尔知道这又是个不小的麻烦，赶紧接过话头来，说刚才已经通知海东生了，让他尽快赶过去了解情况并配合消防队灭火。

几个人到达火场的时候，火势已经小了很多。李健见蓝海媚和海格尔等人过来，走过去向几人说了火情和抢救的情况。海格尔听说车间主任刘建设被砸伤了，本来要责备李健，但看他灰头土脸疲惫的样子，也就没再多说。蓝海媚让李健先回去休息，自己和海格尔留下负责善后。

李健哪有心思休息，他见这边已经基本控制住局面了，就急匆匆去了医院。

医院急诊室外，杜刚、罗浩焦虑地等待着。李健赶来问了情况，罗浩说情况不容乐观，杜刚心里自责垂首不语。很快，刘明静也急匆匆赶来了，抹着眼泪问杜刚，爸爸刘建设是怎么了？

李健正不知道该怎么向刘明静解释，杜刚开口说是为了救自己被砸了……没等杜刚说完，刘明静瘫坐在椅上，低声抽泣起来。

等待的间隙，李健来到洗手间，打开水龙头一遍一遍地洗脸。洗了脸，他看着镜子中疲惫的自己，忽然想到也许根本不该组织大家去救火，想到急救室中的刘建设，李健恨不得被砸的人是自己……

回到急诊室外，几个人沉默地等待着，气氛也变得压抑。又过了很长时间，急诊室的门终于打开，医生走了出来。杜刚忙上前问：“怎么样了，大夫？”

医生疲惫地说：“伤者目前仍然昏迷不醒，还不确定是否已经脱离了危险期。”听了医生的话，众人面面相觑，刘明静的眸中瞬间涌出了泪水。医生又安慰她说：“不过你们也不用担心，医院会连夜组织专家会诊，拿出合适的方案来救治患者。”

杜刚急切地问：“那我们能不能进去看看？”

医生说：“目前还不行，你们可以留下一两个人在这儿，其他人可以先回去休息。”医生说完走了。杜刚劝李健和罗浩先回去，说自己和刘明静守在这里就行。

李健惦记着火场的情况，还想回去看看，就叮嘱杜刚一有结果马上告诉自己，又安慰了刘明静几句，带着罗浩走了。

李健和罗浩走后，刘明静发现杜刚的左胳膊不对劲，劝他去检查。杜刚拗不过刘明静，却不想留下她自己，只得说明天一早再拍片检查。

李健回到厂区，火已经熄灭，库房的废墟上不时涌起阵阵烟雾。远处，搬运工作还没结束，牛主任正带党员们向另一个库房搬运货物。

李健和罗浩上前帮忙，牛主任见他们来了，先是问了刘建设的情况，又说消防队刚撤离，蓝董事长和海总他们也都回去了。怕变天下雨，他带留宿的人把抢救出来的这些货都倒到那边仓库里。

李健点头问："一共抢出来多少东西？"

牛主任说："后来火灭得差不多了，又抢出来一百多箱。加上之前咱们运出来的一共三百多箱吧，压力表应该是都抢出来了。"

李健点了点头，在这个紧张又难熬的夜晚，压力表能被抢救出来算是唯一的好消息了。这样想着李健不禁有些后怕起来，如果这批压力表被烧毁，那么后果简直不堪设想。

一直忙到夜里两点多，李健等人才回宿舍休息。

早晨七点半，早早来到办公室的李健接到了刘明静的电话，说刘建设已经脱离了危险，又说杜刚的胳膊轻度骨折。李健让刘明静注意休息，告诉她自己下了班就过去，同时让她放心，认定工伤的事情，自己也会协调处理。

李健放下电话，看了会儿文件，电话声又响了起来，这次是蓝海媚。原来，昨晚的火情惊动了市应急管理局，安副局长今天一早已经到了厂里，蓝海媚叫他一起去接待安局长。到了接待室，安副局长和两名工作人员坐在沙发上，蓝海媚和海东生正坐在三人对面，李健快步走过去，坐在海东生身边。

安副局长开门见山地说："蓝董事长、李书记，对于昨夜的火情，市里十分重视，为此专门成立了事故调查组，希望集团能安排

人协助我们进行火灾事故调查。”

蓝海媚点头，看了眼海东生，说：“安局长，海东生副总会全力协助应急管理局配合这次调查。”

海东生起身和安副局长握了握手。安副局长从包里拿出一张文件递给蓝海媚，说：“这是市局做出的停业整顿的处理决定。希望蓝董事长能立即召开内部会议分析事故原因，理清事故责任。在停产整顿期间，提出整改和防范措施，并书面提交火灾原因和检查，上报调查组。”

蓝海媚和李健对视一眼，两个人面现焦虑。停产整顿，真是怕什么来什么，李健正琢磨该怎么向安副局长说，安副局长已经递上来一纸文件，说如果没有意见，让蓝海媚在上面签字。

李健忙让他等等，说海副总和集团上下一定会全力配合调查组的调查工作。但企业停业整顿事关重大，现在集团的生产正处在一个重要的节点上，如果停业整顿，损失恐怕难以估算。说着又请应急管理局考虑给照顾。

听了李健的话，安副局长摇头说：“李书记，我知道这个处理决定对集团的生产会有影响。主观上，我们也不希望蓝海天集团火灾后再次受到损失。但是规定就是规定，我没有收回这个处理决定的权力。”

事已至此，李健知道这个决定是局里下的，和安副局长讨价还价已经没用了。看李健也无话可说，蓝海媚只得签了文件，然后让海东生陪安副局长去了现场，就带李健回办公室商议。两个人都知道压力表的补货工作迫在眉睫，生产不能耽误。

李健提议给邹书记打个电话，反映一下这个问题。电话就要拨通，蓝海媚忽然让他等等。

李健放下电话，不解地看向蓝海媚。

蓝海媚看向李健：“停产就停产！我觉得应该好好查查这些问题，为什么我父亲在的时候一切顺风顺水，什么事情都没有。而我来集团没多久，就接二连三地出现各种事故？”

蓝海媚接着问：“一名车间主任重伤未醒，还有一名员工轻度骨折？”

李健点了点头，看向蓝海媚，这一刻，他觉得这个年轻的董事长已经完全挑起了蓝海天的重担。

这次安全事故让蓝海媚再一次地感到董事长这个位置高处不胜寒。

下午，蓝海媚就召开了董事会。会议室内，董事们正襟危坐，氛围严肃，李健列席，坐在海格尔身旁。蓝海媚亲自通报了昨晚火灾的情况，以及市应急管理局对集团的处罚。紧接着又让主管成品库的海东生发言。

海东生自己有责任，心里虽忐忑，面上却颇为淡定地说：“市应急管理局的人刚走，明天还要继续调查。监控室那边，保卫科的人正在排查监控录像。详细的损失情况目前还没有统计上来。但粗略算下来，直接损失应该在三百万左右，这还不算停业整顿期间造成的间接损失。另外，一名车间主任重伤躺在医院里，目前仍没有脱离生命危险，还有一名员工轻度骨折。”

听到这些，李健主动说：“组织党员救火是我的个人行为，因为这次救火导致两名员工受伤，我向董事会表示道歉。”

海东生轻蔑地说：“道歉就可以了？上午我刚从安副局长那里了解情况，如果没有人受重伤，这次火灾事故就能被定性为轻微事故，企业内部就可以处理！”说着，看向李健，气愤地说，“现在好了，有一人重伤，就属于一般火灾事故，市局先给来了个停业整顿三天，这下可好，这个责任你怎么负？”

董事们纷纷看向李健，海东生的话的确戳到了李健的痛处，他神色黯然一语不发。

朱和平替李健鸣不平，说：“李书记情急之下，指挥党员舍生忘死抢救公司财产有什么错？再说，如果没有李书记带人抢救出来这三百多箱压力表，按损失数额来看，恐怕事故级别还得往高调！”

海东生站起来说：“不可能！只要没人受伤，损失再大也是咱们自己的事情，只要不报上去，市应急管理局能知道？”

蓝海媚打断了俩人，说：“昨天在现场我们也看到了，李书记和许多党员不顾个人安危，冒险抢救公司财产，无论结果如何，这个精神和态度值得我们所有人去尊重。所以我认为，李健书记不应为这次事故承担任何责任。”

蓝海媚公正的话语，让李健有些感动。

朱和平接着说：“我听一开始参与救火的员工说，自动喷水装置从始至终都没流出过一滴水。如果自动喷水装置有效，那么火灾或许根本不会发生。所以，最根本的问题还是我们的基础工作没做到位。”

“这个工作是由哪个部门负责？”蓝海媚问出了早就准备问责的问题。

海格尔看了海东生一眼，说：“成品库的货物由资材部负责，其他所有工作都由生产部自行负责。”

蓝海媚看向海东生，海东生发现氛围不对，知道自己是躲不过了，却辩解说：“生产部每个月都会自查所有消防设施，消防部门也会定期检查这些设施，正常情况下，自动喷水装置不可能出问题……”

海东生的手机响了，他接完手机后说：“纵火犯找到了，是杜刚。”

听到杜刚的名字，李健先是一愣，继而说：“不可能！我不相信杜刚能干出这种事情来！杜刚参与了救火，胳膊轻微骨折，现在还在医院呢。”

有了责任人，海东生态度强硬起来，说：“李书记啊李书记，我知道你和这个杜刚挺熟悉，可视频监控就在那！这回可好了，救火英雄成了纵火犯！”

董事们议论纷纷，李健满脸困惑。蓝海媚眉头紧锁，她之所以不让李健给孙书记打电话，就是想借这次火灾事件的严重性对董事会形成一种震慑，以便处置海东生，却不想真的是有人故意纵火，只好问：“李书记，你既然认识这个杜刚，有没有什么线索和大家讲讲，他可能出于什么动机去纵火？”

李健摇头表示不明所以。海格尔说：“既然事情已经查出来了，东生你去确认一下，没问题就报警，然后汇报给市应急管理局调查组。”

李健一愣，还要说什么，海格尔看向蓝海媚，说：“没别的事情散会吧，既然有了责任人，先把事情查清楚再说。”蓝海媚点了点头，看了李健一眼，起身离去，董事们议论纷纷离开了会场。

临走，海东生还不忘挖苦李健两句，说：“李书记，我记得杜刚是党员，好啊，你天天管东管西，却把自己的本职工作丢一边了，党建工作是得好好抓抓了。”

李健说："海副总，我想亲眼看看监控录像。"

海东生冷笑一声，说："可以啊，李大书记，请吧。"

"走，我也和你一起去看看。"说着，海格尔就起身往办公室外走。

李健、海格尔、朱和平、海东生来到监控室，站在保卫科长身后，看着他用鼠标在显示器里寻找监控记录。保卫科长一面操作一面解释说成品库有单独的监控系统，但都烧没了，这是库房外的一个摄像头的记录。说着，他找到视频，起身让开，众人看向显示器画面。

画面显示库房门开着，杜刚左胳膊上搭着工作服经过这里。杜刚看向库房内，迟疑片刻，进入库房……杜刚从库房出来，胳膊已然没有了工作服……很快，库房内冒出了烟，渐渐起了火。

保卫科长按下暂停，拿出一个烧损的员工工牌递给海格尔，说："这是杜刚的工牌，应该是他进库房点燃工作服后离开，工作服起火导致了这场火灾。"

李健觉得有些地方不对劲，但又说不出来是哪里，他眉头紧锁地思索着，拿起鼠标操作着，反复观看这段视频。

没想到是自己公司人纵火，海格尔生气地留下一句"报警"，转身先走了。海东生见海格尔离开，也追了出去，他急着找海格尔聊聊。海东生知道，今天的会议如果不是发现杜刚纵火的事情，自己很可能会下不来台，蓝海媚话里话外的针对性已经很明显了，那就是要追究海东生的责任。现在好了，抓住纵火犯，一切问题就都解决了。

医院里，刘明静靠在长椅上睡着了。她身旁，胳膊上打着绷带的杜刚也是满脸疲惫。

医生出来叫醒俩人，说刘建设现在确诊脑出血，脊椎损伤严重。目前虽然脱离了生命危险，但仍处于昏迷状态，下肢也没有知觉。

刘明静感谢了大夫，让杜刚先回去休息。杜刚却劝刘明静回去照顾孩子，自己留下陪刘建设。刘明静不同意。

杜刚安慰她说："何姐，我知道你的难处，有些话平时我是不敢说的，但是今天我必须说。你自己带着孩子，师傅还不知道能怎么样，他要是落下什么毛病，今后我负责照顾你们全家一辈子！"

听了杜刚的话，刘明静的眼泪夺眶而出，继而泣不成声。杜刚又说："是我害了师傅，以后你们家的事就是我的事！"

刘明静哽咽着说："不怪你，你别乱说了。"

正说着话，两名警察走进病房。问清是杜刚，便说要杜刚配合调查，直接把杜刚带走了。

刘明静一时慌了神，看杜刚被带走了，忙给李健打了电话。

办公室里，朱和平正和李健议论火灾。李健接到了刘明静的电话，安抚了刘明静几句后，他自己的心里反而越发不能平静。挂了电话，忍不住向一旁的朱和平诉苦道："刘明静问我杜刚怎么回事，我都不知道该怎么跟她说。就是到现在，我也不认为这个事情是杜刚干的！我想不明白的是杜刚的工作证怎么会在起火点？"

朱和平说："不管怎么说，现在证据确凿。你就别苦恼了，还有你自己得注意，不能因小失大，你看海东生那态度，一门心思往你身上推事儿呢。"

李健叹了口气，说："海东生再怎么说，董事长也没怪我。再说，我当时也是救火心切，救火这事，还是得交给专业人来做。但是若非情况紧急，不能够确保人身安全的话，我是不该组织没有救火经验的人都去救火的。"

朱和平说："你也别自责了。大家都知道你是为了公司好。但海东生这人心术不正，除了蓝家、海家的人，他看谁都像外人。我们工会的工作，有时候开展起来也很难，还好你来当书记了，也帮助工会争取权益，现在比过去好多了。再说，董事长毕竟是外行，不懂经营管理，容易被海东生这样的人忽悠。防人之心不可无啊！”

李健点头说：“嗯。看来我来蓝海天之前，还是把这里的事情想简单了。眼前首要是保持企业平稳运行，在这个基础上完善现代企业制度，蓝海天的家族化管理必须打破。”

朱和平说：“别着急，我知道市委派你来担任党委书记，是帮助企业平稳发展的。不过你给董事长提意见得慎重。你和我还不一样，我是本公司土生土长的又是董事，毕竟你没有股份又不是董事，容易被别人说闲话。”

李健陷入沉思中。

紫塞市的傍晚，郁闷了一天的李健下班就开车去看刘建设。路上，他接到司雨桐的电话说要到李健家里吃饭，理由是自己家没有天然气了。李健说可以出去吃，司雨桐说自己已经买好东西准备做饭了，让李健早回来一起做饭，李健怕惹她不高兴，只好答应说看了刘建设就回去，

医院病床上，刘建设身上布满了医疗和监控的管线，仍旧昏迷不醒。李健向刘明静问了刘建设的病情，又聊到杜刚，李健知道也瞒不了，就把事情的经过向刘明静说了，刘明静听了激动起来，说她要亲眼去看看监控录像。

李健说自己看过了，从监控上看杜刚的嫌疑很大，可是自己也不相信这是真的。刘明静说什么也不相信，李健只好说让她有空去保卫科看看，又说如果保卫科那边不同意，他会帮刘明静协调。

开车回家，李健打着哈欠上楼，正遇见司雨桐一手拎着啤酒，一手拎着一袋子菜在门口等自己。司雨桐打量李健，问：“看把你困的，这把火闹得这两天都没休息好吧？”

李健笑说司雨桐不用买这么多东西，自己家里有什么给她做点

儿就行。司雨桐却反客为主地让他快点儿开门，说让李健休息，自己搞定一切。李健接过她手上的两个大袋子，开门进了屋。司雨桐好奇地环视房间内部，撇起嘴说："你这也太乱了吧，是不是你们男生的房间都这样？"

李健笑笑说："好几天没回来了，要来你得提前通知我，我收拾一下嘛。另外，我可不是什么男生、小鲜肉了啊。"

"知道啦！现在收拾也来得及，你去休息休息吧，我连收拾屋子带做饭一会儿就好。"

李健换了鞋就要收拾屋子，司雨桐却说什么也不让，命令他说："你现在去卧室，躺在床上睡一会儿，吃饭时候我叫你。"

李健苦笑地说："哎哟，大小姐，谁给你的权利来我家指挥我啊！"

司雨桐将李健关在卧室内，叉腰环顾客厅，李健在门后偷看，被司雨桐撵了回去。司雨桐做事有条不紊，她系上围裙，麻利地洗菜、切菜、焖饭，将菜炖在锅里。接着她从沙发收拾到茶几，整理好几件睡衣，又发现了茶几下的几盒未开封的方便面和一袋火腿肠。

一面收拾着，司雨桐忍不住自语："整天吃这个？这哪叫过日子啊。"

司雨桐干活很麻利，很快，客厅厨房都收拾得利利索索，餐桌上摆了几道精致的菜肴这才叫醒了补了一觉的李健。李健从卧室出来，看见收拾整洁的客厅，不禁对司雨桐连连赞许。

司雨桐面带得意地打开一瓶啤酒问："你喝不喝？"李健摆摆手，高兴地夸赞司雨桐说："不喝。辛苦雨桐了啊，管吃管喝又搞卫生，服务太到位了。"

司雨桐撇嘴说："别说虚的！我也是看你太辛苦，让你休息休息，要平时我才懒得管呢。"

李健笑说："那我以水代酒，算是谢厨。"两人举杯相碰，司雨桐将杯中啤酒一饮而尽，眼睛一转，忽然觉得李健很可怜，问：“你又方便面又火腿肠的，这个生活状态，叔叔阿姨知道吗？”

李健说：“这没什么，我这不是挺好的嘛。”

司雨桐想了想，试探着问：“你前妻知道你这个状态吗？”李健一愣，说：“她？知道什么？”

司雨桐问：“出国就不联系了？”

李健不想提以前的事情，不愿多和司雨桐聊这方面的话题，岔开了话头说：“不联系了，她在国外早就有了家庭。哎，忙活半天了，快吃菜啊。”司雨桐夹了一口菜给李健。李健问：“最近你又相亲了吗？”司雨桐不高兴地问：“相什么亲啊，我现在不是正谈着吗？一个集团公司的党委书记。”

李健一愣，看向司雨桐。司雨桐知道李健是在试探自己，也不打算再隐瞒什么了，喝了口啤酒说：“我家里已经知道咱俩相亲的事情了，不反对。”

听了这话，李健惊诧了半晌。他不是不知道司雨桐对自己有好感，但上升到双方家庭的层面还是让他感觉到非常棘手，想把话说明了，又怕司雨桐一时难以接受。

司雨桐似乎看出李健的想法，岔开话题说：“好了，不说这个了，免得你紧张过度。昨天的火情怎么样，损失不大吧？”

李健松了一口气说：“有一定损失，不过总算是及时扑灭了。”

司雨桐说：“看你这样子，斟字酌句的，好像我要打听你们公司秘密似的。对了，最近你们那位董事长没欺负你吧？”

李健说：“想哪去了，最近我的建议董事长还是能听进去的。”

司雨桐早就从李健母亲那里打听到了李健的偏好，加上她厨艺颇佳，几样菜都很合李健胃口。在李健的赞不绝口中，司雨桐不知不觉地喝得有点儿多了。吃了饭，她慵懒靠在沙发上，醉眼蒙眬地看李健收拾餐桌说：“你放那……明早我收拾。”

李健以为自己听错了，反问：“明天？”

司雨桐笑说："明天天然气也通不了，我应该还得来蹭饭。你又有口福了。"

李健无奈地说："你都想好啦。"

司雨桐狡黠地说："那你坐这儿，别收拾了。"

李健走过来坐在沙发上，颇为无奈地看着洋溢着笑容的司雨桐。司雨桐似乎有话要说，刚要开口，李健怕她醉酒说些不合适的话，却抢先说话了："雨桐，你听我说啊，你很优秀，但是我……"

司雨桐打断李健的话说："打住！打住！我就是不愿意听爸妈总磨叨才搬出来的，到这不想再听你唠叨！"

李健有意趁她高兴把话说明白，耐心地说："唠叨不也都是为你好嘛。你看我家里这状况，离婚这事我自己也是有原因的，我有时候一忙起来，根本顾不上家里。说白了就是责任感欠缺……对于再婚这事，我根本没想过……"

李健说着，发现司雨桐已经睡着了，只好进了卧室拿出毯子给她盖上，起身又去继续收拾餐桌。从厨房出来，李健看到司雨桐夸张的睡姿，走到沙发旁，抱起她走进卧室，放在床上，垫好枕头，盖上被子，自己走出卧室。

早晨，李健轻手轻脚地开门出去给买了早点，回来司雨桐仍然在睡，李健看时间还早就没叫醒她，自己上班去了。

李健上班很早，比他更早的是海东生。海东生到了办公室就先给黄二利打了电话。黄二利是海格尔的二婚媳妇的亲弟弟，接到电话上来就管海东生叫大侄子，海东生一向看不上黄二利，平时也懒得理他，自然不吃他那套，对他说话也没个好气，只说让他过来，自己有事情。

黄二利仗着自己是海格尔的小舅子，在集团公司天不怕地不怕，除了海格尔也就是忌惮海东生了。黄二利笑容满面地来到海东生的办公室，却劈头被海东生嚷了一句："你混蛋！"

黄二利一愣说："东生，按辈分你得管我叫叔叔，怎么说话呢？！"海东生盯着他说："成品库起火的事情，你给我解释解释。"

一听到海东生说成品库起火，黄二利立刻蒙了。

原来，厂区失火的纵火人正是黄二利。当晚，黄二利和库管要往外倒腾东西，却又被杜刚撞见了，杜刚知道黄二利又没干好事，冷嘲热讽了一番，与黄二利斗了几句嘴，直到看着黄二利离开，杜刚才回成品库。回成品库的路上，杜刚外套挂在胳膊上，员工工牌从衣服上掉了下来。谁知道黄二利根本没走，他准备教训杜刚一顿，他攥着块儿砖头蹑手蹑脚地从黑暗中出来，捡起工牌看了看，偷偷跟上杜刚，眼见杜刚进了成品库房，过一会儿又从成品库房出来。黄二利看杜刚的外套没了，眼睛一转一发狠有了主意，等他走远后悄悄溜进库房。看见杜刚挂在墙上的外套，黄二利犹豫片刻，躲避着摄影头，拿起外套点燃，扔在货堆上……

这些事儿，黄二利和海东生说了前边却没说后边，只说看见杜刚进了成品库，肯定是他放的火。海东生听得烦了，呵斥他："黄二利，你还给我装？要不是我连夜去了监控室，删除了火灾现场的一段监控视频，现在进看守所的就是你黄二利！"

原来，海东生当晚没第一时间往火场赶，他直接去了监控室！黄二利这才明白海东生早就知道一切，惶恐中有些结巴，忙说："大侄子，不是，海副总，您可别把这么大的事往我身上安啊。"

海东生将手中的一个U盘扔在办公桌上，说："全存在里面了！我再给你最后一次机会，你跟我说说事情的来龙去脉。这事公司暂时还不知道，看在我叔叔的面子上，我也许可以考虑替你保密。"

黄二利只得把实情给倾吐出来。黄二利讲述完，海东生又问他点火以后去哪了？为什么外边的监控没拍到？听海东生这么问，黄二利还有些得意，说："点着后我根本就没出来，后来我是趁着救火乱哄哄的时候溜出来的。”

海东生猛地给了黄二利一巴掌，黄二利捂着脸愣在原地。

海东生骂他：“你也太丧良心了！这坑害公司的事你也干得出来？亏你还是觍着脸说是我叔叔的小舅子。”

黄二利有火不敢发，说：“我也后悔，但眼看着火越着越大没办法了。”

“那杜刚的工作证是怎么回事，那么大火就没烧了？”海东生接着问。

黄二利说：“我也不是傻子，既然要教训杜刚我就得让他一辈子翻不了身！那工作证是我后来救火的时候，假装捡起来给保安队长的。”

海东生打量黄二利说：“唉，你这吊儿郎当的人，不能轻易得罪啊。”

黄二利嘟囔说：“主要是杜刚这小子实在太过分。”

海东生瞪了他一眼说：“你那视频我留着，这回看在咱们沾那么点儿亲戚的分儿上，我先饶了你。”

听海东生这么说，黄二利点头哈腰地感谢海副总高抬贵手。海东生却没那么容易放过黄二利，他叫黄二利来是有别的事安排——给李健找麻烦。

黄二利一听也来了精神，他别的本事没有，这种坑人的事情最是在行，还没等海东生说完，他就有了主意。

黄二利离开后，海东生就去了海格尔的办公室，这是他一直以来的习惯，毕竟有什么事都和海格尔商量商量，免得出错。

海东生进了海格尔的办公室，没想到遇见了李健和刘明静。刘明静早晨去保卫科要求看杜刚的监控视频，保卫科却让刘明静写申请单去找总经理批准，刘明静无奈之下只好来找李健，李健便带刘明静来找海格尔。

海格尔虽然签了字，但还是劝李健不要在这件事上牵扯精力。

见海东生进来，便让海东生陪俩人一起去监控室，海东生马上就答应了，带着俩人去了。

到了监控室，海东生把条子递给保卫科长，自己大咧咧地坐在一旁。保卫科长手里拿着条子，一脸为难说刑警队已经把监控拿走了，咱们没有备份，说看监控只能去刑警队。刘明静以为保卫科长是故意为难自己，委屈地哭了。

李健见保卫科长解释得诚恳，也就没再说什么，在海东生鄙夷的目光下劝走了刘明静。

# 第二十九章

李健说什么也不相信杜刚那么一个老实的员工会纵火，李健思考后决定去找蓝海媚，如果能争取蓝海媚的理解，杜刚的事情或许能有所转机吧。这样想着，他来到董事长办公室前敲响了蓝海媚办公室的门。

办公桌的电脑上播放着关于企业管理的网课，蓝海媚一面听着网课一面审阅文件。网课的内容是童娜帮她选的，她没时间去啃那些厚重的经营管理教材，这种网课方式灵活又生动，蓝海媚最近一直在坚持听，她自觉收获颇丰。

外边童娜不在，李健直接敲门进来，蓝海媚见是李健找自己，颇有些惊讶，一面问他有什么事，一面将文件放到一旁，敲击鼠标暂停了网课。

李健开门见山地说出了自己的疑问，关于成品库起火的几处疑点和监控室没有留存视频的事情。蓝海媚也只当他是多疑。

蓝海媚先是劝他不要做越俎代庖的事，接着又说："在证据确凿的情况下，公安机关已经接手了这个案子。你如果没有可靠的证据就胡乱猜测，很可能导致谣言四起，继而引发集团内部的震动和混乱。"

听蓝海媚这么说，李健随即反驳说："这不是越俎代庖！维护集团内部的公平和正义，也是我作为集团党委书记的责任！党中央早就提出加强民营经济党的建设。民营企业的发展离不开党的建设，党的建设的质量是民营企业发展成败的关键。”

蓝海媚见李健执着，加重了语气说：“现在证据确凿，你难道还在为杜刚开脱？你懂不懂法律？这是你党建工作该管的事情？越权越位，一意孤行，这似乎违背了市里领导派你来的初衷！”

见蓝海媚反应激烈，李健陷入沉默。

蓝海媚也发觉自己的话过重了，又缓和语气说：“抱歉，最近公事繁多，让人心绪不宁，有时候我说话可能不太注意方式，你多包涵。”

两个人沉默片刻。李健知道不宜再提追查火情的事情，就转移话题说：“车间主任刘建设今早醒过来了，他为集团救火而受伤，您作为董事长应该去看看他。”

蓝海媚说：“你是党委书记，这收买人心的事不正是你该干的吗？”

李健一愣，无奈地说：“收买人心？蓝董事长，您这话我没法接，这怎么有点儿狗咬吕洞宾不识好人心的味道？我觉得关怀员工就是关怀企业本身！咱们企业是以员工为本，我们党也是以人民为中心。希望您也研究一下以人民为中心的观点，了解一下我党全心全意为人民服务的宗旨，以消除对我和对党的工作的偏见……”

见蓝海媚在认真地听，李健接着又说：“另外，您现在是集团公司一把手，我冒昧地提醒，求木之长者，必固其根本，欲流之远者，必浚其泉源。这么浅显的道理，对于一个研究历史学的教师来讲，如果理解起来有难度，我想你真的难以执掌蓝海天仪器仪表集团公司。”

蓝海媚看着李健，忍不住笑了，说：“李书记的直谏，我明白了。这样，刘建设师傅的医疗费用除了工伤按流程报销外，我再特批一笔奖金，算是对他勇于抢救公司财产的奖励。另外，你什么时候去医院，帮我捎点儿钱过去，算是以我个人的名义慰问刘师傅。”

李健说：“那我先替刘建设师傅对您表示感谢。我打算下班后过去，慰问就不用您给钱了，工会有这个开支。”

蓝海媚说：“钱我还是要给的，我也很敬重刘师傅。那好，一会儿我让童娜包好现金给你送过去。”

李健点了点头迈步要走，又有些踟蹰。蓝海媚看出李健似乎有话要说，问他怎么了，李健知道蓝海媚在上网课，就说：“上网课当然好，可我觉得您也应该多深入基层走访调研。”

蓝海媚说：“我知道，没有调查就没有发言权。这个，你提醒过我不下三四次了……”

李健歉然一笑，说：“我原来在市委组织部工作，刚派到街道办当党委书记的时候，和您这会儿的状态很像，对社区工作一时无从抓起，干起来感到很吃力。后来社区退休多年的一位老人黎老指点我多学习多调研，我听他的建议深入社区和社办企业调研，了解了许多新事物、新知识，也集中群众智慧办了很多过去办不成的事。”

蓝海媚话里有话地说：“有道理，做董事长的思想工作，也是你李书记的责任吧？”

李健笑了，点头说：“哈哈，没错。那您忙，我先走了。”

蓝海媚坦言道：“李书记，谢谢你的直言不讳。关于监控视频未完整一事，回头我会向保卫科去了解的。”

蓝海媚的话让李健脚步一顿，不由得笑了。

李健出了办公室正碰上回来的童娜，他见童娜脸色不好看，似乎刚生了气，问她怎么了。童娜欲言又止，只说没事。

原来，刚刚蓝海媚让童娜去给海东生送关于成立联合博士站和建立集团研究院的文件，海东生对文件不感兴趣，却屡屡打听起童娜的私事来，问她为什么不回自己微信，又要约童娜一起吃饭。童娜开始还好言好语，婉转谢绝，却不耐海东生的话越来越放肆，童娜一生气，摔下文件直接回来了。

医院里，醒了的刘建设得知自己的病情，想到刘明静还带着孩子，将来一家人的生活恐怕更加艰难，不免心里难受起来，只是没有表现出来，倒是刘明静坐在床边不时地抹着眼泪。

看到李健和朱和平拎着一兜子水果进来。刘明静擦拭着眼泪站起来和俩人打招呼。刘建设偏过头来看见李健，挣扎着要坐起来。李健忙过去让他快躺下。

刘建设看见李健，心情似乎好了不少，和几人聊了几句，感叹自己快退休了还给公司添麻烦。

朱和平让他别多想，他告诉刘建设，这属于工伤，具体费用和报销事宜由工会联络，而且还有保险公司承担。

李健拿出两个信封递给刘明静，刘明静一愣，手不由得往后缩。李健硬塞给刘明静手里，说："除了工会慰问，这是蓝海媚董事长，还有我和朱主席的一点儿心意，你给刘师傅买点儿补品。"刘建设又推辞，李健说，"对于您英勇救火的事迹，董事长还决定给您特发一笔奖金呢。"

刘建设连连摇头说："嗨，李书记，您快帮我推了吧，要说临危不乱，现场指挥又英勇赴险，谁也不如您李书记啊。就是杜刚也比我出力多了……对了，明静，杜刚我怎么没见他过来啊？"

刘建设话音刚落，李健和朱和平都是一愣。刘明静怕李健说漏，忙抢着说："早晨您醒来之前杜刚刚走，今天就不让他来了。"

刘建设看向李健说："杜刚这小伙子，还是挺让人不放心的，李书记您得帮我多照顾他。对了，我说一个情况，他跟海总的小舅子黄二利有过节，救火那天我就看见黄二利看着他的眼神不对……"

李健诧异地问："他和黄二利有过节？"

刘建设点头说："对，以前听何勇说过，黄二利这人手脚不干净，老从库房偷东西，何勇为这事和他杠过两回。"

听到这里，李健忽然觉得杜刚的事情或许与黄二利有关，但这个目前来看毫无证据的念头，他自然不能说出来。毕竟，除了海格尔小舅子的身份，黄二利是什么样的人他都不了解。

就在这个时候，李健正琢磨着火灾是不是和黄二利有关，黄二利也在琢磨着如何完成海东生交给他的任务，那就是给李健找点儿麻烦事，省得他整天有精力和时间盯着公司挑毛病。海东生手里攥着他黄二利的把柄，因此海东生交代的事情，黄二利自然得办。

当天晚上，黄二利在一家小酒馆请蒋文三吃饭。桌上摆着两个菜和一瓶白酒，黄二利和蒋文三俩人面对面坐着。

蒋文三虽然来了，却并不领黄二利的情。黄二利以前和蒋文三关系不错，但自从攀上了海格尔，也就不把这些老哥们儿放在眼里了，对于这样的黄二利，蒋文三这种又直又愣的人是相当不屑。黄二利张罗倒酒吃菜，蒋文三岿然不动，黄二利问他咋啦?

蒋文三一挑眉毛说："天下没有免费的午餐，也没有免费的晚餐。你不说请我为的是干啥，我也不敢动筷子啊。"

黄二利嘿嘿一笑，心里琢磨真是给你脸了，嘴上却说："你看，不干啥就不能请老哥吃顿饭?原来咱们哥们儿几个在一起多热闹。我特怀念那时候。"

"那是原来啦，那会儿你还不是皇亲国戚呢。自打成了海总的小舅子，你也就看不上我们几个了。"蒋文三也不怕顶他，喝他的酒纯粹是看在过去的情分上。

黄二利一听这话不对，忙岔开话头儿跟蒋文三追忆起往昔来。接着就提到了以前蒋文三上访的事情。说到这，蒋文三不知道黄二利是故意引他，一歪头说："我实话告诉你，集团建设电子电路公司厂房的时候，不但绕开我家不拆迁，还遮挡了我的房子……当年我为什么没继续闹?还不是你说你帮我找，结果事没办成，你还反过来帮着海总做工作，死乞白赖地找我，然后我把面子给你了，结果呢我家没被拆迁，补偿一分钱也没拿到，你说现在怎么办?我告诉你，现在谁的面子我也不给！”

黄二利一听这话，正中自己下怀呀，神神秘秘地对蒋文三说给你解决这个事的人只能是李书记。

蒋文三不明白，问：“二利，你这是有什么弯弯绕吧？”

黄二利说：“你看看，说你还不信。李书记这人啊，以前在社区当领导当惯了，这回来咱们集团话没那么好使了，所以总好管点儿闲事，总想在董事长那露脸。”

蒋文三说：“李书记这人不赖，集团上下都有点儿口碑。”

黄二利不爱听了，说：“哪是他不赖？我的意思，他好管闲事，你呢，正好找他给你解决这个噪音问题。之前没给老哥办好这事儿，我一直惦记着呢。你找他，肯定能办成。”

蒋文三说：“人家又不是傻子，一打听就能打听出来，我这事早让海总给否了。”

黄二利摇头说：“那不一样，听说李书记在董事长那能说进去话了，我姐夫也得给面子。”

“那回头我提提？”蒋文三试探着问。

黄二利赶紧说：“当然得提啊。不光提，老哥你最好叫上于得水，人多才能引起重视。再说，万一李健敷衍你们，有于得水在，他也有话说。”

蒋文三自酌一杯，打量着黄二利，指着他说：“你这小子，太鬼了！”

下了班，蓝海媚又带童娜去了拳馆。两个人打了拳换洗出来，正遇见来接童娜的罗浩。蓝海媚对技术部提出的两条建议很感兴趣，便邀童娜和罗浩一起吃饭。对于这个邀请，罗浩感到突然又紧张，连忙要谢绝，童娜拉着他，一口答应下来。

蓝海媚见罗浩颇为拘谨，笑说：“咱们的李书记总是提醒我，要多下基层，要多和一线员工沟通。我这不正在实践嘛。”

三个人走进拳馆附近的一家餐馆，蓝海媚坐在罗浩和童娜对面。服务员端上菜品和饮料，三个人边吃边聊起来。说了会儿闲话，蓝海媚问罗浩："你们技术部提出来的两个建议，我也看了，是很好的建议。能不能说说你们是出于什么样的考虑？"

对于蓝海媚的问题，罗浩既意外又欣喜，他斟酌着词句说："设立博士工作站的建议是徐工主导的，徐工本身还是紫塞大学的客座教授，有这方面的资源。校企联合是个双赢的提议，既可以锻炼博士生的实践能力，又能提升集团的研发水平和为集团吸引高素质人才提供便利。"

蓝海媚点头示意，鼓励他继续说下去。

罗浩说到成立研究院，一时又卡住了……蓝海媚让他不用顾忌。

罗浩才又说："这是我个人的提议，连徐工都觉得这个提议涉及资金较大，短期内可能难以实现。但经过技术部的讨论，还是把它列在了建议里。"

蓝海媚认真地倾听。罗浩喝了口饮料，又说："我经常看相关的国际学术期刊，里面涉及的前沿技术，常常让我有一种无力感。因为集团目前的研发能力和研发设备已经跟不上了，长此以往，集团的创新能力必然受到影响。另外，作为一线研发人员，个人的发展同样受制于设备和研发环境，这不利于集团留住顶尖的技术人才……"

蓝海媚听着罗浩的话，连连点头。自她上任以来，对于集团的困局一直深感焦虑，直到看了徐工和罗浩的报告，才蓦然觉得这才是一个现代企业应有的发展思路。蓝海媚的思路愈发清晰起来，对于管理好蓝海天集团公司，她忽然有了前所未有的信心，而这也正是李健向她提了两次的建议，看来是得好好思考一下了。

李健今天下班晚了，从办公楼出来就直奔餐厅，刚吃上就接到了司雨桐的电话，责问他为什么不回来吃饭。李健这才想起来，司雨桐还在自己家里，昨晚说好了今天一起吃饭。李健忙笑着道歉，说今天太忙，刚下班就不回去了。司雨桐气得挂了电话，又在微信上发了一桌子菜的照片给李健，李健只好在微信上又哄了她几句。

夜里，李健洗漱完毕正躺在床上看书，司雨桐的电话又来了。

电话里，伴随着司雨桐急躁声音的还有哗哗的流水声——浴室水管漏水了。李健赶紧穿好衣服往回赶。

李健回到家里，进了卫生间，只见到处都是水，连接热水器的混水阀处仍然喷涌不止。身着睡袍，落汤鸡似的司雨桐焦头烂额地收拾着，一面还在抱怨李健家里的东西质量差。李健找来工具，顶着水流用扳子拧着混水阀上的螺母，水势渐弱，漏水总算止住了。

李健修好了漏水，湿淋淋地出来，司雨桐忙将浴巾递给他，让他快擦擦，李健拿过浴巾擦了头脸。这才注意到司雨桐穿的是睡袍。

司雨桐说："哎，你别老盯着我看。我下午拿过来的睡袍……"

李健说："不是，我的意思是，你这就要在我这里住下去？"

司雨桐："怎么，你担心影响你仕途发展吧？你现在离婚了，我现在追你，怎么了，还有自由没有？我司雨桐都放低身段到这个地步了，你还躲着我！"

李健说："雨桐，影响肯定是有的。我比你大很多，我是担心你一个姑娘家，住在我这里……你说是不是，我总觉得是很不合适的。如果有风言风语的，我担心我会让你失望，耽误你了的大好青春。所以，明天你是不是搬回去住，反正咱俩也是邻居嘛……"

司雨桐却岔开话题，反问他饿不饿，让李健陪自己吃点夜宵。李健摇头说不饿，让司雨桐自己吃，司雨桐称被他气得晚上没吃饭，做好的饭还在厨房摆着呢。李健听了哭笑不得，只好答应说陪她坐一会儿。

阳台上，习习夜风中，李健和司雨桐分别坐在两张竹椅上，司

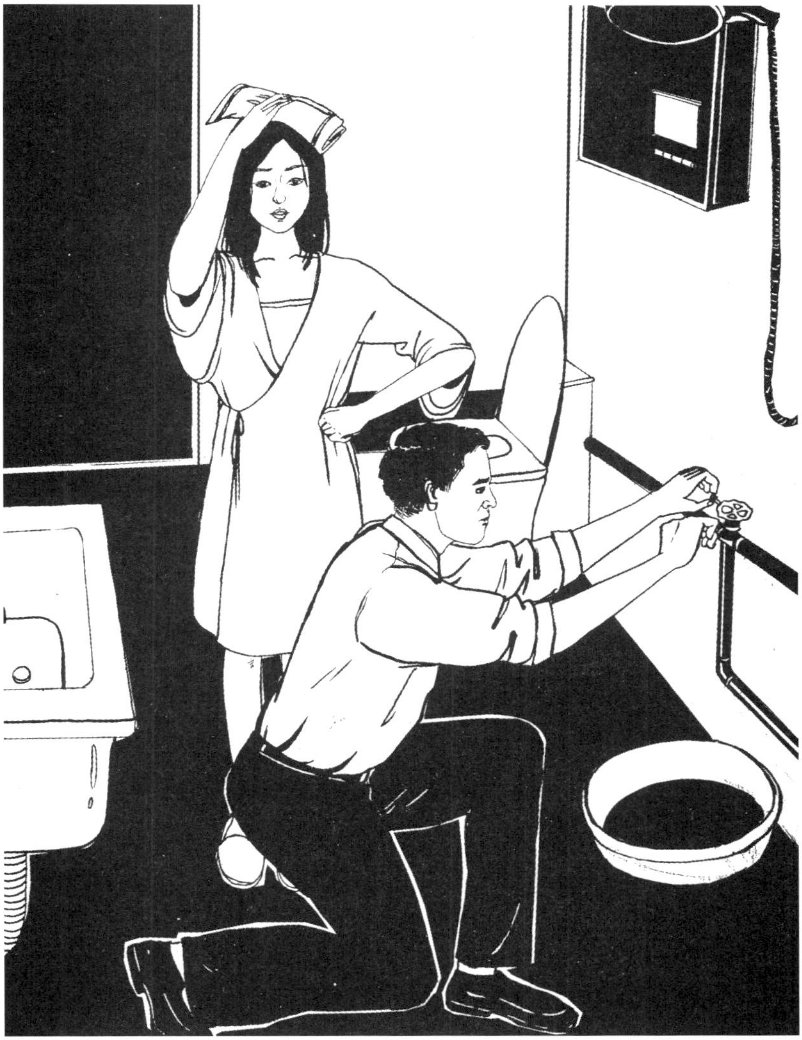

雨桐自己热了两个菜喝着啤酒，给李健倒了茶。

李健靠在竹椅上合目假寐。司雨桐可不让他闲着，让他找话题聊天，李健问了些律师事务所的事情。司雨桐看李健有些敷衍，有点儿不高兴了，说：“你就是这么不愿意理我？”

听司雨桐这么说，李健索性假装打起了呼噜。司雨桐急了，说：“装，你就装，把呼噜再打得大一点儿好不好！”李健忍不住笑了，说：“我不睡，随便你说什么我听着。”

司雨桐也笑了，说：“好，那我八卦一下。你们的大秘书童娜，刚当上秘书没多长时间，倒学会巴结领导了。昨天还和你们蓝董事长打拳去了。我说她怎么不约我去打拳了呢，原来是有目的的。不过据她说啊，你们董事长拳打得不错……她还夸你们蓝董事长是知性美人……”

司雨桐说着，李健先还不时地答应几句，继而渐渐真的睡着了。

司雨桐看他实在是累了，回屋拿条毯子给李健搭上，自己收拾了茶几后，就依偎在他的身边。

司雨桐想着自己的心事，她喜欢李健，她不能没有他，就是有什么风言风语，那自己是在处对象，有什么不可以的呢？她也懂李健的意思，其实她觉得李健并非不喜欢自己，只是不敢突破他的身份，唉累不累啊，喜欢就说嘛……这样想着她抓着李健的胳膊，也渐渐进入了梦乡。

次日上午，徐工来主楼开会，开会出来正好在走廊里遇见了李健。因为之前的建议被蓝海媚重视，徐工很高兴，将李健拉到一边，连说感谢，问他建立研发中心的可能性，李健给简单分析了一下，又问徐工对党委工作有什么看法，徐工说党委没问题，现在不是干得有声有色嘛。

李健让徐工不用顾忌尽管提，又说党委的很多工作还没有开展，没有在集团形成凝聚力和推动力，甚至对员工素质的提升也还没有一个显著的影响。

听李健说到提升员工的素质，徐工还真提了一个建议，说提升人的素质得靠环境、靠学习，可是集团的职工文化活动中心和阅览室太陈旧了，大伙早就不愿意去了。

李健知道这归工会负责，思忖着说："这事由工会负责，按说不该我过问，不过老朱我俩是党校的老同学，在集团里也比较有默契，回头我找他提提，敦促他把这事协调解决一下，毕竟这也是广大员工共同的愿望。"

这边徐工刚走，李健回了办公室，刚进门，朱和平紧跟着就从后面来了。李健见是朱和平，说正好，正有事和你说呢。

朱和平没等他说就开口了，就说："你李大书记管得够宽啊。"原来，李健和徐工的话早被朱和平听到了。

李健笑说："你这是一直在墙角偷听呢？"

朱和平有些不高兴地说："我用得着偷听吗？你们说话那么大声，恐怕我听不见！这个徐工怎么回事，找你是找对门路了是吧？"

李健没想到朱和平真生气了，惊讶地看着他。

朱和平说："你也是，事情还没了解清楚，你就答应人家让我给解决，你说我该怎么解决？"

李健说："好吧好吧，尊敬的朱主席，我也正想问问你，该怎么解决。"

朱和平无奈地说："李大书记，我要是知道该怎么解决，这点儿小事还用拖到现在？让你说，谁有胭脂粉不往脸上擦！关键是没钱啊。我之前也答应过员工要解决这个问题，为这事我也找过海总，海总不以为然，海东生说公司就是公司，搞这些不能带来效益，还影响员工的工作。我是生生地吃了瘪子！"朱和平郁闷地又说，"我也不想发牢骚，可是你也知道咱们公司，这些高层和董事会，谁重视党群工作啊！"

对于朱和平的苦衷，李健很理解，蓝海天集团的现状是，原有的家族势力对党建工作认识得不清、重视得不够。李健说：“这就是咱们工作的难点，明知道人家不愿意，也得积极努力去争取。公司高层对咱们工作不理解、不支持，咱们就不干了？咱们更得干啊，让他们看得见感受得到，才能转变他们的想法。不转变他们的想法，咱们注定今后举步维艰！”

朱和平说：“干？哪有你说的那么容易？”

李健说：“什么工作都没有一帆风顺的，在蓝海天集团更是如此。这你我都清楚，正因为如此，我们的工作更要脚踏实地，由基层到高层，自下往上地做。所以今天得从员工的诉求做起，答应徐工的事情，工会一定要办好，要言必行、行必果啊。这样才能逐渐树立党委和工会的威信。”

朱和平说：“得，说不过你，我是怕了你了。我可说明了，答应徐工的是你们党委，不是我们工会。”

李健说：“哈哈，你看你，老朱啊，你还跟我杠上了。文化活动中心和阅览室破败陈旧的现实摆在那，咱不能视而不见啊。再者，集团上下谁不知道咱俩思想统一，行动一致啊，这样，我号召党员捐书捐物，全力支持工会对文化活动中心和阅览室的改造和建设。”

朱和平说：“这不是靠捐就能捐出来的事儿，一会儿我去找徐工，和他说明情况，免得他觉得我不作为。”说完转身就往外走。

李健见他真动了火气，快步上前拦住他，说：“老朱，这不是可干可不干的事，这是咱们的工作职责和义务啊。”

朱和平绕过李健往外走，李健一把拉住他，说：“你看你，还真生气了。咱们这不是讨论事呢嘛。”

“我是不想和你吵……”朱和平叹了口气说，“说心里话，我也想跟你一样，有话直说，有事不用顾忌什么直接反映上去，这多好，对吧，上得忠谏美名、下得员工拥戴！可我和你不一样，我原来就是公司的人，你是组织派来的，你在这里干不好可以调走，我惹了蓝家和海家的人，我在这里还怎么干？我还不得吃瘪子……”

这话让李健听得一愣，他是真没想过朱和平的处境，其实这正是朱和平的难处，所以他才畏首畏尾，难以开展工作。朱和平说：“行了，不说这个了，让你给我说得差点儿忘了，我来是想在党员和工会会员中搞个如何带头挖潜降耗的征文活动。”

李健说：“这个好，我坚决同意。来来，老朱，你坐下，我给你沏杯新茶尝尝，咱们先好好说说这个……”

技术部的两项建议得到蓝海媚的重视之后，又经过一些调研和论证，徐工拿出了充分的说明报告。为此，蓝海媚特意召开了集团董事会。会议室内，董事们纷纷就座，李健和作为技术部代表的建议发起人徐工、罗浩列席。

为了让董事会成员重视这两项提议，也为了给即将向董事会做报告的徐工提气，蓝海媚率先发言：“之前技术部提出的两个建议，办公室这边都印发给了各位董事会成员，今天我们把技术部的主管人员请到了会议室。大家先听听他们对这两个建议的分析，然后可以就这两个建议展开讨论。”蓝海媚话毕，向徐工点头，示意由他讲解。

徐工说：“董事长，各位董事、领导们大家好。下面我就之前技术部提出的两个建议，一是联合紫塞大学成立博士生工作站；二是成立集团内部的科学技术研究院，也就是研发中心，做一个详细的说明……”

徐工做着汇报，海东生面露不满地和一名董事耳语起来，蓝海媚观察着众人的反应。

做完汇报，徐工说：“总之，成立科学技术研究院，不光有利于明确企业的研发方向，提高产品的科技含量和市场竞争力。长期看来，也将有利于留住高素质、高水平的人才，为集团跻身行业世界一流奠定基础。说明完毕。”

徐工汇报结束，李健带头鼓掌，但掌声并不热烈，反倒是许多人都在私底下聊了起来。蓝海媚让大家继续讨论。海格尔问：“徐工，我没记错的话，你应该在紫塞大学兼着客座教授呢吧？”

徐工说：“对，董事长。因为有这方面的纽带，所以我提议成立联合博士站。博士站可以促成企业与院校的沟通和交流，让更多的人才得到实践的同时还能为企业做出贡献，达到一个双赢的目的。”

海格尔点头，说：“引进院校的力量充实咱们的科研队伍，这个提议很好，我个人十分赞同。刚才你说为了集团的发展成立科学技术研究院，听起来是不错。但需要另辟建设场地和引进研发设备，投入应该不少吧，这花多少钱你也得说清楚。按您的想法，预算大约是多少？”

徐工心知这是难点所在了，如果不能说服海格尔，这项建议恐怕很难推进。他斟酌着说：“目前集团的研发工作，主要集中在几间研究室和一个小车间，这其实是远远不够的。以行业顶尖的国外CC集团为例，他们的研发中心有三层楼，每层楼都相当于我们组装厂的一个车间大小，里面的许多实验设备，也是我们不具备且需要补齐的。另外，我们刚刚向集团提交的JK项目，如果没有最新设备的支持，恐怕难以实现……”

海东生打断徐工，说：“徐工啊，情况您不用再说了，直接说预算吧。”

徐工说：“按我们的初步设计，前期投入需要大约三千万元。”

海东生听得笑了，说：“三千万？还前期？徐工，这都到中午了，您这要让大伙儿特别是财务总监吃不下去饭嘛。”海东生故意说得幽默，仿佛刚才徐工所讲根本就是开一个玩笑，几名董事忍不住笑了。

徐工一时尴尬，不知道该怎么说了。罗浩见状，接着说：“现在许多高科技企业的研发经费占到了企业销售收入比例的10%以上，甚至还有一些企业占到了15%到20%。相较来说，按我们集团的规模，投入三千万并不算多。”

海东生说：“我不同意你拿高科技企业和我们集团做对比。我们更接近于传统企业，资产占比要重，和那些轻资产玩软件搞电子产品的不能比！”

“标语就写在厂区里，我们的目标难道不是赶超国内同行业顶尖的企业吗？”罗浩继续说：“刚才徐工提到了JK项目，技术部认为，如果我们不引进设备尽快上马，那么必然会在行业的竞争中失去先机。”

“那也得量力而行，你这是危言耸听！”海东生忽然严厉地说，“之前我在技术部的时候，你们提这事我就了解过，这个JK同类项目在国外也仅仅限于纸面上的理论，离实现生产还差得老远！”

罗浩还要说什么，徐工忙拉了拉罗浩的衣袖。罗浩偏过头去，不再反驳。

海东生接着说：“研发部门的待遇现在是整个集团各部门中最好的，这足以说明集团对你们的重视，但也请你们不要好高骛远，路得一步步走，饭得一口口吃！”

李健见再不说话这话题就要过去了，插话说：“董事长，各位董事，我插句话。关于成立研究院的建议，我也了解一些。对于蓝海天集团公司来讲，光是有好的待遇还不足以留住高素质人才，我觉得让企业与人才共同成长，应该是集团上下共同努力的方向。我们集团需要建立一个平台，让这些人才在为集团做出贡献的同时，有机会实现自身的价值，特别是利用这个平台研究JK产品，这是拓展企业生存空间、提升市场竞争力的必然需要，当下也非常紧迫。刚才徐工阐述的建立科学技术研究院，罗浩进一步阐述的意思，其实就是亟须这样一个平台。”

海东生一摊手，说："李书记，我承认你的站位很高，但我还是那句话，这就是好高骛远！"

李健目光落在蓝海媚身上，蓝海媚不动声色。海格尔说："说好高骛远是过分了，可以说是登高望远嘛。这个建议的确符合集团的长远利益，但是综合集团目前的实际情况，我觉得还是没有必要如此大动干戈和冒险。"

听着海格尔几乎定了调的发言，董事们交头接耳的同时不断地点头。看着这一切，蓝海媚的表情愈发凝重起来。

海格尔继续说："对于JK项目我看过了，针对的都是高端客户，甚至是海外客户。将来公司有没有能力拿下这些客户，都是值得思考的问题。总而言之，对新建科学技术研究院，我的态度是暂缓。"

海格尔看向蓝海媚，示意自己说完了。

蓝海媚说："既然这个提议没有达成共识，那就暂且先搁置。关于这次讨论会，我个人也有一些感悟，我简单说两句。我认为，我们公司的高层，特别是董事会成员思想还不够解放，创新精神不足。我希望我们要以变革的精神、市场的意识来审视公司未来的命运。每到技术变革的关键节点，市场就会重新洗牌。我们要有这个思想准备，否则被洗牌的就不光是我们的产品，而是我们的思想，甚至还有别的什么。"

听着蓝海媚的发言，海东生面露不悦，他用余光看向海格尔，海格尔正认真倾听着。

这次董事会虽然无果而终，但是李健认为，蓝海媚对于上马研究院是支持的态度，这就是曙光。而海格尔察觉到蓝海媚似乎对集团内部管理和董事会的构成有想法，会后就把海东生叫了过来，问他对这次董事会怎么看。

海格尔的疑问正中海东生的下怀。他早觉得蓝海媚针对自己，于是向海格尔大吐苦水，说一朝天子一朝臣，蓝海媚掌权久了肯定得对董事会洗牌。又劝海格尔不能任着蓝海媚的性子胡闹了，偶尔也得提醒提醒她，这毕竟是两个家族的企业。

海格尔虽然并不完全认同海东生的话，却隐隐有了不小的危机感，他以为自己与蓝海媚对问题的不同看法是因为蓝海媚不懂经营，同时自己与她沟通不够。但是，也许有一天就会像海东生提醒的一样，蓝海媚很可能对董事会洗牌，于是海格尔决定晚上请上蓝海媚和蓝思诺等人一起吃顿饭，好好聊聊，也想旁敲侧击地提醒蓝海媚一下。

下午，海东生因为有事没来，蓝思诺早早来到海格尔家里帮厨。海格尔家里，蓝思诺和黄美芳在厨房里忙碌着。两个人说起蓝海媚和苏雅的事情，正聊着该怎么劝劝海媚，门铃响起，海格尔和蓝海媚回来了。

很快，桌上就摆了几道精致的菜肴。海格尔、黄美芳、蓝思诺、蓝海媚围桌而坐。黄美芳热情地为几人倒酒，到蓝海媚的时候，她站起来，举杯相迎，说怕自己喝多了，让黄美芳少倒。

海格尔说："今天呀没有外人，咱们一家人聚一聚，多少都喝一点儿，谁也不准推辞啊。"

黄美芳倒了酒，附和着说："就是，按说蓝蓝回来这么长时间了，还是头一次在我这吃饭，这顿饭我早就该张罗啦。"

众人共同举杯，蓝海媚感动地笑了，大家边聊边吃，海格尔故意先不提公事，一时言谈甚欢。

酒喝了一半，门铃声又响了起来，蓝思诺去开门，却是海东生来了。海东生是招待了客户后过来的，他喝了不少，走路已经有些摇晃了。

海东生和几人打了招呼，坐下就要黄美芳给倒酒。海格尔劝他："东生，不行就别喝了啊，看你那样儿是喝多了。"

海东生摆手说没事，是把他们都陪好过来的。他端起酒杯，说：

“我这第一杯酒，先敬我们董事长，蓝蓝表妹！来，咱俩喝一个！”

蓝海媚举杯，说：“东生表哥，你慢点儿喝吧。”

“没事……我没事。”海东生一口干了少半杯，“蓝蓝表妹，今天都是咱们自己家人，我高兴，跟你说说心里话……我呢，工作上的事情，有时候容易麻痹大意，也爱冲动，这些毛病我都知道。老叔也总是训斥我，我将来一定改。老叔在这儿，我今天表态了，今后我争取做出更多的成绩！”

虽然海东生颇有些失态，但蓝海媚还是耐心倾听着，说：“我相信表哥的能力。”

海东生笑了，说：“哈哈，我知道蓝蓝表妹你信任我！可是不知道为什么，表妹啊，一涉及集团的事情，咱俩就总有点儿分歧……就比如今天，会上说到成立研究院的事，谁都知道是好事，我也明白你是赞成这个提议的。可咱们讨论归讨论，你这又说我们思想不解放，又要重新洗牌，给我听得云里雾里。表妹，这重新洗牌是啥意思？”

蓝海媚一愣，没想到海东生喝了酒忽然这么没分寸，平静地说：“我的原话是每到技术变革的关键节点，市场就会重新洗牌……表哥对于这句话的理解有问题？我的意思是我们要有风险意识、危机意识。”

听了这话，海格尔稍稍释然，微笑着。

海东生抢话说：“我知道表妹你是学历史的，善于这个，这个好像叫春秋笔法、微言大义，有话不说透……”

蓝海媚不理海东生，反而看向海格尔，说：“舅舅，很多事情都是这样，不进则退，如果科学技术研究院不能及时成立，失去JK项目的机会，企业可能会在将来的很长一段时间内都十分被动。这件事，希望您能好好考虑考虑。”

海格尔点了点头。蓝思诺和黄美芳边吃菜边观察着他们。

海东生又说：“蓝蓝，海总，不是，老叔上午不是已经表态了嘛……老叔当年和老董事长一路打拼过来，见证了企业的风风雨雨，他在集团公司的地位谁也无法撼动，说出去的话一言九鼎啊……”

海格尔训斥他道：“东生，别说了！话让你一说怎么就变味儿了呢。”海东生讪笑着起身给海格尔倒酒。

海格尔又说：“蓝蓝，你别听他胡说。舅舅认真地考虑过这个问题，也理解你的想法。但这么大的企业要持续运转，最重要的就是一个稳字，这关系着公司上下员工的心血和饭碗，我有责任给你提提建议啊。”

蓝海媚点了点头。黄美芳插话说：“蓝蓝，多吃点儿菜，咱们不说公事啊。你舅舅也真是的，这么大岁数了还较劲呢，你多听听年轻人的。”

蓝海媚笑着端起酒杯，说：“舅舅这些年为集团鞠躬尽瘁、费尽心血，这一杯酒，我敬舅舅。”

海格尔笑了，端起酒杯，说：“我再说一句啊。蓝蓝，你舅舅我无心留恋总经理这个位子，我做的一切都是为了企业，为了我和你爸爸一起奋斗过的这个事业。另外，你是公司的董事长，还持有超过半数的股份，按照股份制公司董事会的议事规则，有些事情你可以自己决断，董事会不过走一下程序而已。”其实，海格尔这话还是在试探蓝海媚。

蓝海媚说：“不不，我明白的舅舅，但是我一定尊重您和董事会的意见。目前，就先存异求同。我会重新考虑建立科技研究院和上马JK项目的事情，也请舅舅再次考虑后再做决定。”

海格尔点头，暗自思考着这些话的含义。海东生摇晃着站起来，说：“来，咱们蓝家、海家……一家人，一家人干杯！”

众人纷纷站起来，举起酒杯。

一大早刚上班，蒋文三和于得水就来到李健办公室门外，两个人一面商量着该怎么说，一面东张西望。

于得水是蒋文三怕自己势单力孤叫来“助拳”的，两个人以前都因为各种事和厂里闹过，于是有了共同语言，和蒋文三不同的是，于得水虽然是党员，家里还真是有难处，他想来找李健，也是真想让李健给解决解决问题。

李健还没到，牛主任走过来看见俩人，正要问他们什么事。于得水认识牛主任，问他：“牛大主任啊，李书记啥时候上班啊？”

牛主任问：“哟，二位，找李书记有事？”

蒋文三本来就是来闹事的，这就演上了，立刻拉下脸来，扯着嗓门喊：“那肯定有事啊，没事我俩找公司党委书记干啥？”

# 第三十章

蒋文三明显是要找事儿的，这么一嚷，把牛主任弄得莫名其妙。牛主任打量着他，还没等开口，蒋文三又说了："怎么着，我们是集团的职工，老于还是党员，要见他李书记还得通过你允许？"

这是没事找碴儿呀。牛主任顾忌这是办公区域，自己若是和他吵影响太坏，窝着火说："我是党办主任，这会儿李书记没到，有什么情况你们可以先和我说。"

蒋文三说："向你反映？那可不行，我们只跟李书记说，别人免谈。"

牛主任无奈地说："那也可以，李书记还没到，你们来办公室登记一下，在办公室等一会儿。"

于得水问："这还得登记啊？"

牛主任说："李书记有交代，凡是来找他的都要登记，事后党办还要跟踪督办。这叫凡事有交代、件件有着落、事事有回音。"

蒋文三又抓住了话头，说："你看看，这就叫阎王好见，小鬼难缠！"

牛主任一听这话，也火了，问："你这是怎么说话呢！有事就说有事。我不管你们什么事，你以为这个态度就能解决问题？"

牛主任这么一顶，正中蒋文三下怀。他自己以为“领导怕闹”，一闹起来问题就好解决了，于是立刻大声嚷嚷起来，恨不得把办公室周围的人都惊动出来看热闹才罢休。

牛主任一看他这样，也没辙了，眼见不少人都出了办公室往这边看，他劝也不是不劝也不是，只盼着李健能快点儿来救场……

正这么想着，李健走过来，问了俩人的情况，请他们进了办公室。

进了办公室，李健请俩人坐下，给俩人倒水。蒋文三大咧咧往边上一站，一副找碴儿的架势。蒋文三环顾办公室，阴阳怪气夸张地说：“这办公室大得超标，比我们家还宽敞呢。”

李健笑了，说：“哈哈，蒋文三同志，看来你门儿清啊。对于办公面积有相应的规定，没有超标，这是企业的配置。您坐，坐吧。”

于得水看起来还算客气，他说：“大不大的我倒是不懂，但是集团党委书记办公室敞亮这是应该的，您这代表党委，就得有这待遇、有这规格。”

“待遇高了门槛也就高了嘛，要不怎么门难进呢、脸难看，员工的事情没人管呢！”蒋文三说着，大咧咧地坐在李健办公桌对面。

于得水接话说：“李书记不是那样的人，别这么说。”

李健不知道于得水是真为自己说话，还是和蒋文三一唱一和，拿起水壶给俩人倒水，问俩人有什么事情。

于得水是真想来找李健办事的，怕蒋文三闹得太过分了，先开口了：“李书记，咱们集团下属公司的冲压车间离我们家很近，一天天的噪音太大。我知道您现在在集团说话好使……找您反映反映，想请您帮忙给解决解决。”

李健思忖着点头，又问蒋文三什么事。于得水示意他别乱说，蒋文三这才大咧咧地说：“我们家事儿就更大了，集团建设电子电路公司厂房的时候，不但绕开我家不拆迁，还遮挡了我的房子。让你说，这是不是损害咱们员工利益嘛，我思前想后气得睡不着觉，这才来找你们。”

李健想了想，问：“这个电子电路厂房建了有几年了吧？”

蒋文三说：“你别管几年！年头越长我心病越大，这个事儿你们必须得给解决！”

李健笑着说：“于得水应该了解，这件事情按说你们该直接向集团反应，如果集团不予解决，再找工会。”

于得水站起来，说：“李书记，我们不是没找过工会，没人管啊。”

蒋文三满嘴是理地说：“听见了吧，这就是赤裸裸的推诿！我早就打听好了，党领导一切，工会是在党委指导下开展工作，工会不管，我们只能找党委。”

李健点了点头，说：“冲压车间噪音的问题倒是好说。至于您反映的情况，涉及过去拆迁的事，确实有些复杂。这样，我先找相关部门了解一下情况，如情况属实，我会协调集团相关负责人依法依规和你们协商解决。”

于得水对李健的话并不满意：“李书记，您这话我们听得太多了。”

蒋文三站起来说：“你李书记这就是在敷衍！推来推去的，我也看出来了，这么大的公司，还是一家上市公司，就是没人把员工的利益放在心上。”

李健正给俩人解释说自己不是推诿，蒋文三连连给于得水使眼色继续闹，模样看起来颇为滑稽。于得水打断李健的话：“李书记，你别看我姓于，但我不是鱼，也不是谁往厨房案板上想放就放得了的！”

李健苦笑，说：“老于，我才是鱼啊。你们这两个问题刚反馈完，就跟我要结果，我也为难，我现在好比是被你们放在热锅里的鱼……”

于得水说：“李书记，人民群众是水，你李书记是鱼。你要想在咱集团公司如鱼得水，你就先得把我家这难题给解决了。问题解决了，我给你李书记送锦旗。”

“对，你给解决我们给你送锦旗！你看你这办公室，好是好，但还真就缺个锦旗！”蒋文三在一旁附和着说。

于得水说：“李书记，这样，我们也不为难你，你也需要时间，三天之内，你给我们哥儿俩一个答复，总可以吧。”这老哥儿俩就这么一唱一和地，还真把李健给绕进去了，李健要是不管，可就说不过去了，将来可能会更难缠。李健想了想，说：“这我可不敢保证，不过你们该相信我，如果事情真像你们说的那样，我会全力帮你们解决。”

于得水和蒋文三对视一眼，蒋文三还要再赖一会儿，于得水见李健说得诚恳，再耗下去也没意义，就拉着蒋文三走了。

临走蒋文三撂下话说：“我们先回去，反正就三天时间，您看着办。”

两个人走后，李健正琢磨该怎么去了解一下这两件事。牛主任知道蒋文三走了，进来就发牢骚说：“蒋文三这个人，简直就是一个滚刀肉。刚才我给朱主席打电话了，他们再不走，让朱主席过来和他们说，这事情本来就该工会管。”李健忙让他先别找朱和平，说这事咱们应该先了解了解。

牛主任一愣，说：“已经打了。”

李健看着牛主任，无奈笑了，正说没必要，朱和平推门而入，环视办公室却没看见蒋文三俩人，看向李健笑说：“一听说他们两个，我就知道没好事。看这样儿，他们走了是吧？你李书记忽悠得不错。”

李健说："忽悠得不错？看他们那架势，就差把我问罪抓起来了！"

朱和平笑说："于得水的事情我还不太清楚，倒是这个蒋文三之前就闹过一段时间，这回让你李书记沾沾光。"

在朱和平的解释下，李健明白了。原来，当时公司建设新厂房搞拆迁，蒋文三狮子大开口指望要三套楼，公司难以承受，所以建设的时候绕过了他家。现在他们一大家子挤在一起，要盖房吧，盖房手续又迟迟批不下来，成了一个老大难问题。

李健想了想说这和公司也没什么关系啊。朱和平一摊手，说："根本就没关系，都怪他自己！但他可不这么想，这几年他就吵吵闹闹地找公司要补偿，谁能答应他呀。"

李健点了点头，说："看样子，莫非他们家确实有住房困难？"

朱和平又说他们家现在应该是一家六口挤在一个院里，他们两口子，大儿子蒋明带着老婆孩子，小儿子蒋亮还没结婚呢。李健诧异朱和平怎么这么了解，朱和平说他俩儿子也在集团上班呢，都在销售部，想了解情况可以直接找他们。

利用中午的时间，李健约了蒋明和蒋亮了解情况。李健坐在蒋明、蒋亮的对面，蒋明、蒋亮稍显拘谨。蒋明是大哥，说话办事都很稳重，一听说父亲上午来找李健了，当即满含歉意地保证说："李书记你放心，我回去说服我爸，绝对不让他再找公司了。"

弟弟蒋亮脸也挂不住，说："我们一家三口都在公司上班，我们以前就劝过他，他也都一年多没找了。这回他来找这件事是谁也没想到，也不知道是为啥。"

李健阻止了俩人回去说服蒋文三的想法，说："员工有困难当然可以找工会、党委，甚至董事会解决。这次来找你们，是想了解一下你们家里的具体情况，看能不能从我这儿帮你们解决一下这个问题。你俩也知道，你们父亲脾气不小，沟通起来不如咱们年轻人这么通畅。"

蒋明、蒋亮对视一眼，原以为父亲来找麻烦，李健是来找俩人回去做工作的，没想到李健这么大度。

蒋明感谢了李健，接着说了家里的具体情况。李健用满含鼓励的目光看向蒋明，认真地倾听着。

中午休息，司雨桐正想给李健打电话，却忽然接到了李健母亲的电话，叫她去吃饭。这电话让司雨桐有些小兴奋，放下电话，她开始琢磨晚上穿什么衣服，再带点儿什么礼物过去。

下午，司雨桐问了李健，李健说下班去接司雨桐，司雨桐说不用，她特意请了假，换了衣服去商场买了礼物，要早早去李母家里帮忙做饭。

挂了电话，李健感觉到麻烦来了。李健一直觉得自己比司雨桐大很多，只是把她当作邻家小妹，可是司雨桐对他的爱意越来越强烈。眼下，自己的父母又很喜欢司雨桐，有意撮合二人。李健担心再这样暧昧下去会难以收场。当然也不是他自己想暧昧，实在是司雨桐缠上了他，她是动了真心真爱了……现在，李健真不知道怎样才能拒绝她了。

李健家，李母见司雨桐来得很早，高兴得合不拢嘴，说了会儿话，司雨桐就要帮厨做饭，李母乐得连夸司雨桐懂事。

两个人一边准备晚饭一边聊天。李母让司雨桐劝李健别光忙工作，当得知李健经常在单位住后，李母埋怨李健不懂事，说回来一定好好说他。

很快，李父和李健前后脚回来了。司雨桐和李母也做好了晚饭，几人围桌吃饭。李母给司雨桐倒上饮料，李健问司雨桐喝不喝酒。司雨桐有些急了，忙瞪了李健一眼，说：“你什么时候看见我喝酒了……”

李健一愣，忽然明白了司雨桐是装淑女呢，忙笑着说：“哦，我的意思啊来者是客嘛，今天你可以……试着喝点儿。”司雨桐收起不满的目光："什么来者是客，我可没把自己当外人！阿姨，您说对不对？"

李母满意地笑了，批评李健道："李健，对雨桐好一点儿啊，咱们就是一家人嘛。"

司雨桐得意地笑了，忙着给李父、李母夹菜。李健无奈只好赔着笑。

李健这顿饭吃得憋屈，李母的唠叨、李父暗示般的劝导，外加司雨桐时不时地"投诉举报"他，饭局几乎成了李健的批斗大会……李健几番表态会好好照顾好司雨桐后，父母二人才意犹未尽地放过了他。

饭后，李健帮着收拾了碗筷，想着晚上还要写材料，便借着这个茬儿带司雨桐先走了。

紫塞市的夜景中，轿车行驶逐渐加速。李健驾车，看了眼坐在副驾驶上的司雨桐，开玩笑地问："怎么样，这一晚上批斗我，过瘾不？"

司雨桐故作严肃地说："这叫驯夫！"

李健哭笑不得地说："哎哎，咱们有代沟，你说的我听不懂。"

司雨桐笑得前仰后合，说："李叔，哈哈，你不服气，是吧？"

李健无奈地说："服气，那是不可能的。"

司雨桐忽然表情一变，不满地说："哼！刚才在家你让我喝酒，是在故意诋毁我的形象。"

李健说："对不住啊，我这人太实诚了……要不我再陪你喝点儿酒去？"

"好啊，去大排档。"司雨桐来劲了，"现在就去。"

李健却又急忙说："别，别，我送你回家啊。"

司雨桐瞪了李健一眼，转头看向窗外故作生气。李健暗自笑了。

其实，就在李健和司雨桐俩人走后，李父和李母就开始讨论起俩人的关系。说到李健对司雨桐到底有没有意思？李母说李健就是离婚后一个人时间久了，一个人住惯了有点儿矜持，又当了“官儿”碍于身份放不开。

老两口商量着该怎么打好助攻，越商量越兴奋。

最近几天，蓝海媚都忙着按李健的建议下基层。从早晨开始，她参加了销售部的晨会，熟悉了各个岗位的工作流程，下午听了销售部的月度工作会议。受之前的影响，销售部当月的成绩单不容乐观，尽管如此，蓝海媚并没有做出任何发言，她给自己的定位是学习和了解。

通过几天的了解，她心里越发迫切地认定之前的技术部徐工和罗浩提出的建议是正确的，企业的发展必须从根本思路上做出变革。

蓝海媚回到办公室便叫来了童娜，让她通知各部门、董事会成员，明早继续开会讨论成立技术研究院和上马JK项目一事。

得知要开董事会讨论这两个项目，海东生自然要找海格尔密议一番。海东生危言耸听地说蓝海媚这是借着这个茬儿搞事，目的还是洗牌。

海格尔训斥海东生沉不住气，然后感叹说蓝海媚是董事长，有绝对股权，她要一意孤行自己也拦不住。说完，他陷入沉思。是啊，万一蓝海媚这个倔丫头真要是不管不顾地搞洗牌，那他是不会坐视不管的。

从海格尔办公室出来，海东生忽然想到了苏雅。苏雅那有录音遗嘱，如果苏雅肯掣肘蓝海媚，那就完全不一样了。

这样想着，海东生拨通了苏雅的电话，告诉她明天有个好机会，请她千万不要错过……挂了电话，海东生暗自得意，就等着看好戏了。海东生的这个电话一打，即将给董事会带来一场骚乱。

会议室内，董事们议论纷纷地就座，李健、徐工和罗浩列席。随着蓝海媚和童娜走进会议室就位，室内逐渐安静下来。

为了给会议定调子表明态度，蓝海媚仍是首先发言。蓝海媚说：“对于之前讨论成立科学技术研究院的议题，经过几轮调研和单独沟通，我想董事会的部分成员已经达成了共识，集团公司坚定地推进科技引领发展的战略，加大在科研方面的投入，以此打造一支具备向世界一流水平看齐的科研团队。所以，成立科学技术研究院，引进最新的设备推进JK项目，势在必行……”

蓝海媚的话并没让海东生意外。他不时低头看着手机上的时间，又狐疑地看向海格尔。列席的罗浩和徐工听了蓝海媚的发言，抑制不住兴奋，给了彼此一个鼓励的眼神。

蓝海媚发言完毕，问大家有没有什么不同意见，由于已经和海格尔沟通过，并说服了海格尔，蓝海媚这次是志在必得。其他人纷纷看向海格尔，等着他发言。

海格尔轻咳一声说：“我表个态，对于这个议题，我一开始是持保守意见的。但经过上次会后与董事长的两次沟通，董事长说服了我。回望集团的发展历程，老董事长在每一次关键节点上都做出了正确的选择。过去的那些困难和选择，对于我们今天也应该有所启示。这个启示就是集团必须顺应市场潮流，在技术革新和科技进步的道路上勇于开拓，不进则退。所以，如果我们不能下决心抓住这次机遇，集团很可能面临更大的危机。”

海格尔话毕，立刻就有多人表示赞同。朱和平和李健相视一笑，没想到海格尔的态度竟然较上次有了根本转变。

海东生对于海格尔的变化，有些诧异。此时，也有董事提出目前企业盈利能力不佳，三千万元以及后期的投入，恐怕会对集团全年的业绩造成很大影响，年底公布出来的数据怕会很难看，股市对此很敏感……还有人提集团的现金流也并不充裕……

对于这些问题，蓝海媚早有准备，当下解释说："眼下集团的现金流虽然并不充裕，但拿出资金做技术研究院是完全没有问题的。依我看，就算集团没钱，贷款也要把这件事情做起来。各位如果还有关于这两方面的疑虑，我觉得就没有必要再提了。"

海东生心里早有计议，见形势如此，立刻调转了风向表示赞同投资成立科学技术研究院，理由是集团需要不断推出更优秀的产品来拓宽生存空间。

成立研究院的议题告一段落，蓝海媚又继续提下一个议题，说："我接任董事长这段时间以来，一直在学习和观察，也一直在思考集团的现状和发展的方向。下面我简略提出三点提议，作为集团下一步发展改革的方向，供大家研讨。一是集团基层管理粗放，各部门要尽快上交方案，做到细化和量化管理；二是科研部门与管理层脱节，不能参与集团产品研发方向的规划，导致集团发展方向混乱，下一步，按科技引领集团发展的思路，我希望能有效提升科研部门在集团中的地位；第三，建立职业经理人制度，让集团的产权清晰、权责分明，董事会不要过多干涉经营管理，以便于建设更科学的管理制度。"

李健不动声色静静听着，他知道蓝海媚终于听取了自己的建议。

董事们交头接耳一时纷纷议论起来。海东生看向海格尔，海格尔目不斜视，这个问题蓝海媚只是简单地和他聊过，没想到今天竟然当作一件大事提了出来，海格尔内心并不赞同蓝海媚的想法，打定主意先不发言，看看再说。

海格尔不说话，海东生忍不住发言了，说道："别的先不说，蓝海天集团是家族企业，引入什么职业经理人不合适吧？这就是要洗牌的节奏吧？"

蓝海媚听了一愣，不由得看向海格尔，海格尔却仿佛没有听到海东生的话。

海东生话音刚落，立刻就有人附和，说让职业经理人掌握企业的命脉，不可能有咱们自己人的忠诚度和责任感，还有人举例说个别企业引入职业经理人以后，职业经理人步步为营巧取利益，更有甚者逼宫攫取了企业控制权！

李健轻舒一口气，对于蓝海媚提出的这三项提议，感到欣喜也感到了安慰，这是重视党委建议的结果。其实，在这个董事会之前，蓝海媚已经和李健进行了交流，这正是李健要蓝海天集团公司打破家族化管理的关键，看来这个从海外归来时间不长的蓝海媚，果然是精英人物，一点就透，而且这就要付诸实施了。

李健对那些担忧的声音进行了反驳："这些毕竟是极特殊的个别现象。现在许多国企也纷纷引进职业经理人，效果不错。职业经理人相对更专业，在管理上也更灵活，能为集团发展带来新思路，有能力者甚至能帮企业整合资源……"

海东生听了，不耐烦地打断李健，说："李书记，党委没必要在这件事上发言吧，这是企业经营管理的大事，你又越线啦！"

海东生的话让众人纷纷议论起来，蓝海媚一言不发地看着众人争论，她知道自己的这个提议会引来集团内部的强烈反对，这次提出来只是一个试探，目的是想看看众人的反应。

众人正热烈地争论着，会议室的门打开，苏雅突然闯进来了。

蓝海媚没想到苏雅竟然闯进了董事会议，董事们也很惊讶。海东生似乎早就知道苏雅会来，一丝不易察觉的微笑浮现在他的脸上。

李健看着突然闯进来的苏雅，也有些不解。

老董事长的遗孀苏雅的突然出现，这让董事们蒙了圈。海格尔也感到有些蹊跷。在众人疑问的目光中，海东生站起来问："苏姨，您怎么来了？快坐下快坐下——"站起来殷勤地倒了杯水，递过来。

苏雅接过水杯，放到桌上，说："各位董事，大家好，打扰各

位了。我来找董事长说点儿事情，要和蓝蓝单独谈谈。”

蓝海媚目不斜视地说：“苏女士，现在公司正在开会，私事请下班以后再谈。”干脆地回绝了苏雅。

苏雅说：“蓝蓝，既然你这个态度，那我要说，我这次来不是为了私事，是有关于集团的公事。”

说着话，苏雅拿出一个U盘，说：“这是已故董事长蓝启明留给我的一份录音，里面有他留给我部分股权的承诺。基于这份录音，我觉得我应该得到董事会的尊重，并有权参加集团的董事会。”

蓝海媚一愣，看向海格尔，海格尔也正一头雾水地看向苏雅。显然，两个人谁都不知道这件事情。朱和平和众位董事也都蒙了，大家开始窃窃私语。

这究竟是怎么回事？坐在一旁的李健没想到事情会这样复杂，如果真有一份这样的录音遗嘱，那么把现在已经继承给蓝海媚的股份，可也得按照录音遗嘱分给苏雅一部分，这样的话，因为股份占比的变化，蓝海媚在董事会的权威一定会遭遇挑战。李健不知道接下来会发生什么，只好静静地观察。

蓝海媚稍作思考，说：“苏雅女士，您刚才的言行已经严重干扰了董事会的议程。另外，这件事情事关重大，如果你说的不属实，那是需要负法律责任的，我提醒您想清楚。另外，您手中的录音真假未知，即便我父亲不知道出于什么原因留下了录音，也应该以律师提供的最后遗嘱为准。而且，在这一切得到最终的确认前，您没有权利来公司干扰董事会！还请您离开！”

听了蓝海媚的话，苏雅生气了，她控制着自己的情绪，说：“蓝蓝，没想到你直到今天还管我叫苏雅女士，大家都在，你们听听，蓝启明尸骨未寒，我可是蓝启明的合法妻子。蓝蓝，我离开这里可以，但我要说明两件事：第一，录音为真，我绝对可以凭录音获得蓝启明承诺的股份；第二，我凭股份说话，不支持你独断专行排斥家族内部人员，从而将企业带入危险的境地的做法！”

苏雅说完，自顾离去。蓝海媚坐在椅子上，被气得一时说不出话来。会议室陷入短暂的平静。

海格尔叹了口气，说：“今天这个会先到这吧。”

会后，蓝海媚一言不发地回到了办公室。

苏雅的忽然“闹场”不仅搅乱了整个会议的议程，也扰乱了蓝海媚的心绪。集团内部本就波澜不断，而苏雅更是直接翻出了股权问题，这是蓝海媚的根本也是集团稳固的警戒线。难道仅仅因为自己不够尊重她，还是别有用心的人在推波助澜？这些，蓝海媚一时还想不明白，她忽然觉得很孤独，一种强烈的无力感涌了上来，也许，回来执掌蓝海天本就是个错误的决定。

蓝海媚越想越没头绪，中午饭也没心情去吃，给蓝思诺打电话让她过来聊聊。蓝思诺是个聪明人，她知道蓝海媚这时候找自己是干什么。就目前来看，她自己是沟通苏雅和蓝海媚最好的渠道了。

蓝思诺给蓝海媚带了些点心的同时，主动请缨去苏雅那里探探口风。对此，蓝海媚嘱咐她事关重大，能仔细就一定仔细，要搞清楚到底是怎么回事。下午，蓝思诺早走了一会儿，直接驱车来到苏雅家里。

对于蓝思诺的来访，苏雅早有预料，她知道以蓝海媚的性格是不会亲自来找自己的，要么是海格尔要么是蓝思诺。海格尔已经给她打过电话，却并不是因为蓝海媚，那么蓝海媚想和自己沟通，唯一的渠道就剩下蓝思诺了。

苏雅一如往常，将蓝思诺引进来，开门见山就笑问她想来打听什么。苏雅永远有一副艺术家的恬静范儿，这种态度会给人一个舒适的心理距离。

蓝思诺和苏雅一向亲密，开玩笑说："苏姨你看你，把我当成密探啦。"

话头由此打开，苏雅为人真诚，并没许多城府。谈到遗嘱的事儿直接说自己并未说谎，称这份录音确实是蓝启明留给她的，里面股权的安排也说得明明白白，有自己的那一份儿。

蓝思诺听得纳闷，反问苏雅之前为什么没提起过。苏雅说自己以前根本没想争过什么，到现在也是一样。

蓝思诺听得更纳闷了，问："那这次您是？"

苏雅神秘一笑，说："我可以告诉你，但你得替我保密。"

看着蓝思诺认真地点了点头，苏雅说："蓝启明承诺给我股份的录音是真的，但是今天我不能给你听。思诺，这一点请你理解我。东生有一次和我说起话来，知道了这份录音的存在。他前两天找到我，说蓝蓝最近做的很多事情都在针对家族里面的老人，甚至指向了海总。还说蓝蓝要搞一个什么研究院，一意孤行地要洗牌，劝也不听。他请我出面制衡蓝蓝，至少给她提个醒儿。这是怕蓝蓝不懂经营管理，把偌大的集团带入到一个危险的境地……"

蓝思诺边听边思索着，苏雅的话她觉得是可信的，至于要不要保守秘密，或者全盘向蓝海媚汇报，这个就要好好斟酌了。

李健下午和生态环境局的人去了于得水的家里测量噪音，回来之后就住在公司里。在食堂吃饭的时候正遇到值班的朱和平，两个人边吃边聊。

朱和平得知李健竟然去于得水家测量噪音，不由得连连赞叹李健认真，说这事正该这么办。李健说噪音确实不小，超标的话集团应该予以解决。

朱和平一愣问他怎么解决。李健说想过这个问题，更换隔音的铝合金门窗能一定程度上减轻噪音，另一方面，冲压车间也得做隔音处理才行。朱和平听了不由得竖起大拇指。

聊了几句，两个人又说到苏雅的事情。李健表示这件事情牵涉重大，明天自己打了报告正好去和董事长聊聊，看这事该怎么解决。朱和平劝他别问，给他分析说这是他们家事，你不好过问，明哲保身就不错了。听着朱和平的分析，李健凝眉思忖。

第二天一早，噪音检测结果出来了，李健打了报告，拿着去找了蓝海媚。

办公室里，蓝海媚认真听李健述说。“靠近冲压厂，噪音超标……还附上了检测报告。”蓝海媚看得很仔细，说：“物流公司于得水家噪音超标，您李书记打了报告，来申请为他家更换铝合金双层玻璃窗，这没道理吧？”

李健说：“于得水是党员，他有困难向党委反应，党委应该协助予以解决。昨天晚上我去了他家里，情况确实是这样。”

蓝海媚不解地追问：“我的问题是，报告还用你帮他打？”

李健笑笑说：“于得水是一线工人，年龄也不小了，别说家里没有电脑，他连用电脑都不会，更不知道怎么打报告。如果硬让他打报告上来，太不人性化了。”

蓝海媚看着李健，无奈地笑笑，随即在报告上签了字，说：“你这个党委书记，当得可真不容易。”

蓝海媚将报告递给李健，李健高兴地接过报告，正要再问苏雅的事情，敲门声响起，蓝思诺来了。蓝思诺一来，李健也不便再问，打了招呼先走了。

蓝思诺并没有向蓝海媚吐露苏雅的真实目的，只说确实有这个录音，但没给她听，也没搞清楚苏雅到底想干什么，对此蓝海媚并不意外，她片面地认定苏雅有录音未必是真，无外乎是图财。对此，她甚至已经开始着手准备应对苏雅的官司了。后来，蓝海媚才知道对这件事，自己太大意了。

在蓝海媚的督促下，蓝海天集团和紫塞大学联合博士站很快成立了。海格尔在成立大会上宣布了集团会重金打造研究院和落地JK项目一事，成了当天紫塞市的重头新闻。一时间，蓝海天集团似乎充满了蓬勃的活力。

与此同时，集团内部的各种意见暗流汹涌，一刻也未停息。

这天一早，集团办公楼下，一群人聚集在办公楼外，叽叽喳喳地议论着。蓝海媚从宿舍走过来，看见这群人，不禁有些纳闷，正要询问一旁的保安，身边已经有人认出了蓝海媚，一嗓子“董事长在这儿呢”，众人纷纷围了过来，吵嚷着让集团换铝合金门窗。

虽然被众人围在中间，但蓝海媚并不畏惧，她制止了保安队长要驱散众人的做法，问清了这些人来闹事的原因。

原来，正像朱和平之前分析过的，李健给于得水家换了铝合金门窗是在捅马蜂窝。于得水的邻居，不管是厂里的还是厂外的，听说集团给于得水家换了窗户，都不干了，就约着一起来找。

蓝海媚承诺先调查了解的回答并不能让众人满意，嗓子都说干了，大伙儿还是不走。海东生忽然来了，他以强硬的态度让保安驱散了众人，了解了事情的原委后，直骂李健狗拿耗子，不嫌事多。

岂料，闹事的人群离了厂里，转身就拉着写着大字的横幅去市政府上访了。市里信访局领导给海格尔打电话让派人解决。海格尔和蓝海媚一商量，直接给李健打电话让他去处理。

李健路上了解了情况，慢慢想到了对策。到了信访局，办公大厅已经乱成了一片，来不及和局长打招呼，李健就走进了人群，大声说：“大伙儿辛苦了！我是蓝海天集团的党委书记李健，关于冲压车间噪音的问题，公司正在了解情况，调查后一定给大伙一个合理的答复。”

话毕，大伙纷纷围了上来，七嘴八舌问个不休。对于众人提出的问题，李健都一一耐心作答，甚至代表集团为海东生的蛮横向大家道了歉。

李健在基层员工中群众基础不错，来闹事的有几人认识李健，在李健的暗示下，这些人发挥了作用劝回了众人。

回到集团，蓝海媚、海格尔、海东生、蓝思诺等人已经在等李健了，蓝海媚主持开一个短会，询问这次上访的情况连带深入了解一下噪音问题。

李健先简要说了自己对上访事件的处理，接着又谈到噪音问题说：“上访的有十二户，但据我刚刚了解，受冲压车间影响的居民应该有二十户。”

海东生一听就火了，说：“二十户？都换下来得多少钱？”他对李健私自答应给上访者解决问题十分不满，看李健的眼神带着嘲弄。

李健不看海东生，平静地说：“每户大概按照一万五千元计算，汇总起来，预计得三十万。”

海东生冷笑道：“三十万……这点儿小钱你李书记肯定没放在眼里，所以直接做主了？”

李健不卑不亢地说：“我没有权利做主，但我觉得事情闹到这个地步，集团已经没有别的选择了。况且，正视问题、解决问题是一个负责任的公司该有的社会担当。”

蓝思诺点了点头，说：“我认为李书记说得没错。当时我在现场，在那个情境下，我觉得最好的办法就是牺牲一定利益，维护集团的声誉。”

海东生冷笑着不说话，众人看向蓝海媚，蓝海媚略显疲惫地思索片刻，然后征询了海格尔的意见。海格尔也赞同李健的处理方式，说这个事情闹到了市里，影响极度恶劣，如果不妥善处理对集团的形象损伤极大，况且李书记已经答应了他们，这里边也涉及集团的一个信誉问题。

“那就这样，按李书记在信访局答应他们的处理吧。”蓝海媚说，“另外，我觉得不光得为这些居民换窗，冲压车间也必须做一定的隔音处理，从根本上解决这个噪音问题。另外，这也是给社会一个正面的、负责任的反馈。”蓝海媚宣布散会的同时让李健来自己办公室，要和他谈谈。

整洁明亮的办公室里，蓝海媚在窗前来回踱步，李健站在沙发旁看着她。蓝海媚本来有很多事情想问李健，可是把李健叫来又觉得没什么话可说了，想来想去终于说了一句：“李书记，解决了一个牵出来一群，你这一套组合拳让我很被动啊。”

李健以为这件事情过去了，没想到蓝海媚半开玩笑似的又提了出来，李健说：“董事长，我哪有什么组合拳，只不过是该发生的事情正常发生了而已。”

蓝海媚说：“该发生的事情正常发生了……你知不知道，你这人最令人讨厌的地方，就是永远笃定自己在做正确的事情。”

李健愣了，说：“董事长，我的笃定，是因为我有正确的价值理念，这个理念放到咱们企业里说就是：维护员工的利益，就是维护企业的利益！我们共产党人总讲为人民服务。服务不好，就没有凝聚力，企业生产再多的产品，赚再多的钱，也只是经不起风浪的空中楼阁。”

“你的理念、原则、初衷我都能理解。但是现在局面很复杂，我希望在接下来的一段时间里，你多一事不如少一事。”蓝海媚尽量让自己显得有耐心，接着又说，“另外，我可以明确地告诉你，我早早晚晚是要回美国的。刚极易折，低调行事对你自己也是一个保护……”

李健一惊，用不敢相信的眼神看向蓝海媚，问：“回美国？你还要走？您当初可是亲口答应了董事会留下来的。”

蓝海媚喟叹说：“我原本以为可以慢慢地作为，完成企业的变革，引进经理人后再回去。现在看来，是我把蓝海天集团公司的事情想得太简单了。”

李健忙劝她说：“董事长，我觉得您没必要气馁，任何企业内部都存在矛盾。只要切实地解决一个个问题，事情总会往好的方向发展。”

蓝海媚笑笑说：“矛盾存在于一切事物发展的过程中，矛盾贯穿于每一事物发展过程的始终。”

李健一愣，笑说：“哈哈，矛盾论！好，那我突然想起一句毛主席的诗词，也是我一直喜欢的，正适合送给你。”

蓝海媚说：“你说……”

李健说：“雄关漫道真如铁，而今迈步从头越！我想送给你，正适合现在的处境。”

室内陷入短暂的沉默。片刻后，蓝海媚若有所思地说：“李书记，今天就说到这，你先回去吧。”

其实，李健的话并没有完全说服蓝海媚。夜里，蓝海媚一个人留在办公室，万千的思绪错综在一起，让她一时连书都看不下去了。她忽然发觉自己是如此的孤立无援……

大卫发来视频，见蓝海媚状态不对，就知道她是为公司的事烦恼，极力劝她回去。蓝海媚本就有放权的想法，大卫在这时候一劝，也就答应了，说让大卫给自己两三个月时间，这边理顺好了就回去。

蓝海媚是个办事爽利的人，既然主意已定就再无犹豫。挂了大卫的视频，她就给海格尔打了电话，说了自己的考虑。

这个电话给海格尔吓了一跳，海格尔忙劝蓝海媚要顾全大局。他以为蓝海媚是因为苏雅的事情想不开，就劝她说苏雅这边自己再做做工作，蓝海媚坦诚地向海格尔说了自己心里的想法，坚持要第二天召开董事会。听了蓝海媚的话，海格尔知道在电话里劝不了，只好同意明天董事会再说。

次日，海格尔在会前先找蓝海媚聊了一次。蓝海媚坚持自己的想法，又说集团有舅舅和李书记等人在，肯定没有问题。对于蓝海媚的离去，海格尔虽然不太赞同，但自己若能荣登董事长宝座倒也算是两全其美了。

弄明白了蓝海媚的真实想法，海格尔虽然再次诚恳地劝她留下，态度却没原来那么坚决了。

会上，蓝海媚直接发言说经过这段时间的实践和思考，认为自己暂时没有能力胜任集团董事长的职务。所以决定将自己的股份分两个阶段，计划用三个月转让出去，之后将主动卸任董事长的职务。

蓝海媚话音未落，会议室内立时炸了窝。董事们都紧张地议论起来，李健焦虑地看向蓝海媚。蓝海媚坐在座位上，看起来心静如水，似乎去意已决。

李健这可发愁了，蓝海媚如果现在离开去了美国，那么刚刚有起色的蓝海天集团，发展前景堪忧。即便是真的要离开，现在也不是公开说的时候，这会造成公司人心混乱。蓝海媚是有意为之，还是真的不懂这些？

董事们还在议论，有的劝蓝海媚，有的则冷眼旁观。眼下，李健该如何劝她？能不能劝留下她，他心里一点儿数也没有。

# 第三十一章

整个会议进程中，最令朱和平纳闷的是许多董事们都出面劝阻蓝海媚，甚至连海东生也表决心似的挽留蓝海媚，唯独李健眉头紧皱着一言不发，好像早就知道了说什么都没用似的。

在蓝海媚毅然决然的态度面前，会议很快就宣告结束。李健跟在海格尔后面，沉默着走出会场，连朱和平在身后叫他都没有听见。

落日的余晖从远山流淌而出，为整个紫塞市铺上一层旖旎的色彩。

华灯初上的街道，行人渐渐多了起来。蓝海媚站在窗边看着晚霞，脸上浮现出释然的笑容。驻足良久后，她拿出手机，拨通视频电话。电话接通，另一边，大卫急促的喘息声传来。

蓝海媚看着视频中略显慌张的大卫，不解地问他在做什么。大卫语无伦次地解释了几句说喝酒喝多了。蓝海媚嘱咐他注意身体，并告诉他今天自己在董事会上已经宣布了要离开的消息，最多三个月就回去。

对此，大卫却没有表露出喜悦，只是应付着说好，蓝海媚没有多想。正说着，李健的来电打断了俩人的视频。李健说想找她聊聊，她不禁哑然失笑。

蓝海媚说："李书记，如果您是要劝我留下来，就没什么可聊的。"

蓝海媚虽然表明了态度，但无奈李健锲而不舍，说这事一定要当面聊聊不可，蓝海媚说，我对聊天没兴趣，要是打拳倒可以奉陪。没想到，李健直接约蓝海媚晚上去打拳。对于李健的执着，蓝海媚有些哭笑不得，反正自己也想去打拳放松一下，就答应了他的邀约。

拳台上，蓝海媚以为李健不会打拳，存心看他怎么上台和自己较量。面对着蓝海媚凌厉攻势，李健竟然应付自如。蓝海媚愣了，原来李健会打拳击。二人你来我往，也算是强强过招了。

蓝海媚毫不客气，李健也不躲让，一时之间难分高下，这反倒激起了蓝海媚的斗志，攻势更加猛烈，打得李健一个趔趄。李健退后站稳，开始进攻，看准机会还击，也打得蓝海媚步步后退，快退到拳台边上了，李健依然攻势不减，挥舞着拳头打过来，蓝海媚只好勉强抵挡，举起双拳护着自己的脸准备迎接李健凌厉的一击……

李健却假意用力过猛，身子摇晃，蓝海媚借机一拳打在李健侧脸上，李健被击倒，躺在地上喘息不已。

李健故意粗喘着气表示认输。蓝海媚觉得不对，回忆刚才李健猛烈攻势后显然故意示弱，说："你是成心的，再来！"

李健忙摘了拳击手套，说："不不，我甘拜下风，甘拜下风。"

蓝海媚挑衅地示意他再来，见他真的不愿再打了，嘲笑地瞥了他一眼。李健满不在乎，和她约好茶室见。

出了拳台，二人分别洗浴后，蓝海媚换了休闲服进了茶室，换过休闲服的李健早已等在那里了。两个人相对而坐，李健熟练地洗茶、泡茶。

蓝海媚饶有兴致地看李健泡茶，说："茶道烦琐。相较来说，我还是更习惯于喝咖啡，一冲即得，符合现代生活的快节奏。"

李健说："生活也要快慢相济。饮茶能静心、静神，陶冶情操，这可是喝咖啡提神儿比不了的。"

见李健的话似乎颇有机锋，蓝海媚也针锋相对，说："干吗要比来比去呢，茶也好，咖啡也好，都是苦中作乐而已。所不同的仅是一个清淡一个浓郁。"

李健说："清淡只是口感上的，这里面还有文化的底蕴和家国的情怀。"

蓝海媚笑了笑，转移话题说："刚才打拳，你是成心让着我。"

李健说："不，我是独孤求败。有事相求。"

蓝海媚笑了，说："你不用绕来绕去了，我明白你找我的意思，直说吧，要不然你会憋出内伤来。"

李健说："既然您明白我的意思，我就直言不讳，我恳请您考虑留在国内，履行自己的董事长使命。"

蓝海媚就知道他要这么说，也不回避，说："使命？你知道我是学历史的，根本不懂经营管理，这段时间虽然努力学习过，仍觉得自己是勉强支撑，力不从心。说实话，做出转卖股权的决定后，我觉得轻松多了。我不像你，你们共产党人有很强的使命感，我只想追求自己应有的生活。"

李健说："不识庐山真面目，只缘身在此山中。我觉得你是妄自菲薄。"

蓝海媚看向李健，问："什么意思？"

李健说："虽然这段时间集团内外波澜不断，但所有的问题都经过你的决断被很好地解决了。而且像成立研究院这些新的举措正要开始实施，企业管理制度改革也被提上议程，我认为现在一切都欣欣向荣，集团比过去任何时候都更富有生命力，这就是你的成功啊。你认为力不从心、难以支撑，是因为做事有阻力、有掣肘，但现在你需要的只是坚持，坚持一下，很快就会柳暗花明……"

李健见蓝海媚没有反驳的意思，继续说：“我在街道办工作的时候，也在社区管过企业，尽管是几家小企业，可也是五脏俱全，遇到麻烦不比你少。开始的时候我也是毫无头绪，但经过慢慢梳理，一段时间后就理顺了工作。这段时间，我综合分析你的学识、经历，和你表现出的能力，是完全可以带领集团公司冲出低谷的。我坚定地认为，你比我有能力，你是学历史的，更会用发展的眼光和历史的高度去看问题，我相信你绝对可以的。”

听到这里，蓝海媚的笑容淡去，惆怅地说：“我是觉得很累了，父亲不在后，我在国内也没什么可留恋的，毕竟孤身一人，无枝可依，无人可靠。”

李健说：“别那么悲观，不是还有我吗？”

蓝海媚一愣，李健的话让她不知道该怎么回答了。李健看着有些发愣的蓝海媚，尴尬一笑说：“不是我，是企业党委，党委这边会和你同舟共济。”

李健的大转折让蓝海媚哭笑不得。李健接着说：“还有，海总和集团内的一些董事虽然墨守成规、思想不够解放，但都是在兢兢业业地维护着企业的利益，我相信他们慢慢地会理解你的，最终也会支持你。”

对于李健的苦口婆心相劝，蓝海媚虽然并没有明确态度，也算是认真地倾听了。李健也并不着急，他知道这事只能循序渐进，慢慢地潜移默化。

入夜，海格尔家里灯火通明。因为蓝海媚的事情，海东生最近成了海格尔家的常客。两个人在书房里边下着围棋边聊着，棋到中盘。黄美芳把蓝思诺迎了进来。蓝思诺见海东生也在这相视一笑，两个人都是聪明人，明白对方为何而来。

蓝思诺坐在一旁看俩人下棋，说：“我从公司那边过来，看蓝蓝好像是坐李健的车出去了。”

海东生不屑地说：“这个李健！这叫什么？荀离君侧，谗间即入！蓝蓝如果不走，早晚会被这个李健忽悠住。到时候中高层一洗牌，咱们的位置还有没有，就难说了。”

蓝思诺没想到海东生这么想，问：“这倒不至于吧。”

海东生看向蓝思诺，说：“不至于？你太小看咱们的蓝蓝了。”

蓝思诺一愣，说：“不过，这次蓝蓝是真的要走了。据我所知，她可能一开始也没打算长期留下，她不回去大卫那边也说不过去的。”

海东生看向海格尔，海格尔似乎一直沉浸在棋盘上，没把俩人的对话当回事。

蓝思诺见海格尔不为所动，接着说：“一些客户已经知道了董事会上的消息，不断有电话打到我这来询问集团的情况，蓝蓝这个突然的决定，让人措手不及……”

海格尔落下一子，头也不抬地说：“蓝蓝那儿你们多留意点儿。回头我会找机会再劝她，一切以集团大局为重。”

海东生和蓝思诺对视一眼，同时点了点头，却搞不懂海格尔是什么意思，他是希望蓝海媚离开，还是希望她留下？

周六上午，李健知道邹书记双休日基本不休班，就专程去拜访了市委书记邹长明。

邹书记对于蓝海天集团近期的接连事故表示极度关注，当他得知蓝海媚要抛售股份出国后，也是十分惊讶，嘱咐李健要利用党委工作的优势，做好她思想工作的同时，必须保持企业的稳定和良性发展的势头。

对于李健提出的企业运转情况，邹书记也做了指示。他希望李健首先要在本职工作上有所作为，继而争取在推动产品科技升级创新，确保正常生产经营秩序的同时引导企业建立现代化管理制度，打破家族化管理的落后藩篱。

从市委出来，李健一路都在思考着邹书记的话。如何劝阻蓝海媚，又如何打破企业管理落后的藩篱？他一个没有实权的党委书记能有多大作为？这些都是他深深的困惑。开着车，李健忽然接到了黎老的电话，老人有一阵子没看见李健，盼着李健有空能来家里坐坐，陪他下下棋。

正赶上周末没事，李健便开车直奔黎老家里，刚进门黎老便找出棋盘来摆到院子里的石桌上，兴致勃勃地说："先杀一盘，边杀边聊。"

黎老说是先杀一盘，可棋瘾上来，连输了两盘都不罢休，缠着李健要继续。李健为了让黎老有个好心情，故意走错了一招，让黎老赢了一盘。

黎老原本输了两盘，神色愈发凝重，一得胜话也多了起来，问李健最近忙不忙，在蓝海天干得怎么样？

李健当然不能说麻烦挺多，只是捡顺利的说了一些。黎老听了，先是一直笑，而后抬头盯着李健说："你这是敷衍……我听说蓝海天最近事情不断呢。"

李健一愣，问：“老爷子，您消息很灵通嘛。”黎老得意地说：“我怎么可能不知道？”李健说：“集团现在的事情还比较多，老董事长离世后，生产和安全工作又出现了一些问题，还有，算了不说这些了……不过在新董事长蓝海媚的主持下，一切都在向好的方向发展。”

黎老哼了一声，说：“向好的方向？别的事情我不管，我就问你党建工作做得怎么样？”李健想了想说：“老爷子，看来您今天找我，好像不是为了下棋……虽然集团内部一些元老对党建工作不是很重视，但新任董事长还比较支持我的工作，最近一段时间还算比较顺利，我也有信心做好。”

黎老说：“元老？海格尔那老小子？”

李健放下棋子，满脸惊骇地看向黎老。他可从来没听人管海格尔叫“那老小子”，在集团里，就算是海格尔叔叔辈的人，对他也是海总海总地叫。

黎老不理李健的惊讶，说：“回头我给他打电话，他要是不支持你党建工作，看我不训斥他。”

李健难以置信地问：“老爷子，您怎么认识海总？”黎老神秘地说：“看在你还知道让我一招棋的分儿上，我给你看些东西。”

李健这才知道自己让棋被黎老看了出来，不由得笑了。

黎老放下棋子，起身进屋，不一会儿，抱出一个纸箱来放到桌面上。黎老打开纸箱，将一张张奖状和一本聘书拿了出来递给李健。奖状上有“紫塞市红星仪表厂”和“党委副书记黎一鸣”的字样。

黎老解释说：“这个红星仪表厂就是蓝海天集团公司的前身，当年我可是厂里先进模范，蓝启明和海格尔都算是我的徒弟。后来我担任了厂里的党委副书记。再后来企业转制，蓝启明、海格尔和几个年轻人接手了红星仪表，我就退休啦。”

李健惊讶不已地说：“既然有这层关系，您怎么不早说？”

黎老说：“早没说就是想看看你这个党委书记能干成个什么

样？我退休这么多年了，虽然启明活着的时候年节都过来看我，可我跟蓝海天也没什么关系了，也帮不上你什么。”

李健说：“既然您说了，这可是赶巧了，我还真有一件集团的事情请您帮忙，请您老出山！”

黎老得意地一笑，说：“出山？哈哈……”

正是早晨上班时间，集团厂区内人来人往，李健的轿车穿过人群，停在办公楼下。李健下车，搀扶着一身旧军装、佩戴着抗美援朝、对越自卫反击战和全国劳模奖章的黎老从车上下来，胸前诸多的奖章吸引着许多人的目光，黎老抬头看了眼气派的办公大楼，感慨万千。

李健和同事们打着招呼，带黎老走进了办公楼。不远处，海东生看见李健和黎老，不由得皱起眉头。

黎老是被李健请来和蓝海媚“聊聊”的，李健希望借助黎老的威望劝蓝海媚留下来。黎老本不想干涉年轻一辈的事情，不想李健把事情说得非常严重，几乎到了企业生死存亡的高度。为了蓝海天的存亡大计，黎老只好放下身段，亲自来厂里找蓝海媚了。

李健怕蓝海媚有所准备，故意搞了个突袭，事先并未和她打招呼，又怕蓝海媚多想，把黎老送到蓝海媚门口，自己转身就往回走。

海东生迎面遇到李健，问他怎么把一个老爷子领进了董事长办公室？怎么没到秘书科登记？李健反问他，有吗？我敲开的门？你看花眼了。

海东生愣了，看着李健离去的背影，百思不得其解。

蓝海媚听见有人敲门，打开门见是黎老，不由得十分惊讶。她小时候，黎老可是没少抱过她、哄过她，她忙热情地将黎老搀扶到沙发上，又亲自为他倒了杯茶，问黎老身体情况。黎老将带来的食盒打开，竟然是一份热气腾腾的豆角面。

蓝海媚惊喜地说：“黎伯伯，您看您来就来吧，还给我带了豆角面。”

“蓝蓝，你小的时候，你爸爸带你去我那里，你最爱吃这个。”黎老指着桌上的豆角面，说，“还是原来的火神庙豆角面，老两口干不动了，交给了孙子继续干。你猜怎么着？生意越来越红火，还开了分店了。”

蓝海媚说：“黎伯伯，真是过意不去，我回国后没去看您，还让您想着我。您要回来看看可以先打电话，我们去接您嘛。”

黎老笑着摆摆手，说：“蓝蓝，今非昔比，你接掌了蓝海天集团的董事长，哪有空闲时间啊，哪能总是麻烦你们。”

蓝海媚试探着问：“黎伯伯，那您这次来是有什么指示，我一定照办。”黎老笑了，说：“你这孩子从小就聪明，什么事不用说就能猜到。”

蓝海媚问：“黎伯伯，别不是李健书记请您来当说客的吧？”黎老哈哈大笑，随即收敛笑容，问：“听说你要转卖股份回美国去？”蓝海媚点头，实话实说了：“这件事情，我是经过慎重考虑的。”

黎老愣了片刻，说：“蓝蓝，我给你说个你爸爸那会儿的事。当年厂里不景气，连年亏损，全厂员工的日子过得十分拮据。你父亲和你舅舅就找我商量，要接手企业，当时他们也没想着能把企业做成什么样，就琢磨企业渡过难关，给大伙一个出路。你父亲找到我，说接手以后企业性质虽然变了，但宗旨不会变，还是为了员工，还是报国利民！后来企业做大了，在市内做了很多公益事业……”

蓝海媚认真倾听着黎老的讲述。

黎老又说：“这些年，从政府到老百姓，蓝海天算是有口皆碑了，你父亲是一个有胸襟的汉子，更是一个有家国情怀的人啊……”

蓝海媚若有所思。黎老说：“前几年我被聘到外企当顾问，你父亲给我写了封长信，多次提到你。你父亲对你的殷切期盼，可见一斑啊。”

蓝海媚一愣，近几年她和父亲很少联络，父亲的猝然离世让她失去了最后和他沟通的机会。每当夜深人静，蓝海媚常常暗自后悔自己当时离开的决绝。而父亲写给黎老的信里竟然有很多内容提到自己，无异于隔着时空的叮咛。想到这里，蓝海媚有些激动地看着黎老从衣服兜里掏出一个信封。

蓝海媚接过信封，抽出信纸要看，这时不合时宜的敲门声猝然响起，蓝海媚收起信纸说了句请进。

蓝思诺拿盒咖啡进来，看见黎老，故作惊讶地问："黎老，您怎么来了？"

黎老说："哟，是思诺啊，女大十八变，黎叔都快认不出来你了。我呀在家闲不住，没事就出来溜达，转到这里顺便来看看。"

蓝思诺将咖啡放在办公桌上，过来给黎老倒茶。

其实，蓝思诺是被海东生忽悠来刺探情况的。海东生早晨看到李健带黎老去找蓝海媚，当即就察觉肯定有事，左思右想之下，他找到了蓝思诺，对她说蓝海媚虽然要转卖股权出国，但是真要走可不是像说的那么简单。

从李健到这个黎老，甚至包括海总都希望蓝海媚留下。这个事有很大的变数。接着他又以必须随时了解董事长的思想波动必须早做准备为由，说服了蓝思诺去做这个"探子"，蓝思诺虽然嘴上说不想去，但还是耐不住好奇心，海东生走后，她以送咖啡为借口，来到了蓝海媚的办公室。

黎老"随便来看看"的说辞，让蓝思诺有些失望，眼看黎老起身要走。蓝海媚说留他吃饭，黎老笑着说下次。蓝海媚联系了司机送他，又亲自将黎老送到了楼下，直到送上车，挥手离去。

海东生看见蓝海媚和蓝思诺送走了黎老，转身便去找了海格尔。海格尔听说黎老来过，先是挺吃惊，接着说黎老过来也未尝不是件好事，他出面事情或许有转机。

海东生一听这话有点儿急了，说："老叔，我知道您希望蓝蓝留下，可是她上任以后的所作所为，您也能看出来，再这么继续下去，集团怕没咱们海家的位置了！我觉得她还是回美国好，公司交您主持，就不会出这些乱子。”

海格尔瞪着海东生，说：“这种话也说？传出去还了得！”

“看您说的，这不就咱们爷儿俩嘛，有外人我怎么可能说这些。”海东生说，“不过，我还是建议您早做准备，蓝蓝主意很大，不是轻易能劝动的，咱们起码也要储备资金，防止股份外流……”

听了海东生的话，海格尔沉默了。

晚上，蓝海媚早早地回到宿舍，她坐在床头，借着昏黄的台灯展信阅读，看到信纸上熟悉的字迹，蓝海媚心里五味杂陈。

黎师父：

见信如面，时间如白驹过隙，一晃两年没见到您了。

现在我年龄愈长身体愈差，前阵子还在会议室晕倒了一次，差点儿就要去住院。这一点我可不如您，想当年您在我这个年龄，还带我们这些年轻人一起打篮球、打乒乓球……

集团规模逐渐扩大，也履行了一定的社会责任，但这还远远不够。我还有一个初步规划，要用集团的力量重点帮扶一些贫困村，引领他们发展一些集团的下游产业，从而实现脱贫致富。和海格尔聊到这个话题，我们俩从心底里感到兴奋，觉得这也许是我们这辈子最后的，也是最重要的一个使命了。我们盼着把自己的所有光和热都奉献出去，然后像您一样，光荣地退休……

看到这里，蓝海媚的眼睛湿润了，翻动信纸的手也有些颤抖。

相对于企业，最令我操心的反而是蓝蓝。蓝蓝这孩子您知道，她像我一样，从小就要强。以她的性格和能力，在哪儿都能站住脚，我虽然惦念，却并不担心。但是自从她母亲去世，我又续弦苏雅，我们父女间就有了隔阂和误会，每每想到这儿，我就恨不得立刻退休去美国看看她，哪怕当一两个月的外公给她看看孩子也好啊……

小时候蓝蓝经常在您身边，您大概了解她的品性。虽然她目前在国外定居了，但我毫不怀疑，有一天我不在了，蓝蓝一定会回国接掌蓝海天。毕竟，她从来不会推卸责任，也有挑起重担的勇气……

泪水不住地流淌出来，蓝海媚擦拭着眼泪。走到窗边，望向整个集团内部的夜景……

周末原本有个会议，讨论近阶段股市维稳问题，但因为蓝海媚的突然决定，会议临时取消了。

李健就想去蒋文三家看看，刚让牛主任联系完蒋文三，却接到了司雨桐的电话。司雨桐不痛快，因为她从童娜那里知道了李健和蓝海媚打拳的事情，也因为李健好几天没回家。一上来司雨桐就劈头盖脸地假意训斥了李健一顿，又要他陪自己去打拳，否则就到李母那里去告状。

李健怕她真去告状，只好答应了去找她。挂了电话，李健赶紧找牛主任让他别联系蒋文三，哪知牛主任说已经给蒋文三打过电话了，李健无奈，只得亲自给蒋文三打了电话，说明天一定去拜访。蒋文三可不吃这一套，劈头盖脸说李健没信誉，不实在，不等李健解释，直接挂了电话。

李健回到小区接上了司雨桐，司雨桐一路问着李健被蓝海媚打得惨不惨之类的问题，直接将他带到了拳馆。拳台上，司雨桐毫不手软，步步为营地将李健逼入死角，李健被打得毫无招架之力，侧脸挨了一拳后，脚下踉跄……

司雨桐满心要逞能，见李健狼狈又不忍心了，上前扶住李健，问他怎么样。台下观战的人看到她这个举动，连声起哄。

司雨桐不怕人，往台下瞪了一眼，恰好看到正关注着台上的蓝海媚，司雨桐一愣，赶紧示意李健，让李健往台下看。李健看到蓝海媚也是一愣，蓝海媚却笑着向俩人点头。

司雨桐伸出拳头向蓝海媚比了一个挑战的手势，蓝海媚笑着摇头。司雨桐再度挑战，在众人的起哄声中，蓝海媚不得不微笑着戴上护具登上拳台。

蓝海媚来拳馆确实是想要练练，但看到司雨桐和李健在台上，不知怎么，瞬间没了打拳的兴致。虽然被众人起哄般地“赶”了上去，可蓝海媚却没什么战意，她水平本来较司雨桐要高出不少，现在却和司雨桐打了个旗鼓相当。

李健在台下看俩人打了几个回合，见司雨桐已然很累了，就喊着让俩人收手。

拳馆更衣室里，蓝海媚换了衣服，披上一件外套转身看向司雨桐。这边司雨桐也正在打量蓝海媚。

蓝海媚笑笑，说：“看得出来你的基础很好，就是有些生疏。”

司雨桐说：“我哪有您这么多练习的机会，您是大董事长，一句话，您的手下啊、书记啊就得陪您打拳。”

蓝海媚莞尔一笑，问：“你是说李健书记？”

司雨桐说：“对啊，他在你们公司可没少受委屈，上班时间被排挤，下了班还得挨老板的打。”

蓝海媚笑了，说：“李书记都没说什么，你怎么这么敏感？”

司雨桐一愣，说：“我怎么不能敏感，我可是……”

蓝海媚不等司雨桐说完，抢着说：“你可是他的小女友。”

“请把小字去掉。另外，我还有一件事情，要借这个机会郑重地告诉你。”司雨桐认真地说，“我父亲是蓝启明董事长的主治医师，他说……”

蓝海媚黯然地打断司雨桐：“这件事情我知道了，不怪李书记。”

司雨桐说：“你说不怪他就没事啦，你不知道那一阵子他多内疚，从来不喝酒的他恨不得都要借酒浇愁了……”司雨桐的话，让蓝海媚陷入了沉默，直到俩人出了更衣室走出拳馆，都一言未发。司雨桐以为蓝海媚内疚了，自己倒有些不好意思了。

到了车边，李健让司雨桐先到车边上等他，他要和蓝海媚说几句话。司雨桐懂事儿地点点头，看着李健和蓝海媚走向另一边，她的神采暗淡下去。

蓝海媚的车旁，李健和蓝海媚停下脚步。李健正要解释昨天带黎老去厂里的事情，蓝海媚听他提黎老，知道他要说什么，打断他的话，说：“我知道你的想法，通过和黎老谈话，我是有所犹豫。目前对于去留的问题我还需要考虑考虑。”

李健听到蓝海媚松口，内心为之一喜，还没等他说话，蓝海媚看向司雨桐，又对李健说：“有空多陪陪司律师吧。如果你实在没空，我可以给你特批一个假期……”

说完，蓝海媚上车驾车离去。

蓝海媚走后，司雨桐硬要请李健吃了顿火锅。饭后，两个人驾车回家，其实，从吃饭开始到回家的路上，李健发现司雨桐似乎有心事，她那种往日的活泼劲儿也见不到了，问她只说没什么。

轿车从公路转入小区，停在单元楼下，李健拉起手刹，司雨桐坐在副驾驶上准备下车。

“不上来坐坐？”司雨桐看他没有下车的意思，漫不经心地问。

李健说：“算了吧，打拳打得身体都快要散了。”

“这才哪儿到哪儿啊？再说了，我不是请你火锅了嘛。”司雨桐撇撇嘴，说：“你要去哪儿？回家？”

李健歉意地说："明天还要去一个职工家里了解情况。"

"好吧，随你，我走了啊。"说着，司雨桐下车头也不回地向车内摆手，进了楼道。李健的车离开后，司雨桐又从楼道出来，看着轿车离去的方向，在夜色中怅然若失。

李健回到厂里，刚进宿舍楼，蒋文三迎面从暗处走了过来。

"您可真忙啊！"蒋文三讽刺地说，"我可是傻了吧唧地等了一天。"

李健一愣，尴尬地说："蒋师傅，你看，我不说是明早去你家嘛。给你打电话也打不通。再说你有事给我打电话啊，没必要在这等一天。"

蒋文三说："我关机了。"

李健不解地看着蒋文三。

蒋文三说："还不是因为你策反了我那俩儿子，他们生怕我来找你，手机一开着就给我打电话劝我，我嫌烦！"

李健笑笑，说："蒋师傅，你回去早点儿休息，我答应你了明早去你家里了解情况，九点之前肯定到。"

蒋文三低声说："了解啥情况？不用了解情况！我是实在人，不会那些弯弯绕儿，跟你摆明了吧。你要让公司给我补偿满意了，我亏不着你的，要回来的补偿钱……咱俩三七开，我七你三！"

李健哭笑不得地说："蒋师傅，不用你七我三这么麻烦，如果公司真的应该补偿你，你十我零。但有一样，蒋师傅你先回去，明早九点你家里见！"

蒋文三一愣，李健迈步往宿舍走去。蒋文三以为李健是默许了自己的条件，也不恼了，说："李书记，我明天可在家等您啊。"

第二天一早，李健和牛主任先到蒋文三家附近查看了周边环境，李健也就心中有数了。然后俩人就去了蒋文三家，还没进门，就听见院子里的争吵声。原来，蒋文三正和两个儿子掰扯昨天的事呢。

李健和牛主任进院，蒋文三父子看见李健也不吵架了，不等两个儿子和李健打招呼，蒋文三抢过来说："李书记、牛主任，你们来得正好，看看吧，就我们家这点儿地方，一家老小憋屈啊，整天吵个没完。公司要不给解决，这日子就没法过了。"

蒋明一脸无奈，在一旁说："李书记，让您见笑了。"

李健说："别这么说，我们来看看有什么问题，然后尽量帮你们解决。"

"看吧，哪儿都是问题。"蒋文三说。蒋亮说："爸，您快少说两句吧，让我哥和李书记说。"

蒋文三不愿让李健看见自己和儿子斗气，瞪了蒋亮一眼，别过头去。

蒋明解释说弟弟蒋亮要结婚，但女方对住房条件不满意，说要么买楼，要么翻盖房子。"我们商量着想办法，但我父亲坚持找公司要补偿，正训斥我俩呢。"

蒋文三一听这话不高兴了，嚷着说："我说话你们就不听，盖房子土地所不给批，买房子咱们家有钱吗？"

李健说："蒋师傅，你家附近的情况我也看到了，集团没征用你们家的地，修路盖房也对你们家没有任何影响……"

蒋文三急了，说："我的李大书记啊，你来一趟就看出这些来？你来干啥来了？来了有啥用？"

李健把蒋文三拉到一旁，低声说："蒋师傅，我不来看看，说话就没有凭据……"蒋文三也压低声音说："李书记，我这人说话算话，只要是你帮我要来补偿，还是那句话，我七你三！"

李健说："蒋师傅，咱不开这玩笑。如果坚持在不合理的情况下找企业要索赔，恐怕有敲企业竹杠的嫌疑啊，这是不可行的。"

"不可行？"蒋文三一听这话就急了，大声吵嚷，"你们看看！这就是党委书记，我维护自己的权益还成有问题了！"

眼见蒋文三又要闹起来，蒋亮忙推着吵吵嚷嚷的蒋文三往屋里走。蒋明这边忙给李健道歉，说这事不怪公司，自己和弟弟会做父亲的工作，蒋文三在屋里听着，破口大骂儿子不孝顺。蒋明不理父亲，又解释说哥儿俩上学时候都转了户口，现在是城市户口，不符合批房条件。

听了蒋明的话，李健想了想，给自然资源局的朋友打了电话咨询情况。听到李健打电话，屋里的蒋文三也消停了。李健咨询了一些情况，又给住建局的朋友拨了一个电话，问了半天，放下电话对蒋明说："你们的情况确实不符合批地基盖房的条件，但是你们是城市户口，可以申请经济适用房啊！"

蒋明一脸发蒙说怕申请不下来，李健解释了一些具体要求，鼓励他说一定要试试，自己回去可以帮他再咨询咨询，跑跑手续。

听李健这么一说，蒋明不由得高兴起来，连声道谢。连屋里的蒋文三都松了口气，看着蒋亮不说话了。

回到集团，李健马不停蹄地跑了半天，帮蒋亮了解了所需手续和材料的问题。朱和平知道李健在帮蒋亮跑经济适用房的事情，对他表示敬佩。从朱和平那里，李健得知蓝海媚已经和海格尔说了，暂不考虑转让股份。得知这个消息，李健很高兴。

海东生得知蓝海媚暂停转让股份的消息，气得当场摔了手机。他认为蓝海媚之所以不想走了，是李健和黎老的问题，同时也说明苏雅逼得不够狠。

这样想着，他当即约了紫塞知名的陈律师，准备下班后去拜访苏雅，争取通过苏雅给蓝海媚更多的压力。

苏雅本无意和蓝海媚争夺股份，先前得知蓝海媚要走，心里不禁忐忑起来，怕事情闹大不好收场，对这件事情也就不怎么上心了。海东生见苏雅的态度不积极，又少不得危言耸听地费了番口舌，才终于说服了苏雅。

陈律师问苏雅的录音和蓝海媚的书面遗嘱哪个在前哪个在后。

苏雅回忆说启明应该是先留了书面遗嘱，后来在一次晕厥后住院的时候忽然有了什么想法，就又给我留了这份录音。

陈律师听了，解释说按相关法律规定，录音遗嘱若要生效，必须要两名不相关的第三者在场，并做出身份和时间地点的陈述才可以。又问苏雅的这份录音遗嘱是不是符合这个规定。

苏雅一愣，正要说话，海东生抢着说："当时我也在场。我和苏姨并没有血缘关系，况且按亲戚关系来说，我和书面遗嘱的受益人应该更亲近，这没有问题吧？"

陈律师点了点头，说还要再听一下录音遗嘱。海东生答应回头把录音送过去，又说了一些其他事情，先送走了陈律师。

陈律师走后，苏雅有些惶恐，说按陈律师的说法这遗嘱恐怕没有法律效力。海东生安抚他说别的不用管，把录音给自己就行了，自己会想办法。苏雅一时没了主意，眼下别无他法，只有对海东生言听计从。

海东生拿到了录音遗嘱，匆匆离去。其实，遗嘱交到海东生手里的那一刻，苏雅的内心已经被一种不安的情绪笼罩了。

# 第三十二章

杜刚纵火的事终究是有些蹊跷，因为那段监控录像很奇怪，显然是被人剪辑过，掐头去尾只有杜刚有嫌疑这一段。在李健的斡旋下，杜刚被拘留了半个月后释放了，但是公司因为他涉嫌纵火已经把他开除了。

刘明静有杜刚家的钥匙，进门见杜刚不在，便帮他收拾起屋子来。等杜刚从外面回来，屋子已经收拾得利利索索了。刘明静说："我有个朋友，家里是开修车厂的。你当过汽车兵，也会修车，要不我和他说一声你去试试？"

杜刚想了想，点头说："行。"

刘明静打量着他，半晌说："我爸还不知道你这事呢，挺惦记你的。有空你去医院看看他吧。"

杜刚犹豫地说："我还是别去了，我撒不了谎，实话说出来他肯定生气。"

刘明静一愣，说："那你就一直躲着了？"

杜刚不敢看刘明静，室内一时陷入了沉默。到了中午，杜刚还是和刘明静去看了刘建设，一方面，他确实惦记这位待自己如父亲般的师傅，另一方面刘明静早给他准备好了一个借口——杜刚之前被调到分公司去，今天刚被调回来了。这个借口应该能应付过去。

躺在病床上的刘建设见杜刚来了，感到很高兴，拉住杜刚的手询问。杜刚支支吾吾地答着，幸好刘明静在一旁解释，才没让刘建设看出什么端倪来。

“调回来就好，分公司那么远，在那边可不如咱们这边。”刘建设感叹地又说，“前一阵子明静说你去分公司了我都不信，老见不着你，还以为你出了什么事。”

杜刚听到刘建设为自己操心，一时激动地说：“这回没事了，以后下班我就来看您，让明静姐也歇歇。”

“我这不用你，你工作也忙。有空啊，你得多琢磨琢磨你自己，老大不小，该赶紧找个对象了。”刘建设最操心的还是杜刚的婚姻大事。

杜刚敷衍着点了点头，又问刘建设恢复得怎么样，听到刘明静低声告诉他，说有可能站不起来了，杜刚愣了。

后来，李健得知杜刚不愿回集团上班，也为他着急。周末一有空，就按刘明静给的地址，找到杜刚上班的汽车修理厂。杜刚见有车进厂，还以为是来修车的，上来先看了圈汽车，问是保养还是维修。直到李健开门下车说我找你，杜刚这才看出是李健，尴尬之下憨憨一笑跟李健打了招呼。

李健将杜刚拉到一旁，说：“我昨天又和董事长说了你的事情，她同意恢复你的劳动合同，同时还会给你补齐这段时间的工资。”

杜刚感动地说:“谢谢您了李书记。”

李健又劝说：“你是个好员工，从始至终我都相信你是清白的。别有什么心理负担，回去吧！”

杜刚摇头说：“我知道您是好领导，可是别人不会这么想。毕竟现在还没有证据证明我是清白的，我不想回去被人指指点点。”

李健有点儿急了，说：“你堂堂一个男人，行得正走得直，还怕别人说闲话？”

杜刚迟疑地说：“我知道您的好意……您回去吧李书记，我在这干得挺好的。”李健又说：“你在这什么情况我还能不知道？明静早和我说了……”

杜刚只是沉默着摇头，不说话了。李健再劝，他的神色愈发黯淡下去。看来他是觉得自己被拘留过，再回公司一个是难为情，另外就是不太好意思给李健添麻烦。

这时候，杜刚的同事喊他过去帮忙。杜刚对李健说：“李书记，谢谢您为我做的这些事，我杜刚永远记着。”说完快步走进了修理车间。

回公司的路上，李健接到了蓝思诺的电话。蓝思诺说要请李健吃饭。

原来，早晨的时候蓝海媚忽然收到了苏雅的律师函，短暂的惊诧后，蓝海媚找来海格尔和李健分析这件事，谈话中她又联系了乔律师，得知录音遗嘱在法律上叫口头遗嘱，需要有不相关的两名第三方在场才生效。

海格尔分析说考虑这个录音遗嘱之前一点儿风声也没有，到现在才被苏雅拿出来，即便录音是真的，大概也是启明在特殊情况下录的，启明做事一向缜密，联想到后来他留下的书面遗嘱事实，这个录音遗嘱八成连他自己都忘了。如果是这样的话，几乎可以断定当时肯定没有第三个人在场，录音属于无效遗嘱。

李健虽然大体认同海格尔的分析，却因考虑到集团的稳定，提醒蓝海媚重视这份律师函，尽量主动与苏雅沟通和解。心绪不宁的蓝海媚更偏向于海格尔的分析，她决定暂时忽视这份律师函，找机会先摸清苏雅的底牌再说。

蓝思诺得到苏雅发来律师函的消息，侧面向童娜了解蓝海媚收到律师函的表现。童娜说乔律师和海总的分析都对董事长极为有利，董事长也就没当一回事儿。

听了童娜的反馈，蓝思诺对之前海东生找自己作假签字一事越发忐忑。她忧心忡忡地去找海东生，提醒他不要把事情搞大，没想到海东生反而让蓝思诺抛弃幻想，还把话挑明了让蓝思诺站队，危言耸听地说如果不遏制蓝海媚，将来大家都得靠边站，还让她给李健提醒，让李健找好自己的位置。

从海东生那里出来，蓝思诺又找童娜问了一些事情，最终越来越理不清楚的她，决定找李健聊聊。

对于李健，蓝思诺还是很欣赏的，之前他提议召回的做法为集团赢得了口碑的同时，也为销售部近期的销售回暖打下了基础，就算没有蓝海媚的事情，谢谢他也是应该的，更何况对于苏雅和蓝海媚的事情，李健这个有能量又热心的人或许能有办法也说不定。这样想着，蓝思诺拨通了李健的电话。

蓝思诺选的餐厅十分高档，精致宽敞的包厢里，射灯一打，桌椅软装都在灯光下熠熠生辉。服务员端上丰盛的菜品。李健问：“就咱们俩？”

“你还想叫谁来？董事长可不知道我请你吃饭啊……”蓝思诺又说，“李书记，你也不用紧张，我不要求你喝酒，喝茶水或者饮料就行……话说回来，这顿饭本来也该请你。”

看着李健一脸不解的表情，蓝思诺又说：“之前不是你极力主张召回问题产品吗，公司的这个行为终于见到了回报，因为挽回了公司的荣誉，销售部这个月的绩效不错，我得谢谢你啊。”

李健笑笑，说：“这是董事长的决断，我可没什么功劳。不过，市场是有灵魂的，能分辨出来每一个公司的态度和责任感，只要咱们集团秉持这种负责任态度，销售一定会蒸蒸日上。”

“好啦，我可没你那么有学问，什么事情都能分析出一堆大道理。”蓝思诺说着举起红酒，说，“为了集团年轻有为的党委书记，干一杯。”

李健笑笑，举起茶杯喝了口茶水。

蓝思诺抿了口红酒，放下酒杯说："有一件事你应该还不知道。董事长已经收到苏雅的律师函了。"蓝思诺盯着发愣的李健，忽然严肃起来，说，"这件事情集团内只有少数几个人知道，估计应该连海总都不知情。"

李健故作惊讶地问："什么？律师函？苏雅要起诉争取股权？对了，那你告诉我是……"

蓝海媚说："今天请你来，主要给你提个醒。"

"提醒？提醒什么？"李健越来越纳闷了，他现在还搞不清楚蓝思诺为什么要请自己吃饭。

蓝思诺说："现在公司上下都知道，你李书记认真负责有担当，深得董事长的信任。可是凡事有利有弊，这对你未必是件好事。"

李健听了依然有些摸不着头脑，说："我不太懂，请你接着说。"

蓝思诺说："蓝蓝现在一心推行改革，几次在董事会上力排众议，独自决断。这几乎将她推向了所有集团元老的对立面，你一直站在她这边，哪天她真的走了，你怎么办？"

蓝思诺的说法看似有理，实则对蓝海媚太不负责任了。看着眼前这个多变的女人，李健说："作为党委书记，我凡事都是从集团的稳定和发展去考虑的。至于什么站队不站队的，不在我考虑范围之内。"

蓝思诺笑了，说："我知道你是一片忠心！可万一站都站不住了，你还怎么发光发热！蓝蓝一直想回美国，为了留住她，你还把黎老请来了，对吧？这一次，苏雅准备起诉蓝蓝，如果蓝蓝还要走，我希望你这不要再劝了，这也是为了集团的稳定。"

李健想了想，说："蓝副总，你是董事长的堂姐，可是我觉得你并不理解她。董事长的所有决策完全是出于集团利益的考虑，并没有打压公司元老的意思。矛盾或许有，但一定是短暂的，随着集团的改革，这些问题都会迎刃而解。"

蓝思诺说："正是因为改革。说实话，不是我反对蓝蓝，是她的改革想法造成的不稳定因素太多……好了，我说不过你，点到为止吧，我得提醒你自己再想想，你最好不要劝蓝蓝留下了。"

李健不语。蓝思诺再次举杯，李健举杯相迎，他转换了话题，问："我担心的倒是苏雅这边，为什么会演变成这样的局面呢？"

蓝思诺问："怎么，要套我的话？"

李健说："既然是蓝副总您请客，也想让我知道这件事，你我的诚意总该是有的，所以我想听一听。"

蓝思诺说："其实要说这件事，苏雅并没那么功利。错主要还是在蓝蓝，她对苏雅的刻薄态度导致了苏雅想为自己争一争。"

李健点头，诚恳地说："那蓝副总你能不能从中做做苏雅的工作？这件事情真的闹出来，对公司影响会很坏。"

"我可没这本事。"蓝思诺拿起醒酒器看了看，向李健笑笑。其实她心里早有计较，海东生的行事太过极端，搞不好会引火烧身。她认为解决这件事最好的途径其实还是想办法缓和蓝海媚与苏雅的关系，她隐约觉得李健这个热心的局外人或许有这种能力，所以才向他吐露了部分实情。

李健说："这件事发展到现在，已经不单单是股权纠葛和家族的利益问题了，只不过公司内部的家族化问题导致了事情的复杂。公司党委在企业发展的重要关头，有责任和义务插手这件事，这也是公司党委职责所在，只不过公司内部的家族化问题导致了事情的复杂。这样说你不介意吧？"

蓝思诺说："好，虽然我想劝你不要插手这件事，不过，似乎你说的都有道理，我今天就是做个提醒。"

李健笑笑，说："那么蓝董事长和苏雅不和到底是因为什么呢？"

蓝思诺说："这说来就话长了……蓝蓝出国不久，她母亲就检查出了癌症，已经晚期了。她母亲病逝后不久，我叔叔就续弦了苏雅。蓝蓝那时候还没从母亲去世的阴影里走出来，得知这个消息，就觉得我叔叔背叛了她母亲，顺理成章地就把苏雅当成了小三。那以后，她就很少回国了。”蓝思诺说着，更坚定了让李健插手的想法，索性又给他一个提示，“但是苏雅是个很好的人，就这么被误会，她还给蓝蓝她们一家三口画画呢。”

李健不解地问：“画画？”

蓝思诺点头说：“对！我叔叔和我婶子、蓝蓝一家三口的肖像，据她说是根据他们家里以前的一张合照画的，连着画了两天多……”

李健点着头，思忖着。蓝思诺欲擒故纵地摇了摇头说：“不说这个了，今天咱们的话言不传六耳，没问题吧？”李健笑笑，说：“没问题！”

蓝思诺看着李健“上钩”，心里十分得意，高兴之余她目光灼灼地看向李健，说：“说点儿别的，听说你还是单身，有没有什么想法啊？现在集团里可是有人传，你对董事长有所企图呢。”

李健一愣，躲避着蓝思诺热切的目光。

蓝思诺盯着他说：“你看，你还不好意思了……”李健坦然一笑，说：“思诺，这种谣言，不去理会就好了。”

蓝思诺觉得李健似乎是“欲盖弥彰”，她不由得有些失落。

苏雅家里，苏雅听了海东生伪造并添加进遗嘱里的录音，不禁面现难色。她有些后悔了，一方面伪造录音既是违法，也不符合她做人的原则；另一方面，她认为原本有录音约束蓝海媚就够了，现在海东生通过技术手段又制造了海东生和蓝思诺当时也在现场的录音，恐怕她是上了海东生的当。其实，至于争遗产她是真的没想过，她想的是用录音制衡蓝海媚，不要对公司元老重新“洗牌”，以维护蓝启明打下的蓝海天集团公司的江山。

看着苏雅犹豫的神情，海东生又连哄带骗地劝了起来。然而海东生对苏雅的为人不够了解，他越是劝苏雅，苏雅越是觉得心里愧疚。

想到不幸离世的蓝启明，苏雅终于犹豫着摇了摇头：“东生，算了吧。弄虚作假的事情我不想做。”

海东生有些急了，站起来说：“苏阿姨，到这会儿咱们还能退吗？蓝蓝绝对不会以为您是一片好心，她还以为您手上什么都没有，纯粹要敲诈她呢！”说着从包里拿出一份文件递给苏雅。

苏雅接过文件，看了一遍，忽然脸色大变：“你这是什么意思？”

海东生说：“苏阿姨，这事咱们从长计议一下，既然风险咱们共同承担，事成之后，你就可以拥有公司蓝启明的25%股份，我想要我应得的那一份，反正也不多，就当是您心甘情愿赠予我10%的股份。”

苏雅一愣，气得发抖，说：“东生，你可真让我没想到。”

海东生说：“苏阿姨，这是对你我的一个约束，事情是咱们一起做的，您退缩了，我怎么办？”

看着一脸发蒙的苏雅急得落下眼泪，海东生坐在她身边又劝：“咱们已经没有回旋的余地了，这件事必须坚持下去。相对于您能得到的巨额股份，我要求的不过是其中的一少部分用来制衡蓝蓝，维持集团的稳定。”

苏雅几乎乱了方寸，说：“你这是胁迫！”

海东生加重了语气说：“苏阿姨，我胁迫你什么了？现在整个集团上下都知道你手上有遗嘱。用不了一两天，你给蓝蓝发律师函的事情也会人尽皆知。您还有别的选择吗？连我都没得选了啊。”

苏雅焦虑地看向海东生，海东生用凌厉的眼神逼视着苏雅，拿起文件递给她。苏雅茫然无措地接过文件，手臂抖动不停，还是签下了字。

很快，法院出庭的通知书到了蓝海媚的手上，海格尔和李健在蓝海媚的办公室里见到了出庭通知书。眼前这份通知书无疑推翻了海格尔的猜测，对于录音遗嘱是否有效，此刻要画上一个大大的问号。

海格尔仍然不认为蓝启明会在头脑清醒的情况下留下这么一个昏招，但他也不得不承认苏雅手里必定有过硬的底牌。李健联系了法院的熟人，质疑录音的有效性，却得知录音现场有两名第三方证人，并已向法院出具了证明。

看着不得其解的海格尔和一筹莫展的蓝海媚，李健忽然想起了蓝思诺提起的那幅画，又联想到苏雅温文尔雅的言谈举止。李健不由得心里一动，他忽然想到，也许这件事情根本没有表面上呈现出来的那么复杂……

当晚，李健连夜拜访了黎老，他没敢提苏雅起诉蓝海媚，只说了苏雅手里有录音遗嘱可能会造成集团的不稳定，说着又问起了苏雅和蓝启明的事情。黎一鸣对苏雅印象颇佳，得知苏雅和蓝海媚关系不睦，给李健出了个主意。

李健赞叹这个主意高妙的同时请黎老到时亲自出马，黎老感叹着自己还有些被利用的价值，笑着答应说那咱就唱一出！

也是在这个晚上，宿舍里，蓝海媚和大卫视频了几分钟，大卫却说自己有事匆匆挂了电话。

心绪不宁的蓝海媚穿衣来到办公室，看着办公室的陈设和父亲的遗照，想到苏雅大闹会议室的情形，想到那份出庭通知书，蓝海媚越发愁眉不展。

次日上午，李健买了礼品去苏雅家里，以党委的名义去看她。苏雅对李健印象颇佳，虽然猜到李健此来是为了遗嘱的事情，但还是热情地接待了李健，一面为李健倒茶，一面说起蓝启明以前经常夸奖李健的话。

李健没想到苏雅这么热情，说：“其实……我们来是……”

苏雅说：“我知道，李书记，你来是因为那份遗嘱的事吧？”

李健说：“是，但我这次来只代表党委和我个人，董事长并不知情。”

苏雅苦笑，说：“其实我也不想弄到这一步的，可是……”

苏雅话到一半，戛然而止，自从签了海东生“要命”的合约，她便寝食难安。如果李健前两天来找她，她可能就实话实说全盘托出了，可是现在，本来是正大光明的事，被海东生搅得不得不作了假，这可怎么说啊？这件事对她来说也相当棘手了。

苏雅半天无话，李健只好接着说：“站在集团的角度来说，您起诉蓝董事长，影响非常大，有可能会造成不可挽回的后果。而且就集团来说，现在正是董事长推行改革的关键时期，如果各方面的阻力一起堆上来，我怕她……难以支撑。作为党委，我们是坚决支持并信任蓝董事长的，外界有传言说她独断专行使集团陷入混乱。如果去集团认真了解，您就会发现那些传言完全不值得一驳，不过是别有用心的人为了自己的眼前利益捏造的谎言……有些事情，希望您能慎重考虑后再做决定，我个人认为，这件事情最好能通过协商解决。”

“你可能不了解蓝蓝对我的态度，她不会和我协商的。”苏雅黯然地说。

李健见苏雅的态度果然如蓝思诺所说，顿时有了信心，又说道：“如果可以的话，希望您再给蓝蓝一点儿考虑的时间。”

见苏雅沉默着点了点头，李健心中一喜，又提出参观苏雅的画室。对此，苏雅自然不吝啬，她大大方方地带他来到了画室。画室的墙上挂满了画作，地上也一层层地摞了不少，李健假装欣赏着这些画作，转了一圈却没看到蓝思诺说的画，不由得着急起来。

苏雅的大方让李健决定不再掖着藏着，他想了想说：“苏阿姨，我听蓝思诺说有一幅画是您耗尽心血连着画了两天多才完成的，画得特别好，她叮嘱我来的话一定要看看。不知道是哪一幅啊？”

苏雅一愣，走到一个柜子前，打开柜子，取出一幅画展示给李健。画布上是洋溢着幸福笑容的蓝海媚一家三口，背景是避暑山庄的烟雨楼。

李健惊叹说这画得也太细腻了，简直像照片一样。李健端详着画布，看着一脸安详的蓝启明，久久无语。

苏雅说："除了启明和思诺，别人还没看过这幅画。"

"苏阿姨，我想向您提出一个请求。"李健不失时机地说，"我想借走这幅画用用，当然，这有些冒昧，可是……"

苏雅问："你是不是想拿这幅画给蓝蓝看？"

李健一愣，随即尴尬地点头。

苏雅想了想，说："拿去吧，她要是愿意留下就送给她吧，反正我这画也正是给她画的。"

苏雅如此大方，李健就明白了。可以说，苏雅此举足以证明她内心深处是想和蓝海媚和解的，那接下来就看蓝海媚的态度了。

周六上午，蓝海媚、海格尔、李健、徐工等人头戴安全帽，在项目经理的带领下参观研究院钢结构主体大楼的工地。项目经理介绍说再有半个月主体可以全部完工。部分内装工作现在也开始施工了，最多两个月就可以让设备进场，预计三个月后整栋大楼就可以全部交付使用。

听了项目经理的介绍，蓝海媚又问徐工JK项目多长时间能够出样品。徐工介绍说罗浩牵头已经成立了三十人项目团队，现在已经出了一些图纸，正在论证。只要设备到位，应该会很快。

听着徐工的介绍，蓝海媚颇为满意地点了点头。

参观完项目工地，李健忽然叫住蓝海媚，说要请她去一个地方看样东西。蓝海媚看李健一脸神秘，就和他一起上了车。

很快来到避暑山庄前。李健停好车，从后座拿上一个大手提袋，和蓝海媚走进避暑山庄，二人步行来到"烟雨楼"前。

"最宜雨态烟容处，无碍天高地广文。却胜南巡凭赏者，平湖风递芍荷香。”乾隆皇帝曾专为此景赋诗。话说这烟雨楼，曾是清帝与后妃消夏赏景之处，待到六月湖中荷花绽放，尤其是山雨迷蒙的时候，烟雨楼笼罩在雨雾烟云中充满了神奇缥缈之美。电影《知音》，电视剧《康熙王朝》《打狗棍》《最美的青春》等多部影视剧，都在山庄里取景拍摄过，电视剧《还珠格格》里面“小燕子的漱芳斋”就是在烟雨楼拍摄的。

烟雨楼前，蓝海媚不解地问：“怎么想到带我来这个地方？”

李健朝着她打开那个大手提袋，向她展示那幅画。蓝海媚看到画非常震惊，她端详着画作，久久无言。

许久后，蓝海媚收回目光，说：“收起来吧，从哪拿的可以还回去了。”

“这画是送给你的。”李健说，“我带画给你，想请你讲讲画里的故事。”

蓝海媚说：“难为你这么用心良苦……”

李健说：“画的背景应该就是这里了。”

蓝海媚点头，怅然地说：“那是我出国前，我们全家人留下的最后一张合照……那也是我最后一次和我妈在一起……我妈患癌症离世后，我回国整理她的遗物，没找到这张照片。当时我以为是爸爸给收起来了，问他不知道。我就以为是苏雅给藏起来了，当时还和苏雅吵了一架。后来才知道照片丢了的事情不能怪她。”

李健感慨地说：“那张照片的确是搬家的时候丢了。苏阿姨为了安慰你和爸爸，凭自己的记忆整整画了两天两夜，才画出来几乎与照片一模一样的画。但是因为你不理解苏阿姨又加上身在国外，她就一直没把这幅画寄给你。她说这画就是为你画的。她知道那张照片对你的意义有多么重要，所以才凭借自己的记忆连续两天两夜才画出来。”

蓝海媚沉默着，再次看向油画，画中父母慈祥如昨，自己的笑容也很灿烂，仿佛昨天的她正在向现在的自己招手。片刻后，蓝海媚独自向山庄外的方向走去。李健忙收起画，跟了过去。

沿河公路上，轿车匀速行驶着。车内，李健驾车，蓝海媚坐在副驾驶上，放眼窗外。

“又要准备带我去哪儿？”蓝海媚问，她已经恢复了平静，似乎忘了刚才的事。

李健说：“任务完成，我们可以回公司了。”

蓝海媚想了想，说：“不如去拳馆吧？”

李健说：“哈哈，其实我猜到了，你现在想发泄一下。走，去拳馆！”

蓝海媚和李健走进拳馆，便看到角落的擂台上，童娜和司雨桐正打得有来有往。童娜接连倒退之下，看到了台下的李健和蓝海媚，不由得一愣。台下的蓝海媚也是一愣，和李健一起碰上司雨桐，蓝海媚还是有些尴尬。

司雨桐发现童娜的异样，向台下看去，正看见李健和蓝海媚并肩而立也望向自己。司雨桐惊讶之余，眼中的落寞一闪而逝，笑着向俩人摆了摆拳头。

司雨桐最近和童娜练了不少，水平有所提高的她正要找蓝海媚练练，蓝海媚就来了。在司雨桐的挑战下，蓝海媚穿戴好护具走上拳台，面对傲然而立的司雨桐，两个人做个起手礼，较量在一起。

司雨桐勇猛，蓝海媚似乎一直无法集中精神，虽然越发稳健，却也被司雨桐步步进逼到拳台一角。在司雨桐的攻势下，蓝海媚有些狼狈。

李健看着司雨桐咄咄逼人的虎狼之势，正要提醒让她注意，台上蓝海媚一个不防，被司雨桐一拳打在侧脸上，蓝海媚靠在护栏上喘息，没想到司雨桐下手这么狠。李健大惊，忙冲上拳台。

看着低头关心蓝海媚的李健，司雨桐一脸茫然，自己也觉得下手过重了，忙过来询问蓝海媚怎么样？李健不满地看了眼司雨桐。

蓝海媚笑笑，接过服务员递过来的冰袋冷敷，却笑说司雨桐已经手下留情了。

蓝海媚独自从拳馆出来，打车回了厂区。她不想引起司雨桐的误会，拒绝李健送自己的要求，执意让他和司雨桐、童娜一起走了。看着蓝海媚独自离去的背景，李健感到很尴尬，心里不知道是什么滋味。

回到厂区，已经日落西山了，蓝海媚因为脸上似有淤青，就让童娜打了饭送来。她正准备吃饭，忽然接到了黎老的电话。

黎老在电话里说豹跃客集团的刘远刘总是自己战友的儿子，也是蓝启明的老朋友，同时还是咱们集团的大客户，他们豹跃客集团要上马一个新能源项目，准备接洽供应商。黎老让他到紫塞来一趟，去集团看看，得到了刘远肯定的答复，黎老就赶紧给蓝海媚打了电话，让她好好接待接待，争取拿下这个项目。

蓝海媚欣然答应的同时邀请黎老次日共同接待刘远，黎老也不客气，当即就答应了。

蓝海媚不知情的是，黎老挂了电话就给李健回了过去，“汇报”了情况。原来，刘远的豹跃客集团考察项目不假，李健和黎老却借此做了个“局”……

第二天下午，蓝海媚和蓝思诺亲自去机场接刘远一行来到集团。路上，刘远听说黎老也将参加晚宴，就说还想约请一位朋友过来，这个朋友大家都不陌生，问蓝海媚可不可以。蓝海媚自然不能拒绝，她笑问刘远叫的是谁，刘远卖关子说不是外人，现在不告诉你们，见面你们自然就知道了。

入夜，集团附近的高档酒店包厢里，蓝海媚、海格尔、李健、蓝思诺、黎老和刘远围席而坐。众人听着黎老回忆起老一辈人的往事，看着服务员端上来一道道菜品。

蓝思诺看了眼手表，问刘远：“刘叔，您那位朋友到哪了？用不用我们派车去接？”

刘远说：“不用，刚才回微信了，说是马上就到。”

海格尔和刘远也是老朋友，疑惑地问：“我怎么不知道你在咱们紫塞市还认识什么神秘朋友？”刘远笑笑说：“来了就知道啦。”海格尔说：“看这意思黎老好像是知道？”

“知道也不告诉你！”黎老顽童般的笑话惹得众人都笑了。服务员挨个给大伙儿倒酒，轮到李健，李健摆摆手示意不要。

刘远说：“李书记，今天哪能不喝酒啊？”

蓝思诺揶揄地说：“要不然今天来点儿？”

李健欲言又止，黎老说：“我做证，李健喝酒过敏，他的酒我替他喝！”

海格尔和刘远面面相觑，海格尔笑说：“黎老，我们年轻那会儿，您可没这么护着我们哟！”

黎老假装很不高兴，说：“你呀，就会挑我的毛病！要是启明在这儿，只会在心里抱怨，可不会和跟我讲出来。”

众人的笑声中，服务员开门带苏雅进屋，苏雅看见众人，尤其看到对面刘远身边坐着的蓝海媚，不由得一愣。

“来了——苏雅大姐，请到这边来，挨着蓝蓝坐。”刘远起身，摆手让苏雅过来。

苏雅向蓝海媚走来，蓝海媚看见苏雅的那一瞬似乎明白了什么。她质疑地看向黎老，黎老也颇得意地看着蓝海媚，似乎在暗示蓝海媚要懂礼貌一些。

刘远询问的眼神看向蓝海媚，问她：“蓝蓝，我这个朋友大家都很熟悉吧？”蓝海媚努力地笑笑，有些不自然地站起来，请苏雅坐在上座，然后她坐在一旁。苏雅冲蓝海媚点了点头坐下，服务员过来为苏雅倒上酒。

海格尔见众人落座，先举起了酒杯，说：“我提议啊，咱们先一起干一杯。欢迎刘总远道来访，同时也祝黎老身体康健！干杯！”

刘远起身说：“老朋友了，不用这么客气，咱们共同祝愿黎老身体健康！”

众人纷纷起身，举起酒杯。李健抿了口茶水，看向蓝海媚，发现蓝海媚也正以询问的眼神看向自己。

两圈酒喝下来，除了李健，众人都有些上头。微醺的刘远举起酒杯，说：“这一杯，我敬启明大哥的在天之灵。苏雅、蓝蓝，咱们一起！”

应着刘远的话，苏雅和蓝海媚举起酒杯。

刘远将杯中酒一饮而尽，看着苏雅和蓝海媚各抿了口酒，接着说：“启明是我的老大哥了！二十多年啦，蓝海天从扭亏为盈到扩大规模，从兼并周边企业到成功上市，从紫塞市的龙头到整个行业的翘楚，启明大哥和海大哥你们一路走来的每一步我都看在眼里！蓝海天能有今天，在同行业中能杀出条血路来，完全在于你们顽强拼搏的精神！”刘远说得激昂，众人纷纷动容。

刘远继续说："可是没想到，启明大哥他……别人不知道，我是清楚的，他这个病早就有端倪了。那会儿蓝蓝在国外求学，很少回来。蓝蓝的母亲离世后，启明大哥成了孤家寡人。"

刘远看了眼蓝海媚和苏雅，苏雅神色黯然，蓝海媚点了点头。

刘远接着说："启明大哥把全部的精力都投入到了企业上。在工作上不注重身体，又不得不经常应酬，最终落下了这个病根。"刘远看向蓝海媚，见她正倾听着，继续说，"蓝蓝，有件事我知道你可能不理解，得跟你说明白。那时候你不在身边，我和几个朋友都看不下去启明大哥这么一天天的，就想着帮帮他，给他介绍个对象，找一个能照顾他、让他能从悲痛中走出来的人，后来他选择了苏雅……"

刘远说着，看向苏雅。沉默中的蓝海媚也偏过头看向苏雅，苏雅低头擦拭着眼角的泪痕。

蓝海媚低下头，深深地吸了口气，看着苏雅凄苦的神色，她忽然意识到原来错的并不是苏雅或者自己的父亲蓝启明，这一切不过源于自己对亡母的思念和对继母苏雅的误会。

她忽而想到母亲离世后，父亲曾多次给自己邮寄零食，而自己对那些曾经喜欢的零食早已失去了兴趣；她想到在自己无法融入异国环境的时候，父亲打电话告诉自己他要再婚的消息，那时候她和父亲大吵了一架，是大卫在她最孤独的时候走进了她的生活……

刘远的话打断了蓝海媚的思绪，刘远继续说："所以，是我介绍苏雅和你爸爸认识的。那时候他出差到我那，我看他精神不振，甚至有些不修边幅了，我实在是看不下去……"

说着，他又含笑看向苏雅，说："开始苏雅还不同意，但后来的事大伙儿都知道了。你们结婚以后，启明大哥又重新焕发了活力。"

苏雅有些不好意思地笑了，忽然又黯然神伤。

刘远端起酒杯，说："我提议，蓝蓝，你应该敬你苏雅阿姨一杯酒，你不在国内的日子里，她是陪伴你父亲的人，也是帮你支撑起这个家的人！”

蓝海媚一愣，刘远的话让她一时不知所措，一旁的蓝思诺轻轻拍了拍她。在众人的注视下，蓝海媚拿起酒杯站起来，看向苏雅。

黎老插话说：“蓝蓝，小刘说的都是事实啊。你们一家人，一起喝一个！”

蓝海媚犹豫着，最终还是举起酒杯叫了一声：“苏姨……”

“好，蓝蓝——”这一声苏姨让苏雅忍不住流下了眼泪，她擦拭了眼泪，激动地站起来，两手颤抖地捧起酒杯，将杯中酒一饮而尽。

蓝海媚喝了杯中酒，一时心乱如麻，片刻后，她看向黎老和刘远说：“抱歉，黎老、刘总，我去下洗手间。”

看着蓝海媚起身去往包厢内的洗手间，刘远和黎老低声交谈了几句。

海格尔又向黎老问了几句，黎老看向李健，海格尔看向身边的李健，随即点头笑了。蓝思诺像是看懂了什么，偷偷向李健竖起了拇指。

众人又聊了一会儿，见蓝海媚还没回来，黎老就让苏雅去看看。蓝思诺本来也要跟去，却被黎老制止了。黎老示意让苏雅去，蓝思诺自然明白黎老的意思，看向往洗手间走去的苏雅。

包厢的洗手间里，蓝海媚正对着镜子擦拭着眼泪。苏雅推门进来，蓝海媚看向苏雅，不由得有些局促，尴尬得愣在原地。苏雅温柔地笑笑，走近蓝海媚，将那个U盘递给她。蓝海媚看向U盘，不由得一愣。

苏雅说：“这是你父亲留下的录音，现在交给你吧。我会撤回诉讼，也不再对企业提任何要求。”

蓝海媚一惊，问：“苏阿姨，您这是……”

苏雅叹了口气，说：“蓝蓝，其实我从没想过通过录音争得些什么，不过是听信了一些闲话，担心你在公司独断专行，把公司带入困境。前几天李书记来了，和我说了很多关于你有作为的话，我觉得自己做得不对，我应该向你道歉。录音给你，我相信你，你该是肩负起蓝海天企业使命的人。”

蓝海媚忽然想到了李健给自己看的那幅画，百感交集之下看向苏雅。

苏雅又说：“今天能听见你叫我一声苏姨，觉得整个世界都不一样了。我心里再没有什么放不下的了。”

蓝海媚忽然感到无比的歉意，忙说：“对不起苏姨，以前都是我不好！有时明明知道是自己误会您，可仍然不愿意面对，对不起……”

苏雅抱住蓝海媚，两个人流下温情的泪水。

宴会厅内，海格尔见俩人半天没回来，怕有什么事情，就让蓝思诺去看看。蓝思诺答应着过去，刚打开卫生间的门，就看见蓝海媚拉着苏雅的手亲密地走了出来。

大家知道，看这个亲密的状态，二人之间已经冰释前嫌了。李健不由得轻轻舒了一口气，感到很欣慰。

# 第三十三章

自从上次和蓝海媚打拳闹了尴尬以后，司雨桐还没见过李健，也没给他打过电话，甚至没有发过信息。她想试试如果不联系李健，他会不会想起来主动联系自己。结果是令人失望的，李健似乎完全从司雨桐的生活消失了。她不知道是他的粗心，还是他根本就不爱她。

司雨桐陷入了苦恼之中，她开始重新梳理和审视两个人的关系，最后发现李健真的只是拿自己当一个邻居妹妹或者一个朋友而已。李健看自己的眼神永远是亲切和蔼的，而他看向蓝海媚的眼神里却流露着某些欣赏的意味，这种欣赏在司雨桐看来，无外乎男人对女人的欣赏。

而李健和司雨桐双方的父母都在极力成全俩人，司雨桐的母亲常常催她带李健回家吃饭，这些期盼和催促让司雨桐苦不堪言又不能拒绝。她盼着李健能联系自己一次，给自己一个“原谅”他的机会，哪怕是有事情找自己也好……可是，一连几天过去了李健仍然没有联系她。

从酒店出来，李健先是将黎老送回家，回到自己家里已经是深夜。

刚打开灯，司雨桐的电话便打了进来，先是开了个玩笑，说李健为什么还带一个人回家，这些话听得李健有些发蒙，司雨桐又说不开玩笑了，转而约李健明晚到自己父母那里吃饭。李健素来最怕饭局，又刚吃了一顿大餐，本想拒绝，但听司雨桐的语气与平时不同，也就答应了。

挂了司雨桐的电话，李健想自己和司雨桐这样相处有些不合适，他决定向她摊牌了，他觉得自己不能耽误了司雨桐的大好年华，不能任由她再暧昧下去了。决心已定，李健舒了口气，又接到蓝海媚的微信说第二天让自己去她办公室聊聊，李健回了一个OK的表情，将手机扔在沙发上，长嘘了口气，感叹这漫长的一天总算结束了。

次日一上班，李健便早早来到了蓝海媚的办公室。

蓝海媚试探地问李健，刘远的事情是不是黎老和他策划的？李健知道这事绕不过去，就说刘总本来也要来紫塞市，自己和黎老从中间出了点儿力。蓝海媚说昨晚她和苏雅聊了很多，已经冰释前嫌了，又郑重地向李健道谢。

李健总算松了口气，蓝海媚又和他讨论起JK项目的事情来。看到思路清晰、干劲十足的蓝海媚，李健欣慰异常，觉得这段时间的努力总算没有白费，蓝海媚看到掩饰不住喜悦的李健，听着他的话，忍不住在心里偷笑。

并不出人意料，这天上午苏雅就接到了海东生的质问电话。

面对海东生的愤怒，苏雅只是平静地说自己已经与蓝海媚和好了，以后遗嘱的事情就不要再提了。

听着海东生还在东拉西扯地劝自己，苏雅说自己很久没有画画了，她挂了电话，拿着画板到花园里写生去了。

一夜的辗转反侧，让司雨桐想明白了一些事情，她要离开李健。次日一上班，她就填了一张辞职申请表，原因写的是要继续求学深造。

办公室里，乔律师看着这份辞职报告直皱眉，劝司雨桐说求学深造是件好事，毕竟你还年轻。不过相应地你也会失去一些宝贵的实践锻炼机会，蓝董事长对你印象很好，我原本打算让你接手蓝海天的业务……乔律师将能说的说了，能劝的劝了，也就明白是留不住司雨桐了。

午后，本来约了李健到自己父母家里吃饭的司雨桐并没着急回去。她内心充满了矛盾，对辞职和放手的决定既感到轻松，又觉得不舍，怀着这样的心境，她一个人走了很远的路。

时序已然是深秋，路旁树上的黄叶不时飘落，似乎衬托着她此刻的心情。

司雨桐回忆起这些日子与李健乃至与蓝海媚相处的画面，越发坚定了放手的决心……正胡思乱想着，她接到了父亲的电话，说李健已经到家了。

司雨桐的父母对于司雨桐的转变和决断一无所知，他们热情如故，餐桌上菜肴丰盛。司雨桐收敛了思绪，在父母和李健面前又变成了活泼的小女生，室内一时氛围融洽，李健帮着做了几个菜，众人围桌而坐。

李健给司父倒酒，司雨桐给李健倒上饮料。

司父看着李健杯中的饮料，笑说："不喝酒这习惯不错，因为喝这点儿酒啊，我没少被她们娘儿俩抱怨。"

司雨桐说："我和妈可不是抱怨，是关心！主要您不是三高嘛。请问司大夫，三高能总是喝酒吗？"

司父笑着看向李健，说："你看雨桐别的本事没有，就是说话不饶人。"

司雨桐故作顽皮地撇嘴。司母说："看你把孩子说的！让李健给你说说，雨桐都有什么优点？"

李健一愣，想了想说："雨桐啊……雨桐漂亮、大方，工作能力强，厨艺又好……”司雨桐看向李健的眼中满是欣慰。

司母和司父对视一眼，忍不住笑了。

司父又说：“雨桐虽然有这么多优点，但是也有点儿小脾气，李健你以后得让着她点儿。要说过起日子来呀，优点慢慢地就不是优点了，缺点反而会逐渐放大，这也是我的生活经验……”

李健听得发愣，知道这话的言外之意是把他当女婿看了，正不知怎么接话是好，司母埋怨司父说：“你这是什么歪理邪说呀，别说啦！为了李健能辨识出雨桐这么多优点，咱们干一杯！”

李健看了司雨桐一眼，尴尬地举杯。

吃了饭，李健和司雨桐离开司家。路上，司雨桐忽然没了方才的活泼，沉默了许久才说：“又麻烦你一次，帮我演了一场戏……不过这应该是最后一次了。”

李健一愣，边开车边不解地看向司雨桐。

司雨桐说：“我准备出国进修，过几天就走，工作已经辞掉了。”

李健一惊，问：“什么时候决定的？连你父母都不告诉？”

司雨桐说：“其实是半年前就申请了，本来都已经忘了这件事，但昨天接到的通知……还是珍惜机会吧，借着我走的这段时间，让我爸妈也知道咱俩不合适。”司雨桐这些话显然是撒谎，她不愿意承认李健不爱她这个事实。

司雨桐的话忽然让李健觉得无所适从，不知道说什么好了，两个人沉默着。汽车很快驶入小区。司雨桐说了句再见，奔楼道走去，李健欲言又止。

李健望着司雨桐落寞的背影，似乎明白了她的处境和想法，不由得叹了口气。

外面夜色寂寂，李健隔着车玻璃远望星空，却见一轮残月正挂在当头，忽然平添了几分伤感。

说实话，李健除了把司雨桐当妹妹看，内心深处还是有些喜欢她的。可是李健总想着自己是二婚，比司雨桐又大很多，担心误了她的青春、误了她的爱情。就是这样纠结，李健是想爱也不能爱，他一直控制着自己。

前一段时间，司雨桐在他家里也住了一段日子，孤男寡女共处一室，李健也担心会给她带来不好的影响，当然也担心街坊邻居会对自己指指点点。

在他和司雨桐这段“爱情”中，李健不是没冲动过，但他明白自己是个懦夫，换作别人而不是他李健，也许爱就爱了，也许会成为很好的伴侣永远在一起，而他李健不能，他只有选择呵护这个邻家小妹……

这几天，黄二利听说杜刚因证据不足出来了，心里有些发毛，几天里提心吊胆，既怕杜刚找自己对账，又怕警察调查出什么。但过了一段时间，他得知对于火灾的调查也没了消息，不禁又大胆起来，私下里不光偷偷摸摸地继续倒卖材料，还时常往刘明静所在的物流公司跑，厚着脸皮骚扰她。

刘明静打心眼儿里看不上黄二利的人品，加上又出了杜刚这一档子事，更是连正眼都懒得看他一眼。她一天到晚忙得像个陀螺，除了日常工作、陪护刘建设和接送孩子之余，还经常去杜刚家里帮忙洗衣做饭。

杜刚虽然一直喜欢刘明静，可是不敢表白。她是师傅刘建设的女儿，怕捅破了这层窗户纸以后，如果刘明静不答应，就不好相处了。对于刘明静，他真心希望她能找个条件不错的人再嫁。

周末，刘明静又来帮杜刚收拾屋子洗衣服，杜刚看着干活麻利的刘明静心里很不是滋味，狠狠心说：“姐，师父那就够你忙的了……”

刘明静不高兴地反问他：“嫌我碍事？”

杜刚憨笑地说：“看你说的，哪能呢，我这不是怕师父没人照顾嘛，再说你老来我这……”

刘明静笑了，问：“和谁呢？”

杜刚躲避着刘明静的眼神，不好意思地说：“姐你看你……”

刘明静见杜刚这样，反而更加坚定也更加坦诚了，问：“杜刚，我就问你一句吧，你愿不愿意？”

自从刘明静主动捅破了那层窗户纸，两个人发展迅速，杜刚经常接送刘明静，刘明静也大大方方地给他送饭，干一些家务。只是怕刘建设万一有什么想法，杜刚让刘明静暂时没有告诉他。对此，刘明静虽然笑杜刚胆子小，却还是听了他的话，一直没向刘建设挑明。

周末晚上，两个人在医院陪刘建设说话，一直到深夜方归，杜刚骑摩托车送刘明静回家。到了刘明静的小区外，刘明静挥别了杜刚，往小区内走着，黄二利忽然从昏暗的转角处走出来。

“明静啊——”黄二利谄媚地打着招呼。

刘明静认出这醉醺醺摇头晃脑的人是黄二利，说：“你在这干吗？”“我刚喝点儿酒，顺便看看你，你怎么这时候才回来，我都等你半天了。”

刘明静不耐烦地说：“等我干什么？你快回家吧！”黄二利哼了一声，拉下脸来，摇摇晃晃地来拉刘明静的胳膊，刘明静挣脱着倒退几步。

刘明静不悦地问：“你要干吗？”

“嘿嘿，明静，你说二利哥我能干吗？你就别装了，我一直喜欢你。我就是想问问你，咱们的事你到底考虑了没有？”黄二利说着，再次靠近，灯光照得他面目狰狞，吓得刘明静转身就跑，黄二利在后面摇摇晃晃地跟着他，还喊着让刘明静别跑。

刘明静看见正骑车行驶在马路另一边的杜刚，一下子像看到了救星，连声大喊着杜刚的名字。

杜刚听见刘明静的喊声，看见有人正在追她，忙停下车，快步向对面跑去。杜刚跑得飞快，到了刘明静身前，他将刘明静拉到身后，看向昏暗处逼近的人影，问：“谁？又是你黄二利吧！”

黄二利看见杜刚过来，就觉得心里很不痛快，说：“呼名道姓的，干什么，不错，是老子！我和明静说说话，你来干啥？”杜刚见是黄二利，火气更大了，说：“果然是你，喝成什么样了！赶紧给我滚！再敢骚扰明静，看我不抽你！”

黄二利吐着酒气，说：“你算什么啊你，一个纵火犯……”黄二利没说完，杜刚已经愤怒地攥起了他的衣领，质问道：“你再说一遍！”

“哎哟，你敢动手？”黄二利挑衅地瞪着杜刚。

刘明静怕杜刚真把黄二利打了不好收场，忙在一旁劝他。黄二利听到刘明静劝杜刚，得意地昂起脖子，说：“杜刚，我看你是刚出来，就想来个二进宫吧！来，我成全你！”

杜刚松开他的衣领，顺手一推，黄二利站立不稳，摇摇晃晃地倒在地上。

黄二利喊：“哎哟！杜刚，你敢打老子！你给我等着……”

杜刚喝道：“你赶紧给我滚！”

黄二利躺在地上开始耍赖，说：“不行！我摔着腰了，你别走，我这就报警。”刘明静劝他说：“黄二利，快起来，喝这么多酒快回家吧。”

黄二利哼了一声：“起来也行，你过来扶我。”刘明静犹豫着，面现为难之色。杜刚说：“明静，你别管！对这种的人，你越是搭理他，他就越蹬鼻子上脸！就让他躺着，我看他什么时候算完！”

黄二利不依不饶地说：“好小子！我报警，报警让你二进宫！”

杜刚说：“随你的便！明静，你先回家，我在这陪这孙子！”

刘明静急得直跺脚，说：“黄二利，你快别闹了！”

“明静啊，我不是闹，你也看见了，他打我……”说着，黄二利掏出手机，拨通了电话说，“警察同志！救命啊，我被人打了，起不来了……”

电话一打出去，刘明静吓得心凉了大半，杜刚劝她回去，她说什么也不走，一直等警察赶到，她和俩人一起去了派出所。

派出所值班室内，黄二利对值班民警颠倒黑白地描述着。他完全不提自己骚扰刘明静的事情，只说杜刚嫉妒他和刘明静搞对象，就过来揍他，他头晕眼花伤得不轻，一会儿就得去医院。

杜刚气不过，和黄二利吵了起来，民警大约明白了是怎么回事，他制止了俩人的争吵，分别给他们做了笔录，这么一折腾，一宿倏忽就过去了。

次日一早，刘明静怕杜刚有麻烦，天一亮就给李健打了电话，简单地说了事情经过，让他帮忙给想想办法或者劝劝黄二利。

李健匆匆来到派出所，在屋外见到了刘明静，又问了一些细节。来到了民警值班室，只见黄二利坐在椅子上打呼噜，杜刚坐在他对面，眼神发直。

杜刚看到李健来了，不由得一愣，李健向杜刚点点头。

民警看见李健，站起来，问：“您好，有什么事？”

李健上前和民警握手，自我介绍说：“您好，我是蓝海天集团的党委书记李健，这两位都是集团的员工，我也都认识，想给他们调解调解。”

民警低声说：“李书记你来得正好，这个叫黄二利的非要小事闹大，你劝劝他，他要是同意，在我这走个程序就可以先回去了。”

李健听了民警的话，心里一松，说：“好嘞，谢谢您，那您先歇会儿。”李健说着，转身拍了拍杜刚的肩膀，继而拍醒正打着呼噜的黄二利。

黄二利看见李健来了，也是一愣，听李健说要出去和自己聊两句，他恍惚明白了什么，跟李健走出了值班室。

李健带黄二利来到院内的角落，笑着问他睡得怎么样？黄二利故作委屈地说：“我哪睡着了，身上酸疼，这小子，一言不合就动手！太混了……李书记，你咋来了？”

李健又问黄二利伤到哪儿了。黄二利一撇嘴，说：“外伤倒是没有……”

李健说：“要是没啥大事，没必要非得在这浪费时间，你说是吧？”

黄二利故作委屈地说：“李书记，我受的可是内伤！我还得要精神损失费、误工费……”

李健对黄二利这滚刀肉也是没办法，说：“要我说算了吧，以前都在一起上班……”

黄二利打断李健的话，不屑地说：“李书记，我知道你偏向杜刚。看你的面子，精神损失费就不要了。实话跟你说吧，我不能干吃亏啊，我必须得去医院检查，给他放放血！”

李健早知道黄二利爱占便宜的想法，见他明说了，也就不绕弯子了，问他检查一遍得花多少钱。

黄二利眼睛一转，说：“这个……这个怎么也得千八百的吧，回头再买点儿东西补补，休息一阵子，再加上误工费，那就不好说了……”李健说：“黄二利，你别讹人。杜刚哪有钱啊，刚出来没多长时间，又不上班了。”

黄二利来劲儿了，说：“那我可不管，这是他的事！”

李健说：“你看这样，你给我个面子，少要点儿我给他出了得了。”

黄二利装着仗义说：“李书记你别给他出啊。让杜刚出！得给他个教训。”

李健说：“老黄，这事我出了算了，你俩也好早点儿走，人家民警跟你们耗着半宿都没休息。你说说得花多少钱，我先给你，回头让杜刚再还我。要不，咱现在就去医院，抽血啊做核磁啊一项一项地检查，如果没毛病，这检查的费用你们就二一添作五，一人一半。”

黄二利本意就是讹点儿钱，见李健这么说，也就坡下驴，说：“要这么着……这样，李书记，这事儿要是就看杜刚，他至少得给我拿一个整！看您的面子，我也不去检查了，给五千得了。”

李健一愣，没想到黄二利敢要这么多，正琢磨怎么和他说。

路过这里的蒋文三看见了刘明静，听话黄二利在难为李健，就进了派出所屋里，呵斥黄二利说：“五千什么五千？拿话就敢说啊你！”蒋文三走到李健身边，说：“李书记，你甭听他的！”

“蒋三哥你咋来了？”黄二利见蒋文三帮李健说话，也有点儿发蒙。

原来，蒋亮的经济适用房审批通过，已经快下来了，他今天起早就是要去办有关手续。蒋文三是个直爽人，也一直想找机会谢谢李健，正好在外面遇见了刘明静，听说了这件事，知道李健在里面，进来又听见黄二利狮子大开口，自然帮李健说起了话。他又说：“二利，你快给你姐夫长点儿脸吧！海总要是听说你从李书记手里拿了五千块钱，还不得扇你大耳刮子啊！”

黄二利一愣，蒋文三他是不敢惹的。一来蒋文三是浑人，不怕他，二来蒋文三可是知道他不少事，闹僵了自己要吃不了兜着走。

蒋文三又训斥他说：“你说你这么大岁数了，还胡闹个啥呀！这点儿事都琢磨不过来？”

李健一看黄二利遇见蒋文三就像小鬼见了阎王，故意说：“蒋师傅，别这么说，二利他要检查检查身体也是人之常情……”

蒋文三摆摆手，说：“李书记你别管，二利我再问你，这钱你还要不要！你要是要，不用李书记给，我一会儿就给你取五千！”

看着黄二利摆出一副为难的表情。蒋文三当即拉着黄二利就要去取钱。黄二利一看这架势，忙说自己不要钱了，借口甩胳膊走了。

蒋文三看着黄二利离去，说：“这个混账东西！”

打发了黄二利，和派出所说明了情况，李健便让杜刚和刘明静回去休息了。李健开车带蒋文三回厂区，蒋文三执意要约他晚上去家里喝几盅，说要好好谢谢李健。李健自然不会答应，连说自己喝不了酒。

李健的车刚驶入集团院内，童娜的电话就打来了，说是蓝海媚紧急召开集团董事会。

李健来到会议室，蓝海媚已经等在那里了，随着董事们纷纷入场，看起来颇显憔悴的蓝海媚直接发言了：“紧急召开这个董事会，是因为我临时有事需要回美国处理。我离开的这段时间，集团的一切事务暂由海总负责。希望大家积极配合海总的工作。”

说完，蓝海媚看向海格尔：“就这样吧。”见海格尔点头。蓝海媚又说：“我十点的飞机，接下来的会，由海总主持吧。”

李健不明所以地看向蓝海媚，蓝海媚目不斜视，起身离开会议室。李健觉得自己都被搞蒙了，怎么蓝海媚说走就要走啊？

原来，蓝海媚昨天晚上和大卫视频的时候，发现俩人的卧室里走动着一名衣衫不整的女子，蓝海媚再三询问，大卫只是支支吾吾地不承认。蓝海媚愤怒地挂了视频。今天一早让童娜订了机票，开了董事会，匆匆离去。

对此，李健自是完全不知内情。会后，他和朱和平讨论着蓝海媚到底为什么忽然离开，朱和平猜测蓝海媚家里有事，让李健给蓝海媚打电话问问，理由是最近蓝海媚信任李健，而且党委关心一下也是应该的。

李健拨通了蓝海媚的电话，得知蓝海媚已经到了机场，关于匆忙离去的原因，蓝海媚自然不好向李健透露，只是说让李健配合好海总的工作，重要的事情可以直接联系她，说完便挂了电话。

李健放下电话，罗浩忽然来了，声称要辞职。这可让李健和朱和平大吃一惊，李健忙问他为什么。罗浩支支吾吾不好意思说，朱和平找个理由离开了。罗浩这才说起昨天的事情来。

原来，罗浩昨天去给蓝海媚送JK项目的样品和一份报告，正赶上蓝海媚不在，他便将报告给了童娜。

海东生最近频频骚扰童娜，他给童娜送去一个名牌包的同时，以自己部门要看看为名带走了JK样品和报告。童娜当然不可能要海东生的东西，却不注意海东生硬是把包藏在了她办公室里。

童娜找到包去给海东生还包，正遇上罗浩。童娜怕他误会，说包里是文件，结果罗浩打开包，里面赫然是礼盒装着的一条金项链，罗浩十分愤怒，又得知JK样品和文件都被海东生拿走了，怒不可遏的他与童娜大吵一架，气头上来找李健说要辞职。

听了罗浩的讲述，李健先说现在董事长重视技术部，正是你大展拳脚的时候，又帮他分析童娜这件事完全是误会……一番口舌之下，再加上罗浩说完这些话火气消了大半，李健好说歹说总算将罗浩劝了回去。

蓝海媚不在，海格尔忙得不可开交，开完一个生产工作会，已经到了晚上十点，刚准备让食堂给煮碗面，却接到了黄美芳的电话，说黄二利忽然昏迷不醒了。

海格尔叫了救护车把黄二利送到医院，已经是深夜，经过紧急救治，黄二利总算醒了过来。检测结果还没出来，黄美芳问黄二利怎么回事，黄二利说吃着饭忽然晕倒了，委屈地说昨晚让杜刚揍了一顿。

黄美芳一听这个立刻火了，当即拨打了110报警，说杜刚给黄二利打成了重伤，现在在医院里。就这样，杜刚连夜又被警察带走了。

李健是第二天早晨从刘明静的电话里得知了杜刚被抓走的事情。李健决定先去医院看看黄二利再说。刘明静沉不住气，她刚好要去医院照顾刘建设，便要和李健一起去了解下黄二利到底是怎么回事。

李健买了鲜花水果来到医院，两个人来到黄二利住院的楼层，李健没直接去黄二利的病房，而是问了导诊台关于黄二利的病情。

黄二利的诊断结果刚好也出来了——重度尿毒症。李健从护士那里问出了实情，就让刘明静先回去，他要自己去看黄二利。

黄美芳和海格尔刚好也在照顾黄二利，李健还没到病房，就遇见了准备离开的海格尔。海格尔与李健聊了几句，刚好护士来送诊断单，海格尔得知了黄二利的病情。

李健又说了杜刚的事情，海格尔这才明白了李健的来意，也觉得黄二利的病与杜刚无关，立刻给公安局的朋友打了电话，让他们释放了杜刚。

病房内，黄二利得知自己的病情，瞬间蔫了下来不住唉声叹气，连李健进来也只是随口打了声招呼，没心情去理会。

李健和黄美芳、海格尔聊了几句，医生进来解释了黄二利的病情，说黄二利的情况比较严重，除非能很快有肾源做换肾手术，否则很严重。听了医生的话，黄二利更是一副等死的模样，黄美芳直落眼泪，连声让海格尔给想办法，海格尔说这不是钱的事情，得等肾源，着急也没有用。

李健说："你们别着急，我认识一位天津肾病医院的院长，我试着和他联系一下，看看能不能帮帮忙？"

海格尔点头示谢，在几人企盼的目光下，李健拨通了电话。

蓝海媚没有事先通知大卫自己要回美国，下了飞机便打车直奔家里。到了别墅门口，正撞见大卫和情人朱莉亲密地从别墅出来，蓝海媚内心一片冰凉，她从出租车上下来，冷眼看向惊愕的俩人。

大卫慌乱之下，抽出了被朱莉挽着的胳膊。朱莉却颇为大胆，挑衅地看向蓝海媚。蓝海媚向来行止优雅，自然不愿理会这种

TAXI

挑衅，只是目光冰冷地看了大卫一眼，转身又叫了出租车，去了酒店。

大卫哄走了朱莉，来到蓝海媚所住的酒店。两个人同处一室各自无言，蓝海媚站在窗边看向窗外的黑夜。大卫焦虑地来回踱步，终于走到蓝海媚身边，解释说朱莉和他只是一次偶然……

对于大卫的解释，蓝海媚一言不发。大卫说了半天，见蓝海媚不为所动，就指责蓝海媚离开时间过长，完全没有考虑到自己的感受。

蓝海媚终于忍不住问："够了，大卫，这是造成你出轨的原因？"大卫忙说："我保证，只要你回来，我和朱莉以后将不再会有任何交集。"

大卫的保证让蓝海媚一时无语，她觉得自己和大卫看待这件事的态度完全不同，大卫甚至不觉得这件事有多大，还认为自己很委屈。正不知道该怎么和他沟通，手机铃声响起，大卫拿起手机屏幕上显示：Julie。

大卫要挂掉电话，蓝海媚却说："你接吧，开免提。"

大卫苦笑着，打开免提，接听电话。电话里传来朱莉的声音："亲爱的，怎么样？你老婆在身边吗？"

大卫看向蓝海媚，蓝海媚摇了摇头。

听到大卫说了句不在，朱莉说："还记得我说过身体不舒服的事情吧，我要告诉你一件事情，希望这个消息不会吓到你，是的，我怀孕了……"

大卫一惊，还没等朱莉说完，连忙挂了电话。蓝海媚背过身去，失望地闭上眼睛。

海东生这段时间也没闲着，自从被削了权，他一方面苦心孤诣地想要弄走蓝海媚，另一方面就是琢磨来钱的途径。这途径还真让他看中一个，就是期货，但是炒期货却需要大笔的资金，这是他一时难以筹措的，苦思之下，海东生想到了海格尔，想到了集团最近的一笔资金。

海格尔的办公室里，海东生正努力地游说：“老叔，我了解了，这批期货的价格是最近两年以来的最低点，但是我仔细研究过了，马上就会涨，这个时候如果能购进一笔，将来必然大赚。”

海格尔觉得海东生的想法是不错，想了想说：“研究院已经进入内装阶段，JK项目的关键设备快进厂了，集团的资金并不充裕啊。”

海东生说：“我也想这个问题了，咱们可以让JK项目的设备延迟交付两个月。”

海格尔一愣，说：“延迟交付？罗浩的团队可是翘首以盼呢。”

海东生说：“他们等两个月又不耽误什么。”海格尔思忖着海东生的话，说要问问蓝海媚，随即拨通了电话。蓝海媚那边正准备和大卫办离婚，忙乱中心不在焉地说凡事请海格尔先做主就好。海格尔听蓝海媚这么说，也就不再多问，当即拍板让海东生执行去了。

研发资金突然被海东生挪用，徐工和罗浩自是苦不堪言，无奈之下他们又找到李健求援。李健得知了这件事情，也感觉事发突然，现在蓝海媚不在国内，他只好答应俩人去找海格尔谈谈。

海格尔的办公室里，李健当着海东生的面对海格尔陈说利弊，如果设备不能及时到位，研究团队的工作就会陷入停滞。团队的士气受到打击不说，研发速度也会严重落后，到时候很容易就会失去市场先机。

海东生不爱听了，当即反驳道：“李书记，你不用危言耸听！这个JK项目能不能成功还两说呢。你知道购入这批期货，公司能赚多少钱吗？”

海格尔也说：“李书记，我知道你认真负责还很热心肠，给二利找肾源，我还没谢谢你呢。但公司这边资金已经安排出去了，再争论也没有意义。其实正是因为集团公司资金紧张，所以东生才想到了这个办法，科研设备那边就先暂缓一下吧，等资金回笼了就投入到设备上。”

李健一愣，没想到海东生动作这么快。

海格尔又劝李健说：“设备延期交付也是常事，你作为党委书记应该多做做研发团队的思想工作，别让他们有情绪。”

李健见再劝也没有意义了，听着海格尔的话，无奈地点了点头。前脚李健刚走，海东生就跟海格尔告起状来，说李健管得宽。

海格尔近来对李健态度转变了不少，再加上给黄二利联系肾源的事情，更是觉得李健人不错，听海东生这么说就劝他不要搞针对，人家李健工作和私事分得很明白。这些话，海东生自然是听不进去。

回到办公室，李健正琢磨怎么才能解决研发资金的问题，牛主任就带着两个人进来，介绍说这两位是市纪委的工作人员，要找李健谈谈。

李健忙迎俩人进屋坐下，有些不解。

纪检干部说：“李健同志，我们就不坐了。我们是市纪委检查六室的。接到一封关于您的举报信。现在有两件事需要你配合，一是市纪委要对蓝海天集团公司党委办的账目进行核查，同时展开调查；二是请你和我们去一趟市纪委，核实有关举报情况。”

听到自己被举报的消息，李健忽然一阵发蒙，牛主任也惊呆了。就这样，李健被市纪委的同志给“请”走了。

# 第三十四章

牛主任眼睁睁看着李健被市纪委干部带走了。此时，也是在楼道里，海东生迎面走来，正遇见李健被带走，海东生忙闪到一旁装作没看见，得意地笑了。

牛主任刚回办公室，又来了两位市纪委的干部，说是从即日起对党办的账目进行封存、核查，请牛主任配合。牛主任只好领着他们去了另一间党办办公室，告诉党办的会计配合查账。

李健被市纪检委带走的消息，很快就传遍了集团公司。朱和平坐不住了，以为李健真的出了问题，就找牛主任问出了什么事。牛主任也是丈二和尚摸不着头脑，说只好等等看了。

到了下午，李健才回来了，说是市纪委开始展开调查，期间让他不得离开紫塞市，随时等候配合市纪委的查处。李健认为自己没问题，也就没放在心上，还是一如既往地忙乎党委的工作。

这天，市纪委来电话通知找李健谈话。李健来到市纪委检查六室。市纪委的同志说，经过调查后发现举报事项都是诬告，但是李健有一笔五百元的手机通信费在党办入账有问题。因为按照市委派驻企业党委书记的规定，不得在企业报销任何与工作无关的费用。

李健愣了，市纪委责令他向党办退补手机费，并做书面检查。

李健给牛主任打电话询问此事，牛主任想了想说是有这回事儿，牛主任接着说这事怨他，那是李健刚到公司来的时候，他的确按照公司高层话费标准给他交了一个月话费。后来得知市委派驻公司的党委书记的通信费和交通费自理，之后就停发了。

那就没得说了，用公款交了个人的话费，这个事实是存在的，李健只得当场写检查上交，市纪委干部对李健进行了批评教育，叮嘱他一定要注意作为党委书记的工作纪律。李健书面检讨对自己要求不严，忽视了小节，保证今后不会再发生这样的事情，坚决不违纪不违法。

没想到的是，市纪委的同志说还有一封举报信，转给市委组织部了，组织部领导也要约谈你。

本以为没事了的李健听了这番话，就不明白到底发生了什么。市委组织部找自己谈话，又会是什么事呢？再问两名纪检干部，他们只说具体内容不太清楚，你就先回去，等着约谈通知吧。

李健只好先回了公司。

朱和平听说李健回来了，就来到了李健办公室。朱和平分析，肯定是得罪人了，劝他低调一些，特别是蓝海媚不在的这段时间，海东生异常活跃。

李健当然对朱和平的好意表示感谢，他自觉行得正坐得直，但是事情远远没有结束。

果不其然，两天后，李健收到了市委组织部约谈的通知。李健来到组织部的干部监督科，张科长和李健倒是很熟悉，见了面先是寒暄了几句，调侃说自从他调走，见面都不容易了。李健笑说我倒是希望见不着你最好，说着问起到底是怎么回事。

张科长说：“反映你擅自干涉企业运营管理，举报者要求将你调离蓝海天。当然举报者是实名举报，而且还是联名举报，这个问题就比较突出了。”

张科长说着，又看向李健，说：“为了消除影响，避免政企矛盾，科里的意见是如果你有违纪问题，那市纪委先处分你；如果没有违纪事实，按照派驻党委书记原则上不干涉企业生产经营的要求，那就考虑将你调离。这次谈话后，这个意见就准备提交给主管部长了。”

李健一听有些急了，说：“张科长，我不能走。”

张科长一愣，说：“为啥？蓝海天就现在这样的发展环境，作为老同事，我都为你感到委屈，这要是换了别人，巴不得赶紧调走呢。”

李健想了想说：“这个举报明显就是企业内部矛盾的一个体现。我都能分析出来是什么人干的！你可能不了解，现在蓝海天正处于变革和转型的关键时刻，作为党委书记，我必须帮助把握企业发展方向。张科长你也清楚，蓝海天集团公司是我市首家上市公司，这一年经历了太多太多的波折，先是老董事长蓝启明辞世，然后海归蓝海媚接掌董事长，她管理经验不足，对于企业总体发展方向的把握也很吃力，紧接着产品质量出现问题，后来又发生了火灾……”

张科长在认真地倾听李健的述说，渐渐露出了惊讶的神情。

李健接着说：“但这些都不是根本问题，蓝海天的弊病在于家族化管理严重，集团公司从中层到高层任人唯亲，严重阻碍了企业发展。既要保持平稳发展，又要维护企业的利益支持变革，公司党委积极发挥作用，必然会得罪公司内部一些既得利益人员，必然产生矛盾。因此请予以考虑。现在，新任董事长蓝海媚去了美国还没有回来，公司正是混乱的时候，我不能走。”

张科长思考着，其实李健这番话不无道理，但是他觉得调李健离开是对李健个人有利，说道：“你说的我都能理解。但说私心话，之前咱们也都是同事，我比你年长几岁，我想在这样复杂的环境里，对你仕途成长十分不利，我倒是有几分担心，你自己也要考虑清楚去留。”

李健摇了摇头，说："张老兄，我跟你说，谢谢你对我的理解和关心。在就任蓝海天集团党委书记的时候，我曾面对党旗做出承诺，坚决党的方针，不忘初心、牢记使命，要恪尽职守为企业服好务，为企业的发展出力献策，确保蓝海天集团公司科学健康稳步发展！这个诺言，我会践行到底，绝不半途而废！也不会怕那些别有用心的人整我！"

张科长听了，暗暗敬佩李健的决心，他说："好！这个我也理解，蓝海天集团公司是咱们市里的重点企业，也是民营企业中的典范。在全市开展民营企业党旗红，其重要目的就是维护民营企业健康发展，为壮大市域经济做出贡献。没想到你决心和信心如此之大，面对企业内部对你的不理解和误会，乃至面对对你的打击，你依然坚持留在蓝海天，我做老兄的敬佩你！"

李健知道张科长这是在支持自己，他站了起来，说："谢谢老兄的鼎力支持。眼下集团情况特殊，希望组织上能再给我一段时间。即便要调走我，也得等到董事长蓝海媚从国外回来。"

张科长看着李健诚恳地述说，点了点头，又说："嗯，你先回去吧，认真处理好工作。不过，我们科也得把这件事向部长做个汇报。"

从张科长那里出来，李健又硬着头皮去楼上市委找了邹书记。他也是没办法，集团的科研资金被挪用，技术部这边急得团团转，海东生激李健让他想办法，倒是提醒了李健，他正好借着来谈话的机会来请邹书记帮忙。

邹书记见到李健来找自己，就猜到他是遇到困难了，问道："来来，快坐下，李健啊，肯定不会是到我这聊天的吧。说吧，这次来找我是有什么事情要反映？"

李健拘谨地笑笑，说："邹书记，那我直说了……我想为蓝海天集团申请市级科研扶持资金。"

邹书记点头，说：“你详细说来，我听听。”

李健从头到尾把蓝海天集团为了提升研发能力，联合紫塞大学成立了博士站，又斥资建设了研究院。为了上马JK项目，集团组建了几十人的研发团队的事说了一遍……

邹书记认真倾听着，最后给了李健肯定的答复说：“科技是第一生产力。这样，急事急办，特事特办！我下午就主持开一个调度会，让主管副市长、工信局长、科委主任都过来，连同你和你们海总。一起研究一下这个问题。尽快讨论申报项目，论证可行后，立即投入市级科技扶持资金。”

听到邹书记的话，李健兴奋不已，连说感谢。邹书记又问了一些企业运营的问题，叮嘱着李健要做好企业的党建工作，亲自送李健离开了办公室。

这段时间，在美国，蓝海媚和大卫的离婚手续是一件麻烦事，几次拖住了她的回国计划。然而，远在国内的蓝海天集团已经暗流汹涌、风声鹤唳了。

最近几天，几件事情搅得海格尔心神不宁。先是匆忙中和李健一起去市委开了调度会，虽然为集团成功申请到了一笔科技扶持资金，但在和市委邹书记的谈话中，海格尔还是感觉到了很大的压力，尽管市委、市政府鼎力支持，但是社会层面上对集团内部管理和运营的反馈并不乐观，这种信号恐怕很快就会在资本市场上有所显现。

这还不算，过了几天，接着就是蓝思诺的销售部业绩急速下滑，还面临回款艰难的困境……

蓝思诺在汇报中分析这是市场大环境的问题，现在各地都在去产能，低端产品需求量下降，导致集团的总体业绩不振。她还举例说比如集团产品占优势的区域——华南和华东地区，许多企业都在转型升级，而这些企业里很多都是集团的老客户。

而蓝思诺的整改措施也很空泛，这让海格尔不得不重新审视蓝思诺是不是适合做销售。与蓝思诺进行了一番深入沟通后，在海东生的建议下，他决定要压缩低端产品的产量，并通过一系列的措施以降低运营成本。

偏偏在这个节骨眼上，刘远豹跃客客车的订单也出了问题，因为豹跃客客车的产品方案调整，集团之前专门为其定制生产的大批配套仪表和电子电路产品不能与之匹配，豹跃客单方面要求按新标准更改订单。海格尔与刘远几番沟通都不怎么顺利，考虑到豹跃客一直是集团的大客户，到底要不要吃这个哑巴亏？成了困扰海格尔的一大难题。

然而，最令海格尔担心的是——期货市场并没有像海东生预期的那样一路上涨。随着期货价格的下跌，集团的资金已经被套住，如果这种情况继续一段时间，那么后果将不堪设想。

对此，海东生倒不以为然，起码在表面上，他仍坚定地表示期货价格很快就会上涨。这些纷至沓来的问题，最终让集团的现金流严重短缺，在海东生的提议下，海格尔甚至动了增发股票的念头。

周末，黄美芳一直在医院照顾准备手术的黄二利。海格尔一个人吃了晚饭，正要给蓝海媚发视频说一下集团的近况，蓝思诺和李健忽然来了。海格尔看到是这俩人一起来了，不禁有些意外。

海格尔先是问蓝思诺和豹跃客那边沟通得怎么样了？蓝思诺摇摇头说没有进展，又反问海格尔能不能按合同扣豹跃客的定金。

海格尔思忖着说：“刘远倒是不反对咱们扣定金，可豹跃客毕竟是咱们的大客户，不能真的撕破脸，况且这件事情他也很为难，也得给他留点儿余地。”

说着，海格尔看向李健，先是再次感谢他为黄二利找到了肾源，接着质疑李健肯定不是为豹跃客的事情来的。

李健和蓝思诺听海格尔这么问，互相对视，各自露出一个为难的表情。海格尔有些纳闷，问他们是不是有什么事情？

李健想了想，仿佛下了决心似的说："海总，五天前，有个叫赛达克资本的一直在收购咱们的股票，不知道您注意到没有？"

海格尔没想到李健会提这个问题，点了点头，说："嗯，你也知道了？要不怎么说是屋漏偏逢连夜雨呢，集团流动资金紧张、销售业绩不佳，回款困难。又碰上不按合同办事的豹跃客，再加上这个明显来者不善咱们却不知道底细的赛达克资本，这一切都让人头疼啊。"

蓝思诺插话说："截至今天收盘，赛达克已经在散户和一些跟风抛售的股东手里，收购了咱们集团不少股份。"

海格尔说："赛达克、赛达克……我安排人去调查了，但目前还没有结果。"

听到这里，李健看向蓝思诺。蓝思诺说："其实赛达克的幕后操盘手，我们已经知道是谁了。"

海格尔一惊，问："谁？你是怎么知道的？"

蓝思诺见海格尔终于问了出来，慢慢地道出了实情。

原来，她昨晚有个同学聚会，隔壁雅间里正坐了海东生和赛达克资本的几名董事，本想去隔壁和海东生打声招呼的她，却听到了几人讨论趁蓝海天内忧外患且现金流紧张的机会收购蓝海天股份！

听到这些，蓝思诺惊得不知所措。第二天上班的时候，她本想去将这些话告诉海格尔，可海格尔是海东生的亲叔叔，他能信自己的话吗？即便信了，他又能怎样？左思右想之下，她找到李健将事情全盘托出，经过李健的分析，蓝思诺决定和他一起来找海格尔说明情况。

听到这些，海格尔怒不可遏，气得直拍桌子，说："好啊，这个东生！我这就给他打电话，让他过来！"说着就要拨通电话，却被李健劝了下来。

李健分析说海副总既然已经参与其中，这个时候质问他没有意义，又提议立刻联系蓝海媚，将问题反馈给她。对此，海格尔沉默不语。

说实话，海格尔此前的确有想接任董事长职务的想法，就在蓝海媚执意回美国之后，这种想法就更强烈了。海东生是他在蓝海天集团培养的海氏家族的得力干将，人很能干，但就是有些刚愎自用还好贪小便宜，过去海格尔也就睁一只眼闭一只眼，因为未来蓝海天的事业还需要自己的侄子做支撑。至于能不能当上董事长，海格尔的想法是顺势而为，得让蓝海媚自己主动让位，作为舅舅他绝对不能对外甥女使坏……

可是，当现在面对蓝海天利益受损，面临巨大风险的时候，海格尔终于清醒了，海东生也许有一天会害了蓝海天集团，那就不是海氏家族的损失了，这损失可是巨大的，甚至将蓝海天带入万劫不复的境地。这样一想，海格尔决定全力维护蓝海天集团公司利益。

海格尔听了李健的建议，也觉得不能再隐瞒了，想了想就同意了。几个人当即用手机投屏在海格尔家的电视上，拨通了蓝海媚的视频电话。

听了海格尔叙述，蓝海媚眉头紧锁。李健看着蓝海媚有些消瘦和憔悴的身影，不禁有些担心，要在平时他肯定会拐弯抹角地劝谏她注意身体，可现在说这些明显不是时候。

“基本就是这么个情况。”海格尔感叹地说，“我是看错了东生，不过蓝蓝你放心，在大是大非面前，舅舅我绝不会含糊，不管他是谁，想在蓝海天闹事，我第一个不答应！”

令李健几人意外的是，蓝海媚颇为冷静，她反而安慰了海格尔，说：“舅舅你不用自责，很多事情都是之前埋下的隐患，只不过是现在爆发了而已。按我的猜测，大笔购入期货、突发性回款困难，可能都是这次赛达克操作恶意收购的前奏。其目的正是消减集团现金流，让赛达克出手的时候集团没有足够的现金流反制，等到我们准备好了反制资金，恐怕一切都来不及了。”

听到蓝海媚的分析，三个人连连点头，海格尔说：“你分析得在理。这么一说，一切都豁然了！果然是东生干的好事！”

蓝海媚：“李书记、思诺，对于这几件事情，你们有什么建议我想听听。”

李健说：“目前集团最要紧的事情，莫过于立刻反制恶意收购，尽快准备资金回购股份。要完成这件事，我觉得我们得两手准备：一方面向银行申请贷款、定向增发股票，加紧回购流失的股份；另一方面也要有壮士断腕的勇气！立刻出手有色金属期货，以便让集团有充足的资金来打这场仗。”

蓝思诺也说是得这么办，听了俩人的表态，蓝海媚点了点头，问：“舅舅，您觉得呢？”

海格尔说：“眼下也没有别的好办法，我觉得李书记说得在理。”

蓝海媚说：“那就按李书记说的办，我和大卫的手续尽快办完，之后我会立刻回去。”

李健听到蓝海媚正和大卫办离婚手续，不由得一愣。

李健看了看海格尔，说：“等等，还有几点，我补充一下，说的合适不合适，仅供董事长和海总参考。一是核实海东生恶意收购股份后，立即召开董事会罢免他的副总职务；二是发动公司机关干部开展全员销售活动，给予合理的奖惩，争取开拓新的市场；三是加快推进JK项目和高附加值的产品的研发，争取早日上市，形成新的增长点……”

海格尔思索着，然后仿佛下了决心，也点头说行。

蓝思诺又说起豹跃客客车订单的事情。蓝海媚说：“豹跃客的事情咱们不能吃哑巴亏，这个等我回国后再说。当然，咱们要尽快按要求做出样品，以便增加谈判的分量……”

听着蓝海媚的分析，李健和海格尔、蓝思诺纷纷点头。

当晚视频会议结束，送走李健和蓝思诺，海格尔便亲自通知了集团董事，要在明早召开紧急董事会。

次日一早，会议室内，董事们纷纷就座，李健也列席其间。海东生最后一个走进会议室，在自己的位置坐下，他看向蓝思诺要和她打招呼，蓝思诺忽然偏过头去，让海东生有些尴尬。

随着众人到齐，海格尔的目光在列席众人身上巡视一圈，说：“人都到齐了，现在开会。这个会呢，是受董事长委托临时召开的，当然在开会之前，我和董事长做了沟通，在有些问题的看法上已经完全达成了一致……”

海格尔顿了顿，接着说：“首先，在购入有色金属期货一事上，我需要向董事会检讨……”听到这里，海东生为之一愣，他见众董事面容严肃，不禁皱起眉头，警觉地思索着。

海格尔说：“这件事情，是我在对行情不是十分了解的情况下做出的仓促决定，致使集团现金流紧张，负面影响很大。所以我和董事长一致认为应该立刻抛售所有期货，收拢现金流。”

海格尔的话让海东生有些发毛，他急忙打断海格尔的话说：“当前期货价格还在下降，现在抛售会给公司造成损失。再说，市场瞬息万变，期货的价格早早晚晚会涨上去的……”

海格尔根本不看海东生，也不理他的话，继续说：“第二件事情，从前天开始，赛达克资本一直在恶意收购公司的股份，我想在董事会上讨论一下，关于借贷和定向增发股票的议题。”说到这里，海格尔忽然看向海东生，“这件事，海副总你可有什么意见啊？”

海格尔的话让海东生从头到脚凉了个遍，紧张地说：“我还不知道这件事情，不了解情况……”

海格尔忽然变了脸，厉声呵斥道：“东生，你是赛达克资本的新晋股东，你能不知道这件事？”

众人的目光齐齐看向海东生。

此刻的海东生已经完全蒙了，他结结巴巴地要辩驳，可是海格尔完全不给他狡辩的机会，说："东生，你勾结外部资本恶意收购集团股份，用心险恶、手段卑劣！我已经和董事长沟通过了，现在提议罢免你的职务并将你逐出董事会，请各位董事举手表决！"

董事们深感震惊，纷纷举手通过表决。

海东生神情慌乱地站了起来，环顾着沉默中的众人，失魂落魄地转身走了出去。

看着海东生离开会场，海格尔说："赛达克资本来者不善，我们要小心应对，经董事长同意，我们要立即抛售期货准备现金流回购失去的股票。同时，申请贷款也刻不容缓！还有，集团必须成立销售攻坚小组。机关办公室、工会、团委、生产部、后勤等部门都要出人，部门负责人亲自负责。这些人与咱们的销售人员一起组成销售突击小组，重点攻坚市场空白区域、薄弱区域。这个作为年度任务，由销售部负责对各部门进行统一考核，并由总裁办制定奖惩规则……"

事关蓝海天生死存亡，众人听着海格尔的布置，都感觉到了无比的紧迫。

李健对于海格尔的安排部署，很是佩服，毕竟海格尔也久经商战，过去有些决策失误是受了海东生的蛊惑。接下来，按海格尔的部署，李健和财务总监刘总负责向银行申请贷款，以解当下燃眉之急。

深秋的寒意袭来，路旁银杏树的叶子纷纷掉落，满地金黄。

李健和刘总来到紫塞银行，本来约好的丁行长却因为临时有事一直没来，两个人在会客厅等了一上午，直到中午秘书说丁行长得下午回来，两个人没办法，只好先去外面吃饭。

银行门口，李健和刘总正琢磨要吃什么，一旁的自助银行里忽然走出了司雨桐，她与李健撞了个对脸，彼此不由得都一愣。

刘总看出俩人似乎有话要说，就和司雨桐打了招呼，拍了拍李健的肩膀找了个借口走了，还说让李健请司律师好好吃点儿东西。

司雨桐故作轻松，表现得一如往常。她见这位刘总很识趣，嘴上说着相请不如偶遇，李大书记请我吃饭吧。她随即带李健来到附近的一家西餐厅。到了餐厅她却没点什么东西，只要了杯果汁。

李健问她："雨桐，你怎么想的？让我请吃饭，只点杯果汁。"

司雨桐说："其实我不饿，这顿饭先记着，下次继续。"

李健说："下次？你不是要出国吗？什么时候走？"

司雨桐想到要离开这里，神色暗淡下来，说："今天晚上的飞机。"

李健问："这么快？"

"你也没问过我啊？这些天我都在想，万一你给我打电话要我留下，我是不是要重新考虑？"司雨桐头也不抬地说。

李健心生歉疚，这几天蓝海天集团公司四面楚歌，哪里顾得上司雨桐了，要安慰她两句，忽然觉得又不知道如何解释。

司雨桐说："要不是偶然遇见，我出国了你都不知道。晚上七点的飞机。"

"没想到你这么快就走了。"李健感叹地说，"我争取去送你。"

司雨桐说："别，我有人送啊，不过呢，你要是愿意送我也不反对。"

李健答应了晚上一定去送她，司雨桐高兴起来。两个人吃了饭，在餐厅门口分手，司雨桐目送李健进了银行，这才略感欣慰地打车走了。

下午两点，李健和刘总终于等来了姗姗来迟的丁行长。丁行长连声道歉说最近实在太忙了，随即与李健、刘总和几名信贷工作人员开了放贷讨论会。

会上，银行方面先看了蓝海天的申请材料，随即开始了第一轮质询论证。

信贷科李科长拿起几份厚厚的材料一一发给列席的众人，发言说：“以我们银行的角度分析，蓝海天的负债率较高，已经接近行业内一致认为的临界点，放贷风险较大。而且回购流失股份本身就有一定风险……”

李健和刘总听着，神情愈发严肃起来。

显然，按李科长的说法，银行对蓝海天的放贷风险评估是十分谨慎的。在接下来的质询中，面对银行评估人员的提问，刘总的回答显得力不从心，李健不由得焦虑起来。

第一轮质询很快结束，中途休息十分钟，时间已经到了五点，李健心知不可能再去送司雨桐了，忙打电话告诉司雨桐自己过不去了。

司雨桐早早收拾好了行李，正在家里翘首等着李健来接自己。接到李健的电话，她虽然失望地落下了眼泪，但仍努力用平常的语气说早知道李健会爽约的，又说让他放心，自己已经走了。

挂了电话，这个平日里活泼的姑娘放声痛哭。

李健听出来司雨桐的语调带着伤感，内心歉疚，挂了电话忙又收敛思绪，准备应对第二轮质询。

第二轮质询论证一开始，李科长上来就分析起蓝海天的问题，说：“短期内流失了百分之二十以上的股份，说明蓝海天对于发行股票经验不足、管理失控。这是不能回避的问题……”

听着李科长咄咄逼人的发言，众人看向李健和刘总。

李科长话毕，李健起身发言说：“李科长您好，刚刚您说的问题，是集团被动陷入恶意收购的集中体现，但这并不足以说明集团管理出了问题和集团本身出了问题。就在上周，集团斥巨资引进了世界上最先进的研发设备，我们的科研团队已经研发出了以JK项目产品为代表的行业内领先水平的产品。我们有成熟的研发规划和企业改革思路，只要尽快解决风险问题，蓝海天发展依然前景乐观！而且，市委、市政府对这个项目很重视，市委邹书记还亲自给协调了科研资金。综上所述，恳请贵行予以考虑对蓝海天集团公司给予放贷支持。”

听着李健的发言，丁行长等人都认真思考起来，不时交头接耳地讨论着。

质询论证会一直进行到晚上七点多，经过李健、刘总的努力沟通和复杂而深入的论证，银行这边终于批准了蓝海天集团的贷款。

李健兴奋异常，他第一时间将这个消息告诉了海格尔和蓝海媚，通过与蓝海媚的微信沟通，他得知蓝海媚已经在回国的路上了。

蓝海媚归来的消息让李健感到振奋，而好消息还不止这一个。海格尔那边也告诉李健，黄二利的换肾手术一切顺利，这会儿已经出了手术室进入观察期了，醒来的黄二利想见见李健，让李健有空来医院一趟。

李健和刘总出了银行，李健就给司雨桐打电话，但她的电话已经关机了。

李健回想起中午在这里遇到司雨桐的情景，也不由得伤心了。是啊，李健知道，自己也许是把司雨桐伤透了。可是怎么办呢？爱情是含糊不得的。

李健接到天津肾病医院院长朋友的电话后，也顾不得吃饭，告别了刘总直奔医院而去，他要看看换了肾脏的黄二利怎样了。

病房内，黄二利换了肾脏的排斥反应期已经过了，就是说换肾成功了。经过生死的考验，黄二利也想通了一些事情，面对于自己有恩的李健，他决定不再隐瞒。

李健本来只是单纯地来看看黄二利，没想到黄二利支走了黄美芳，单独向李健吐露了成品库火灾的实情，说放火的就是他自己，是因为杜刚撞见了自己偷电缆，他只是想教训杜刚，没想到酿成了火灾事故……

黄二利痛哭流涕地表示他会投案自首。李健得知实情，惊讶之余安慰了黄二利，离开后立刻给海格尔打了电话，海格尔除了震惊，赶紧安排人通知杜刚继续回到集团上班。李健的一桩心事也终于落定了。

但李健惊讶的是，黄二利不光向自己坦白了火灾的事情，还向海格尔坦陈了海东生之前的一系列中饱私囊的违规操作。对此，海格尔经过和蓝海媚的沟通，很快安排集团纪委暗中调查海东生了。等待海东生的，就绝不仅仅是取消董事资格的惩罚了。

深秋的机场，秋高气爽，空旷无云。蓝海媚乘坐的飞机到达了紫塞市机场。下了飞机，蓝海媚便让接机的司机小刘直接驱车奔公司而来。

蓝海媚没想到的是，迎接她的不是集团干部，而是一群在厂区门口闹事的员工。

蒋文三和于得水都在闹事的员工里，蒋文三眼尖，看出开过来的是董事长的车，嚷了一嗓子，众人纷纷上去将蓝海媚的车围了个水泄不通。

蓝海媚见此情景，先是给海格尔和朱和平打了电话，而后下车和众人沟通起来。众人向蓝海媚抱怨吵嚷并讨要说法，弄了半天蓝海媚才听明白。

原来，这些人是生产部下属分厂的员工，集团之前制定了压缩成本的策略，海东生愣是硬生生地执行下去，不但下调了员工当月的工资，还扣发了奖金和加班费。如是种种，让这些员工难以接受，所以约好今天早晨来厂区门口讨要说法。

众人对于蓝海媚的劝解，根本就不理会。

正僵持之际，李健、朱和平和一名副总匆匆赶来。有人喊了一声李书记来了，蒋文三和于得水见李健来了，忙挤到前面去和他打招呼。

李健走进人群，和蓝海媚打了招呼，又向于得水和蒋文三问了情况，然后走到蓝海媚面前和她交流。

李健看出来蓝海媚多了几分憔悴，但现在不是儿女情长的时候，两个人低声交流，蓝海媚认真倾听，点头认可。于是，李健就站到台阶高处。

李健向大家摆手示意安静，大声向众人说："大伙儿听我说，你们反映的情况，刚才我已经和蓝董事长做了交流，关于如何解决这个问题，蓝董事长也有了办法。下面，欢迎蓝董事长给大家讲几句……"

蓝海媚也学着李健的样子，站到台阶高处，大家安静下来。

蓝海媚说："各位员工，分公司的薪资和奖金并不是总公司定的，而是由生产部和各分公司自行负责，之前这个事儿主要由海东生海副总负责，集团对此事情完全不知情。现在，我以董事长的身份向大家承诺，即日起恢复各分公司原来的薪资水平，对于之前扣掉的部分，公司下个月给大家补齐。请大家相信集团，尽快回到自己的工作岗位上，拜托大家了！"

说完，蓝海媚向大家鞠了一个躬。众人一看问题得到了解决，也就很快散去了。李健和蓝海媚相视一眼，都觉得轻松了很多。

往办公楼走着的路上，蓝海媚自嘲地说："我这个董事长回国的欢迎仪式真是别开生面，不过倒是给我提了个醒，蓝海天集团公司需要解决的问题还有很多。"

李健赞赏地点头，从一个根本不懂企业经营管理的海外教师到一个成熟的企业家，这中间得经历多少风雨啊。好在蓝海媚在一步步地成长，还有她的去而复返，也让李健看到了蓝海天新的希望。

童娜作为销售突击队员带队去了西南片区发展业务，蓝海媚便让李健通知董事们开会。会上，海格尔首先发言，他先是汇报了海东生的问题，又通报了黄二利坦白的火灾事件，继而谈到赛达克的问题，说："现在，集团已经抛售了所有有色金属的期货，银行贷款最快明天就能放出来，加上我们手里握着的股份和现金流，打赢这次阻击战应该不成问题。"

蓝海媚点了点头，讲了些近阶段的工作重点和提振士气的话，又问技术部这边的情况。

徐工发言说："技术部刚刚按照豹跃客的最新标准做出了样品，随时都可以给他们发过去。另外，技术部还在确定原产品的改进方案，争取通过最小的损失将原产品提升到符合豹跃客要求的标准。"

徐工说完后，蓝海媚问JK项目的样品进度，当听到罗浩汇报样品被海东生拿走了，她登时怒不可遏，问海格尔这边调查的怎么样了，海格尔表示已经有了一些结果，要私下向蓝海媚汇报。

最后，会议谈到了豹跃客业务的问题，蓝思诺表示新标准样品虽然今天就能出来，但豹跃客集团顾虑咱们的研发进度太慢，技术不成熟。刘远应该已经在和国外的其他两家公司洽谈了。

听着众人七嘴八舌的讨论，蓝海媚思忖着说："样品不用给邮寄了，明天我亲自带样品去豹跃客集团。思诺、李书记，你们明天和我一起去。"

蓝思诺和李健同时应了一声"好"。

下班后，蓝海媚去苏雅别墅看望苏雅，和她说了自己离婚的情况，表示今后会留在国内，一心将蓝海天发展壮大。苏雅既为她离婚难过，又因她终于决定留在国内而感到欣慰。

海格尔和蓝思诺也来了，几个人一起吃了饭，席间海格尔接了个电话，而后告诉众人，说是海东生已经被警方控制了。蓝海媚顾念海东生是自己的表哥，又是海格尔的侄子，犹豫说是不是没必要通过警方。

海格尔叹了口气说："东生的问题不只这些，公司纪委老潘那调查出来他在购入期货的时候拿了回扣。另外，之前降低材料标准的事情也与他串通材料供应商有直接关系。最恶劣的是，他还和财务副总做了假账，用来报销生产部门根本用不着的原材料，从而中饱私囊。最近，海东生取出了护照，已经做了出逃的准备，所以我才报了警。"

一席话让众人听得惊愕不已，从而也更加佩服海格尔的大义灭亲。

李健对于海格尔坚决处理海东生，既感意外，也由衷地敬佩他。其实，此前从老董事长蓝启明的去世到蓝海媚的去留，在那些特殊时期，李健不是没有怀疑过海格尔想趁机夺取蓝海天董事长的职务，但后来他渐渐发现，海格尔在关键时候还是站在了蓝海天集团公司的大局上，帮助蓝海媚维护了企业的稳定。

这时，苏雅也吐露了实情说："还有一件事，我怕影响亲戚和气，之前一直没提过。东生曾经要挟过我，逼我在官司打赢后，无偿转让给他一部分股份……"

苏雅的话让众人震惊不已，海格尔更是再次大骂海东生混账。蓝海媚没想到在这么短的时间里，蓝海天集团发生了这么多棘手的事情……

是风是雨都得面对，摸着石头过河总胜过站在河边犹豫不前。转天，蓝海媚带蓝思诺和李健来到了江北市豹跃客集团总部。

刘远得知蓝海媚等人的到来，惊讶之余在自己的办公室热情接待。在听到蓝海媚放弃索赔的声明后，他歉疚地端详着蓝海天的新样品，喟叹不已。

众人不明白他的想法，在蓝海媚的示意下蓝思诺直接问了出来，刘远叹了口气：“都怪我呀！实不相瞒，董事长要求这批货在二十天内必须全部到位，否则会耽误新车的下线，也会浪费之前大笔的营销费用。”

“刘叔，我们可以加紧生产啊。”蓝思诺还没理解刘远话里的深意，不明所以地说。

刘远摇头，说：“思诺，我也想帮你们。但你实话告诉我，你能保证二十天内保质保量地到货吗？据我了解，蓝海天集团在二十天之内根本不可能将新产品如期交货，哪怕让你们再延迟两个月交货恐怕都有困难。集团正考虑接洽国外供货方，毕竟人家有稳定的技术和现成的货源。”

刘远话落，蓝海媚和李健、蓝思诺三人面面相觑。李健问：“刘总，如果我们在二十天内交货呢？”

刘远愣了一下，说：“你敢担保一个月内完成，我就可以做主重新和你们签合同，但是这个风险损失就需要你们承担。”看着凝眉深思的李健，刘远又说：“这样，你们大老远来了，先别着急谈事。我送你们去酒店休息一下，晚上为你们接风。”

入夜，刘远在江北市的一家高档饭店内招待几人。蓝海媚几人赶到时，包厢内已然灯光璀璨，桌上摆满了精致的菜肴。

刘远笑问李健要不要喝一点儿，令他意外的是，李健来了句客随主便，说我尽量陪您，而后在蓝海媚和蓝思诺惊讶的目光中，让服务生给自己倒了酒。

酒过三巡，李健勉力支撑着，借着敬酒的机会又提起了供货的话题。蓝海媚放下酒杯，借着话说：“刘叔，我们讨论过了，蓝海天会在一个月内保质保量地供货。从现在开始，集团各个车间生产线已经在全力运转了。”

原来，中午休息的时候，蓝海媚视频联系集团总部，经过紧急讨论，决定不计损失接下这一订单，为提高生产效率，将原产品改造为新标准产品，这样就可以大大加快生产速度。这样做，蓝海媚主要考虑到提升集团的士气，为接下来走出困境做准备。

刘远听了蓝海媚的表态，惊诧地问道："这……连合同还没签，你们就开始着手了？"

李健不失时机地说："刘总，这是我们破釜沉舟的决心，也是蓝董事长对您的尊重和对友谊的信心！"

刘远身边的同事跟他低语了几句，刘远为难地说："上午我可能说了不该说的话，实际情况是这样，德国的卡贝克姆公司的代表明天就到，集团正准备和他们签合同。"

蓝海媚笑笑，说："据我所知，如果是卡贝克姆公司的货，报价应该比我上午给您的报价，高出不止两倍多。"

刘远点头，说："你说得不错。可是董事会考虑的是卡贝克姆公司是国际知名企业，行业内技术领先、质量稳定可靠，并且供货周期有保证。"

蓝海媚说："刘叔，这件事还请您从中斡旋。"语气忽然变得坚定起来，又说，"如果我们的这种诚意还不足以打动豹跃客集团，那我们会坚持按之前的合同办事，我们也会提出违约赔偿，我想豹跃客也不愿意承受这么大的名誉损失吧……"

刘远和同事面面相觑，李健却暗暗佩服蓝海媚关键时刻的果敢。

李健又举起酒杯敬了刘远，一饮而尽说："说到技术和质量问题，您可能还不太了解。我们集团上个月投资的研发中心已经落成，并斥资引进了世界顶级设备，研发出的JK项目系列产品已经达到了行业领先的水平，或可突破国际标准。新产品可广泛应用于海陆空三栖，市场前景一片光明……"

刘远倾听着，蓝海媚毫不掩饰自己赞赏李健的目光。

李健又说："背靠国内坚实的工业制造业基础，我们蓝海天的资源整合能力是卡贝克姆公司所不具备的。豹跃客集团想要降低成本，提高竞争力，从长远考虑，我们蓝海天绝对是第一选择！请您相信蓝海天要做国内龙头企业的进取心，我们从来不甘落后，并且一直在竭尽全力做到最好。我们和豹跃客一样，都在为客户提供更好更优质的产品和服务，为此，我们甚至牺牲自己的利益来体现诚意。刘总，您看我们合作好不好？”

刘远连连点头说：“好，好。后生可畏呀，李书记，你一个公司党委书记，对业务如此精熟，我刘某人佩服。明天一早我就带思诺去找董事长汇报情况，为了咱们共同的利益，争取能补签合同继续履约！”

听了刘远终于松口表态，蓝海媚释然地笑笑，再次举起酒杯。

席间，李健话说得敞亮，人却因为酒劲儿上来难以支撑了，勉强坚持到饭局结束，便回了酒店。走在酒店走廊里，李健只觉得天旋地转，他忽然眼前一黑，晕倒在自己房间外。

后面还没进房间的蓝海媚看到李健倒地，赶紧挂了正在打着的电话，焦急地喊蓝思诺来帮忙，可蓝思诺已经先回了房间，酒店的走廊里已经空无一人了。

蓝海媚赶忙俯下身，从他衣兜里掏出房卡，费力地扶起李健，晃晃悠悠地把他扶进房间……

# 第三十五章

次日一早，李健醒来，发现自己正在医院急诊室输液，他身旁，蓝海媚正倚在床边打瞌睡。李健知道昨晚自己醉酒了，但怎么来的医院已经完全记不清了，正努力地回忆着，护士走过来拔输液器，李健努力地坐起来，一下子惊醒了蓝海媚。

蓝海媚见李健醒了，不由得松了口气。一旁的护士训斥李健，让他以后得注意，说喝成这样太危险，简直不要命了，昨晚都把你夫人急得直掉眼泪。

听了这话，李健和蓝海媚既尴尬又觉得好笑，李健要解释俩人的关系，还没说清楚却又被护士怼了回去，只好噤声了。

蓝海媚要出去给李健买早点，李健坐起来说自己没什么事了，要和她一起出去吃，蓝海媚见李健恢复了许多，也就同意了。

两个人在医院附近的一家面馆吃了面，李健得知蓝海媚昨晚陪着自己睡得很少，就让蓝海媚回去休息。蓝海媚却想去江边走走，说可以散散步同时等蓝思诺的电话。

李健知道她惦记豹跃客上午的内部会议，到江边正可以散散心，也就跟着蓝海媚的步伐来到了江边。站在江堤上放眼望去，只见碧波滚滚的长江横穿整座城市，江面上航船往来不绝。

两个人并肩走着。李健问："董事长，你之前来过江北吗？"

蓝海媚说："上一次来江北，还是五年前我父亲带着我来的。那时候觉得江北市十分繁华，现在咱们紫塞市建设得也不错了。"

李健说："这些年国内的发展速度可谓是空前的！从前咱们蓝海天没有辜负这个机遇，相信以后也一定能乘风破浪！"

蓝海媚点了点头，停下脚步凭栏远眺，李健走过去和她并肩而立。

"昨晚和童娜聊了几句，她成功开拓了南岭的区域市场，拿下了近四百万的订单。"蓝海媚欣慰地说，"童娜和罗浩都是难得的人才，让童娜去干销售可谓人尽其才。不过要说人尽其才，我应该聘你李书记兼任副总才对。"

李健一愣，笑说自己当好这个党委书记已经是勉为其难，绝没有做一个副总的本事。

正说着，手机铃声响起。蓝海媚接听了电话。随着蓝海媚逐渐露出的笑容，李健也变得兴奋起来，他知道，一定是豹跃客集团订单搞定了。

蓝海媚放下手机，兴奋地说："豹跃客集团董事长已经认可了咱们的条件，现在正在准备补签合同！"

蓝海媚话落，李健高兴地向半空伸出手掌，蓝海媚与他击掌相庆。

去豹跃客集团签了合同，谢绝了刘远等人的挽留，蓝海媚一行便直奔机场而去。回紫塞市的路上，蓝海媚让海格尔安排了一次生产会议，以便统筹全局保障生产。

回到集团，蓝海媚、李健和蓝思诺推门径直来到会议室。

会议室内，海格尔等人起立鼓掌欢迎。海格尔主持了会议，明确了要争分夺秒完成生产任务。说完，他直接请徐工做生产方案的阐述。

看到海格尔的示意，徐工点了点头，汇报生产方案说："目前，确定了两个升级方案，一是电脑板和组件全部更换，这个很快，大约一周就能完成。二是电脑板重新升级，同时更换部分组件，这个过程比较慢，大约要二十天时间。”

蓝海媚插话问：“如果用第一个方案，换下来的电脑板和组件还能不能重新利用？”

徐工说：“如果有类似订单的话，经过改造升级是没问题的。”

蓝海媚说：“好，按我的想法，这些就不用考虑了，索性全换。”

听了蓝海媚的话，众人纷纷点头。徐工接着说：“经过海总的协调，聘用的紫塞市中德应职学院实习技工今天已经到岗了，他们会负责一些基础工作，以提升升级改造的效率。”

蓝海媚点了点头，说：“好！现在是集团要打一场硬仗，这场硬仗不仅是生产部门和技术部门的任务！也是我们集团上下所有人的挑战，从各职能部门到党委和工会都要做好动员和支持工作……”

李健郑重地点头，和朱和平相视一笑。朱和平终于感到蓝海天集团公司的春天要到来了，不，已经到来了！

会后，为配合集团的生产动员安排，李健和朱和平紧急召开了集团党委和集团工会的联席会议。

李健发言强调，这一次豹跃客集团产品项目时间紧、任务重。作为机关党员、工会会员要全体动员为一线做好后勤保障，加班加点支援集团总厂和分厂的两条生产线。同时，这次还要在一线突击考察党员，对表现优秀做出特殊贡献的发展对象，完成生产任务后就批准入党。

在紧张的氛围下，李健将党员和会员们分组安排了任务，明确了具体的支援任务包括成立服务组、装箱组、调运组，服务组的支援工作包括送水、送饭、接送个别员工、准备药品等物资和成立两个现场服务点等工作。

众人倾听着李健的讲话，都感受到了一种战前般的严肃紧张氛围。

清晨，蓝海天集团院内，鲜艳的五星红旗和蓝海天的旗帜一起迎风飘扬。随着生产任务的层层下达，蓝海天集团像一个巨大的机器，精确地运转起来了，厂区各处、车间内外到处都是忙碌的身影……

李健带着党委成员和非一线员工做着辅助生产的工作，他们成立了党员服务队，为车间的工人送水送饭，还腾出职工活动中心将其中一部分改成了临时宿舍供加班的工人们居住。

车间内，一线的党员们也积极性高涨，蒋明和蒋亮等人都表现优异，起到了带头作用。杜刚回来后仍在成品库工作，这时候也来到车间支援，他懂技术干活麻利，所在生产组连续几天的绩效都是整个集团第一，几次得到蓝海媚和海格尔的表扬，一时成了生产线上的明星。

在集团上下一心加班加点的努力下，按兼任生产部经理的海格尔的估算，照这样下去，用不了一个月，任务肯定能完成。

每天都来一线视察的蓝海媚看到李健和党员们激励了大家的斗志，头一次感受到党委带头下的强大凝聚力，觉得既欣慰又振奋。这让她加深了对李健的信任，近来工作中的问题也常常会听取李健的意见。

每天忙于抓生产的同时，蓝海媚发现，市面上已经有蓝海天的股份流动了。按海格尔的分析，应该是赛达克为了挽回损失正在慢慢地往外抛售，也就是说赛达克顶不住了，这场股票战蓝海天已经基本胜出了。

对此，蓝海媚虽然松了口气，但仍告诫所有公司高层，这件事上还得谨慎。一方面还不能放松警惕，另一方面也不能贸然接盘，毕竟现在股价还处在高点上。海格尔认同蓝海媚的看法，表示保持谨慎的同时可以乘胜追击，让赛达克长长教训。

最近对蓝海媚来说，最令她惊喜的好消息来自于童娜。童娜挂帅去开拓西南区域，那是集团的空白区域，但她用不到一个月的时间，谈成了六个不同地区的客户，几乎每隔三五天就有订单传回来，销售部几乎为之沸腾，连蓝海媚和李健聊天的时候都忍不住夸她是个销售天才。

李健由衷地夸童娜确实给了集团一个大大的惊喜，觉得不让她去销售部实在是浪费人才。听了李健的建议，蓝海媚说："所以啊，我会和思诺谈谈关于销售部的人事安排。"

夜色中，蓝海媚一面和李健散步一面说："我想近期在集团举办一个表彰大会，表彰并奖励在生产和销售一线表现突出的员工，同时向所有人汇报一下集团这一个月来艰苦奋战的成果。"

李健同意地说："这个想法好，既可以凝聚人心，又能树立员工积极向上的价值观。"

蓝海媚忽然站住，看向李健，诚恳地说："说到凝聚人心，在蓝海天最困难的时期，公司党委发挥了巨大的作用。"

李健说："党委能够发挥作用，关键得益于你和公司的配合。另外，提高员工的思想觉悟和凝聚力，文化氛围建设必不可少。集团的职工文化活动中心太过陈旧，引不起大家的兴趣，已经没什么人去了，之前我和朱主席聊过，要找市总工会和文化局争取一部分扶持，集团这块儿是不是也……"

蓝海媚毫不犹豫地说："支持！"

时下已是初冬季节，李健穿上了皮衣。虽然是初冬，但通过持续努力，蓝海天集团开始呈现出向好的趋势。随着豹跃客集团订单的迅速完成并交货成功，对赛达克资本的阻击也顺利完成，蓝海天在谷底成功回购了大批股票，董事会对集团的控制权得到进一步的加强。李健感觉蓝海天集团公司正在向良性轨道发展。

集团表彰大会很快在大礼堂召开了。礼堂内的舞台高处，“蓝海天集团公司年度表彰大会”几个字耀眼夺目，台下坐满了蓝海天的员工。最前一排，蓝海媚、海格尔、李健、蓝思诺、朱和平、黎老等人依次就座。

音乐响起，蓝海媚在掌声中走上舞台。

蓝海媚说：“经历了这一次轰轰烈烈的生产会战，在送爽的秋风中，在全行业的瞩目下，我们蓝海天集团上下一心、众志成城赢得了累累硕果……豹跃客集团产品升级供货工作圆满完成；JK项目研发成功，即将投产；全国多个区域市场得到开拓，销售业绩逐渐攀升。这是我们集团的胜利，也是我们每一个人的胜利！下面，是本次生产会战中表现突出的个人名单，集团决定授予他们优秀工作者称号，听到名字的员工请上台领奖……”

随着蓝海媚宣布的名单，办公室的童娜、销售部的李玟、技术部的罗浩、生产部的蒋明先后向台上走去……

当杜刚听到蓝海媚喊出自己名字，不敢相信地站了起来，周围人纷纷向他表示祝贺。杜刚向前排看去，李健正回头向他竖起大拇指。

掌声中，童娜和杜刚等人走上舞台。海格尔亲自为他们颁发了奖状。表彰了优秀工作者之后，接着又为优秀团队颁了奖。

颁奖后，蓝海媚再次登台，说：“刚刚表彰的是优秀工作者和优秀团队。除此以外，集团还特设了两名突出贡献奖。这第一名啊，是集团的一位老员工，他从蓝海天成立的第一天就作为技术员在这里工作，至今已经三十五个春秋了，今天，是他的生日，我们有请技术部总监徐卫国——徐工上台领奖！”

台下，徐工激动地落泪，在众人的掌声中，徐工起身上台。

蓝海媚说：“徐工，我们都知道，在这次豹跃客集团产品升级过程中，您带领的团队攻克技术困难，为集团节约了大笔的资金。今天也是您的生日，与集团风雨同舟了三十五年，您有没有什么想和大家说的？”

掌声中，徐工接过话筒，激动地说：“我追随着新老两位董事长打拼到今天，有幸亲眼见证了企业的成长和壮大，我感到骄傲和自豪。到今天，我也是该退休的时候了，我想亲眼看着我们的JK产品走向世界的那一天！我知道，那一天很快就会来了！多年以来，我心里一直记着启明董事长刚创立蓝海天时候的一句话——我们做事业，不是为了发财，也不是为了扬名，而是为了带着厂里这些兄弟姐妹走上一条自力更生的路，是要报国利民！今天我想说，启明董事长，您的愿望实现啦！我，徐卫国，可以问心无愧地退休啦！”

徐工的话几乎感动了所有人，台下的掌声经久不息，鼓着掌的蓝海媚和海格尔等人已然热泪盈眶。

蓝海媚眼中闪烁着晶莹的泪花，海格尔亲自为徐工颁发特别贡献奖。

蓝海媚说：“为了表彰徐卫国同志多年来的贡献，集团决定聘请他为蓝海天集团公司终身技术顾问，并终身享受公司副总待遇。”

掌声再次响起，罗浩带头起立鼓掌，徐工深深地向台下鞠躬。

蓝海媚继续主持，说：“下面的一位突出贡献奖获得者，是一位三十多岁的年轻人，也是集团的新人，但是他在自己的工作岗位上发挥出了重要作用，带领公司党委，在蓝海天集团公司遭遇种种挫折的过程中，为蓝海天的发展做出了突出的奉献，下面请集团党委书记李健上台领奖！”

热烈的掌声中，李健不相信似的愣住了，直到朱和平提醒他，他才站起来，他看向台上，正对上蓝海媚那笑盈盈的目光……

李健的办公桌上多了一个礼盒，打开竟然是一条红围巾，问牛主任，牛主任说是董事长办公室送过来的，说完偷笑着走了。

李健看着红围巾，渐渐想明白了，这一定是蓝海媚给自己买的，但她为何不亲自给自己，反而让办公室来传递呢？莫非是在试探自己？

李健想了想，笑了。于是，上下班的李健，穿着皮衣配上这条红围巾，很是英俊。遇到蓝海媚的时候，蓝海媚多看了他几眼。李健却说："嗨，也不知道是谁给送的，反正挺配我的。"蓝海媚是个聪明人，哪能听不明白李健的意思呢。二人互有情愫，但眼下谁也不好意思先挑明。

过了几天，朱和平来找李健。李健调侃说："你是不是觉得我这办公室比你的好啊，你想换我可没意见啊。"朱和平不说话，只是看着他。

李健又问他是不是醉翁之意不在酒，有事情找自己。朱和平笑笑说，请他去参观职工文化活动中心。李健知道，朱和平终于露出了"狐狸尾巴"，但他不说破，答应一起去看看。

职工文化活动中心里，李健抬头看着到处都是乱七八糟还在收拾的场面说："一半的文化活动中心成了临时宿舍，这段时间工会也忙得不轻啊。"

朱和平感叹说："这一折腾才看出来，虽然之前增添了图书，换置了桌椅，可是文化活动中心还是太陈旧了，整个装修还是20世纪90年代的风格，对员工没什么吸引力。"

李健反问："听你的意思，文化活动中心要重新装修装修？"

朱和平嘿嘿一笑，说："嘿！你总算明白了，我叫你来参观参观，就是想让你这个党委书记给出出主意，毕竟现在你在董事长面前说话好使啊。"

李健说："合着你天天往我那跑，又让我来这一趟看，是早有预谋啊？"

"别！不是预谋！是求援，行了吧。"

李健说："这种要钱的事我可没法跟海总和董事长提，现在公司刚刚恢复元气，怎么能张这个嘴呢？”其实，李健早已经就这个问题和蓝海媚沟通过了，现在他就是故意要难为朱和平一下。

朱和平说：“所以说我找你啊，我提没用。你不是办法比困难多嘛。”

李健说：“要我说啊，办法是有，你得出去找去。”

朱和平一愣，问：“出去？出去找谁去？”

李健说：“一是找市总工会，二是找市文化局。争取专款扶持一部分，有了这些钱你就可以开工了，你一开工，公司看不下去，肯定就会配套一部分！”

朱和平点了点头，说：“还是你能算计啊！你是市委派下来的干部，说话比我硬气，这档子事得你李书记带我一起去跑办。”

李健苦笑地说：“合着我这是作茧自缚啊？”

朱和平说：“你连蒋亮的经济适用房都给跑了，我这可涉及上千员工的福祉！”

其实李健清楚，即使跑来的资金不够，蓝海媚也早就答应了会给支持的。看着朱和平求自己的样子，李健笑了。

朱和平这才知道李健是故意难为他，故作生气地走了，临走转身又说：“这事啊我还就靠你了，不对，工会靠党委，这是天经地义，你要是不帮我，哼，我就没你这个党校同学。”

看着朱和平离去，李健摇摇头，开心地笑了。

杜刚被评为优秀工作者之后调到了生产部，当上了车间副主任，工资也涨了不少。唯一让他纠结的就是与刘明静的关系在师傅刘建设那里没有挑明，他不知道该怎么办。但杜刚获得优秀工作者的奖项给了刘明静一点儿启发，她和杜刚商量把这件好事告诉父亲的同时，再提俩人的事情，父亲一高兴没准儿就不说什么了。

病房里，刘建设坐在病床上，心情不错。杜刚有些扭捏地站在床边，刘明静跟刘建设说了杜刚受表彰的事情。

“我徒弟能差得了嘛，到哪都能拿得出手！”刘建设自豪地说，“咱们董事长也有魄力啊，亲自跑去江北市又带领集团奋战了二十多天，我在这听着都恨不得回集团去。”

杜刚和刘明静对视一眼，刘明静向杜刚使了个眼色，被刘建设看在眼里。

杜刚吞吞吐吐地说：“师傅，有件事……”

刘建设故作不悦地说：“啥事啊？吞吞吐吐的一点儿也不像你。”

杜刚说：“我和……明静……”

刘建设问：“什么？我没听清楚你说什么。”

杜刚有点儿急了，说：“师傅，我想娶……明静！”

刘建设看看杜刚又看看刘明静，刘明静躲闪着父亲的目光。刘建设忽然严肃起来，说：“你们都是我最亲近的人，这事可得想清楚了。”

刘明静拉住杜刚的手，对刘建设说：“爸，我们早就想好了。”

杜刚也鼓起勇气，说：“师傅，以后我和明静一定好好孝顺您！”

刘建设激动地说：“哎！好孩子！明静有了归宿，我算是了却一件心事。可是师傅下半辈子也干不了什么了，对你们是个拖累啊。”

杜刚说：“师傅，我们都打听了，医生说您恢复得不错，很快就能下床走了。再说，我们还都年轻，日子肯定一天比一天过得好，我们会好好孝敬您！”

刘建设神色变得欣慰起来，他端详着杜刚和刘明静，连连地点头。刘明静激动地抱住自己的父亲，幸福地流下了眼泪。其实，刘建设早就希望二人能走到一起，现在俩人也挑明了关系，那他就放心了。

在李健的帮助下，朱和平很快筹措了一部分资金，开始了职工文化中心的修缮工作。

蓝海媚得知工会正在建设职工文化中心，主动挤出了一笔钱交付给工会，对于蓝海媚的支持，朱和平自然是喜出望外，他一方面感谢蓝海媚开明，另一方面也感叹李健料事如神。

2020年，紫塞市和全国贫困地区一样实现了如期脱贫，开启了乡村振兴新路子。市委要求全市的机关和企事业单位帮扶农村，帮助巩固脱贫攻坚成果，助力乡村振兴。蓝海天集团公司结对帮扶蓝旗营村。

李健最近正忙着走访困难党员和职工。周末，他和牛主任在困难职工李树海的带领下驱车前往他的老家。李树海的老家就是蓝旗营村，正好是蓝海天集团帮扶乡村振兴联系村，李健也正要就此去调研，帮助村里探索长久致富之路。

蓝旗营村是个满族村，还是紫塞市建立第一个中共村级党支部所在地。紫塞市因为避暑山庄的存在，过去曾是清代第二政治中心，这里居住的满族人就很多。蓝旗，当然是“满族八旗”中的蓝旗了，过去这里曾经驻扎过蓝旗营兵，村子因此得名。

李树海的老家就在蓝旗营，家离厂区有五十多公里，平时他都住宿舍，只有周末不加班的时候才能回去。

路上，李健了解到李树海家位置偏僻，过去是一个典型的贫困村，国家派了扶贫干部，村子也脱了贫，但是基础条件太差，巩固脱贫攻坚成果很难，也许一场天灾比如一场洪水就会返贫，更别说如何开启乡村振兴的路子了。

汽车正在山路上行驶着，李健电话忽然响了，是市委王秘书打来的，他告诉李健说邹书记要去厂里考察。李健为难地说自己正要去山区的困难党员家里，一时半会儿回不去。

正说着，电话里传来邹书记和王秘书说话的声音：“让他忙去吧，海总和蓝总不是都在嘛，乡村振兴很重要，告诉李健不用赶回来了。”

王秘书将邹书记的话传达给了李健，李健笑着答应了，挂了电话。

牛主任在一旁担心地问市委书记来公司调研，咱们是不是现在回去，李健笑说不用，邹书记已经给自己开了绿灯了。

李树海提前通知了家人，说是公司领导要来做客，没想到让家人一宣传，李健的到来成了村里的一件大事，不光惊动了左邻右舍，还惊动了村干部。

李健的轿车刚停在李树海家门外。院里、屋里就走出来一群人，给李健和牛主任弄得不知所措。

李树海的家人忙解释着，又给李健介绍来的是村书记兼主任宋长水和市电视台派来的乡村振兴驻村第一书记关琳琳。李健和关琳琳不是很熟，但是这位曾在电视台新闻中心当过副主任的女记者却认识他，说李健在街道办当党委书记的时候还采访过他。对李健说的“不太熟”，关琳琳感到有些不高兴，这简直扫了自己刚来村里当第一书记的面子。

李健看出了关琳琳的不高兴，努力回忆了一会儿，这才想起来人家还真的采访过自己，忙向她道歉，关琳琳这才缓和了情绪。关琳琳说：“李书记，我们电视台的工作组驻村有三年了。脱贫任务是完成了，乡村振兴启动很难，我到村里任乡村振兴驻村第一书记不到一个礼拜，还请蓝海天集团多支持。”

宋长水接着说：“蓝海天是咱们市民企的老大，我和关书记就寻思集团能不能为村里做点儿什么，毕竟，蓝海天就是拔下一根毛来那比我们的腰都得粗啊……”

牛主任忍不住笑了，说：“宋主任，您太夸张了，我和李书记不负责企业的运营管理，说白了就是没有实质性的权力……”

宋主任一愣，说：“哪能呢，你们的员工树海都说了，李书记在集团有威信，说话好使。树海，你说是不是？”李树海连忙点头。

牛主任却无奈摇头，一副爱莫能助的样子，他看向李健。

李健想了想说：“今天我们来，就是看看集团的困难党员，牛主任说得没错，我们确实不负责企业的运营管理，没能力调动资金帮你们扶植产业，再者说蓝海天是搞仪器仪表的，除了能提供一些力工岗位，跟农业农村这一块儿没有什么相关性。但是，市委确定了蓝海天集团帮助咱们村搞乡村振兴，我们必然是责无旁贷的……”

“李书记，其实村里有一个发展思路，正需要企业的帮扶。”关琳琳又说，“蓝旗营村还没有探索出支撑产业，如果遇到天灾，将来发生返贫的概率非常大。我刚来村的时候，村里刚刚完成了土地流转，想搞个蓝莓小镇，可是建设资金和后续销路都是个问题……”

李健倾听着，大约已经听明白了。等关琳琳说完了，李健觉得她的想法很不错，决定回去向集团汇报一下，看看能不能搞出一个双赢的方案。

李健将自己的思路与关琳琳和宋长水等人做了沟通，关琳琳和宋长水等人自然喜出望外，又带李健去参观了村里的田野，考察了村情村貌。李健认为，蓝旗营村是满族村，既要发展产业，还可以打造满族民宿旅游，农民要想长久致富，关键在产业。

李健和牛主任临走时，村干部们又送土特产又要留李健和牛主任吃饭，对此李健回绝了，他说请大家放心，蓝海天集团一定会帮助村里研究长久致富的产业。临走，关琳琳要求加了李健的微信。

李健回到公司已经是华灯初上，吃了饭从食堂出来，在办公楼外正遇见了蓝海媚。蓝海媚看见是李健，叫住他说一起散散步。

路灯下，蓝海媚和李健边走边聊。没等李健问，蓝海媚就说起了今天市委邹书记来调研的事情，她遗憾这么重要的事情，李健却不在，自己到现在还觉得接待不周呢。李健笑说邹书记可不是爱计较的人，让蓝海媚放心。

蓝海媚笑说：“对了，今天邹书记可是表扬公司党委的工作了，要不要我给你转述一下？”

李健笑笑说：“不用了吧，我怕听多了骄傲自满。再说了，电话里你可还抱怨我不重视领导来访呢。”

“此一时彼一时，落落之誉，坦然受之嘛。”说着，蓝海媚忽然看向李健，问，“不说这个了，跟我说说，你干得好好的，为什么要调走了？”

李健没想到会有这个话题，问：“你怎么知道我要调走？”

蓝海媚说：“市委组织部领导说之前考虑过要将你调走，你说等我回来。现在我回来了，你怎么想？是不是你们公派的干部，干出了成绩就会被提拔调走？”

李健说：“上次是我被举报了，组织部约谈我，是要把我调走，也算不是处分的处分吧。”

蓝海媚震惊地说：“我还真不知道还有举报这回事，那你一定是受委屈了。对了，你还没回答我呢，你是怎么想的？”李健说：“集团在您的带领下驶回了正轨，现在一切向好。我没什么可顾虑的，服从组织安排吧。”

蓝海媚一惊，坚定地说：“不行，你还不能走！”

李健问：“为什么？”

蓝海媚认真地说：“李大书记，你的使命还没完成啊！集团管理改革刚刚开始，问题还很多。况且向着国际一流企业迈进的路上，集团正需要你这样的人才一起同袍同泽、和衷共济！”

听了蓝海媚的话，李健陷入沉默，按他自己的想法是不愿意走的。就眼前的状况来看，集团虽然顺利度过了困难，但一切才刚刚开始，在科技创新科学管理的道路上，蓝海天还有很长的路要走。

蓝海媚暗暗笑了。其实，她知道李健不会走，只是想看看他怎么说。蓝海媚转变了话题，问：“对了，今天去村里怎么样，如果有需要帮扶的，集团也不会袖手旁观啊。”

听蓝海媚这么问，李健笑笑说正想说这个呢，还真有个想法要向您汇报。说着，把今天在村里的见闻和村里的请求以及自己的思路说了，蓝海媚听了，觉得李健的思路很有可行性，就和他约好抽时间去村里看一看。

窗外飘起了小雪。海格尔站在办公室窗前思索着。这段时间，他总结了蓝启明去世后集团发生的一系列问题，反思之下忽然觉得自己的能力已经不适应集团的发展了，集团的未来应该是年轻人的。这样想着，他渐渐萌生了退意。

带着这样的想法，他找到了蓝海媚，提出想淡出管理层。蓝海媚一听海格尔这么说，有些着急了。虽然看出来海格尔是真心要退出，但集团没有像他这样的元老撑着是不行的。蓝海媚耐心地劝海格尔打消这个想法，说集团和自己无论如何都需要他。

海格尔见蓝海媚说得真切，不由得感慨万千，转而说自己不会忽然就走放手不管，他的想法是逐渐淡出，慢慢移交权力。说着，他又让蓝海媚放心，说就算将来离开，只要自己还有一分的能耐，也会为蓝海天尽一分的热量。

听着这些话，蓝海媚看着鬓发苍白的海格尔，感慨中一时无语。

海格尔已经想好了放权的第一步，他和蓝海媚商量说要在明天董事会讨论招募职业经理人的问题，有了职业经理人，自己就退下来当个副总就够了。

对此，蓝海媚虽然怕海格尔心里失落，但是招募职业经理人正是之前自己和李健提过的议题，考虑到公司发展大局，她感谢了舅舅，也点头同意了。

次日的集团董事会上，海格尔首先发言说："这次集团公司改革工作会议，首先我要做一个简要的检讨。多年来，集团家族化问题严重，我对任人唯亲、照顾情面的事习以为常。这次集团被恶意收购事件，以及之前的一系列问题，和我个人的工作方式有直接关系。对此，我在这向全体董事表示歉意。”

说着，海格尔起身，在众人的注视下鞠躬致歉后坐下，接着说：“家族化管理影响了公司健康发展，过去公司的乱象与集团管理落后、权责不明有直接关系。我经过长时间的反思，认为集团应该大力推行改革，打破家族化管理，引进懂经营会管理的职业经理人。近一年来公司涌现了很多年轻有为的人才，例如在座列席会议的童娜、罗浩等等。机会和考验更应该留给有能力的年轻人，唯其如此，集团才能不断地进步成长。下面请蓝海媚董事长宣布最新动议的公司人事调整拟任命名单，供大家讨论……”

听到这里，会议氛围骤然紧张起来，大家开始交头接耳议论起来。

蓝海媚拿起早就准备好的拟任命名单念了出来：

“根据海总的提议，海总提出申请辞去总经理一职，为此拟任命海格尔为集团公司常务副总，负责生产经营方面工作；拟任命蓝思诺为副总、免去其兼任的销售部经理职务，负责办公室和资材方面的工作；拟聘请徐工担任公司终身技术顾问、享受公司副总待遇，拟任命罗浩为公司研究院院长、兼任生产技术科科长；拟任命童娜为销售部经理……”

在海格尔的高风亮节之下，集团的变革突如其来又顺利平稳，蓝海天走出了曾经阴霾，一切都在向好的方向发展。

最近，蓝海媚和海格尔慎重地物色着集团的总经理人选。不出一个月，行业内履历过硬的杨中华成为集团的首选目标，经过几次接触，蓝海媚终于敲定了聘请杨中华为蓝海天集团新一任总经理。

杨中华能入蓝海媚和海格尔的法眼，自然有他的本事，在一次参与集团会议的发言中，杨中华的演讲鼓舞了所有在座的管理层和董事，连李健都为他的超前眼光与业务水平所折服。

杨中华的讲话引发了热烈的掌声，掌声中，蓝海媚和李健、海格尔互相交流着眼神，欣慰地点头。

天空中下起了雪，这是入冬后的第二场雪了，山川大地也全都被白雪覆盖。最近，蓝海天集团公司内部的工作大体捋顺。一个周末，李健带蓝海媚来到了蓝旗营村。

田垄间，两个人并肩走在雪地上，李健围着那条红围巾，蓝海媚则戴了顶毛绒帽，看上去妩媚中透着几分可爱。

李健提出自己思路，说："今后，除了打造蓝莓小镇、搞满族民俗旅游，我们还可以考虑集团与村里合作，在蓝旗营村建立产业化粮食、蔬菜种植基地，与种植基地的农户签订粮食和蔬菜种植协议，统一包销，供应集团食堂。其余的在集团的几家内部超市销售。"

蓝海媚表示认同，点头说："除了这些，我还有个想法。咱们紫塞市的花卉产出量小，一到节日就常常供不应求，如果明年在这儿建立一个花卉基地，前景一定可观。"

"这个想法是不错，但农民都没养过花，怕没人敢搞啊。"

蓝海媚说："这好办啊，建设蓝莓和花卉基地，公司可以先期投资算是入股。等后期盈利了，等村民们有种植经验了，再撤资把股份还给村里和农民朋友们，你看怎么样？"

李健看向蓝海媚，哈哈笑了说："蓝海媚，我忽然觉得你现在很像一个乡村振兴驻村干部啊。"李健脱口而出的"蓝海媚"三个字，不仅蓝海媚有些诧异，连他自己都吃惊了。

蓝海媚一愣，转瞬却会心地笑了，说："李大书记，你说得对，民营企业也不能忘了社会责任。这是邹书记和我谈到的，也是我爸爸生前秉持的报国利民理念。再说了，这不正是李健你经常教导我的吗？"

蓝海媚的话让李健觉得心头一暖。他知道，现在的蓝海媚与自己不光是工作关系，更多的时候，她把自己当成了朋友。作为一个党委书记，能遇见这样的董事长，他觉得自己也是幸运的。

蓝海媚离婚的事他也早有耳闻了，但是二人从未相互提起过。看着李健围着那条得体的红围巾，蓝海媚说："这条围巾还真的是很配你。"

李健故作憨厚地说："暖和、得体、亲切，就是配！"

蓝海媚暗暗羞涩地笑了。

时光如白驹过隙。快一年了，想想这一路风雨兼程，回顾蓝海天走过的艰难的路，从李书记到李大书记、李健的称呼的变化，这其实在蓝海媚的心中，李健在她心里的地位也已经发生了根本变化。其实，蓝海媚在李健的心中，也早已悄悄种下了爱的种子……

从蓝旗营村回来的路上，李健得知了刘建设已经可以下床行走的消息，抑制不住兴奋，到了市里便约上了朱和平来到了医院。

医院病房里，杜刚正搀扶着刘建设做恢复性训练。刘明静带拎着礼物的李健和朱和平进来："爸，你看谁来了！"

"刘师傅！"李健与朱和平说着，上前帮杜刚搀扶住刘建设。

"李书记、朱主席，二位领导好……"刘建设笑着与俩人打了招呼，杜刚扶刘建设到床边坐下，刘建设执意要站着，感慨地说，"今天第一天下地行走，让你们惦记了。"

李健高兴地打量刘建设，说："您气色不错，我们可是盼着您早日回集团上班呢。"

刘建设说："我都快退休了，还回去干吗？倒是杜刚和明静干得不错，我挺欣慰的。"

李健点头说："刘师傅，杜刚是集团公司评的优秀工作者嘛。"

朱和平话语直接地问："杜刚，咱也别藏着掖着了，你和明静准备什么时候办喜事啊？"

众人看向杜刚。杜刚用询问的眼神看向刘明静，刘明静羞涩地偏过头去。杜刚想了想，扭捏地说：“明年，不，等刘师傅能正常行走了，我们就办！”

李健和朱和平相视，会意地点头一笑。

刘建设欣慰地说：“我这不已经可以正常行走了吗？好吧，明年你们把事儿办了。到时候请李书记去当你们的证婚人，李书记，你别推辞啊。”

“这事我看行！”朱和平拍了拍李健的肩膀说，“哎，李书记，正好集团帮扶蓝旗营村，到时候就去乡下农村那结婚，想想就很有意思！”

李健点头说：“嗯，这主意不错！”

这年天气特别奇怪，转眼到了腊月，老天又洋洋洒洒地下起了第三场雪，这场雪下得那叫大，真应了这地方那句诗“燕山雪花大如席”。所以这年冬天也就特别冷，冷得就像儿时过冬天的感觉，很早气温就下降了，而且温度下降得厉害。

李健不由得想起小时候度过的那些冬天，那叫冷得一个彻底。戴大棉帽子、戴围脖，有的人怕冻坏了耳朵，还戴上了耳罩。特别是雪一融化，民房房檐上那大冰溜子，都成为他难忘的记忆。

白雪皑皑，武烈河水早已经冻得厚厚的，玩雪、滑冰，那是惬意得很。在紫塞市如果冬天不下雪，似乎就辜负了冬天这两个字，可最近几年冬天很少下雪了。李健想，今年好，今年的冬天像个冬天，雪也下得大，气温也下降了许多。

这天一大早，李健和蓝海媚就相约畅游雪后的避暑山庄。这座曾经是清朝离宫的皇家园林，早就成为市民休闲游览之所。雪后，山庄如同一个冰雕玉砌的雪世界，树桥亭台楼榭就如同冰雕的一般。他们来得早也来得正巧，树上挂满了雾凇，人们在这里游览，就像行走在一个童话世界里。

二人很早就进了避暑山庄，不知不觉来到了烟雨楼前。白雪覆盖的烟雨楼犹如玉女素面，增添了几分静美。

蓝海媚的心情格外好，因为近来蓝海天集团公司已经步入良性发展轨道，她也感觉轻松多了，而李健无疑是她的贵人，当然不仅仅是贵人，好像还有点儿别的什么，她不敢往下想，担心自己是剃头挑子一头热。但是经过蓝旗营一行，她觉得李健也应该正有此意了。

她趁着李健不注意，团了一个雪球，塞到李健的后脖颈衣服里。凉得李健嗷嗷大叫，开始追向前跑去的蓝海媚。

李健俯身抓雪，也团了个雪球背在身后。李健喊："蓝蓝——"

蓝海媚一愣，蓝蓝这两个字，可是李健第一次喊，她不由心头一热，回过头来。李健喊完蓝蓝，自己也愣了，竟然对董事长喊出了小名，他举起的雪球就没敢再扔过去。

蓝海媚看着李健，自己心里也起了波澜，通过蓝海天公司的发展变迁，她知道其实从抵触李健到喜欢，现在自己是爱上他了，可是这层窗户纸谁来捅破？现在好了，这一声"蓝蓝"，似乎给她下了决心，李健这是从心底喊出来的。

可是李健为什么自己也愣住了，手里的雪球也不敢打过来。蓝海媚想，你倒是打我呀……想到这里，蓝海媚决定打破僵局，团了个雪球就向李健扔过去，打在了傻傻呆立的李健脸上。

被击中的李健笑了，趁蓝海媚不备抛出雪球，击中了蓝海媚。两个人就像孩子似的在烟雨楼前追逐着打雪仗……

这年春节前夕，蓝海天集团的JK项目投产了，第一个客户就是职业经理人杨中华介绍的500强企业、知名国企华夏菲达集团。这笔大单不但提振了整个蓝海天的士气，也让蓝海天在国际同行业内知名度大增。

随着新产品的陆续下线，上交会开幕了，蓝海媚和杨中华、李健等人又马不停蹄地带着产品来到了上海。

上交会的会场外彩旗招展，人流汹涌。巨幅屏幕上轮番播放着各个企业的广告，画面一转，蓝海天仪器仪表集团的字样浮现了出来。

会场内人头攒动，蓝海天集团的超大面积展台前，模特们手持模型做着展示，销售人员给参观者们做着介绍。洽谈区内，海格尔、杨中华和蓝思诺分别与客商洽谈。黎老也来助阵，刘远也来了，二人感叹蓝海天集团公司再次创造了奇迹。

销售部经理童娜带着几名外国人走入洽谈区，找到李健和蓝海媚，说："董事长、李书记，这几位是欧洲克蒙特利飞机制造的负责人，他们对咱们的JK项目产品非常感兴趣，您能不能接待一下。"

"没问题。"李健点头。

蓝海媚看向克蒙特利负责人，说："李健书记是我们集团的主要负责人之一，请他来为大家讲解一下。"

李健和蓝海媚相视一笑，李健和几名外国客商分别握手，用英语说道："欢迎来到蓝海天的展位，请跟我来。"

说着，李健带几人来到洽谈区，介绍JK项目……来蓝海天展位的客户越来越多。这一次，蓝海天在上交会大获成功，蓝海媚一行胜利归来。

接下来的几个月里，蓝海天集团新产品不断，成功签下了多笔工程大单，营收再上新台阶，资本市场上也表现强劲，让各路投资人不得不刮目相看。

转眼到了第二年清明节，紫塞市风和日丽，山野间草木繁盛。

蓝启明的墓碑前，围满了鲜花，李健和牛主任代表公司党委献上了花圈，黎老、苏雅、蓝海媚、海格尔、蓝思诺、徐工等人肃然而立。

黎老感叹地说："一年了！放心吧启明，蓝海天喜报不断，集团后继有人了！"

再次来到父亲的墓地，蓝海媚感慨万千，她的心里一直有个心结，就是没见到父亲临终前最后一面。

但现在她按着父亲的路走了下去，并且有了一个令人满意的交代，蓝海天集团公司不仅步入了良性发展轨道，而且必然会迎来一个更加美好的明天。

祭拜过老董事长蓝启明，他们来到紫塞市烈士陵园纪念碑前。为庆祝即将到来的建党一百周年，蓝海天集团公司早就准备了举行隆重的重温入党誓词活动，还批准了一批预备党员的转正，黎老被特邀参加了。

众人扫墓观瞻纪念碑后，面对鲜红的党旗，他和党员们举起右手，李健领誓，大家开始宣誓：

我志愿加入中国共产党，拥护党的纲领，遵守党的章程，履行党员义务，执行党的决定，严守党的纪律，保守党的秘密，对党忠诚，积极工作，为共产主义奋斗终身，随时准备为党和人民牺牲一切，永不叛党。

声音铿锵有力，回荡在烈士陵园。

至于蓝海媚，据党办牛主任说，也在一个月前向公司党委递交了入党申请书，据说很快就会被发展为入党积极分子。

转眼到了2021年春天，万物葱茏，山河锦绣。

蓝旗营村的蔬菜大棚、花卉基地早就成功建起，长势喜人，新栽植的蓝莓也正茁壮成长。这天，就在花卉基地，搭建起了一个鲜花舞台。舞台下，站满了集团员工和围观的村民，刘建设、于得水、蒋文三、蒋明、蒋亮等人都在。

原来这正是李健和蓝海媚为集团员工筹备的集体婚礼现场，童娜和罗浩以及杜刚和刘明静、蒋亮和职工文化中心的图书管理员项娟马上就要在这里举行婚礼了！

舞台一旁，蓝海媚向黎老和海格尔等人介绍说这些鲜花都是鲜花基地自产的，几对新人的婚礼奉行节俭的原则，鲜花和午餐由集团免费提供，还有公司党员合唱团给献唱……对了，公司特别邀请黎老和舅舅您做证婚人！

李健在一旁补充说："还有呢，咱们董事长亲自给主持婚礼！"黎老和海格尔也都开心地笑了，众人纷纷鼓掌。随着音乐响起，在苏雅的提示下，蓝海媚拿起话筒走上舞台，周围安静下来。

蓝海媚说："大家好，我是蓝海媚。在这个温暖美好的日子里，让我们共同祝福这场别开生面的婚礼！下面有请新人登场——"

音乐响起。杜刚与明静、罗浩和童娜、蒋亮和项娟等人手捧鲜花从花亭中缓缓走出，登上舞台。蓝海媚看着新人站成一列，说：

“好！现在我采访一下新人们，请他们讲讲恋爱故事吧，只需用一句话，听你们怎么说……”蓝海媚说完，将话筒递给身边的童娜，童娜顺势将手捧花递到蓝海媚的手中。

童娜坏坏地一笑，大声说：“我想说的是，我们先进行一个好玩的项目。大家说好不好？”众人都齐声喊好。蓝海媚和李健等人不解地看向童娜。

童娜说：“看来民意难违呀，那就请我们亲爱的、可爱的、敬爱的董事长抛出手捧花，早日找到称心如意的另一半！”

童娜话音未落，台下众人又是一阵喝彩声。蓝海媚不好意思地笑了，看了一眼李健，随即大方地抛出手捧花。

众人簇拥着李健迎向手捧花，那象征着爱情的手捧花在空中舞动着，翻滚着……

# 尾　声

停下敲击电脑键盘，我在想咱们的故事是不是该结束了。这是夜的深处，其实现在已经不是夜了，早已是黎明时分了。

我知道我又熬了一宿，我站起身伸了个懒腰，拉开窗帘——东方欲晓，外面的天色渐渐亮了，书桌上的台灯也渐渐失去了照明的作用。

有些话如果不说出来，有点儿对不住大家。于是，我抖擞精神又重坐回电脑桌前。敲击电脑键盘的声音再次响起来，这声音听起来格外清脆。我很迷恋这声音，还比如在乡下老家我爹在田里锄地发出的那种沙沙的声音，我也同样迷恋……

关于范振喜、傅雪莲、李健的故事，是根据真人真事改编创作的。现实生活中，他们最美奋斗的事迹更感人。借此向全国优秀基层党组织书记致以崇高的敬意！向支持我创作的河北省委宣传部，河北省作协，承德市委、市文联，向协助我搜集素材的承德市委组织部、市委宣传部的有关同志和统筹文字校改的张万里、刘晓鸥、付佳、康义艳、史宝丽、肖迪、姜静、张雪明、姜楠、梁宝红、白佳璐、孙艳红、杨家康等朋友们一并表示衷心的感谢！

是的，就是这样，我们的主人公的感人故事还远远没有结束：

脱贫后成为如同在城市一样生活的周台子人，如今在范振喜的带领下，又开启了乡村振兴的新篇章；

普宁社区每天都在发生着一个个新的故事，傅雪莲和她的社工们奋斗如昨；

至于李健和蓝海媚，蓝海媚抛出的手捧花他是接住了，他们有没有走到一起?

故事远远没有结束。要不，您得空来一趟紫塞市，我领你去认识认识这几个人?